James Powlik

Tod aus der Tiefe

Roman

Aus dem Amerikanischen
von Heinz Zwack

Ullstein

Der Ullstein Taschenbuchverlag ist ein Unternehmen der Econ Ullstein List
Verlag GmbH & Co. KG, München
Deutsche Erstausgabe
1. Auflage 2001
© 2001 für die deutsche Ausgabe
by Econ Ullstein List Verlag GmbH & Co. KG, München
© 1999 by Raggedtooth Productions, Inc. All rights reserved.
Published by arrangement with Delacorte Press, an imprint of The Bantam Dell
Publishing Group, a division of Random House, Inc.
Titel der amerikanischen Originalausgabe:
Sea Change (Delacorte Press, New York)
Übersetzung: Heinz Zwack
Redaktion: Lothar Strüh
Umschlagkonzept: Lohmüller Werbeagentur GmbH & Co. KG, Berlin
Umschlaggestaltung: DYADEsign, Düsseldorf
Titelabbildung: Volker Schächtele / DYADEsign, Düsseldorf
Gesetzt aus der Sabon Linotype
Satz: Josefine Urban – KompetenzCenter, Düsseldorf
Druck und Bindearbeiten: Elsnerdruck, Berlin
Printed in Germany
ISBN 3-548-25131-5

*Für meinen Mentor und Kollegen Dr. Alan Lewis,
der mir eine Herausforderung vorgab und
dann die Tür öffnete.
Und meinen Freund, Mr. John Boom, dafür,
dass er das Unmögliche möglich gemacht hat.
Und meinen Vater, Roger Powlik,
für den ganzen Rest.*

Die Orte, an denen diese Handlung spielt – mit Ausnahme von Juniper Bay, Washington –, sind real. Die wissenschaftlichen und militärischen Programme, Methoden, Einrichtungen und Organisationen sind so weit authentisch, wie es für den Gang dieser Erzählung erforderlich ist.

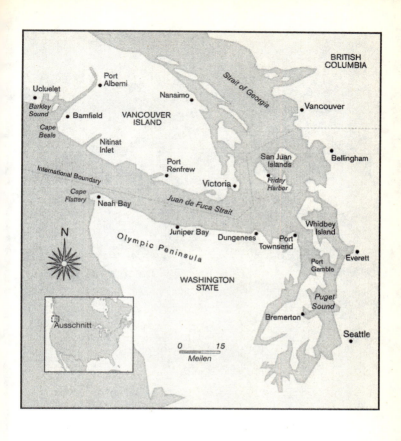

*Und der zweite Engel goss seine Schale
ins Meer aus; da wurde es zu Blut
wie von einem Toten; und alle
lebendigen Wesen im Meer starben.*
Offenbarung 16,3

Prolog

16. August
48° 40' Nördl. Breite; 124° 51' Westl. Länge
Vancouver Island, British Columbia, Kanada

Alan Peters hatte die ruhige Gelassenheit des inneren Raums schon immer genossen. Als Junge hatten ihn Zeitschriften wie *Popular Science* und *True Adventure* fasziniert, die eine Zukunft beschrieben, in der die Menschen unter dem Meeresspiegel leben und die Beschwernisse der terrestrischen Welt hinter sich lassen, eine Welt, in der sie ihre eigenen Klein-U-Boote steuern, in kuppelförmigen Habitats wohnen und auf dem Meeresgrund Getreide anbauen. Hingerissen von den Zeichnungen des Lebens unter Wasser, verschlang er die Geschichten von Schriftstellern wie Rachel Carson, die die Natur in Ufernähe beschrieben, oder von Meeresforschern wie William Beebe und Jacques Cousteau.

Später dann, als er in Nordkalifornien heranwuchs, war das Meer sein Spielplatz, wo er nach der Schule seine Zeit mit Surfen oder Fischen verbrachte. Er konnte kaum die Jahre und Monate bis zu seinem sechzehnten Geburtstag abwarten, von dem an er endlich einen offiziellen Tauchkurs belegen durfte. Zwei Monate lang fröstelte Peters an zwei Abenden in der Woche auf dem Grunde eines öffentlichen Swimmingpools in Salinas mit gemietetem Tauchgerät und einem so breiten Lächeln, dass er es kaum schaffte, die Lippen um das Mundstück seines Atemgerätes zu schließen. Er hatte die ersten Schritte zu jenem gelobten Land hin unternommen, das ihm jene abgegriffenen Zeitschriften versprochen hatten, und, wenn auch nur kurzzeitig, die Welt der Luftatmer hinter sich gelassen.

Seit damals hatte sein Alter um dreißig Jahre und sein Gewicht um fünfzig Kilo zugenommen und er hatte mehr als viertausend Tauchstunden hinter sich gebracht, dabei aber nie den Nervenkitzel des Tauchens verloren: jenes Gefühl, beinahe schwerelos durch eine völlig fremde Umgebung zu schweben. Die Stille, die langsameren, um so vieles bewussteren Bewegungen und die Unterwasserszenerie, die sich ihm erschloss, hatten nach wie vor ihre besondere Anziehungskraft.

Im Augenblick schwebte Peters, eingehüllt in flüssige Nacht, zwanzig Fuß unter der Meeresoberfläche, stellte den Ausleuchtungswinkel seiner wasserdichten Lampe neu ein und wandte sich wieder seiner Arbeit zu. Die Wassertemperatur betrug unangenehme zehn Grad, aber sein Trockenanzug hielt ihn warm. Bei seinem augenblicklichen Arbeitstempo würde er noch eine weitere halbe Stunde damit beschäftigt sein, die Ernte einzubringen. Er regulierte seinen Auftrieb etwas nach, um damit den geringer gewordenen Luftdruck in den beiden Flaschen, die er auf dem Rücken trug, auszugleichen.

Außerhalb seines Lichtkegels war die Sicht gleich null. Nicht, dass er sich die Zeit genommen hätte, seine Umgebung zur Kenntnis zu nehmen. Er war voll und ganz auf den Felsvorsprung vor ihm und das dortige gesunde Wachstum von Abalonen konzentriert. Er entfernte mit dem Messer ein steinverkrustetes Stück nach dem anderen und verwahrte es in einem großen Sammelnetz, das an seinem Gewichtsgürtel hing. Bei seiner Arbeit hatte sich ein fast mechanischer Rhythmus eingestellt, ganz auf den Nutzen ausgerichtet, den ihm diese Aufgabe einbringen würde, aber doch zugleich durch die Gleichförmigkeit dieser Arbeit genügend abgestumpft, um seinen Verstand frei schweifen zu lassen.

Ein letzter hartnäckiger Abalone löste sich aus seiner Verankerung und Peters stopfte ihn in den Beutel, der schon fast bis zum Rande gefüllt war. Er hatte Ricky inzwischen von der Meeresoberfläche zurückerwartet und vermutete, dass sein Partner oben geblieben war, um ihre Beute zu bewachen, während Peters hier unten Schluss machte. Er hatte, ohne dass ihm das gelungen wäre, versucht, nicht darüber nachzudenken, dass Burgess vielleicht ohne ihn nach Hause zurückgekehrt sein und ihn mit seinem Sammelnetz allein gelassen haben könnte. So etwas gehörte zu den vielen Risiken, wenn man als Freiberufler mit einem menschlichen Aal zusammenarbeitete.

Auf dem Festland sah Ricky Burgess gewöhnlich bleich und abgehärmt aus. Seine Haut war mit Pockennarben bedeckt und zeigte die Spuren erheblicher Akneprobleme in seiner Jugend, und deshalb bemühte er sich, diese dermatologische Katastrophe mit einem dünnen, ausgefransten Bart zu überdecken. Auf Peters machte er den Eindruck, ständig ärgerlich zu sein, er pflegte beim Reden, oder wenn er nervös seinen Stumpen rauchte, ständig die Kinnmuskeln anzuspannen. Wenn er trank, kokettierte er mit seinen Geheimratsecken und brüstete sich damit, dass er als Komparse in der Fernsehserie *Rauchende Colts* in drei verschiedenen Folgen von James Arness »totgeschossen« worden war. Es hieß auch, dass Burgess schon hinter Gittern gesessen habe. Und dass er unehrenhaft aus den Streitkräften entlassen worden sei. Und dass er mit der minderjährigen Tochter der Frau, mit der er früher einmal zusammengelebt hatte, intime Beziehungen unterhalten habe. Burgess leugnete keine dieser Anschuldigungen mit dem Nachdruck eines Unschuldigen.

Als eine Art Hansdampf in allen Gassen war Burgess ein

Aussteigerkollege, der sich mit einer Vielzahl von Gelegenheitsarbeiten über Wasser hielt, sei es mit Kelptrocknen, kleinen Reparaturarbeiten, Schneeschippen oder Hanfanbau. Er betrachtete sich abwechselnd als Überlebenskünstler, Geschäftsmann oder als inoffiziellen Bürgermeister von Galiano Island, wo er und Peters wohnten. Die Abgeschiedenheit von Galiano ermöglichte es seinen Bewohnern wie Burgess und Peters, ihren nirgends registrierten Interessen nachzugehen, was die örtlichen Behörden tolerierten, solange sie dies mit angemessener Diskretion taten. Burgess hatte sich damit immer zufrieden gegeben und mit der Zeit war Alan Peters zu der Erkenntnis gelangt, dass es auch ihm recht war.

Es war jetzt zwei Sommer her, dass Burgess Peters im Hummingbird Pub in seinen Plan eingeweiht hatte, seinen vielen Aktivitäten die Aquakultur hinzuzufügen. Mit dramatischer Aufrichtigkeit vertraute er Peters an, dass er Abalonen züchten wolle. Er sagte, er habe vor, Halbwüchsige aus der Gegend zu engagieren, um die Beete umzugraben, während sie – er und Peters – ihre Profite in den örtlichen Seafood-Märkten machten. Er hatte bei den Behörden eine Genehmigung beantragt, die abgelehnt worden war, und daraufhin erklärt, der Abalonemarkt in der Gegend von Galiano sei ohnehin überfischt. Zum Teufel mit Genehmigungen, sagte er und stieß dabei Peters den Zeigefinger gegen die Brust, wie er es immer tat, wenn er im halb betrunkenen Zustand etwas mit besonderem Nachdruck sagen wollte. Es gab schließlich genug Arbeitslose, die einfach wegkippten und abkratzten, weil sie sich von den Behörden vorschreiben ließen, was sie tun sollten, stimmte das etwa nicht? Verdammt wollte er sein, wenn es nicht so war.

Und daraufhin begann Burgess seine Freizeit – die ihm mehr als reichlich zur Verfügung stand – damit zu verbringen, immer weiter hinauszuziehen, um natürliche Abalone-Bänke zu finden, die sie »freiberuflich abernten« konnten. Zu Beginn dieses Sommers hatten sie die kleine Bucht von Nitinat und die dort reichlich wachsenden Abalonen entdeckt, Abalonen, die sich von Kelp ernährten, das seinerseits von den in der Gegend aufwallenden Nährstoffen und dem sauerstoffreichen Wasser aus dem Nordost-Pazifik ernährt wurde. Die Tatsache, dass die Bänke zu Reservationsland gehörten, das im Besitz der Salish Indianer stand, war dabei von eher nebensächlicher Bedeutung. Soweit es Burgess anging, erkannten seine Profitinteressen die vertraglichen Rechte der Ureinwohner nicht an. Ihre Landrechte, wenn ihnen überhaupt welche zustanden, endeten auf der trockenen Seite der Gezeitengrenze.

»Bei Flut oder bei Ebbe?«, fragte Peters, der sich keine Gelegenheit entgehen ließ, Burgess' ständigen Groll zu schüren.

»Bei dem bescheuerten ›Parkplatz‹«, stieß Burgess hervor und seine vom Tabak verfärbten Zähne blitzten im Licht wie die Fänge eines Wolfs.

Nitinat war der dritte Abaloneplatz, den sie am ebensovielten Abend abgeerntet hatten. Die ruhige See half mit, die Sicht unter Wasser zu verbessern, da nur minimaler Wellengang herrschte und kaum Sediment aus dem Fluss angespült wurde. Die lange unter Wasser verbrachte Zeit erfüllte Peters mit einer tiefen Müdigkeit, obwohl all die Jahre des Tauchens ihm dicke Muskelpakete und Lungen zäh wie Pferdehaut eingetragen hatten. Peters beeindruckte es immer wieder, dass eine Jammergestalt wie Burgess mit ihm Schritt halten konnte.

Peters wandte sich von dem Vorsprung ab und ließ sich ein paar Meter von der Strömung treiben. Bei jedem Einatmen ließ der Lungenautomat mit dünnem metallischem Zischen

Luft in seine Lungen strömen. Bei jedem Ausatmen donnerten die aus der Seite des Lungenautomaten austretenden Blasen mit dem misstönenden Poltern eines U-Bahn-Zugs an seinen Ohren vorbei.

Sein Lichtkegel ließ nur ein paar armselige Kelpfäden über einer Kiesbank erkennen. British Columbia, das für seine atemberaubende Unterwasserwelt berühmt war, hielt offenbar seine Schätze versteckt. Dann richtete Peters seinen Lichtkegel zur Oberfläche und beleuchtete Tausende winziger Planktongeschöpfe, die im Wasser schwebten und alle das Tageslicht abwarteten, um zur Oberfläche zurückzukehren und dort ihre Photosynthese fortzusetzen. Er hielt kurz inne und spielte mit einer Qualle, die nicht viel größer als ein 10-Cent-Stück war. Das winzige Lebewesen drückte sich elegant in der Wassersäule nach oben und ließ sich dann langsam wieder nach unten treiben und verspeiste etwas, das das Pech gehabt hatte, sich in seinen mit winzigen, aber höchst wirksamen Nesselzellen besetzten Tentakeln zu verfangen.

Peters beschrieb mit seinem Scheinwerferstrahl einen weiteren Bogen durch die Dunkelheit, immer noch bemüht, die Leine ausfindig zu machen, an der das Boot vertäut war. Langsam in dem Sediment schwimmend, das er mit seinen Bewegungen aufgewühlt hatte – darauf bedacht, Energie zu sparen und die Orientierung nicht zu verlieren –, bewegte Peters sich in einer Spirale nach außen und erweiterte dabei allmählich seinen Suchradius. Wenn er den Anker nicht bald fand, würde er zur Wasseroberfläche aufsteigen und mit seinem Scheinwerfer nach dem Boot suchen müssen. Die Strömung konnte ihn dabei bis zu einer halben Meile stromabwärts abtreiben. Er verspürte nicht die geringste Lust, auf der Oberfläche zurückzuschwimmen oder auf sich aufmerksam zu machen, indem er nach Rick rief.

Ein schwaches, scharrendes Geräusch drang von irgendwo

rechts an seine Ohren. Er richtete seinen Lichtkegel dorthin und bewegte sich vorsichtig nach vorn. Augenblicke später erfasste sein Lichtkegel den Herkunftsort des Geräusches – der Anker von Burgess' Boot hatte sich gelöst und scharrte langsam über den Kiesgrund. Der Zustand an der Oberfläche hatte sich offenbar verschlechtert oder es war zumindest windiger geworden. Peters verwünschte erneut Burgess' Pflichtvergessenheit; vermutlich war der dort oben so damit beschäftigt, sich mit vor Kälte klammen Fingern einen Joint anzuzünden, dass er überhaupt nicht bemerkte, dass der Anker sich gelöst hatte.

Dann machte er eine andere Entdeckung. Zuerst glaubte Peters, es handle sich nur um einen Lichtreflex, vielleicht eine Spiegelung des Mondes im Wasser. Aber als er sich langsam der Oberfläche näherte, wurde es deutlicher. Dünne Fäden aus einem Material, das fast wie Spinnfäden wirkte oder wie eine riesige durchsichtige Kunststoffplane. Es fühlte sich an ... wie nichts. Er stieg mitten durch diese seltsam aussehende Unterwasserwolke nach oben, die für das bloße Auge so aussah, als bestünde sie aus einem durchsichtigen Nichts. Es war eine Art Mikroorganismus – vielleicht eine Ausblühung irgendwelcher Protozoen. Er wusste, dass Schwefel erzeugende Bakterien manchmal das Wasser weiß färbten, und hatte dieses Phänomen häufig in stehendem Wasser in Kalifornien gesehen. Er nahm sich vor, zu Hause in seiner Bibliothek nachzusehen, ob dort ein solches Phänomen beschrieben war.

Jetzt hatte er die Oberfläche erreicht. Sein Kopf kam aus dem Wasser und er konnte sehen, dass die Wellen mit der hereinkommenden Flut höher geworden waren. Er spuckte seinen Lungenautomaten aus und ließ ihn im Wasser neben sich gurgeln. Er füllte seine Lungen mit Nachtluft und der unerwartete Gestank, der ihn umgab, hätte beinahe dazu geführt, dass er sich übergeben musste. Es roch nach verfaulendem Fisch und Ammoniak und völlig anders als zu Beginn seines Tauchgangs. Er hustete, würgte, sah sich um und versuchte sich darüber klar zu werden, ob der Wind vielleicht die Richtung gewechselt hatte. Über den Bäumen, die die kleine Bucht säumten, war inzwischen der Vollmond aufgegangen und beleuchtete die Wasserfläche rings um ihn. Zwanzig Meter entfernt war der vertraute Rumpf von Burgess' Boot zu erkennen. Der philosophisch anmutende Name LIFE'S A GRIN (»Das Leben ist ein Grinsen«) stand in verwitterten, praktisch nicht mehr lesbaren Lettern auf dem Heck. Das Boot rollte träge in einem kleinen Strudel, der sich im stehenden Wasser gebildet hatte, hin und her, ohne dass ein Insasse zu erkennen gewesen wäre; Ricky ging mit seinem Boot genauso um wie mit dem Rest seines schlampigen Lebens.

»Ricky?«, rief Peters. »Hey, Dick?« Peters' Blick wanderte von dem Boot über die Wasserfläche in seiner Umgebung, aber Burgess war immer noch nirgends zu sehen. Das einzige Lebenszeichen im weiten Umkreis war die Terrassenbeleuchtung einer kleinen, vielleicht eine Viertelmeile entfernten Hütte.

Er schwamm näher ans Boot heran und sah sich nach irgendwelchen Spuren seines Partners um. Plötzlich war aus dem Bootsinneren eine Folge lauter Klopflaute zu hören, dann ein dumpfes Krachen – ganz offensichtlich ein Tauchkanister, der aus seinem Gestell gefallen war. Er konnte hören, wie die Nieten in dem dünnen Rumpf ächzten und krachten; es klang so, als würde etwas im Inneren des Bootskörpers rumoren. Ein Waschbär? Ein Nerz?

»*Dick?*«, wiederholte Peters, der allmählich ärgerlich wurde.

Als Peters das Boot erreichte, flog Burgess' Arm nach oben über den Dollbord und krallte hektisch ins Leere. Peters konnte jetzt erkennen, dass Burgess' Haut ... verbrüht? ... worden war. Die Haut war blutrot geschwollen und schien sich blasig von den Handknochen zu lösen.

»Hilf mir!«, schrie Burgess, ein hysterisches, schrilles Kreischen, das zu den Bäumen am nahe gelegenen Ufer hinüber hallte. *»Herrgott, so hilf mir doch! Ich verbrenne!«*

Peters schwamm zu der kleinen improvisierten Taucherplattform des Bootes hinüber und mühte sich ab, an Bord zu klettern. Das Boot schlingerte dabei auf und ab, als wollte es ihn verspotten, und entglitt mehrmals seinen von der Kälte tauben Fingern.

»Hilf mir! Hiiiilf miiir! Verdammte Scheiße –«, schrie Burgess und stieß dann erneut einen Schmerzensschrei aus.

Peters' Trockenanzug fing sich an einem vorstehenden Schraubenkopf und riss von der Schulter bis zum Ellenbogen auf. Langsam in Hektik geratend, ließ er seinen Bleigürtel fallen und streifte die Gurte seiner Weste ab. Jetzt stand er aufrecht und richtete den Lichtkegel seiner Lampe in das Boot.

»Dick? Was ist denn los?«, rief Peters.

Burgess, oder das, was von ihm übrig geblieben war, wand sich verzweifelt im Boot. Er hatte seinen Trockenanzug halb abgestreift und sein frei liegender Oberkörper war mit frischen, nässenden Wunden übersät. So wie schon vorher an seiner Hand schien auch an Brust und Bauch die Haut regelrecht aufgeplatzt zu sein – gerade als hätte sie sich *verflüssigt* – und löste sich in roten Klumpen von seinem Knochengerüst. Unterhalb der Hüfte wirkten seine Beine schlaff und hilflos, zuckten nur, während seine Arme und sein Kopf wild hin und her fuhren.

»Was ist passiert?«, fragte Peters wie benommen, stemmte sich über die Heckwand und arbeitete sich dann durch das mit allerlei Unrat gefüllte Boot nach vorn, um Burgess zu hel-

fen. »*Was ist passiert?*« Der Benzingeruch war überwältigend und nahm ihm fast den Atem. Burgess hatte so um sich geschlagen, dass sich die Treibstoffleitung von dem Außenbordmotor gelöst hatte und Benzin ins Boot strömte.

»Das Wasser«, stöhnte Burgess. »Da ist etwas im Wasser. Verdammt, das *brennt*!« Burgess wälzte sich zur Seite, um Peters anzusehen, und seine Augen weiteten sich vor Entsetzen. »Scheiße, dich hat's auch erwischt!«

Erst jetzt nahm Peters das Brennen an seinen Wangen und am Hals wahr. Er wischte sich mit dem Arm übers Kinn und sah das Blut. Er konnte seinen Arm nur wie benommen anstarren und sich fragen, wie wohl sein Gesicht aussehen mochte.

»Bring uns hier weg. Bring uns ans Ufer. Scheiße, schau mich an! *Schauuuu mich an!*«, schrie Burgess.

»Durchhalten, Kumpel, ich bring uns da weg«, versprach Peters ausdruckslos. Seine Bewegungen waren zu langsam, waren im Begriff, seiner bewussten Kontrolle zu entgleiten. Er reagierte sozusagen in der dritten Person.

Das Boot krachte gegen einen Felsvorsprung. Dann scharrte das Steuerruder am Boden, als das Wasser kurz zurückwich, und gleich darauf klatschte die nächste Welle gegen die Bootswand. Peters rappelte sich unsicher auf, schloss die Treibstoffleitung wieder an und startete den Motor. Auf das Steuerrad gestützt, um sich gegen die Wellen zu stemmen, drehte er den Schlüssel im Zündschloss um und stieß dann eine Verwünschung aus, als nichts passierte. Er versuchte es noch einmal, brachte aber nur ein klickendes Geräusch zustande.

»Wisch mir das weg! *Wisch es mir weg!*«, stöhnte Burgess hinter ihm.

»Wir schaffen dich ins Krankenhaus, Kumpel. Halte durch«, sagte Peters. Dann leuchtete es plötzlich in zornigem Rot hinter ihm. Peters fuhr verblüfft herum und sah Burgess, der eine angezündete Notfackel in der Hand hielt. Eine Fackel, wie man sie auf der Straße bei Unfällen benutzt! Was zum Teufel hatte so etwas auf einem Boot verloren?

»Ricky, *nicht*! Das Benzin –«

»Es muss sein. Damit ich es *los werde*!«

Bei der nächsten Welle kippte Burgess zur Seite ab, und die Fackel fiel in die Ölpfütze auf dem Boden des Bootes. Peters sah, wie die Flamme in die Höhe schoss und Burgess sofort einhüllte. In dem Sekundenbruchteil, der ihm zum Denken blieb, wandte Peters sich ab und sprang über Bord. Als er ins Wasser klatschte, erreichte die Flamme den Treibstofftank und das Heck explodierte mit einem dröhnenden Knall!

Kaltes Wasser strömte durch den Riss in Peters' Anzug, und gleich darauf stellte sich dasselbe intensive Brennen ein, das er an seinen Wangen verspürt hatte. Bilder von Burgess' zerfetztem Körper steigerten die Angst und den Schrecken, die in Peters aufstiegen, während er versuchte, von dem brennenden Boot wegzuschwimmen. Wrackteile des explodierten Tanks regneten auf ihn herab, das Boot kam währenddessen in den Wellen zur Ruhe und kippte dann zur Seite. Es krachte gegen die Felsen zu seiner Rechten und ächzte, als das Wasser es auf dem Kiel herumdrückte. Peters' Fuß berührte kurz festen Boden, ehe er wieder in die Höhe gerissen wurde.

Er schlug hilflos in der Strömung um sich, wollte nicht wahrhaben, dass es sinnlos war, gegen das Wasser anzukämpfen, das ihn vom Ufer wegzerrte. Sein Anzug füllte sich mit Wasser und drohte, ihn auf den Grund zu ziehen. Er hörte auf, um sich zu schlagen, ließ sich durch den stärksten Teil der Strömung sinken und versuchte dann, sich mit heftigen Beinstößen parallel zum Ufer aus der Strömung zu befreien. Eine weitere Welle schlug auf dem seichten Grund über ihm zusammen und warf Sand und Kies auf seine Blasen ziehende Haut und wälzte ihn zugleich in die Brandung zurück.

Peters versuchte aufzustehen, versuchte, klar zu sehen. Das Brennen an seiner Haut nahm ihm Kraft, sog die Luft aus seinen Lungen. Die nächste Welle stieß ihn aufs Ufer hinauf. Seine Brust prallte schwer gegen eine Kiesbank und er mühte sich ab, sich festzukrallen, ehe die zurückschwappende Brandung ihn wieder nach draußen zerrte. Mit dem Gesicht nach unten liegend hustete er das letzte Wasser, das er geschluckt hatte, aus sich heraus, spürte es brennen, als es durch seine Kehle und seine Nase floss. Die nächste Welle schob ihn ein paar Fuß näher ans trockene Land, ehe sie ihn zum letzten Mal verließ.

»Herrgott. Herrgott im Himmel«, gurgelte es aus Peters blutiger Kehle. Er wälzte sich auf den Rücken, schlang die Linderung in sich hinein, die die kühle Luft ihm bot, und hustete sie dann wieder aus sich heraus, als seine Lungen sich zusammenzogen. Er spürte, wie das in seinen aufgerissenen Trockenanzug eingedrungene Wasser seine Haut überall dort reizte, wo es sich an seinen Gelenken, im Schritt und an den Gliedmaßen gesammelt hatte. Ihm fehlte jegliche Kraft, um sich den Anzug herunterzureißen.

Meine Arme. Warum kann ich sie nicht bewegen? Warum kann ich meinen Körper nicht bewegen –?

Mit einem bewussten Willensakt brachte Peters schließlich seinen Arm dazu, auf seinen Befehl zu reagieren. Bedeckt mit zerfetztem Neopren und sich ablösendem Fleisch, hing er herunter und zuckte krampfartig, als er ihn an sich presste und ihn schließlich vor sein Gesicht hob. Seine Finger berührten die Stelle, wo sein rechtes Auge hätte sein müssen, und ertasteten nur gallertartigen Schleim. Im Moment hatte er noch keine Ahnung davon, aber schon bald würde er auf beiden Augen das Sehvermögen verlieren. Sobald die Blutgefäße dort aufplatzten und sich das ganze Ausmaß des Nervenschadens manifestierte. Im Begriff, das Bewusstsein zu verlieren, und während er sich abquälte, Luft in sein zerfetztes Lungengewebe zu saugen, blickte Peters zur Baumgrenze hinüber und versuchte sich Klarheit darüber zu verschaffen, wo genau er sich befand.

Mit einer Verblüffung, die ihm nur teilweise bewusst wurde, sah er einen kleinen Indianerjungen, nur ein paar Fuß von ihm entfernt, auf den Steinen hocken. Die Haut des Jungen leuchtete in einem feurigen Orangerot und spiegelte das Licht des brennenden Bootes wider.

Peters brachte nicht mehr zu Stande, als dem Jungen zuzuzwinkern.

Der Junge zwinkerte zurück.

1

8. August
50° 0' Nördl. Breite; 132° 0' Westl. Länge
In Reichweite der Wetterstation Nordost Pazifik,
genannt »*Papa*«

Der Horizont umgab die R/V *Exeter* ringsum wie ein nichts sagender grauer Streifen, während das Schiff fern jeglicher Landsicht auf geradem Kurs nach Westen zog. Abgesehen von den dahintreibenden Wolkenformationen hatte die Sicht sich seit zehn Tagen nicht verändert. Fast ein Viertel der Gesamtlänge des fünfzigsten Breitengrades dehnte sich vor ihnen über den Nordpazifik aus. Auf dem alphabetisch markierten Erfassungsgitter, das die Forscher der JGOFS – der Joint Global Ocean Flux Study, einem internationalen Forschungsprogramm für das Studium der zyklischen Bewegungen organischer und anorganischer Meeresbestandteile – festgelegt hatten, trug er die Bezeichnung »Linie P«. Forschungsschiffe kehrten jedes Jahr zweimal bis zu fünf Wochen genau an diese Positionen zurück, maßen die Meerestemperatur und nahmen Proben des Salzgehalts, der mikroskopischen Fauna und der Spurenelemente, um deren zyklische Bewegungen im Meer auszuwerten. In sorgfältiger Wiederholung dieser Prozeduren war man dabei, ein Modell zu entwickeln, mit dessen Hilfe sich bestimmen ließ, was der Ozean enthielt, wie er sich weiterhin entwickelte und welche Vorhersagen man über sein Verhalten machen konnte. Der Besatzung des Schiffes, die das zu schätzen wusste, war bekannt, dass die *Exeter* bald wenden und wieder festem

Boden zustreben würde, in Richtung auf Station P 24, dem Ende dieser Linie bei 150° westlicher Länge, liebevoll unter der Bezeichnung »*Papa*« bekannt.

In Anbetracht seiner Körpergröße von einem Meter fünfundachtzig hatte es William Brock Garner gelernt, den Kopf immer leicht einzuziehen, wenn er eine der Luken der *Exeter* passierte. Er war auf unauffällige Art muskulös, mit durchtrainierten Gliedmaßen und einem natürlich wirkenden athletischen Schritt, der nicht nur seiner unregelmäßigen Teilnahme beim Beach-Volleyball, gelegentlichen Basketballpartien oder einer kurzen Joggingrunde am Sonntagmorgen zuzuschreiben war. Garners Augen waren von einem scharfen, kristallen wirkenden Grau und konnten mit einem einzigen Lidschlag von mitfühlender Betrachtung in raubtierhafte Wachsamkeit wechseln. Seine Gesichtszüge waren gut geschnitten und glatt, abgesehen von zwei belanglosen, aber auffälligen Unregelmäßigkeiten: einer kleinen Narbe, die wie ein schräg liegendes S über seine Augenbrauen verlief, und einer leichten Krümmung seines Nasenrückens. Beides waren Andenken an eine verkürzte, aber höchst respektable Laufbahn bei der US Navy, die er vorzeitig im Range eines Lieutenant Commander beendet hatte.

Doch das war ein anderer Ort und eine andere Zeit. Aber dasselbe Meer.

Garner sah auf den Tiefenanzeiger, als er vom Hauptlabor zum Achterdeck ging: 3 520 Meter/11 550 Fuß, das war etwa die durchschnittliche Tiefe der Ozeane auf der ganzen Welt. Die *Exeter* hatte schon lange die Kontinental-Platte passiert, die den nordamerikanischen Kontinent wie ein abgetauchter geologischer Reifrock umgab, und kreuzte jetzt mit dreizehn Knoten zwei Meilen über dem Meeresgrund der nächstgelegenen Grenze von *terra firma*. Alles, was hier über Bord geworfen wurde, würde mehr als neunzig

Minuten brauchen, um im freien Fall den Meeresboden zu erreichen.

Ein in auffälligem Gelb lackierter Ausleger markierte die Mitte des Hecks der *Exeter* und der schaumigen Kielwelle, die sich dahinter erstreckte. Fast ebenso massiv und farbenfroh wirkte Sergej Zubov, der leitende Wissenschaftsassistent der *Exeter*, in seiner orangefarbenen Kombination. Im Augenblick wanderte Zubovs Blick wiederholt zwischen der Winsch und einer glänzenden, eineinhalb Meter durchmessenden Kugel hin und her, die fünf Meter über dem Deck in ihren Haltekabeln tänzelte. Bei der Kugel, einem Entwicklungsprodukt von Garner, handelte es sich um ein Gerät zur automatischen Entnahme von Planktonproben. In den letzten hundert Jahren des Studiums der Meere hatte es vermutlich etwa ebenso viele Konstruktionen für »den ultimativen Plankton-Sammler« gegeben, und einige davon hatten auch ihre Probe bestanden. Viele fanden Garners elegantes, aber launenhaftes Entwicklungsprodukt schlicht geschmacklos, wenn nicht sogar geradezu lächerlich; der Rest hielt es für revolutionär. Zubov hatte sich gleich beim ersten Mal, als Garner das glänzende Ding an Bord der *Exeter* gebracht hatte, der letzteren Gruppe angeschlossen. Jener erste Eindruck war zwar nach einer Unzahl von Anpassungsmaßnahmen, durchgebrannten Sicherungen und ärgerlichen Verwünschungen verblasst, aber jetzt wachte Zubov über Garners Erfindung wie ein unermüdlicher Vater über ein brillantes, aber zumeist krankes Kind.

Die untere Halbkugel des Geräts war aus beschwertem Titan gegossen und nahezu glatt, obwohl sie mit einem kompletten Arsenal von Infrarotsensoren und Mikrofokuskameras ausgestattet war, die dazu dienten, Mikroorganismen in ihrer natürlichen Welt zu registrieren und zu identifizieren. Der Äquator des Instruments enthielt Öffnungen, die zu einer ganzen Reihe von Musterkammern führten, die automatisch Wasserproben für die spätere Analyse aufnahmen. (Dass die Anordnung der Öffnungen von vorne betrachtet einem grinsenden Mund und ebensolchen Augen ähnelte, war nicht nur eine rein funktionelle Entscheidung des Erfinders.) An der Oberseite der Sphäre hörte schließlich jegliche Symmetrie auf; aus ihr wuchs ein unordentlicher Strauß von Instrumenten zum Aufzeichnen von Temperatur, Druck, Licht und Leitfähigkeit, während das Gerät durch die euphotische Zone gezogen wurde, dem Wasser an der Oberfläche des Ozeans, durch das Licht drang.

Einige sagten, das Instrument sehe aus wie ein Sputnik mit wild abstehenden Haaren, aber Garner hatte für die Ausgeburt seines Gehirns einen näher liegenden Spitznamen gewählt: die Medusa-Kugel. Um Rechtfertigung bemüht, tat Medusa alles dafür, ihrer mythologischen Namensgeberin Ehre zu bereiten. Die ersten Versuche mit dem Gerät, Proben zu entnehmen, hatten keine brauchbaren Ergebnisse gezeitigt. Nach jedem gescheiterten Versuch brachte Garner das Instrument wieder in seine Halterung auf Deck zurück und überprüfte mit großer Sorgfalt jede seiner Verbindungen mit den Computerreglern im Labor. Dann musste Zubov sicherstellen, dass das Instrument wieder präzise neu eingesetzt wurde, damit es, während es durch das Wasser gezogen wurde, die richtige Bahn beschrieb.

Wenn Medusa funktionierte – ihr Haar also weniger durcheinander war –, musste die Kugel nach exakten Parametern über mehrere Meilen hinweg auch bei unruhiger See nach einem detaillierten Protokoll für die Entnahmen der Proben gelenkt werden, auch wenn die Elemente und die an ein Kartenhaus erinnernde Instabilität der Kugel sich alle Mühe gaben, diese Zielsetzung zu vereiteln. Wenn alles gut ging, konnte Medusa in einem einzigen Schleppgang mehr

Daten liefern als beliebige zwei Dutzend Alternativen. Die Proben waren sauberer und präziser und konnten mit höherer Effizienz ausgewertet werden, als das bei jedem anderen bisher gebauten Sammler der Fall war. Aber wenn auch nur ein Aspekt versagte, war damit der ganze Versuch gescheitert, und die gesamte Probenentnahme konnte sich verzögern oder musste sogar völlig gestrichen werden.

Die Lernkurve derartiger Versuche war für die Crew der *Exeter* besonders lästig; schließlich befanden sie sich zweihundert Tage im Jahr auf See und hatten schon eine endlose Reihe zwanghaft neurotischer und (gewöhnlich) alles andere als seetüchtiger Wissenschaftler und ihrer zerbrechlichen Apparate erlebt. Die Regale voll Pyrex-Glasgerät und schizophrener Elektronik trugen nicht gerade dazu bei, den Respekt von Leuten zu erwerben, die eher den Umgang mit Getriebefett und Schmiedeeisen gewöhnt waren. Allein dieser Umstand hätte Garner und Zubov zu natürlichen Gegnern machen müssen, aber Garner war ein Wissenschaftler, der sehr einem Crewmitglied ähnelte, während Zubov ein sehr wissenschaftliches Crewmitglied war.

Nach unzähligen gemeinsam auf einem sturmgepeitschten Deck verbrachten Nächten, in denen sie neue Verwünschungen für Medusa erfunden oder sich bis zur Neige einer an Bord geschmuggelten Flasche Whiskey über sie beklagt hatten, hatten die Männer ein sehr wirksames Kommunikationssystem entwickelt. Ja, mehr als das, Garner vertraute blind darauf, dass Zubov Medusa mit größter Genauigkeit einsetzte. Garners Vertrauen ging sogar soweit, dass er sich auf die Bearbeitung der Proben konzentrierte und ihr Einsammeln ganz und gar anderen überließ. Da er den Löwenanteil der ihm von der NSF und der NOAA zugewiesenen Forschungsmittel in eine aus Titan und PVC bestehende Kugel investiert hatte, die etwa zweihundert Fuß unter ihnen durch den Pazifik zog, war der Seelenfriede, den Garner empfand, nur vage als Ausgeglichenheit zu verstehen. Zubov seinerseits wusste, dass die Beschaffung der Proben praktisch die einzige Rechtfertigung für den ganzen Aufwand war, der auf diesem Schiff getrieben wurde. Außerdem war es, wie er Garner häufig und recht unbescheiden ins Gedächtnis rief, schließlich seine Aufgabe, dafür zu sorgen, dass die Ziffern stimmten.

»*Beschissenes Hurenstück*«, fluchte Zubov, als Garner auf ihn zu trat. »Die verdammte Sensorphalanx hängt sich immer wieder fest.« Zubov war fünf Zentimeter größer als Garner und vielleicht fünfzig Kilo schwerer. Mit seinen kohlschwarzen Augen und dem schwarzen lockigen Haar, das sich übergangslos in einem dicken, zottigen Bart fortsetzte, erinnerte Zubov Garner an eine jüngere, größere, aber etwas keilförmiger geratene Version von Luciano Pavarotti. Zubov war in der Ukraine zur Welt gekommen und hatte den Rest seiner Familie dort zurückgelassen und sich selbst nur wenige Monate, bevor seine Heimatstadt in der Nähe von Tschernobyl zu weltweiter Bekanntheit aufgestiegen war, nach Amerika abgesetzt. Inzwischen hatte Zubov die amerikanische Staatsbürgerschaft angenommen und mit Ausnahme seines Namens, seines Appetits und seiner strengen Pflichtauffassung nur wenig Spuren seiner Herkunft behalten. Gelegentlich, aber nur wenn er betrunken war und dann auch nur auf ein paar Silben, verdrängte sein Akzent sein reines Amerikanisch und lieferte ein Echo eines fast vergessenen früheren Lebens. Diejenigen, die Zubov nicht gut kannten, überraschten solche kurzen Ausbrüche; für Freunde wie Garner war so etwas wie ein früheres Leben bloß ein weiterer Grund, sich ganz dem Meer zuzuwenden.

Der Schweiß tröpfelte Zubov von der Stirn, während er sich mit Medusa abmühte und seine hünenhafte Gestalt gegen einen Haltedraht presste und noch einmal an dem Gerät zerrte.

»Sobald sie im Wasser ist, ist alles in Ordnung«, versicherte ihm Garner.

»Alles ist dann in Ordnung, wenn ich einen Scheiß-Herzanfall habe«, murrte Zubov.

»Nein, den kriegst du höchstens, weil du beim Frühstück zu viel Speck gegessen hast.«

»Vielen Dank, Mum«, sagte Zubov. »Zumindest hab ich dich immer für so etwas wie eine Mutter gehalten, Brock.« Ein letzter Ruck, und Medusa befand sich in korrekter Position.

»Gut. Wir haben zwei Minuten, um –«

»Das Ding ist jetzt bereit«, versicherte ihm Zubov und machte dann mit dem Zeigefinger eine drehende Bewegung, um dem Mann am Ausleger ein Zeichen zu geben. Daraufhin kippte das ganze Gestell in seinen Scharnieren auf die Schiffswand zu und bewegte das Instrument allmählich über das Schiffsheck hinaus. »He, he!«, bellte Zubov ins Funkgerät. »Ein Stück zurück. Nein, auf die andere Seite, du Schwachkopf. Ein Stück. He! Sechzehn Grad. Und dann um zwei fünf null rauslassen.«

»Bei drei Knoten auf sechs Minuten«, erinnerte ihn Garner. »Nicht zwei und nicht vier. Sechs Minuten, habe ich gesagt.«

»Kannst mich mal«, brummelte Zubov.

»Hat man dich als Kind misshandelt?«

»Man misshandelt mich als Erwachsener. Geh in dein Zimmer zurück.«

Garners »Zimmer« war das Stück Werkbank, das man ihm im Hauptlabor des Schiffes zugewiesen hatte. Er wartete, bis Zubov bestätigte, dass Medusa die korrekte Position unter ihnen eingenommen hatte, und schaltete dann auf ihre elektronische Sensorphalanx. Zahlenreihen wanderten über den Bildschirm und Garner gefiel, was er da zu sehen bekam. Er betätigte die Auslöser der beiden ersten Probenflaschen und forderte Zubov dann über Funk auf, er solle Medusa auf die nächste Tiefenposition bringen. »Sieht gut aus, Serg. Bis jetzt scheint alles zu klappen.«

Innerhalb weniger Minuten begann das von Garner für Medusa entwickelte Computerprogramm mit klinischer Akkuratesse den Gesundheitszustand des Meeres zu bestimmen. In Sekundenschnelle wurden Berechnungen der Nitrat- und Phosphatkonzentrationen mit Lichteinstrahlung, Wassertemperatur, Salzgehalt und der Anwesenheit von Spurenelementen in Beziehung gebracht. Diese Resultate wurden mit den in der Wassersäule enthaltenen pflanzlichen – Phytoplankton – und tierischen – Zooplankton – Bestandteilen, deren Dichte sowie der Gattungsverteilung verglichen. Sobald Medusa ihre Flaschenproben zur *Exeter* zurückbrachte, würde Garner die tatsächliche Gemengestruktur des Meeres unter ihnen mit den vorausberechneten oder geschätzten Vorgaben vergleichen. Durch den Vergleich dieser Ergebnisse über mehrere Tiefenschichten hinweg war Garner imstande, eine Art Echtzeit-Schnappschuss für die grundlegenden, allgegenwärtigen und komplizierten zyklischen Energiebewegungen des Meeres herzustellen.

Medusa würde registrieren, wie schnell und wie effizient Sauerstoff, Stickstoff und Kohlendioxyd zwischen dem Ozean aus Wasser unter ihnen und dem Ozean aus Luft darüber ausgetauscht wurden. Indem Medusa die vertikale Migration des Plankton über Hunderte – ja Tausende – von Metern verfolgte, konnte sie abschätzen, mit welcher Geschwindigkeit Kohlenstoff, Spurenmetalle und eine Vielzahl von Schadstoffen aus dem Wasser an der Oberfläche extrahiert und ob aus den kälteren Tiefen darunter genügend lebenserhaltende Nährstoffe nachgeliefert wurden. Wenn man den Ozean als die Lunge der Erde ansah, dann war eine voll funktionsfähige Medusa in der Lage, diesen Austausch, oder dieses Fließen, zu messen. Medusa konnte die Atemgeschwindigkeit von Mutter Erde bestimmen.

Abstrakt betrachtet schien es auf den ersten Blick ganz einfach, dieses Konzept nachzuvollziehen, auch wenn es eine höchst unwahrscheinliche Tätigkeit für einen gewitzten Jungen war, der mitten im Getreidegürtel von Iowa herangewachsen war. Bei seinen unregelmäßigen Besuchen, die er seiner umfangreichen Familie abstattete, versuchte Garner ihnen immer wieder zu erklären, was genau ein Ozeanograph machte und worum es bei seinen eigenen »Meeresforschungen« eigentlich ging. Um eine brauchbare Analogie bemüht, stellte Garner Vergleiche zwischen dem Zählen von Plankton und dem Einbringen der Weizenernte an. Eine bekannte Menge von Nährstoffen, Sauerstoff und Sonnenlicht führte zu einer vorhersehbaren Ernte, ob es dabei nun um Getreidekörner auf dem Land oder um mikroskopisches Leben im Meer ging. In beiden Fällen wurden Nährstoffe in der Atmosphäre und in der Erde sozusagen recycelt und Schadstoffe absorbiert – und eine Ernte eingebracht, die höhere Lebensformen ernährte. Die einzubringende Ernte war ein Indikator für das Potential, künftig wieder anderes Leben zu ernähren.

Aber hie und da waren die Bedingungen ungünstig und es kam zu einer Seuche. Die jeweilige Ernte wurde vernichtet oder starb ab. Gelegentlich führten solche Störungen dazu, dass alte Lebensformen durch neue ersetzt wurden. Wenn man beispielsweise das Gras auf einem Feld durch Unkraut ersetzte, fand immer noch ein Recycling von Energie statt – Wachstum, Tod und Fäulnis, Umwandlung von Energie. Was weiterer Untersuchung bedurfte, war, ob die geschädigte

»Ernte« imstande war, anderes Leben zu ernähren und was für eine ungefähre Qualität jenes Leben haben würde. Fälle wie diese interessierten Garner besonders. So einfach eine Bakterie, ein Virus oder toxisches Phytoplankton auch sein mochte, gerade solche mikroskopisch kleinen Bedrohungen waren bestimmend für die Gesundheit, die Widerstandsfähigkeit und damit die Lebensfähigkeit der allerfundamentalsten Einheiten des Ökosystems – und sie bestimmten auf diese Weise das Schicksal aller Organismen, die in ihm lebten – zunächst im Meer, aber zu guter Letzt auf dem ganzen Globus.

Arbeit von der Bedeutung, wie sie sie im Rahmen der JGOFS leisteten, musste möglichst breiten Kreisen erklärt und bekannt gemacht werden. Diese Einsicht hatte Garner zu der Überzeugung gebracht, dass jegliche Forschung, ganz gleich, was sie kostete, und ganz gleich, was für ein kompliziertes Spielzeug oder was für ein noch so aufwendiger akademischer Jargon dafür gebraucht wurde, es einfach nicht wert war, überhaupt durchgeführt zu werden, wenn man sie nicht einem einigermaßen intelligenten Achtjährigen vermitteln und erklären konnte. Gleichsam als Reaktion auf diese Überzeugung trieb Medusa häufig Schabernack mit diesem schlichten Glaubensbekenntnis.

In diesem Augenblick begannen die von seinem Sammler hereinkommenden Zahlenwerte jeden Sinn zu verlieren. Die Daten der anorganischen Proben – Spurenelemente, Sauerstoff, pH-Wert, Temperatur, Salinität – blieben unverändert, aber die organischen Werte fielen plötzlich auf allen Kanälen auf null.

Null?, dachte Garner. Planktongemenge mitten im Ozean waren zwar gewöhnlich bei weitem weniger dicht als Populationen im Küstenbereich, aber das Einzige, was die Anzeigen dazu veranlassen konnte, so plötzlich auf null abzusinken, war ein Stromausfall. Aber ein solcher hätte auch die anorganischen Werte auf null fallen lassen.

»Anschlüsse auf deiner Seite überprüfen«, forderte Garner Zubov per Funk auf. Es war unwahrscheinlich, dass sich einer der Sensoranschlüsse von Medusa gelockert hatte. Aber wenn das der Fall war, dann würde das bedeuten, dass sie die Kugel an die Oberfläche zurückholen, mit der *Exeter* wenden und den Schleppvorgang von neuem würden beginnen müssen. Garner stieß eine halblaute Verwünschung aus und spürte, wie seine Kinnmuskeln sich in einem Gefühl stummer Machtlosigkeit anzuspannen begannen. Zuerst hatte ein unerwarteter Sturm achtzehn Stunden lang jegliche Probenentnahme mit der Medusa unmöglich gemacht. Wenn Medusa jetzt versagte oder ganz ausfiel, würde das weitere Verzögerungen bedeuten. Und wenn diese Verzögerungen zu zeitraubend waren, dann konnte es sein, dass Garner die ihm am Ausleger und mit der Deckmannschaft der *Exeter* zugeteilte Zeitquote verlor. Ein auf geheimnisvolle Weise erkranktes Kind war eine quälende und teure Belastung. Ein Kurzschluss auf einer JGOFS-Fahrt bedeutete eine Verzögerung von drei bis sechs Monaten der nächsten, und das könnte sein Programm um ein ganzes Jahr zurückwerfen. Eine ganze Saison verlorener Daten, vielleicht sogar zwei, und das alles nur wegen eines nicht sofort reparierbaren mechanischen oder elektronischen Defekts.

Zubov gab von seinem Kontrollstand auf Deck die Diagnosewerte von Medusa zu ihm durch. Die Werte schienen normal, aber das würde bedeuten, dass der Sammler mitten im Ozean eine Region passiert hatte, in der es absolut kein Leben gab.

Und dann, noch ehe Garner darüber nachdenken konnte, wie unmöglich ein Loch ohne jegliches Leben mitten im Ozean war, zeigten die organischen Kanäle wieder Werte an.

»Was hast du denn jetzt gemacht?«, fragte Garner Zubov.

»Nichts«, erwiderte der. Das Einzige, was sich geändert hatte, war, dass die *Exeter* sich fünf Kabel – ungefähr sechs Zehntel einer Meile – weiter nach Westen bewegt hatte. Medusa funktionierte wieder normal; plötzlich war wieder Leben in die See »zurückgekehrt«.

Zehn Minuten später setzten die organischen Kanäle erneut aus, und dann, ein paar Minuten später wieder ein, genauso wie beim letzten Mal. Garner kratzte sich am Kopf und kaute auf seiner Unterlippe, während er unverwandt auf die Skalenwerte blickte. Die Sphäre funktionierte zeitweise gut – perfekt, um es genau zu sagen – und dann fielen plötzlich und ohne erkennbaren Grund die organischen Kanäle aus. Er rief Zubov ins Labor, und die beiden Männer verglichen die Ausfälle mit dem Kurs der *Exeter*.

Ausgehend von bisheriger Erfahrung funktionierte Medusa besser als bei jeder vorangegangenen Fahrt. Die letzten Veränderungen, die Garner an seiner Konstruktion vorgenommen hatte, schienen ihren Zweck erfüllt zu haben: Die anorganischen Daten waren auf den ersten Blick exakt. Die biologischen Informationen zwischen den unerklärlichen Schwarzen Löchern – Phytoplankton- und Zooplanktondichte, Speziesverteilung und aufgelöste organische Materie – lagen ebenfalls innerhalb des zu erwartenden Bereichs.

»Aber sieh dir das an«, sagte Garner und verglich die Echtzeitangabe mit dem Kurs des Schiffes. »Jedes Mal, wenn wir diesen einen Korridor passieren« – Garner definierte das Areal vermittels eines Zirkels als eine Fläche von etwa einer halben Meile Breite und unbestimmter Länge –, »ist es so, als gäbe es dort unten überhaupt nichts Lebendes.«

»Und was ist es dann, eine Tote Zone?«, spekulierte Zubov. Sie waren beide mit dem immer häufiger auftretenden

Phänomen »Toter Zonen« vertraut, temporärer Bereiche fehlenden Sauerstoffs, die gelegentlich Hunderte, ja Tausende von Quadratmeilen umfassten. Man nahm an, dass »Tote Zonen« von Schadstoffen hervorgerufen wurden, besser gesagt von einem Übermaß an Nährstoffen, und sie pflegten alles, was zu unbeweglich war, um sie zu verlassen, buchstäblich zu ersticken. Aber dabei handelte es sich um kurzzeitige Phänomene, die sich gewöhnlich auf den Meeresgrund beschränkten. Das offene Meer war viel zu dynamisch, um auf längere Zeit solche Zustandsformen zuzulassen.

»So ähnlich«, sagte Garner. »Nur, dass die Sauerstoffsensoren normale Werte anzeigen und dieses Ding nicht fließend ist.« Er überlegte kurz, um nach der richtigen Formulierung zu suchen. »Es ist, als ob da ein Loch im Meer wäre. Eine Art biologischer Abfluss, der in Raum und Zeit fixiert ist. Eine abiotische Stasis.«

Zubov sah ihn an und schmunzelte. »Eine *abiotische Stasis*?«

»Das habe ich gerade erfunden«, gab Garner zu. »Aber es passt.«

»Brock, fang nur an so zu reden, dann streicht dir die NSF wirklich alle Zuschüsse. Dann kannst du ja deine abiotische Stasis mit einer afinanziellen Stasis studieren.«

Es blieb ihnen keine andere Wahl, als den Schleppgang zu beenden, Medusa an die Oberfläche zu hieven und die elektronisch übermittelten Daten mit denen der in der Tiefe in den Wasserflaschen von Medusa gesammelten Proben zu vergleichen. Garner zog schnell etwas Wasser aus der Ansammlung von Flaschen ab, inspizierte die Proben zuerst mit bloßem Auge, anschließend unter einem starken Mikroskop und schließlich in einem hoch auflösenden Partikelzähler im Hilfslabor der *Exeter*. Es dauerte nicht einmal eine Stunde, bis er sich vergewissert hatte, dass an der Medusa alles in

Ordnung war. Die aus dem Inneren der »abiotischen Stasis« entnommenen Proben waren absolut frei von jeglichem mikroskopischen oder makroskopischen Leben.

Garner und Zubov setzten Medusa erneut an derselben Stelle des Meeres ein und erhielten dasselbe Ergebnis.

»Serg, *sieh dir das an*«, drängte Garner.

Zubov kannte Garner, wusste, dass dem anderen jede Übertreibung fremd war. *Ein Loch im Ozean,* hatte er gesagt, und genau so sah es aus. »Diese Planktonwerte sind die niedrigsten, die ich je irgendwo zu Gesicht bekommen habe, und wir halten uns an dasselbe Gitter wie bei jeder anderen JGOFS-Fahrt«, sagte Zubov.

»Das Entnahmegitter hat keinen Einfluss auf die Flüssigkeit in ihm«, meinte Garner gereizt. »Das System sollte sich im Laufe weniger Stunden selbst ausgleichen. Eine abiotische Stasis ist nicht möglich, aber genau das haben wir hier.«

»Und du bist sicher?«, fragte Zubov.

»Das weißt du ganz genau«, gab Garner zurück.

»Ja, das weiß ich«, nickte Zubov. »Aber zugleich weiß ich auch, dass das einfach unmöglich ist.« Zu behaupten, dass es mitten im Ozean eine stabilisierte Region ohne jegliches Leben gäbe, war ebenso, als wollte man behaupten, dass es mitten in der Wüste Sahara eine unbewegliche Sanddüne gäbe.

»Hier draußen gibt es also entweder ein gewaltiges biologisches Loch oder dein albernes kleines Spielzeug ist mal wieder kaputt«, sagte er. »Was, meinst du wohl, werden die Leute, von denen dein Geld kommt, glauben?«

2

9. August
48° 45' 50" Nördl. Breite, 125° 13' Westl. Länge
Pacific Rim National Park,
Vancouver Island, Kanada

Die Schreie begannen kurz nach Mitternacht.

Zuerst dachte David Fulton, er würde träumen und aus den Tiefen seines Schlafes einfach die Geräusche, die der Wind im Blätterdach des Waldes hoch über ihnen erzeugte, falsch deuten. Dann spürte er, wie der Körper seiner Frau neben ihm in ihrem Schlafsack erstarrte, und wusste, dass sie ebenfalls etwas gehört hatte. Als der nächste schrille Schrei die Dunkelheit zerriss, schoss Karen hoch und ihr Kopf drückte sich gegen das Dach des Zeltes, dessen Nylongewebe vom nächtlichen Tau schwer herunterhing.

»Das ist Caitlin«, zischte sie und sprach damit aus, was Fulton selbst erkannt hatte, während sie ihn zugleich anstieß, um ihn zu wecken. In einer Folge schneller Bewegungen kippte sie nach vorn, schnappte sich ihre Taschenlampe und zog sich die Wanderstiefel an, während sie schon durch die Türklappe nach draußen hastete. Fulton befreite sich aus seinem eigenen Schlafsack und kroch hastig hinter seiner Frau her.

Als Fulton das Zelt verlassen hatte, sah er Karens nackte Beine, wie sie vor dem Zelt des Mädchens kniete, wirre Silhouetten seiner Familie im Lichtkegel der Taschenlampe, die im Zeltinneren hektisch umherhuschte.

»Was ist denn? Was ist denn, Liebes?«, konnte er hören,

wie Karen auf Caitlin einredete, bemüht, sie zu beruhigen, aber ohne die Angst übertönen zu können, die in ihr aufstieg. »Oh, du liebe Güte, *schau dich doch an*. Was ist denn, Kleines?«

Fulton sah sich instinktiv auf ihrem Lagerplatz um, suchte einen Eindringling oder ein wildes Tier. Rings um sie regten sich die hohen Koniferen, die die Lichtung säumten, im Wind, der vom Strand heraufwehte. Die Aschereste ihres Lagerfeuers glühten noch in stumpfem Orange, sie hatten es erst vor einer Stunde verlassen, als er und Karen schließlich ihre Flasche Burgunder geleert hatten und zu Bett gegangen waren. Eine schnurgerade Reihe von Muscheln, Souvenirs vom Strand, präzise aufgereiht von der sechsjährigen Caitlin – David Fultons einzigem Kind – und der neunjährigen Lindsay – Karens Tochter aus einer vorangegangenen Ehe –, lagen vor einem großen flachen Baumstumpf, den sie als Tisch für ihr Abendbrot benutzt hatten. Würgende Laute zwangen seine Aufmerksamkeit wieder auf das Zelt der Mädchen zurück und der nächste Gedanke, der ihm kam, war *Lebensmittelvergiftung*.

Karen rief ihm zu, er solle ein Handtuch bringen, und er fand eines, reichte es ihr, kniete nieder und beugte sich ins Zelt. Der Geruch von Erbrochenem war überwältigend. Er sah Lindsay am hinteren Ende des Zelts kauern und sich mit den Händen Mund und Nase zuhalten, sah die kleine Caitlin zusammengekrümmt in ihrem Schlafsack, wie sie sich den Bauch hielt und immer wieder von Krämpfen geschüttelt klagende Laute von sich gab. Karen versuchte, Caitlin mit dem Handtuch das Gesicht abzuwischen, aber Caitlin hörte nicht auf, sich auf dem wasserdichten Zeltboden zu übergeben. Eine dunkelgrüne, körnige, dicke Flüssigkeit, die nach hinten in die Ecke quoll. Fulton stieg Kotgeruch in die Nase und ihm wurde bewusst, dass sein kleines Mädchen nicht nur vom Erbrechen geplagt wurde.

Da war etwas, was seine Tochter förmlich von innen nach außen kehrte.

Caitlins Haut war vom Schweiß glitschig und kalt. Ihre Augen blickten stumpf und ausdruckslos in das Licht der Taschenlampe. Sie fröstelte, zitterte vom Kopf bis zu den Zehen, als Karen versuchte, ihr irgendwelche Informationen zu entlocken.

»Die Beine tun mir weh«, wimmerte sie. Ein gurgelndes Geräusch unterbrach auf groteske Weise den Schleimfluss, der um ihren kleinen Mund bereits zu erstarren begann. Karen wischte ihn schnell weg.

»Sie tun weh? Was meinst du mit ›weh tun‹?«, bohrte Karen. »Wie ein Schnitt? Brennen sie?«

»Lauter Nadeln...«, wimmerte Caitlin und verstummte dann, fing wieder an zu zittern und zu wimmern.

»Was ist das denn, Mommy?«, fragte Lindsay mit weit aufgerissenen Augen. »Was hat sie denn?«

Fulton forderte Lindsay auf, sich etwas Warmes zu suchen und sich anzuziehen, und bat Karen, Caitlin aus dem Schlafsack herauszuziehen und sie in etwas Trockenes zu wickeln. Dann rannte er zu ihrem eigenen Zelt zurück und holte seine Hose, die Wagenschlüssel und ein paar Wertsachen, die sie nicht in ihrem Pathfinder Geländewagen eingeschlossen hatten. Karen trug Caitlin zum Wagen und Fulton half den beiden, auf der hinteren Bank Platz zu nehmen, wo seine Frau das kleine Mädchen besser an sich drücken konnte. Dann setzte er sich hinters Steuer, holte das Handy aus seiner Halterung an der Mittelkonsole, wählte die Nummer des Notarztes und wartete dann schwer atmend, während die Automatenstimme ihnen bestätigte, dass sie außer Reichweite waren. Verdammt, sie waren sechzig Meilen von der nächsten größeren Ortschaft entfernt. Er schnallte Lindsay auf den Beifahrersitz, drehte den Schlüssel im Zündschloss um, legte krachend den Rückwärtsgang ein und fuhr zu der Zufahrt, über die sie gekommen waren. Er hatte nur eine vage Vorstellung davon, wohin sie fuhren oder wie sie dorthin gelangen würden.

Die Zufahrtsstraße zu dem abgelegenen Zeltplatz war über mehrere Meilen nicht viel mehr als eine schlammige, von Fahrrinnen durchzogene Unterbrechung des dichten Waldes. Kies prasselte wie Flakbeschuss gegen das Fahrgestell des Wagens und gewaltige Schlaglöcher verschluckten die dicken Reifen. Mehrmals drohten sie Fulton das Steuerrad aus der Hand zu reißen. Bataillone ausgefranster überhängender Äste tauchten plötzlich im auf und ab tanzenden Lichtschein der Scheinwerfer auf, klatschten gegen die Seitenspiegel des Fahrzeugs und kratzten wie Baumkobolde am Dach und den Fenstern des Geländewagens. Zweimal rutschte der Pathfinder aus der Fahrspur und zerdrückte den weichen Randstreifen, schlitterte dabei gefährlich nahe an die Baumstämme heran, die ihren Weg säumten.
Caitlin hatte zu husten aufgehört und war still geworden. Fulton blickte mehrmals nach hinten und sah jedes Mal ihr gespenstisch wirkendes Gesicht im grünlichen Licht der Armaturen. Karen wiegte das kleine Mädchen sanft und flüsterte ihr tröstende Worte zu und wiederholte dann, was sie gesagt hatte, lauter, damit es auch Lindsay auf dem vorderen Sitz hören konnte.

Auf halbem Weg zu der Ortschaft Port Alberni weitete sich der Weg gnädig zur Sarita Zufahrtsstraße, die sich im Besitz der größten Holzgesellschaft in British Columbia befand und von dieser auch »unterhalten« wurde. Fulton erinnerte sich von der Herfahrt, dass die Straße von allen möglichen Trucks,

Planiermaschinen und mittelalterlich aussehenden Holztransportern befahren wurde. Die Firmenangestellten fuhren alle mit überhöhter Geschwindigkeit und wegen des dichten Staubs, den sie aufwirbelten und der noch einige Minuten hinter ihnen in der Luft hing, mit eingeschalteten Scheinwerfern. Was noch schlimmer war, die größten dieser Fahrzeuge kamen einem häufig auf der eigenen Fahrspur entgegen, wenn sie sich um die vielen Haarnadelkurven zwängten und auf einer Straße, die jeden Tag anders aussah, möglichst ebene Stellen suchten.

Eine halbe Stunde später erreichten sie zum ersten Mal seit einer Woche Asphalt und Fulton forderte ihrem Fahrzeug jetzt ein höheres Tempo ab. Sie brauchten weitere vierzig Minuten, bis sie Port Alberni erreichten, und dann war, dem Himmel sei Dank, der Weg zum Krankenhaus deutlich markiert. Fulton raste an der roten Tafel vorbei, die auf die Notaufnahme hinwies, und parkte auf dem fast leeren Parkplatz. Er nahm Caitlin aus Karens schützenden Armen und hastete mit seiner Tochter durch den Eingang. Die Sechsjährige war für ihr Alter immer klein gewesen, und wie sie jetzt so vermummt und stumm in seinen Armen lag, schien sie ihm beinahe gewichtslos, leichter als Luft. Er konnte die Augen nicht von ihr wenden, als die automatischen Türen sich vor ihm auseinander schoben und ihnen den Zugang in den grellen sterilen Lichtschein des Empfangsbereichs freigaben.

Die diensthabende Krankenschwester hörte sich seine mit Stakkatostimme vorgetragene Schilderung der Symptome an, während sie einen Helfer herbeiklingelte, um Caitlin in Empfang zu nehmen, und deren Namen in Druckbuchstaben oben auf die Patientenkarte schrieb. Caitlin wurde auf einen Rollwagen gelegt und schnell den Korridor hinuntergeschoben. Karens Augen weiteten sich, als sie dem Wagen zu folgen versuchte, aber von einem zweiten Pfleger mit sanfter Hand zurückgehalten wurde.

»Verdammt, ich lasse sie nicht aus den Augen!«, kreischte Karen zuerst den Pfleger und dann die Schwester an. »Ich weiche ihr nicht von der Seite, bis wir wissen, was mit ihr *los* ist!«

Fulton schlang die Arme um seine Frau und drückte sie an sich, als sie zu schluchzen anfing. Lindsay stand zwischen ihren Eltern und legte die Arme um die Taille ihrer Mutter. Die Schwester fragte Fulton nach Caitlins Geburtsdatum, etwaigen Allergien, ihrer Versicherung und anderen Details. Von weiter unten im Flur konnten sie Caitlins klagende Stimme hören und dann einen Arzt, der leise auf sie einredete, ehe sich schließlich die Tür des Untersuchungszimmers hinter ihnen schloss.

»Heimatadresse?«, fragte die Schwester.

»Wann können wir sie sehen?«, wollte Karen wissen. »Wann dürfen wir *zu ihr*?« Die Besorgnis seiner Frau hatte jetzt fast hysterische Züge angenommen.

»Seattle«, sagte Fulton zu der Schwester.

»Seattle, Washington?«

»Nein – Seattle, *Ägypten*!«, brauste Fulton auf.

»Sie sind also Amerikaner«, sagte die Schwester, als ob das seine Aggressivität erklären würde. Fulton sah zu, wie die Schwester langsam und mit Bedacht SEATTLE, WASHINGTON auf das Formular schrieb. Sie ließ sich Zeit dabei, wie um dem Umstand weiteren Nachdruck zu verschaffen, dass sie nicht aus der Gegend waren. *Was ist denn los? Gerade zum ersten Mal einen Schwarzbären gesehen? Das Zelt in einer Flutzone aufgeschlagen und mit heruntergelassenen Hosen dabei erwischt worden? Oh nein, einfach bloß durchgedreht und jetzt bereit, die ganze kanadische Nation zu verklagen, bloß weil eine Sechsjährige sich ein bisschen den Magen verdorben hat.*

»Würden Sie sich bitte ein wenig beeilen?«, sagte er mit erregt klingender Stimme. Die Krankenschwester blickte zu ihm auf. »Bitte. Beeilen Sie sich doch«, wiederholte er.

Schließlich suchten die Fultons den Wartesaal auf und nahmen auf orangefarbenen Plastiksesseln Platz, von denen aus man die Empfangstheke und die Korridore dahinter sehen konnte. Zweimal kam noch eine zweite Schwester heraus, um ihnen Fragen zu stellen. Ob sie wüssten, wie Caitlin sich die Abschürfungen und Schnitte an den Füßen zugezogen hatte? Beim Barfußlaufen an den steinigen Sandstränden natürlich. Was sie zu Abend gegessen hatten? Und zu Mittag? Ob Caitlin irgendwelche Nahrungsmittelallergien hätte? Medikamentenallergien? Neurologische Störungen? *Neurologische Störungen!* Weder Fulton noch seine Frau konnten sich vorstellen, wie man auf so eine Idee kommen konnte.

Im Laufe der nächsten Stunde ging Karen bestimmt ein Dutzend Mal ans Empfangspult und wollte wissen, warum es so lange dauerte. Sie verlangte, ihre Tochter zu sehen. Und jedes Mal, wenn sie zurückkam, hatte ihre Wut sich gesteigert; dann versuchte es immer Fulton selbst, erreichte aber auch nicht mehr. Lindsay hatte inzwischen angefangen, sich in einer kleinen Spielzone zu beschäftigen, die für Kinder bestimmt war, die halb so alt waren wie sie. Ein mit einem Fernseher verkabelter Videorekorder spielte mit reduzierter Lautstärke Zeichentrickfilme. Als Fulton jetzt hinsah, tauchten drei Eichhörnchen auf dem Bildschirm auf und fingen an, ein kleines Mädchen mit einem Lied zu hänseln, an das er sich von seiner Kindergartenzeit her erinnerte: *Pass auf und geh nie allein in den Wald...*

Das versetzte ihm einen Stich, aber in Wirklichkeit dachte David Fulton nicht daran, in den Wald zu gehen, heute nicht und auch sonst nicht, jedenfalls so lange nicht, bis jemand ihnen sagte, was mit Caitlin los war. Er dachte nicht an die

Beschädigungen an dem Pathfinder oder daran, wie sich ihr »Abenteuerurlaub« plötzlich in einen Alptraum verwandelt hatte. Er war jetzt nicht länger ein Tourist im Ausland, der sich bemühte, seiner Familie einen grandiosen Urlaub zu bieten und bei dieser Gelegenheit seiner etwas ins Schlingern geratenen Ehe einen Rettungsring zuzuwerfen. Er war auch nicht mehr der geschäftsführende Partner von Fulton Architects, einem funkelnden Juwel in der immer überfüllteren Krone der Grünen Stadt. Nicht der Workaholic mit elf Stunden am Tag und elf Monaten im Jahr und auch nicht der gelegentliche Kirchgänger. Er war schlicht und einfach ein Vater – zuerst und zuletzt und ausschließlich – und fast blind vor Sorge, dass sein Kind schrecklich krank war.

Die Pendeltüren gingen auf und endlich kam eine Ärztin auf sie zu, eine athletisch aussehende Frau mit strahlend blauen Augen und langem, lockigem Haar, das sie in einem lockeren Zopf zusammengebunden hatte. Sie stellte sich als Dr. Ellie Bridges vor, tat das mit ruhiger, gemessener Stimme, die weder klinisch noch empfindungslos klang; einfach nur resolut. Später würde Fulton ihren Ausdruck als »professionell und gut einstudiert« bewerten und wäre es nur, um sich schmerzliche Worte zu ersparen. Durch einen dichter werdenden Nebel fand Karens Hand Davids Arm und drückte ihn fest, als ihre eigene Erkenntnis zu dämmern begann und die Panik zur Detonation brachte.

Ihre Tochter war tot. Caitlin war tot und in Fultons Hals starben mit ihr die Worte, mit denen er eine Erklärung verlangen wollte. Das Gefühl der Lähmung begann hinten an seinem Schädel, und dann drängte von allen Seiten Dunkelheit auf ihn ein, als er seine Frau schrill kreischen hörte und verzweifelt die Arme um ihr überlebendes Kind schlingen sah.

Die Welt des Architekten fing an, um ihn herum zusammenzubrechen.

3

12. August
48° 56' 50" Nördl. Breite,
125° 32' 50" Westl. Länge
Ucluelet, British Columbia

Roter Himmel am Abend – für den Seemann erquickend und labend. Ist der Himmel rot am Morgen, dann bringt das dem Seemann Sorgen.

Woher genau jene seemännische Weisheit stammte, war Mark Junckers ein Rätsel, aber sie kam ihm jedes Mal in den Sinn, wenn er rote Streifen am Horizont entdeckte. Er wusste, dass die Wettermuster sich auf der nördlichen Halbkugel von Westen nach Osten zu bewegen pflegten; ein roter Himmel am Morgen bedeutete also, dass der Himmel sich vom Westen her zu bedecken begann; wenn die untergehende Sonne am Abend die Zirruswolken im Osten rötete, bedeutete das, dass der Sturm vorübergezogen war und ruhigeres Wetter heraufzog. An diesem Morgen zog der östliche Himmel Marks Aufmerksamkeit auf sich, als er langsam zu dem öffentlichen Landesteg hinunterging und die Leinen der *Pinniped* löste.

Sorgen oder nicht, Junckers hielt jedenfalls inne, um das Schauspiel am Himmel zu betrachten, und führte dabei einen Blechbecher mit Pulverkaffee an die Lippen. Nachdem er eine Creedence Clearwater Revival-CD in die Stereoanlage des Bootes geschoben und »Fortunate Son« ausgewählt hatte, ließ er den Hilfsmotor des fünfunddreißig Fuß langen Segelboots an und steuerte es der aufgehenden Sonne entgegen. Für Mark Junckers war es der dritte Sommer, den er mit seinen Forschungsarbeiten an der Meeresbiologischen Station in Bamfield verbrachte, um die Seelöwenbestände von Barkley Sound zu studieren. Er kam jedes Jahr in der letzten Maiwoche und hielt dort für dreißig Studenten der Meeresbiologie einen dreiwöchigen Kurs über Meeressäugetiere ab. Den Rest des Sommers konnte er sich auf seine Forschungsarbeiten konzentrieren und Familien von *Zalophus californianus*, dem kalifornischen Seelöwen, filmen, messen und mit Funksonden verfolgen. Die sechzehn Stunden, die er täglich damit verbrachte, über Felsbrocken und Kiesbänke zu klettern, um zu den Brutplätzen zu gelangen, hatten seine Muskeln gestrafft und ihm eine gesunde Sonnenbräune eingetragen; drei Monate dieses selbst auferlegten Einsiedlerdaseins hatten sein Haar lang wachsen und in der Sonne ausbleichen lassen, ihm einen nicht sonderlich gepflegten Bart verschafft und seinen Augen einen Ausdruck »eines verrückten, weit entfernten Glücksgefühls« verliehen, wie zumindest eine seiner ehemaligen Freundinnen es einmal ausgedrückt hatte.

Junckers schob die Sonnenbrille auf seiner Adlernase hoch und kniff die Augen zusammen. Seine Augen – schmal und tief liegend, von Geburt aus argwöhnische, nervöse Augen, wie seine Lehrer ihn seit der Volksschule gehänselt hatten – lasen in den vom Pazifik hereinkommenden Wellen, und er zog das Hauptsegel ein. Er streifte das T-Shirt von seinem langen, schlaksig wirkenden Oberkörper und schmierte sich kräftig mit Sonnenschutz ein. Er hatte sich unter anderem vorgenommen, den seltsam wirkenden Bräunungsstreifen, die zur Zeit die Oberseite seiner Schultern und seinen Halsansatz zierten, etwas von ihrer Kontrastwirkung zu nehmen. Sie stammten von den Rändern seiner Schwimmweste und den drei Tagen der letzten Woche, in denen er in einem ausgeborgten Meereskajak um den Nordrand von Barkley

Sound gepaddelt war. Junckers betrachtete seine Forschungstätigkeit zwar selten als regelrechte Arbeit, aber sie war auch nicht nur müßiger Zeitvertreib. Er wusste, dass der Sommer sich langsam dem Ende neigte und hatte sich selbst dazu gezwungen, einen dringend benötigten Urlaub-im-Urlaub zu nehmen. Natürlich fuhr er fort, Seelöwen und Ottern zu beobachten, wenn sie seinen Weg kreuzten – ein Biologe in Barkley Sound sah sich stets der Versuchung ausgesetzt, wieder an die Arbeit zu gehen, zumindest mit einem Auge –, aber hauptsächlich genoss er die Zeit, die er mit den Wellen, zwei Robert Heinlein-Romanen, einem Hibachi und ein paar Dosen Bier alleine war.

Vor drei Tagen hatte ein nasser, windiger Sturm vom Westen her geweht und ihn gezwungen, in Ucluelet Schutz zu suchen. Junckers fand eine Dusche hinter dem Waschsalon der Ortschaft, wusch sich das zerzauste, wellige blonde Haar und fand später einen bequemen Barhocker in der Kneipe am Hafen. Seit er aus der Navy ausgeschieden war, war seine Karriere, ja sein ganzes Leben, nach keinem näher definierten Plan verlaufen, ausgenommen dem Ziel, eines Tages eine feste Anstellung an irgendeiner Uni zu finden. Selbst das war nicht länger die Garantie für intellektuelle Freiheit, wie dies bei früheren Generationen der Fall gewesen war, und deshalb würden ihm für den Augenblick der Wind, die Wellen und die nie ihre Faszination verlierenden *Zalophus*-Familien genügen müssen.

Sorgen für Seeleute oder nicht, die Sonne war jedenfalls ein gutes Stück über den Horizont gestiegen und es fing an, heiß zu werden, als Junckers schließlich sein Segelboot die zwanzig Meilen quer über den Sund gebracht hatte. Er lenkte die *Pinniped* durch den Coaster Channel in den Broken Group Islands, einer Formation, die ungefähr die Mitte der hundertsiebzig Quadratmeilen umfassenden Bucht bildete, und setzte dann die Segel für Bamfield. Er steuerte auf Satellite

Passage zu, so dass die Station, die jetzt, von der Vormittagssonne in strahlendes Licht gehüllt, unmittelbar vor ihm lag und wie Diamanten auf einem meeresblauen Teppich glitzerte. Steuerbord von der *Pinniped*, entlang dem Südostufer des Sunds, lagen die Inseln der Deer Group, wo sein Stiefvater immer noch auf einem einsamen Gipfel im Vorgebirge eine Blockhütte besaß. Charles Harmon, ehemaliger Yale Student und jetzt Professor emeritus der University of Washington. International berühmter Experte für Meereskrankheitserreger und ansteckende Fischkrankheiten; im Familienkreise als eiskalter und gleichgültiger Mistkerl berüchtigt, zumindest nach Junckers persönlicher Erfahrung.

Was seine Mutter jemals an einer so anmaßenden und zugleich einsiedlerhaften Persönlichkeit gefunden hatte, würde ihm wohl ewig ein Rätsel bleiben. Vielleicht war es die Sicherheit, die eine Professorenstelle bot – für Harmons Generation vor dreißig Jahren –, oder vielleicht war es auch die herrliche Szenerie und die Einsamkeit seines »Sommerhauses« auf Helby Island, mehr als dreitausend Meilen von New Haven entfernt. Junckers begann als Fünfjähriger, von seiner älteren Stiefschwester Carol, Harmons Tochter aus dessen erster Ehe, mitgeschleppt, die Gezeitentümpel an Harmons Strand zu erforschen. Zu der Zeit war Professor Harmon viel zu sehr damit beschäftigt, Konferenzen in Athen, Brest oder La Jolla zu besuchen, um seinen Kindern Vorträge über das zu halten, was sie im eigenen Hinterhof entdeckten. Aber am Ende musste am Beruf ihres Vaters doch außer Fischkrankheiten noch etwas ansteckend gewesen sein; denn sowohl Junckers wie auch seine Stiefschwester hatten sich dazu entschlossen, die Meeresbiologie zu ihrem Beruf zu machen. Carols Bio-Akustikarbeiten mit Buckelwalen galten immer noch als bahnbrechend. Junckers hatte für seine Arbeit ebenfalls etwas Anerkennung gefunden, aber falls das den Alten je beeindruckt hatte, hatte er sich davon nie etwas anmerken lassen. Falls Junckers je den Antrieb verspürt hatte, den Alten mit seiner eigenen Karriere als Forscher zu übertreffen, so hatte er diesen Wunsch inzwischen schon lange vergessen.

Junckers richtete seinen Feldstecher auf ein kleines Felsriff etwa eine halbe Meile Steuerbord von ihm – Wizard Islet. Der Wellenbrecher war nicht viel mehr als eine Ansammlung von Kies, Gestrüpp und vom Sturm angeschwemmtem Strandgut und doch konnte man dort praktisch immer bis zu fünfzig Seelöwen vorfinden, ganze Großfamilien, die sich auf dem von Wellen überspülten Strand sonnten. Seltsamerweise waren heute überhaupt keine zu sehen.

Junckers wendete die *Pinniped* und umkreiste die winzige Insel, um sich zu vergewissern, dass er richtig gesehen hatte. Doch da waren keine Seelöwen auf der Kiesbank und auch keine im Wasser. Es konnte ja sein, dass es ihnen auf dem Felsen zu heiß war, aber dann sah man gewöhnlich ihre glatten Hundeköpfe in den Wellen tanzen und vielleicht mit einem Büschel Kelp Wasserball spielen.

Junckers wendete das Boot und nahm Kurs nach Süden, passierte mit der *Pinniped* das Blockhaus des Alten. Er hob erneut sein Fernglas und richtete es auf den Strand, ehe er das Ufer bis hinauf zum Haupthaus absuchte. Wenn der Alte zu Hause war, dann schlief oder las er gewöhnlich drinnen, um der Hitze zu entkommen. In den letzten Jahren war es Harmon zu mühsam geworden, vom Landungssteg zu seinem Haus hinaufzuklettern, aber der Alte war viel zu stolz, um zuzugeben, dass er sich eigentlich ein etwas bequemeres Zuhause für seinen Ruhestand suchen sollte.

Als Junckers ein paar Minuten später auf Diana Island eintraf, sah er einige Meeresvögel – Austernfänger und Red Knots –, die hoch oben am Felsufer Futter suchten, aber wiederum keine Spur von Ottern oder Seelöwen.

Seine Verblüffung ging allmählich in Besorgnis über. Er zog die Segel ein und ließ das Boot neben zwei Charter-Fischer treiben, deren Kunden ihre Leinen vor dem Wellenbrecher auf der Suche nach Heilbutt oder Kabeljau baumeln ließen, während »die Eingeborenen« miteinander plauderten. Die Fischer aus der Gegend betrachteten die Forscher von der Station gewöhnlich mit einer Mischung aus Unverständnis, Spott und Abneigung, aber diese Leute hier kannten Junckers und fanden ihn sympathisch genug, um sich seine eigenartigen Fragen anzuhören. Junckers wollte von ihnen wissen, ob sie heute oder gestern irgendwelche Seelöwen in der Gegend gesehen hätten. Die beiden überlegten kurz, schüttelten dann beide den Kopf und wandten sich wieder ihrer Kühlbox mit Hamm's Bier zu.

Junckers fuhr eine weitere Meile weit nach Süden und benutzte dazu seinen Außenbordmotor, ehe er schließlich Anker warf und die *Pinniped* fünfzig Meter vom Ufer entfernt sicherte. Er zog sich bis auf eine ausgebleichte Turnhose aus, schlüpfte in einen Nassanzug und hechtete elegant ins Wasser. Das seichte Wasser war für die Jahreszeit ungewöhnlich warm, was nicht nur der Sommersonne, sondern auch dem Wirken von El Niño im vergangenen Jahr zuzuschreiben war. Von Forschern mindestens ein Jahrhundert lang beobachtet, kam es in unregelmäßigen Abständen alle drei bis sieben Jahre zu diesen periodischen Störungen an der Meeresoberfläche. Ein einzelner El Niño dauerte nur achtzehn Monate, aber auf globaler Basis konnten sich die warmen Oberflächenströmungen im Pazifik in Ermangelung der typischen Passatwinde auf bis zu drei Jahre ausdehnen. Möglicherweise hatte der vorübergezogene Sturm diesen Effekt sogar noch verstärkt und das wärmere Oberflächenwasser über die kühleren Schichten darunter gedrängt und damit Letztere zum Boden abwallen lassen. Junckers schwamm im gemächlichen Tempo ans Ufer und ging an einem schroffen Felsvorsprung im Schatten jahrhundertealter Führen an Land. Er strich sich das lange Haar aus dem Gesicht und sog genüsslich den Duft der frischen Meeresluft ein. Zwei Meilen weiter im Süden konnte er gerade noch Cape Beale ausmachen, das sich drohend über den offenen Pazifik in Richtung Japan reckte. Die *Pinniped* tänzelte pflichtschuldig draußen auf dem Meer und wartete auf seine Rückkehr. Sie konnte noch ein wenig warten.

Mit dem Geschick des erfahrenen Bergsteigers begann Junckers über die Felsbrocken zu klettern, wobei seine nackten Füße überall am Gestein Halt fanden. Nach fünfzig Metern kam er am Eingang einer Höhle vorbei, die die Wellen im Laufe der Jahrhunderte ins Gestein gegraben hatten. Er und Carol hatten noch nicht das Teenageralter erreicht, als sie diese Höhle mit ihren geschätzten Felsbänken und einem natürlichen Kaminsystem entdeckt hatten, das durch die Klippendecke nach oben führte. Als Heranwachsende hatten sie aus der Höhle eine Art Clubhaus gemacht und waren im Laufe der Jahre zahllose Male hierher gekommen, um des Nachts zu campieren, mit ihren Freunden zu trinken oder zu kiffen oder auch nur den täglichen Stress des Lebens, der Schule oder des Alten abzustreifen – eine Art Stress, der unvermeidbar und unentwirrbar irgendwie einen gemeinsamen Nenner hatte.

Junckers hatte jetzt eine Stelle erreicht, wo das Felsgestein einen schmalen, aber sehr tiefen Kanal bildete. Bei stürmischem Wetter strömten die Wellen hier ein, verstärkten sich mit erstaunlicher Wucht, explodierten am anderen Ende am Ufer und waren durchaus imstande, mit gierigen Fingern sogar Bäume zu entwurzeln. Heute freilich war das Wetter ruhig und das unter ihm spülende Wasser war von einladend dunkelblauer Farbe.

Ein jungenhaftes Grinsen huschte über sein Gesicht, bevor er mit einem vergnügten Schrei in die Luft sprang und sich die zwanzig Fuß in die Brandung plumpsen ließ.

Einen Augenblick lang desorientiert ließ er sich von der nächsten Welle durch den Felskanal tragen, ein Surfer ohne Brett. Als er spürte, dass das Wasser zurückfloss, streckte er den rechten Arm aus und versuchte, irgendwo Halt zu finden. Seine Finger erfassten etwas, das sich wie ein aufgeweichtes Stück Holz anfühlte. Als er sich das Salzwasser aus den Augen geblinzelt hatte, sah er, dass seine Hand blutig war.

Während er gegen die Strömung ankämpfte, stand er im seichten Wasser und sah vor sich den aufgedunsenen Kadaver eines Seelöwen, ein großer Bulle, dessen eine Seite fast ganz abgefressen war. Dahinter war ein weiterer. Und noch einer. Junckers stieg aus dem Wasser, ungläubige Furcht wallte in ihm auf, als er zweiundzwanzig Kadaver zählte, darunter drei Seeotter, *Enhydra lutris*. Sie waren alle tot und ihre Wunden hatten bereits aufgehört zu bluten. Er fragte sich, ob sie sich in einem Treibnetz oder sonstigem Fischereigerät verfangen hatten. Doch von einem Netz war keine Spur zu sehen und die Wunden des Bullen waren zu undeutlich, als dass es sich um Schnitt- oder Risswunden hätte handeln können. Sie sahen eher wie ausgeschwärte Prellungen oder Blutergüsse an Bauchwand und Hals aus, mit Entzündungen, die bis ins Gesicht reichten.

Der Anblick so vieler übel zugerichteter Tiere, die alle am Ende der engen Felsrinne zusammengequetscht waren, machte ihn ganz benommen. Doch das hinderte ihn nicht daran, nach einer rationalen Erklärung zu suchen. Er erinnerte sich, schon gelegentlich ganze Herden gestrandeter Wale gesehen zu haben. Manche seiner Forscherkollegen glaubten, dass solche Massenstrandungen von Parasiten oder chemischen Toxinen verursacht wurden, die die Fähigkeit der Wale zur richtigen Navigation störten. Junckers war ein Fall bekannt, wo im Golf von Kalifornien mehr als hundert Delphine durch toxisches Phytoplankton umgekommen waren. In Florida waren auch schon Seekühe durch toxische Planktonaufblähungen getötet worden, die allgemein (wenn auch nicht ganz korrekt) als Red Tide bezeichnet wurden. Falls Seelöwen dafür ebenfalls anfällig waren, hatte Junckers davon bisher noch nichts gehört. Keiner dieser Kadaver hatte diese seltsamen, halbmondförmigen offenen Wunden aufgewiesen – Wunden, die viel zu klein waren, als dass man sie auf Kannibalismus oder Haibisse hätte zurückführen können, zu symmetrisch, als dass es sich um natürliche Schnittwunden hätte handeln können, und zu unregelmäßig verteilt, als dass man sie irgendwelchen Wilderern hätte zuschreiben können, selbst wenn diese noch so verschwenderisch mit ihrer Beute umgegangen wären.

Er mühte sich ab, möglichst viele der Tierkadaver über die Flutlinie zu zerren. Anschließend kehrte er zur *Pinniped* zurück, belud sein Schlauchboot mit Geräten zur Musterentnahme und ruderte zu dem Flutkanal zurück. Die nächsten sechs Stunden war er mit der Entnahme von Blut und Gewebeproben beschäftigt, registrierte Größe und Geschlecht eines jeden Tieres und hielt das Ausmaß der Verletzungen mit Hilfe eines Diktiergerätes fest. Der von den Kadavern ausgehende Geruch löste bei ihm mehrmals einen Würgereiz aus, obwohl die meisten gerade erst angefangen hatten sich zu zersetzen. Er atmete tief durch, räusperte sich und fuhr fort, seine Erkenntnisse festzuhalten.

Als Junckers schließlich mit der *Pinniped* an der Station anlegte, war die Sonne untergegangen. Seine Augen brannten, vermutlich weil sie so lange der Sonne und dem Salzwasser ausgesetzt waren, und er spürte einen dumpfen, pochenden Schmerz im Schläfenbereich. Er zog seinen Neoprenanzug aus, spülte ihn mit klarem Wasser ab und hängte ihn an einen Haken vor dem Tauchschuppen, ehe er die kurze Rampe zum Ufer hinaufging, nur mit der Turnhose bekleidet und deshalb leicht fröstelnd. Er stellte die kleine Schachtel mit den Proben in seine Laborkammer, nahm sich ein sauberes Hemd und ein Paar Turnschuhe und ging dann zu der kleinen Sperrholzhütte hinauf, die er sich mit zwei anderen Studenten teilte, die ihre Promotion bereits hinter sich hatten.

Der kleine Schwarzweißfernseher lief, als er zur Tür hereinkam, und gab flackernd das Bild eines der eineinhalb Sender wieder, die Bamfield per Antenne empfangen konnte, aber seine beiden Zimmerkollegen hatten inzwischen wohl schon die einzige Kneipe der kleinen Ortschaft aufgesucht. Junckers überlegte, ob er sich ihnen anschließen sollte, entschied sich aber dann lieber dafür, zu duschen und nach unten in die Küche zu gehen. Trotz seiner Müdigkeit verspürte er eine eigenartige Unruhe und Reizbarkeit, die er seinem nagenden Hunger zuschrieb. Jetzt fing seine Nase zu laufen an und er spürte ein Pochen in seinen Stirnhöhlen.

Ein Zettel mit einer Nachricht von Carol in der vertrauten krakeligen Handschrift seines Zimmerkollegen lag für ihn da. Seine große Schwester wollte wissen, ob er unter den wachsamen Blicken ihres Vaters »schwer arbeitete« oder »schwerlich arbeitete«. Junckers überlegte, ob er den Alten anrufen sollte, beschloss dann aber, dass das bis zum nächsten Morgen Zeit hatte. Harmon würde von ihm erwarten, dass er zumindest *theoretische* Darstellungen von einer Folge von Nekropsien der Seelöwen vorlegen konnte, ehe er ihn mit der Angelegenheit belästigte. Und dann kam da natürlich noch der ganze Papierkram, dessen es bedurfte, ehe die Kadaver von Exemplaren einer unter Naturschutz stehenden Spezies entsorgt werden konnten.

Junckers machte sich einen mächtigen Teller voll Rührei und Toast und hinterließ eine Nachricht auf Carols Anrufbeantworter, während er sein Essen in sich hineinschaufelte. Er gab eine kurze Darstellung seines nachmittäglichen Fundes und fragte, ob sie an gestrandeten Walen je ähnliche Verletzungen gesehen oder davon gehört habe.

Anschließend rief er Brock Garner an, einen alten Kumpel aus seiner Zeit bei der Navy. Bequemerweise und infolge jener Bekanntschaft war Carol Garners Frau geworden und dann, innerhalb weniger Jahre, war Garner ihr Exehemann geworden. Vom Können und den Fähigkeiten des Alten leichter beeindruckt als dessen Kinder, hatte Garner sich in der sorgfältig geordneten Welt des Charles Harmon dem Studium von toxischen Planktonblüten gewidmet. Obwohl er immer noch mit seiner Doktorarbeit in der Ozeonographie beschäftigt war, verstand Garner wahrscheinlich inzwischen mehr von dem Thema als der Alte und würde es sicherlich genießen, seinen Mentor auszustechen, falls es dort draußen wirklich irgendeine hässliche Macke geben sollte.

Obwohl Junckers Garners Boot in Friday Harbor, Washington, schon Hunderte Male angerufen hatte, wollte ihm jetzt die Nummer einfach nicht einfallen. Er sah sie in seinem Adressbuch nach und wählte sie dann zweimal falsch. Er versuchte es ein drittes Mal und drückte diesmal die einzelnen Ziffern sorgfältig und mit Bedacht.

Nach dem dritten Klingeln meldete sich Garners Anrufbeantworter. Junckers berichtete, was er am Nachmittag gesehen hatte, wobei er sich mehrfach in seiner Darstellung verhaspelte und seine Stimme immer stockender wurde. Als er geendet hatte, lud er Garner auf einen Arbeitsurlaub nach Bamfield ein, den er mit ein oder zwei Flaschen Irischem Whiskey und ein paar Pfund gedämpfter Garnelen zu krönen versprach.

Nachdem Junckers den Hörer aufgelegt hatte, ärgerte er sich darüber, dass er seine Nachricht nur zwei Anrufbeantwortern hatte anvertrauen können. Seine Kehle fühlte sich beim Schlucken trocken und beengt an. Er hatte immer noch Zeit, ins Labor zurückzukehren und die eingesammelten Proben ordentlich zu konservieren und dann später Carol und Garner über E-Mail detaillierter zu berichten. Aber vorher musste er seine Entdeckung in verbaler Kurzschrift mit einem lebenden menschlichen Wesen teilen. Er legte sein Geschirr in die Spüle und ging ins Schlafzimmer, um seine Brieftasche zu holen, beseelt von der Aussicht auf Bier vom Fass und ein paar Zuhörer, die sich ihm nicht entziehen konnten.

Als er oben an der Treppe angelangt war, verstärkte sich das Pochen in seinen Schläfen. Junckers schnitt ein paar Grimassen und gab die Schuld für dieses unbehagliche Gefühl seiner Erregung, der Sonne und der zu langen Zeit, die er kauernd über Tierkadavern verbracht hatte – nicht notwendigerweise in dieser Reihenfolge. Er machte einen Abstecher ins Bad, um sich dort ein paar Aspirin aus dem Medizinschränkchen zu holen. Seine Finger fühlten sich unbeholfen an, als er an dem kindersicheren Verschluss des Röhrchens hantierte, und das Summen der Neonröhre an der Decke war ungewöhnlich laut und lästig.

Erst als er die Tür des Medizinschränkchens schloss und im Spiegel sein Abbild sah, entdeckte er das Rinnsal von Blut, das aus seiner Nase kam. Die dunkelrote Farbe rann ihm aus dem linken Nasenloch, dick und Unheil verheißend wie ein roter Himmel am Morgen.

Und dann, noch ehe seine Faszination angesichts des Gesehenen nachlassen konnte, fing er an zu zittern.

4

13. August
50° 0' Nördl. Breite, 138° 0' Westl. Länge
Im Bereich der Wetterstation Nordost Pazifik
»*Papa*«

In den letzten fünf Tagen war bei Garners regelmäßiger und langwieriger Probenentnahme auf den organischen Anzeigen von Medusa immer wieder – und in stärkerem Maße vorhersehbar – das geheimnisvolle Loch im Meer erschienen. Eine Übereinstimmung zu irgendwelchen Anzeigen auf den anorganischen Kanälen war nicht aufgetreten. Mit Ausnahme einer etwas über dem Durchschnitt liegenden Kupferkonzentration zeigten sich im Ozean keinerlei irgendwie auffällige Phänomene. Die »Abiotische Stasis« erstreckte sich entlang der ostwärts gerichteten Oberflächenströmung auf unbestimmte Distanz in Richtung Küste, verengte sich aber an ihrem westlichen Rand in der Nähe des Kielwassers der *Exeter* so, als würde sie in sich zusammenbrechen. Das war ein ermutigendes Zeichen. Die Tote Zone war also offenbar doch temporärer Natur, aber was sie mit ihren Instrumenten hier registrierten, entzog sich dennoch jeder Beschreibung. In Anbetracht ihrer dynamischen, in stetigem Fluss befindlichen Umgebung war die Planktonverteilung bekanntermaßen willkürlich oder »fleckig«, und die Crew der *Exeter* konnte aus ihren Wahrnehmungen nur die Vermutung ableiten, dass sie die Mutter aller Glatzen entdeckt hatten. Die Frage war nur, falls tatsächlich der ganze organische Inhalt dieses Meeresbereichs an eine andere Stelle verdrängt worden war, wo dieser sich jetzt befand?

Eine Stunde später schaltete sich die Brückencrew der *Exeter* in das Dreiecksfunkgespräch zwischen Garner, Zubov und dem Mann an der Winsch ein.

»Augenblick mal, Leute«, ließ sich Peter McRee, der erste Maat der *Exeter* mit seinem unüberhörbaren schottischen Akzent in ihren Kopfhörern vernehmen. »Ich beobachte jetzt schon eine Weile einen Frachter an Steuerbord, und der fährt stetig denselben Kurs.«

»Nun, dann sagen Sie denen eben, dass sie ihren Kurs ändern sollen. Wir schleppen«, sagte Zubov.

»Die werden uns keinen Platz machen«, erwiderte McRee. »Das brauchen die nicht. Die haben Vorfahrt.« Die Daumenregel für die Vorfahrt auf See besagte, dass das kleinere Schiff nachgeben musste, und die *Exeter* hatte nicht einmal ein Viertel des Volumens des herannahenden Frachters.

»Was ist denn los?«, rief Garner vom Labor herauf. Von seinem Standort aus konnte er nicht durch die Bullaugen des Schiffes sehen, wohl aber dass Zubov an die Reling trat und finster nach draußen blickte.

»Du wirst es nicht glauben«, sagte Zubov. »Oder vielleicht doch. Die nehmen uns einfach nicht zur Kenntnis und rücken uns immer dichter auf die Pelle. Komm doch mal rauf und sieh dir das selbst an.«

Garner kehrte auf das Achterdeck zurück und sah nach Backbord in die Richtung, die Zubov ihm wies. Am Horizont waren unverkennbar die Umrisse eines Frachters zu erkennen, eine fremde und irgendwie eigenartige Störung der sonst gewohnten glatten Linie. Der Frachter war noch zwei Meilen entfernt, befand sich aber ganz offensichtlich auf Kollisionskurs mit der *Exeter*.

»Unglaublich«, ereiferte sich Zubov. »Im Umkreis von

tausend Meilen kein einziges Schiff, und die spielen mit uns Haschen.«

Garner drehte sich um und ging mit schnellen Schritten fast die ganze Länge der *Exeter* nach vorn und kletterte die drei Treppen zur Brücke hinauf. McRee ließ den Frachter keinen Moment aus den Augen. Der Kapitän, ein massiv gebauter Mann namens Robertson, der sich zudem einer beeindruckend guten Kondition erfreute, verfolgte den Frachter ebenfalls aufmerksam durch seinen Feldstecher.

»Seit wann ist die denn dort draußen?«, fragte Garner.

»Praktisch seit wir mit dem Schleppgang begonnen haben. Eine Stunde würde ich sagen.«

»Und wir haben unseren Kurs nicht verlassen?«

Robertson warf ihm einen nachsichtigen Blick zu, die Art von Blicken, die er sich für die Wissenschaftscrew und ihre manchmal etwas eigentümlichen Sorgen reserviert hatte. »Nein, wir sind nicht vom Kurs abgewichen, Brock. Die hätte ohne weiteres vor uns passieren können, aber sie schleppt sich auf demselben Schlag wie wir dahin, als ob wir gar nicht da wären.«

Dahinschleppen war die passende Beschreibung für das sich nähernde Schiff, das allem Anschein nach leichte Steuerbordschlagseite hatte und sich mit gleichmäßiger Fahrt von wenigen Knoten dahin bewegte. Garner dachte augenblicklich an Medusa, die jetzt besser als je zuvor funktionierte. »Dann müssen wir also wieder abbrechen?« Er kannte die Antwort auf seine Frage, betete aber darum, dass er sich irrte.

McRee probierte es noch einmal mit dem Funkgerät: »Achtung, Frachter *Sato Maru*, hier spricht das US-Forschungsschiff *Exeter*. Wir haben Gerät zur Probenentnahme im Wasser und können im Augenblick unseren Kurs nicht ändern. Bitte passen Sie Ihren Kurs nach Backbord an, Eins

Fünf Grad.« Sie sahen zu, wie der Frachter stetig näher herankroch, ohne dass im Funkgerät eine Reaktion zu hören war. »Scheiße«, fluchte McRee und legte einen Schalter am Schiffsfunkgerät um und stellte damit wieder die Verbindung zu Zubov am Heck her. »Schleppgang abbrechen, Serg. Wir müssen abbrechen.«

Zubovs Antwort kam schnell und ließ seine Verstimmung deutlich erkennen. »Kein Glück gehabt?«

»Nein, es sei denn, Sie sprechen ja-pa-nesisch«, sagte McRee. »Alle Geräte aus dem Wasser holen, dann drehen wir bei und fangen von vorne an.« Er schaltete das Funkgerät aus und wandte sich wieder dem Kapitän zu.

Robertson studierte das japanische Schiff immer noch. »Ob die jetzt antworten oder nicht, mir gefällt dieser Kasten einfach nicht.«

»Glauben Sie, dass sie ein Wrack ist?«, fragte McRee.

»Das bezweifle ich«, antwortete Robertson. »Viel zu teuer, um sie hier draußen einfach treiben zu lassen.« Er senkte seinen Feldstecher und kratzte sich den sauber gestutzten Bart. »Versuchen Sie noch einmal, sie anzurufen, und wenn diesmal keine Antwort kommt, möchte ich, dass Sie da hinüberfahren und sich mal umsehen«, wies er schließlich McRee an. »Nehmen Sie Garner und Zubov und das Allernötigste an Gerät mit.«

»Sir?«, Garner äußerte damit Zweifel an der ungewöhnlichen Auswahl der Mitglieder des kleinen Trupps.

»McRee kann die *Exeter* vertreten. Und so wie es aussieht, sind Sie ohnehin für eine Weile aus dem Geschäft«, erklärte Robertson. »Und außerdem, wenn Serg erfährt, dass der Schleppgang abgebrochen wird, habe ich keine Lust, mir sein Gemecker darüber anzuhören, bis wir wieder anfangen können. Und meckern wird er.«

»Klar. Aber vielleicht lässt sich ein kleiner Kulturaustausch arrangieren«, sagte McRee zu Garner gewandt und unterstrich die Ironie seiner Bemerkung mit einer leichten Verbeugung. »Bieten wir denen doch ein oder zwei Videorecorder im Austausch gegen die Ukrainische Version von Godzilla.«

Zubov setzte den Außenbordmotor ein, um das Zodiac vom Heck der *Exeter* zu lösen, zog das Schlauchboot in einem weiten Bogen herum und richtete es auf den stummen Frachter. Der Bug des kleinen Bootes hüpfte unruhig auf und ab, als Zubov es gegen die leichte Dünung steuerte. Garner hielt sich an der am Schwimmer befestigten Gummiklampe fest, um nicht aus dem Gleichgewicht zu geraten. Auf der anderen Seite tat McRee es ihm gleich.

Sie legten die halbe Meile zur *Sato Maru* in wenigen Minuten zurück, gingen längsseits und machten die herunterklappbare Ladeplattform ausfindig. Das riesige Schiff ragte mehr als sechzig Fuß über ihnen in die Höhe und die leichte Schlagseite nach Steuerbord verstärkte den Effekt noch. Wenn man nach oben sah, fiel es einem gar nicht schwer, sich vorzustellen, wie das verrostete Schiff den Geist aufgab und auf sie herunterkippte.

McRee sprang zur Ladeplattform hinüber, klappte sie mit einem lauten Krachen herunter und befestigte die Bugleine des Zodiac daran. Garner reichte ihm die spärliche Sammlung von Gerät, die sie mitgebracht hatten – Taschenlampen, einen kleinen Sanitätskasten, Funkgeräte, Leuchtraketen und eine Pistole. Als Zubov den Motor abstellte, richtete McRee den Lichtkegel seiner Taschenlampe in die dunklen Abgründe des Rumpfes. »Hallo? Jemand zu Hause?«

»Wie viele *sollten* denn zu Hause sein?«, fragte Zubov und hielt sich an der Plattform fest.

»Wenn sie voll geladen hat, vielleicht achtzehn. Vielleicht auch zwei Dutzend. Weniger, wenn sie leer ist, aber wenn man schwarze Zahlen schreiben will, schippert man mit einem solchen Schiff nicht leer herum.«

»Trampfrachter?«, fragte Garner

»Könnte sein«, nickte McRee. »Für irgendwelche Industriegüter ist sie jedenfalls nicht eingerichtet.«

»Und was ist mit der Schlagseite?«, wollte Zubov wissen.

»Sieht so aus, als ob die versucht hätten, den Ballast zu fluten oder abzulassen, es sich dann aber auf halbem Wege anders überlegt haben. Falls der Rumpf beschädigt ist, dann zu weit unter der Wasserlinie, als dass man es sehen könnte.«

»Ich sehe keine Sturmschäden«, bemerkte Zubov. »Wie lang ist das jetzt her, dass es so geweht hat – fünf Tage? Eine Woche? Der Sturm kam plötzlich aus dem Nichts.«

»Na ja, schließlich ist das ja nicht gerade eine hölzerne Galleone«, wandte McRee ein. »Dieses Ding könnte über die *Exeter* wegfahren, ohne einen Kratzer abzubekommen. Nicht dass ein Kratzer an diesem verrosteten Stück Scheiße auffallen würde.«

Wie als Reaktion darauf rümpfte Zubov die Nase, als er in das Innere des Schiffes trat. »Du *großer* Gott. Was *stinkt* da denn so?«

»Fäulnis. Eine Menge Fäulnis von allem Möglichen, das sie geladen haben«, sagte McRee. »Das erinnert mich an meine Zeit als Hafenarbeiter.«

»Tatsächlich? Und ich dachte, es wäre Ihr Rasierwasser«, witzelte Zubov.

»So, und dafür sehen Sie sich jetzt den Maschinenraum und den Laderaum an«, entschied McRee. »Brock und ich nehmen uns die Brücke vor. Sagen Sie uns über Funk Bescheid, wenn Sie etwas finden.«

Während Zubov anfing, sich quer durch den Rumpf zu bewegen, kletterten Garner und McRee ein paar Leitern die sechs Stockwerke zum Hauptdeck hinauf und anschließend eine weitere Treppe innerhalb der Aufbauten. Der zweite Teil der Kletterpartie führte sie an den Gängen mit den Mannschaftskabinen vorbei. Garner hielt inne und klopfte an der ersten Kabinentür, ehe er sie öffnete und sich drinnen umsah. Der Raum war unbenutzt und verlassen, ebenso wie die nächsten drei. Unter ihnen sorgte Zubov dafür, dass sie sein gedämpftes Schimpfen hören konnten.

In der nächsten Kabine fand Garner die ersten beiden Leichen. Der Gestank in dem Raum war überwältigend, eine Mischung aus abgestandener Luft, brandigem Fleisch und diversen Körperflüssigkeiten. Die zwei Matrosen, beide Asiaten, lagen noch in ihren Kojen unter ein paar Decken. Mund und Kinn waren mit einer eingetrockneten Schicht aus Speichel und Schleim bedeckt und einer hatte offensichtlich ins Bett gemacht. Eine schnelle Überprüfung der kleinen Toilette, die zu der Kabine gehörte, ließ erkennen, dass sie reichlich benutzt worden war.

Das Bild, das sich ihnen im nächsten Raum und dem dahinter bot, ähnelte dem der ersten Kabine auf unheimliche Weise. Eine weitere Leiche entdeckten sie in der Kombüse, bestrahlt vom grünlichen Licht eines offen stehenden und undichten Kühlschranks. Die verfaulten Überreste der letzten Mahlzeiten – diverses Gemüse und Fisch – warteten noch darauf, über Bord geworfen zu werden, was für Küchenabfälle ungewöhnlich war.

»Unglaublich«, flüsterte Garner und ließ den Lichtkegel seiner Taschenlampe über den Mann wandern.

»Plötzlich umgekippt«, sagte McRee. »Keinerlei Anzeichen von Verletzungen oder einem Kampf.«

»Jedenfalls nicht äußerlich sichtbar«, pflichtete Garner ihm bei. Er richtete seine Taschenlampe auf die Überreste der letzten Mahlzeit, die auf der Arbeitsplatte der Küche bereit lagen.« »Und ob das Zeug hier schlecht geworden ist, bevor sie gestorben sind oder nachher, kann man nicht erkennen. Im Übrigen führt eine Lebensmittelvergiftung nur selten zum Tode.«

»Aber wenn man so kotzen muss, vielleicht doch«, wandte McRee ein. »Herrgott, wie der aussieht. Das erinnert mich an diese Landratte, die wir einmal auf der *Exeter* hatten. Dem Kerl ist so übel geworden –«

Garner hob die Hand und hinderte ihn daran, weiterzureden. »Vielen Dank, Pete, ich hab's schon mitgekriegt.« Garner war McRees deftige Sprache unter noch so widrigen Umständen gewöhnt, aber was sie hier zu sehen bekamen, setzte irgendwie einen neuen Maßstab für den Begriff »schlimm«.

Auf dem nächsten Deck inspizierten sie die Offiziersquartiere, Kabine für Kabine. Insgesamt zählten sie dreizehn Leichen, den Kapitän eingeschlossen, der allem Anschein nach in seiner Koje gestorben war. Schließlich stiegen sie die letzte Treppe hinauf und kamen auf die Brücke. Die Leuchtanzeigen des verlassenen Armaturenbretts blinkten, wobei sie wegen der japanischen Bezeichnungen nur teilweise erkennen konnten, was die Anzeigen bedeuteten. Nach allem, was McRee und Garner feststellen konnten, war der Fahrthebel auf LANGSAME FAHRT VORAUS gestellt, was die schwerfällige Fahrweise des Schiffes erklärte. Gegen die hereinkommende Dünung ankämpfend würde die *Sato Maru* nur wenige Knoten in nordwestlicher Richtung schaffen.

»Was mag hier los sein?«, brummelte McRee und drehte sich dann zu Garner herum. »Irgendein Virus? Sie sind hier doch der beknackte Biologe, Sie müssen so was doch wissen.« Seine Augen weiteten sich. »Ach du Scheiße – sind wir da vielleicht in eine Quarantänesituation hineingeraten?«

•

»Sieht so aus, als ob die genügend Proviant und Treibstoff hätten«, sagte Garner.

Jetzt war Robertsons Stimme über Funk von der *Exeter* zu hören. Das scharfe elektronische Knistern fuhr unsanft in die leblose Stille der Brücke hinein.

»Funkgerät funktioniert also auch«, murmelte McRee und griff sich dann das Mikrofon, um mit Robertson zu reden. Garner hatte unterdessen das Logbuch des Schiffes ausfindig gemacht, das freilich kaum zu entziffern war. Das Wenige, was Garner von der Sprache wusste, ließ ihn vermuten, dass der letzte Eintrag vier Tage zurück lag.

Als McRee den Funkkontakt mit der *Exeter* beendete, hörten er und Garner einen gedämpften Aufschlag, dem sich ein metallisches Klappern anschloss. Zuerst dachten sie, es sei Zubov, aber dann wurde ihnen bewusst, dass der Lärm von über ihnen kam, vom Dach des Ruderhauses. Jetzt war das Geräusch wieder zu hören, es handelte sich ganz unverkennbar um eine schwere Kette, die über das Deck glitt.

»Was zum Teufel ist das jetzt?«, fragte McRee und blickte nach oben. »Der Sensenmann?«

Die beiden Männer verließen das Brückenhaus und kletterten eine kurze Leiter zum nächsten Deck hinauf, und dort kauerte zwischen zwei auf dem Deck befestigten Wassertanks eines der Crewmitglieder. Er trug einen dicken Pullover und sah aus, als wäre er etwa fünfundzwanzig, hatte deutlich Übergewicht und fettige Gesichtshaut. Eine verrostete Kette war mit einem Vorhängeschloss um seinen Hals befestigt und an einem der Tanks angeschlossen. Der Mann sah so aus, als ob er schon einige Tage dort wäre und wirkte eigenartigerweise überhaupt nicht erleichtert darüber, Garner und McRee zu sehen.

»*Speak English*?«, fragte McRee. Der Mann nickte, fügte aber hinzu, dass seine Sprachkenntnisse bescheiden seien.

Obwohl es schwer war, ihn zu verstehen, beantwortete er ihre Fragen bereitwillig und starrte dabei meist ziemlich einfältig aufs Deck. Er nannte seinen Namen und sagte, er sei der erste Maat des Schiffes. Der Kapitän sei krank geworden und habe ihm einen Tag nach dem Ablegen von Seattle das Kommando übergeben. Als sie sich darauf vorbereiteten, frontal in einen Sturm hineinzufahren, hatte die Mannschaft gemeutert und beschlossen, sich in den Besitz der Ladung zu setzen. Der Maat hatte versucht, sie daran zu hindern, worauf sie ihn überwältigt und gefangen genommen hatten. Es hatte einen Kampf auf der Brücke gegeben und am Ende hatte man ihn draußen angekettet. Nachher hatte sich niemand mehr um ihn gekümmert, und das tödliche Schweigen, das sich über das ganze Schiff gelegt hatte, war für ihn der einzige Hinweis darauf gewesen, dass etwas nicht stimmte. Als er zu schwach geworden war, um zu schreien, man solle ihn freilassen, hatte der Maat angenommen, die Meuterer wüssten nicht, wie sie das Schiff alleine steuern sollten, oder debattierten vielleicht auch noch darüber, was sie als Nächstes tun sollten. Der Maat sagte, er habe geschlafen und beim Aufwachen an Steuerbord die *Exeter* gesehen.

Die Art und Weise, wie der Maat seine Geschichte erzählte – ausdruckslos, ständig die Augen auf den Boden gerichtet, wobei er manche Einzelheiten bewusst vage formulierte und andere mehrfach wiederholte – wirkte nicht gerade überzeugend. Sein Verhalten deutete auch nicht auf ein Trauma oder die Wut, die ein Unschuldiger empfinden würde, den man auf dem offenen Deck angekettet hatte. Sowohl Garner wie auch McRee spürten, dass der Maat zumindest teilweise log.

Der Maat sagte, er wisse, dass seine Mannschaftskollegen krank geworden waren, schien aber echt verblüfft und bedrückt darüber, dass sie tot waren. Hinsichtlich der Ursache ihres Todes wusste er auch nicht mehr als McRee und Garner. Er sagte, er habe mit den anderen wenig Kontakt gehabt und sich auch schon vor der Meuterei überwiegend in seiner eigenen Kabine oder auf Deck aufgehalten. Der Kühlschrank des Schiffes hatte den Geist aufgegeben und der größte Teil der verderblichen Lebensmittelvorräte hatte angefangen zu verschimmeln. Obwohl der Maat gewöhnlich dieselben Mahlzeiten wie die Mannschaft einnahm, hatte er seit Beginn der Rückreise nur abgepackte Nahrung zu sich genommen, die er sich von seinem letzten Landgang mitgebracht hatte. Der Tank, an den er angekettet war, war Teil der Trinkwasserversorgung des Schiffes, und er hatte aus seinem Hahn getrunken. Seine unter freiem Himmel verbrachte Gefangenschaft hatte deshalb keine weiteren nachteiligen Auswirkungen auf ihn gehabt, wenn man von einem leichten Sonnenbrand und dem Flüssigkeitsmangel absah.

»Sehen Sie nach, ob Sie etwas finden, um ihn loszuschneiden«, forderte Garner McRee auf.

»Brock, die Kette ist *mit einem Schloss gesichert*«, sagte McRee voller Argwohn, was den Bericht des Maates anging. »Dafür gibt es wahrscheinlich einen Grund.«

»Wenn es den je gegeben hat, dann spielt er jetzt keine Rolle«, sagte Garner. »Was auch immer hier vorgefallen ist, er ist immer noch ein Mensch und hat Glück, dass er noch am Leben ist.«

Als McRee wegging, um nach Werkzeug zu suchen, kauerte sich Garner vor dem Maat auf den Boden. »Sie haben die anderen gesehen, als die krank waren, stimmt's?«, fragte er. »Vor der Meuterei?«

Der Maat nickte. »Sie sehr schnell krank werden. Sehr schlimm.« Und dann schilderte er die Symptome, die er an dem Kapitän und an einigen der anderen wahrgenommen hatte.

»Sie haben neben den anderen, die krank waren, gearbeitet?«, fragte Garner erneut. Der Maat nickte. Ja, das hatte er, aber nur kurze Zeit. Als die Meuterei begonnen hatte, hatte er fast alle anderen schon in ihre Quartiere unten im Schiff geschickt. »Und Sie fühlen sich gut? Gar nicht krank wie die anderen?«

Der Maat bejahte die Frage. Wenn hier also irgendein Virus am Werk war, so schien dieser jedenfalls nicht durch die Luft übertragen zu werden oder durch Einatmen oder äußeren Kontakt ansteckend zu sein, wenn auch nicht auszuschließen war, dass er mit der Nahrung übertragen wurde.

Jetzt kam McRee mit einer großen Feueraxt zurück. Der Maat zog sich an seiner Kette so weit wie möglich zurück und Garner schlang den am stärksten verrosteten Teil der Kette um eine Klampe. Dann hieb McRee mit dem breiten Ende der Axt einige Male auf die Kette, bis die malträtierten Glieder schließlich auseinander brachen. Der Maat war jetzt zwar nicht mehr an den Wassertank angeschlossen, aber die Kette war immer noch mit dem Schloss an seinem Hals befestigt und würde das auch so lange bleiben, bis sie einen Kettenschneider fanden. Die drei Männer kehrten zur Brücke zurück. Garner gab dem Mann etwas von ihrem mitgebrachten Wasser und warnte ihn davor, zu gierig zu trinken. Der junge Japaner nahm die Flasche dankbar entgegen und setzte sich auf den freien Sessel des Kapitäns.

Jetzt knisterte es wieder im Funkgerät. Es war Robertson, der Genaueres zu McRees letzter Sendung wissen wollte. Auf Drängen McRees sagte ihnen der Maat schließlich, welcher Reederei das Schiff gehörte. Er gab ihnen die Telefonnummer seines Onkels, des geschäftsführenden Partners der Reederei auf Hokkaido. »Sie werden einiges zu erklären haben, junger Mann«, meinte McRee. »Ihrem Onkel und uns.« McRee sah Garner an, während er sich wieder dem Funkgerät zuwandte. »Ich schwör's, wenn wir uns so 'ne verdammte Asiengrippe einhandeln, bloß weil dieser kleine Strolch seine Mannschaft nicht im Griff hat –«

»Das kann ich meinem Onkel nicht sagen«, sagte der Maat. »Das wäre eine Schande.«

»Ich glaube, eine Schande ist es schon«, erklärte McRee. »Eine Schande, dass es so weit gekommen ist. Ich glaube, es ist gut, dass wir hier aufgetaucht sind.«

McRee redete noch eine Weile mit Robertson und rief dann Garner ans Funkgerät. »Robertson will Ihren Rat«, erklärte er.

»Sagen Sie ihm, dass die Mannschaft anscheinend an einer Art Lebensmittelvergiftung gestorben ist«, sagt Garner. »Unserem Freund hier scheint es einigermaßen gut zu gehen, und wenn das stimmt, was er gesagt hat, dann glaube ich auch nicht, dass wir uns wegen einer Quarantäne Sorgen zu machen brauchen. Aber um auf Nummer Sicher zu gehen, soll Robertson uns jemanden mit etwas Chlorbleiche und frischen Kleidern für uns alle herüberschicken.« Wenn sie sich mit einer milden Bleichlösung wuschen, dann sollte das ausreichen, um einen etwaigen Virus einzudämmen, dem sie vielleicht ausgesetzt gewesen waren. Garner wusste, dass das eine reine Spekulation war, aber ihre Wahlmöglichkeiten waren beschränkt und das galt in gleichem oder höherem Maße auch für die ihnen zur Verfügung stehenden Mittel. »Wir müssen uns abschrubben, ehe wir das Schiff verlassen. Und dann sollten wir Kontakt mit den Eignern aufnehmen und veranlassen, dass die herkommen und Anspruch auf ihr Eigentum erheben.«

Weder Garner noch McRee sahen, dass der Maat hinter ihnen jede ihrer Bewegungen aufmerksam beobachtete. Seine Augen huschten auf der Brücke herum, und er machte sich wieder mit dem Raum vertraut, wie er ihn zuletzt gesehen hatte – am Abend des Sturms. Die beiden amerikanischen Eindringlinge befanden sich am Funkgerät auf der anderen Seite der Brücke. Die Axt lag nun auf dem Kartentisch, auf den McRee sie gelegt hatte. Der Maat setzte sich vorsichtig und so lautlos wie möglich in Bewegung, schlang das kurze Stück Kette um seine Hand, erhob sich aus dem Kapitänssessel und schob sich auf den Kartentisch zu. Keiner der beiden Eindringlinge drehte sich nach ihm um.

Sofort hatte der Maat den Tisch erreicht und kniete auf dem Deck nieder, griff unter den Tisch, bis er gefunden hatte, was er suchte: seine Pistole, genau an der Stelle, wo sie in der Nacht heruntergefallen war, als seine Crew ihn überwältigt hatte. Der Maat kroch zurück und nahm wieder auf dem Kapitänssessel Platz. Er hörte, wie einer der Eindringlinge jemandem auf dem anderen Schiff sagte, er solle Verbindung mit seinem Onkel aufnehmen, und in ihm wallte heiß die Scham auf, wie glutflüssiges Eisen. Jetzt sprachen die Eindringlinge über die Ladung und ob andere kommen würden, um sich das Schiff anzusehen.

Sein Kommando war vorbei, in Wahrheit hatte es nie richtig angefangen.

Der Maat schloss die Augen, steckte sich den Lauf der Waffe in den Mund und drückte ihn gegen seinen Daumen. Jetzt brauchte er bloß mit dem Finger zuzudrücken, und dann konnte ihm egal sein, was seine Crew oder diese Eindringlinge oder sein Onkel oder sonst jemand je von ihm hielten...

Der Schuss hallte laut durch die enge Brücke. Garner und McRee wirbelten herum und sahen, wie der Kopf des jungen Mannes von der Kopfstütze des Kapitänssessels abprallte, die Schädelhinterseite mit hellrotem Blut bespritzt. Vor ihren Augen sackte der Körper des Maats nach vorn zu Boden, und die Waffe glitt der Deckneigung folgend wieder unter den

Kartentisch. Die leere Patronenhülse rollte über das Deck und blieb neben Garners Fuß liegen.

Garner und McRee starrten entsetzt auf das Bild, das sich ihnen bot. McRee fand als Erster seine Stimme wieder. »Was zum Teufel sollte *das denn*?«, stieß er hervor.

»Sein Onkel«, vermutete Garner. »Wir haben davon gesprochen, dass wir das melden wollten, und der Junge hat wahrscheinlich den Tod der Schande vorgezogen. Fragen Sie mich nicht, wo er die Waffe her hatte.« Garner bückte sich und hob die Waffe auf. »Seine letzte Kugel war es übrigens auch.«

»›Tod vor Schande‹, verdammt bequem«, meinte McRee. »Wir Übrigen müssen es andersrum machen.«

Im nächsten Augenblick tauchte Zubov auf der Brücke auf, sein Atem ging noch schwer, so hastig war er die Treppe heraufgerannt. »Da unten ist es beschissen heiß und der Gestank ist unglaublich.«

»Was haben Sie gefunden?«, wollte McRee wissen.

»Einen Toten im Korridor. Sieht so aus, als ob er einfach umgekippt wäre.« Falls er damit gerechnet hatte, die anderen damit zu schockieren, so gelang ihm das nicht.

Dann sah Zubov die Leiche des Ersten Maats mit dem Blut, das immer noch aus der frischen Wunde quoll. »Wer ist das?«

»Der Schiffsmaat«, erklärte McRee. »Er hat uns gerade mit seinem *Jisatsu* gesegnet. Selbstmord. Was ist im Laderaum?«

»Holz von der Westküste Kanadas. Textilien aus Seattle. Ein paar Kisten und zwei Autos, darunter eine feuerrote neue Corvette.«

»Die befördern alles, was sie unterbringen können«, meinte McRee.

»Genau. Dieser Kahn ist eine schwimmende Müllhalde.

Dort unten liegen Fässer und leere Container herum, die so aussehen, als ob sie seit dem Zweiten Weltkrieg nicht mehr am Tageslicht gewesen wären. Und außerdem haben die dort unten ihre ganzen Vorräte aufbewahrt.«

»Und der Rumpf?«

»Den Backbordballast haben sie abgelassen; die Steuerbordtanks sind teilweise geflutet. Die Ladung ist sicher, aber es scheint, als wussten die nicht, ob sie rauf oder runter wollten, oder vielleicht beides. Die Maschinen sind zwar völlig verkommen, sind aber wohl in Ordnung. Und verdammt heiß ist es dort unten auch.«

»Könnte sein, dass die das Lüftungssystem abgeschaltet haben, um irgendeinen ansteckenden Erreger, der durch die Luft übertragen wird, nicht durchs ganze Schiff zu wirbeln«, überlegte Garner.

Zubov schüttelte den Kopf. »Wie meinen Sie das, ›durch die Luft übertragenen Erreger‹?«

McRee deutete mit einer Kopfbewegung auf den blutüberströmten Maat am Boden. »Mit Ausnahme von diesem Burschen hier sieht es so aus, als ob die ganze Crew an irgendeiner Krankheit oder einer Vergiftung gestorben wäre.«

»Du große Scheiße!«, stöhnte Zubov. »Das *fehlte* mir ja gerade noch! Ich bin dort unten praktisch durch den Dreck *gewatet.*« Der hünenhafte Ukrainer stieß den Maat mit der Fußspitze an, ging um die Leiche herum und beugte sich vor, um sie zu inspizieren. »Scheiße, haben Sie sich sein *Gesicht* angesehen?«, sagte er. »Lauter Narben.«

»Ein ziemlich übler Fall von *Akne vulgaris*«, erklärte Garner.

»*Akne vulgaris*?«, wiederholte Zubov. »Ist das ansteckend?«

»Nur über Cheeseburger und pubertäre Hormone«, sagte

Garner. »Bei *Akne vulgaris* handelt es sich um die Bakterie, die dafür sorgt, dass einem Pickel wachsen.«

McRee lachte und Zubov wurde rot. »Wie fühlen *Sie* sich denn?«, fragte er Zubov.

Der überlegte einen Augenblick. »Diese gottverdammten Treppen hätten mich fast umgebracht, aber ansonsten ganz gut.«

»Bis jetzt sieht das nach nichts Schlimmerem als Lebensmittelvergiftung aus«, meinte Garner. »Zwar eine unglaublich widerwärtige Lebensmittelvergiftung, aber wahrscheinlich nicht ansteckend.«

»Und was ist mit diesem durch die Luft übertragenen Erreger, von dem du da schwafelst?«, bohrte Zubov. »Warum haben die denn das Lüftungssystem abgeschaltet?«

»Serg, das ist ein sehr altes, ziemlich heruntergekommenes Schiff. Wahrscheinlich hat die Lüftung sich selbst abgeschaltet. Oder von Anfang an nicht funktioniert«, sagte McRee. »Wie auch immer, wir haben hier so ziemlich alles erledigt, was zu tun ist«, schloss er dann. »Uns gehört der Pott nicht, und wir werden das alte Mädchen auch nicht nach Hause bringen.«

Garner holte ein paar Plastikbeutel aus ihrer Tasche und machte daraus so etwas wie improvisierte Filtermasken, die die drei Männer über Mund und Nase tragen konnten. Sie brauchten beinahe eine Stunde dazu, bis sie sich darüber klar geworden waren, wie sie das Schiff mit Hilfe der Ballasttanks wieder auf geraden Kiel bringen konnten, und versuchten anschließend die Nebenaggregate des Frachters abzuschalten, um ihn einigermaßen sicher »geparkt« über zwei Meilen Wasser zu hinterlassen. Nachdem sie oberflächlich das restliche Schiff durchsucht hatten, wurde den Männern von der *Exeter* die verlangte Wäschebleiche und frische Kleidung gebracht, worauf sie sich daran machten, einen Schlauchanschluss zu suchen, sich nackt auszogen und sich gegenseitig gründlich abschrubbten.

»So sauber war ich nicht seit... seit...«, fing Zubov an.

»Seit ich Sie kenne«, hänselte McRee. »Jetzt kann ich es Ihnen ja sagen, Serg, wir haben uns diese ganze Geschichte bloß ausgedacht, damit Sie mal richtig sauber werden.«

Garner war nicht nach Witzen zumute. Er frottierte sich ab und hoffte, dass sie genügend Vorsichtsmaßnahmen getroffen hatten. Die Bleichspülung sollte helfen, sie zu sterilisieren, aber die Mikrobe, die hier am Werk war – falls es sich um eine Mikrobe handelte – würde man nur in einem Labor isolieren und identifizieren können. Bis jetzt war der arme Teufel von Schiffsmaat für sie der einzige Hinweis, dass es sich bei dem Erreger nicht um einen »Tafelabwischer« handelte, wie ein mit Garner befreundeter Virologe Erreger mit hundert Prozent letaler Wirkung bezeichnete. Was sie in den letzten vierundzwanzig Stunden miterlebt hatten, war ebenso beunruhigend wie verblüffend. Zuerst eine unerklärliche Tote Zone, dann ein Geisterschiff Meilen von jeder menschlichen Verkehrsroute entfernt, bis die *Exeter* zufällig hier erschienen war. Die Kombination von Hinweisen deutete auf nichts, was Garner sich bis jetzt ausmalen konnte, aber die einzelnen Bestandteile waren an und für sich schon beunruhigend genug. Da sie nicht die Zeit hatten, das Geschehen hier draußen weiter zu untersuchen, war jedenfalls die Tatsache, dass der Schiffsmaat und ihr dreiköpfiger Landungstrupp offenbar nicht beeinträchtigt waren, das einzig greifbar Beruhigende.

»Was auch immer Sie tun, fassen Sie bitte nichts an und bringen Sie uns schnellstens zu dem Zodiac zurück«, empfahl Garner.

Während sie damit beschäftigt waren, sich wieder anzuziehen, hörten sie ein neues Geräusch, das von draußen kam, und stiegen aufs Hauptdeck, um nachzusehen. Es war ein Hubschrauber, der vor dem leeren Horizont ebenso auffällig und fremdartig wirkte wie vor ein paar Stunden der Frachter. Vom Deck der *Sato Maru* aus sahen Garner, Zubov und McRee zu, wie er näher kam und dann über der *Exeter* schwebte, während der Pilot allem Anschein nach Funkkontakt mit der Brücke aufnahm. Obwohl die winzige Hubschrauberlandeplattform der *Exeter* knapp ausgereicht hätte, versuchte der Helikopter nicht, auf dem Forschungsschiff zu landen, sondern drehte seitwärts ab und näherte sich jetzt dem Frachter.

Es konnte sich unmöglich um jemanden handeln, der die *Sato Maru* vertrat, jedenfalls nicht so schnell. Der Helikopter selbst wirkte recht schnell, und seine Nase und seine Kabine waren gerundet wie das bei europäischen Herstellern häufig der Fall war. Tatsächlich identifizierte Garner die Maschine beim Näherkommen als einen in Frankreich hergestellten *Aerospatiale Dauphin*. Und daraus konnte man schließen, dass die Maschine hier draußen nahe – wenn nicht sogar gefährlich nahe – am Rande ihrer maximalen Reichweite war.

McRee kniff die Augen zusammen, um die großen goldenen Buchstaben auf dem matt braun lackierten Leitwerk der Maschine zu entziffern. »*The Nolan Group?*«, las er. »Nie gehört.«

»Eine Consulting Firma in Seattle, die sich mit Umweltfragen befasst«, erklärte Garner. »Ziemlich groß. *Sehr* teuer. So etwas wie eine ökologische Denkfabrik.«

»Denkfabrik, dass ich nicht lache«, prustete Zubov. »Die senden halbstündige Infomercials im Nachtprogramm.« Er verzog sein Gesicht zu einem unechten Grinsen, das ihn wie die Wachsmaske eines Talkshowmoderators oder eines etwas überkandidelten Bestattungsunternehmers aussehen ließ. ›Hallo, Freunde, ich bin Bob Nolan, Präsident und Obermotz der Nolan Gruppe. Wenn Sie eine Ölpest, toxische Abfallstoffe oder Emissionsprobleme haben, können wir helfen. Mein überteuertes Spitzenteam von Miet-Öko-Guerillas verkauft Ihnen jedes denkbare Gerät, das Sie nicht brauchen, für Probleme, die Sie noch nicht einmal *haben*. Wenn wir zusammenarbeiten, können wir diese Welt zu einer besseren Welt für alle machen. Ganz besonders ... für die Kinder.‹« Zubov unterbrach seinen Vortrag lang genug, um einen lauten, in die Länge gezogenen Furz abzulassen. »Yeah, Bob, ich hab ein Emissionsproblem für dich, darauf kannst du einen lassen.«

»Nun«, grinste Garner, während McRee in lautes Gelächter ausbrach. »Ich habe nicht gesagt, dass es eine sehr *tiefe* Denkfabrik ist.«

»Und bumst der oberste Lebensretter dort immer noch deine Exfrau?«, fragte Zubov.

»Soweit mir das bekannt ist«, sagte Garner, dem die Stichelei nicht ganz verborgen blieb.

»›Besonders ... für die Kinder‹«, lachte Zubov und setzte damit die Parodie Bob Nolans fort. Dann bemerkte er Garners Gesichtsausdruck und hörte auf. »Ah, machen Sie sich darüber keine Sorgen, Mann. Seinen anderen Kunden geht's genauso.«

Garner wusste, dass Zubovs Tirade gegen Nolan keine persönlichen Hintergründe hatte. Tatsächlich hatte keiner von ihnen bisher Honest Bob, den ehrlichen Bob, wie er sich gern nannte, persönlich kennen gelernt. Garner hatte bis jetzt immer einen guten Vorwand gefunden, eine ganze Anzahl Einladungen abzulehnen, seit Carol den obersten Öko-Guerilla und damit die aus dem Holzgeschäft seines Vaters geerbten Millionen geheiratet hatte. Zubovs Einstellung wurzelte in der tiefen mit Eifersucht gepaarten Abneigung, die die meisten regulären Forscher für Schaumschläger wie Nolan empfanden, deren Jacketkronen und gebräunte Gesichter ebenso dauerhaft wirkten wie das ihm zur Verfügung stehende Kapital und seine teuren Spielsachen. Zubov war einfach auf Hubschrauber neidisch.

»Sieht aus wie ein Stück Scheiße«, sagte Zubov, als ob er Garners Gedanken lesen würde. »Ein riesiges fliegendes Stück Scheiße.«

Der Helikopter schwebte wie eine surrealistische Libelle über ihnen heran und glitt langsam näher, um schließlich auf dem weiten offenen Deck zu landen. Der einzige Passagier, der neben dem Piloten saß, nahm die Kopfhörer ab und kletterte heraus. Als er auf die Wissenschaftler zuging, zog er den Kopf ein, um den Rotorblättern auszuweichen, streckte die Hand aus und wartete darauf, dass jemand sie ihm schüttelte. Der Rotorenwind zerrte an seiner Krawatte und seinem maßgeschneiderten italienischen Anzug, so dass er auf komische Weise wie »Groucho Marx« aussah, wie Zubov recht indiskret meinte.

»Dr. Garner?«, fragte der Mann, dessen schütter werdendes Haar wirr über seine hohe Stirn flog. »Dr. William Garner?«

»Brock Garner«, korrigierte ihn Garner. »Und ich habe nicht promoviert.«

»Ich bin Darryl Sweeny, Mr. Nolans Direktionsassistent. Ich habe eine wichtige Mitteilung für Sie von Carol Harmon. Es geht um einen Notfall. Sie möchte, dass Sie mit mir zum Festland zurückkehren.«

Garner deutete mit dem Daumen auf die *Exeter* und musste schreien, um das Dröhnen des Helikopters zu übertönen. »Sie weiß sicher, dass wir für solche ›Notfälle‹ Funkgeräte an Bord haben. Außerdem haben wir hier selbst eine Notsituation.« Garner wusste, dass das nur teilweise stimmte. Um sich um die Übergabe der *Sato Maru* zu kümmern und einen Bericht über ihre Entdeckung zu verfassen, gab es an Bord der *Exeter* genug Leute, von denen einige wesentlich einflussreicher als er waren. Vielleicht empfand auch er ein wenig Hubschrauberneid.

Der Mann blickte zu dem Piloten hinter der Windschutzscheibe des Hubschraubers auf. Der Pilot antwortete mit einer schnellen, drehenden Handbewegung: *Beeilung.* »Wir sollten losfliegen, Sir«, sagte der Mann. »Wir haben einen Hüpfer hierher von einem Nolan-Forschungsschiff dreihundert Meilen vor der Küste gemacht. Die Maschine ist für Fernflüge umgebaut worden, aber wir sind trotzdem nahe an dem Punkt, wo wir umkehren müssen, ehe uns der Treibstoff ausgeht.«

Sweeny hielt Garner einen kleinen weißen Umschlag hin, in dessen linker oberer Ecke THE NOLAN GROUP zu lesen war und darunter in Carols Handschrift W. B. Garner. »Sie hat mir gesagt, sie würde ein Nein nicht akzeptieren. Und dass Sie auch schleunigst mitkommen würden, sobald Sie die Neuigkeit gehört hätten.«

Der Umschlag flatterte im Wind der Rotoren, als Garner ihn entgegennahm. Er schlitzte ihn auf, entnahm ihm ein Blatt Papier und las Carols kurze Mitteilung.

»Mark Junckers ist tot«, sagte Garner. Bereits zur offenen Tür des Helikopters unterwegs, reichte er Zubov das Blatt. »Ich muss weg«, schrie Garner, um das Motorengeräusch zu übertönen. »Kümmere du dich um den Laden, dann rufe ich dich in zwei Tagen an, okay?« Zubov nickte verblüfft. Er war mit dem System der Probenentnahme vertraut genug, um den Rest von Garners Arbeit erledigen zu können, wenn das, wie es jetzt schien, nötig sein sollte.

Der Hubschrauber hob bereits vom Deck ab, ehe die Tür ganz geschlossen und während Garner noch damit beschäftigt war, sich auf dem Rücksitz anzuschnallen. Wenige Augenblicke später war er nur noch ein undeutlicher Fleck am Horizont, der sich auf das Festland zubewegte.

5

13. August
49° 22' Nördl. Breite, 124° 80' Westl. Länge
Port Alberni, British Columbia

Das schrille Klingeln des Telefons auf Ellie Bridges Nachtisch ließ sie erschreckt in die Höhe fahren. Es war noch nicht ganz elf Uhr vormittags und damit keine zwei Stunden her, seit sie ihre Nachtschicht im Krankenhaus beendet hatte und ins Bett gefallen war.

»Hallo?«, sagte Ellie vorsichtig. Aus ihrem Freundeskreis würde niemand auf die Idee kommen, sie um diese Stunde anzurufen, und dies war nicht der erste Anruf an diesem Morgen.

»Ellie? Don Redmond«, meldete sich der Anrufer kurz angebunden. Nicht *Hallo*. Nicht *Guten Morgen, tut mir Leid, wenn ich Sie geweckt habe*. Don Redmond, der Verwaltungschef des Krankenhauses, beamte sich einfach telefonisch in Ellies Schlafzimmer. Sie setzte sich reflexartig im Bett auf und zog dabei die Decke mit.

»Tag, Don, was ist denn?«

»Sie müssen zu einer Besprechung mit dem Anwalt des Krankenhauses reinkommen«, sagte Redmond. »Ich nehme an, Sie wissen, worum es geht.«

Das tat sie.

»Dann sehen wir uns um halb zwölf«, sagte Redmond.

Redmond und die Anwälte erwarteten Ellie in Redmonds komfortablem Büro, gaben ihr die Hand, schenkten ihr eine

Tasse Kaffee ein und verbrachten dann die nächsten vier Stunden damit, sie auszufragen. Sie fragten nach Mark Junckers und konzentrierten sich dann auf die Begleitumstände von Caitlin Fultons Tod. Der Vater des Mädchens hatte das Krankenhaus verklagt und in der Klage war auch Ellie als persönlich Beschuldigte aufgeführt. Die Anwälte des Krankenhauses garantierten ihr, dass sie von der Versicherung des Krankenhauses voll gedeckt war, sofern ihr nicht irgendwelches Fehlverhalten nachgewiesen werden konnte. Nur in einem solchen Fall würde sie selbst für ihre Anwaltskosten aufkommen und je nach Ausgang des Verfahrens auch mit der Möglichkeit rechnen müssen, dass man sie aufforderte, ihre Stellung zu kündigen.

Klage. Beschuldigte. Kündigen.

Ellie trank den kalten Kaffeerest in ihrer Tasse aus und bat darum, dass man ihr nachschenkte.

Ellie konnte sich noch recht gut an den Tag erinnern, an dem sie den Beschluss gefasst hatte, Ärztin zu werden. Das war an ihrem sechsten Geburtstag gewesen. Eine Tante, die einem entfernten Zweig ihrer Familie angehörte, hatte ihr einen Spielzeug-Arztkoffer mitgebracht. Der schwarze Kunststoffkasten enthielt ein wahres Füllhorn an Heilmitteln und Instrumenten, angefangen bei einem Sortiment Heftpflaster über ein Fläschchen mit Zucker-»Aspirin«, einem Thermometer aus Pappe und einem Plastikstethoskop. Ellie war von dem Koffer ganz hingerissen gewesen und hatte den größten Teil des darauffolgenden Jahres damit verbracht, den Hund der Familie mit größter Sorgfalt zu untersuchen und an ihm eine endlose Folge fiktiver Krankheiten zu diagnostizieren und anschließend zu kurieren, die alle ein weniger widerstandsfähiges Exemplar seiner Gattung mit Sicherheit ins frühe Grab gebracht hätten.

Jetzt, zweiunddreißig Jahre alt, drei Jahre nach dem Medizinstudium und in der Notaufnahme des Krankenhauses in Port Alberni tätig, hatte sie das Gefühl, endgültig ihre Begeisterung für den Medizinerberuf verloren zu haben.

Das stimmte vielleicht nicht ganz – die große Liebe war schon eine Weile dahin –, aber die Ereignisse der vergangenen Woche hatten ihrer beruflichen Motivation buchstäblich den Garaus gemacht. In den letzten achtzehn Monaten waren ihre Pflichten in der Notaufnahme, wo sie achtzig, neunzig, manchmal sogar über hundert Stunden in der Woche arbeiten musste, einfach ein einziges Martyrium gewesen.

Port Alberni war eine Inselstadt mit ungefähr neunzehntausend Einwohnern, die fast ausschließlich von der Holzwirtschaft und dem Fischfang lebten. Ihren Anspruch auf den Titel der »Lachs-Hauptstadt der Welt« untermauerte die Stadt mit einem Fest am Labor Day-Wochenende und stellte neben dem kommerziell betriebenen Fischfang den Jüngern Petri das ganze Jahr über eine ansehnliche Flotte von Charter-Fischereibooten zur Verfügung. Die rund um die Uhr arbeitende Zellstoff- und Papierfabrik und ihre Zulieferer stellten wahrscheinlich die verlässlichste Quelle für Patienten der Notaufnahme für das Krankenhaus dar, wobei die zu behandelnden Verletzungen von Vergiftungen durch Giftsumach, Knochenbrüchen und Unfällen mit Holztransportern bei den im Busch tätigen Männern bis zu abgeschnittenen Fingern, Verbrühungen und Augenverletzungen aus der Papierfabrik reichten. Verletzungen aus Wirtshausprügeleien, Bootsunfällen und Autounfällen von Teenagern gehörten schon lange zum festen Repertoire aller Krankenhäuser, aber in letzter Zeit hatte in zunehmendem Maße auch die Zahl verprügelter Ehefrauen oder -männer und die Opfer von Rauschgift und Rassenauseinandersetzungen mit den ortsansässigen Indianergruppen ihren Beitrag zu Ellies nächtlicher Arbeit geleistet. Die meiste Zeit schaffte es die Notaufnahme des Städtischen Krankenhauses, dieses Chaos unter professioneller Kontrolle zu halten, aber Ellie konnte sich inzwischen nicht mehr vorstellen, dass diese Tätigkeit sie je befriedigen würde.

Sie ertappte sich immer häufiger dabei, wie sie sich fragte, was eigentlich aus den ganzen »Vorzügen« geworden war, die ein Arzt als Lohn für unermüdlichen professionellen Einsatz und zehn Jahre Universitätsstudium erwarten durfte. Wo war das komfortable Zuhause? Ellie wohnte in einer Dreizimmer-Wohnung über dem Fischmarkt zur Miete, einer Wohnung mit schadhafter Installation, Bataillonen von Ameisen und anderem Ungeziefer und – für die kurze Zeit, die sie sich jeweils dort aufhielt – selten mehr als ein paar Bechern Joghurt und einigen Dosen Diät-Cola im Kühlschrank. Wo war die schwere europäische Limousine? Sie fuhr einen zehn Jahre alten Honda Accord mit einem Kleiderbügel als Antenne und drei durchgerosteten Kotflügeln, die nur noch von Isolierband zusammengehalten wurden. Ellies Leben kreiste, berechenbar und unermüdlich, um ihr Bett, das Gymnastikstudio und das Krankenhaus, wobei ihr das Krankenhaus in zunehmendem Maße unbehaglicher wurde. Wo blieb die Pensionszusage und das sechsstellige Einkommen? Ellie hatte die Stelle in Port Alberni zum einen angenommen, weil das Krankenhaus eine offene Stelle gehabt hatte, und zum anderen, weil es eine so genannte »Isolationszulage« anbot. Sie meldete sich, wann immer sie konnte, für Schichten in der Notaufnahme, weil sie das Geld für die Überstunden brauchte. Der größte Teil ihres Nettoeinkommens diente dazu, ihre Studentendarlehen zurückzuzahlen. *Du musst das einfach durchhalten, Liebes*, mussten ihre Eltern sie immer noch trösten. *Zu guter Letzt werden sich all die harte Arbeit und die vielen Überstunden ausbe-*

zahlen. Du kommst schon noch dazu, als Ärztin zu praktizieren. Du schaffst es schon, einmal etwas Wichtiges für deine Mitmenschen zu tun. Selbst jetzt, nach zehn Jahren, musste Ellie sich immer noch an solch nichts sagende Platitüden klammern. Sie war viel zu intelligent und unterdessen auch zu erfahren, um auch nur noch an einen Bruchteil ihrer naiven Jungmädchenträume hinsichtlich einer Karriere in der Gesundheitsvorsorge zu glauben – nein, das war vorbei. Aber erst in allerletzter Zeit war ihr bewusst geworden, wie sie selbst inzwischen abgestumpft war und wie zynisch ihre Einstellung zu Jungmädchenträumen aller Art geworden war.

Ihre Noten auf dem College waren hervorragend und ihre Semesterbewertungen an der Medizinischen Fakultät hatten weit über dem Durchschnitt gelegen, aber Ellie hatte viel zu lange gebraucht, um sich für einen Bereich zu entscheiden, in dem sie sich spezialisieren wollte. Zuerst hatte sie vorgehabt, Kinderärztin zu werden, dann (wie um sich dagegen aufzulehnen) befasste sie sich mit Geriatrie. Sie arbeitete als Assistenzärztin im Shaughnessy Hospital in Vancouver und dann in einer freien Klinik in den Slums der East Side der Stadt. Als Medizinalpraktikantin arbeitete sie halbtags in einer teuren Dermatologie-Klinik in West Vancouver, wo sie einem schon teilpensionierten Witwer namens Stanley Melnyk zugeteilt war, der darauf bestand, mit »Doc« angesprochen zu werden.

Ellie verbrachte ihre Tage damit, Melnyks überwiegend ältere und vorzugsweise eitle Patienten wegen aller möglichen Hautunreinheiten zu behandeln, von denen nur ein geringer Bruchteil ein echtes Gesundheitsrisiko darstellte. Der Großteil ihrer Arbeit war kosmetischer Natur – Entfernung von Muttermalen, Keratosen, Warzen und Furunkeln vermittels Kryo-Therapie und Ausschabung. Wenn Doktor

Melnyk sich in der Praxis aufhielt, was nicht sehr häufig der Fall war, pflegte er zumindest einen Teil des Tages damit zu verbringen, dass er an seinem Schreibtisch ein Nickerchen hielt. Seine Untersuchungen unterbrach er immer wieder, um einen Schluck aus einer Flasche Wodka zu nehmen, die er im Kühlschrank für Gewebeproben aufbewahrte. Wenn Melnyk getrunken hatte, bekamen seine Augen einen glasigen, leeren Glanz, und er zeigte dann ein anzügliches Grinsen. Er machte Ellie ständig – ob betrunken oder nicht – Komplimente wegen ihrer »auffälligen Schönheit« und hatte mehrere Male den Versuch gemacht, sie »kollegial« zu umarmen oder zu betatschen. Als der Wodka ihn schließlich dazu inspiriert hatte, sich vor ihr hinter verschlossenen Türen in seiner Ordination zu entblößen, reichte Ellie ihre Kündigung ein. Mit all dem half man den Menschen nicht. All dies hatte nichts mit ihren Vorstellungen vom Arztberuf gemein. Anzeigen wegen sexueller Belästigung waren zu jener Zeit noch nicht einmal ernsthaft in Betracht gezogen worden, geschweige denn, dass sie im juristischen Sinne *en vogue* gewesen wären. Vermutlich war es diese Enttäuschung, die sie schließlich als Ärztin in die Notaufnahme trieb, der wohl dramatischsten Art und Weise, Medizin zu praktizieren, die sie sich vorstellen konnte.

Sie erinnerte sich an das klischeehafte Bild einer Frau Doktor, das sie sich als kleines Mädchen ausgemalt und bis zu ihrer ersten Nekropsie einer menschlichen Leiche nie ganz aufgegeben hatte. Die Frau Doktor mit der praktischen und doch modischen Kurzhaarfrisur, der einreihigen Perlenkette und der mühelos schlanken Figur, die sich die Zeit nahm, einem kranken Kind ein Bonbon zu spendieren oder dankbaren Senioren schmerzstillende Mittel zu verschreiben. Muskulöse heranwachsende Patienten und Krankenhauspfleger, die verstohlen nach den wohlgeformten Beinen lechzten, die man unter ihrem gebügelten weißen Labormantel sehen konnte. Jeden Tag mit einem Bagel und einem Café Latte von Starbucks zu beginnen und ihre Praxis um siebzehn Uhr eins, vielleicht auch schon sechzehn Uhr neunundfünfzig zu verlassen, und dann die Fahrt mit einem kurzen Halt am Safeway oder dem Blumenladen, in ihrem Mercedes, nach Hause zu ihrem gut aussehenden Mann und den sie bewundernden zwei Komma drei Kindern. Martha Stewart mit Stethoskop.

Die Wirklichkeit für Dr. Ellie Bridges sah so aus, dass sie sich die chemische Reinigung nicht leisten konnte, geschweige denn Perlen, selten Zeit hatte oder das Bedürfnis empfand, sich die Beine zu rasieren und ständig unter Kopfschmerzen litt. In deutlichem Kontrast zu ihren kreativen und in diesem Punkt äußerst abwechslungsreichen College-Tagen waren Männer jetzt einfach der Grund für die zweite Toilette im Krankenhausflur. Geschöpfe wie die »Frau Doktor« ihrer Kindheitsträume, wie sie auf den farbenfreudigen Prospekten im Wartezimmer der Notaufnahme abgebildet waren, gehörten einer anderen Spezies an. Die Alltagsrealität von Ellies Beruf – die Fontänen von Körperflüssigkeit, die endlose Reihe übel zugerichteter Patienten, die endlosen Nachtschichten und die stets aufs Neue auftretenden Beinahe-Katastrophen – vermittelten ihr das Gefühl, als wäre sie eine Blut getränkte Komparsin in einer uralten und immer wieder abgespielten Folge von M*A*S*H.

An diesem Tag wurde ihr klar, dass sie M*A*S*H nie gemocht hatte.

Ellie stieg die Röte ins Gesicht, als sie auf Redmonds ledergepolstertem Besuchersessel ihren Befragern gegenübersaß. Sie kämpfte gegen ihre Tränen – Tränen der Angst oder der Wut oder beides, das wusste sie nicht – und setzte dazu an, erneut zu schildern, was sich zwischen ihr und Caitlin Fulton und Mark Junckers abgespielt hatte. Redmond hob die Hand und brachte sie damit zum Schweigen.

»Sie werden genügend Zeit haben, uns Ihre Version des Hergangs zu schildern, wenn diese ganze Geschichte weitergeht«, versicherte ihr Redmond. »Ich bin überzeugt, dass die Anwälte beider Seiten sämtliche Angestellten befragen werden, die in jener Nacht Dienst hatten.«

Ellie blickte zu Boden und ihre Stirn runzelte sich besorgt. Das war nicht der Blick einer Ärztin, die sich einen Kunstfehler vorzuwerfen hatte, sondern vielmehr der einer Expertin, die ihr Gedächtnis nach irgendeinem ihr bisher entgangenen Hinweis durchsuchte, irgendetwas, das vielleicht zu Caitlins Tod hätte führen können. Zum Teufel mit David Fulton, dass er die Leiche des kleinen Mädchens so schnell weggeschafft hatte; jetzt hatte sie nicht einmal die Möglichkeit, noch einmal nach irgendwelchen Spuren zu suchen.

»Ellie«, sagte Redmond, kam um seinen Schreibtisch herum und setzte sich ihr gegenüber auf die Schreibtischplatte. »Ich würde gerne sagen, dass so etwas ungewöhnlich ist, aber das ist es nicht. Es kommen immer wieder Versehen vor und jeder Anwalt dort draußen giert förmlich danach. Sie sind eine gute Ärztin und haben einfach eine schlechte Woche hinter sich.«

»Ich habe zwei Patienten verloren«, sagte Ellie, immer noch auf der Suche nach einer Antwort. In den letzten drei *Jahren* hatte sie insgesamt vielleicht nur das Doppelte dieser Zahl verloren. Nein, nicht vielleicht. Genau fünf. Sie konnte sich an jeden von ihnen mit Namen und allen Einzelheiten erinnern.

Jetzt würde sie sich an sieben erinnern müssen.

Was Ellies Enttäuschung, ihre professionelle Lähmung, ausgelöst und dazu geführt hatte, dass ihre Müdigkeit ihr ohnehin heroisches Maß überschritt, lag nicht ganz eine Woche zurück. Wie gewöhnlich war Ellie diensthabende Ärztin der Schicht von Mitternacht bis acht Uhr morgens – die zweite Nachtschicht, wie man es nannte –, als ein hochgradig erregter Mann herein kam. Ein Architekt und seine Frau, aus Seattle, mit einem kranken kleinen Mädchen, das sie an sich drückten.

Krank war eine starke Untertreibung. Das Mädchen hatte heftigen Durchfall und sich so lange übergeben, bis ihr Magen völlig leer war; und hatte dann Blut erbrochen. Anschließend war es zu einer Schockreaktion und zum Aussetzen der Atmung gekommen. Die Systeme ihres winzigen Kinderkörpers schalteten sich ab, eines nach dem anderen. Ellie und ihr Team bemühten sich verzweifelt; dies war nicht ihr erster Katastropheneinsatz, und das Team arbeitete als effiziente, professionelle Einheit zusammen. Trotzdem warf Ellie mehrere Male ihrer leitenden Assistenzschwester Bonnie Blicke zu und suchte bei ihr Unterstützung. Abgesehen von zehn Jahren Erfahrung in der Notaufnahme hatte Bonnie selbst vier Kinder, und man konnte sich immer darauf verlassen, dass sie einem selbst in der größten Not eine moralische Stütze war. Aber selbst Bonnies Augen ließen Angst erkennen, als sie an diesem kleinen Mädchen arbeitete. Was sich hier ankündigte, würde wehtun, und das wussten sie beide.

Ellie sah die Kleine an, so zerbrechlich, so blass. Sechs Jahre alt, genauso alt wie Ellie, als der Arztberuf sie zu reizen begann.

Ein ganzes Leben war das jetzt her.

Ellie war immer noch erschüttert, als sie in den Warteraum zurückkehrte und Caitlins Mutter, Vater und Schwester die

Nachricht überbrachte. Auch dabei handelte es sich um etwas, in dem Ellie notwendigerweise geübt war; das Fehlen einer definitiven Todesursache hatte ihr jedoch die Kraft genommen und sie dazu veranlasst hatte, den Fultons eine apathisch wirkende Erklärung zu liefern. Wütend lehnten sie Ellies Bitte, eine Autopsie durchführen zu dürfen, wegen »kanadischer Unfähigkeit« ab und machten ihr dann in der Notaufnahme eine riesige Szene. Sie stießen Drohungen aus, das Krankenhaus zu verklagen und dafür zu sorgen, dass Ellies Karriere als Ärztin ein für alle Mal beendet sein würde. Ellie hatte ihnen ruhig zugehört und ihr ganzes Mitgefühl aufgebracht und war den Fultons dann sogar mit dem Formularkram behilflich gewesen, um ihnen zu ermöglichen, ihre Tochter nach Hause bringen zu lassen.

Ellie atmete tief durch, sprach ein kurzes Gebet für die kleine Caitlin und versuchte dann, die Erinnerung an jene schreckliche Nacht aus ihrem Gedächtnis zu verdrängen.

Zweiundsiebzig Stunden später, wieder in der zweiten Nachtschicht, brachten zwei Studenten von der Bamfield Marinestation ihren Zimmerkollegen in Ellies Notaufnahme. Der Mann – laut Angabe der beiden hieß er Mark Junckers – wurde auf den Untersuchungstisch gelegt und sein Atem war so schwach, dass man ihn kaum mehr wahrnehmen konnte. Er blutete aus Augen und Ohren und seine Gliedmaßen zuckten ständig. Er war bei Bewusstsein, reagierte auf ihre Berührung, konnte aber nicht sprechen. Sie schloss Junckers sofort an ein Atemgerät an und ließ sich von seinen beiden Freunden schildern, was vorgefallen war. Er hatte offenbar ein paar Tage Urlaub draußen im Barkley Sound genommen und war in Abwesenheit seiner Zimmerkollegen zurückgekehrt. Als sie nach Hause gekommen waren, hatten sie Junckers in einem fast katatonischen Zustand auf dem Boden des Badezimmers liegend vorgefunden.

Während der ganzen Fahrt nach Port Alberni hatte er sein volles Bewusstsein nicht wieder erlangt und kein einziges Wort gesprochen. Die Blutungen aus Nase, Mund, Augen und Ohren hatten zwei Stunden zuvor eingesetzt. Die hässliche Brandwunde an seinem Bein, sagten sie, habe er sich bei einer Kollision mit einem ungeschickt platzierten Propanheizgerät in der Kneipe von Bamfield zugezogen. Die Brandwunde war noch nicht völlig ausgeheilt und sah so aus, als ob sie vor kurzem infiziert worden wäre. Sie musterte Junckers' Gesicht, das auf eine jungenhafte Art hübsch wirkte. Ein Mann in der Blütezeit seines Lebens, ganz offensichtlich fit, keinerlei Hinweise auf Epilepsie, Diabetes oder sonstige Probleme, soweit das dem Fragebogen zu entnehmen war, den seine Freunde ausgefüllt hatten.

Zum zweiten Mal in jener Woche mühten Ellie und ihr Team sich ab, ihren Patienten wiederzubeleben und weitere Informationen von ihm zu gewinnen. Und wieder verloren sie die Schlacht. Junckers Körper schaltete ab – zuerst kam es zum Lungenstillstand, und dann war plötzlich alles aus. Weniger als eine Stunde später wurde er für tot erklärt.

Wieder ein tiefes Durchatmen, wieder ein Gebet.

Ellie blieb bis neun Uhr morgens im Krankenhaus, um sich mit dem Chefkardiologen des Krankenhauses zu besprechen. Ein Vergleich der beobachteten oder geschilderten Symptome des Patienten führte dazu, dass Junckers' Tod posthum einer idiopathischen Ventricular-Fibrillation zugeschrieben wurde – ein plötzliches, tödliches Flackern im Herzrhythmus, gefolgt von starken Blutungen. Der Zustand wurde einem genetischen Defekt zugeschrieben und von den 300 000 derartigen Fällen, die es jedes Jahr gab, waren bei etwa zehn Prozent keinerlei vorangegangene Herzprobleme bekannt. Die Ärzte konnten nicht wissen, ob die genetische Anomalie in Junckers' Familie vererbt worden war, brachten das aber schnell in Erfahrung. In ihrer Hast, Junckers ins Krankenhaus zu bringen, hatten seine Freunde sogar versäumt, Charles Harmon zu verständigen, den sie anschließend anrufen mussten, um die Einlieferungsformalitäten für Junckers zu erledigen. Ellie war nach jener Schicht nach Hause gegangen, hatte zwei Sominex genommen und zu schlafen versucht. Ihr Telefon klingelte keine zwanzig Minuten darauf. Es war Charles Harmon, der weitere Einzelheiten über den Tod seines Sohnes wissen wollte. In ihrem von den Schlaftabletten erzeugten nebelhaften Zustand schilderte Ellie die Symptome und seinen Zustand, so wie sie sie in Erinnerung hatte. Als sie anfing, die Symptome darzulegen, veränderte sich Harmons Tonfall; plötzlich war er nicht mehr der leidgeprüfte Vater, sondern eher ein pragmatischer Pathologe. Ellie kam es eigentümlich vor, wie ein Vater mit solcher Gefühlskälte dem Opfer gegenüber Gleichgültigkeit empfinden und derartiges Interesse an den Ursachen zeigen konnte. Und noch eigentümlicher schien ihr, dass Harmon verlangte, dass die Leiche seines Sohnes ohne Autopsie nach Bamfield überführt werden sollte, um dort sofort begraben zu werden. Sie tat alles, was ihr an dieser Stelle möglich war, und verwies Harmon an den Pathologen des Krankenhauses.

Immer noch verblüfft, legte Ellie den Hörer auf und versuchte zu schlafen, was ihr schließlich auch gelang.

Eine Stunde später rief Don Redmond an.

»Zwei Patienten. Von wie vielen?«, fragte Redmond. »Allein in dieser Woche zweihundert Fälle in der Notaufnahme. Ellie, ich habe mir Ihre Berichte angesehen und weiß, dass Sie eine Menge Überstunden gemacht haben. Ich weiß, der Job verlangt das. Aber vielleicht sollten Sie –«

»Ich kann es mir finanziell nicht *erlauben*, kürzer zu treten«, fiel Ellie ihm ins Wort.

Redmond hob erneut die Hand. »Das verstehe ich, Ellie. Die ersten paar Jahre ist es nicht leicht. Aber wenn Sie sich selbst so unter Druck setzen, führt das nur zu noch mehr Ärger.«

»Ich kann die Kosten für einen Anwalt nicht aufbringen«, fuhr sie fort.

»Wir sagten doch schon, dass es Sie keinen Penny kosten wird«, fiel ihr einer der Anwälte ins Wort. »Vorausgesetzt, bei Ihnen stellt sich kein Verschulden heraus.«

»Es wird nicht wieder vorkommen«, sagte Ellie und sah Redmond dabei gerade an.

»So etwas können Sie nicht versprechen«, sagte Redmond. »Keiner von uns kann das. Aber wenn Sie mich fragen, Sie werden mit all dem leichter fertig, wenn Sie ein wenig Urlaub nehmen.«

»Ich kann es mir nicht *leisten*, Urlaub zu nehmen.«

»Nun, Sie werden es aber trotzdem tun«, sagte Redmond. »Am sechzehnten ist Abschluss für die Gehaltsabrechnung und ich möchte, dass Sie dann Ihre letzte Schicht machen. Ich tue das ungern, aber ich habe keine andere Wahl. Sie können zwei Wochen Urlaub nehmen oder ich muss Sie ohne Gehalt vom Dienst suspendieren. Es liegt bei Ihnen.«

6

13. August
48° 33' Nördl. Breite, 123° 02' Westl. Länge
Friday Harbor, San Juan Island, Washington

Als Carol Harmon das Geräusch über sich hörte, sah sie nach oben und hielt sich die Hand über die Augen, um sie vor der untergehenden Sonne abzuschirmen. Der Hubschrauber der Nolan Group tauchte über den Bäumen auf, die das Meereslabor von Friday Harbor umgaben, und setzte auf dem nahe gelegenen Parkplatz auf. Als sie Garner zurückwinken sah, begann sich die Anspannung zu lösen, die sich in ihr aufgebaut und die sie die letzten Stunden gequält hatte. Garner kletterte aus dem Hubschrauber und ließ sein vertrautes, locker wirkendes Lächeln aufblitzen. Er sah so aus, als ob er es *geplant* hätte, von Gott weiß woher eingeflogen zu werden, bloß um ihre Hand zu halten und Carol damit zum hundertsten Mal daran zu erinnern, weshalb sie ihn unbedingt hatte rufen müssen.

Garner erschien seine Exfrau so schön wie eh und je. Ihre zweite Ehe bekam ihr allem Anschein nach gut. Ihre natürliche Schönheit, so fand er, hatte sich nur noch gesteigert, seit er sie vor inzwischen acht Jahren zum ersten Mal zu Gesicht bekommen hatte. Nur der angespannte Gesichtsausdruck war neu.

»Danke«, sagte Carol, als Garner unter den kreisenden Rotoren hervortrat und sich aus seiner gebückten Haltung aufrichtete. Sie schlang die Arme um seinen Hals und drückte ihn mit einer Intensität an sich, die ihre knappen Worte Lügen strafte.

Hinter ihnen war der mit Gold abgesetzte braune Hubschrauber bereits wieder aufgestiegen und nahm jetzt Kurs nach Süden, in Richtung Seattle. Garner hielt Carol in den Armen. »Ich hatte ja keine große Wahl«, sagte er mit einem schwachen Lächeln. »Ich hätte mir nur gewünscht, dass wir die *Exeter* so schnell hätten zurückbringen können.«

»Klar. Ich weiß ja, wie ungern du fliegst«, sagte sie.

»Es ist nicht das Fliegen, bloß die Höhe«, meinte Garner.

»Die beiden Dinge haben ja gewöhnlich miteinander zu tun«, stotterte Carol. Sie wischte sich eine Träne aus dem Auge und gab ihm einen Kuss auf die Wange. »Sofern man kein Albatros ist.« Sie wusste, dass Garner sein ganzes Leben lang unter Höhenangst gelitten hatte. In schwacher Ausprägung führte das bei ihm zu Kopfschmerzen und leichtem Schwindel, im schlimmsten Fall trieb sie ihn auf die Knie, damit er die Stabilität festen Bodens unter sich spüren konnte, und gelegentlich wurde er sogar ohnmächtig. Dieser Zustand hatte sein Hochklettern auf der Karriereleiter bei der Navy behindert und ihn schließlich zum akustischen Abwehrdienst geführt. In dieser Funktion – er war auf einer Station der Navy in Newport, Oregon, tätig gewesen und hatte dort den akustischen Signaturen sowjetischer Unterseeboote, von Erdbeben oder von unter Leibschmerzen leidenden Wale gelauscht – hatte Garner die Bekanntschaft von Mark Junckers gemacht. Mark hatte Carol dann mit Garner bekannt gemacht, und sechs Monate später waren die beiden verheiratet und drei Jahre darauf wieder geschieden gewesen. Im Widerstreit von Ursache und Wirkung war sich Carol nicht sicher, ob Garner seine Höhenangst als glückliche Laune des Schicksals oder als Nachteil empfand. Jedenfalls half es ihm, wenn man diese Eigenart mit Humor betrachtete.

Ein Hinweis darauf war, dass Garner dem Segelboot, auf dem er gelegentlich wohnte und das er den größten Teil des Jahres in der Nähe von Friday Harbor liegen hatte, den Namen *Albatross* gegeben hatte. In dem Jahr, in dem Junckers und er ihren Dienst bei der Navy quittiert hatten, hatte der ihn auf die Idee gebracht, das Boot zu kaufen, und sich gleich darauf ebenfalls eines gekauft, es fast identisch ausgestattet und *Pinniped* getauft. Carol blieb die Ähnlichkeit zwischen den beiden Booten nicht verborgen, als Garner sie über den Landungssteg und aufs Deck führte. Wieder traten ihr die Tränen in die Augen und sie ließ sich auf eine der Bänke der *Albatross* sinken. »Brock, das war eine schreckliche Woche.«

Garner ging unter Deck, um zwei Flaschen Bier aus dem Kühlschrank zu holen, und gab Carol eine davon. »Woche? Soll das heißen, dass da noch mehr war?«

»Da ist immer mehr«, sagte sie, nahm die Flasche entgegen und strich sich mit dem kalten Glas über den Hals. »Als Frau wissenschaftlich tätig zu sein, wird nicht einfacher. Ich gehöre wenigstens einem halben Dutzend Ausschüssen an, habe in meinem Labor viel zu viele Möchtegern-Jacques Cousteaus und Eugenie Clarks um mich, weiß nicht mehr, wo mir vor lauter Artikelschreiben der Kopf steht, und muss trotzdem noch um jeden Cent an Zuschüssen kämpfen.« Sie hielt inne, um einen Schluck zu trinken. »Und jetzt das.«

Garner saß ihr gegenüber im Cockpit und studierte ihr Gesicht. Es bereitete ihm einige Mühe sich vorzustellen, dass die Frau von Bob Nolan sich über irgendeine Knappheit zu beklagen hatte, insbesondere wenn es um Geld ging. Sie war eine ausgebildete Bio-Akustikerin und spezialisiert auf das Studium des Verhaltens und der Vokalisationen von Walen – ein höchst prominenter Forschungsbereich, wenn auch nicht sonderlich gut bezahlt. Garner war in einem wesentlich praktischeren Bereich der Akustik tätig gewesen, dem er freilich deutlich weniger als dem Studium der Biologie abgewinnen konnte. Vielleicht mied Carol immer noch die Versuchung des Geldes, um sich ihre Objektivität zu bewahren – oder um sich gegen gelegentliche politische Anspielungen ihrer Kollegen verteidigen zu können, dass sie einen weniger objektiven Pfad eingeschlagen habe. Der Verlust ihres Stiefbruders war ganz offenkundig etwas, das sie nicht mit Objektivität betrachten konnte. Garner musterte ihre nachdenklich blickenden Augen und verspürte ein Gefühl der Hilflosigkeit.

»Was ist denn passiert? In was ist Mark denn hineingeraten?«

»Das hoffe ich mit deiner Hilfe herauszubekommen. Er hat eine Nachricht auf meinem Anrufbeantworter hinterlassen. Es war spät und er muss schon müde gewesen sein – er hat gestottert und sich wiederholt und hatte offenbar Mühe, seine Sätze richtig zu Ende zu führen, aber er war sehr erregt.«

»Erregt worüber?«

»*Verängstigt* wäre vielleicht ein besserer Ausdruck. Er hat gesagt, er hätte auf einer der Inseln im Barkley Sound etwa zwei Dutzend an Land gespülte Seelöwen gefunden. Otter auch, obwohl Seelöwen und Otter gewöhnlich nicht dieselben Gegenden aufsuchen. Soweit ich ihn richtig verstanden habe, hatten sie alle seltsame halbmondförmige Verletzungen. Er hat mich gefragt, ob mir irgendwelche Parasiten oder Krankheiten an Meeressäugern bekannt seien, die zu solchen Verletzungen führen könnten.«

»Hat er gesagt, um welche Insel es sich handelt?«

»Nein, wie ich schon sagte, er klang ein wenig wirr. Er sprach etwas lallend, fast als ob er getrunken hätte. Aber er wollte...« Ihre Stimme stockte und sie brauchte einen

Augenblick, um sich zu fassen. »Er hat gesagt, ich solle ihn wegen der Einzelheiten zurückrufen. Immer der kleine Bruder mit irgendeiner wichtigen neuen Entdeckung.«

»Immer noch bemüht, Eindruck auf den Alten zu machen«, meinte Garner. Er wusste, dass die Beziehungen zwischen Charles Harmon und seinen Kindern – zwischen Charles Harmon und allen anderen Menschen – gelinde gesagt angespannt waren. Manchmal fraß der Wunsch, seinen Stiefvater zu beeindrucken, Junckers förmlich auf und Garner fragte sich schon eine Weile, ob Charles Harmon überhaupt ein Mensch war, der von irgendetwas beeindruckt sein konnte.

»Er hat gesagt, er wolle Dad nicht damit belästigen, solange er nicht alle Fakten beisammen hätte«, sagte Carol. »Und das Nächste, was ich von ihm gehört habe, war, dass seine Zimmerkollegen ihn im Badezimmer auf dem Boden gefunden haben.«

»Du hast gesagt, es sei eine Art Herzattacke gewesen?«

»Das hat das Krankenhaus gesagt. Ich bin nicht an den diensthabenden Arzt herangekommen, als sie Mark eingeliefert haben.«

»Eine Herzattacke. Und das bei einem gesunden Mann von neununddreißig Jahren«, meinte Garner.

»Die meinten, mehr könnten sie ohne den Autopsiebericht aus Victoria nicht sagen.«

Den Rest des Abends verbrachten sie damit, die *Albatross* für die Fahrt nach British Columbia vorzubereiten. Nachdem sie das Boot mit allem möglichen Gerät aus dem Labor der University of Washington vollgepackt hatten, überprüften sie alle Leinen und Segel. Garner spürte, dass Carol hier weg wollte, dass es sie drängte, Mark selbst zu sehen, aber sie versicherte ihm, dass sie sich wohler fühlen würde, wenn sie mit der *Albatross* führen, und dass die Vorbereitungsarbeiten eine willkommene Ablenkung für sie waren.

Garner fand Marks Nachricht auf seinem eigenen Anrufbeantworter, aber sie enthielt noch weniger Hinweise als das, was Carol ihm bereits gesagt hatte. Garner ließ das Band dreimal hintereinander ablaufen, bis er bemerkte, wie Junckers' Stimme auf Carol wirkte. Schließlich nahm er die Kassette aus dem Apparat und machte den Vorschlag, in die Ortschaft zu fahren, um sich mit Proviant zu versorgen.

Als sie ins Meereslabor zurückkehrten, war es bereits dunkel geworden. Garner schloss das Büro auf und funkte die *Exeter* an, um in Erfahrung zu bringen, ob es mit der *Sato Maru* irgendetwas Besonderes gegeben habe. Zubov schlief, aber McRee hatte die dritte Wache und sagte ihm, dass es beiden gut gehe und dass die Eigner des Frachters am Morgen in der Wetterstation »*Papa*« eintreffen würden. Falls die Crew des Frachters tatsächlich einem Virus zum Opfer gefallen war und dieser so schnell wirkte, wie der Maat behauptet hatte, dann musste er bereits abgestorben sein, als die *Exeter* das verlassene Schiff entdeckt hatte. Irgendwelche neueren Erkenntnisse über das rätselhafte Geschehen gab es nicht und McRee versprach, über Funk entweder mit der *Albatross* oder der Station in Bamfield Verbindung aufzunehmen, falls es neue Erkenntnisse gäbe.

Anschließend kehrten Garner und Carol auf die *Albatross* zurück und redeten dort noch zwei Stunden miteinander. Garner berichtete über die Erfolge – und Misserfolge – bei dem Einsatz von Medusa und Carol erzählte mit aufrichtiger Hingabe von ihrer Arbeit mit Walen. Beide sprachen liebevoll über Junckers und es fiel ihnen sichtlich schwer, von ihm in der Vergangenheit zu reden. Keiner von beiden erwähnte auch nur ein einziges Mal Charles Harmon oder Bob Nolan;

Carols Trauer um Mark hatte die beiden anderen Männer in ihrem Leben kurzzeitig verdrängt.

Sie einigten sich darauf, in der Morgendämmerung nach Bamfield aufzubrechen. Obwohl die *Albatross* über eine geräumige Kabine verfügte, war Garner es nicht gewohnt, sich den Raum mit einer zweiten Person, geschweige denn mit den Stapeln von Kisten, Kartons und wasserdichten Plastikbehältern zu teilen, die er dort aufgestapelt hatte. Garner und Carol mussten sich mehrere Male aneinander vorbeizwängen, als sie sich auf das Schlafengehen vorbereiteten, und bei jeder Bewegung darauf achten, nicht an irgendwelche Kartons zu stoßen.

»Das erinnert mich an dieses Videospiel«, meinte Carol. »Du weißt schon, *Tetris*? Das mit den vielen Schachteln?«

»Mich erinnert es an unsere erste Wohnung«, grinste Garner. Carol lachte laut auf und ging in die Nasszelle, um sich frisch zu machen, so dass er einen Augenblick lang mit seinen Erinnerungen allein gelassen war. Kurz darauf kam sie mit einem Handtuch über dem Arm und der Zahnbürste im Mund wieder heraus.

»Was ist denn?«, fragte sie, als sie Garners leicht verwirrten Gesichtsausdruck bemerkte.

»Nichts«, sagte Garner und wies auf die beiden übereinander angeordneten Kojen. »Ich hätte nur nie gedacht, falls wir je wieder zusammen schlafen würden, dass es dann in Kojen passieren würde.«

»Nein?«, Sie zwinkerte ihm zu. »Nun, dann hoffe ich, dass ich wenigstens oben liegen darf.«

Sie gab sich völlig natürlich, als sie ihr Handtuch weglegte, ihre Shorts und ihr Baumwollhemd auszog und damit ihren athletischen, gleichmäßig von der Sonne gebräunten und auf dem Tennisplatz durchtrainierten Körper sehen ließ. Sie wirkte glatt und gepflegt, wie das reiche Leute oft sind.

Als Studentin, noch vorrangig darum bemüht, ihren Anteil an der Miete aufzubringen, war sie schon damals ziemlich hübsch gewesen, aber meist ein wenig zerzaust, mit abgesprungenen Nägeln und allen möglichen Kratzern und Blessuren von ihrer Arbeit. Jetzt war ihre Haut makellos und strahlte geradezu die Anmehmlichkeiten eines gesunden Lebens aus. Trotz all ihrer Klagen über »die Last, eine Frau, eine Wissenschaftlerin zu sein und im Allgemeinen missverstanden zu werden«, hatte das jedenfalls keine nachteiligen Auswirkungen auf ihr Äußeres.

Sie bemerkte seinen Blick, als sie in ein T-Shirt schlüpfte. »Ja, ich weiß schon, unter Erwachsenen gehört sich das nicht, aber ich bin zu müde für Schicklichkeit.« Damit kletterte sie in die obere Koje und musterte Garner betont anzüglich, als dieser sich auszog. »Außerdem ist es ja nicht so, dass wir einander nicht schon nackt gesehen hätten. Oder?«

Garner lächelte und war froh, dass Carol offenbar im Begriff war, den Verlust ihres Stiefbruders zu verarbeiten. Aber als er dann nach dem Lichtschalter griff, sah er, dass Carol ihn immer noch beobachtete und ihr die Tränen über die Wangen liefen. Als Garner neben die Koje trat, streckte sie die Hand aus und strich ihm über die Wange und entdeckte dabei den winzigen goldenen Stecker, den Garner im linken Ohrläppchen trug.

»Ich sehe, du trägst immer noch einen Ohrring«, sagte sie. »Ich erinnere mich noch gut, wie du den kleinen Ring hattest und dir dazu einen Bart hast wachsen lassen. Damals hast du wie ein richtiger Pirat ausgesehen.«

»Den Bart habe ich mir gleich, nachdem ich den Papagei losgeworden bin, abrasiert«, sagte Garner. »Allmählich geht meine Phase als Eisenfresser zu Ende. Das ist eine Art Zwölf-Stufen-Programm für Schurken.«

»Nochmals vielen Dank. Danke, dass du gekommen bist«,

sagte sie, und dabei traten ihr wieder die Tränen in die Augen. »Ich glaube nicht, dass ich ohne dich damit zurecht käme.«

»Das ist doch nicht der Rede wert«, versicherte er ihr. »Das Anstrengendste während der ganzen Reise war, diesen Knirps zum Reden zu bringen, der mir deinen Brief gebracht hat.«

»Du meinst Darryl. Er ist ein wenig...«

»Verstopft?«

Carol kicherte. »Ja, so hätte ich es nie formuliert, aber – ja. Genau.«

»Armer Teufel. So. Für uns fängt das richtige Abenteuer morgen an. Gleich bei Sonnenaufgang. Weißt du noch, was Mark immer gesagt hat, wenn er mit uns segeln gegangen ist?«

»Roter Himmel am Abend...«

»... für den Seemann erquickend und labend.«

»Ist der Himmel rot am Morgen...«

»... dann bringt das dem Seemann Sorgen.«

Als er Carols Hände nahm, war es um ihre Fassung völlig geschehen und sie fing an zu schluchzen. Er stand neben ihrer Koje und hielt sie an sich gedrückt, bis ihre Tränen versiegt waren. Und als dann eine Weile vergangen war, flüsterte sie:

»Aber es ist ganz plötzlich gekommen, Brock. Wenn es passieren musste, wenn seine Zeit abgelaufen war, na schön. Ich hätte mich bloß gern von ihm verabschiedet, weißt du?«

7

14. August
48° 33' Nördl. Breite, 123° 02' Westl. Länge
Friday Harbor, San Juan Island, Washington

Während Carol die Leinen löste und sie sorgfältig auf Deck verstaute, ließ Garner den kleinen Außenbordmotor der *Albatross* an und verließ die San Juan Inseln unter Motorkraft. Als sie die äußere Küste erreicht hatten, zog Garner das Hauptsegel auf, um den in westlicher Richtung wehenden Wind zu nutzen. Carol brachte zwei Schalen mit Granola und Pfirsichen mit Milch herauf, leerte davon eine und übernahm dann von Garner das Steuer, damit dieser frühstücken konnte.

»Ich denke, jetzt wirst du keine Gelegenheit mehr zu einem Rennen gegen die *Pinniped* nach Hawaii bekommen«, sagte sie wehmütig. Junckers hatte Garner jahrelang zu einem Rennen über den Nordostpazifik herausgefordert, das möglicherweise ein Treffen mit Carol zum Ziel hätte haben können, die die Wanderrouten der Buckelwale vor der Küste von Maui studierte. Im Hinblick auf ihre jeweiligen Forschungsinteressen bot es sich keinem der beiden Männer an, ein »schwimmendes Labor« zu betreiben – im Falle Junckers waren die von ihm studierten Tiere dafür zu groß und bei Garner die Geräte, die er für seine Forschungstätigkeit brauchte. Aber beide hatten sich ein Segelboot als Wohnstätte ausgewählt, und zwar aus sehr ähnlichen Gründen. Segelboote erlaubten es einem ganz anders als motorbetriebene

Fahrzeuge, in ungewöhnlichem Maße mit der See eins zu werden, *im* Wasser zu reisen, *wegen* des Wassers, gelenkt von dessen natürlicher Neigung. Motoren mochten sich besser dazu eignen, schnell voranzukommen oder einfach Lärm zu machen, aber das waren Eigenschaften, die Junckers oder Garner nie gereizt hatten. Einen Motor benutzen hieß eine Wasserstraße benutzen; segeln hieß, sich von der See gleichsam umarmen zu lassen.

»Er hätte mich fertig gemacht und das hat er genau gewusst«, räumte Garner ein. »Und bei dir wäre es nicht anders.«

»Das liegt in der Familie«, sagte Carol. »Manche Eltern setzen ihre Kinder unter Druck, damit sie Anwälte werden oder Ärzte. Daddy wollte Seeleute, also hat er Seeleute bekommen.«

»Hast du überhaupt mit ihm gesprochen?«, wollte Garner wissen.

»Aber klar. Er war über Marks Tod informiert, aber natürlich war ich diejenige, die sich um die ganzen Formalitäten im Zusammenhang mit seiner Beerdigung kümmern musste.«

»Wird er daran teilnehmen?«

Carols Blick war auf den Horizont gerichtet, als müsste sie seine beschauliche Ruhe nachahmen. »Du kennst ja Charles Harmon«, sagte sie. »Charles Harmon plant nichts im Voraus. Charles Harmon tut das, was er jeweils für richtig hält.«

Um Mittag passierten sie die breite Mündung der Straße von Juan de Fuca, die nach dem griechischen Seefahrer mit dem seltsam spanischen Namen benannt war. Der zweiundvierzig Meilen breite Streifen Meer war für die Schifffahrt das Tor nach Seattle und der Olympic Peninsula im Süden und Vancouver und dem unteren Festland von British

Columbia im Norden. Sie war auch der wichtigste Schifffahrtskanal zum ganzen pazifischen Nordwesten, und deshalb teilte die *Albatross* sie sich mit Dutzenden von Charterbooten, Segelbooten und Frachtern. Letztere erinnerten Garner an die *Sato Maru*, also nutzte er jetzt die Gelegenheit, Carol zu berichten, was sie gesehen hatten.

»Was meinst du denn, was es war?«, fragte sie.

»McRee und Serg hatten da ein paar aufregende Theorien«, meinte Garner. »Alles Mögliche, angefangen von verdorbenem geschmuggeltem Heroin bis zu einem Selbstmordpakt. Ich glaube, dass es sich um eine Lebensmittelvergiftung gehandelt hat, die durch mangelnde Hygiene gefördert wurde.«

»Du *glaubst*? Du hast dir keine Sorgen wegen einer möglichen Quarantäne gemacht?«

Garner drehte die Handflächen nach oben und zuckte die Achseln. »Auf der *Exeter* hat man sich mehr wegen eines möglichen Prozesses gesorgt. Die hätten sich eigentlich darauf beschränken müssen, den Fund des Schiffes zu melden. Warum? Denkst du, ich hätte Darryl auf dem Herflug anstecken können?«

»Ja, vielleicht«, sagte Carol sichtlich unbeeindruckt von Garners gespielter Tapferkeit. Sie wälzte sich auf den Bauch und zog sich die Träger ihres Bikinioberteils zurecht. »All die vielen neuen Krankheiten auf der Welt und du turnst herum wie ein Indiana Jones der Meere.«

»Weil du es so gewollt hast«, erinnerte er sie. »Vergiss nicht, dass ich dich auch geküsst habe.«

»Na großartig. Jetzt gibst du wohl mir die Schuld dafür, irgendein Monstervirus aufs Festland zu bringen.«

»Ich sag dir Bescheid, sobald mir Fänge wachsen«, sagte Garner. Er wusste, dass Carols Bemerkung nur halb scherzhaft gemeint war, und das beschäftigte ihn den Rest der

Fahrt. Obwohl mit McRee vereinbart war, dass dieser sich nur über Funk melden sollte, falls es zu irgendwelchen ungewöhnlichen Entwicklungen kam, würde Garner die *Exeter* in ein paar Tagen noch einmal anrufen und sich erkundigen, was aus dem Geisterschiff geworden war. Außerdem würde er sich die neueste Verwünschungsliste von Zubov über das Funktionieren von Medusa anhören müssen.

Carol machte es sich auf dem Vorderdeck bequem und ging daran, ein Kapitel eines Fachbuchs Korrektur zu lesen, das Garner gerade schrieb. Als sie fertig war, näherte sich die *Albatross* Barkley Sound.

»Sehr gut«, sagte Carol und steckte das Manuskript wieder in seinen Aktendeckel. In der ganzen Zeit, die Garner sie kannte, war das immer ihre einzige Bemerkung zu allem gewesen, was er gerade schrieb. Wenigstens einer von ihnen beiden war konsequent in seiner Tätigkeit. »So, hast du jetzt Zeit für meinen Beitrag zur Information der Massen?«, fragte sie.

Garner blickte aufs Wasser und sah aus dem Augenwinkel Carol dabei zu, wie sie schnell einen ihrer Behälter auspackte. Sie brachte einen dünnen schwarzen Laptop zum Vorschein und schaltete ihn ein. Sie lud ein Softwareprogramm, das sie selbst entwickelt und geschrieben hatte, und rief eine Karte der Queen Charlotte Inseln am Nordostrand von Vancouver Island auf. Auf der Karte waren ein paar Herden Killerwale eingezeichnet, an die Garner sich von Carols früheren Arbeiten erinnerte. Sie hatte einmal die Geräusche, mit denen diese Gruppen von Walfamilien miteinander kommunizierten, aufgezeichnet und katalogisiert.

Carol klickte auf den nördlichen Teil der Karte und öffnete ein Fenster mit dem Bild eines Killerwals. Aus den eingebauten Lautsprechern des Computers drangen die gespenstisch vertrauten Laute des Walgesangs. »Es ist schon seit einiger

Zeit bekannt, dass Wale sich innerhalb ihrer Reisegruppen verständigen und dass unterschiedliche Gruppen auch leicht unterschiedliche Laute hervorbringen.« Sie klickte in den südlichen Bereich der Karte und rief damit eine zweite Gruppe Wale auf, deren Gesang deutlich anders klang. »Und wo sich die Wege dieser Gruppen kreuzen, ist die Kommunikation eine Art Kombination der beiden.« Sie klickte einen Punkt im mittleren Bereich der Karte an, und jetzt war ein Geräusch zu hören, das wie ein Hybrid der nördlichen und südlichen Dialekte klang.

»Interessant«, meinte Garner.

»Interessant, aber seit einiger Zeit bekannt, und zwar ohne irgendwelche Einzelheiten. Es gibt Forscher, die bezweifeln, dass das wirklich eine Bedeutung hat. Aber jetzt pass auf.«

Sie rief ein zweites Fenster auf ihrem Bildschirm auf, in dem der Gesang der Wale als Wellenform dargestellt war. »Wenn man die Amplituden, die Frequenz und die Komplexität dieser Geräusche vergleicht, kann man gemeinsame Bestandteile herausfiltern.«

»Worte. Sprache«, meinte Garner.

»Genau. Und das ist auch geschehen, mit einigem Erfolg.«

»Aber niemand weiß, was die Worte bedeuten.« Garner hatte sich aus seiner Zeit in Newport ein gewisses Interesse für die Kommunikation der Wale – *Biologics*, wie die Sonar-Leute sie nannten – bewahrt. Carols Gesichtsausdruck verriet ihm, dass seine Bemerkung das richtige Stichwort für sie gewesen war. »Bis jetzt?«

»Bis jetzt«, nickte sie. »Das Problem, wenn man natürliche Populationen betrachtet, ist, dass man unmöglich wissen kann, was sie wirklich gerade wahrnehmen. Sind sie hungrig? Haben sie Angst? *Dass* sie miteinander reden, wissen wir, aber *worüber*?«

»Also hast du ihre Wahrnehmung kontrolliert?«

»Wir haben die kontrollierte Wahrnehmung von Orcas benutzt, die in Gefangenschaft leben. Solche, die man erst in jüngster Zeit in Gehege für verletzte Wale gebracht oder in Aquarien eingeliefert hatte. Wir haben das, worüber sie geredet haben, mit dem in Beziehung gebracht, was sie nach unserer Kenntnis getan hatten und was wir sie zu tun aufgefordert hatten.«

»Lass mich raten: Sie haben gesagt, ›lasst mich hier raus!‹«

»Ja, unter anderem.«

Garner sah zu, wie Carols Finger über die Tastatur huschten und Koordinaten eintippten, um zwei Wellenformen miteinander zu vergleichen, eine von einem gefangenen Wal in San Diego und eine von einem Tier, das man aus einer Herde in der See von Chukchi isoliert hatte. »Falls jemand je daran gedacht hat, das zu tun, dann stand ihm nicht der Datenbestand zur Verfügung, den ich mir in zehn Jahren aufgezeichnet habe. Und selbst wenn das der Fall gewesen wäre, hätten sie weder mein Softwareprogramm noch genügend fein abgestimmte Sensoren gehabt, um all die hörbaren und nicht hörbaren Faktoren aufzuspüren, die es braucht, um festzustellen, ob die Geräusche wirklich übereinstimmen.« Das nächste Fenster zeigte nebeneinander angeordnete Vergleichskurven der Vokalisation des Wals in der freien Natur mit denen der gefangenen Tiere. Die Wellenmuster wurden überlagert und dann auf Ähnlichkeiten verglichen.

»Jetzt pass auf«, sagte Carol. »Hier, wo wir mit dem Zodiac-Boot zu dicht an den Wal herangekommen sind, im Vergleich zu hier, wo der Jet-Ski in der Aquariumshow zu nahe kam. Eine praktisch identische Vokalisation des einen Wals mit der der anderen, die wir als ›Gefahr, weg da‹ interpretieren können. Und hier, bei der Nahrungsaufnahme, eine identische Folge von Klicklauten an die Wale in der Umgebung, und das heißt –«

»Die Suppe ist da.«

»Sicher, oder was auch immer ihre Vorstellung von Suppe ist. Und hier entsprechen die Laute, die dieser Wal in seinem Pferch von sich gibt, fast exakt denen eines Wals, der vor der Küste von Monterey gestrandet ist. Das wäre deine ›lass mich hier raus‹-Signatur.«

»Erstaunlich. Wie kommt es dann, dass die Navy sich nicht dafür interessiert?«

»Wer sagt das denn? Im Augenblick habe ich wahrscheinlich eine höhere Sicherheitseinstufung als du.«

»Vermutlich. Das ist für die bestimmt wesentlich interessanter als meine Arbeit mit Medusa.« Auf seine Bitte rief Carol den Vergleich der Wellenmuster noch einmal auf. »Erstaunlich«, wiederholte er.

»Nun, ich würde sagen, praktisch«, meinte Carol. »Je mehr Übereinstimmungen an Komplexität wir feststellen, desto näher kommen wir an so etwas wie einen akustischen Atlas der Walkommunikation. Es erfordert nur Geduld, um zuzuhören.« Jetzt, wo ihr Vortrag beendet war, verschränkte sie befriedigt die Arme. Garner zweifelte nicht im Geringsten daran, dass sie fest entschlossen war, diese Geduld aufzubringen.

»Und alles das auf einem Laptop«, sagte Garner voll Bewunderung für ihre Technik.

»Einem Zwanzigtausend-Dollar-Laptop«, korrigierte ihn Carol grinsend.

»Du bist ganz schön stolz auf dich, wie?«, neckte Garner sie.

Carol nickte heftig. »Allerdings.«

»Dann gibst du also zu, dass es in der gehetzten Welt der unverzagten Forscherin auch ein paar Lichtblicke gibt?«

»Na schön, dann gibt es eben auch Vorzüge«, räumte Carol lächelnd ein. »Aber die habe ich mir verdient.«

In dem Augenblick dachte Garner, dass die passende Antwort darauf jetzt wahrscheinlich *das hast du allerdings* wäre und dass sich dieser Zustimmung dann eine Umarmung anschließen könnte. Aber als Carol sich stattdessen abwandte und anfing, ihren Computer wieder zu verstauen, fühlte er sich daran erinnert, dass sie weder seine Zustimmung noch seine Zuneigung suchte, so wie sie das nie getan hatte.

Er steuerte das Boot in die Südostecke des Barkley Sound, dann den Trevor Channel hinauf. Er steuerte einen Kurs zwischen der Halbinsel Mills – die Bamfield vor dem offenen Meer schützte – und der Insel Helby – wo Charles Harmon in selbst gewählter Isolation lebte. Vor die Wahl zwischen den beiden Orten gestellt, entschied Carol sich dafür, an der Bamfield Station anzulegen. Sie vermutete richtig, dass die Leute dort mehr über Marks Begräbnisformalitäten wissen würden als ihr Vater.

Mark Junckers' Leiche lag in einem schlichten Sarg aus Kiefernholz, den Carol persönlich grell gelb lackiert hatte. Ihrem Empfinden nach war das genug Kitsch, um den Bohemien in ihrem Bruder auch im Leben nach dem Tode zu befriedigen. Ein paar Freunde von Junckers luden den Sarg auf die *Albatross* und folgten Garners Boot nach Norden zur Insel Tzartus, wo die Familie auf einer alten Wiese ein kleines Stück Land mit Blick über den Sund besaß. Als der Sarg in die Erde hinabgelassen wurde, konnte Garner sehen, wie Carols Blick auf Helby Island gerichtet war und sie durch das dichte Laubwerk zum Blockhaus ihres Vaters hinübersah. Er spürte ihren Zorn und ihre Enttäuschung und legte den Arm um sie.

»Er wird kommen«, sagte er. »Zu gegebener Zeit und auf seine eigene Art.«

»Von Familien erwartet man, dass sie nicht zu gegebener Zeit und ›auf ihre eigene Art‹ funktionieren«, schimpfte Carol und erinnerte Garner damit erneut daran, wie sehr ihre Vorstellungswelt zu traditionellen Verhaltensmustern zurückgekehrt war, seit sie sich, wenn auch nur durch ihre Verheiratung, auf die Überholspur der unabhängig Wohlhabenden begeben hatte.

Es tauchten keine Hubschrauber der Nolan Group auf, um Blumen von Präsident Bob oder Wiedergutmachung von Charles Harmon zu bringen. Dafür war Saunders Freeland anwesend, der Forschungskoordinator der Station und – nach Einschätzung Garners – bei einem solchen Anlass eine passendere Vatergestalt für Mark. So wie Sergej Zubov das auf der *Exeter* tat, sorgte Freeland in Bamfield dafür, dass die Forscher der Station über die nötigen Hilfsmittel verfügten, und spürte andernfalls das, was sie brauchten, in Vancouver, Victoria oder Seattle auf.

Man konnte Freelands Stimmung, seine Gefühle und die ganze Vorgeschichte des Mannes an den Falten ablesen, die in seine lederne Haut um die Augenwinkel gegraben waren. Seine gesunde rötliche Gesichtsfarbe, das drahtige graue Haar und der lange graue Bart hätten besser zu einem Goldsucher am Yukon als zu einem Forschungskoordinator gepasst. Ein kleines Bäuchlein verriet seine Neigung zu Irish Stout Bier und den Hamburgern, die es im Coffee Shop von Bamfield gab. Die vielen Jahre, die er als Fischer im kalten Klima von Grand Banks verbracht hatte, hatten ihm eine schwere Arthritis eingetragen, so dass er mit ziemlich steifen Beinen herangeschlurft kam.

Jedes Mal, wenn Garner auf Freeland stieß, was viel zu selten der Fall war, schien ihm, als würde der Mann ein wenig besser aussehen, wohl weil er ständig den Elementen ausgesetzt war – meteorologischen, chronologischen, bürokratischen oder sonstigen. Wenn man sich die leicht gebeugte verwitterte Gestalt mit dem Gnomengesicht ansah, die in der Regel mit einem Flanellhemd und Jeans bekleidet war, die ein Gürtel mit einer verwitterten Rodeoschnalle festhielt, hätte man nie geglaubt, dass Freeland die Hände eines geschickten Mechanikers, die intellektuelle Bandbreite eines Künstlers sowie einen Doktorgrad in Molekularbiologie besaß und dass einige Patente im Bereich der Biotechnologie seinen Namen trugen. Mark Junckers hatte Freeland einmal, vielleicht unter dem Einfluss von etwas zu viel Alkohol, bei einer der regelmäßigen Partys der Station, »einen besseren Zimmermann als Jesus Christus« genannt. Freeland besaß sogar eine selbst gebaute Hütte, um diese Behauptung zu beweisen.

Auch darin ähnelte Freeland Zubov: er sorgte dafür, dass die Wissenschaftler *ihre* Aufgaben erledigen konnten. Er kümmerte sich um den logistischen Teil jeder Studie, die in der Station durchgeführt wurde, und kümmerte sich mit geradezu väterlichem Interesse um ihre Besucher, insbesondere um die Studenten, die an ihren Promotionen arbeiteten – trieb sie ständig mit wohl gemeinten, giftigen Ratschlägen und brummigen Kommentaren an. Freeland liebte seine Arbeit wirklich – er mochte es bloß nicht, wenn jemand das merkte.

»Mark Junckers war für mich so etwas wie ein Sohn, der einem ständig auf die Nerven geht und den ich nie hatte«, sagte Freeland, als er Carol bei der Begräbnisfeier sah. Carol umarmte ihn und schüttelte Garner dann die Hand. »Brock andererseits ist der Sohn, der einem ständig auf die Nerven geht und den ich tatsächlich *hatte*«, fuhr er fort. »Zehn Monate im Jahr, und das drei Jahre lang.«

»Zwei Jahre«, korrigierte ihn Garner.

»Mir sind sie wie drei vorgekommen«, sagte Freeland und schlug Garner auf die Schulter. »Aber am Ende hat es sich ja gelohnt, wie? Seht euch doch an, Jungs, wie ihr euch alle dort draußen in der Welt einen Namen macht.«

»Wir alle hatten hier unseren Anfang«, sagte Carol.

»Was für ein Anfang, was für ein Ende«, meinte Freeland, und erst dann wurde ihm bewusst, was er damit sagte. Er sah wieder zu Carol hinüber, fixierte sie. »Die Arbeit ist wichtig, wissen Sie, aber das hier« – er hob beide Arme in einer Geste, die die ganze Szenerie einschloss – »dieses *Leben* ist wichtiger. Man bezahlt mich dafür, dass ich euch jungen Spunden dabei helfe, eure Arbeit zu machen, aber ...« Er kam ins Stocken und verstummte schließlich. Garner sah, wie Freeland die Tränen in die Augen traten, das erste Mal, dass er an dem alten Mann so etwas gesehen hatte. »Aber ich rede mir immer ein, dass ich auch mithelfen kann, euch am Leben zu erhalten. Hier oben kann es ja manchmal ziemlich rau zugehen.« Jetzt rannen Freeland die Tränen über die Wangen, während er versuchte Carol zu trösten. »Es tut mir Leid. Mark wird uns allen sehr fehlen. Und Sie sorgen mir dafür, dass Ihr verrückter Alter das auch erfährt, ja?«

Als die Trauerfeierlichkeit begann, wandte sich die kleine Gemeinde von dem majestätischen Anblick ab und senkte den Kopf. Nur die Seebrise und das leise Murmeln derjenigen, die im Angesicht des Todes Worte fanden, brachen das Schweigen. Dann wurde die aus dem Grab ausgehobene Erde wieder über den gelben Sarg geschaufelt. Abgesehen von den Erinnerungen, die die Trauernden mit sich davontrugen, würde ein schlichter Granitstein das Einzige sein, das die Nachwelt daran erinnerte, dass Mark Junckers gelebt hatte.

8

16. August
48° 50' Nördl. Breite, 125° 08' Westl. Länge
Bamfield, British Columbia

Als die *Albatross* nach der Beerdigung schließlich zur Station zurückgekehrt war, hatte sich Carols Enttäuschung über das Verhalten ihres Vaters zu blanker Wut gesteigert. Sie verließ das Boot und kletterte mit langen Schritten vom Landungssteg den Hügel hinauf und ließ dabei den Rest der Gruppe schnell hinter sich. Garner vertäute die *Albatross* neben ihrem Schwesterschiff und folgte Carol widerstrebend mit langsamerem Schritt die Stufen hinauf.

Im Jahre 1900 von Arbeitern der Canadian Pacific Railway errichtet, war die transpazifische Kabelstation in Bamfield einmal ein wichtiges Bindeglied im Kommunikationsnetz des British Commonwealth gewesen. Als Endpunkt am östlichen Ende der längsten zusammenhängenden Telegraphenleitung der Welt – viertausend Meilen – ermöglichte die Station die Übermittlung von Nachrichten von Fleming Island mitten im Pazifik über Kanada in das Vereinigte Königreich. Bamfield war sowohl wegen seiner extrem westlichen Lage als auch seiner Abgeschiedenheit abseits der Schifffahrtslinien und der in städtischen Regionen auftretenden elektrischen Störungen ausgewählt worden. Als Opfer des unvermeidbaren technologischen Fortschritts und der geänderten strategischen Bedeutung war die Kabelstation 1959 durch eine modernere Anlage in Port Alberni ersetzt worden. Die transpazifische Station selbst hatte man 1963 aufgrund einer Verwaltungsentscheidung abgebrannt, um sich damit die Nutzung des Landes wieder zu sichern und den zu versteuernden Wert der Gebäude zu senken.

Ein Konsortium von fünf Universitäten aus den Westprovinzen Kanadas ließ das einhundertneunzig Acres umfassende Gelände 1969 vermessen und dann 1972 die erste Inkarnation der Meeresforschungsstation Bamfield errichten. Als Forschungsanlage ließ die Station wenig von ihrem ehemals viktorianischen Charme erkennen. Zu dem ursprünglichen Gebäude – einem dreistöckigen Bauwerk im Stil der fürstlichen Hotels, die die Canadian Pacific Railway zu errichten gewöhnt war – hatte eine Küche von Hotelstandard und Annehmlichkeiten wie offene Kamine, Billardsalon, Bibliothek und bereit stehendes Personal für die Betreuung von Besuchern gehört. Jetzt drängte sich auf einem Vorgebirge mit Blick auf den Barkley Sound ein über die Landschaft verteiltes Sammelsurium von zweckmäßigen, flachen Holzbauten, um den heftigen Winden und Regenfällen der Gegend möglichst wenig Angriffsfläche zu bieten. Zu den moderneren Annehmlichkeiten zählten ein Tennisplatz, eine Wäscherei, ein paar Schlafgebäude für Studenten und Studentinnen sowie Blockhütten für die Fakultätsangehörigen. Jeden Sommer wurden hier Seminare für höhere Semester und Highschoolstudenten durchgeführt; eine kleine Gruppe von Forschern benutzte die Einrichtung das ganze Jahr über.

Das Hauptgebäude der Station, ein vierstöckiger Betonklotz, der sich an die Klippenwand schmiegte, enthielt die Forschungslabors, Vortragsräume sowie Büros für die Angestellten. Neben dem Besuchereingang im obersten Stockwerk legte ein Wandgemälde der ursprünglichen Kabelstation Zeugnis über die einstmals grandiose Schönheit der

Anlage ab. Auf einer Seite des bescheidenen Innenhofs gab es eine kleine, aber gut bestückte Bibliothek, auf der anderen Seite befanden sich der Empfangsraum und das Büro des Direktors. Dies war die Stelle, wo Garner schließlich Carol einholte.

Die Schulter nach hinten gedrückt und alle Muskeln in ihrem Körper angespannt, hatte Carol das Objekt ihrer Verstimmung praktisch in die Ecke gedrängt: Charles Harmon. Raymond Bouchard, der Direktor der Station, wirkte zu Beginn der Auseinandersetzung, hinter seinem riesigen Schreibtisch wie ein in die Falle geratenes Opfer familiärer Kampfhandlungen.

Carols Tonfall war ruhig, aber schneidend und ließ keine Ausflüchte zu. »Wo warst du?«, fragte Carol ihren Vater, die Hände zu Fäusten geballt und in die Seiten gestemmt.

»Ich nehme an, du sprichst von der Beerdigung«, sagte Harmon, erfolglos bemüht, seine Tochter mit seinen verhängten blaugrauen Augen zu besänftigen. Dabei tat er so, als würde er die Lautstärke seines Hörgeräts nachstellen. Er bewegte sich langsam, faltete beide Hände über dem Perlmuttknauf eines Spazierstocks, eine Haltung, die er oft bei Gesprächen einnahm. Trotz der Hitze und der Lage der Station mitten in der Wildnis von British Columbia trug der Professor emeritus immer noch einen professoralen Tweedanzug mit bis zum Hals zugeknöpftem Hemd. Dass er, so wie er das augenblicklich tat, keine Krawatte trug, entsprach wohl Harmons Vorstellung von legerer Sommerkleidung.

»Ich spreche von *Marks* Beerdigung«, fauchte Carol ihn an. »Dein Stiefsohn ist tot und du machst dir nicht einmal die Mühe –«

»Ja, er *ist* tot«, sagte Harmon. »Aber niemand scheint zu wissen weshalb, du auch nicht, auch wenn du dich noch so aufregst. Worüber Dr. Bouchard und ich gerade sprachen, ist, *woran* er gestorben sein könnte.«

Garner betrat jetzt hinter Carol den Raum, und Harmon wandte sich sofort dem neuen Angriffsziel zu. »Mr. Garner, schön Sie wiederzusehen. Wie ich sehe, erinnert sich Carol in Augenblicken der Not immer noch an ihre früheren Fehler.«

»Mark war mir ein guter Freund, Charles. Wahrscheinlich mein bester Freund«, sagte Garner.

»Ja, natürlich war er das. Einen Augenblick lang dachte ich schon, Sie wären vielleicht auf der Jagd nach einer Ihrer geheimnisvollen Red Tides hierher gekommen. Ich dachte, Sie hätten Ihre Lektion aus Ihrer verfehlten Warnung im Staat Washington gelernt – wann war das doch gleich, 1991?« Harmon wechselte mit Bouchard leicht amüsierte Blicke.

»Mir waren keine exakteren Rechenmodelle bekannt, die Zweifel an meinen Vorhersagen gerechtfertigt hätten«, sagte Garner kühl, obwohl Harmons spitze Bemerkung ihren Zweck erfüllt hatte.

»Gesunder Menschenverstand würde da schon ausreichen«, sagte Harmon, in dessen Augen kurz die Jagdleidenschaft aufblitzte. »Der gesunde Menschenverstand der Erfahrung, nicht die zügellose Hektik der Hysterie.«

Bouchard räusperte sich, als könne er damit die aufgeladene Stimmung lockern. »Wir haben alle unsere Fehler gemacht, Charles«, sagte er. »Selbst Mark.« Der Direktor der Station saß in seiner üblichen weit zurückgelehnten Haltung auf dem Bürosessel, die Beine übereinander geschlagen und die Hände hinter dem Kopf verschränkt. Garner fand, dass Bouchard ständig aussah, als wäre er einem Katalog von L. L. Bean entstiegen – robust, aber nicht verwittert genug, als dass seine Rockport Wanderstiefel einen Kratzer abbekommen hätten oder die Bügelfalten seiner Khakihosen verdrückt worden wären.

»Was soll das heißen?«, fuhr Carol ihn an. »Im Autopsiebericht steht, dass Mark an einer Herzattacke gestorben ist.«

»Einer ventricularen Fibrillation, die von einer signifikanten Unterbrechung des Zentralnervensystems begleitet war«, sagte Harmon, als würde er den Autopsiebericht eines Fremden zitieren.

»Na schön. Und wie passt das zu ›Fehler machen‹?«

»Jetzt komm schon, Liebes«, schalt Harmon. »Marks ganz persönliche Lebensweise war sein Untergang.«

»Lebensweise?«

»Aber selbstverständlich, er war den Drogen nicht abgeneigt. Er hat LSD probiert, Haschisch – das hat er mir selbst erzählt. Er hätte ein exzellenter organischer Chemiker werden können.«

»Damals war er ein dummer Junge! Das ist mindestens zehn Jahre her!«, rief Carol aus, aber ihr Ausbruch ließ ihren Vater ungerührt.

»Aber der Schaden war angerichtet, Carol. Vor langer Zeit. Das war es, worüber wir diskutiert haben, als du hier hereingeplatzt bist. Er ist *an* einem nicht entdeckten Herzflattern und Blutungen im Thoraxbereich gestorben, aber er ist auch *wegen* seiner eigenen Dummheit und Unvorsichtigkeit gestorben.« Harmon genoss es, durch seine Wortwahl die Ignoranz oder die geistige Schwerfälligkeit seiner Zuhörer anzudeuten.

»*Du gefühlloser Mistkerl!*«, zischte sie.

»Das liegt ebenfalls schon lange Zeit zurück«, sagte Harmon ruhig. »Meine Gefühllosigkeit hat Mark nicht umgebracht.«

Carol blieb bei dieser Bemerkung beinahe die Luft weg.

»Ich wette, das glaubst du sogar selbst. Aber ich an deiner Stelle wäre mir da nicht so sicher.«

Garner legte Carol die Hand auf den Arm und hielt sie zurück. »Kommt es dir nicht ein wenig seltsam vor, dass Mark sich allem Anschein nach bester Gesundheit erfreute, Jahre nach seinen letzten Drogenexperimenten – das kann ich dir ebenfalls versichern – und dann plötzlich stirbt, und zwar nur Stunden nachdem er ein paar kranke Seelöwen entdeckt hat?«

»Wo ist der Beweis dafür, Mr. Garner?«, sagte Harmon. »Wo sind diese Kadaver, die er angeblich gefunden hat?«

»Hat jemand nachgesehen?«

»Ja«, meldete sich jetzt Bouchard zu Wort. Er war dem Wortwechsel gefolgt wie einem Tennismatch. »Ich habe ein paar Studenten zu den Stellen geschickt, wo Mark tätig war. Wenn er tote Tiere gefunden hat, müssen wir sie der Fischereibehörde melden. Aber wie Sie wissen, gibt es an der Küste dieser Halbinsel Hunderte kleiner Buchten und Felshöhlen.«

»Und wenn tatsächlich etwas gefunden wird, wird man dann zulassen, dass jemand die Kadaver untersucht?«, fragte Carol, deren Wut sich allmählich legte. »Wird man sie nach Parasiten oder Tollwut untersuchen?«

»Selbstverständlich«, sagte Bouchard ohne zu überlegen.

»Ray?«, bohrte Carol. »*Wird* man sie inspizieren? Wird jemand sie ansehen, der weiß, wonach er suchen muss? Mindestens zwei der besten Leute auf der ganzen Welt für so etwas befinden sich in diesem Raum.« Und damit meinte sie natürlich Garner und Harmon, und die beiden Männer wechselten Blicke.

»Und beide sind natürlich herzlich eingeladen, sich der Suche anzuschließen«, sagte Bouchard. »Sie auch.«

Sie auch. Bouchards Tonfall ärgerte Carol. *Ja, selbst sie –*

eine Frau – dürfen mitkommen. Der Chauvinismus des Stationsdirektors war bei den vielen weiblichen Forscherinnen, die, sei es nun administrativ oder sonst wie, seinen Weg gekreuzt hatten, geradezu legendär.

»Wie steht es um die Möglichkeit domoischer Säure oder okadaischer Säure oder DMSO von einer Planktonblüte?«, fragte Garner. »Die könnten durchaus zu Gefäßverkrampfungen oder neurologischen Anfällen führen.«

»Natürlich, *theoretisch* –«

»Das wäre ein Anfang«, sagte Garner.

»Aber ein sehr törichter«, wandte Harmon ein. »Sie versuchen schon wieder völlig unnötig Panik zu machen, Mr. Garner, und das lasse ich nicht zu. Ich hatte angenommen, dass Sie beide nicht aus beruflichen Gründen gekommen wären. Sondern bloß, um über einen Bruder und einen guten Freund zu trauern. Ja, Ihr Boot ist bis zum Rand mit Gerätschaften aller Art vollgepackt und jetzt stellen Sie Spekulationen über einen vom Meerwasser verbreiteten Erreger an. Hier vor meiner Nase und gegen jede Wahrscheinlichkeit –«

»Das ist genauso wahrscheinlich wie eine Überdosis Rauschgift mit zehn Jahren Verzögerung«, konterte Garner.

»– gegen *jegliche* Wahrscheinlichkeit, dass dies der Fall ist«, beendete Harmon seinen Satz. »Wir haben nachgesehen. Wir sehen *immer noch* nach, suchen nach irgendetwas, was von der Norm abweicht. Die Oberflächentemperatur ist leicht erhöht – der Phosphatanteil ebenfalls –, aber die Werte für den Salzgehalt und den in Lösung befindlichen Sauerstoff sind völlig normal. Wenn es dort draußen irgend etwas Schädliches gegeben hätte, hätten wir es entdeckt. Eine Menge Fische hätten es aufgespürt und wir hätten sie mit dem Bauch nach oben im Wasser treibend gefunden.«

»Überprüfen Sie auch den Stickstoffanteil? Nitrat?«, fragte Garner.

»Ganz besonders Nitrat«, nickte Harmon. Sie wussten beide, dass Planktonblüten, besonders solche, die auf toxische Dinoflagellaten zurückgingen, Nitrat-limitiert waren. Eine Zunahme des verfügbaren Nitratanteils im Wasser öffnete dem explosiven Wachstum gewisser Spezies Tür und Tor.

»Es ist bekannt, dass Meeressäuger von toxischem Plankton getötet werden«, gab Carol zu bedenken. »Eine Planktonblüte im Golf von Kalifornien hat im Zeitraum einer Woche mehr als einhundertfünfzig Delphine umgebracht.«

»Das ist richtig«, pflichtete Garner ihr bei. »Und es sind mindestens drei Fälle bekannt, dass in Florida Seekühe an solchen Blüten gestorben sind.«

»In stagnierenden, übermäßig mit Nährstoffen durchsetzten Gewässern, die sich ideal für Planktonblüten eignen«, stimmte Harmon zu. »Aber das gilt doch nicht für die völlig frei liegenden, gut durchmischten Gewässer, die wir hier haben.«

»Es spricht einiges für natürliche Ursachen, Carol«, erklärte Bouchard und griff damit wieder den Gedanken auf, dass Mark irgendwie selbst für seinen Tod verantwortlich war. »Wir alle verhalten uns gelegentlich unverantwortlich.« Er deutete mit einer Kopfbewegung auf den älteren Harmon. »Selbst dieser verknöcherte alte Mistkerl, irgendwann einmal.«

»Danke für das Vertrauensvotum«, sagte Harmon, und die beiden alten Knaben schmunzelten.

Bouchard sah, wie Carols Wangen sich röteten, und der Stationsdirektor bemühte sich, sie zu besänftigen. »Wir erfahren möglicherweise nie, was diese Tiere umgebracht hat, selbst wenn man sie findet. Das wissen Sie. Es könnte von einem Fischerboot abgelassenes Öl gewesen sein. Und, zum Teufel, vielleicht hat sie sogar ein Hai angegriffen.«

»Ein Hai!« Carol wäre beinahe der Mund offen stehen geblieben. »Mein Gott, Mark hat jahrelang Seelöwen studiert. Wollen Sie sagen, dass er den Unterschied zwischen einem Haibiss und krankem Gewebe nicht erkennen kann?«

»Wie wir wissen, sind Fehldiagnosen nicht unmöglich, selbst wenn sie von ›Experten‹ wie Mr. Garner hier gestellt werden«, sagte Harmon. »Wie wir ebenfalls wissen, sind Meerestoxine gewöhnlich für Menschen nicht tödlich, allenfalls wenn sie direkt oral aufgenommen werden. Marks Autopsie hat keinerlei Anzeichen gastrischer Störungen erkennen lassen und auch in seinem Mageninhalt war nichts Auffälliges festzustellen. Nicht, dass der Junge sich je den Luxus einer anständigen Mahlzeit geleistet hätte.«

Die kühle Distanziertheit in Harmons Stimme, mit der dieser aus Marks Autopsiebericht zitierte, kam Carol gefühllos und makaber vor. Sie hätte so etwas nicht einmal einem völlig Fremden durchgehen lassen, aber die Tatsache, dass ihr eigener Vater so redete, machte sie nur noch wütender. »Mark, der arme Teufel, was?«, fauchte Carol ihn an und ihre wütende Stimme hallte von den Wänden des kleinen Büros wider. »Wahrscheinlich hat er seine letzten Dollar für Rauschgift ausgegeben. Und was ihm davon übrig geblieben ist, für das *beschissene Segelboot, das er sich auf deinen Wunsch gekauft hat!*«

»Liebes...«, sagte Harmon und wartete, bis seine Tochter sich etwas beruhigt hatte. »Ich sage nur, dass die Dinge manchmal genauso sind, wie sie scheinen. Anders zu denken, ist sinnlose Zeitvergeudung.«

»Das gilt für die meisten Dinge, die mit dir zu tun haben«,

sagte Carol, machte auf dem Absatz kehrt und schob sich an Garner vorbei aus dem Zimmer.

Kurz nach Einbruch der Nacht zog sich Carol auf die *Albatross* zurück und ließ sich in ihre Koje fallen. Garner, der sie nicht stören wollte, schlenderte den Pier hinunter und ging mit der Ehrfurcht, mit der man einen Schrein betritt, an Bord der *Pinniped*. Die Vertrautheit des ihm dennoch fremden Schiffes, wo an Stelle seiner eigenen Habseligkeiten die Marks herumlagen, wirkte auf unheimliche Weise wohltuend auf ihn. Über dem Kartentisch fand Garner ein altes Foto seines Freundes. In einer Ecke des Fotos war eine Lippenstiftspur in Form eines Frauenmundes zu sehen, wahrscheinlich von seiner Freundin vom letzten Sommer – einer Biochemikerin von der Universität Calgary. Das gebräunte, unrasierte Gesicht Marks strahlte mit seinem fast manisch glücklichen Lächeln unter einem ziemlich mitgenommenen Strohhut in die Kamera. Es war ein Lächeln, das Garner seit zwanzig Jahren kannte, seit seinem ersten Tag in der Marineakademie in Annapolis, wo ein vorsichtiger Bauernjunge aus Iowa zum ersten Mal die Bekanntschaft seines geselligen, großspurigen Zimmerkollegen machte, der aus einer Yale-Familie in New Haven, Connecticut, stammte. Dieses Lächeln hatte sie durch Tibet und andere Teile Südostasiens begleitet, als sie nach dem Abschluss der Akademie dort zusammen Ferien gemacht hatten. Damals hatte Mark begonnen, sich die Philosophie und den Ruf aufzubauen, die sein Stiefvater stets in Erinnerung behalten und verdammen sollte. Jenes Lächeln war es, das Garner die Bekanntschaft mit Carol eingebracht, sie an ihrem Hochzeitstag begleitet und auch in den Jahren nach ihrer Scheidung zusammen gehalten hatte.

Garner ließ seine Gedanken durch jene Jahre wandern und dort Halt machen, wo sie es von sich aus wagten. Er sah zu, wie die Augen seines Freundes aufleuchteten, als die Hydrophone in Newport die Vokalisationen eines Wales erfassten, während sie auf der Suche nach sowjetischen Unterseebooten einen Kanal nach dem anderen absuchten. Garner wusste, dass Marks Liebe zur See, seine Zuneigung zu den Walen und sein Interesse an den Seelöwen aus jenen Nachtschichten und den Naturgeschichtsbüchern herrührte, die er stapelweise verschlungen hatte. Als sie von ihren Reisen zurückkehrten, hatte Mark an seiner Doktorarbeit über die Ökologie der Schwimmfüßer gearbeitet und dabei die Alma Mater des Alten verschmäht. Das einzige Mal, dass die drei je zusammengearbeitet hatten, war auf einer Expedition in die kanadische Arktis gewesen, zu der Carol eingeladen worden war. Während Mark unzählige Filme von den dort ansässigen Seehunden verschossen hatte, hatte Garner beim Sammeln von Zooplanktonproben mitgeholfen – einer Tätigkeit, die ihn am Ende zum Bau des Prototyps von Medusa inspiriert hatte.

Von der Navy freigegeben, aber ohne einen Universitätsplatz, bemühte Garner sich um ein Doktoratsprogramm, das es ihm ermöglichen sollte, seine Arbeiten über die Systemik des Plankton fortzuführen und zugleich die Grundlagen für Medusa vorzubereiten. Als Carols kometenhafte Karriere begann, war Garners eigene Zukunft in der Meeresforschung bei weitem nicht so gesichert. Hinzu kam, dass eine kurze Stipendiatentätigkeit Garners in Charles Harmons Labor mit »politischen Differenzen« geendet und Garners Ehe mit Carol zu bröckeln begonnen hatte. Frisch geschieden und davon noch etwas benommen, stieg Garner aus der akademischen Gesellschaft aus, schlug sich als Taxifahrer durch und fing an zu trinken. Wieder war es Mark Junckers, der ihn ausfindig machte und ihm einen Tritt in den Hintern versetzte, um ihn wieder auf die richtige Bahn zu bringen. Er forderte ihn dann auf, wieder in die Ränge der Wissenschaft einzutreten und sich der unbescheidenen Aufgabe zu widmen, die Welt zu RETTEN. Garner hörte auf ihn und war trotz Harmons akademischem Boykott jetzt nur noch ein knappes Jahr von der Fertigstellung seiner Dissertation über die JGOFS-Forschungen auf »*Papa*« und seine Entwicklung von Medusa entfernt.

In der leeren Kabine der *Pinniped* blickte Garner erneut auf das Foto und das schiefe Grinsen, das ihn so arrogant anstarrte. »Na schön, ich geb's ja zu«, sagte Garner. »Ich verdanke dir eine ganze Menge, du aufgeblasener Mistkerl. Angefangen mit einer Erklärung für das, was dich umgebracht hat.«

Der auf das Foto gebannte Ausdruck Marks forderte ihn heraus, nach tiefer schürfenden Antworten auf den Sinn des Lebens zu suchen. Und vielleicht auch nach einem Sinn im Tode. *Du bist noch nicht fertig*, schien das Foto zu ihm zu sagen. *Beweis es mir.*

Schließlich kehrte Garner zur *Albatross* zurück, wo er lautlos und ohne Licht zu machen in die Koje unter der Carols kroch. Ehe er einschlief, ließ er die Ereignisse der letzten drei Tage, seit Nolans Hubschrauber ihn vom Deck der *Sato Maru* aufgepickt hatte, Revue passieren. Was ihn und Carol auseinandergetrieben hatte, war nicht blindes Schicksal. Es war auch nicht das Schicksal allein, das Mark zu jenen Seelöwen geführt und ihn veranlasst hatte, sie beide um Unterstützung zu bitten. Ebenso war es auch kein reiner Zufall, dass der Alte noch immer nicht an ihre Theorien glaubte. Garner glaubte, ein Schema zu erkennen, das weder einfach noch zufällig war.

Selbst das Wort *Plankton* hatte seine Wurzel in dem griechischen plazein – *umherirren*. Diese Beschreibung ließ sich in ähnlicher Weise auf Garners Leben anwenden. Jedes Mal, wenn es den Anschein hatte, als würde er sich auf ein sinnvolles Ziel zubewegen, schien es wieder eine Welle zu geben – eine Gefälligkeit, eine Ablenkung, einen Charles Harmon –, die es darauf abgesehen hatte, ihn erneut in den Strudel der Unsicherheit zurückzuziehen. Das war einer der Gründe, weshalb Garner Begräbnisse hasste und sich bei einem Wiedersehen im größeren Kreis nicht wohl fühlte. Er mochte nicht über seine Vergangenheit nachgrübeln und vermied es deshalb, wann immer es ging.

Verbrannte Brücken. Nicht überquerte Abgründe. Bedauern. Fehler. Die San Juan Inseln im Jahr 1991 standen stellvertretend für all das. Harmon war nicht der Einzige, der sich an Garners leidenschaftlich vorgebrachte Vorhersagen einer roten Flut, die keine war, erinnerte. Garner hatte so auf sein Modell vertraut, das mit mathematischen Methoden einen Ausbruch mehrerer toxischer Spezies von Mikroorganismen erwarten ließ, die als Diatomeen bekannt waren, dass er den Bundesstaat Washington davon überzeugt hatte, in nie zuvor da gewesener Weise mit Präventivmaßnahmen an die Erforschung des Problems und den Schutz seiner Küstenfischerei heranzugehen, anstatt nur zu reagieren. Diese Diatomeen konnten, wenn sie aufblühten, domoische Säure in tödlicher Konzentration erzeugen, einen Stoff, der das Gehirngewebe zersetzte. Wenn diese domoische Säure sich z. B. in Krabben und Langusten ansammelte, die sich von den Diatomeen ernährten, konnte sie zu Gehirnschäden bei jedermann führen, der die verseuchten Schalentiere zu sich nahm. Die wirtschaftlichen Implikationen ebenso wie die Umweltauswirkungen waren erheblich, weshalb der Bundesstaat etwa zwölf Millionen Dollar an Mitteln zur Verfügung stellte. Der Betrag war groß genug, um, wie zu erwarten, zu gesträubten Federn bei Gesundheitsbeamten zu führen, die ihrerseits von ihnen leidenschaftlich vertretene eigene Interessen hatten.

Als die Medien die Entscheidung aus Olympia erfuhren, kam es in gleicher Weise zu entsprechenden Spontanreaktionen in der Öffentlichkeit. Handelskammern, Besitzer von Strandhotels, Restaurantbesitzer und Vertreter der Öffentlichkeit wollten alle wissen, welche »realen Grundlagen« Garners düstere Vorhersagen hätten. Es gab uninformierte Unterstellungen, dass staatliche Mittel vom Erziehungsbereich, dem Straßenbau und der »legitimen Gesundheitsvorsorge« abgezogen worden waren, obwohl die Mittel dafür aus anderen Quellen als der Katastrophenvorsorge stammten. So ungerecht das auch sein mochte – tatsächlich bekam Garner mit Ausnahme seines bescheidenen Beraterhonorars nie auch nur einen Cent von den Mitteln zu Gesicht –, er wurde als »der Zwölf-Millionen-Dollar-Mann« abgestempelt, was die Wut der Öffentlichkeit nur noch weiter schürte. Man erhob die Forderung, seine persönlichen Konten zu überprüfen. Zuerst beschuldigte man ihn des Betrugs und der Unterschlagung, dann später, als die Vernunft sich noch weiter von der Realität entfernte, gab es sogar Drohungen, die *Albatross* zu versenken. Mit seiner eigenen Verteidigung völlig alleine gelassen, konnte Garner nur auf sein Modell verweisen und alle auffordern, auf Wind und Wasser und die nächste Diatomeenblüte zu warten, die zwölf Millionen Dollar in öffentlicher Angstversicherung wert war.

Also warteten sie und die Blüte trat nie auf.

Am Ende sollte sich nur eine von Garners Befürchtungen bewahrheiten: Als es zu keiner für die örtlichen Muschelfischer als hinreichend toxisch erwiesenen größeren Diatomeenblüte kam, war seine Karriere plötzlich das Einzige, was noch in Gefahr war. Dies war einer der wenigen Fälle in seinem professionellen Leben, wo er hartnäckig ausschließlich seiner Überzeugung und seinem Instinkt gefolgt war und ihn das beinahe seine Karriere gekostet hätte. Nur die fortdauernde akademische Faszination mit dem Potential, das Medusa bot – die empirischen Augen, Ohren, Nase und Mund für Garners mathematische Modelle – hatten dazu geführt, dass er der Ozeanographie überhaupt treu geblieben war.

Jetzt, Jahre später, war Harmon nicht der Einzige, der von Garners unter Beweis gestelltem Geschick des intellektuellen Überlebens in der akademischen Welt immer noch nicht beeindruckt war. Anders betrachtet konnte Garner nicht leugnen, dass er in hohem Maße davon angetrieben wurde, sich den Respekt jener alten konservativen Akademiker zu erwerben, die trotz ihres mangelnden Wohlwollens einzig und allein dafür verantwortlich waren, dass Garner sich gerade dieses berufliche Betätigungsfeld ausgewählt hatte.

In der Stille, in der er seinen Gedanken nachhing, nagte an ihm die Frage, ob es tatsächlich möglich war, jemals zu erkennen, ob man die richtige Wahl getroffen hatte, ja ob es überhaupt etwas bedeutete, Recht zu haben. Er erinnerte sich an eine Stelle aus der *Hekuba* des Euripides:

Täuschen wir uns mit der Behauptung, dass die Götter existieren, mit gegenstandslosen Träumen und Lügen, wo doch die Willkür des sorglosen Zufalls und der Wandel allein die Welt lenken?

Das Rätsel eines zweitausendvierhundert Jahre alten griechischen Schauspiels, der Lösung in Garners planktonischem, vom Zufall getriebenen Leben nicht näher. Das war etwas, was man viel leichter ignorieren konnte, vergraben unter einer alles verzehrenden Karriere, einem Ruf zur Pflicht oder der unerschütterlichen Treue gegenüber einem Freund in Not. Die Antworten und Lösungen, die Garner suchte, entzogen sich immer wieder seinem Zugriff, ähnlich dem Ende seiner Dissertation, dem Ende seiner Ehe und dem Ende der ihn quälenden Rastlosigkeit. Trotzdem waren sie jetzt näher, inmitten von Freunden und dem Rätsel, das Mark Junckers ihnen allen hinterlassen hatte.

Vielleicht hatte der Zufall sie alle an diesen Ort zurückgeführt. Aber diesmal kam ihm dieser Ort, was auch immer der Grund dafür sein mochte, viel mehr wie ein Zuhause vor.

9

17. August
49° 22' Nördl. Breite, 124° 80' Westl. Länge
Port Alberni, British Columbia

Sie können zwei Wochen Urlaub nehmen oder ich muss Sie ohne Gehalt vom Dienst suspendieren. Es liegt bei Ihnen.

Die Geschehnisse der letzten Woche machten Ellie immer noch zu schaffen, während sie ihre letzte Schicht vor der Suspendierung leistete – sechzehn Stunden, die zweite und dritte Schicht hintereinander. Sie war gerade im Begriff, Essenspause zu machen, als ein Zweiundzwanzigjähriger hereingebracht wurde, der mit dem Motorrad verunglückt war. Die beiden Hände des jungen Mannes waren völlig zerdrückt und sein Oberschenkelknochen war mit solcher Wucht gebrochen, dass er durch die Haut stach. Ellie hatte kaum genug Zeit, dem Jungen ein Schmerz stillendes Mittel zu geben und seine Wunden zu stabilisieren, als man sie schon wieder in den Empfangsbereich zurückrief. Ein verschwitzter, auf geradezu widerwärtige Art übergewichtiger Arbeiter aus der Papierfabrik, der aus allen Poren nach Bier stank, rannte im Wartezimmer auf und ab, trat nach den Stühlen und verlangte, dass sich sofort ein Arzt um eine große, heftig blutende Platzwunde über seinem linken Auge kümmern sollte. Bis Ellie die Wunde genäht hatte, traf die Polizei ein. Sie legten dem Mann Handschellen an und brachten ihn auf das Revier, um ihn dort wegen eines häuslichen Streits zu verhören, der früher am Abend stattgefunden hatte. Bonbons brauchte hier niemand. Von Dank keine Rede.

Dann, auf wundersame Art, Waffenruhe. Mitternacht in der Notaufnahme, die letzten paar Stunden vor ihrem erzwungenen Urlaub, und plötzlich wurde alles still.

Ellie nutzte die Gelegenheit, um durch die Eingangstür des Empfangsbereichs nach draußen zu treten und die kühle Nachtluft zu genießen, die ihren angegriffenen Nerven gut tat. Sie atmete tief ein, sog die Luft tief in ihre Lungen und genoss sogar den Geruch von Holzschliff, der ständig über Port Alberni hing. An schlimmen Tagen roch es wie verfaulter Kohl, heute erinnerte der Geruch eher an nass gewordene Einkaufstüten. Vor der Schließung der Kraft – Papierfabrik 1993 war es viel schlimmer gewesen. Als Ellie den Gestank zum ersten Mal wahrgenommen hatte, hatte sie um eine bescheidene Gehaltserhöhung gebeten.

Alles tat ihr weh: Kopf, Knochen, sogar die Haarwurzeln. Sie war erschöpft, aber sie zog es seit geraumer Zeit vor, die ganze Nacht zu arbeiten. Das war besser, als den ganzen Tag über in der Tretmühle zu stehen. Nachts war die Welt ruhiger, das Dröhnen und Brausen von sechs Milliarden Menschen ließ nach, und sie konnte sich am Ende sogar selbst denken hören. Die zweite Nachtschicht war ihr am liebsten, selbst wenn das bedeutete, dass sie fast ausschließlich mit betrunkenen Opfern von häuslichen Schlägereien und Spinnern zu tun hatte, die offenbar immer bei Vollmond in Erscheinung traten, so wie heute Nacht. Sie hatte in der zweiten Nachtschicht ihr erstes Kind zur Welt gebracht. Ihre erste Kugel extrahiert. Auch Caitlin Fulton und Mark Junckers hatte sie in der zweiten Nachtschicht verloren und diese zweite Nachtschicht würde vielleicht die letzte sein, die sie jemals in diesem Krankenhaus tätig war.

Ellie wollte gerade wieder ins Gebäude zurückkehren, als

ein Scheinwerferpaar um die Ecke strahlte und sie in weißes Licht hüllte, während sie vor der Eingangstür stand. Im nächsten Augenblick kam das Fahrzeug, ein schlammbespritzter, verrosteter Ford F-150, rumpelnd in der Einfahrt zum Stehen. Ellie trat vor an die Fahrertür. Ein älterer Indianer saß am Steuer, der sich seinem Passagier zuwandte. Ellie klopfte an die Scheibe und wollte dem Mann gerade erklären, wo er sein Fahrzeug parken sollte, als sie sah, was auf der Ladebrücke lag. Sie sah zwei Männer Ende vierzig oder Anfang fünfzig. Als sie das zerfetzte Tauchgerät sah, glaubte sie zuerst, die Männer hätten Stickstoffnarkose – Dekompressionskrankheit. Wenn das der Fall war, dann vergeudeten sie wertvolle Zeit. Die Taucher mussten sofort in die Überdruckkammer in Esquimalt. Als sie sich die Männer dann auf der im Halbschatten liegenden Einfahrt näher ansah, stellte sie fest, dass ihre Haut geschwärzt und mit Blasen überzogen war. Sie holte eine Taschenlampe heraus und richtete ihren Lichtkegel auf die Ladebrücke. Die Körper der Männer sahen aus wie verbrannt.

Jetzt schwang sich der Fahrer des Truck aus dem Führerhäuschen und sah sie an, ohne ein Wort zu sagen, so als würde der Zustand der beiden Taucher alles erklären. Ein kleiner Junge, höchstens sieben oder acht Jahre alt, kletterte hinter ihm heraus, hustete, ein feuchtes, quälendes Husten, und wischte sich mit der Hand über die laufende Nase. Seine Augen waren rot gerändert, allem Anschein nach hatte er geweint.

»Was ist passiert?«, fragte Ellie und richtete ihre Taschenlampe auf den größeren der beiden Taucher, den, der sich noch bewegte. Verblüffenderweise, obwohl seine Haut blasig war, schien sein Tauchgerät weder mit Hitze noch mit korrodierender Flüssigkeit in Berührung gekommen zu sein.

»Ein Bootsfeuer«, sagte der Indianer mit schwerfälliger Stimme. »Diese Männer haben im Reservat Abalonen gestohlen. Mein Enkel hier hat sie gesehen.« Der Junge nickte heftig, um die Worte seines Großvaters zu bestätigen.

»Wo?«, fragte sie.

»Unten in Nitinat«, antwortete der Indianer. »Der Junge hat gesagt, sie hätten im Wasser angefangen zu schreien und dann ist ihr Boot explodiert.«

»*Nitinat?*«, wiederholte Ellie. »Was machen sie dann *hier*? Victoria liegt doch viel näher.« Doch noch während sie die Frage aussprach, kannte Ellie schon die Antwort. Die Leute von Vancouver Island, diejenigen, die außerhalb von Victoria lebten, und ganz besonders die Indianer, zogen Alberni den größeren Zentren wie Victoria oder Nanaimo vor. »Sie behandeln uns besser«, hatten die Indianer ihr gegenüber häufig geäußert. »Zumindest behandeln Sie uns wie Menschen.«

Ellie rief in das Gebäude hinein, man solle zwei Rollliegen bringen, und ging dann um den Truck herum, um sich den kleineren der beiden Männer anzusehen. Was sie sah, ließ sie aufstöhnen. Sein Gesicht, die Arme und der Oberkörper waren schlimm verbrannt, aber das war bei weitem nicht alles. Seine Haut, die Muskeln, die Sehnen, alles weiche Gewebe hatte angefangen, sich von den Knochen abzuschälen. Der Mann sah aus wie ein in seine eigenen Eingeweide eingehülltes Skelett. *Seine* Ausrüstung war angesengt – sein Tauchanzug und sein Gerät war an einigen Stellen förmlich in sein Fleisch hineingeschmolzen.

»Du sagst, dass das im Fluss passiert ist?«, fragte Ellie den kleinen Jungen. »Die haben geschrieen, *bevor* ihr Boot Feuer gefangen hat?«

Der kleine Junge nickte wieder. »Ja, Missus«, sagte er. Weitere Einzelheiten wurden von einem wiederholten Hustenanfall erstickt.

»Aber dir fehlt nichts?«, fragte sie. Wieder nickte der Kleine.

»Glaubst du, dass etwas im Wasser war?«, fragte Ellie. »Etwas Korrodierendes – eine Säure, meine ich?«

»Es war nicht im Wasser«, sagte der Junge.

»Sie sind nicht nass geworden, als Sie sie herausgezogen haben?«, fragte Ellie den Indianer.

»Die waren nicht *im* Wasser«, sagte der Indianer. »Ihr Boot ist auf Grund gelaufen und der Bursche hier ist an den Strand gekrochen.« Der kleine Junge neben ihm nickte wieder zustimmend. Seine Hand griff nach dem Jackett seines Großvaters, dann wischte er sich die Nase daran ab.

Jetzt kamen die Rollliegen und Ellie erteilte den Pflegern Anweisungen, während sie die Taucher aus dem Truck holten. Der Indianer hatte keine Ahnung, wer die Männer waren, keiner von beiden hatte irgendwelche Ausweispapiere bei sich. Was den Ort des Geschehens anging, so drückte sich der Indianer bewusst vage aus. »Auf Reservationsland«, sagte er. »Unserem Land.« Mehr war nicht aus ihm herauszubringen.

Der Junge fing wieder zu husten an. Ellie beugte sich über ihn und sagte, er solle »Ahh« sagen. Der Junge gehorchte und Ellie leuchtete mit ihrer Taschenlampe in den Mund. Der Rachen des Jungen war stark entzündet. »Da du schon hier bist, könnten wir uns das ja auch ansehen«, meinte sie. »Hat er diesen Husten schon lange?«, fragte sie dann den Großvater.

»Erst seit heute Abend«, sagte der Indianer.

»Aber die Entzündung wirkt ziemlich fortgeschritten –«

Der Indianer fiel ihr ins Wort. »Missus, wir sind nicht krankenversichert, wir können nicht hier bleiben.«

»Was für ein Zufall«, lächelte Ellie. »Ich bin ab morgen

auch nicht mehr hier. Also sehen wir uns Ihren Jungen doch mal an.«

Hinter ihnen rief die Schwester, dass man den Taucher inzwischen auf die Untersuchung vorbereitet habe. Ellie übergab den Jungen der Schwester und versprach dem Indianer, sich so bald wie möglich wieder um ihn zu kümmern. »So bald wie möglich«, war eine häufige Formulierung in ihrem Dialog mit Patienten. Sie wusste, dass der Junge und sein Großvater aller Wahrscheinlichkeit nach schon lange nicht mehr da sein würden, bis eine Halsentzündung das vordere Ende der Warteschlange erreicht hatte.

»Wir tun alles, was in unserer Macht steht«, sagte sie. »Das ist alles, was ich Ihnen versprechen kann.« Der nächste Standardtext.

Am Ende, zum dritten Mal in einer Woche, stellte Dr. Ellie Bridges fest, dass sie sehr wenig tun konnte. Der kleinere der beiden Männer war vermutlich schon tot gewesen, ehe man ihn auf den Truck geladen hatte. Der größere Mann unternahm einige schmerzhafte Atemversuche, sobald man ihn in die Notaufnahme gebracht hatte, war aber binnen weniger Minuten tot. Falls Ellie ihn künstlich hätte beatmen müssen, wäre ihr das recht schwer gefallen. Mund, Hals und Brustkorb des Mannes waren bereits zum größten Teil weggefressen.

Plötzlich kam die Empfangsschwester, eine massiv gebaute Frau mit dreißig Jahren Erfahrung, in den Untersuchungsraum geschossen. »Der Junge«, sagte sie.

Ellie hetzte hinter der Schwester her den Korridor hinunter. Sie erreichten den Jungen in dem Augenblick, als ein Pfleger ihn auf einen Untersuchungstisch setzte. Der Junge wurde von quälendem Husten geschüttelt und kämpfte sichtlich gegen etwas an, das seine Lungen beengte. Beim nächsten Hustenanfall spritzte ihm Blut aus Mund und Nase und der

Junge krümmte sich zusammen. Dem Großvater des Jungen standen Angst und Sorge ins Gesicht geschrieben. Was ging hier vor?

Ellie musste erkennen, dass sie es wusste und doch wieder nicht. Ihr Team machte sich sofort an die Arbeit.

Im Laufe der nächsten Stunde sollten sie alle Schrecken von Caitlin Fulton aufs Neue erleben.

Mit demselben Ergebnis.

Nach fünf Uhr morgens schlurfte Ellie schließlich in den Aufenthaltsraum zurück und rollte den Kopf von links nach rechts in dem vergeblichen Versuch, ihre Nackenmuskeln zu lockern.

Sie fand den Kaffeetopf auf der Heizplatte und in ihm die letzte halbe Tasse koffeinhaltigen Suds, den jemand in dem gelben Glasbehälter hatte einkochen lassen. Sie fischte etwas Kleingeld aus der Kasse, stopfte es in den Verkaufsautomaten und drückte den Knopf C2. Ein Snickers plumpste in das Maul des Automaten und sie schnappte danach, als müsse sie eine Perle aus einer Auster holen.

Zwei Schwestern saßen an einem der Tische und beklagten sich über die neuesten Vorschriften, die das Krankenhaus für seine Angestellten erlassen hatte. Ellie konnte hören, wie sie ihre Lautstärke reduzierten und das, was sie sagten, einer gewissen Zensur unterzogen, sobald sie, eine Ärztin, den Raum betreten hatte.

Da sie sich nicht an dem Gespräch beteiligen und auch nicht an all das erinnert werden wollte, was es an den Pflegeberufen auszusetzen gab, wünschte Ellie den Frauen lediglich einen guten Morgen, während sie ihren Schokoriegel aus der Verpackung schälte, und ging dann in den Korridor zurück. Als sie feststellte, dass sie alleine war, ließ sie sich in den nächsten Stuhl sacken.

Nicht noch mehr heute Nacht, betete sie stumm. *Bitte, nicht mehr...*

Als Arzt in der Notaufnahme lernte man sehr bald, schlimme Fälle zu vergessen. Es war völlig zwecklos, darauf zu warten, dass der stetige Fluss von Blut, Erbrochenem oder menschlichem Unverstand bis zu maßloser Dummheit, der Nacht für Nacht hier durch diese Räume quoll, ein Ende nahm. Aber der Anblick dieser beiden Taucher, die halb gehäutet vor ihr auf dem Untersuchungstisch lagen, der dritte Vorfall dieser Art in weniger als einer Woche, war schlichtweg zu viel, um es einfach zu verdrängen. Es war entsetzlich.

Jetzt würde sie sich an neun erinnern. Zehn, wenn sie den zweiten Taucher mitzählte, der bereits bei der Einlieferung tot gewesen war. Der Indianer hatte einen Umweg von mindestens fünfzig Meilen gemacht, um die Taucher und den Jungen in ihre Hände zu liefern. In ihrer letzten Schicht.

Sie kam sich verwünscht vor.

Sie dachte wieder an Mark Junckers. Und an Caitlin Fulton. Und jetzt den kleinen Jungen. Wie hoch war die Wahrscheinlichkeit? Drei katastrophale Fälle, alles im Bereich der Atemwege, in derselben Notaufnahme, unter demselben Arzt, in derselben Woche. Und alle waren ansonsten gesunde Leute gewesen, zwei davon Kinder? Was konnte so etwas bewirken? Was konnte so plötzlich und katastrophal töten und doch allem Anschein nach seine Opfer auswählen?

Die anderen Fultons waren nicht betroffen gewesen. Junckers' Freunde aus der Forschungsstation hatten keinerlei Symptome gezeigt. Der alte Indianer war der Gesündeste von allen, obwohl er die Taucher zu seinem Truck geschleppt hatte. Er war über und über mit ihrem Blut verschmiert, und doch war nicht er, sondern der Junge, der im besten Fall bloß zugesehen hatte, krank geworden.

»Erst seit heute Abend«, hatte der Indianer über den Husten des Jungen gesagt. Also war er nicht krank gewesen, bevor er die Taucher hatte schreien hören. Wenn es sich um irgendeine chemische Verseuchung handelte, warum hatte sie dann nicht auch den Großvater befallen? Was in aller Welt konnte das sein?

Vergiss den Arztberuf. Vergiss Diagnosen und Heilmethoden. Vergiss um Himmels willen vor allem die Hoffnung, einen Patienten *am Leben zu halten*. Ellie Bridges' Leben hatte sich im spitzen Winkel von der Realität entfernt – selbst von ihrer eigenen Interpretation der Realität. An wen konnte sie sich wenden, um Klarheit zu bekommen? An ihre Kollegen? Die Polizei? Don Redmond? Ellie konnte sich nicht vorstellen, dass es einen Experten gab, den man in einer so unheimlichen, so beängstigenden Sache befragen konnte.

Sie musste hier raus, sofort. Zum ersten Mal wollte sie wegrennen und sich vor etwas verstecken, statt zu versuchen, ihm einen Sinn abzugewinnen. Sie wollte wegrennen, wusste aber nicht wohin.

Sie schloss einen Moment lang die Augen, hatte dann aber doch Angst einzuschlafen und starrte stattdessen auf die Leuchtröhren an der Decke. Jedes einzelne Leuchtpaneel war zweifarbig mit einer hellen, bläulich fluoreszierenden Röhre, die parallel zu einer orangefarbenen, mehr an natürliches Licht erinnernden Leuchtröhre angebracht war. Damit wollte man die Beleuchtung im Krankenhaus weniger künstlich machen: Sie sollte nicht an einen 7-Eleven-Laden erinnern und doch hell genug sein, damit man etwas sehen konnte.

Doch ihr kam in diesem Bau nichts mehr natürlich vor.

Ihr Blick fiel auf die Anschlagtafel an der Wand ihr gegenüber. Einen Moment lang sah sie nur eine farbenprächtige Collage aus verschiedenen Papieren. Dann fokussierte sich ihr Blick auf ein mit Reißzwecken über ein paar anderen Mitteilungen befestigtes, auffällig gelbes Blatt:

STRANDSPERRE IM BEREICH BAMFIELD?
19. AUGUST, 19.00 UHR
FREIWILLIGE FEUERWEHRSTATION
INFORMIEREN SIE SICH!
SAGEN SIE UNS IHRE MEINUNG!

10

18. August
48° 51' Nördl. Breite, 125° 10' Westl. Länge
Bamfield, British Columbia

Die zwei Tage im Anschluss an das Begräbnis waren für Garner und Carol lang und enttäuschend. Sie verbrachten insgesamt zwanzig Stunden damit, die Gegend rings um die Halbinsel Mills und die Bucht von Grappler zu erforschen, auf der Suche nach irgendwelchen Spuren der Seelöwen, die Mark Junckers entdeckt hatte, oder auch anderer Kadaver. Wizard Islet, Sanford Island und Helby Island besaßen alle kleinere Kolonien von Meeressäugern, aber nur ein Experte wie Junckers hätte feststellen können, ob ihre Population in irgend einer Weise zurückgegangen war. Saunders Freeland war ihnen am ersten Tag bei der Suche behilflich, musste aber dann nach Vancouver fahren, um Einkäufe zu tätigen. Charles Harmon blieb in seinem Blockhaus und verließ es kein einziges Mal. Er bestellte sich auch nicht wie sonst ein Boot, um ihn zur Station zu bringen.

Am Ende des zweiten Tages ihrer Suche bat Garner darum, das Funktelefon im Büro des stellvertretenden Direktors benutzen zu dürfen. Der Raum war zwar klein und mit allen möglichen Akten vollgestopft, aber zumindest war Garner hier ungestört, als er die Fernvermittlung anrief und schließlich mit der *Exeter* verbunden wurde. McRee hatte Wache und nahm das Gespräch auf der Brücke des Schiffs entgegen.

»Wie sind Sie mit der *Maru* klargekommen?«, fragte Garner.

»Alles in Ordnung«, sagte McRee. »Ihre Eigner haben blitzschnell eine Ersatzmannschaft geschickt. Die haben die Maschinen wieder in Gang gesetzt und waren bald darauf hinter dem Horizont verschwunden.«

»Und das ist alles? Keine weiteren Informationen über die Crew?«

»Nee. Das Schiff war voll einsatzfähig; es war bloß niemand mehr am Leben, um es zu bedienen.« McRees Worte klangen so ausdruckslos, als würde er eine vorbereitete Erklärung verlesen.

»Pete, mir brauchen Sie wirklich nichts vorzumachen«, meinte Garner. »Wie können Sie das, was wir mit eigenen Augen dort gesehen haben, einfach so abtun?«

»Robertson möchte nicht, dass wir etwas sehen«, erklärte McRee. »Die NOAA auch nicht. Zum Teufel mit den Fakten; übergebt das Schiff einfach seinen Eignern und seht weg. Das Wasser hier draußen gehört niemandem und da ist auch niemand, der es überwacht. Wir können es uns nicht leisten, irgendetwas zu unternehmen, sondern tun einfach wieder unsere Arbeit.«

»Und Ihnen und Serg geht es immer noch gut? Keine gesundheitlichen Probleme?«

»Nein, wir sind okay, verdammt. Zubov ist aufgekratzt wie immer, aber ansonsten ist alles in Ordnung. Ich denke, die Gefahr einer Ansteckung haben wir hinter uns, falls die je bestanden hat.«

Seit dem unerklärlichen Aussetzen von Medusa war es geradeso, als ob die normalen Konstanten von Leben und Tod ins Schlingern geraten wären. Aber es konnte doch unmöglich eine plausible Verbindung zwischen der elektronischen Kurzsichtigkeit Medusas, Junckers »Herzattacke«

und dem unerklärlichen Geschehen an Bord der *Maru* bestehen. Trotzdem ließ das seltsame Zusammentreffen all dieser Dinge Garner einfach nicht los. Wahrscheinlich waren die Seeleute an einer besonders hohen Dosis von *E.coli* oder vielleicht auch an einer Staphylokokken- oder Salmonellenvergiftung gestorben; Mark hatte wahrscheinlich aus heiterem Himmel einen Herzanfall gehabt, wenn auch der Gedanke, der könnte etwas mit Rauschgift zu tun gehabt haben, völlig lächerlich war. Charles Harmons einziger Beitrag zum Begräbnis seines Stiefsohns war, dass er dafür sorgte, dass die Leiche nach Bamfield zurückgebracht und dort schnell ohne weiteren Kommentar oder irgendwelche Untersuchungen begraben wurde. Schon das hätte beunruhigend sein können, wenn es nicht genau die Art und Weise gewesen wäre, wie Harmon mit allen emotionalen Dingen umzugehen pflegte. Andererseits hatte Garner die Neigung, immer dann, wenn er sich von offenkundigem Chaos umgeben sah, nach Mustern und Schemata zu suchen. Und diese Neigung lief jetzt auf Hochtouren. Und wenn er überzeugt war, ein solches Schema zu finden, so deutete das auf erschreckende Wahrscheinlichkeitsgrade und, was noch beunruhigender war, auf geradezu gewaltige Ausmaße hin. Die einzelnen Teile des Puzzles waren immer noch wirr verstreut, und das Gleiche galt für Garners Zuversicht.

Garner konnte hören, wie Robertson im Hintergrund McRee eine Frage stellte. Der Maat entschuldigte sich, um seinem Kapitän zu antworten. Es war ein Klicken zu hören, dann wurde es stumm. Garner wartete, er erinnerte sich an den Anblick der *Exeter* neben der *Sato Maru*, beide Schiffe wie auf einem endlosen blauen Teppich vertäut. Er malte sich aus, wie die *Exeter* inzwischen wieder die Heimat ansteuerte und auf der Linie P des JGOFS-Rasters am Rand des Alaska-Kreises Ostkurs fuhr. Er griff sich einen Stift und ein leeres

Blatt Papier und skizzierte darauf aus dem Gedächtnis eine Karte dieses Bereichs und ihrer Strömungen. Alles, was sich an der Stelle, wo die *Exeter* der *Sato Maru* begegnet war, im Wasser befand, konnte von den lokalen Oberflächenströmungen leicht ans Festland getragen werden. Unzählige Millionen von Lachsen taten jedes Jahr genau das, wenn sie vom Meer in ihre Laichgründe an den Küsten zurückkehrten, aber *Papa* lag viel weiter im Westen. *Papa* war Hunderte von Meilen von Bamfield entfernt, und dazwischen war nichts als freie Wasserfläche. Einem Lachs konnte über eine derartige Distanz eine ganze Menge widerfahren, und für einen Frachter galt natürlich das Gleiche.

Als McRee zurückkehrte, fragte Garner: »Für wie groß halten Sie denn die Wahrscheinlichkeit, dass ein ansteckender Stoff von der *Maru* das Festland erreicht? Irgendwo im pazifischen Nordwesten, meine ich.«

»Sie meinen so etwas Ähnliches wie ein Ölteppich?«

»Ja, so etwas Ähnliches, mhm.«

»Dass so etwas dort an Land gespült wird, wo Sie sind? Von *Papa* aus?«, vergewisserte sich McRee. »Praktisch null.«

»Aber wenn die *Maru* aus Seattle kam...«

»Nun, dann würde es darauf ankommen, wo sie den Seuchenstoff verloren hat. Aber selbst wenn es über dem Festlandsockel war, würden die Oberflächenströme es nach Süden oder Norden tragen oder auf den Meeresgrund. Jedenfalls würde da eine erhebliche Verdünnung stattfinden. Das müsste schon eine gewaltige Menge sein, und selbst dann bezweifle ich, dass Sie je etwas davon entdecken würden.«

»Mhm, so hatte ich es mir auch überlegt«, sagte Garner, legte die Sache aber für sich noch nicht ganz zu den Akten. »Ist Sergej da? Ich würde ihn gern wegen meiner Proben befragen.«

»Er muss hier irgendwo sein«, erwiderte McRee. »Augenblick.« Garner wartete, bis er zu seinem Freund im Hauptlabor der *Exeter* durchgestellt wurde.

»Die gute Nachricht zuerst: Medusa funktioniert geradezu fantastisch. Besser als je zuvor«, sagte Zubov. »Die schlechte Nachricht ist, dass du deine Daten für diese Fahrt verlieren wirst. Ich bin die Zahlen durchgegangen, du hast nicht genügend Stationen für einen Vergleich mit dem vergangenen Jahr.«

Davon war Garner zwar nicht gerade begeistert, aber es kam nicht unerwartet. Medusa schon vor ihrer endgültigen Fertigstellung im Meer einzusetzen, war ein bewusstes Risiko gewesen – er hatte schließlich keine andere Wahl gehabt, der Kalender hatte ihn gezwungen – und jetzt hatte er eben eine ganze Sommersaison verloren.

»Die zweite schlechte Nachricht ist«, fuhr Zubov fort, »dass deine ›Abiotische Stasis‹ weg ist, wenigstens nach allem, was Medusa uns geliefert hat. Völlig weg. Keine Chance für einen Artikel im *Science*.«

»Dann werden wir nie erfahren, ob das etwas mit der *Maru* zu tun hatte«, sinnierte Garner.

»Oder ob es sie überhaupt gegeben hat«, meinte Zubov. »Nachdem du weg warst, habe ich mir etwas Bilgenwasser von der *Maru* geholt und es durch die Medusa laufen lassen.«

»Und hast nichts gefunden?«

»Genau genommen habe ich *alles* gefunden. Dieseltreibstoff, Lebensmittelreste, fäkale Kolibakterien, Sickerstoffe von der billigen Verkupferung. Der Rumpf von diesem alten Schwein war die reinste schwimmende Müllhalde.«

»Aber immer noch keine Nebenwirkungen bei dir oder Pete?«

»Nichts. Jedenfalls nichts, wie wir es an der Crew der *Maru* gesehen haben.«

»Sauerstoffwerte? Nitrate?«

»Sauerstoff, Nitrat, pH, Salinität – alles normal«, bestätigte Zubov.

Garner verzog das Gesicht. Das »Phänomen«, das sie miterlebt hatten, hatte also doch nur an Medusa gelegen. Garner warf einen Blick auf die Kartenskizze, die er gemacht hatte, und versuchte alles zu verarbeiten, was er in den letzten beiden Stunden gehört hatte. Dann kritzelte er verstimmt auf der Skizze herum und warf schließlich den Stift beiseite. »Wann, denkst du, wirst du zurück sein?«, fragte er Zubov.

»Das hängt von Christopher ab«, brummelte Zubov und meinte damit einen der Forscher an Bord, der in dem Ruf stand, ziemlich unberechenbar zu sein. »Er möchte bei einigen der küstennahen Stationen die Probenentnahmen wiederholen. Da wir vom Sockel nichts bekommen haben, meint Robertson, dass es die Mühe wert sein könnte. Für den nächsten Monat ist keine Fahrt eingeplant, zu Hause erwartet uns also ohnehin bloß Ausfallzeit.«

»Also eine Woche?«

»Eine Woche. Vielleicht fünf Tage, bis wir wieder in Everett sind. Warum, vermisst du uns?«

»Mein Mädchen vermisse ich. Du kannst das schizophren nennen oder nicht, ich hätte hier Arbeit für sie.«

Garner hörte, wie Zubov schmunzelte. »Du weißt nicht, wann es Zeit ist aufzugeben, was? Von deinem kleinen Ruderboot aus kannst du Medusa doch nicht einsetzen.«

»Das stimmt, das geht nicht. Ich würde ein Schiff wie die *Exeter* brauchen. Genauer gesagt, ich würde die *Exeter* brauchen.«

»Die kostet zehntausend Kröten am Tag, wer soll das bezahlen?«

»Wenn ich jetzt sagen würde Bob Nolan?«, fragte Garner.

»Und wenn ich sagen würde, du spinnst?«

»Das tue ich vielleicht. Nolan hat sich hier bisher noch nicht blicken lassen und ich habe so das Gefühl, dass Carol ihn nicht sonderlich vermisst.«

»Ärger im Paradies?«, meinte Zubov.

»Gleichgültigkeit im Paradies, vermute ich«, sagte Garner. »Mir kann ja wirklich egal sein, ob die beiden ineinander verliebt sind, aber ein wenig von Nolans Zaster für diese kleine Strandparty zu bekommen, wäre nicht übel.«

»Wann willst du das Fass denn anzapfen?«, fragte Zubov. »Brauchst du Becher?«

Jetzt musste Garner lachen. »Sieh einfach zu, dass du Medusa unversehrt und in einem Stück hierher schaffst, für den Fall, dass wir sie brauchen.«

»Keine Sorge«, beruhigte ihn Zubov. »Ich kümmere mich darum, dass dein Baby bis Mitternacht zu Hause ist und das Höschen noch oben sitzt.«

»Du warst zu lange auf dem Meer, Serg«, warnte Garner.

»Das solltest du vielleicht auch einmal ausprobieren«, sagte Zubov. »Die Jungs und ich machen uns schon Sorgen, du könntest weich werden.«

Garner malte sich aus, wie die *Exeter* dort draußen mit dreißig Fuß hohen Wellen kämpfte, und verglich das mit den Papierstapeln, die ihn in dem dunklen Büro umgaben. »Sag ihnen, dass sie wahrscheinlich Recht haben. Das erste Anzeichen von Senilität ist, wenn man anfängt, Löcher im Ozean zu sehen.«

Am Abend tat Garner, was er immer tat, wenn ihn ein neues Problem quälte und anfing, sich in seinem Bewusstsein breit zu machen und dort immer mehr Platz zu beanspruchen, bis er an nichts anderes mehr denken konnte: Er ging in die Bibliothek. Die Bibliothek der Forschungsstation war klein, aber hoch spezialisiert und enthielt eine Sammlung von Werken über die Meereswissenschaften und Reihen von Aktenschränken, die mit Aufsätzen und Artikeln über die geologischen, biologischen, chemischen und meteorologischen Besonderheiten des Barkley Sound und des Pacific Rim National Park vollgestopft waren. Die Unterlagen waren gut geordnet und befanden sich auf dem neuesten Stand – zumindest hatten sie so angefangen –, weil Charles Harmon das immer vehement gefordert hatte. Carol und Mark hatten sich oft darüber lustig gemacht, dass Harmon sich nur deshalb mit solchem Nachdruck für den Bau der Bibliothek eingesetzt hatte, weil er einen sicheren Hafen für seine eigenen literarischen Abfälle brauchte. In dem Maße, wie sich im Laufe der Jahre die Bücherregale, Tischplatten, Treppen und Böden in Harmons Blockhaus gefüllt hatten, hatte die Zahl der »Akquisitionen« der Bibliothek proportional zugenommen. Dies war das Haus des Wissens, das Pater Charles gebaut hatte, und Garner spürte das bei jeder Seite der staubigen Bände, über die sein Blick wanderte.

Zwei Stunden später fand Carol Garner an einem der Erkerfenster sitzend, von denen aus man freien Blick über den ganzen Barkley Sound hatte. Sie hatte seit ihrer Ankunft in Bamfield jeden freien Augenblick mit Gesprächen mit den Freunden und Bekannten ihres Bruders verbracht, um möglichst viele sentimentale Einzelheiten über die letzten paar Wochen von Mark in Erfahrung zu bringen. Seit ihrem Streit mit Harmon hatte Carol sich mit Erfolg darum bemüht, Studenten, Techniker, Hilfspersonal und jeden anderen, der ein paar Stunden erübrigen konnte, als improvisierte Außenteams einzusetzen. Als sich dann zeigte, dass mit den Fischen und Meeressäugern im Barkley Sound nach wie vor alles in Ordnung war, wies sie sie an, Wasserproben zu entnehmen. Bis jetzt waren alle mit leeren Händen zurückgekehrt, aber es war auch erst ein kleiner Bruchteil der langen Küste abgesucht worden.

Als sie in die Bibliothek kam, wirkte sie erschöpft und hatte die Hände tief in den Taschen ihrer Windjacke vergraben.

»Wie läuft die Schlacht?«, erkundigte sich Garner.

Carol ließ sich ihm gegenüber in einen Sessel fallen und zog einen Stapel Flugblätter aus der Innentasche. Sie warf sie auf Garners handschriftliche Notizen.

»›Sagen Sie uns Ihre Meinung‹?«, schmunzelte Garner, der das Flugblatt laut vorgelesen hatte. »Manche hier werden da nicht viel zu sagen haben.«

»Sag mir deine«, seufzte Carol.

»Ein wenig verfrüht, findest du nicht?«, fragte Garner. »Ich meine, ohne zusätzliche Erkenntnisse...«

»An *Zeit* fehlt es uns auch«, fiel Carol ihm ins Wort. »Und an Mitteln. Und an Informationen. Im Augenblick ist mir ziemlich gleichgültig, ob wir die Strände tatsächlich sperren, ich möchte bloß gern alle in einen Raum zusammentrommeln und herausfinden, was sie dort draußen gesehen haben. Die Fischer, die Charter-Kapitäne, eben alle. Hören, ob jemand vermisst ist oder gar tot.«

Garner lächelte. »Das klingt ja gerade, als ob du ein Kapitel im Honest Bob Nolans Marketing-Buch gelesen hättest.«

»Im Zweifel muss man sie aufscheuchen«, sagte Carol. »Ich habe Marks Zimmerkollegen dazu veranlasst, dass sie diese Flugblätter in jedem Fischereibedarfsladen, jedem Supermarkt und jeder Tankstelle zwischen hier und Nanaimo auslegen.« Garner sah den Schlachtplan, den Carol ohne Zweifel für ihre Ermittlungskampagne aufgestellt hatte, fast greifbar vor sich. Listen mit einzelnen Punkten. Medien. Der Puls der örtlichen Fischergemeinde. Sie hatte meisterhaft gelernt, Sorge und Enttäuschung als Motiv zur Mitarbeit zu nutzen. »Und wie sieht's bei dir aus?«, fragte sie und deutete auf die zwei Dutzend Bücher und Forschungsjournale, die vor ihm aufgeschlagen auf dem Tisch lagen. »Schon was gefunden?«

»Viel zu viel«, nickte Garner, rieb sich die Augen und streckte die Arme, um seine schmerzenden Rückenmuskeln zu entspannen. »Die haben hier Monografien und Fachbücher, die ich nicht einmal in Seattle bekommen kann. Die Hälfte davon sind von Charles gestiftet, den Rest hat er selbst geschrieben.« Garner tippte auf einen dicken, ziemlich neu aussehenden Folianten, der neben seinem Ellbogen lag. »Das hier ist sein Buch über praktisch jede registrierte Red Tide, die es in dieser Gegend jemals gegeben hat. Es geht zurück bis zu den Aufzeichnungen von Captain Cook Ende des achtzehnten Jahrhunderts und erzählt von den ersten Spaniern, die hier gelandet sind. Außerdem enthält es Berichte der katholischen Missionare und reicht bis zu dem Zwischenfall in der Bucht von Kingcome vor zwei Jahren. Ich denke darüber nach, wie wir in diesem Augenblick Spekulationen über das Potential für eine Red Tide anstellen, und dann sehe ich dieses Buch und denke ›Mann, das hat ja schon jemand *getan*, such dir etwas anderes aus, um dir darüber den Kopf zu zerbrechen.‹ Er dokumentiert über hundert Fälle von Vergiftungen, verursacht durch Schalentiere in der Gegend oder toxische Planktonblüten, aber kein einziges Opfer hatte ähnliche Symptome wie Mark.«

»Das klingt, als würdest du deine Überlegungen von jener weltberühmten Autorität beeinflussen lassen. Wenn Professor Charles Harmon sagt, der Himmel ist blau, dann hat er das gefälligst auch zu sein.«

Garner musterte den Gesichtsausdruck seiner Exfrau. »Vielleicht ist das besser, als sich allem zu verschließen, was er zu sagen hat, bloß weil du schlecht auf ihn zu sprechen bist.« Bei aller Hochachtung vor Carols Umgang mit der Öffentlichkeit war Garner keineswegs überzeugt, dass jetzt schon der richtige Augenblick für Lynchjustiz war.

»Das klingt aber gar nicht nach dem jungen Heißsporn, den ich einmal geheiratet habe.«

»Nein, eher nach dem vorsichtig gefühllosen Ekel, von dem du dich hast scheiden lassen.«

»Mit einem Wort – mhm.«

»Wir müssen uns an das Material halten, das wir haben, und das ist nicht sonderlich viel. Wir suchen jetzt seit zwei vollen Tagen und haben noch nicht einmal die letzte Stelle gefunden, die Mark aufgesucht hat, geschweige denn ein totes Tier oder auch nur eine Wasserprobe mit erhöhtem Phytoplanktongehalt.«

»Das werden wir aber.«

»Mag sein, aber es wird keine Blüte der üblichen Mikroorganismen sein, die in diesem Bereich blühen und Gesundheitsprobleme verursachen können; *Pseudonitzschia* erzeugt domoische Säure, ein stark wirkendes Nervengift, das gelegentlich Menschen oder Meeresvögel angreift.« *Angreift* war, wie sie beide wussten, stark untertrieben. Eine kumulative Konzentration domoischer Säure von verseuchten Schalentieren konnte zu irreversiblen Hirnschäden führen; *Pseudonitzschia* war in der Tat eine der toxischen Diatomeen-Arten, die Garners Modell in den San Juans vorhergesagt hatte.

»*Heterosigma* kann Fische paralysieren und *Chaetoceros* oder *Dictychoa* könnte Schäden am Kiemengewebe hervorrufen, aber die Wasserbedingungen sind einfach nicht so, dass eine Blüte dieser Spezies möglich wäre. *Vibrio*-Bakterien können beim Genuss roher oder zu wenig gekochter Austern zu Lebensmittelvergiftungen führen, aber die Symptome passen nicht dazu. *Alexandrium* ist als Verursacher paralytischer

Schalentiervergiftungen bekannt, aber die Konzentration von *Alexandrium* ist hier draußen eher unterhalb der Norm.« Er deutete mit einer Kopfbewegung durch die großen Fenster auf den Sund hinaus, obwohl die Fensterscheiben jetzt nur noch eine Spiegelung der Bibliothek zeigten, da es draußen inzwischen dunkel geworden war.

»Du hast gesagt, hier sei nie etwas aufgezeichnet, was diese Symptome auslöst ...« Carol blätterte im Buch ihres Vaters und kaute dabei auf ihrer Unterlippe. »Aber was ist mit anderen Teilen der Welt? Könnte all dies darauf zurückzuführen sein, dass hier eine exotische Spezies eingeführt worden ist?«

»Selbstverständlich. Keine Frage, bei dem vielen internationalen Schiffsverkehr. Ganz abgesehen davon, dass die Leute heutzutage in ein paar Stunden um die halbe Welt fliegen können.«

»Wenn du an all das denkst, was du über das Vorkommen von Mikroorganismen auf der ganzen Welt weißt...?«

»Einige der Symptome Marks entsprechen denen von *Pfiesteria piscicida* oder *piscimortua*, einem widerlichen kleinen Dinoflagellaten, wie man ihn in den Küstengewässern an der Ostküste der Vereinigten Staaten findet.«

Carols Blick wurde glasig. »*Pfiesteria piscicida*?«

»Eine einzellige Mikrobe. Ein Protist mit einem Paar langer dünner Fädchen, mit denen er sich durch das Wasser bewegt.«

»Eine Pflanze oder ein Tier?«, fragte sie.

»Ein klein wenig von beidem. Sie haben Chloroplaste wie eine Pflanze, reagieren aber auf andere Stimuli wie ein Tier. Wie die meisten Dinos ist er ein zähes kleines Ding – eine dicke gepanzerte Zellwand, wenn er sich bewegt, und ein ruhendes Zystenstadium, wenn es hart hergeht. In warmem, stabilen Wasser können die Biester sich erstaunlich schnell vermehren. Etwa fünf Dutzend Spezies sind, falls sie in genügender Menge auftreten, tödlich.«

»Genügender Menge?«

»Ein paar hundert Millionen Zellen pro Liter. Einige Dino Spezies produzieren Neurotoxine, die zehntausendmal tödlicher als Zyankali sind. Ein einziger konzentrierter Tropfen könnte einen Menschen töten.«

»Und obwohl diese *Pfiesteria* nur im Atlantik gefunden wird, käme sie als Kandidat für das, was mit Mark passiert ist, in Frage?«

»Das habe ich nicht gesagt«, widersprach Garner. »Du hast gesagt, ich soll den gesunden Menschenverstand mal beiseite lassen.«

»Ich habe noch nie von *Pfiesteria* gehört.«

»Das hatten die meisten Leute bis Ende der achtziger Jahre nicht. Fischereibiologen hatten jahrelang Fälle von Fischsterben an den Küsten der mittleren Atlantikstaaten verfolgt und sie auf zu geringes Vorkommen von aufgelöstem Sauerstoff zurückgeführt. Dann haben ein paar Forscher im Südosten der USA *Pfiesteria* isoliert und beschrieben. Dabei stellte sich heraus, dass es sich nicht nur um eine neue Spezies, sondern eine neue Gattung und eine taxonomische Familie handelt. Tatsächlich gibt es sie wahrscheinlich schon seit Hunderten oder Tausenden von Jahren, aber niemand hat sich dafür interessiert. Man hat sie in Planktonproben übersehen oder falsch identifiziert und sie unter einem anderen Namen oder als unbeschriebenen Spezieskomplex dargestellt. Aber jetzt heißt sie *Pfiesteria*.«

»Was ist denn das Besondere daran?«

»Nun, zum einen produziert sie mindestens zwei unterschiedliche Toxinarten. Die erste ist wasserlöslich und dient als wirksames Neurotoxin, um ihre Beute zu paralysieren. Es kann sogar zu einem acidischen Aerosol werden und sich im

Suspensionszustand in der Luft aufhalten. Das zweite Toxin ist fettlöslich und zersetzt das Bindegewebe im Fleisch und senkt das Widerstandvermögen der Beute gegenüber Krankheiten und Infektionen.«

»Wie AIDS?«

»So ähnlich, aber auf wesentlich aggressivere Art. Viel beängstigender ist, dass *Pfiesteria* im Gegensatz zu den meisten Dinos, die diese Toxine als Stoffwechselnebenprodukte oder als Abwehrstoff gegen Angreifer erzeugen, allem Anschein nach selbst ein Räuber ist. Wenn sie dem richtigen Stimulus ausgesetzt ist, kann sie ihren Ruhezustand als Zyste beenden und ihre Beute tatsächlich angreifen.«

»Und was für eine Beute ist das?«

»Hauptsächlich Fisch. Menhaden, Hechte. Es gibt Leute, die der *Pfiesteria* mehr als eine Milliarde tote Fische allein im Küstenbereich von North Carolina zuschreiben.«

»Aber warum jetzt und warum so plötzlich?«

»Die Küstengewässer werden immer stärker durch Abfallstoffe der örtlichen Industrie verunreinigt – hauptsächlich Dünger und animalische Abfallstoffe von der Schweine- und Hühnerzucht. Die Nährstoffkonzentration steigert sich ins Unermessliche und das führt zu idealen Voraussetzungen für eine Blüte. Die warmen, weitgehend stehenden Gewässer in den Flussmündungen und Meeresbuchten von Carolina sind ideale Brutstätten für Biester wie *Pfiesteria*, aber man hat sie von Delaware bis zum Golf von Mexiko gefunden. Warum auch nicht? Diese Gebiete liegen alle im Einzugsbereich des Golfstroms. Die Verschmutzung an der Ostküste reicht ganz sicherlich aus, um sie zu ernähren, und es gibt genügend Schiffsverkehr, um die Brutstätten in Bewegung zu halten.«

»Und du glaubst, dass sie jetzt hierher gekommen ist?«

Garner hob abwehrend die Hand. »Das sage ich *nicht*. Ich

sage, dass *Pfiesteria* ein Kandidat für das ist, was mit Mark passiert ist, aber Mark war wenigstens zehn Jahre nicht mehr an der Ostküste –«

»Etwa ebenso lang, wie er von den Drogen weg war«, warf Carol sarkastisch ein.

»– und ich würde vermuten, dass es für *Pfiesteria* praktisch unmöglich ist, hier zu überleben. Zum einen ist das Wasser zu kalt. Wir liegen ein gutes Stück im Norden, und das Wasser ist auch gut gemischt. Ich brauche dir auch nicht zu sagen, dass wir hier keinen hohen Verschmutzungsgrad haben.«

»Wir wissen auch, dass der letzte El Niño voriges Jahr die Meeresoberflächentemperatur ein gutes Stück in die Höhe getrieben hat.«

»Das stimmt, und – *theoretisch* – ja, wenn irgendwie in den letzten paar Monaten einige *Pfiesteria* hierher gefunden hätten – *theoretisch* – ja, dann könnten sie überleben.«

»Aber du nimmst das nicht an?«

»Nein. Erstens greift *Pfiesteria* Fische an. Sie reagiert auf Fischölabsonderungen im Wasser, erstickt sie und löst ihnen dann das Fleisch bis auf die Knochen ab. Wenn *Pfiesteria* sich hier etabliert hätte, dann würden wir nicht die Küste danach absuchen müssen. Die Fischer hätten sie längst entdeckt.«

Carol wollte gegen diese Annahme protestieren, aber Garner ließ sie nicht zu Wort kommen. »Zweitens gibt es, obwohl Marks Schilderung der Seelöwen starke Ähnlichkeit mit Schäden zeigt, die von *Pfiesteria* angerichtet worden sind, keinerlei Hinweise darauf, dass *Pfiesteria* für Meeressäuger tödlich wäre.«

»Wie steht es mit Menschen?«

»Nichts nachgewiesen. Als der Bericht über *Pfiesteria* im *Raleigh News and Observer* stand, führte das zu der erwarteten hysterischen Reaktion der Öffentlichkeit. Alle, angefangen bei Fährleuten von der Chesapeake Bay bis hin zu Labortechnikern, meldeten sich mit Berichten über Verletzungen, die nicht heilen wollten, Gedächtnisverlust, Zittern und anderen neurologischen Störungen.«

»Lass mich raten – das Touristikbüro hat die Öffentlichkeit davon überzeugt, dass alles nur eine Massenhalluzination war.«

»In gewissem Maße ja. Um es noch schlimmer zu machen – als die Fische aus der Gegend entfernt wurden, verschwand die *Pfiesteria* ebenfalls. Jetzt, wo der Übeltäter nicht mehr da war, hielt man alle kurzfristig gemeldeten Erkrankungen für psychosomatischer Natur. Jahre später freilich gibt es einige eindeutige Auswirkungen, die sich ausschließlich mit *Pfiesteria* erklären lassen.«

»Es ist also immer noch möglich –«

»Nein, Carol, das ist es nicht. Mark mag ähnliche Symptome aufgewiesen haben, aber das wissen wir nicht mit Bestimmtheit. Er hat keine toten Fische erwähnt und hätte Hinweise auf *Pfiesteria* auch gar nicht erkannt. Was aber das Wichtigste ist – worauf auch immer er gestoßen ist, hat ihn binnen Stunden getötet. *Pfiesteria* greift zumindest Menschen sehr langsam an, über eine wesentlich längere Zeitspanne. Mindestens Tage. In manchen Fällen sogar Monate. Wenn Mark von etwas, das im Wasser war, getötet wurde, dann hat es eher wie ein Filovirus oder ein Morbillivirus gewirkt. So wie der Marburg-Virus oder eine Art Ebola des Meeres. Und wenn das dort draußen lauert, dann würden wir uns keine sehr große Mühe geben müssen, um die Auswirkungen zu sehen.«

Carol war sichtlich davon bekümmert, keinen Übeltäter zu haben, auf den sie ihre Wut konzentrieren konnte. »Wir müssen uns also wohl an das vorliegende Material halten, wie?«

»Solange wir nicht diese Kadaver oder andere gefunden haben, bleibt uns nichts anderes übrig.«

»Na schön, dann tu mir eben den Gefallen und setze die Suche morgen früh mit mir fort.« Sie beugte sich über den Tisch und griff nach seiner Hand, hielt sie fest, als könnte sie damit eine neue Aufwallung ihres Kummers verdrängen.

»Hey? Fühlst du dich glücklich?«, fragte sie nach einer Weile.

»Ja, das tue ich«, sagte Garner. Und in diesem Augenblick, allein in der verlassenen Bibliothek mit der Frau, die einmal seine große Liebe gewesen war, tat er das auch.

11

19. August
48° 50' Nördl. Breite, 125° 08' Westl. Länge
Bamfield, British Columbia

»Die kleinsten Organismen auf der Welt gehören zu den allergefährlichsten«, sagte Charles Harmon und ging dabei langsam und mit stockenden Schritten über das improvisierte Podium im Feuerwehrhaus von Bamfield. »Ich weiß das, weil ich sie gesehen habe und weil ich ihre Wirkung gesehen habe. Ich habe sie mehr als fünfzig Jahre lang studiert.«

Harmon stand vor der versammelten Menschenmenge, die alle auf Klappstühlen saßen, und war völlig entspannt. Eine Mischung der unterschiedlichsten Gesichter – von den ältesten Fischern der Stadt bis hin zu den geschrubbten engelhaften Mienen der Studienanfänger aus der Forschungsstation – hing an jedem Wort, das über seine Lippen kam. Ihre Augen huschten nur gelegentlich zum Gesicht des weltberühmten Professors, während dieser die Bilder kommentierte, die auf eine große Leinwand hinter ihm projiziert wurden. Harmon sprach mit der ganzen Erfahrung eines langen Forscherlebens und führte eine scheinbar endlose Reihe tödlicher, bizarrer und doch zugleich wunderschöner eleganter Mikroorganismen vor, angefangen bei Meeresviren bis hin zu Bakterien, Diatomeen und Dinoflagellaten.

Obwohl Carol sich dem widersetzt hatte, hatte Bouchard darauf bestanden, dass Harmons Vortrag an den Anfang der öffentlichen Diskussion gesetzt wurde, offenkundig in der

Hoffnung, auf diese Weise schnell irgendwelche »unbegründeten« öffentlichen Bedenken im Keim zu ersticken. Die Maßnahme sollte sich als wirksam erweisen; nach der beeindruckenden Folge von Fotografien und Mikroaufnahmen würde es jedem Zuhörer doppelt schwer fallen, in diesen winzigen Geschöpfen jegliche Art von Bedrohung zu entdecken, zumal doch abgesehen vom Tod Mark Junckers keinerlei greifbare Beweisstücke vorlagen.

Harmon zeigte gerade eine Tafel, auf der jede jemals registrierte toxische Planktonblüte in der Region des Barkley Sound aufgelistet war, und hakte dann systematisch eine Gattung nach der anderen als für die augenblickliche Besorgnis irrelevant ab. Dabei unterstrich er diese Feststellung jeweils, indem er mit der Spitze seines Stocks ein großes X in die Luft zeichnete.

»Damit hätte die Station sich höchst wirksam von den vorliegenden Problemen distanziert«, murmelte Garner Carol zu.

»Falls hier irgendwelche Fehlinformationen verbreitet werden sollen, kannst du darauf wetten, dass Bouchard derjenige sein möchte, der das tut«, erwiderte Carol.

Harmon beendete seinen Vortrag und dankte den Zuhörern für ihre Zeit und ihre Aufmerksamkeit. Er tat dies mit einer Warmherzigkeit, wie er sie offenbar nur für völlig Fremde reserviert hatte. Als die Saalbeleuchtung wieder eingeschaltet wurde, nahm er an einem langen Konferenztisch Platz, der vor dem Zuhörerraum aufgebaut war. Bouchard und Brad Davis, der stellvertretende Direktor der Station, sowie ein Gastdozent vom Scripps Institute of Oceanography saßen links und rechts von ihm. Außerdem hatte am Tisch der Vorsitzende der örtlichen Fischergewerkschaft und des Stadtrates Platz genommen, der in der Ortschaft so etwas Ähnliches wie die Funktion des Bürgermeisters einnahm. Es gab keine örtliche Polizei, und gewöhnlich wurde auch keine benötigt, da es ja die Küstenwache gab. Garner und Carol hatten in der vordersten Reihe Platz genommen. So groß auch das öffentliche Interesse war, schien die Zuhörerschaft doch vom Erscheinen des berühmten Akademikers eingeschüchtert und hatte sich daher vorwiegend in den hinteren Reihen niedergelassen. Genau wie Carol waren sie gekommen, um informiert zu werden, hatten aber selbst nur wenig Informationen beizutragen.

Carol entdeckte unter den Zuhörern zwei Reporter und einen Journalisten von der Port Alberni-Zeitung. Sie hatte bewusst mit ihnen Kontakt aufgenommen, damit die Öffentlichkeit über das Treffen informiert wurde. Obwohl unter den Diskussionsteilnehmern auf dem Podium in auffälligem Maße Vertreter abweichender Meinungen fehlten, waren im Zuhörerraum der Stadtrat von Bamfield, jemand von der Verwaltung der National Parks sowie einige Berufsfischer und Charter-Kapitäne vertreten. Carol entdeckte auch einige der ortsansässigen Ohiat und Salish Indianer. Wenn irgendetwas Ungewöhnliches an Land gespült worden war, würden die Indianer zu den Ersten gehören, die davon erfuhren. Sie musste lächeln, wenn sie überlegte, wie viel man doch mit ein paar gelben Flugblättern und Plakaten ausrichten konnte. Alle Beteiligten waren in diesem Raum versammelt und sie gab sich der Hoffnung hin, dass die hier vertretenen Informationen ausreichten, um wirksame Gegenmaßnahmen zu entwickeln.

Entweder das, oder dieses Pulverfass brauchte nur ein Zündholz, damit das Feuerwerk beginnen konnte.

Als Erstes beantwortete Harmon die Frage eines Reporters und seine Stimme dröhnte über das Tischmikrofon, das vor ihm stand.

»Ich kann Ihnen eindeutig sagen, dass in dieser Saison keine Voraussetzungen für eine Red Tide gegeben sind«, erklärte er, dabei klang seine Stimme gleichzeitig so ausdruckslos und doch beruhigend wie die eines Flugzeugpiloten. »Ich habe meine Studenten auf der ganzen Halbinsel an den Stränden Proben sammeln lassen. Die Oberflächentemperatur ist ein wenig hoch –«

»Und was besagt das?«, wollte der Reporter wissen. »Es gibt Berichte, dass unsere Region immer noch von dem ungewöhnlich starken El Niño im vergangenen Jahr beeinflusst ist.«

Harmon schmunzelte herablassend. »Womit wir wieder einmal beim El Niño wären, dem derzeit berühmtesten aller meteorologischen Phänomene.«

Bouchard war ähnlich amüsiert wie Harmon. »In letzter Zeit habe ich erlebt, dass man El Niño für so ziemlich alles die Schuld gibt, angefangen von der Salatknappheit bis hin zum Preis von Geländefahrzeugen.«

»Obwohl die Wassertemperatur ein wenig erhöht ist, sind die Salinität und die Sauerstoffkonzentration für diese Jahreszeit völlig normal«, erklärte Davis.

»Laut dem Pazifik-Wetterbüro ist Barkley Sound in den vergangenen zehn Jahren von allen drei El Niño-Anomalien betroffen worden«, sagte der Reporter. »Drei Mal, und jedes Mal wurde es stärker.«

»Wir haben schon früher El Niños gehabt – ein Dutzend seit einundfünfzig – und werden sie auch wieder haben«, meinte Bouchard. »Wir verfügen über detaillierte Aufzeichnungen, die dreißig Jahre zurück reichen. Manche sind stärker und manche schwächer, aber in dieser Gegend gibt es keine Korrelationen zu Algenblüten.«

Garner wusste, dass dies stimmte, zumindest teilweise. Es gab nur ganz selten ausschließliche Korrelationen zwischen Algenblüten und erhöhten Wassertemperaturen; die idealen Umstände für Blüten waren längere Windstilleperioden und hohe Lufttemperaturen *in Kombination* mit einer allgemeinen Erwärmung des Oberflächenwassers. »Und genau das ist in diesem Sommer geschehen«, erklärte Garner den Zuhörern. »Nach Auskunft der kanadischen Umweltbehörde ist im letzten Monat nur ein Sturm von Bedeutung durch den Barkley Sound gezogen.«

»Ja, vor zwei Wochen«, nickte Harmon. »Ich habe einen Regenmesser an meinem Blockhaus und registriere dort täglich die Wetter- und die Gezeitenbedingungen. Diese ›Bedingungen‹, die Sie verdächtigen, etwas mit einer Red Tide zu tun zu haben, haben *nach* jenem Sturm eingesetzt, als die stabilen Umstände beeinträchtigt worden waren.«

»Und, was sagen Sie zu Folgendem?«, fragte der zweite Reporter, während er seine Hand hob. »Was ist mit den Berichten, dass hier in der Nähe einige Meeressäuger an den Strand gespült wurden, allem Anschein nach von einem unbekannten Erreger im Meer getötet?« Für den Reporter einer Kleinstadtzeitung war das eine bemerkenswert klare und gut formulierte Frage. Aus dem Augenwinkel sah Garner, wie ein verschmitztes Lächeln um Carols Lippen spielte.

Bouchard griff die Frage auf. »Dafür haben wir keine bestätigten Berichte. Um es noch einmal zu sagen, alle Wasserproben, die wir entnommen haben, waren völlig normal, insbesondere im Hinblick auf die Sauerstoffkonzentration, die während einer Blüte normalerweise zurückgeht.«

»Der Gehalt an *gelöstem* Sauerstoff wirkt sich ausschließlich auf Wasser atmende Organismen aus«, meldete Garner sich erneut zu Wort. Wie die meisten Meeresbiologen neigte Bouchard zu einer sich allein auf den Organismus konzentrierenden Kurzsichtigkeit. Die Umgebung der Organismen – die verschiedenen Eigenschaften des Wassers und deren wechselseitige Abhängigkeiten – schlichen sich nur selten in die Diskussion ein.

»Außerdem«, fügte Carol hinzu, »würden die Seelöwen als Säugetiere ihren Sauerstoff aus der Luft beziehen. Was sie getötet hat, befand sich aber höchstwahrscheinlich im Wasser.«

»Ich sehe schon, die Antwort auf Ihre Frage hängt davon ab, welchen ›Doktor Harmon‹ Sie fragen«, antwortete Harmon der Ältere dem Reporter und grinste dabei zu Carol hinüber. »Aber ich schließe mich dieser Meinung an: Diese Berichte scheinen keinerlei Grundlage zu haben. Es sind keine Kadaver aufgefunden worden.«

»Meeressäuger sind im Park geschützt«, sagte Bouchard. »Wenn jemand irgendwelche Kadaver entdeckt hat, hätten sie der Naturschutzbehörde gemeldet werden müssen.«

»Und wie steht es mit Wilderern?«

»Herrgott noch mal, was ist mit den *Fischen*?«, rief einer der Fischer, der weit zurückgelehnt auf einem zerbrechlich wirkenden Klappsessel lümmelte. »Ich höre die ganze Zeit dieses Gerede, ob das Wasser sicher ist, und dabei merkt man das seit eh und je am besten, wenn man sich die Fische ansieht.«

Ein zweiter Fischer meldete sich zu Wort. »Genau. Mir ist dieses Jahr noch gar nichts aufgefallen.«

»Und das wird auch weiterhin so sein«, sagte eines der Stadtratmitglieder. »Jedenfalls nicht drei Wochen vor dem Höhepunkt der Charter-Saison.« An einigen Stellen im Saal kam Beifall auf.

»Das ist aber eine höchst gefährliche Einstellung«, warnte Garner.

»Die Monate August und September liefern zusammen mehr als zwei Drittel unserer Touristikumsätze«, sagte das Ratsmitglied. »Wenn Sie den Charter-Fischfang sperren, werden die meisten Bewohner dieser Stadt den Winter finanziell nicht überleben.«

»Und was ist, wenn dort draußen *wirklich* etwas lauert?«, gab Garner zu bedenken. »Was ist, wenn es dort draußen irgendwelche toxischen Mikroben gibt – eine *Chaetoceros* oder eine *Heterosigma*-Blüte, eine *Vibrio*-Bakterie oder etwas noch Gefährlicheres, als wir je zuvor zu Gesicht bekommen haben? Wenn die Lachse da durchziehen oder eine Muschelbank davon angesteckt wird, wäre Schluss mit der ganzen Fischerei.«

»Aber, es hat doch *keinerlei* Auswirkungen auf die Fische gegeben«, sagte Bouchard. »Und wir haben auch keine Vergiftungen von Schalentieren bemerkt.«

»Ich schon«, sagte eine Frauenstimme aus dem hinteren Teil des Saals.

Garner drehte sich um und konnte einen Blick auf die zierliche Frau erhaschen, die jetzt vortrat. Selbst von da, wo er saß, konnte er erkennen, dass sie die blauesten Augen hatte, die er je gesehen hatte, und eine lange Lockenmähne, die sie über die eine Schulter ihrer Jeansjacke geschoben hatte. Es sah so aus, als ob sie etwas verspätet eingetroffen wäre. Sie war außer Atem und ihre Wangen waren leicht gerötet. Aber sie war nicht im Geringsten verlegen darüber, Bouchard einfach so ins Wort gefallen zu sein. Falls sie eine Fremde in Bamfield war und mit seinen Bewohnern nicht vertraut, ließ ihr selbstbewusst vorgeschobenes Kinn davon jedenfalls nichts erkennen.

»Wer sind Sie?«, fragte Bouchard.

»Mein Name ist Ellie Bridges«, begann Ellie. »Ich bin Ärztin in Port Alberni.« Und dann fügte sie hinzu, als ob das nicht ohnehin offenkundig wäre: »Ich bin hier, weil ich wissen möchte, was zum Teufel dort draußen eigentlich los ist.«

※ ※ ※

Die nächste Viertelstunde hörten die etwa dreißig im Saal versammelten Menschen Ellie wie gebannt zu, als diese berichtete, was sie mit Caitlin Fulton, Mark Junckers, den Abalone-Tauchern und dem Indianerjungen erlebt hatte. Carol klebte förmlich an Ellies Lippen, als diese den Zustand dieser Patienten und ihre Symptome schilderte. Was Charles Harmon anging, so legte dieser weniger Interesse und eher Langeweile an den Tag. Carol warf ihrem Vater einen wütenden Blick zu, der *Schäm dich* sagte. Die gleichgültige Miene, mit der er den Blick erwiderte, konnte man als *Was bringt es denn, die Dinge in diesem Stadium zu dramatisieren?* deuten. Ellie entging der stumme Blickwechsel nicht. Die anderen im Raum waren allem Anschein nach zu beeindruckt oder von Harmons offensichtlichem Wissensvorsprung zu eingeschüchtert, um sich einzuschalten. Eine mögliche Ausnahme davon war der Ozeanograph aus Friday Harbor, der ihr trotz der Unruhe im Saal nicht entgangen war.

Ellie beendete ihren improvisierten Vortrag, zog ein zusammengefaltetes Blatt Papier aus der Jacketttasche und hielt es hoch, damit alle es sehen konnten. »Das ist ein Brief vom Vater des kleinen Mädchens. Er ist Teil einer Anzeige, in der er versucht, mir Fahrlässigkeit und Kunstfehler nachzuweisen. Zuerst konnte ich das nicht glauben, aber jetzt weiß ich nicht mehr, was ich eigentlich denken soll. Hier sterben Leute an Symptomen, die ich noch nie zuvor gesehen habe. Symptome, mit denen kein Arzt, den ich kenne, je konfrontiert war. Ich bin hier, um herauszufinden, ob es vielleicht in diesem Raum jemanden gibt, der mit diesen Symptomen etwas anfangen kann.«

Wieder war es Garner, der das Wort ergriff. »Vor sechs Tagen befand ich mich auf einem Forschungsschiff, das einen auf dem Meer treibenden japanischen Frachter entdeckte. Alle vierzehn Mann an Bord waren tot, wie es schien an

Lebensmittelvergiftung gestorben. Wir haben keine von den Geschwüren gesehen, die Doktor Bridges uns gerade beschrieben hat, aber die Störungen in den Atemwegen und im Magenbereich klingen ganz ähnlich. Der einzige Überlebende hat gesagt, dass das, was auch immer es war, die Männer im Laufe von vierundzwanzig Stunden umgebracht hat.«

Wieder wanderten Ellies Augen zu Garner hinüber, als dieser schilderte, was er gesehen hatte. Das war der erste Hinweis, dass es noch weitere Opfer gab. Die erste Andeutung, dass sie nicht unter Halluzinationen litt. Garner hatte dieselben Schrecken wie sie gesehen und war bereit, ihr zu glauben. Und der Mann strahlte ein Selbstvertrauen aus, das in Ellie den ersten Anflug von Hoffnung aufkommen ließ.

»Wenn dieses ›Ding‹ alle so schnell umgebracht hat, warum gab es dann einen Überlebenden?«, fragte Harmon in die Stille hinein.

»Das weiß ich nicht«, gab Garner zu. »Möglicherweise liegt es daran, dass der Mann sich abseits von den anderen gehalten hat. Er war tagelang auf Deck angekettet. Er hat nicht dasselbe gegessen wie sie. Außerdem war er übergewichtig, hatte also ein wesentlich größeres Körpervolumen als die anderen.«

Das ließ bei Ellie eine Saite anklingen. Sie dachte an die beiden Kinder und den kleineren der beiden Abalone-Taucher, den, dem das Fleisch buchstäblich von den Knochen gefallen war. Was auch immer dieses Ding war, es tötete zuerst die kleineren Individuen.

Unter den im Raum Versammelten war ein beunruhigtes Murmeln aufgekommen, deshalb tippte Harmon mit seinem Bleistift an das Mikrofon, um für Ruhe zu sorgen. »Mr. Garner, Sie sagten, dieser Frachter sei auf See gewesen?«

Garner nickte.

»Und wo genau war das?«

»Im Bereich von Wetterstation *Papa*, vielleicht sechshundert Meilen entfernt.«

»Sechshundert Meilen«, wiederholte Harmon. »Auf offener See.« Sein Blick suchte Ellie. »Und Ihre Patienten kamen aus Nitinat – die Taucher und der Indianerjunge –, und irgendwo hier – mein Stiefsohn, ist das richtig?«

Ellie bestätigte das und räumte dann ein, dass sie nicht herausgefunden hatte, wo die Fultons gezeltet hatten, vermutete aber, dass es in der Nähe des Pacific Rim National Parks gewesen war.

»Und Sie erwarten von uns, dass wir einfach so hinnehmen, dass diese Vorkommnisse – die über Hunderte von Meilen offenen Meeres und fünfzig Meilen Küstenverlauf verteilt sind – alle miteinander in Verbindung stehen sollen?«

»Ich habe nur gesagt, dass die Symptome verdächtig ähnlich sind...«, erklärte Ellie.

»Verwirrung, unregelmäßiger Herzschlag, lallende Sprache, Benommenheit, Aussetzen der Atmung, das meinen Sie doch?«, ging Harmon auf sie ein.

»Ja.«

»Dieselbe Art von Symptomen, wie sie bei einem Schlaganfall, einer Herzattacke, ja sogar bei Hypothermie auftreten?«

»Ja.«

»Und soweit es meinen Stiefsohn betrifft, in Zusammenhang mit einer ventricularen Fibrillation, wie Sie es in Ihrem Bericht geschrieben haben«, sagte Harmon.

»Ja«, gab Ellie zu. Sie ahnte schon, dass ihr ein weiteres Treffen mit Redmond bevorstand.

»Was ist mit den Blasen auf der Haut?«, kam Garner ihr zu Hilfe. »Sie hat gesagt, die Haut hätte sich über den Knochen praktisch verflüssigt. Und die Verletzungen, die sie erwähnt, klingen ganz ähnlich wie das, was Mark an den Seelöwen festgestellt hat.«

Harmons Augen fixierten Garner. »Ich habe gesagt, dass diese Vorkommnisse zu weit auseinander liegen, als dass man sie mit einer toxischen Algenblüte in Verbindung bringen kann.« Für ihn war es plötzlich so, als befänden er und Garner sich allein im Raum. »Und wenn Sie hier behaupten wollen, Mr. Garner, dass eine Spezies toxischer Dinoflagellaten irgendwie Hunderte von Meilen auf offenem Meer überquert, einige Menschen getötet und andere verschont und dann wieder ins Nichts verschwunden ist, dann würde ich wirklich gern von Ihnen hören, welche Spezies Ihrer Ansicht nach dafür verantwortlich ist.«

Darauf hatte Garner keine Antwort.

»Doktor Harmon hat Recht«, schaltete Bouchard sich plötzlich ein. »Oberflächlich betrachtet mögen diese Fälle zwar ähnlich erscheinen, aber ich halte es für töricht, wenn wir anfangen, sie einfach alle in denselben Topf zu werfen.« Er sah zu Carol hinüber. »Vielleicht ist das eines der Probleme, die dann auftreten, wenn man solche Diskussionen auslöst, ohne greifbare Beweise in der Hand zu haben.«

Carols Gesicht rötete sich. »Wie nennen Sie denn das, was wir gerade gehört haben? Einbildung? Fantasie?«

Bouchard ließ sich nicht beeindrucken. »Ich würde das einen vereinzelten, bedauerlichen Vorfall nennen, der ohne jeglichen Beweis mit irgend einer mutmaßlichen – und ich betone *mutmaßlichen* – Kontamination von Schalentieren in Verbindung gebracht wird«, sagte er. »Selbst wenn in diesem Augenblick jemand mit einer verfaulten Muschel hereinkäme, würde das noch nicht rechtfertigen, die ganze Fischsaison abzusagen oder unsere Küstenparks zu schließen.«

»Ray, ich kann nicht glauben, dass Sie wirklich bereit sind, darüber hinwegzusehen, dass wir damit rechnen müssen, dass wir es mit Bioakkumulation eines potentiell tödlichen Erregers zu tun haben«, sagte Carol.

»Noch einmal so, dass es jeder verstehen kann«, beklagte sich einer der Reporter.

»Was sie damit sagt, ist, dass selbst dann, wenn das Toxin nicht direkt für Fische tödlich ist, die Gefahr besteht, dass es sich in solchem Maße im Körpergewebe der Fische ansammelt, dass es für höhere Organismen tödlich wirkt«, erläuterte Garner.

»Und damit sind Menschen gemeint?«, bohrte der Reporter nach.

»Und das bedeutet, dass keiner der hier gemeldeten Todesfälle bis jetzt mit dem Verzehr von kontaminiertem Fisch in Verbindung gebracht worden ist«, sagte Charles Harmon. »Ende der Diskussion.«

»Können Sie sich eine solche Argumentation wirklich leisten?«, fragte Garner. »Was ist, wenn diese Fische gefangen werden – von den hart arbeitenden Leuten in diesem Saal – und diese Leute dann krank werden? Was ist, wenn die Fische auf den Markt gebracht werden und die Leute zu Hunderten oder Tausenden sterben?«

Brad Davis sah mit der Nervosität des echten Bürokraten zu den Reportern hinüber und sprach Ellie an, ohne auf Garner einzugehen: »Doktor Bridges, wir alle wissen Ihre Besorgnis um Ihre Patienten zu schätzen –«

»Unsinn«, brüllte Harmon. »Ich würde sagen, dass Doktor Bridges' Versuch, hier die Öffentlichkeit zu alarmieren in Anbetracht einer möglichen Anzeige, die sie der Nachlässigkeit und eines Kunstfehlers beschuldigt, völlig unabhängig von der potentiellen Todesursache, höchst *subjektive Züge* trägt.« Er war sich der Anwesenheit der Reporter sehr wohl bewusst und machte eine kleine Pause, damit ihre über das Papier huschenden Bleistifte mitkommen konnten. »Ich hoffe nur, dass unsere geladenen Gäste hier einsichtig genug sind, um das zu erkennen. Nach allem, was ich heute miterlebt habe, hätte ich große Lust, selbst Anzeige wegen eines Kunstfehlers zu erstatten.«

»Das ist ein völlig unbegründeter Vorwurf«, schrie Garner laut genug, um den aufkommenden Lärm zu übertönen.

»Wirklich?«, sagte Harmon und nahm Garner erneut aufs Korn. »Ist es denn so ungewöhnlich, dass ein Funktionär des öffentlichen Gesundheitswesens hinsichtlich eines obskuren, aber potentiell gefährlichen Zustandes, der zufälligerweise im eigenen Zuständigkeitsbereich liegt, ein öffentliches Geschrei erhebt?« Er fuchtelte mit dem Finger anklagend in Carols Richtung. »Mein eigener Schwiegersohn tut das, um sich damit sein Geld zu verdienen!« Carol zuckte zusammen, als ob er sie geohrfeigt hätte. Und ihr Vater fuhr fort: »Und weil ich schon gerade mit dem Finger zeige, Mr. Garner, wie ich höre, ist die National Science Foundation im Begriff, die für Ihren – wie nennt er sich doch gleich? – ›Wunderball‹ bestimmten und meiner Ansicht nach vergeudeten finanziellen Zuwendungen zu streichen. Ich könnte mir vorstellen, dass eine zum richtigen Zeitpunkt ausgelöste öffentliche Erregung wie das, womit wir es hier zu tun haben, diese Entscheidung hinausschieben könnte.«

»*Was ist dein verdammtes Problem?*«, explodierte Carol plötzlich und sah Harmon mit funkelnden Augen an. Garner trat schnell dazwischen, als sie sich anschickte, das Podium zu ersteigen. »Wie kann man nur so gleichgültig sein!«, schrie sie. »Und da draußen sterben *Menschen*!«

Carols Wutausbruch und die erbitterten persönlichen Angriffe veranlassten Bouchard dazu, eine Kaffeepause einzuschieben. Garner sah ein paar Mal zu Ellie hinüber, während er Carol zu trösten versuchte. Er hätte gern unter vier Augen mit der Ärztin gesprochen, aber die im Saal anwesenden Reporter hatten sie mit Beschlag belegt. Sie sprach unangestrengt und offen mit ihnen und verlor kein einziges Mal die Fassung. Kunstfehleranklage hin oder her, sie schien fest entschlossen, über das, was sie gesehen hatte, so objektiv wie möglich zu berichten.

Ein paar Minuten später tauchten die Reporter bei Garner und Carol auf, befragten sie nach technischen Einzelheiten und stellten darüber hinaus ein paar klärende Fragen. Als sie dann mit ihren Notizen abzogen, meinte einer von ihnen: »Erinnerst du dich an den Film um diesen Hai, wo einer gesagt hat: ›Jetzt dachte ich gerade, es wäre nicht mehr gefährlich, ins Wasser zu gehen...‹?«

»Ja, und jetzt kann einen das *Scheißwasser selbst* umbringen«, meinte der zweite Reporter.

»Und dafür musst du nicht mal drin sein«, nickte der erste.

Carol hörte den Wortwechsel mit an. »Sieht so aus, als hätten wir sie ein wenig nachdenklich gemacht«, mischte sie sich ein. »Selbst wenn sie dann die Fakten verdrehen, um ihre Zeitung zu verkaufen.«

»Im vorliegenden Fall könnte das gar nicht so schlecht sein«, sinnierte Garner und schüttelte dann resignierend den Kopf. »Erinnerst du dich noch an die Zeiten, als *sensationell* etwas wirklich Gutes bedeutet hat?«

Carol sah, wie ihr Vater gähnte und an Bouchard gewandt auf seine Armbanduhr deutete. Der reagierte sofort, indem er die Kaffeepause für beendet erklärte und die Fragestunde fortsetzte, unter der Voraussetzung, wie er sagte, dass alle ihre Gefühle zügelten. Die im Saal herrschende Nervosität ließ schnell erkennen, dass niemand damit gerechnet hatte, dass die Versammlung einen solchen Verlauf nehmen würde. Ellies Auftritt hatte zwar einige der Anwesenden ein wenig nachdenklich gemacht, aber die meisten schienen an ihrer Überzeugung festzuhalten, dass es keinen Grund zur Besorgnis gab.

Der zweite Reporter, derjenige, der offensichtlich von Carol präpariert worden war, setzte die Diskussion wieder in Gang. »Dr. Harmon – Charles –, Sie haben uns gerade dargelegt, um was für einen simplen Organismus es sich bei einem Virus handelt – eigentlich nicht viel mehr als ein DNS-Faden mit einer Proteinhülle und einem Schwanz, damit er sich bewegen kann. Diese Diatomeen und Dinoflagellaten scheinen auch nicht viel komplexer zu sein.«

»Ja, sie sind in ihrer Simplizität wunderschön«, pflichtete Harmon ihm bei, sichtlich erleichtert, dass die Menge, die soeben noch im Begriff war, einen Lynchmord zu begehen, allem Anschein nach wenigstens für den Augenblick den Strick beiseite gelegt hatte. »Eine elegante, rein funktionelle Anordnung, praktisch völlig unberührt von natürlicher Zuchtwahl.«

»Wie dem auch sei«, fuhr der Reporter unbeeindruckt fort, »macht sie das nicht sogar noch anfälliger für irgendwelche Mutationen? Wir haben gehört, wie Sie andere Spezies abgetan haben, die in unserer Region schon Red Tides verursacht haben, aber könnte es nicht sein, dass wir es hier mit einer aggressiven neuen Art zu tun haben?«

»Du *liiebe Güte*, Mann«, erregte sich einer der Fischer und fuhr mit beiden Händen in die Höhe. »Das hat uns gerade noch gefehlt. Irgendein neuer Superpopel im Wasser. Wahrscheinlich haben die Chinesen oder die Russen sich den ausgedacht, bloß um uns das Geschäft zu vermasseln!« Der Ausbruch löste an mehreren Stellen im Saal lautes Gelächter aus. Garner und Carol erkannten den typischen Bamfield-Dialekt, ein Mischmasch aus Newfoundland-Akzent, leicht schrägem Holländisch, Kautabak und Trägheit.

»Ein weiteres Beispiel für völlig unbegründete öffentliche Hysterie«, sagte Harmon. »Die wahre Bedrohung liegt nicht im natürlichen Potential dieser Mikroben, sondern darin, wie Sie, die Medien, Ihren ganz auf Auflagen und Einschaltquoten konzentrierten Verstand einsetzen, um diese Geschichte an die Öffentlichkeit zu verkaufen.«

Der Fischer, der sich als Erster zu Wort gemeldet hatte, legte den Kopf in den Nacken und spottete: »Ihr Akademiker macht mich wirklich fertig. Euch geht es bloß darum, eure Zuwendungen zu bekommen. Aber wofür? Wir haben unsere Lachse. Unseren Heilbutt. Wer schert sich hier draußen schon um *Schalentiere*? Oder Seelöwen?«

»Wir tun das!«, sagte Carol. »Sie haben es ja von Ihr –« Beinahe hätte sie gesagt ›Ihresgleichen‹ – »Ihren Kollegen gehört. Die Gesundheit der Fische liefert einen Hinweis auf den Gesundheitszustand des ganzen Ökosystems.«

»Nun ja, ich hab keine solchen Hinweise gesehen. Nicht da, wo ich mich jeden Tag abrackere. Diese Stadt hier lebt vom Fischfang. Und wenn Sie Probleme mit ihren ›geschützten Arten‹ haben, dann kümmern Sie sich gefälligst selbst darum.«

Ellie funkelte den Mann an. »Und was werden Sie tun, wenn Ihre eigenen Kinder anfangen, krank zu werden? Wenn Ihnen die Fische zu Tausenden absterben?«

»Davon hab ich bis jetzt nichts bemerkt«, wiederholte der Fischer. Er zeigte mit dem Finger erst auf Bouchard und dann auf den Mann von der Naturschutzbehörde, der bis jetzt keinen Beitrag zu dem Dialog geleistet hatte. »Aber jedenfalls hab ich euch und eure *Theorien* satt, wenn ihr mir sagen wollt, wie viel ich fischen kann. Wenn mit meinen Kindern was nicht stimmt, dann dass die verhungern, wenn ihr Daddy nicht aufs Meer hinaus kann.«

»Ed hat völlig Recht«, meinte der Gewerkschaftsfunktionär. »Das wirtschaftliche Wohlergehen dieser ganzen Region wird durch die Qualität des Wassers dort draußen bestimmt.«

»Leute«, sagte Davis. »Wir stehen hier auf Eurer Seite. Ich komme aus Südkalifornien und, glaubt Sie mir, irgendwelche Krankheitserreger sind hier oben wirklich nicht das Problem. Diese Region ist ein natürliches Ökosystem, wahrscheinlich eines der reinsten auf dem ganzen Planeten.«

»Da bin ich ganz Ihrer Meinung«, pflichtete Harmon ihm bei. »Dieses ganze Treffen hier wird bloß durch unbegründete Umwelthysterie aufgeheizt.« Wieder warf er einen angewiderten Blick auf die Reporter.

Ellie zitterte förmlich vor Wut. Sie konnte einfach nicht glauben, wie geringschätzig man ihren Beitrag abgetan hatte. »Ich habe medizinische Beweise dafür, dass ein junges Mädchen in meinen Armen an Magenblutungen gestorben ist«, herrschte sie Harmon an. »Wenn das, was ich gerade gehört habe, stimmt, hat Ihr eigener Sohn nach dem Berühren verseuchter Meeressäuger heftige Blutungen –«

»Und die Virologen finden jetzt Viren in großen Säugetieren, die Blutungen auslösen«, die fügte Carol hinzu. »Herpesviren, die einen Elefanten binnen weniger Tage von innen heraus vernichten können, oder Ausbrüche von Encephalitis bei Rindern oder Schweinen.«

»Alles reine Spekulation«, fiel Bouchard ihr per Mikrofon ins Wort. »Wir haben keinerlei Hinweise für eine Verbindung zwischen dem Tod von Dr. Junckers und Meereserregern gefunden.« Er fixierte Ellie. »Und bei allem gebotenen Respekt, Dr. Bridges, Sie auch nicht.«

»Das mag schon sein, aber mein Junge hat nie etwas getan, um einen solchen Tod zu verdienen.« Zum zweiten Mal mischte sich eine neue Stimme in die Diskussion. Alle drehten sich um und sahen einen älteren Indianer, der ganz hinten im Saal stand und die Arme vor seiner einstmals stolzen Brust verschränkt hielt. Nur Ellie erkannte ihn.

»Die Männer, von denen sie spricht, sind von meinem Enkel vor den Felsen von Kleekatch aufgefunden worden«, fuhr der Indianer fort. »Er hat gesagt, dass er gesehen hat, wie sie ihr Boot in die Luft gejagt haben, um vor etwas im Wasser zu entkommen. Ich glaube ihm. Ich glaube, dort im Wasser war etwas sehr Schlimmes.«

»*Etwas*«, sagte Harmon und verdrehte die Augen. »Ein Phantom. Ein Killer-Mikroorganismus völlig neuer Art, ganz anders als alles, was die Wissenschaft bisher beschrieben hat.«

»Seit wann heißt denn, dass etwas, ›was die Wissenschaft bisher nicht beschrieben hat‹, nicht doch existieren kann?«, konterte Carol.

»Was mit diesen Männern passiert ist, unterscheidet sich gar nicht so sehr von einer Geschichte, die in unserem Volk überliefert ist«, fuhr der Indianer fort. »Sie stammt aus der Zeit, als die ersten Weißen sich hier angesiedelt haben. Einer von Ihren römisch-katholischen Missionaren hat den Kindern Muscheln zu essen gegeben und sie sind davon sehr krank geworden. Viele von ihnen sind gestorben. Die übrigen Indianer haben sich geweigert, davon zu essen, und den Missionar aus der Gegend verjagt.«

»Ich kenne diese Überlieferung«, sagte Harmon. »Tatsächlich habe ich sogar nach meiner Promotion eine anthropologische Untersuchung dieser Geschichte angestellt und den Vorfall einem Ausbruch von *Alexandrium* oder *Pseudonitzschia* zugeschrieben – beide habe ich vorher im Dia gezeigt. Das sind Spezies, die schwere Erkrankungen hervorrufen können, ganz besonders bei kleinen Kindern, aber sie sind nicht tödlich. Das Auftreten von Geschwüren ist nicht im Einklang mit einer der beiden Spezies.«

»Könnte aber im Einklang mit einem Dinoflagellaten wie *Pfiesteria* stehen«, fiel Garner ihm ins Wort. Er wiederholte die Gattungsbezeichnung – »Pfies-te-ri-a« – und buchstabierte sie dann für die Reporter.

»Nur wenn man ein Fisch ist«, sagte Harmon. »Und in still stehenden Flussmündungen an der Ostküste schwimmt.« Er wechselte amüsierte Blicke mit Bouchard. »Du meine Güte, das ist ja heute das reinste Kabinett des Dr. Caligari – zuerst El Niño, dann Killerviren und jetzt Pfiesteria. Was kommt als Nächstes? Das Ungeheuer von Loch Ness?«

Bouchard konnte der Versuchung nicht widerstehen, mit hämischer Miene hinzuzufügen: »Wir haben ja Verständnis für die Motivation von Leuten wie Ihnen, ›global zu denken und lokal zu handeln‹, aber das heißt noch lange nicht, dass es zulässig wäre, die Probleme aller anderen aufzugreifen und sie hier abzulagern!« Er lachte über seine eigene Bemerkung, und einige andere im Raum schlossen sich ihm an.

Carol sträubten sich die Nackenhaare. *Leute wie sie.* Was zum Teufel sollte das heißen? Aktivisten? Wissenschaftler? Bouchard schuf hier ganz neue Fronten.

»Brock, *sag es ihm*«, forderte Carol Garner auf.

Ein lauter Knall im hinteren Teil des Saals zog plötzlich die Aufmerksamkeit aller auf sich. Sie drehten sich wieder zu dem alten Indianer herum, der einen der Klappstühle gepackt und ihn gegen den Betonboden geschmettert hatte, um die Aufmerksamkeit der Gruppe wieder auf sich zu ziehen.

»Wenn ich vielleicht meine Geschichte *zu Ende erzählen darf...*«, sagte der Indianer mit fester Stimme. »Ich will sagen, ja, ich bin sicher, dass diese Männer etwas im Wasser gefunden haben. Etwas, das auch meinen Enkel sehr krank gemacht hat. Ich habe ihn ins Krankenhaus mitgenommen und dann ist er gestorben. Die Ärzte haben gesagt, jedes seiner inneren Organe hat geblutet. Die haben gesagt, ein Teil von seinem Gehirn ist ganz flüssig gewesen.«

»Das stimmt«, bestätigte Ellie leise.

»Ist sonst noch jemand davon betroffen worden?«, fragte Harmon.

»Wir sind am nächsten Morgen dorthin zurückgekehrt«, fuhr der Indianer fort. »Wir haben uns umgesehen, sind durch das Wasser gewatet, aber wir haben nichts gefunden.«

»Nichts«, wiederholte Harmon, diesmal nicht ganz so überzeugend. »Da, sehen Sie es?«

Bouchard nahm wieder das Mikrofon. »Das sind ganz offenbar sehr beunruhigende Nachrichten.« Er hustete ein paar Mal nervös. »Aber wenn es nun um Fragen der Gesundheit geht, dann betrifft das mehr die Indianer von Nitinat als die Fischer hier.«

Das machte einige der anderen Indianer im Raum wütend. »Was soll das jetzt, Professor? Wenn im Reservat Leute umkommen, interessiert Sie das nicht, was?«

»Die Chancen für einen Ausbruch von Pfiesteria dort ist in gleicher Weise gering«, sagte Harmon. »Und in wissenschaftlicher Hinsicht hoffe ich nur, dass wir alle etwas von Mr. Garners kleinem Regentanz auf den San Juan Inseln damals 91 gelernt haben.« Mit *wissenschaftlich* wollte er Garner ärgern; die Bemerkung mit dem *Regentanz* zielte auf die Indianer. Harmon war stets bemüht, seine Beleidigungen unparteiisch zu verteilen.

Bouchard lehnte sich über den Tisch in Richtung Reporter. »Er spricht von einer Fehldiagnose Mr. Garners, einer Planktonblüte in Washington State. Die Strandsperrung hat die örtliche Wirtschaft ein Vermögen gekostet und basierte ausschließlich auf seiner unkorrekten Vorhersage.«

»Vielen Dank, dass Sie das auf einen so einfachen Nenner bringen«, sagte Garner. »Ich hatte die Situation damals für etwas komplexer gehalten.«

»Auch nicht komplexer als das, was wir hier haben«, widersprach Bouchard.

»Selbst wenn ›etwas im Wasser‹ war, wie das eben so präzise definiert worden ist«, sagte Harmon zu Ellie, »haben Sie ja gerade angedeutet, dass es sich um ein massives Vorkommen oder zumindest mehrere lokale Vorgänge in Bezug auf eine völlig exotische Spezies handelt. Die Wahrscheinlichkeit dafür ist unendlich gering.«

Der Fischer, der als Erster das Wort ergriffen hatte, stand auf, wobei seine Gummistiefel auf dem polierten Betonboden einen quietschenden Laut erzeugten. »Dann wäre das also erledigt. Es gibt dort draußen nichts, was den Fischen schadet, also wird auch nichts gesperrt.« Er sah zu dem Indianer hinüber, der seinen Enkel verloren hatte. »Tut mir Leid um Ihren Jungen, Mister, aber hier ist das nicht passiert.«

»Das ist so töricht«, sagte Ellie. »Nur weil Sie etwas nicht sehen, heißt das noch lange nicht, dass es Ihnen nicht schaden kann.«

Der Fischer blieb stehen und funkelte sie an. »Hören Sie, Lady, mein Beruf ist gefährlich genug. Dort draußen gibt's vieles, *was ich sehen kann*, das mir wehtun will. Wenn's nicht das Wetter ist, dann die Regierung und die dämlichen Fangquoten. Und wenn nicht das, dann die Bank, an die mein Boot verpfändet ist, oder der Kerl von nebenan mit einem größeren Boot, der morgen hinausfährt, ganz gleich, ob man ihm sagt, dass da ›etwas im Wasser‹ ist oder nicht.«

»Hört, hört«, rief einer der Stadträte, und ein paar Stimmen im Saal schlossen sich ihm an. Es wurde zur Abstimmung aufgerufen, und der Antrag, die Fischgründe offen zu halten, wurde mit neununddreißig zu vier Stimmen angenommen.

Als der Saal sich zu leeren begann, kam der Fischer an Ellie vorbei. Er blieb stehen und deutete auf David Fultons Brief, den sie immer noch in der Hand hielt. »Vielen Dank, Frau *Doktor*, Sie sind losgeworden, was Sie loswerden wollten, und jetzt gehen Sie zurück nach Alberni und lassen uns unseren Lebensunterhalt auf die einzige Weise verdienen, die uns vergönnt ist.«

Als Garner, Ellie und Carol die Versammlung verließen, war es bereits dunkel. Während die letzten Fahrzeuge vom Parkplatz rollten, gingen sie zur Station zurück. Ellie erklärte Garner und Carol, dass die Hinterachse ihres Honda nach zehn Meilen Fahrt auf der Holzfällerstraße von Port Alberni den Geist aufgegeben hatte und sie deshalb per Anhalter mit dem Besitzer des General Store von Bamfield in die Stadt gekommen und jetzt sozusagen gestrandet war. Carol bot Ellie eine Schlafstelle mindestens für diese eine Nacht an und Garner versprach, sie in der Station herumzuführen.

Nach einer Viertelmeile hielt Bouchard hinter ihnen in einem der Pickup-Trucks der Forschungsstation an. Charles Harmon saß neben ihm auf dem Beifahrersitz.

»Sollen wir Sie mitnehmen?«, rief Bouchard durch das offene Fenster und deutete nach hinten auf die Ladefläche.

»Sie können mich mal, Ray«, zischte Carol. Bouchard zuckte die Achseln, und dann sahen sie dem Pickup nach, wie seine Rückleuchten um die nächste Biegung der Kiesstraße verschwanden.

»Wieder eine Niederlage für den organisierten Umweltschutz«, sagte Carol. »Und ›organisiert‹ sage ich nur, weil mir nichts Besseres einfällt. Wenn die Umweltbewegung nicht lernt, sich hier und da einen Anzug anzuziehen und ihre Bemühungen zu koordinieren, werden immer wieder wirtschaftliche Interessen den Sieg davontragen.«

Carols plötzlicher Einstellungswandel überraschte Garner. »Wenn du so wild darauf bist, etwas zu bewegen, brauchst du doch bloß Bobs Mittel einzusetzen und es selbst zu tun«, meinte er.

»Das habe ich *versucht*!«, schrie Carol plötzlich. »Jeden Tag habe ich ihn angerufen. Ich habe ihm gesagt, was wir hier brauchen, aber –« Sie verstummte, wollte nicht mehr über ihren Mann sagen. »Ich habe ihn bereits darum gebeten«, schloss sie.

»Dann solltest du es vielleicht noch einmal ein wenig netter versuchen«, meinte Garner.

»Schon geschehen, aber Bob ist eben auch Geschäftsmann«, sagte Carol. »Die Nolan Group lebt nicht vom Schuldenmachen.«

Ellie machte einen Versuch, ihre Anspannung zu lockern, indem sie tief durchatmete und zu den Baumwipfeln aufblickte. »Hier ist es wirklich schön«, sagte sie. »Wahrscheinlich bleibt es auch so, weil die Gegend so isoliert liegt.«

»Die Isoliertheit selbst ist auch angenehm«, meinte Carol.

»Wenigstens die ersten sechs Wochen«, grinste Garner. »Wenn die vorbei sind, übt die Zivilisation einen ungeahnten Reiz aus. Es gibt schon einen Grund dafür, dass die Wanderer, die es bis hierher schaffen, bereit sind, sechs Dollar für einen Cheeseburger hinzublättern.«

»Aber die Red Tides gibt es gratis«, meinte Ellie.

»Kommt darauf an, wen man fragt«, brummelte Carol.

»Das klingt ja gerade, als ob Sie im Krankenhaus in einem Kriegsgebiet gearbeitet hätten«, meinte Garner an Ellie gewandt. »Einige von den Symptomen, die Sie da beschrieben haben, klingen wie PSP oder ASP. Aber einige Symptome passen nicht dazu, weder zur paralytischen noch zur amnesischen Muschelvergiftung. Vielleicht hat Charles Recht. Vielleicht bauen wir einfach auf das, was wir ›wissen‹, und suchen nach Fakten, die zu unseren Anschuldigungen passen. Bis jetzt gibt es immer noch keinen Hinweis auf eine schädliche Blüte.«

»*Aber*«, fing Carol an, »wenn wir detailliertere Informationen über die Opfer bekämen – Autopsieberichte und den genauen Ort und Zeitpunkt einer möglichen Berührung – könnten wir möglicherweise feststellen, ob wir es mit einer weit verbreiteten Kontamination zu tun haben.«

Garner zuckte zusammen. In einem Punkt hatte Harmon *tatsächlich* Recht. Wenn alle Opfer, die Ellie gesehen hatte, und die Crewmitglieder auf der *Sato Maru* irgendwie mit demselben toxischen Zustand in Verbindung standen, würde das bedeuten, dass Tausende von Quadratmeilen im Pazifik verseucht waren. In dem Falle würde es sich erübrigen, nach Symptomen Ausschau zu halten, dann würde sie bald eine Meerespandemie von unvorstellbaren Ausmaßen überfluten.

Als sie die Forschungsstation erreichten, zeigte Carol Ellie ihr Häuschen und die Koje, die sie benutzen durfte. Ellie dankte ihr für ihre Gastfreundschaft und sagte, sie würde morgen wahrscheinlich versuchen, jemanden ausfindig zu machen, der sie zurückfuhr. Sie hatte nicht einmal Kleidung zum Wechseln bei sich und würde im Übrigen auch dafür sorgen müssen, dass der Honda zurück nach Port Alberni geschleppt wurde.

So pragmatisch und tatkräftig das auch alles klang, hatte Garner doch den Verdacht, dass sie es in Wirklichkeit gar nicht so eilig hatte, zum Krankenhaus zurück zu kommen. Er redete sich selbst ein, dass er Ellie aus rein therapeutischen Gründen zu einer Mondscheinpartie auf der *Albatross* einlud, obwohl er in ihren kühlen blauen Augen eine wesentlich tiefere Therapie las.

»Passen Sie auf mit solchen Mondscheinpartien«, sagte Carol und stupste Ellie dabei freundschaftlich an. »Auf die Art und Weise sammelt er Ehefrauen.« Das war zwar witzig gemeint, aber ihre Stimme hatte einen leicht eifersüchtigen Unterton. Sie wusste, dass ihr Ex-Ehemann ein perfekter Nachtsegler war.

Ellie folgte Garner zum Steg hinunter und war ihm dabei behilflich, die Leinen der *Albatross* zu lösen. Wenige Minuten später kreuzten sie am Hauptgebäude der Station vorbei und nahmen Kurs auf die Broken Group-Inseln mitten im Sound. Garner spürte die ruhige Gelassenheit, die Ellies Gesicht ausstrahlte, als sie über die Wellen dahinzogen. Sie schien sich ungemein wohl zu fühlen und blickte zum Himmel auf, wo ein paar ausgefranste Wölkchen am Mond vorbeizogen. Plötzlich wurde ihm bewusst, dass auch er sich das erste Mal seit Wochen, wenn nicht Monaten, wieder richtig wohl fühlte.

»Sie kennen sich ja anscheinend recht gut aus«, sagte Ellie, der nicht entgangen war, mit wie wenig Mühe sich Garner im Sound zurecht fand.

»Ich bin immer wieder hier draußen gewesen, seit Carol und ich uns kennen gelernt haben. Zuerst, um Charles zu besuchen, später dann hat Carol die Grauwale studiert, die von Alaska herunterkamen.«

»Und Sie haben sich davon nie anstecken lassen? Von Carols Begeisterung für die Wale, meine ich?«

»Doch, wahrscheinlich schon, aber dann gab es andere Dinge, die mich mehr interessiert haben. Irgendwie hat mich die Vorstellung fasziniert, wie etwas so Riesengroßes wie ein Wal ausschließlich von Winzigkeiten wie Zooplankton leben konnte. Und so kam es, dass ich anfing, mit Planktonnetzen und Flaschen herumzuhantieren, während Carol auszog, das perfekte Lied der Wale zu finden. Saunders half mir am

Anfang meiner Forschungstätigkeit, die schließlich zu meinem Planktonsammler führte.«

»Saunders?«

»Saunders Freeland, der Forschungskoordinator der Station. Er ist gerade in Vancouver, um einzukaufen, sonst wäre diese Versammlung *wirklich* zu einem Zirkus ausgeartet. Das wäre dann fernsehreif geworden. Ich kann Ihnen sagen, der hätte ein paar passende Bemerkungen für Bouchards Bloß-kein-Risiko-eingehen-Mentalität gehabt.«

»Dann ist Saunders also auch der Meinung, dass wir es hier draußen vielleicht mit einer toxischen Blüte zu tun haben?«

»Das weiß ich nicht«, meinte Garner. »Aber wenn er sich das je in den Kopf setzt, dann garantiere ich, dass wir eine finden werden. Er ist so eine Art Hans Dampf in allen Gassen, vom Zimmermann bis zur Bootsreparatur, und wenn man es braucht, gibt er dazu noch Ratschläge über Molekularbiologie. Heute sind wir dicke Freunde; damals, denke ich, habe ich ihm einfach bloß Leid getan, weil mich die Wal-Prinzessin sitzen gelassen hat und ich nichts anderes zu tun hatte.«

Ellie strich sich das Haar aus dem Gesicht und band sich fingerfertig einen Pferdeschwanz. »Und wie sieht es jetzt zwischen Ihnen und Carol aus?«, wollte sie wissen.

Die abrupte Frage ließ Garner auflachen. »Wie es aussieht? Ich denke, dass hängt sehr davon ab, wen Sie fragen. Die meisten unserer Freunde würden es als *Krieg und Frieden* bezeichnen.«

»Dann ist alles zumindest friedlich ausgegangen, oder?«

»Sie kommt mit sich ganz gut zurecht. Mit Nolan zusammen zu sein, bringt ihr die materielle Sicherheit, die sie für ihre Arbeit braucht. Sie weiß, dass die Rechnungen bezahlt werden, und kann sich ganz auf ihre Forschungsarbeit konzentrieren.«

»Ich kenne ein paar hungernde Künstler, die da ganz anderer Meinung wären«, sagte Ellie. »Die würden sagen, falls sie je ein wirklich teures Stück verkaufen sollten, etwas, mit dem sie den Rest ihres Lebens ausgesorgt haben, würde das ihre Kreativität einfach versiegen lassen. Aber wie auch immer, ich kann mir vorstellen, dass ein Dilemma wie dieses nicht so schrecklich schwer zu ertragen ist.«

»Carol versteht sich ziemlich gut darauf, ihr Ziel im Auge zu behalten. Charles Harmon hätte ihr jegliche Unterstützung geben können, die sie brauchte, aber sie war nicht bereit, seine Vorstellungen von der Welt zu übernehmen. Nolan ist etwas kompromissbereiter und kein ganz so großer Diktator wie Charles.«

»Bei der Versammlung heute hat sie richtig wütend ausgesehen«, sagte Ellie.

Garner lachte wieder. »Das ist die Politikerin in ihr. Carol würde das nie zugeben, aber sie genießt es einfach, bei Typen wie Bouchard und Charles auf den Knopf zu drücken, wenn sie glaubt, dass sie damit etwas erreicht, um die Welt zu retten.«

Ellie blieb ein paar Augenblicke lang stumm, bis Garner sie fragte, worüber sie nachdachte.

»Über Semantik«, sagte Ellie. »Ich habe gerade überlegt, wie – ganz gleich, wie wir das anpacken – Sie, ich, Carol, ihr Mann, eben wir alle, unter der Fahne DIE WELT ZU RETTEN oder DIE WELT ZU VERBESSERN das tun, was wir tun – alles Großbuchstaben, übrigens. Aber diese Welt gibt es jetzt seit fünf Milliarden Jahren und es wird sie wahrscheinlich auch noch weitere fünf Milliarden geben. Sie braucht nicht gerettet zu werden; sie wird überleben, ob wir sie nun missbrauchen oder nicht. Wir könnten die ganze Ozonschicht verbrauchen, die Sonne ausblenden oder die Atmosphäre gegen Ammoniak austauschen, und doch würde das irgendwie irgend eine Art von Leben überstehen. Das Leben findet immer Mittel und Wege. Was wir also wirklich wollen, ist einen Planeten retten, der imstande ist, *menschliches* Leben zu tragen und vielleicht ein paar unserer sympathischeren Vettern ganz oben in der Nahrungskette. Wir wollen einen Planeten bewahren, der uns zusagt, wobei wir immer von der Annahme ausgehen, dass wir diejenigen sind, die dafür bestimmt sind, die Herrschaft im Hühnerhof auszuüben.«

Garner pflichtete ihr bei, obwohl er diese Vorstellung noch nie so formuliert gehört hatte. »So viel zum Thema noble Beweggründe«, sagte er.

»Sie glauben nicht, dass es eine noble Aufgabe ist, menschliches Leben zu retten?«, fragte Ellie.

»Doch«, meinte Garner. »Ich war nur nie in der Verlegenheit, das herauszufinden.«

»Ich schon«, erklärte Ellie. »Aber ich bin immer noch nicht sicher, ob ich das Wort *nobel* verwenden möchte.«

Dann verstummte sie wieder. Nach einer Weile fiel ihr Blick auf eine kleine Messingplatte an der Bootswand, und sie strich mit dem Finger über die eingravierte Schrift:

ALBATROSS – FRIDAY HARBOR, WASHINGTON
W. B. GARNER – EIGNER UND KAPITÄN

»Und wofür steht das ›W‹, Captain?«, fragte sie.

»William«, erwiderte Garner. »Nach meinem Vater.«

»Und ›Brock‹?«

»Nach Major-General Isaac Brock, Anführer der Streitkräfte im oberen Kanada im Krieg von 1812. Er hatte fünfzehnhundert Mann, um eine halbe Million Königstreue vor der heranrückenden amerikanischen Miliz zu schützen. Allem Anschein nach ein Meister der Taktik, ohne jegliche Unterstützung seitens der Regierung, aber mit großer Findigkeit ausgestattet. Er hat sich mit den Indianern Tecumsehs verbündet, die Front gegen die Invasion aus dem Süden gehalten und auf die Weise vermutlich einen zweiten Unabhängigkeitskrieg verhindert. Für mich ist das nobel genug. Vielleicht auch nobel genug für William.«

Garner bemerkte, dass Ellie offenbar über seine plötzlich zu Tage tretenden Geschichtskenntnisse überrascht war. »Dad war ein großer Fan des Militärs«, erklärte er.

»Und Sie ziehen Brock vor?«

»Dad war mehr Militärfan als Familienfan.« Garner zuckte die Achseln. Er hatte keine große Lust, dazu Näheres zu sagen. »Ich nehme an, ich bemühe mich unbewusst, mich von dieser Verbindung zu distanzieren. Saunders ist so ziemlich der Einzige, der mich noch ›William‹ oder ›Will‹ nennt.«

»Und wieso?«

»Meine Mutter ist während meines ersten Studienjahrs in Annapolis gestorben und ich habe keine Geschwister. Aber Saunders ist der Meinung, dass man den Vornamen, den einem die Eltern gegeben haben, akzeptieren sollte. Er hat gesagt, wenn er schon mit einem Namen wie *Saunders* geschlagen sein muss, kann *William* doch nicht so schlimm sein.« Garner wurde nachdenklich. »Andererseits hat Saunders William nicht gekannt. Aber auf die Weise hat er mir vielleicht die Eltern ersetzt.«

»Scheint ja funktioniert zu haben«, sinnierte Ellie.

»Ach was, zum Teufel, wenn er Lust hätte, könnte er zu mir *Saunders* sagen«, meinte Garner. »Er hätte sich das zumindest verdient.« Selbst in der Dunkelheit konnte Ellie in Garners Augen sehen, wie sehr er ihn verehrte.

Schließlich kreuzten sie zur Station zurück. Die See war völlig unbewegt, atemberaubend klares Mondlicht ließ sie in einem gelblichen Schimmer erstrahlen. »Es ist eine herrliche Nacht«, sagte Ellie. »Können wir noch ein paar Minuten hier draußen bleiben?«

Garner war einverstanden und schaltete den Hilfsmotor ab. Die *Albatross* glitt lautlos durch die Dunkelheit. Sie hatten die Hälfte des Weges zur Station zurückgelegt und das Grab Mark Junckers versank in der pechschwarzen Finsternis hinter ihnen; unmittelbar vor ihnen wies ihnen die kleine Anordnung von Stationslichtern den Weg nach Hause.

»Hören Sie doch auf die Stille«, flüsterte Ellie. »So friedlich. Kaum zu glauben, dass über die Jahrhunderte so viele Menschen hier draußen gestorben sind. Seeleute. Missionare. Indianer. Fischer. Studenten. Wussten Sie, dass man diese Gegend hier den Friedhof des Pazifik nennt?«

Ellies Frage rief in Garners Bewusstsein das Bild der *Sato Maru* wach, wie sie ziellos mit Schlagseite dahinzog, und er fröstelte trotz der warmen Brise.

Unbeeindruckt von den konzentrierten Lichtern der Zivilisation funkelten über ihnen tausend Sterne wie ein gewaltiges himmlisches Deckengemälde. Wie bestellt flammte kurz ein Meteorschauer über den Himmel, als sie bewundernd nach oben blickten. Ellie ließ sich von Garner ein paar Sternbilder zeigen und deren Namen nennen.

»Ich hatte einmal einen Freund, der Pilot war und sich auf die Sternennavigation verstand«, sagte Ellie. »Er hat mir erzählt, dass die ersten Seeleute ihren Weg nicht von Osten nach Westen finden konnten, wohl aber den nach Norden und Süden. Sie sind einfach dem Polarstern gefolgt.«

»Sie meinen ›der Breite entlang segeln‹.«

»Ja. Sie mussten entlang der Küste zu einem bekannten Breitengrad segeln und dann auf ihm bleiben und auf gerader Linie quer über den Ozean fahren.«

»Das ist richtig«, sagte Garner. »So lange keine verlässliche Uhr für Seefahrer entwickelt war, konnten sie die Längenposition ihres Schiffes nicht bestimmen. Also fanden sie eine bekannte Breite und blieben auf Kurs, indem sie darauf achteten, dass der Polarstern immer auf konstanter Höhe über dem Horizont blieb.«

»Das klingt nach einer sehr eingeschränkten Weltsicht.«

»Ein wenig zweidimensional«, nickte Garner.

»Für mich klingt es so, als ob Ihre Forschungsarbeit ein wenig wie diese Uhr wäre. Dass sie der Forschung neue Türen öffnet. Statt ein Netz in gerader Linie durch unbekannte Weiten zu ziehen, wird Ihre Medusa-Kugel ein dreidimensionales Bild allen Lebens in der Region ermöglichen.«

»Jedenfalls des mikroskopischen Lebens«, korrigierte Garner sie.

»Es ist trotzdem ziemlich beeindruckend.«

»Das sehe ich auch so.« Garner zuckte die Achseln und grinste unbescheiden, angetan vom Vorstellungsvermögen der Ärztin. »Und Sie wollen auch ganz bestimmt nicht den Arztberuf aufgeben und in meinem Pressebüro arbeiten?«

»Doch, das will ich, ehrlich gesagt«, sagte Ellie. »Wenn es einen einzelnen Organismus dort draußen gibt, der für das verantwortlich ist, was ich diese Woche gesehen habe, dann möchte ich mithelfen, ihn ausfindig zu machen. Ich schaffe es einfach nicht, die nächsten zwei Wochen zu Hause herumzusitzen und mir von irgend jemand anderem erzählen zu lassen, wie die Realität aussieht.« Ihre Augen blickten todernst, als sie Garner ansah. »Wenn dieses Ding so gefährlich ist, wie Sie sagen, dann möchte ich Ihnen dabei helfen, es zu töten.«

12

20. August
48° 51' Nördl. Breite, 125° 10' Westl. Länge
Bamfield, British Columbia

Sie kehrten lange nach Mitternacht in die Station zurück. Garner gab zu, völlig erschöpft zu sein, während Ellie meinte, sie würde gerade erst so richtig wach; für sie war jetzt dritte Schicht. Da sie beschlossen hatte, noch ein paar Tage in Bamfield zu bleiben, schickte Garner sie in die Richtung der Bibliothek und sank gleich darauf an Bord der *Albatross* in unruhigen Schlaf.

Es war noch dunkel, als er ruckartig erwachte und einen Augenblick verwirrt überlegte, wo er eigentlich war. Aber dann war er sofort hellwach und seine Gedanken wanderten zurück zu Medusa und dem letzten Gespräch mit Zubov auf der *Exeter*. Das Zusammenwirken des gestörten Rhythmus in der Probenentnahme und die Tatsache, dass Garner selbst das Schiff verlassen hatte, würde eindeutig zur Folge haben, dass er diese Saison verlor, sofern es ihm nicht gelang, dem vorliegenden Datenmaterial irgendetwas Brauchbares zu entnehmen. Er beschloss, die Zahlen, die Zubov ihm genannt hatte, mit den Daten aus den beiden letzten Sommern zu vergleichen. Darüber hinaus versuchte er sich zu erinnern, ob er in seinem Labor in Friday Harbor irgendwelche Planktonproben von *Papa* behalten hatte.

Dann ließ ihn ein anderer Gedanke in seiner Koje in die Höhe schießen. Er zog sich schnell an, stieg die Rampe zum

Steg hinauf und eilte dann im gestreckten Lauf auf die Treppe zur Station zu, die er hinaufraste und dabei jeweils zwei Stufen auf einmal nahm.

Im zweiten Stock der Station befanden sich die Forschungs- und Lehrlabors. Den Hauptsaal säumten an beiden Seiten Reihen kleiner Zellen. An der Decke verlief ein Gewirr von Rohrleitungen aller Art, während der makellos saubere Fliesenboden eigentlich gar nicht zu dem eher rustikalen Charakter der Anlage passen wollte. In der Mitte des Raums waren ein paar Seewassertische aufgestellt, auf denen verschiedene Experimente aufgebaut waren. An einem Ende des Saals stand ein Eisbereiter, ein Abflussbecken von industriellen Ausmaßen und ein kleines Büro mit einem Rasterelektronenmikroskop. Die gegenüber liegende Wand beherrschte eine Reihe von Sturmfenstern mit dem Blick auf das weite Panorama des Barkley Sound.

Der Arbeitsraum von Saunders Freeland war, wie es seiner Position als Forschungskoordinator entsprach, mit dem mit Abstand meisten Kram angefüllt. Daneben war die Zelle, die früher einmal Mark Junckers benutzt hatte. Marks kleines Büro wirkte wie ein Tribut an Freelands brillante Schlamperei und war mit einem Ablage-»System« ausgestattet, das jeden mit Ausnahme seines Besitzers vor endlose Rätsel stellte. Garner bemerkte mit Genugtuung, dass man seit einigen Wochen nichts aus dem Raum entfernt hatte, geschweige denn in den letzten paar Tagen. Es war also alles noch genau so, wie Junckers es hinterlassen hatte.

Die Notizen und Akten seines Freundes, seine Geräte und seine Montur für feuchtes Wetter waren noch völlig intakt. Und was besonders wichtig war: Es gab da auch noch ein paar Plastikbeutel und Röhrchen von der Größe eines Reagenzglases mit Wasser-, Gewebe- und Blutproben, die letzten Proben, die Mark eingesammelt hatte, und vielleicht ein wichtiger Hinweis auf das, was die Gruppe von Seelöwen umgebracht hatte, die er gefunden hatte. Die Proben hätten mit Datum, Fundort und anderen Einzelheiten beschriftet sein sollen, aber obwohl Junckers veröffentlichte Forschungsberichte für ihre Sorgfalt berühmt waren, galt für seine Notizen und Proben von Feldeinsätzen das genaue Gegenteil, und sie hätten dringend ein konsequentes Ablagesystem gebraucht.

Garner musste enttäuscht feststellen, dass viele Gewebeproben, die gekühlt oder in gepuffertem Formaldehyd hätten aufbewahrt werden müssen, unbehandelt geblieben waren. Was auch immer Junckers beabsichtigt hatte, er hatte nicht lange genug gelebt, um in das Labor zurück zu kehren und sie ordentlich zu präparieren. Jetzt, fast acht Tage später, hatte beim größten Teil der Proben die Zersetzung begonnen und sabotierte jegliche gründliche Untersuchung. Wenn Freeland nicht die letzten paar Tage in Vancouver gewesen wäre, hätte er die Proben entdeckt und sie selbst gesichert; so musste man sie wahrscheinlich als Verlust abschreiben.

Immer noch auf die Vorstellung fixiert, dass Junckers irgendwelche greifbaren Hinweise auf seinen mysteriösen Fund hinterlassen hätte, verbrachte Garner den Rest der Nacht am Stereomikroskop seines Freundes. Er streifte sich Handschuhe, eine Schutzbrille und ein Atemgerät über und schälte die Proben dann langsam, eine nach der anderen, aus ihren Behältern und untersuchte sie mit geübtem Auge. Indem er den Probenschlitten des Mikroskops langsam vor und zurück schob, nahm er sich jeden winzigen Fetzen Seelöwengewebe in einem gitterartigen Suchschema vor. Selbst in ihrem halb zersetzten Zustand konnte man an den Hautzellen noch Spuren von starker Blutung und Lysis erkennen, die sie zu einer fast formlosen flüssigen Masse hatte auseinanderplatzen lassen. Während Garner in dem von Grabesstille erfüllten, nur schwach beleuchteten Labor arbeitete, drängten sich die Worte des Indianers bei der Versammlung im Feuerwehrhaus in sein Bewusstsein:

Jedes seiner inneren Organe hat geblutet. Die haben gesagt, ein Teil von seinem Gehirn ist ganz flüssig gewesen.

Als der Tag angebrochen war, hatten Ellie und Carol Garner aufgespürt und sich im Labor zu ihm gesellt. Er hatte nichts gefunden, was hinsichtlich einer Kontamination Anlass zur Besorgnis gab, und trug jetzt nur noch seine Latexhandschuhe, während er mit den Proben hantierte. Nach den vielen Stunden am Mikroskop taten ihm die Augen weh und er unterbrach seine Arbeit gern, um den beiden Frauen das Material unter dem Objektiv zu zeigen.

»Da sind kaum weiße Blutkörperchen«, meinte Ellie.

Carol pflichtete ihr bei. »Wenn irgendein Virus es befallen hätte, müssten da mehr Leukozyten zu sehen sein, die gegen die Infektion angekämpft haben.«

»Es sei denn, die Probe wurde erst entnommen, als die weißen Blutkörperchen den Kampf bereits verloren hatten«, meinte Garner. »Bei der starken Lysis der weißen Blutkörperchen könnte sich am Ende jede Art von Infektion unbehindert im Körper ausgebreitet haben. Sobald der Wirt tot oder aus der unmittelbaren Umgebung entfernt ist, zieht sich *Pfiesteria* wieder in ein vegetatives Zystenstadium zurück.«

Garner schob seinen Stuhl zurück und deutete auf ein paar Tabellen, die er auf eine weiße Wandtafel in der Nähe gekritzelt hatte. Er hatte separate Spalten für OPFER, SYMPTOME, LÄNGE/BREITE und MÖGLICHE ERREGER gezogen und dann versucht, sie mit Pfeilen zu verbinden, soweit gemeinsame Aspekte vorlagen.

»Wenn man die Gesamtsituation betrachtet, gibt es eine Anzahl deutlicher Ähnlichkeiten zu einer *Pfiesteria*-Blüte, nur dass die Opfer bis jetzt allem Anschein nach menschliche Wesen und Meeressäuger und keine Fische sind.«

»Dann lass uns doch an deiner Spekulation Teil haben«, sagte Carol, womit sie bewusst oder unbewusst ihren Vater imitierte.

»Wenn all diese Fälle miteinander in Verbindung stehen, können wir es unmöglich mit einem einzelnen Toxin zu tun haben«, sagte Garner. »Die Symptome sind bizarr und sehr unterschiedlich, aber wir können sie in zwei Gruppen aufteilen. Die erste Gruppe – das kleine Mädchen, Mark und möglicherweise die Seeleute von der *Sato Maru* – deutet auf Einwirkungen eines schnell wirkenden, degenerierenden Neurotoxins. Das könnte die akuten nervösen Störungen, die Abkühlung und das Versagen des Gastrointestinaltrakts erklären. Die beiden Abalone-Diebe aus Nitinat weisen eine völlig andere Kombination von Symptomen auf – starke Reizung, Verätzung und Abblättern der Haut. Normalerweise würde ich zwischen diesem Vorkommnis und den anderen keinen Zusammenhang vermuten, nur dass der Gewebeschaden stark dem zu ähneln scheint, den Mark bei seinen Seelöwen festgestellt hat, und das sehen wir hier unter dem Mikroskop.

Nitinat liegt auch ein ganzes Stück an der Küste abwärts, aber nicht weiter südlich als die *Maru* in westlicher Richtung von hier entfernt war. Es ist auch durchaus möglich, dass die *Maru* wesentlich näher an der Küste auf etwas gestoßen ist und nicht erst an der Stelle, wo wir sie gefunden haben. *Pfiesteria* zeigt uns, dass es durchaus möglich ist, dass die beiden unterschiedlichen Symptomgruppen aus der selben Quelle stammen, aber in Anbetracht der großen Distanz nehme ich eher an, dass wir es mit drei typischen, aber nicht miteinander in Verbindung stehenden Fällen zu tun haben.«

»Diese Einschätzung basiert auf der geographischen Lage«, sagte Ellie. »Aber mit Ausnahme der beiden Abalone-Diebe wissen wir nicht exakt, wo sie sich mit irgend etwas angesteckt haben, wenn das der Fall sein sollte.«

»Das ist richtig, aber in dem Punkt schließe ich mich Charles Harmons Meinung an. Die Wahrscheinlichkeit gleichzeitiger Ausbrüche einer exotischen Spezies sind gering genug; die Chance, dass etwas wie das hier im Meer seinen Ursprung haben und irgendwie das Land erreichen könnte, ist geradezu astronomisch gering.«

»Aber nicht unmöglich«, beharrte Ellie.

»Nicht unmöglich«, räumte Garner ein. »Die *Maru* war sechshundert Meilen von der Küste entfernt und zwischen der Nacht, in der die *Maru* vom Sturm erfasst wurde, und der, in der Caitlin Fulton dem unbekannten Erreger ausgesetzt war, ist eine Lücke von sechs bis acht Tagen.«

»Drei oder vier Meilen pro Stunde, in denen die Blüte sich auf das Ufer zubewegen kann«, schätzte Carol. »Eine durchaus vernünftige Oberflächenströmung in einem Sturm.«

»Und eine Bahn, die genau an der Stelle vorbeiführt, wo wir Medusa geschleppt haben«, fügte Garner hinzu. »Aber um mit Bestimmtheit sagen zu können, dass eine Verbindung vorliegt, müssten wir es mit einem Organismus von geradezu gewaltiger Toxizität zu tun haben, der unter solchen Wasserbedingungen gedeiht, die mir nicht gerade einzigartig erscheinen. Wenn es sich um einen Dinoflagellaten oder eine Diatomee handelt, müsste die Blüte unter starker Strömung bemerkenswert stabil bleiben oder ihre Toxine irgendwie durch die Luft verbreiten. In beiden Fällen glaube ich nicht, dass wir uns zu weit oder besonders gründlich umsehen müssten, um die Auswirkungen zu finden.«

»Die Strände wären knietief mit toten Fischen und Meeressäugern bedeckt«, meinte Carol.

»Solange wir keine greifbaren Beweise vorlegen können,

fürchte ich, haben wir hier bloß so etwas wie theoretische Science Fiction«, sagte Garner.

Plötzlich schaltete sich eine neue Stimme in das Gespräch ein. Sie war laut und deutlich, rau und ein wenig streitlustig und hallte über die offene Trennwand des kleinen Raums. »Nun, dann werden Sie wohl entweder Ihre Schulbücher einpacken und nach Hause gehen oder Ihren Hintern selbst nach draußen verfrachten müssen, um nachzusehen.«

Freeland war zurück. Wenn man das streitbare Funkeln in seinen Augen sah, konnte man sich nur schwer vorstellen, dass jemand wie Bouchard sich ihm je in den Weg stellen würde, sobald er sich erst einmal zum Handeln entschlossen hatte.

»Also, was ist?«, fragte Freeland, beide Hände in die Taschen seiner Jeans gestopft. »Werden Sie vor diesen Arschlöchern dort oben kuschen, Ihre Sachen in Ihr Boot stopfen und nach Hause zurückkehren und sich am Kopf kratzen? Oder reden Sie mit dem alten Freeland und lassen sich von ihm raten, wie man unter den richtigen Steinen nachsieht?«

Die nächste Stunde verbrachten sie damit, Freeland über alles zu informieren, was sie über die jeweiligen Opfer wussten, und ihm vom Ausgang der hektischen Versammlung in der Feuerwehrstation zu berichten. Schon während des Zuhörens fing Freeland damit an, in Gedanken eine Liste all der Gerätschaften aufzustellen, die nötig waren, um die umliegenden Küstengebiete gründlicher abzusuchen.

»Was ist mit Zellkonzentration?«, fragte Carol. »Wenn eine genügend hohe Konzentration von *Pfiesteria* – oder sonst etwas – vorlag, um diese Wirkung auf eine Gruppe von Seelöwen zu haben, müsste es dann nicht im Gewebe oder im Blut Spuren von dem kleinen Ekel geben?«

»Das hatte ich erwartet«, sagte Garner. »Aber diese Proben zeigen nicht nur deutlich die Abwesenheit jeglicher Parasiteninfektion, sie zeigen sogar eine Abwesenheit von *allem*! Selbst noch so sorgfältig gesammelte Proben enthalten gewöhnlich irgendwelches mikroskopische Leben – Insekten, Zooplankton, selbst Fische im Larvenstadium. Aber diese Proben hier – also da habe ich schon Leitungswasser mit höherem organischem Gehalt als das hier gesehen.«

»Haben Sie das Wasser auf Schadstoffe untersucht?«, wollte Ellie wissen.

»Ich habe es nach ungewöhnlichen Nitrat- und Phosphatkonzentrationen getestet. Die Salinität und der Gehalt an gelöstem Sauerstoff liegt im normalen Bereich.«

»Die Symptome werden anscheinend umso tödlicher, je höher die Konzentration des Toxins oder der Toxine ist«, meinte Freeland.

»Ja, und zwar in erstaunlichem Maße«, nickte Garner. »Ich habe noch nie von irgendwelchen natürlichen Toxinen gehört, die so schnell wirken. Selbst bei positiver Identifizierung muss ich Charles' Skepsis teilen – Planktonblüten verhalten sich einfach nicht so. Was auch immer es ist, es ist schon lange weg, selbst unter dem Elektronenmikroskop. Dieses Ding verschwindet wie ein Phantom, sobald es seinen Schaden angerichtet hat.«

»Wenn das nicht der Fall wäre, hätten Ihnen diese Handschuhe nicht viel genützt«, meinte Freeland. »Dann würden wir Sie inzwischen schon hier rausrollen.«

Garner wandte sich an Ellie. »Was gibt es Neues über die Autopsie des Indianerjungen und der beiden Männer?«

»Ich habe heute Morgen mit dem Gerichtsmediziner in Victoria gesprochen«, sagte sie. Da man die Leichen der beiden Abalone-Diebe nicht hatte identifizieren können, waren sie den Provinzbehörden übergeben worden. Was den Jungen betraf, so hatte Ellie seinen Großvater angefleht, einer Autopsie zuzustimmen, damit sie zumindest eines der Opfer unter die Lupe nehmen konnten. »Ich habe darum gebeten, uns Blut- und Gewebeproben von den Leichen zu schicken. Außerdem habe ich die Mikrographien von *Pfiesteria* nach Victoria gefaxt, die Sie mir in diesem Lehrbuch gezeigt haben.«

»Wie lange wird es dauern, bis wir was von ihnen hören?«

»Im Laufe des heutigen Nachmittags oder morgen. Graham – das ist der Chef der gerichtsmedizinischen Abteilung – schuldet mir noch einen Gefallen, deshalb lässt er für uns Überstunden machen.«

»In der Zwischenzeit können wir ja einige von diesen Proben für die Untersuchung am Elektronenmikroskop vorbereiten und uns die Gewebeverätzung etwas gründlicher ansehen«, schlug Garner vor. »Vielleicht haben wir Glück und finden irgendwelche Spuren von unserem kleinen Räuber.«

»Dieses ewige Warten macht einen ganz fertig«, sagte Ellie. »Während wir hier sitzen und reden, sind die Einzigen, die sich bis jetzt konkret umgesehen haben, Harmons Studenten.«

»Bloß dass die Jungs am Strand nicht mal Sand finden würden, wenn Pater Charles ihnen vorher gesagt hätte, dass keiner da ist«, ereiferte sich Freeland.

»Carol und ich haben uns an ein paar in Frage kommenden Stellen umgesehen – in kleinen Buchten und an Orten lokaler Aufwallungen«, sagte Garner. »Aber es hat wenig Sinn, dort draußen weiterzusuchen, solange sich nichts Neues ergeben hat oder wir die Stelle gefunden haben, wo Mark diese Seelöwen entdeckt hat. Solange wir keine frischen Leichen haben, sind wir blind wie die Fledermäuse.«

Carol sah plötzlich von der Blutprobe auf, die sie jetzt

schon zum dritten Mal untersuchte. »Fledermäuse – das ist es! Auf Diana Island gibt es eine Höhle, wo Mark und ich als Kinder immer hingegangen sind. Ein Einschnitt in der Klippe in der Nähe eines Flutkanals an der westlichen Küste; sie liegt so tief, dass die Öffnung bei Flut mit Wasser bedeckt ist.« Sie verstummte, bemüht, sich genau zu erinnern. »Ich war an dem Tag mit ihm zusammen, an dem er die Höhle entdeckt hat. Wir haben sie immer als so etwas wie unser persönliches Clubhaus betrachtet.«

Garner erinnerte sich ebenfalls an die Stelle. Carol war ein paar Mal mit ihm zu einer Art romantischem Picknick für Erwachsene dort gewesen. Deshalb wunderte es ihn nicht sehr, dass er sich nicht gleich daran erinnert hatte.

»Haben Sie dort nachgesehen?«, wollte Freeland wissen. »Hat irgend jemand das getan?«

»Das bezweifle ich«, meinte Carol. »Man sieht die Höhle vom Wasser aus überhaupt nicht. Aber jetzt, wo ich daran denke, ist das wahrscheinlich der beste Ort, um anzufangen.«

Freeland schien erleichtert, dass sich in der Gruppe wieder Optimismus zeigte. Jetzt würden sie also doch anfangen, ein paar Steine umzudrehen. »Dann wäre das also klar. Im Augenblick schüttet es draußen, aber ich reserviere eines der Boote der Station, dann können wir nachher rausfahren, oder gleich morgen früh.«

»Wir sollten auch Tauchmasken und Atemgeräte mitnehmen, wenn wir uns welche beschaffen können«, riet Garner. »Wenn dieses Ding immer noch dort draußen ist, dann möchte ich kein Risiko eingehen.«

»Wenn wir etwas finden, werden ein paar Atemgeräte nicht ausreichen«, dämpfte Freeland seine Begeisterung. »Wir werden die Hilfe aller Leute brauchen, die sich irgendwie freimachen können.«

»Ich glaube nicht, dass Daddy daran Gefallen finden wird«, sagte Carol. »Und Bouchard frisst ihm aus der Hand. Die werden nie zustimmen, dass wir die Ressourcen der ganzen Station für eine Suchaktion in Anspruch nehmen, die er für unsinnig hält.«

»Nun, wir werden sehen, was er zu sagen hat, sobald wir fündig geworden sind. Außerdem, wer hat denn etwas davon gesagt, dass wir die beiden um Erlaubnis fragen müssen?«, knurrte Freeland. »Mit dem Geld, das Ihr Mann hat, könnten wir die ganze Bude hier kaufen.«

»Das ist aber nicht der Punkt«, widersprach Carol mit eisiger Miene. Die Vorstellung, die Mittel ihres Mannes für ihre eigenen Forschungsaktivitäten einzusetzen, war nicht neu, aber ein ständiges Ärgernis. Von ihren Gegnern erwartete sie nichts anderes, aber Freelands Bemerkung erinnerte sie zu sehr an Garners Schelte am Tag zuvor. »Habt ihr beiden euch etwa abgesprochen?«

»Ich sage nur, dass wir die nicht um Erlaubnis zu bitten brauchen«, verteidigte sich Freeland. »Leute wie Bouchard und Ihr alter Herr sind wie Scheißhäuser. Sie sind voller Exkremente und dank moderner Einrichtungen praktisch überholt. Also können Sie sich entweder eine Schaufel nehmen oder sich drinnen ins Warme setzen, wo ein paar Zeitschriften liegen und es vielleicht sogar einen von diesen kuscheligen Sitzüberzügen gibt. Die Wahl liegt bei Ihnen?«

»Sehr ausdrucksstark, Saunders«, sagte Carol. »Vielen Dank, dass Sie meinen Vater mit einem Klo vergleichen.«

»Da bin ich nicht der Erste«, meinte er mit einer geringschätzigen Handbewegung. »Ich fürchte, für die meisten Klos wäre das ohnehin eine Beleidigung.«

»Wir fangen bei der Höhle an, arbeiten uns von dort nach außen und nehmen in Abständen von einer Viertelmeile entlang der Strömung Proben«, entschied Garner.

»Womit?«, wollte Carol wissen. »Wir sind nicht darauf eingerichtet, in Ufernähe Planktonproben zu sammeln. Selbst wenn wir wüssten, wo wir nachsehen müssen, verfügt die Station wohl kaum über geeignete Netze. Außerdem würden unsere Boote, ehe wir die Geräte ablesen können, bereits gegen die Felsen geschmettert werden.«

»Da hat sie Recht«, pflichtete Garner ihr bei. »Nur mit Netzen und Flaschen nach diesem Biest zu suchen, wäre, als wollte man mit einer Schrotflinte Jagd auf Schmetterlinge machen. Wir haben die Leute, um nach dem Zeug zu suchen, aber wir brauchen bessere Augen.«

»So etwas wie deine Medusa«, nickte Carol.

»Ja, aber die ist noch eine weitere Woche draußen auf hoher See, auf der *Exeter*. Außerdem braucht sie für den Einsatz ein Schiff von der Größe der *Exeter* und solche Schiffe können nicht in Ufernähe arbeiten.«

»Gibt es hier sonst etwas, das wir benutzen können? Etwas Kleineres?«, fragte Ellie.

»Eine interessante Frage, meine Liebe«, meinte Freeland ruhig und schlüpfte dann ohne seine Bemerkung näher zu erläutern in seine Öljacke. Als sie die Station verließen und hinter Freelands hin und her tanzender Lampe den Weg zum Ufer hinuntergingen, fiel dichter Regen und die Umgebung war in Nebel gehüllt. Freeland trottete vor Garner, Carol und Ellie her und das Wasser rann in kleinen Bächen von seinem langen Mantel und der zerbeulten Krempe seiner Mütze. Nach hundert Metern erreichten sie den Schuppen des Tauchoffiziers, in dem die Rettungswesten und anderes Gerät für die bescheidene Bootsflotte der Station aufbewahrt wurde. An einer Ecke des Gebäudes hing eine einzelne Sicherheitslampe und erinnerte Garner an zahllose Nächte, wo er dieses Licht als einzigen Bezugspunkt benutzt hatte, um nach Einbruch der Nacht zur Station zurück zu finden.

Sie kletterten hinter Freeland eine baufällige Treppe an der Außenseite des Gebäudes empor. Oben angelangt blieb er stehen, zog einen voluminösen Schlüsselbund aus der Tasche und sperrte einige der wenigen Türen des ganzen Campus auf, die gewöhnlich verschlossen gehalten wurden. Der Geruch von Sägemehl und altem Neopren schlug ihnen entgegen. Als Freeland das Licht anknipste, konnten sie ein paar Reihen überladener Regale und alle möglichen an der Decke aufgehängten vergessenen Gerätschaften sehen.

»Ich wusste gar nicht, dass es das hier gibt«, sagte Carol.

»Wir nutzen jeden Stauraum, den wir finden können«, erklärte Freeland. »Und wo auch immer wir ihn finden, wir kommen nie dazu, dort auch mal sauber zu machen.«

»Ich verstehe«, nickte Carol. »Sie sind eben eine echte Packratte.« Freeland verzog beleidigt das Gesicht. »Packratte haben Sie gesagt? Ich würde eher sagen, willkommen im Maritimen Museum der Station. Ja, Herrschaften, das hier ist unser privater kleiner Louvre.«

Freeland hob eine Rupfenplane an der hinteren Wand des Speicherraums an und gab damit den Blick auf einen großen PVC-Schwimmkörper, etwa von der Größe eines mittleren Fasses, frei. Er war vollgestopft mit Elektronik und aus einem Ende ragte ein hoch auflösendes Kameraobjektiv. Ellie hatte keine Ahnung, worum es sich bei der Tonne handelte, aber Carol und Garner war sie vertraut.

»Der Teufel soll mich holen.« Garner trat einen Schritt vor und strich mit der Hand liebkosend über die abgewetzte blaue Außenhülle des Geräts. »Wenn Serg das sehen könnte, würde er sich vor Lachen in die Hosen pinkeln. Ich habe dieses Ding für fünfhundert Kröten gebaut.«

»Hätte aber viel mehr gekostet, wenn wir nicht den größten Teil der Teile ›ausgeborgt‹ hätten«, erinnerte ihn Freeland.

»Auf Dauer ausgeborgt. Ohne Bezahlung und ohne dass jemand es erlaubt hätte«, sagte Carol und lächelte widerwillig.

»Was ist das?«, wollte Ellie wissen.

»Der Anfang vom Ende für meinen Vater und sein Mikroskop«, erklärte Carol.

Freeland kicherte. »Nicht schade drum, würde ich sagen. Macht Platz für die Leute, die es verdienen.«

Ellie blickte immer noch verständnislos. Freeland grinste und genoss diesen Ausflug in die Vergangenheit offenbar sehr. »Er ist zu bescheiden, um Ihnen das zu sagen, aber Sie haben hier den genialen kleinen Apparat vor sich, der der grauen Vorzeit der Planktonforschung ein Ende bereitet und Mr. Garner seinen Platz in den Geschichtsbüchern gesichert hat.«

13

21. August
48° 52' Nördl. Breite, 125° 12' Westl. Länge
Diana Island, British Columbia

Sie begannen eine Stunde vor Anbruch der Morgendämmerung damit, das Alu-Skiff der Station zu beladen. Das Boot war zwar bei unruhiger See schwer zu manövrieren, bot aber reichlich Deckraum und in Folge seines niedrigen Dollbords und seiner beiden Tauchplattformen guten Zugang zum Wasser. Ellie war Carol dabei behilflich, Marks Ausrüstung aus dem Labor zu holen, anschließend brachten sie noch einen Teil von Carols Geräten aus der Kabine der *Albatross* herüber. Als alles verladen war, hängten sie das Beiboot der *Albatross* mit einer Leine an das Skiff. Das kleinere Boot würde sich gut für die schwer zugänglichen Uferpartien von Diana Island eignen. Garner und Freeland trugen den ehrwürdigen Plankton-Sammler aus dem Dachgeschoss herunter und schlossen ihn an Carols Laptop an, um seine Funktionsweise zu überprüfen. Anschließend verstauten sie beides im Skiff. Das Gerät war bei weitem nicht so eigenwillig wie sein Nachfolger, hatte dafür aber viel zerbrechlichere und ungeschützte Bestandteile. Die Gummidichtungen und die beweglichen Teile waren über fünf Jahre nicht mehr genauer unter die Lupe genommen worden, weshalb Garner sich ernsthaft fragte, ob es überhaupt imstande sein würde, etwas außer abgeblättertem Rost einzusammeln.

Als das Boot dann beladen war, gingen sie wieder den Steg

zum Tauchschuppen hinauf, wo sie Trockenanzüge mit Stiefeln, Handschuhen und Kapuzen anlegten. Selbst jetzt, noch vor Sonnenaufgang, waren die abgedichteten Neoprenanzüge drückend heiß. Als sie dann noch die Vollgesichtsmasken anlegten, die Freeland für sie organisiert hatte, meinten sie zu ersticken.

»Die CDC-Teams hätten ihren Spaß daran, diese Monturen zu sehen«, meinte Ellie. »*The Hot Zone* ist gar nichts dagegen.«

»Aber sie schützen Sie vor dem Wasser«, erklärte Freeland. »Falls das noch nötig sein sollte.«

»Falls das je nötig war«, wandte Garner ein. »Saunders, dass Sie diese Ausrüstung so kurzfristig beschaffen konnten, macht mich glauben, dass Sie Wunder vollbringen können.«

»Hübsch ist sie nicht, aber sie hilft uns, falls wir fündig werden.«

»Und falls nicht, dann lösen wir uns vor Hitze einfach in ein Häufchen Salz auf«, meinte Carol.

»Wir müssen in den nächsten zwei Tagen etwas finden«, erklärte Garner und musterte dabei den kleinen Berg an Geräten, den sie zusammengetragen hatten. »Wenn nicht, könnten wir ebenso gut zusammenpacken und wieder nach Hause gehen.«

»Ich wette, dass es Leute gibt, die das jetzt gern sehen würden«, meinte Freeland und deutete mit einer Kopfbewegung den Hügel hinauf zu Bouchards Büro im obersten Stockwerk der Station.

»Charles auch«, brummte Carol. »Nichts eint eine Familie so wie eine Tragödie.«

Freelands Bemerkung hatte die Entschlossenheit der kleinen Gruppe noch verstärkt, als sie jetzt, beladen mit einem halben Dutzend großvolumiger Tauchflaschen, zum Skiff zurückkehrten. Sie verstauten die Flaschen entlang der Bootswände des Skiffs, wobei noch genügend Platz an der Reling frei blieb. Zu den letzten Gegenständen, die Freeland an Bord brachte, gehörte ein kleiner Stapel mit Reißverschluss versehener schwarzer Vinylfutterale.

»Leichensäcke«, sagte Ellie mit professionellem Blick. »Ich hoffe, die sind nur für Seelöwen, falls wir sie finden sollten.«

»Wo haben Sie die denn her?«, wollte Garner wissen. »Oder sollten wir das besser nicht fragen?«

»Sie würden sich wundern, was man hier alles aufspüren kann«, erwiderte Freeland. »An Ausrüstungsgegenständen, meine ich.«

Freeland legte die zwei Meilen lange Strecke nach Diana Island im ständigen Vollgasbetrieb der Zwillingsaußenbordmotoren des Skiffs zurück. Garner, Ellie und Carol hielten sich an der Reling fest, während das kleine Aluboot laut klatschend über die Wellen dahinfegte. Als sich dann die Sonne anschickte, über dem Horizont aufzusteigen, waren alle für die erfrischende leichte Brise und das verhältnismäßig kühle Wasser, das um sie spritzte, dankbar. Die Höhe der Wellen nahm merkbar zu, als sie den Nordwestrand der Insel umrundeten. Freeland verringerte ihr Tempo und ließ sich von Carol zu dem kleinen Strömungskanal einweisen.

»Der Wind wird uns ein Stück draußen festhalten«, schrie Freeland, um das Motorengeräusch zu übertönen. »Nicht, dass wir mit diesem Ding wesentlich näher heran könnten, nicht mal bei ruhiger See.«

»Ist schon in Ordnung«, sagte Garner. »Wir können ja alles, was wir finden, mit dem Schlauchboot hierher zurückbringen und anschließend das Skiff für ein paar Schleppfahrten mit Betty einsetzen.«

»Betty?«, fragte Ellie.

Carol stieß den Plankton-Sammler mit dem Fuß an. »Das hier ist Betty. Betty Bloop.«

»Wie nett.«

»Vielleicht. Das nächste hat er dann Veronica genannt, und Sergej und ich haben es auf Medusa umgetauft.« Sie zwinkerte Freeland zu. »Ein besserer Name für ›die Geschichtsbücher‹, oder?«

»Trotzdem, ich hätte gar nichts dagegen, so etwas wie eine kleine Versicherungspolice dort mit reinzunehmen«, sagte Freeland und meinte damit die Höhle.

»So wie einen Kanarienvogel in ein Kohlebergwerk?«, fragte Carol.

»Dr. Harmon, Sie überraschen mich mit Ihrer leichtfertigen Einstellung zu tödlichen Gefahren«, sagte Freeland. »Ich hatte daran gedacht, Ray Bouchard vorauszuschicken – aber in einem wirklich winzigen Käfig.«

»Wie groß ist denn die Wahrscheinlichkeit, dass jemand aus der Umgebung auf so etwas gestoßen ist wie Mark?«, fragte Ellie.

»Sehr gering«, meinte Carol.

»Das habe ich in letzter Zeit oft gehört«, sagte Ellie. »Und trotzdem tauchen immer wieder Tote auf.«

»Die Insel ist unbewohnt«, erklärte Freeland. »Hier kommen bloß gelegentlich Naturwissenschaftler und vielleicht hie und da ein Charterboot her.« Er deutete mit einer Kopfbewegung nach Westen, wo sich bereits zwei kleine Schiffe aufs Meer hinausschoben. Sie rechneten dort mit besseren Fangchancen, weil die Fische sich in einer schmalen Zone sammelten, wo aus den kälteren Bereichen am Meeresgrund Nährstoffe und Zooplankton nach oben gewirbelt wurden.

»Abgesehen von der Höhle gibt es nur noch so etwas wie eine Sackgasse am Ende der kleinen Bucht«, fuhr Carol fort. »Die Klippen ragen dort vom Strand fast achtzig Fuß in die

Höhe. Völlig abgeschieden«, fügte sie hinzu, und ihre Gedanken wanderten dabei in ihre eigene Jugend und später zu den Jahren mit Garner zurück.

Sie zogen Lose und Freeland fiel die Aufgabe zu, sich um das Skiff zu kümmern, während die drei anderen in das Schlauchboot kletterten. Als sie sich dem Ufer näherten, richtete Garner einen starken Feldstecher auf die Felsen an der Mündung des Kanals. Die Sonne, die in diesem Augenblick über die Baumwipfel lugte, beleuchtete einen großen braunen Gegenstand am Rande des kleinen Kiesstrandes. Garner reichte Carol das Glas, damit die sich selbst ein Bild machen konnte.

»Das könnte ein *Zalophus*-Kadaver sein«, meinte sie, »aber ebenso gut könnte es auch ein Baumstamm oder ein Stück Treibholz sein. So viel zu meiner Expertenmeinung.«

Als sie sich dem Kanal auf fünfzig Meter genähert hatten, erwachte das Funkgerät zu ihren Füßen knisternd zum Leben. »Also, ihr drei«, ließ sich Freelands Stimme vernehmen, »die dämlichen Masken aufsetzen. Sonst geht euch vielleicht die frische Luft aus.«

Die drei kamen der Aufforderung nach, schlüpften in ihr Tauchgerät und dichteten die Gesichtsmasken mit dem Kopfschutz des Trockenanzugs ab. Carol fing sofort zu schwitzen an und ihr Atem rasselte hektisch durch den Lungenautomaten. Das leicht klaustrophobische Gefühl, das sie erfasste, machte ihr wieder klar, weshalb sie sich für das Studium der Wale entschieden hatte – auf die Weise konnte sie das Leben im Meer studieren, ohne zu viel Zeit in einem gummierten Kokon wie diesem verbringen zu müssen. Wale verbrachten tatsächlich nur fünf bis zehn Prozent ihrer Zeit an der Oberfläche, aber sie waren zu groß und tauchten zu tief, als dass man ihnen in nennenswertem Maße mit Tauchgerät hätte folgen können. Carol war recht zufrieden damit, dass sie sie mit ihren Mikrofonen von einem sonnigen und stabilen Bootsdeck aus verfolgen konnte. *Wenn Sie es irgendwie schaffen*, hatte ihr einer ihrer Biologieprofessoren im letzten Semester geraten, *sollten Sie sich auf etwas spezialisieren, was man nur in den Tropen findet, etwas, das im Film besonders schön aussieht, oder etwas, das verdammt gut schmeckt.*

Im Gegensatz zu ihr machte Ellie, wie Carol mit einigem Neid feststellte, den Eindruck, als wäre sie in der schwerfälligen Montur zu Hause. Für jemanden, der so schmächtig war wie sie, schien sie über beträchtliche Körperkräfte zu verfügen. In der kurzen Zeit, die Carol sie jetzt kannte, konnte sie sich kaum vorstellen, dass Ellie Bridges je ins Schwitzen geraten würde.

Garner lenkte das Schlauchboot in den Kanal, schaltete dann den Außenbordmotor ab und klappte ihn hoch, um ihn vor den Felsen zu schützen. Als sie ohne Antrieb auf das Ende der winzigen Bucht zutrieben, entdeckten sie die Überreste zweier großer Seelöwen und etwas, was wie ein Teil eines dritten aussah. Als sie die Tierkadaver inspizierten, konnten sie sogar die sauberen, im rechten Winkel angesetzten Schnitte eines Skalpells ausmachen, wo Junckers – oder sonst jemand – Gewebeproben entnommen hatte.

Garner und Carol begannen ihre Untersuchung mit einer Folge von Tauchgängen in geringer Tiefe. Unter den aufgewühlten Wellen fanden sie die Überbleibsel einiger weiterer Seelöwen, deren Fleisch und Eingeweide fast völlig von den Knochen gelöst waren. Das Ausmaß der Verwüstung vor Augen konnte Carol sich gut vorstellen, wie entsetzt Mark bei diesem Anblick gewesen sein musste. So unglaublich ihnen die Szene jetzt auch vorkam, vermutlich war das Gemetzel, das Mark gesehen hatte, noch wesentlich schlimmer gewesen. Bei der Art und Weise, wie die Natur ihre Wunden zu säubern pflegt, waren viele der am meisten zerfressenen Kadaver bereits unter die Wasseroberfläche gesunken und dort liegen geblieben.

Ellie war den beiden dabei behilflich, die sterblichen Überreste an die Oberfläche zu bringen und, wo immer möglich, Gewebe- und Blutproben zu entnehmen und dann die größeren Kadaverteile zum Skiff zu schaffen. Garner kehrte mehrere Male auf den Meeresgrund zurück und nahm dort Proben vom Wasser und von dem dicken Schlamm, der den Boden der seichten Bucht bedeckte.

Während sie arbeiteten, kroch ein kleiner Nerz an der Klippenwand herunter und sah ihnen eine Weile interessiert bei der Arbeit zu, bis ihn ein Rabe, der bis zur Gezeitenlinie heruntergekommen war, wieder ins Unterholz verjagte.

»Das ist ermutigend«, sagte Garner, dessen Stimme durch das frei liegende Atemgerät rasselnd klang. »Wenn hier irgendetwas Widerwärtiges durchgekommen ist, dann sieht es so aus, als ob es inzwischen weitergezogen wäre.«

»Sollten wir versuchen, hier draußen zu atmen?«, fragte Ellie. »*Aussehen* tut es ja ganz normal, und ich komme mir offen gestanden allmählich ein wenig lächerlich vor.«

»Unser Sauerstoffvorrat ist ohnehin bald erschöpft«, sagte Garner. »Entweder gehen wir das Risiko ein, oder wir müssen zum Nachfüllen zur Station zurück.«

Carol spürte, wie ihre Kräfte von der Hitze in ihrem Anzug zu erlahmen begannen. »Unsere kleine Freundin hier mag ja vielleicht im August einen Pelzmantel tragen können, aber mir reicht's.« Sie griff sich an ihre Gesichtsmaske und schickte sich an sie abzunehmen.

»Carol...«, setzte Ellie an.

»Sei vorsichtig, Carol«, warnte Garner. »Nach allem, was wir über dieses Ding wissen, neige ich zwar dazu, dir zu glauben, aber –«

»Nenne es meinetwegen einen Siebten Sinn«, sagte Carol. »Was hier so in den Büschen herumkreucht und fleucht, scheint ja ganz gut klarzukommen, und wenn ich dieses Ganzkörperkondom auch nur noch eine Minute tragen muss, kriege ich einen Anfall.« Mit diesen Worten zog sie sich die Maske und die Kopfhaube herunter, als wären sie ein schmerzhaftes Heftpflaster.

»Ich hab's euch doch gesagt«, sagte sie selbstgefällig und sichtlich erleichtert, wieder ungehindert atmen zu können.

Dann wanderte ihr Blick nach oben, und sie runzelte plötzlich die Stirn. »O Scheiße.«

Garner und Ellie wateten zum Boot zurück. »Was ist denn?«

Carol verfolgte den Weg, den der kleine Nerz genommen hatte, und deutete auf eine Stelle über der Bucht. »Seht euch die Bäume an«, sagte sie.

Garner und Ellie reckten die Hälse, um die Baumgrenze hoch über ihnen erkennen zu können. Einige der alten Koniferen hatten im unteren Drittel ihrer Äste die Nadeln abgeworfen. Andere zeigten eine bräunliche Verfärbung, die fast bis zum Gipfel reichte.

»Der Schaden scheint räumlich ziemlich beschränkt zu sein«, stellte Garner fest. »Seht ihr? Die Klippe dicht unter den Bäumen ist ausgefressen und die Wurzelstöcke liegen frei.«

»Vielleicht bloß ausgetrocknet«, meinte Ellie. »Die letzten zwei Monate waren recht warm.«

»Ausgetrocknet?«, wandte Carol ein. »Ich habe Entlaubungsmittel des Marine Corps gesehen, das nicht so gut gewirkt hat.«

»Entlaubungsmittel«, wiederholte Ellie, von Carols Wortwahl unangenehm berührt. Als Medizinstudentin und später als Ärztin war Ellie mit dem Tod auf mikroskopischer Ebene von Bakterien über Regenwürmer bis hin zu menschlichen Kadavern wohl vertraut. Dennoch schien ihr etwas an dem tödlichen Ausmaß dieser Bedrohung – oder besser gesagt dieser Ballung von Bedrohungen – und der kunterbunten Sammlung von Symptomen zu vollständig, zu weit verbreitet, um ganz natürlicher Herkunft zu sein. »Wie steht's damit? Ist es möglich, dass es sich bei diesem Wirkstoff um irgendeine neue biologische Waffe handelt?«, kleidete sie ihre Besorgnis in Worte.

»So etwas wie eine neue biologische Waffe gibt es gar nicht«, dozierte Garner. »Bloß neue Kombinationen der alten, erprobten und wirksamen Bausteine.«

Garner wartete an dem Klippensockel und stopfte ein paar heruntergefallene braune Nadeln in einen Plastikbeutel. »Tot, aber nicht im Begriff abzusterben«, verkündete er, nachdem er sie untersucht hatte.

»Dann bin ich hier also weiterhin der einzige Kanarienvogel?«, fragte Carol schließlich.

Garner und Ellie nahmen beide ihre Gesichtsmasken ab, nachdem sie Freeland über Funk von ihrer Absicht informiert hatten. Wieder hatte es den Anschein, als ob der geheimnisvolle Killer in den Bereichen, die er berührt hatte, keine messbaren Spuren hinterlassen würde.

Schließlich kletterten sie hintereinander über das verwitterte Felsgestein zu der Höhle, die sie inzwischen »Marks Höhle« getauft hatten. »Ich habe nicht erwartet, dass wir hier drin etwas finden«, sagte Garner, als die drei im kühlen Schatten des Vorraums des Gewölbes standen. Es klang wie eine improvisierte Grabrede. »Ich finde bloß, wir sollten Mark dafür danken, dass er so verdammt berechenbar war.«

Nach einem kurzen Augenblick, in dem jeder von ihnen allein mit seinen Gedanken blieb, verließen die drei stumm diesen Ort.

Ehe sie sich vom Festland entfernten und die letzte Fahrt mit dem Schlauchboot zum Skiff unternahmen, vergewisserten sich Garner und Carol, dass die größeren Proben alle in Formaldehydlösung fixiert waren. »Dieses Fixiermittel ist wahrscheinlich jetzt der tödlichste Stoff in dieser Bucht«, bemerkte Garner. Ihm war es oft als besondere Ironie seines Berufs erschienen, dass die erste Pflicht eines im Feld tätigen Biologen darin bestand, alle möglichen fantastischen Organismen einzusammeln, sie mit beliebig vielen, häufig karzinogenen Chemikalien zu töten und dann die jeweilige Leiche zu studieren, um den Organismus besser beurteilen zu können, falls je ein weiteres Exemplar davon gefunden werden sollte.

Jetzt, wo ihre kleine Auslese viel versprechender Informationen gesammelt war, lenkte Garner das kleine Boot gegen die immer größeren Wellen nach draußen. »Die Flut kehrt zurück«, sagte er. »Wir sollten zusehen, dass wir hier verschwinden, solange wir das noch können. Wir wollen sehen, was Betty uns zu sagen hat.«

Sie schleppten die beiden noch fast intakten Seelöwenkadaver zum Skiff zurück, wo Freeland ihnen dabei half, sie an der Bootswand festzubinden. Minuten später kletterten die drei Mitglieder des Landungstrupps wieder an Bord und suchten sich zwischen dem angewachsenen Stapel gefüllter Leichensäcke einen Platz. Während Garner seinen antiquierten Planktonsammler für den Einsatz bereit machte, steuerte Carol das Skiff an den Rand des Festlandsockels der Insel, wo sie das Gerät besser einsetzen konnten.

Anscheinend von ihrem unbefriedigenden Fang gelangweilt, nahmen die Insassen der beiden Charterboote in der Nähe das Skiff sofort zur Kenntnis. »Was ham se denn da?«, fragte einer der Fischer. Carol erkannte in ihm einen Angehörigen der stummen Mehrheit bei dem Treffen in der Feuerwehrstation.

»Wir versuchen bloß ein wenig Plankton ins Netz zu bekommen«, sagte Garner. »Wir bleiben schon auf Distanz.«

»Das ändert heute auch nichts mehr«, rief der Fischer zurück.

»Ein verdammtes Kornfeld hätte wahrscheinlich mehr Fische drin«, beklagte sich einer der zahlenden Gäste des Fischers.

»Das haben wir Ihnen ja gesagt«, rief Ellie zurück.

»Lady, wenn Sie überhaupt etwas vom Fischen verstehen würden, dann wüssten Sie auch, dass es unergiebige Tage gibt«, rief der Fischer zurück. Offenbar wussten seine Kunden nichts von der Sitzung und er wollte auch, dass es so blieb. »Hier draußen ist schon alles in Ordnung.«

Carol griff sich wütend ein Paddel und hieb damit neben den Seelöwenkadavern, die außen an der Bootswand hingen, ins Wasser. »Wie nennen Sie das dann?«, schrie sie. »Für die ist wohl auch alles in Ordnung? Sieht so aus, als ob sie in Batteriesäure geschwommen wären.«

Der Fischer lachte und ließ dann einen lauten Rülpser schallen, als könne er damit seine Kunden besänftigen. »Scheiße, Lady, das sind auch nicht meine Fische. Die sind meine *Konkurrenz*.«

»Aber nicht mehr lange«, erwiderte Carol und zeigte dem Mann, der ihr inzwischen wieder den Rücken zuwandte, ihren erhobenen Mittelfinger.

»Immer nett zu den Eingeborenen«, murmelte Garner, als sie sich wieder an die Arbeit machten.

Garner und Freeland unterzogen Betty einer letzten Überprüfung und hievten das Gerät dann über Bord. Der Sammler war so eingestellt, dass er von den natürlichen Auftriebskräften in einer Tiefe von sechs Fuß in der Schwebe gehalten wurde. Jetzt sank er gehorsam an das Ende seiner Leine und machte sich an die Arbeit. Als Carol das Skiff langsam in

Bewegung setzte, zog ein Strom von Zahlenreihen über den Bildschirm von Carols Computer.

»Medusa könnte von ihrem Ahnherrn einiges lernen«, meinte Garner bewundernd.

»Das gilt für alle von euch Jungspunden«, brummelte Freeland.

Sie schleppten Betty langsam an der Westküste der Insel entlang, zuerst im rechten Winkel und dann parallel zum Ufer. Nach jedem Durchgang wechselten sie die Sammelflaschen und setzten schließlich zu einer längeren Schleppfahrt nach Norden an, wobei sie dicht an Marks ehemaligen Einsatzstellen vorbei kamen. Die Brutplätze lagen praktisch im Schatten des Vorsprungs, auf dem Charles Harmon sich sein beeindruckendes Blockhaus als Alterssitz gebaut hatte, und Garner fragte sich, ob der alte Mann sich je die Mühe gemacht hatte, zum Fenster hinaus zu schauen und seinem Stiefsohn bei der Arbeit zuzusehen. Garner sah, wie Carols Blick von den Datenreihen auf dem Bildschirm zu den abgedunkelten Fenstern im Haus ihres Vaters hinüberwanderte. Nachdem sie ein paar Augenblicke unverwandt hingesehen hatte, wischte sie sich mit dem Handrücken eine Träne aus dem Auge, ohne zu bemerken, dass Garner sie beobachtet hatte.

Als Freeland zwei Stunden später das Skiff durch die Mündung der Bucht von Bamfield steuerte, konnten sie die vertrauten Umrisse des Postschiffs von Port Alberni am öffentlichen Steg vertäut liegen sehen.

»Die *Lady Rose* ist da«, bemerkte Freeland. »Wir sollten Ihre Pathologieproben in Trockeneis verpackt an Bord schaffen.«

Nach ihrer bisherigen Erfahrung hielt sich Ellies Begeisterung sehr in Grenzen. »Was ist, wenn all diese Proben sich als Nieten erweisen?«, fragte sie, ohne dabei jemand Bestimmten anzusprechen. Sie legte ihre schmale Hand auf einen der Seelöwen, die an der Außenwand des Skiffs angebunden waren. »Wo sehen wir dann als Nächstes nach?«

»Im Norden«, antwortete Garner. »Dabei gehe ich von der Annahme aus, dass es an der Westseite von Diana eine Blüte gegeben hat, die irgendwie weitergezogen ist. Je nachdem, um welche Spezies es sich handelt, gibt es zwei Arten, wie Planktonblüten sich bewegen. Entweder tritt die Blüte vor der Küste auf und der Wind treibt sie an Land, oder sie entsteht in einem seichten Küstenbereich und wird aufs Meer hinausgetragen. In beiden Fällen würden die Oberflächenströmungen sie hier um diese Jahreszeit nach Norden drücken.«

»Und wenn im Norden auch nichts ist?«

Sie konnten jetzt im obersten Stock der Meeresstation Charles Harmon und Raymond Bouchard sehen, die auf sie herunterblickten. Garner grinste breit, so dass all seine Zähne zu sehen waren, und winkte den beiden alten Männern freundlich zu.

»Dann schulden wir diesen zwei Mistkerlen eine schöne Flasche Scotch«, sagte er.

Diesmal würde ihn das Eingeständnis, Unrecht gehabt zu haben, zumindest keine zwölf Millionen Dollar kosten.

Ellie war nach wie vor von dem Umfang der Forschungsmöglichkeiten beeindruckt, die in der Station zur Verfügung standen. Einige der Gewebeproben mussten zwar für eine komplette Untersuchung an ein Pathologielabor in Victoria geschickt werden, aber Saunders hatte ansonsten dafür gesorgt, dass es nur sehr wenige Untersuchungen gab, die ein Meeresbiologe nicht auch in dem Labor im zweiten Stock der Station vornehmen konnte. Nachdem Carol die toten Seelöwen telefonisch der örtlichen Fischerbehörde gemeldet und veranlasst hatte, dass die Kadaverreste abgeholt wurden, war sie Ellie dabei behilflich, die übrigen *Zalophus*-Gewebeproben zu präparieren und für die Untersuchung mit dem Elektronenmikroskop und den hoch auflösenden Seziermikroskopen des Labors in Bamfield zu fixieren. Tests auf Virusinfektion würden an anderer Stelle vorgenommen werden müssen; Carol empfahl ein Forschungsinstitut für Meeressäugetiere in San Diego und teilte dem Institut die Einzelheiten per E-Mail mit.

Während Freeland sorgfältig die Wasserproben aus dem Bauch von Betty holte, lud Garner die Daten des Bordcomputers herunter und sah sie sich oberflächlich an. Die Populationszahlen waren zwar erheblich geringer als normal, entsprachen aber in keiner Weise dem, was er und Zubov draußen bei der Station »Papa« gesehen hatten. Das Verarbeiten der Zahlen, die aus dem halben Tag Arbeit von Betty resultierten, würde jedenfalls mindestens einen Monat in Anspruch nehmen. Doch das meiste davon hatte Zeit, bis sie den Inhalt der Flaschen analysiert hatten.

»Einige der weiter zersetzten Proben wimmeln von Bakterien, was ja zu erwarten war«, stellte Garner fest. »Nicht toxisch. Gesund. Ein paar von den Diatomeen- und Dinoflagellaten-Spezies, wie ich sie hier am Ende des Sommers durchaus erwarten würde, nichts Auffälliges.« Er blickte immer noch in das Fluoroskop. »Eine erstaunliche Formenvielfalt übrigens. Ich werde ein paar Proben zur Identifizierung ins NEPCC schicken müssen.«

»NEPCC?«, wiederholte Ellie.

»North East Pacific Culture Collection«, erklärte Garner. »Eine der besten Sammlungen von Meeresphytoplankton und Mikroben auf der ganzen Welt. Die Sammlung wird von der University of British Columbia in Vancouver betreut.«

»Eine Art Schreckenskabinett von Meeresmikroorganismen«, meinte Carol. »Aber die Sammlung ist wirklich von großem Wert. Daddy hat den Leuten wahrscheinlich Quellenmaterial für die Hälfte ihrer Sammlung gegeben. Ich vermute, er hat ihre Telefonnummern bei sich fest eingespeichert; ich weiß, dass die Kuratorin dort jedes Mal ein paar Haare verliert, wenn er sie anruft.«

»Bakterien – und selbst einige Dinoflagellaten – zu identifizieren, ist im Feldeinsatz beinahe unmöglich«, erklärte Garner. »Man bekommt häufig nur ein paar Individuen und muss sie daher züchten, um genügend Untersuchungsmaterial zu erhalten.«

»Und Sie machen sich alle keine Sorgen, dass hier Quarantäne angesagt wäre?«, erkundigte sich Ellie.

»Sie atmen ja schließlich noch, oder?«, meinte Freeland.

»Das hat Mark auch«, konterte Ellie. »Zumindest ein paar Stunden lang.«

»Ich halte diese Gefahr für sehr gering«, meinte Garner, »aber selbst wenn man annimmt, dass das, was Mark umgebracht hat, auch auf die *Sato Maru* geraten ist oder vielleicht sogar dort seinen Ursprung hatte, so scheint es immerhin völlig zu verschwinden. Von uns, die wir an Bord der *Maru* waren, sind keine nachteiligen Auswirkungen ausgegangen, und Sie haben ja selbst gesehen, wie sich die Bucht bereits wieder erholt hat.«

»Es tötet und zieht weiter und hinterlässt keine Spur.«

»Ja, so hat es den Anschein, zumindest den Proben nach zu urteilen, die wir uns bis jetzt angesehen haben«, nickte Garner. »Jetzt müssten wir nur herausbekommen, *warum* es weitergezogen ist, und daraus dann ableiten, was sein nächstes Ziel sein wird.«

»Sobald wir es gefunden haben.«

»Wir werden es finden«, erklärte Freeland überzeugt. Als sie von ihrer Sammelfahrt zurückgekehrt waren, hatte Bouchard ihn in sein Büro gerufen und mit ihm ein längeres Gespräch hinter verschlossenen Türen geführt. Garner konnte sich nicht vorstellen, dass Freeland vor dem Stationsdirektor kuschte, ebenso wenig wie er sich vorstellen konnte, dass Bouchard einen so wertvollen Mitarbeiter wie Freeland feuern würde. Es hatte jedoch den Anschein, dass die beiden hinsichtlich des zweckmäßigsten Einsatzes der stationseigenen Hilfsmittel zu einem praktikablen Kompromiss gelangt waren. Eine nochmalige Suchexpedition, wie sie sie an diesem Tag unternommen hatten, schien nicht unter diese Kriterien zu fallen. Künftig würde Garner von der *Albatross* oder der *Pinniped* aus arbeiten müssen, so wenig die Segelboote sich auch für das Sammeln von Meeresproben eignen mochten.

Alle vier untersuchten die bearbeiteten Proben bis Mitternacht, fanden aber praktisch keinerlei Hinweise auf bekannte toxische Diatomeen oder Dinoflagellaten. Garner stellte fest, dass Freelands Körperhaltung zusehends steifer und ungelenker wurde – sie hatten einen langen Tag hinter sich, und die Arthritis des älteren Mannes machte sich offenbar bemerkbar –, und forderte ihn auf, für heute Schluss zu machen. Trotz der schmerzenden Grenzen, die sein Körper ihm setzte, war Freeland doch belastbar wie eine Eisenstange. Er kannte keine feste Arbeitszeit und fand überhaupt nichts dabei, die ganze Nacht durchzuarbeiten, wenn das nötig war. Aber allmählich sah es so aus, als brauchte es diesen Einsatz gar nicht.

Carol spülte ihre letzten Petrischalen aus, streckte sich und erklärte, sie würde ebenfalls zu Bett gehen. Garner konnte nicht erkennen, ob sie über das Ausbleiben greifbarer Ergebnisse erleichtert oder enttäuscht war. Wie es schien, hatte Carol sich damit abgefunden, die heutige Übung am nächsten Tag an einem anderen Ort wiederholen zu müssen. Sie schlenderte zu einem der großen Fenster. Die Lichter der Station der Küstenwache auf der anderen Seite der kleinen Bucht beleuchteten einen kleinen Helikopterlandeplatz in der Lichtung daneben. Als Garner den Landeplatz sah, erinnerte er sich an seinen Flug vor ein paar Tagen im Hubschrauber der Nolan-Group, mit Darryl Sweeny, Nolans steifem persönlichen Assistenten.

Wo zum Teufel steckt Nolan eigentlich die ganze Zeit?, überlegte Garner und erinnerte sich an die Tränen in Carols Augen, als sie allein und verängstigt zu Harmons Blockhaus hinaufgesehen hatte. *Wo bleibt die Unterstützung durch ihren Mann in einem solchen Augenblick?*

»Wirst du Bob anrufen? Ihm das Neueste berichten?«, fragte Garner.

Carol sah auf die Uhr. »Nein. Er schläft jetzt entweder oder ist noch im Büro. Er arbeitet gerade an einer Strafanzeige gegen die Nuklearfabrik von Hanford in Washington State. Das hat ihn in den letzten Tagen ziemlich in Anspruch genommen. Ich habe ihn gebeten, dass er herkommt und sich umsieht, aber...« Sie verstummte. »Ich denke, es hat wenig Sinn, ihn anzurufen, solange wir nicht etwas Vorzeigbares gefunden haben. Er klang am Telefon nicht sonderlich interessiert.«

»Tut mir Leid, das zu hören«, sagte Garner.

Carol sah ihn an und war sich nicht sicher, ob Garner damit die Abwesenheit ihres Ehemanns oder das Fehlen eines Financiers meinte. »Er ist ein viel beschäftigter Mann, Brock. Hier gibt es nichts für ihn.«

»Allmählich schließe ich mich Ihrer Meinung an«, meinte Ellie, blickte von ihrem Mikroskop auf und rieb sich die Augen. Dann sah sie Garner an. »Aber lassen Sie uns dranbleiben. Ich bin bereit weiterzumachen, wenn Sie das auch sind.«

»Selbstverständlich«, sagte Carol und lächelte Ellie ausdrucksslos an. Die junge Ärztin kannte offenbar nicht nur keine Müdigkeit, sondern hatte sich auch als Garners Assistentin sehr gut eingearbeitet. Die Anwandlung von Schuldgefühl, die Carol empfand, kam nicht daher, dass sie ihrem Ex-Ehemann solche Unterstützung nicht vergönnte, sondern weil sie selbst, als sie noch verheiratet gewesen waren, selten die Zeit gefunden hatte, sich so um Garner zu bemühen. »Ich werde ein wenig schlafen und Sie am Morgen ablösen«, schloss sie.

Sie sagten sich gute Nacht, Carol zog sich in ihr Blockhaus zurück und Freeland suchte das seine auf. Ellie schlug Garner vor, alle paar Stunden nach den beiden Schlafenden zu sehen für den Fall, dass sich an ihnen irgendwelche verspäteten Symptome zeigten. Sie *schienen* zwar gesund zu sein, aber möglich war alles.

»Anscheinend fehlen Ihnen Ihre Runden im Krankenhaus«, sagte Garner.

»Erinnern Sie mich nicht daran. Mein Urlaub wird zu Ende sein, ehe wir etwas gefunden haben, ganz zu schweigen davon, dass das, was wir finden, uns auch weiterführt.«

Jetzt mit Ellie allein gelassen, nahm sich Garner die letzten Biopsieproben vor, die man der Leiche Alan Peters entnommen hatte. Er platzierte ein paar Tropfen davon auf einen Objektträger und schob ihn unter sein Mikroskop, verstärkte die Vergrößerung um das Tausendfache und begann seinen bedächtigen Scanprozess, vermutlich zum hundertsten Mal in dieser Nacht. Ellie machte sich daran, einige der bereits untersuchten Proben wegzupacken und den Pathologiebericht aus Victoria durchzulesen.

Als Ellie, die nach dem Abendessen geduscht und sich in ausgeborgte Kleider gehüllt hatte, an ihm vorbeiging, entging Garner der frische Duft nicht, der von ihrer Haut ausging und einen angenehmen Kontrast zu dem staubigen und leicht beißenden Geruch des Labors bildete. Müde wie er war, war er darauf überhaupt nicht vorbereitet, und eine Vision von Ellies lockigem braunem Haar, ihrer offenkundigen Lebensfreude und ihrer blauen Augen, die nie zu leuchten aufhörten, lenkte ihn ab...

Doch dann nahm etwas auf dem Präparatenglas plötzlich seine ganze Aufmerksamkeit in Anspruch. »Ich hab etwas«, sagte er und fokussierte das Mikroskop nach. Obwohl Ellie ihm mit Fragen zusetzte, untersuchte er die Probe noch volle fünf Minuten, ohne ein weiteres Wort von sich zu geben. Charles Harmons Buch hatte die ganze Woche offen auf der Laborbank gelegen und jetzt blätterte Garner zielstrebig darin herum. Als er schließlich überzeugt war, nicht etwa eine Fata Morgana gesehen zu haben, und damit jeden Fehler ausschließen konnte, richtete er sich vom Okular des Mikroskops auf. »Bingo. Sehen Sie sich das an.«

Ellie spähte durch das Doppelokular und stellte das Gerät auf die Strukturen scharf, die Garner auf der Mikroskopbühne positioniert hatte. Sie sah einige Reihen kleiner lederartiger Kugeln, nicht viel größer als eine Zelle. An jeder der Kugeln waren in dem sie am Äquator umgebenden Siliziumpanzer die Anfänge einer winzigen, fibrösen Furche zu erkennen.

»Haben Sie jemals so etwas in den Lungen eines Toten gesehen?«, fragte Garner.

»Nein, niemals. Was ist das?«, fragte Ellie.

»Pfiesteria-Zysten. Dieselbe Gattung jedenfalls, aber eine Spezies, die ich noch nie zuvor zu Gesicht bekommen habe«, erklärte Garner. »Nach den älteren Identifikatoren könnte es auch eine Spezies von *Gymnodinium* sein, aber in diesem Falle verlasse ich mich, glaube ich, auf Harmons Genauigkeit.« Er inspizierte die Probe erneut und warf dann einen

Blick auf das neben ihm aufgeschlagene Buch. »Die meisten Dinos kann man bei diesem Vergrößerungsgrad nach ihrer Form identifizieren. Bei *Pfiesteria* ist das recht schwierig; sie verändert im Laufe ihrer Entwicklung radikal die Form, geht von Zysten auf eine amoeboide Phase und dann wieder zu frei beweglichen Zellen unterschiedlicher Größe über.« Er sah noch eine Weile hin, als wollte er sich nicht eingestehen, dass sie es mit dem schlimmsten aller möglichen Kandidaten zu tun hatten. Die viel stärkere Vergrößerung, die das Elektronenmikroskop ermöglichte, würde letzte Einzelheiten und die Bestätigung liefern, aber... »Es ist *Pfiesteria*, da bin ich sicher«, sagte er laut.

Pfiesteria. Als Ellie den Namen des Killers hörte, klangen ihr die Ohren und sie spürte das Prickeln einer Gänsehaut auf den Armen. Das war zugleich die Bestätigung seiner Identität und ein Hinweis, dass ein Organismus, der auf so schreckliche Weise töten konnte, hier vor ihren Fingerspitzen lag.

»Ich kann einfach nicht begreifen, wieso der Gerichtsmediziner das übersehen hat«, sagte sie.

»Ich kann mir nicht vorstellen, dass er auch nur nach etwas Derartigem suchen oder wissen würde, woran er die Zellen erkennen kann.«

Ellie sah noch einmal gründlich hin, um sich den Anblick einzuprägen. »Die sehen aber doch gar nicht so gefährlich aus«, sagte sie und beruhigte sich allmählich.

»Die Zysten befinden sich im Ruhezustand. Von dieser Phase aus durchläuft *Pfiesteria* im Laufe ihrer Reife dreiundzwanzig weitere Lebensstadien. Soweit man bisher feststellen konnte, entwickelt sie bei jeder Phase eine fortschrittlichere Morphologie, eine andere Ernährungsstrategie und tödlichere chemische Verteidigungsmittel. Dieses Biest hier hat so ziemlich den kompliziertesten Lebenszyklus, den man sich denken kann.«

»Und was löst ihn aus – den Lebenszyklus, meine ich?«

»Wenn ich das wüsste!«, stöhnte Garner. »Aber solange sie sich im Ruhezustand befindet, haben wir zumindest die Zeit, Vermutungen anzustellen.« Er ging zum Telefon und wählte die Privatnummer des Direktors der NEPCC. Er hatte die Gattung zwar positiv identifiziert, aber die Struktur des Dinoflagellaten zeigte einige Aspekte, die ihm fremd waren, insbesondere den gallertartigen Schleim, der allem Anschein nach die Zellen einhüllte.

Als Nächsten rief er Charles Harmon an. Jetzt war die Zeit gekommen, wo der alte Mann auch etwas von seinem Schlaf opfern musste. Garner war auch bereit zuzugeben, dass sie Hilfe brauchten. Wenn seine Ängste sich als gerechtfertigt erwiesen, dann war keine Ortschaft im Umkreis von fünfzig Meilen sicher.

»Sieht so aus, als müssten Sie sich noch etwas länger Urlaub nehmen«, sagte Garner und trat neben Ellie.

Ellie kam der Prozess wegen eines angeblichen Kunstfehlers, der wie ein Damoklesschwert über ihr hing, plötzlich vor wie ein halb vergessener Alptraum aus fernster Vergangenheit. Diese eine Entdeckung hier war vielleicht ein Ansatz zu ihrer Rechtfertigung, zugleich aber ein Hinweis darauf, dass sie erst damit begonnen hatten, das ganze schreckliche Ausmaß der drohenden Gefahr zu erfassen. Wie viele Leute noch – wie viele weitere Caitlin Fultons und Mark Junckers und arglose Taucher – würden diesem Killer zum Opfer fallen, ehe sie ihn finden konnten? Wie viele Opfer waren jetzt schon dort draußen in all den Hunderten von Quadratmeilen gnadenlosen Meeres?

Und dann drängte sich aus den Tiefen von Ellies Ängsten der Gedanke in den Vordergrund, dass dieser Killer zu vollkommen war, als dass er ein Zufallsprodukt der Natur sein konnte. Dieser Killer war zum Überleben geschaffen, war dazu geschaffen, seine Gegner zu zerstören und sich um jeden Preis fortzupflanzen.

Ihre Kehle wurde trocken. Sie sah wieder auf die unschuldig wirkende Gewebeprobe mit ihrer Unheil verheißenden Ansammlung ruhender Zysten.

Tausender von Zysten.

14

21. August
48° 25' Nördl. Breite, 124° 40' Westl. Länge
Juan de Fuca Straße

Die junge Schauspielerin schlug die Beine übereinander und tat so, als würde sie nicht bemerken, wie sie damit den siebzehnjährigen Maat des Charterboots *Serenity* faszinierte. Und wenn es schon dem Starlet nichts ausmachte, mit den Augen begrapscht zu werden, dann störte das ihren Begleiter Howard Belkin, ehemals Fernsehproduzent und jetzt Medienmogul, noch weniger. Candace war nur ein paar Wochen über zwanzig und Belkin genoss es, Eindruck zu machen, wenn sie an seinem Arm hing. Er malte sich aus, dass jünger und besser aussehende Männer und Frauen sich darüber wunderten, wie er es schaffte, sich eine so attraktive Reihe wohlgeformter Konkubinen zu halten. Die Antwort auf die Frage lautete natürlich: Macht.

Liam Cole, der Captain der *Serenity*, hatte noch nie von Howard Belkin oder seiner Freundin gehört und hieß das seltsam aussehende Paar mit gemessener Geringschätzung auf seinem Boot willkommen. Cole rief sich immer wieder ins Gedächtnis, dass er Rechnungen und das Gehalt für einen ersten Maat bezahlen und seinen Bauch füllen musste. Er hatte in der Wirtschaftsregion von Neah Bay gute und schlechte Zeiten erlebt und seine Preise oft bis auf ein Minimum reduziert, wenn er sich damit die Chance auf einen Kunden ausrechnete, der wiederkommen und beim nächsten

Mal einen höheren Preis bezahlen würde. Gewöhnlich mochte er seine Passagiere, zeigte ihnen gern, wie man fischte, half ihnen gegen die Seekrankheit anzukämpfen und schickte sie regelmäßig mit einer Kühlbox nach Hause, die mit dem zulässigen Fang des Tages gefüllt war. Aber als er an jenem Morgen die arrogante Schauspielerin und ihren tattrigen alten »Ehemann« unsicher sein Deck betreten sah, hatte er das Gefühl, eine neue Spezies von Urschleim ganz auf dem Boden des Kübels gefunden zu haben, in dem die Klientel für Charterboote verwahrt war. Nach einer Stunde – einer einzigen Stunde – war Cole so weit, dass er den beiden am liebsten ihr Geld zurückgegeben und sie einem seiner vielen Konkurrenten überlassen hätte. Nach zwei Stunden war er bereit, sie als Köder zu verwenden – die mit den wohlgeformten Beinen als Zweite.

Howard Belkin ignorierte Coles nicht zu übersehende Feindseligkeit. Er befand sich im Urlaub und genoss es, wenn alle seine Bedürfnisse befriedigt wurden. Howard Belkin war vor Beginn des Zweiten Weltkriegs in Brooklyn als einziges Kind eines im Varieté-Geschäft tätigen Vaters und einer im Radio Werbeslogans singenden Mutter zur Welt gekommen. Der Ruf, den seine Eltern sich für ordentliche Arbeit erworben hatten, hatte ihm in Hollywood viele Türen geöffnet, die ihm seine eigenen körperlichen Unzulänglichkeiten allem Anschein nach ebenso schnell wieder verschlossen. Eine als Vierjähriger erfolgreich überstandene Kinderlähmung und starker Aknebefall als Teenager hatten ihn zu blass gemacht und ließen ihn zu gebrechlich wirken, um für eine Hauptrolle ernst genommen zu werden. Es mangelte ihm auch an der schöpferischen Vision eines guten Regisseurs. Dafür paarten sich in ihm krankhafter Ehrgeiz und ein angeborenes Gefühl für die Art von Shows, die die Leute sehen wollten, und so wurde er schließlich Produzent.

Belkins erster Hit stellte sich Mitte der siebziger Jahre ein: eine zur Hauptsendezeit ausgestrahlte Fernsehserie mit drei Flugbegleiterinnen oder Stewardessen, wie man sie damals nannte, die dem Verbrechertum den Kampf angesagt hatten. *Bluebirds* konnte Spitzen-Einschaltquoten garantieren und verhalf den drei Stars zu landesweiter Prominenz – zwei ehemaligen Kosmetik-Models und einer Möchtegern-Nachrichten-Moderatorin. Es verging nicht viel Zeit, bis Belkin Entertainment in Hollywood zu einem wichtigen Element der Unterhaltungsbranche geworden war und seine Tätigkeit auf die Bereiche Dokumentarfilm und Video ausweitete. Ein paar etwas riskantere Vorhaben brachten ihn an den Rand des finanziellen Ruins, aber er kam immer wieder auf die Beine. In einer Stadt, in der nichts so schnell vergessen war wie die Prominenz von gestern, hatte er es geschafft, sich genügend Kontakte aufzubauen, um das zu bleiben, was die Branche einen Survivor nannte. Jemand, der sich immer in der Nähe des Rampenlichts aufhielt, wenn er einmal nicht selbst in ihm stand.

Dann hatte er vor zwei Jahren eine kaum kaschierte Softporno-Serie über Zimmerkolleginnen in einem hippen College auf den Markt gebracht und jetzt standen Modedesigner, Schallplattenfirmen und Parfümhersteller Schlange, um ihre Produkte in der Serie zu platzieren. Er lernte jede Woche zweihundert Mädchen wie Candace kennen und jede einzelne davon übertraf ihre Vorgängerin in der Bereitschaft, alles Notwendige zu tun, um auch nur eine winzige Rolle zu bekommen. Dass er erneut einen großen Treffer gelandet hatte, wusste er, als CNN über eine Studentin in einem oberen Semester an der Georgia Tech berichtete, die an Alkoholvergiftung gestorben war, nachdem sie sich an einem Trinkwettbewerb beteiligt hatte, der ganz so angelegt war wie der, den sie im *Hampton House* gesehen hatte.

»Wenn du schon abtreten musst, dann so«, bemerkte Belkin gegenüber einem seiner jüngeren Mitarbeiter und schlug dem jungen Mann dabei aufs Knie. »Mit einer Party, für die H. L. Belkin das Drehbuch geschrieben hat.«

Jetzt, im Alter von achtundsiebzig Jahren, hatte Howard Belkin aufgehört, für sich selbst einen Platz im Rampenlicht zu suchen. Er besaß ein seinem Status angemessenes palastähnliches Haus in Malibu. Allein seine Wiederholungshonorare brachten ihm schon genügend Geld ein, um sich die Aufmerksamkeit der Leute zu kaufen und sich immer, wenn ihm noch danach war, »Muschis zu mieten«. Inzwischen genügte schon sein Name, um auch die albernste Idee vom Entwurf bis in die Produktion zu tragen, ein Umstand, der in seinem Geschäft vielleicht der verlässlichste Maßstab für den Erfolg war.

»Wir haben ein Haus in Seattle, aber im Augenblick suchen wir nach etwas auf den San Juan Inseln«, sagte Belkin und zündete sich eine kubanische Zigarre an. Er benutzte denselben Lieferanten wie Schwarzenegger und war auch darauf stolz. »Wir überlegen, ob wir nicht ganz hierher ziehen sollen.«

»Warum?«, fragte Cole. Es klang mehr wie die flehentliche Bitte, es zu unterlassen, als wie eine Frage.

»L. A. ist das reinste Scheißhaus«, sagte Belkin. »Der Smog bringt einen um. Das sagen die Leute schon seit dreißig Jahren, aber allmählich glaube ich es. Zumindest tun das meine Lungen. Dabei hätte ich geglaubt, dass die von den Zigarren schon lange versteinert wären.« Er unterstrich seine Feststellung mit einem heftigen Hustenanfall. »Außerdem kommt Candy mit dem Wasser dort nicht klar, bei all dem Blei und sonstigem Scheiß.«

»*How*-ard«, jammerte Candace mit eingeübt klingendem Tonfall. »Du weißt, dass ich es nicht mag, wenn du *Candy* sagst. Ich heiße *Candace*. Wie soll mich jemals einer als

Schauspielerin ernst nehmen und mir eine Rolle geben, wenn du immer *Candy* zu mir sagst?« Mit ihrem leichten Silberblick vermittelte Candace ständig den Eindruck dümmlicher Verständnislosigkeit, auch wenn sie sich noch so sehr bemühte, verstimmt zu wirken.

»Keine Sorge, Süßes«, sagte Belkin. »Candy ist so etwas Süßes, dass du ganz bestimmt deine Rollen bekommst.« Er lachte brüllend über sein bescheidenes Witzchen, verstummte dann aber, als er sah, dass sie zu schmollen anfing. »Keine Sorge, Süßes«, wiederholte er und tätschelte ihr beruhigend das Knie. »Ich hab da schon eine Rolle Anfang nächsten Jahres für dich in Aussicht, eine großartige Rolle. Wenn *du* sie nicht nimmst, werden die sie wahrscheinlich Julia Roberts anbieten.«

»Das hast du bei der *letzten* Rolle auch gesagt«, entgegnete sie.

»Manche Dinge brauchen ihre Zeit. Das weißt du doch«, sagte er und tätschelte sie erneut. Diesmal ließ er seine Hand länger auf ihrem gebräunten Schenkel liegen.

Candace schlang ihre langen Beine auseinander und beugte sich vor, um Belkin zwischen den Beinen zu tätscheln. »Ja, *Sweetie*, und ob ich das weiß.« Sie zündete sich eine nikotinarme Zigarette an Belkins Zigarre an und stieg ins Cockpit hinauf, um sie zu rauchen.

»Jetzt frage ich Sie, ist das nicht ein spitzenmäßiger Arsch?«, sagte Belkin zur Crew gewandt. Die Spitze seiner Zigarre glühte rot und seine Zähne ließen ein angegilbtes Lächeln sehen. »Einfach spitzenmäßig.«

Cole sagte nichts und dachte immer noch an Köder.

Um zehn Uhr vormittags biss der erste Fisch an. Die Steuerbordleine straffte sich kurzzeitig und wurde gleich wieder schlaff. Coles erster Gedanke war, dass Toby, der Maat, die

Leine überfahren hatte, aber dann wurde ihm bewusst, dass sie, als sie wieder schlaff geworden war, ein gutes Stück von der Bordwand entfernt im Meer getrieben hatte.

Was zum Teufel konnte eine auf fünfhundert Pfund getestete Leine abreißen?

Cole kletterte ins Cockpit hinauf und sah der Leine nach. Eine große, graue Silhouette erschien dicht unter der Wasseroberfläche, Augenblicke später von einer beeindruckenden Rückenflosse gefolgt, als der Fisch sich zur Seite wälzte.

»Du großer Gott«, sagte Belkin und deutete erregt darauf. »Das ist ein großer Weißer! Ein weißer Hai!«

Candace, die sich auf dem Vorderdeck sonnte, blickte von ihrem Lifestyle-Magazin auf.

»Das bezweifle ich, Mr. Belkin«, widersprach Cole. »Weiße sind hier ziemlich selten.«

»Wahrscheinlich ist es ein großer Lachshai, vielleicht ein Siebenkiemer«, pflichtete Toby ihm bei. »Die kommen im Sommer ganz dicht an die Oberfläche.«

Candace lächelte affektiert und wandte sich wieder ihrem Magazin zu.

»Von wegen!«, erregte sich Belkin, stieg aus seinem Sessel und eilte, erstaunlich beweglich, an die Reling. »Ich habe für den Explorerkanal drei Dokumentarfilme über Weiße Haie produziert. Ich erkenne einen Weißen, wenn ich einen zu sehen bekomme, und ich habe mehr als Sie beide zusammen gesehen.«

Das stimmte wahrscheinlich, wenn man Fotos und Filme mitzählte. Cole fischte seit siebzehn Jahren in der Umgebung von Juan de Fuca und hatte erst einen einzigen Weißen Hai gesehen; Toby noch gar keinen. *Carcharodon carcharias* war zwar eine von etwa einem Dutzend Haiarten, die in diesen Gewässern beheimatet waren, aber nur sehr wenige waren je verlässlich identifiziert worden. Die meisten hatte man ans

Ufer gespült gefunden; sie waren schon lange tot, vermutlich verhungert, verwirrt und orientierungslos. Cole hätte Belkin das sagen können, entschied sich aber stattdessen dafür, die Begeisterung seines Kunden wachzuhalten.

»Sie sind der Chef«, sagte Cole. Wenn es ein Weißer war, dann empfand der Captain brüderliche Sympathie für ihn. Wenn es ihn so weit nach Norden verschlagen hatte, dann gab es zwischen ihnen beiden wahrscheinlich gar keinen so großen Unterschied. Beide schafften es gerade zu überleben, indem sie sich von dem Geschmeiß ernährten, das seine Nahrung auf dem Meeresgrund fand und ihnen zufällig über den Weg kam. Aber für das Geld, das Belkin ihm bezahlte, würde Cole einen heiligen Eid auf die Bibel ablegen, dass sie gerade Moby Dick gefangen hatten.

Wenn es ein Weißer Hai war, dann ein kleiner. Cole schätzte ihn auf zehn Fuß, aber er konnte den Schwanz noch nicht sehen. Der Fisch war in eine Art trüber Wolke eingehüllt, möglicherweise Blut, was Cole zu seiner nächsten Folgerung veranlasste: der Fisch war vermutlich verletzt. Seine Bewegungen waren zu schwach und er schwamm irgendwie nicht richtig.

»Sie ist nicht tot«, sagte Cole. »Haie haben keine Luftblase, und sie sind schwer. Wenn sie tot wäre, würde sie sofort auf den Grund sinken.«

»Woher wissen Sie, dass es sich um eine ›sie‹ handelt?«, rief Candace von ihrem Liegestuhl herüber.

»Wenn es ein männlicher Hai wäre, hätte er Greifer unter dem Schwanz«, sagte Cole.

»Richtig«, pflichtete Belkin ihm bei. »Sie kommen zusammen und bilden den Penis«, demonstrierte er, indem er die Ellbogen aneinander legte und dann die Unterarme vorschob, bis seine Hände sich berührten. »Ein mächtiges Gehänge haben diese Mistdinger.«

»Wenn es der Penis ist, weshalb nennt man sie dann Greifer?«, wollte Candace wissen.

»Aristoteles hat gedacht, sie seien für Fortpflanzungsorgane zu groß«, erklärte Cole. »Deshalb dachte er, sie würden dazu dienen, sich während der Paarung am weiblichen Tier festzuklammern.«

»Aristoteles Onassis soll Haie studiert haben?«, ereiferte sich Belkin. »Reden Sie doch keinen Quatsch.«

»Nein, Aristoteles *Aristoteles* –«

In dem Augenblick fing der Fisch an um sich zu schlagen, ging in eine korkenzieherartige Bewegung über und peitschte das Wasser dabei auf. Während er mit dem kegelförmigen Kopf hin und her schlug, verhängte der Hai sich in einer zweiten und dann auch einer dritten Leine von den Angelruten am Heck der *Serenity*. Die Leinen wurden nicht von den Zähnen des Hais zerfetzt, sondern schlangen sich um seinen schimmernden Leib.

Die Belastung, der das Achterdeck dadurch ausgesetzt war, war sehr stark und zeigte sich unverzüglich. Zwei Klampen wurden abgerissen, als die daran befestigten Leinen über Bord gezerrt wurden. Die *Serenity* wurde unverzüglich nach Steuerbord gezogen, und man konnte förmlich hören, wie ihr Rumpf plötzlich aufstöhnte. Candace schrie auf, als sie aus ihrem Liegestuhl aufs Deck geworfen wurde. Toby schnappte sich einen Knüppel und versuchte damit, dem Hai einen Schlag über den mächtigen Schädel zu versetzen, aber das war zwecklos. Die Zähne des um sein Leben kämpfenden Fisches fuhren aus dem Wasser in die Höhe und schnappten nach ihm.

»Die Leinen kappen!«, brüllte Cole und verschwand durch die Bodenluke.

Toby holte ein Messer von der Größe einer Machete aus dem Werkzeugschrank, hieb damit auf die erste Leine ein und durchtrennte sie mit einem peitschenartigen Knall. Das plötzliche Nachlassen der Spannung ließ das Boot nach links gieren und Candace, immer noch laut schreiend, auf die gegenüberliegende Reling zurutschen.

»Was machen Sie da!«, brüllte Belkin Toby an. »Das ist mein *Fang*! Ich *will* diesen Fisch.«

»Und er will uns«, erwiderte Toby und schickte sich an, die nächste Leine zu kappen.

In der Fiberglasbeschichtung des Decks tat sich ein breiter Riss auf. Von unten konnte man Cole laut fluchen hören, während er die Bilgenpumpen anließ.

»Nein!«, sagte Belkin und trat einen Schritt vor, um den viel jüngeren und stärkeren Mann an seinem Vorhaben zu hindern. »Lassen Sie das bleiben, Sie kleiner Scheißer.«

Jetzt kam Cole mit einer .44 Pistole wieder die Treppe herauf. »Sofort aufhören!«, schrie er und richtete die Waffe auf Belkin.

Belkin sah die Waffe und trat einen Schritt zurück, hob die Hände und versuchte sein Gleichgewicht auf dem schwankenden Deck zu halten. »Ganz ruhig bleiben, Skipper. Ich hab das nicht so gemeint. Ich hab unserem jungen Freund hier bloß gesagt, dass er gefälligst meine Trophäe in Ruhe lassen soll.«

Cole ließ die Waffe sinken und richtete sie dann nach achtern. »Gehen Sie aus dem Weg«, sagte er und gab dann vier Schüsse auf den Kopf des Hais ab. Der Fisch bäumte sich einmal und dann noch zweimal auf und erschlaffte schließlich.

Die *Serenity* hörte auf, sich lautstark zu beklagen, behielt aber ihre Steuerbordschlagseite bei. Einen Augenblick lang war außer der Bilgenpumpe und dem Keuchen der drei Männer, die langsam wieder zu Atem kamen, nichts zu hören. Selbst das Wasser, das um den angeknackten Rumpf spülte, war völlig lautlos.

»Auf die Jagd«, sagte Belkin und hob ein imaginäres Glas. Cole ignorierte ihn.

Toby lehnte sich über die Schiffswand und zog den Hai mit einem Fischhaken näher heran. »Mindestens siebenhundert Pfund, würde ich sagen.«

Der Kopf des Hais war an der Seite, wo die Kugeln ins Auge eingedrungen und sich in dem dicken Schädel festgesetzt hatten, eine formlose blutige Masse. »Da sehen Sie, was Sie angerichtet haben«, schrie Belkin Cole an. »Sie haben mir meine Trophäe versaut.«

»Das ist doch kein gottverdammter Elch«, sagte Cole. »Sie kriegen die Kiefer. Die sind allein das Geld für den heutigen Trip wert. Das ganze Biest können Sie doch gar nicht brauchen. Der Schädel ist voller Knorpel und das Fleisch voll Ammoniak. Es fängt in dem Augenblick zu stinken an, wo es zu verwesen beginnt.«

Toby, der mit dem Kopf nach unten über die Schiffswand hing, gab würgende Laute von sich. »Ich glaube, das hat schon angefangen. Das riecht wie Pisse.« Je mehr ihm das Blut in den Kopf stieg, um so mehr konnte er in seinen ausgestreckten Armen und im Gesicht ein prickelndes Gefühl verspüren. »Das treibt mir das Wasser in die Augen.«

Der Junge fuhr fort, an dem Fischkadaver zu zerren, versuchte, eine Leine am Kopf zu befestigen und ihn hochzuziehen, damit man an die Kiefer heran konnte. Aus dem Cockpit beobachtete Candace seine Bemühungen und bewunderte dabei seinen muskulösen Rücken und seinen knackigen Po. »Ist er tot?«

Toby grunzte etwas, was man als Bejahung auffassen konnte, und rollte den Hai mit dem Fischhaken herum. »Was ihn umgebracht hat, hat schon lange vor uns damit angefangen.« Der Schwanz des Hais – tatsächlich der gesamte Körper hinter der ersten Rückflosse – war in seltsamen, halbkreisförmigen Stücken fast völlig abgefressen. In Anbetracht des einfachen Skeletts des Hais ähnelten die Überreste einem Schaustück, an dem die halb angefressenen Wirbel freigelegt waren. »Ich schätze, das Ding war bereits tot, als es unseren Haken geschluckt hat, und bloß zu blöde, um das zu wissen.«

»Ach, und ich wollte doch die Greifarme sehen«, jammerte Candace.

»Greifer«, verbesserte sie Cole. »Tut mir Leid, Sie enttäuschen zu müssen.«

»Was, meinen Sie, könnte das getan haben?«, fragte Belkin. »Ein Killeroctopus?«

Na sicher, ein dreihundert Fuß langer Killeroctopus, mit Augen so groß wie einem Haus und Greifern so groß wie ein Cadillac, du blödes Arschloch, dachte Cole. »Es könnte ein anderer Hai oder ein Killerwal gewesen sein«, sagte er stattdessen. »Du lieber Gott, wie das aussieht. Keine besondere Trophäe, selbst ohne die Kugeln. Ich kann mir vorstellen, dass Sie gern ein Bild davon hätten, wie er am Haken hängt und Sie daneben stehen, aber zum einen sind wir nicht darauf eingerichtet, etwas von dieser Größe zu schleppen oder hochzuziehen. Zum andern ist nicht viel übrig, was man aufhängen könnte.«

»Ich will die Kiefer«, erklärte Belkin entschieden. »Wenn Sie Ihr Geld haben wollen, dann besorgen Sie mir diese Kiefer.«

»Sie sind der Chef«, erklärte Cole an diesem Vormittag schon zum zweiten Mal, und seine Sympathie für das früher einmal beeindruckende Tier nahm zu. Er kannte Berufsfischer, die Hunderte von Haien zur Strecke brachten, sie mit langen mit Haken versehenen Leinen fingen, die sie meilenweit über den Meeresgrund zogen. Viele praktizierten auch etwas, das man »Flossen« nannte – den unglaublich verschwenderischen Prozess, die Kiefer, die Flossen und andere marktfähige Stücke des Hais zu entfernen und den Rest des Tiers wieder ins Meer zu werfen, häufig sogar noch lebendig, aber nicht mehr schwimmfähig. Ein Blick auf die gewaltigen, eindrucksvollen Reihen dreieckiger Zähne ließ es als eine Ungerechtigkeit des Schicksals erscheinen, solche Erhabenheit und solche Vollkommenheit der Formgebung auf dem Bücherregal von jemandem wie Howard Belkin enden zu lassen.

»Siehst du? Ich habe dir doch gesagt, dass wir etwas fangen werden.« Belkin grinste Candace an. »Wie fühlt es sich an, mit einem Master of the Universe zu schlafen?« Er wandte sich dem Hai zu. »Und wie fühlst *du* dich dabei, du beschissenes Stück Hundefressen? Wie fühlt man sich, wenn man sich mit einem *echten* Killer anlegt? Einem *echten* Raubtier.«

»Ich dachte immer, tote Haie würden andere Haie anziehen – sie sind doch Kannibalen, oder?«, sagte Candace unbeeindruckt und leicht angewidert. »Also... wo sind die anderen?«

Cole wollte gerade dazu ansetzen, ihr zu erklären, wie selten Haie aller Art in der Meerenge seien, als ihm bewusst wurde, dass ihre Frage durchaus berechtigt war. Ein Fisch dieser Größe, verletzt oder krank, hätte zahlreiche Leichenfledderer anlocken müssen. Aber selbst jetzt noch war die Abwesenheit anderer Meereslebewesen geradezu unheimlich. Kein einziger Fisch huschte durch die Wolke aus Blut, die dem Hai entströmte. Und da waren auch keine Vögel, die auf die Meeresoberfläche herunterstießen, um Nahrung zu holen. Und Toby hatte Recht, was den Verwesungsgeruch anging, wie Ammoniak, aber für diesen einen Fisch viel zu stark...

Mit einem erschreckten Aufschrei kippte Toby plötzlich über die Bootswand und klatschte ins Wasser. Sein Turnschuh fiel herunter und landete auf dem Deck, während der Junge über die erschreckende Kälte des Wassers aufkreischte. Cole, Belkin und Candace sahen zuerst den einzelnen Schuh und dann einander an und fingen lauthals an zu lachen.

»Wie ich sehe, habe ich die Besten engagiert, die es gibt«, lachte Belkin. Das schien ihn so anzustrengen, dass er plötzlich an Atemnot litt. Er verspürte ein brennendes Gefühl in der Nase und in der Brust, das gar nicht nach Tabak schmeckte. Oder Kokain.

Auch Cole lachte über das komische Bild, obwohl ihm bewusst war, dass er nur Minuten, wenn nicht gar Sekunden, Zeit hatte, um seinen Maat aus dem Wasser zu holen. Er griff sich einen Rettungsring und eilte damit an die Reling.

»*Hilfe!*« schrie Toby.

Cole erkannte, dass die Schreie des Jungen nicht nur auf die Kälte des Wassers zurückzuführen waren. Einen schreckerfüllten Augenblick lang fragte er sich, ob der Hai wieder zum Leben erwacht war und Toby mit seinen mächtigen Kiefern gepackt hatte. Er beugte sich über die Schiffswand und konnte sehen, dass Toby jetzt ein paar Fuß von dem Fisch entfernt war und wie wild um sich schlug.

»*Hiilfe!*« schrie Toby erneut, und dabei schoss ihm das Blut in Strömen aus dem Mund.

Cole warf dem Jungen den Rettungsring zu und zerrte ihn mit hektischen Bewegungen zum Boot zurück. »Da, nimm meine Hand!«, schrie er Toby zu, der weder die Stimme seines Captain wahrzunehmen schien, noch wie nahe er sich bei dem Boot befand. Sein Gesicht hatte jede Farbe verloren und sein Hals begann anzuschwellen. Zuckungen durchliefen seinen ganzen Körper.

Wie er so mit ausgestreckten Armen dastand, fühlte Cole sich jetzt seltsam benommen und betäubt. Während Wasser und Blut auf ihn spritzten, verspürte er ein Brennen im

Gesicht und an den Händen. Der Geruch des fauligen Wassers trieb ihm die Tränen in die Augen.

Cole packte Tobys Hand und zog daran. Zu seinem Entsetzen hielt er plötzlich den Arm des Jungen in der Hand, völlig aus der Schulter herausgerissen. Cole ließ reflexartig los und der Arm plumpste zwischen Candace und Belkin aufs Deck.

Jetzt konnte Cole sehen, wie schrecklich Toby zugerichtet war. Das Fleisch war von seinem Brustkasten abgefetzt, seine Rippen lagen vollkommen bloß. Der Junge konnte unmöglich noch am Leben sein, er konnte unmöglich noch schreien, dachte Cole und hatte das Gefühl, dass sein Verstand gleich aussetzen würde. Die Erkenntnis, dass die Schreie nicht mehr von Toby, sondern von Candace kamen, war das Letzte, woran Cole sich erinnerte, ehe er in das kochende Wasser fiel. Er verschwand, ohne eine Spur zu hinterlassen.

Belkin und Candace waren plötzlich allein auf dem Boot. Aus dem Wasser war abgesehen von den gegen den Rumpf klatschenden Wellen kein Laut zu hören. Der abgerissene Arm und der eine Schuh waren alles, was von der Crew der *Serenity* übrig geblieben war. Sie hatten keine Ahnung, wo sie sich befanden, keine Ahnung, wie sie das Boot steuern sollten, und weit und breit war kein anderes Schiff in Sicht.

Unkontrolliert fröstelnd stolperte Candace ein paar Schritte rückwärts und brach in der Tür zur Hauptkabine zusammen. Sie bekam keine Luft. Ihre Augen starrten entsetzt und flehentlich Belkin an. »Howard, tu doch etwas. *Tu doch etwas!*«, schrie sie.

Kismet. Aus heiterem blauen Himmel hatte Howard Belkin im Alter von achtundsiebzig Jahren plötzlich seine Chance bekommen, den Helden zu spielen. In der realen Welt würde es Howard Belkin sein – nicht Eastwood oder Gibson oder Kostner –, der am Ende das verzweifelte junge Starlet retten und mit ihr in einem perfekten sepiafarbenen PanaFlex-Sonnenuntergang davonsegeln würde.

Ein Teil von ihm hatte sein ganzes Leben lang auf diese Rolle gewartet. Howard Belkin hatte seine Traumeinstellung. Die Crew, die Schauspieler und das Publikum sahen zu, hingen an jedem seiner Worte. *Ruhe auf dem Set, bitte. Okay, Beleuchtung bitte. Ton ab… Kamera…* und – ACTION!

Howard Belkin pinkelte sich in die Hosen.

15

23. August
48° 50' Nördl. Breite, 125° 08' 50" Westl. Länge
Bamfield, British Columbia

Nachdem Garner den Killer das erste Mal zu Gesicht bekommen hatte, hatte er sich dafür entschieden, das Einsatzteam aufzuteilen. Carol begleitete Ellie nach Victoria, wo sie noch einmal eine Autopsie an den Leichen der beiden Taucher und dem kleinen Salish-Indianer vornahmen. Im späteren Verlauf des Tages rief Carol die Station an und meldete erregt, dass sie wahrscheinlich im Gewebe der Taucher *Pfiesteria* in verschiedenen Lebensstadien gefunden hatten. Nachdem sie dem Gerichtsmediziner erklärt hatten, was sie suchten, bereitete es keine Mühe, weitere Zellen der Dinoflagellaten zu finden. Sie kamen überein, am nächsten Morgen mit Proben aus dem Krankenhaus nach Bamfield zurückzukehren, damit Garner oder Harmon dort die Identifizierung abschließen konnten.

Auch Garner und Freeland waren sehr beschäftigt, hatten aber am Ende wesentlich weniger vorzuweisen. Am Morgen setzten sie Betty vom Skiff aus ein und fuhren in nördlicher Richtung über den Sund, die erste von drei Fahrten, die sie an diesem Tag durchführten. Obwohl sie mehr Zeit brauchen würden, um sich die Planktonproben genauer anzusehen, war doch an den Ergebnissen der Infrarotkamera von Betty auf den ersten Blick hinsichtlich der Wasserbeschaffenheit nichts Ungewöhnliches zu erkennen. Am Nachmittag trugen sie Ray Bouchard noch einmal ihre Erkenntnisse vor und ersuchten um seine Unterstützung. Seit in dem Labormuster *Pfiesteria*zysten gefunden worden waren, war der Stationsdirektor bereit, einen Antrag auf teilweise Sperrung des nicht zum Reservat gehörenden Campinggeländes und der Fischereireviere nördlich des Nitinat-Flusses zu unterstützen. Das Reservationsgebiet lag nicht im Zuständigkeitsbereich der Behörde für Fischerei und Naturschutz, aber die Stammesältesten dort erklärten sich einverstanden, den Fischfang so lange einzuschränken, bis eine gründliche Untersuchung des Reviers stattgefunden hatte.

Charles Harmon verbrachte den Rest des Tages über das Elektronenmikroskop des Labors gebeugt mit Untersuchungen der *Pfiesteria*probe. Harmon hielt sich zwar noch mit einer Äußerung über die Auswirkungen der Angelegenheit zurück, schloss sich aber Garners Identifizierung an und ließ sich sogar zu einem Lob für dessen Geschick als Beobachter und seine Zielstrebigkeit hinreißen. Plötzlich war er so von dem Organismus fasziniert – einem Organismus, der so unschuldig aussah und doch so schreckliche Auswirkungen haben konnte und in einem Zustand des »Winterschlafs« isoliert und so weit von zu Hause entfernt war –, dass er sich ganz auf ihn konzentrierte. Wenn Garner ihm bei der Arbeit zusah, wie er mit großem Geschick am Mikroskop arbeitete und mit den Mikrozangen hantierte, spürte er, wie seine Wertschätzung für den alten Herrn wieder anstieg. Er kam sich privilegiert vor, neben einem Mann zu arbeiten, der einmal die Definition für ihr gemeinsames Arbeitsgebiet geschaffen hatte. Ganz offensichtlich hatte Harmon auch nach seiner Emeritierung weder etwas von seinem Geschick eingebüßt noch das Staunen verlernt.

»Warum kommen Sie nicht mit?«, lud Garner ihn ein. »Wenn Sie sich der Reise gewachsen fühlen, könnten wir Sie in Nitinat gut gebrauchen.«

Harmon schmunzelte, wie er das immer tat, wenn er das Gefühl hatte, dass jemand sich leichtfertig äußerte. »Ich bin seit fünfundzwanzig Jahren nicht mehr ›im Feld‹ gewesen«, sagte er. Er fummelte an seinem Hörgerät herum und wirkte plötzlich ganz uncharakteristisch bescheiden. »Wie gesagt, ich bin schon zufrieden, wenn ich in mein Bad finde. Dort draußen« – er deutete mit seinem Stock auf den Pazifik hinaus – »dort draußen, das ist etwas für jüngere Männer.«

Garner war über die spürbare und plötzliche Wärme in Harmons Verhalten verblüfft, wenn er sich dies auch nicht anmerken ließ. Nachdem sie gegen jede Wahrscheinlichkeit eine winzige Spur des Organismus gefunden hatten, noch dazu unter Einsatz einer Monstrosität wie Betty, um diese Nadel im Heuhaufen aufzuspüren, machte Harmon den Eindruck, als wäre er schließlich bereit, sozusagen die Stafette an seine Nachfolger weiterzureichen. Garner wünschte sich im Stillen, einen Zeugen für diesen Wortwechsel zu haben, und mehr noch, dass Carol dieser Zeuge wäre.

Dank der gemeinsamen Bemühungen von Garner und Harmon hatten sie festgestellt, dass die Zysten einer neuen, noch nicht vollkommen beschriebenen Spezies von *Pfiesteria* angehörten. Der Killer hatte ein Gesicht, und jetzt hatte er auch einen Namen. Obwohl die endgültige Bestätigung ihres Antrags vom Internationalen Rat für taxonomische Nomenklatur kommen musste, hatten Garner und Freeland sich auf eine passende Bezeichnung geeinigt, und Harmon hatte ihnen mit erstaunlich wenig Widerstand zugestimmt.

Bis auf weiteres würde die neue Spezies unter dem Namen *Pfiesteria junckersii* bekannt sein.

An diesem Abend bat Charles Harmon einen der Techniker der Station, ihn auf seine Insel zurück zu bringen, kletterte dort langsam den schmalen Weg von seinem privaten Anlegesteg hinauf und drückte dabei die kleine selbst angefertigte Skizzensammlung an sich. Während das Zwielicht in Dunkelheit überging, wirkte Harmons Haus seltsam leer und kalt. Er entzündete im Kamin ein Feuer und schritt eine Weile ziellos in dem leeren Bau herum, wobei ihm bewusst wurde, dass dies seit langer Zeit einer der wenigen Abende war, an dem ihn ein Gefühl der Einsamkeit beschlich.

Er ging mit schweren Schritten, ein Glas Single Malt Whiskey in der Hand, in seine Bibliothek und ließ sich hinter seinem Schreibtisch nieder. So manchen – Carol und Mark gehörten auch dazu – hätte es verwundert, dass Harmon einige Bilder seiner Kinder und seiner ehemaligen Frau auf einem Regal seiner Bücherwand stehen hatte. Er hatte sich diese Fotos so oft angesehen, dass sie sich fest in sein Gedächtnis eingeprägt hatten, ebenso wie die Zeitungsberichte über sie und die wissenschaftlichen Artikel, die sie geschrieben hatten und die Harmon in einer Schublade seines Schreibtischs verwahrte.

Dann gab es da noch die Sammlung von Skizzen, die zwanzig Jahre alt waren und die er erst kürzlich aus einem staubigen Aktenordner auf dem Dachboden geholt hatte. Skizzen eines Organismus, der eine verblüffende Ähnlichkeit mit der »neuen« Spezies zeigte, die er den ganzen Tag über skizziert hatte und die er und Garner gerade *Pfiesteria junckersii* getauft hatten. Als Harmon das letzte Mal mit diesem Organismus zu tun gehabt hatte – er hatte ihn quasi eigenhändig erschaffen – hatte er ihn einfach aber hinreichend als »Charge 9« bezeichnet.

Er hatte die Skizzen wenige Stunden, nachdem er vom Tod seines Stiefsohns gehört hatte, vom Dachboden geholt, aber die Folgerungen, die sich aus den fragmentarischen Hinweisen über Marks Fund aufgedrängt hatten, waren viel zu beunruhigend gewesen, als dass Harmon sie ernsthaft in

Erwägung gezogen hätte. Und deshalb hatte die vergilbte Zeichnung einfach bloß auf seinem Schreibtisch gelegen, respektvoll ungestört wie eine schlafende Klapperschlange. Bis zum heutigen Tag.

Was Harmon vor so vielen Jahren gezeichnet hatte, war das Ergebnis eines der ersten Versuche zur Entwicklung einer biologischen Waffe. Er konnte sich noch ganz deutlich an die Gesichter der Leute aus dem Verteidigungsministerium erinnern, die damals, als er noch Professor an der University of Washington gewesen war, an ihn herangetreten waren. Sie waren über sein wissenschaftliches Wirken bis zu jenem Zeitpunkt gut informiert gewesen und hatten ein ausgeprägtes Interesse an den neurologischen Auswirkungen einer lähmenden, Amnesie erzeugenden Muschelvergiftung an den Tag gelegt. Sie hatten mit ihm diskutieren wollen, ob es möglich sei, diese Bestandteile toxischer Dinoflagellaten zu isolieren und als Waffe einzusetzen, und waren bereit gewesen, in die diesbezügliche Forschung zu investieren, hatten angeboten, erhebliche Beträge aus schwarzen Projektkassen der US-Regierung zur Verfügung zu stellen.

Anthrax, Cryptococcosis, Lungenpest, Rocky Mountains Gelbfieber, Ricin, Sarin, Psittacosis und andere biologische Waffen von der »A-Liste« standen in reichlichem Maße zur Verfügung und waren billig herzustellen, aber meist nicht sehr effizient und in ihrer Wirksamkeit stark dem Zufall unterworfen. Viele (sicherlich mit Ausnahme von Anthrax) zerfielen einfach, wenn man sie kochendem Wasser, ultraviolettem Licht oder der Aerosolisierung aussetzte. Konnte man sich also einen besseren Überträger als einen robusten Meeresorganismus vorstellen, der selbst den toxischen Wirkstoff erzeugen konnte? Dinoflagellaten schienen dafür die idealen Kandidaten, aber die meisten Spezies von Dinos gediehen nur in tropischen Gewässern, wohingegen die Küsten der meisten Länder, die (nach Ansicht des Verteidigungsministeriums) für die Vereinigten Staaten eine Bedrohung darstellten, in den gemäßigten Klimazonen lagen. Innerhalb dieser Parameter begann Harmon die Suche nach einem hypertoxischen Dinoflagellaten, der gegen kühlere Gewässer, Meeresturbulenzen und erhöhte Schadstoffkonzentrationen widerstandsfähig war und den es aufzuspüren oder zu schaffen galt.

Drei Jahre der Forschung und der Entwicklung führten zu denselben Schlussfolgerungen, die Harmon bei ihrem ersten Zusammentreffen bereits als Hypothese aufgestellt hatte: Toxische Planktonwirkstoffe waren ihrem Wesen nach schwer zu isolieren, geschweige denn künstlich herzustellen, so dass eine Produktion in größerem Maßstab in Anbetracht des vom Militär bereits entwickelten Arsenals an chemischen Waffen nicht sinnvoll gewesen wäre. Seine Auftraggeber – das Army Chemical and Biological Weapons Corps und das Navy Biological Defense Program waren die Fußsoldaten, aber die Verwaltung der Programme lag beim Verteidigungsministerium, und dort hatte man auch die Ziele ausgeheckt, wo diese Kräfte angesetzt werden sollten – wollten etwas, das schnell wirkte und praktisch nicht entdeckt werden konnte. Bedingungen, von denen man allgemein annahm, dass sie sich, soweit es Meerespathogene anging, gegenseitig ausschlossen. Man würde einen Ölkanister voll unraffiniertem Toxin brauchen, um einen Angreifer damit wirksam aufzuhalten, und in einem solchen Fall würde der Kanister selbst aller Wahrscheinlichkeit nach eine wesentlich wirksamere Waffe darstellen.

Dann hatte ein Mann namens Adam Lockwood von einer streng geheimen Abteilung des Geheimdiensts der Marine die Papiere unterzeichnet, die Harmon dazu bevollmächtigten, seine Arbeit fortzusetzen. Anstelle der ursprünglichen Zielsetzung, also der Entwicklung einer direkten Waffe, war

Harmon angewiesen worden, einen indirekten Wirkstoff zu entwickeln. Es galt also, auf gentechnischem Wege einen besonders tödlichen Dinoflagellaten zu entwickeln, der dazu eingesetzt werden konnte, die Fischbestände einer ausländischen Macht zu entvölkern oder allmählich das Auftreten schwächender Nervenstörungen in der Bevölkerung von Staaten zu steigern, die den nationalen Interessen der Vereinigten Staaten feindlich gegenüberstanden. Ihre Suche hatte sie schließlich zur *Pfiesteria piscicida* geführt, einem für Fische hochgradig toxischen Dino, der überwiegend im Golfstrom und an der mittleren Atlantikküste der USA auftrat. Diese Spezies wurde dann mit einer widerstandsfähigeren Spezies, *Pfiesteria pacifica*, gekreuzt, einem äußerst seltenen, sich besonders aggressiv fortpflanzenden Gattungsgenossen, den Harmon selbst erstmals in den tropischen Gewässern vor Baja California nachgewiesen und beschrieben hatte.

Ihre Experimente scheiterten am Ende, zumindest aus militärischer Sicht. Der neue Hybridorganismus – Charge 9 – war zwar wesentlich stabiler und produzierte ein wirksameres Toxin, war aber auch praktisch steril und nur bei ungewöhnlich hohen Inkubationstemperaturen fortpflanzungsfähig. Harmon musste seine Arbeiten einstellen und zog sich kurz darauf aus der aktiven Forschungstätigkeit in sein Haus in Barkley Sound zurück, um dort, weitab vom akademischen Establishment und der ständigen Einmischung der staatlichen Behörden, zu schreiben. Das war zumindest der Vorwand, den er häufig benutzte. In Wahrheit war er zutiefst verstört und entsetzt über die möglichen Folgen, die sich bei einem Erfolg seiner Arbeiten hätten einstellen können. Was einmal als streng geheime Forschungsarbeit für Waffenentwicklung begonnen hatte, hatte sich zwanzig Jahre später indirekt zur Abteilung für chemische und biologische Verteidigung der Army – dem CBDCOM, Chemical and Biological Defense Command – entwickelt und war jetzt auf dem Forschungsgelände von Aberdeen in Maryland untergebracht. Die Erkenntnisse aus den Forschungsarbeiten Harmons und anderer waren heute sozusagen der Grundstein für die führende militärische Forschungsanlage für chemische und biologische Kriegsführung.

Gelegentlich, wenn auch nicht sehr häufig, fragte sich Harmon, was man wohl mit den Ergebnissen seiner Arbeiten an *Pfiesteria* gemacht hatte. Er hatte immer angenommen, dass er das Geheimnis seiner Forschungsarbeit eines Tages mit ins Grab nehmen würde. Doch in Wirklichkeit sah es so aus, als würde es für Charge 9 so etwas wie ein Grab nicht geben. Die Zysten des Organismus konnten im Ruhezustand jahrelang ohne irgendwelche Nährstoffe überleben. Harmon dachte an die Dutzende von Seminaren, die er abgehalten hatte, in denen die Studenten alle möglichen biologischen Abfallstoffe und Chemikalien einfach in ihren Labors in den Abfluss geschüttet hatten. Das war in einer Zeit gewesen, als man überhaupt nicht daran gedacht hatte, dass derartige Stoffe der Umwelt gefährlich werden könnten. Daher hatte man auch keine entsprechenden Verbote erlassen, aber selbst heute war dies noch eine weit verbreitete Praxis, und wäre es nur aus bloßer Faulheit – warum sich die Zeit nehmen, etwas, was man einfach unter den Teppich kehren konnte, aufzuzeichnen, zu isolieren, zu verpacken und zu verbrennen? Wenn man den technologischen Stand der militärischen Anlagen bedachte, in denen er tätig gewesen war, dann war es durchaus wahrscheinlich, dass die tödlichen Kulturen, die sie entwickelt hatten, denselben Weg genommen hatten. Irgendein schwachsinniger Fähnrich oder einfacher Rekrut hatte wahrscheinlich den Befehl erhalten, sie in die Elliott Bay zu kippen. Jetzt, zwei Jahrzehnte später, hatte es irgendwie einen natürlichen Ausbruch der Substanz gegeben, die sie einmal kurzzeitig im Labor erzeugt hatten. Man konnte unmöglich mit Sicherheit wissen, wie es zu einem Kontakt der beiden *Pfiesteria*-Spezies gekommen sein konnte – eine Möglichkeit war die explosionsartige Vermehrung der globalen Handelsrouten – oder wie die Natur es angestellt hatte, aus einer solchen Kreuzung eine lebensfähige Population zu erzeugen.

Das Geräusch eines sich nähernden Bootsmotors riss ihn aus seinen Träumen. Er löschte das Licht und trat an das breite Fenster. Als er über den Sund hinausblickte, konnte er sehen, wie die kleine Expedition der Meeresstation von einer weiteren Schleppfahrt mit Garners bemerkenswertem Apparat zurückkehrte. Er sah zu, wie die Positionslichter des Skiff, vermutlich mit Freeland am Steuer, sich langsam durch die Dunkelheit näherten, bis sie schließlich den Vorsprung im Osten umrundeten. Harmon blickte jetzt nach Norden und sah dort undeutlich die dunkle Silhouette von Tzartus Island, wo Mark begraben war.

Sein Blick fiel auf die bernsteinfarbene Flüssigkeit in seinem Glas. Er bewunderte die Hartnäckigkeit und die Entschlusskraft seiner Kinder und, mit einigem Widerstreben, sogar die Garners. Vor noch gar nicht so langer Zeit hätte vermutlich Harmon selbst sich danach gedrängt, die Untersuchung eines geheimnisvollen, neuen Mikroorganismus zu betreiben, statt am Ufer zu stehen und genauso viel Nutzen zu bringen wie ein verstaubtes altes Nachschlagewerk. Nur dass er in diesem Fall wahrscheinlich alle Antworten bereits kannte und nur darum beten konnte, dass das, was er wusste, widerlegt wurde. *Pfiesteria junckersii*!

Er spürte, wie ihm etwas Warmes über die Wangen rann, und erkannte, dass es Tränen waren.

Harmon wandte sich vom Fenster ab. Sein Handy lag auf

einem kleinen Metalltischchen an der anderen Seite seines Arbeitszimmers, und er warf einen langen Blick darauf. Vielleicht war es Zeit, seinen alten Freund Admiral Lockwood anzurufen.

Freeland und Garner kamen überein, am nächsten Tag, sobald Carol und Ellie aus dem Krankenhaus zurückgekehrt waren, abzureisen. Als sie mit Freeland über ihren Plan sprachen, Betty zur Probenentnahme an der Küste entlang einzusetzen, riet er ihnen davon ab, das Skiff zu nehmen (genauer gesagt zu stehlen, wenn man Bouchards ablehnende Haltung in Betracht zog), da es den Elementen ausgesetzt und damit für die geplante Fahrt nicht geeignet war. Sie würden stattdessen die *Albatross* und die *Pinniped* nehmen und Betty mit einem der Schiffe schleppen oder den Sammler in einer Art Bootsmannsschaukel dazwischen befestigen.

Der plötzliche Meinungsumschwung hinsichtlich der Sperrung des Strandes wurde mit gemischten Gefühlen aufgenommen. Die Fischer von Bamfield atmeten erleichtert auf, dass sie für den Augenblick in der Ausübung ihres Berufes nicht behindert wurden, aber als dann Näheres über die Proben von Nitinat bekannt wurde, schlug die Stimmung in der Stadt um. Als Garner und Freeland sich an jenem Abend in das Pub der kleinen Ortschaft zurückzogen, das gewöhnlich so etwas wie ein sicherer Zufluchtsort war, spürten sie, wie sich die Augen aller im Raum auf sie richteten.

»Die Leute hier wissen nicht, ob sie Ihnen danken oder Sie an die nächste Laterne hängen sollen«, sagte Freeland, als sie an einem Tisch in der Nähe des offenen Kamins Platz nahmen. »Ziemlich beschissene Situation, was?«

»Mit der Zeit gewöhne ich mich daran«, brummte Garner. »Ich bin bereit, das eine wie das andere zu riskieren.«

Freeland deutete mit einer Kopfbewegung auf eine Reihe

kleiner Bullaugen, durch die man auf den Parkplatz der Kneipe sehen konnte. »Erinnern Sie sich noch daran, wo diese ganzen Messingarmaturen herkommen?«, fragte er.

»Von der *Van Lane*«, sagte Garner. »Diesem japanischen Autotransporter, der bei Cooper Island auf Grund gelaufen ist.«

»Genau«, sagte Freeland. »Der Captain hat bei dichtem Nebel auf den Rat seines Rudergängers gehört, und der war fest überzeugt, dass sie sich fünfzig Meilen weiter südlich an der Mündung der Juan de Fuca Strait befanden.« Er nahm einen tiefen Schluck aus seinem Bierglas. »Das war ein ziemlich schlechter Rat und basierte auf einer Vermutung.«

»Was wollen Sie damit sagen?«

»Ich will damit sagen, dass die Leute hier das Beste aus einer schlechten Situation gemacht haben. Als der fette Kahn auf Grund gelaufen war, machten sie sich alle darüber her und holten alles herunter, was nicht niet- und nagelfest war. Inzwischen sind Jahre vergangen und nach dem Schiff kräht kein Hahn mehr, aber wir sehen immer noch zu seinen Fenstern hinaus und flicken unsere Boote mit Maschinenteilen aus seiner Ladung zusammen, die ›verschwunden‹ sind, ehe die Eigner hierher kommen und es richtig bergen konnten. Ich will damit sagen, dass die Leute hier sich recht gut darauf verstehen, den Gürtel enger zu schnallen. Die sind das gewöhnt. Und sie sind es auch gewöhnt, eine Chance zu nutzen, wenn sich ihnen eine bietet.

Sie sollten sich deshalb den Kopf nicht zu sehr darüber zerbrechen, was für die Leute hier gut und richtig ist. Gehen Sie zuerst den Dingen auf den Grund und zerbrechen Sie sich dann den Kopf um diese Mistkerle hier.«

Garner leerte sein Glas und ging an die Bar, um für Freeland und sich selbst Nachschub zu holen. Stu Templeton, der Chef der Fischergewerkschaft, stand am Tresen. Als Garner näher kam, rutschte Templeton auf seinem Hocker herum und zeigte Garner den Mann, mit dem er gerade redete. »Dem hier sollten Sie das sagen«, sagte Templeton und sein Finger wackelte wie eine an Arthritis erkrankte Kobra vor Garners Brust herum. »Der Kerl findet in einer Badewanne eine Seejungfrau, wenn die Bezahlung stimmt.«

»Was sagen?«, fragte Garner, ohne näher auf Templetons Behauptung einzugehen, und sah den Mann an.

»Ich habe Stu gerade von einem Charterboot erzählt, das die vor Cape Flattery, unten in Washington State, gefunden haben«, sagte der Mann. »Liam Coles Boot. Bloß dass Liam verschwunden ist und sein Maat auch, und so ein schmieriger Produzent aus Hollywood und seine großbusige Freundin liegen tot auf dem Deck herum. Ein Riss im Rumpf und am Heck hängt ein zwölf Fuß langer Weißer Hai, von dem etwa sechs Fuß abgefressen sind.«

»Abgefressen?«

»*Sag ich doch*. Ein Bekannter von mir in Neah Bay sagt, das Biest hätte so ausgesehen, als ob es einer in Säure getaucht hätte.«

»Wann war das?«

»Gestern. Und Cole hat man zuletzt am Tag zuvor gesehen.«

»Was ist mit den Passagieren?«

»Keine Ahnung. Jemand sagt, die wären erstickt.«

»Red keinen Quatsch«, wies Templeton ihn zurecht.

»Ich hab gesagt, dass ich das *gehört* habe, Arschloch.«

»Kannst du mir vielleicht sagen, wie man mitten auf dem Meer ersticken kann?«

»Der alte Mistkerl hat vielleicht den Kopf zwischen ihre Titten gesteckt«, meinte ein anderer und löste damit lautes Gelächter rings um die Bar aus.

Garner verschaffte sich so viel Information, wie das den

Umständen nach möglich war, darunter auch den Namen und die Telefonnummer des angeblichen Zeugen. Dann kehrte er an den Tisch zurück und schob, während er Freeland erzählte, was er gehört hatte, den Aschenbecher und das Körbchen mit den Gewürzen beiseite. Auf der Tischplatte war jetzt eine mit einer Schutzschicht bedeckte Seekarte der Südwest-Küste von Vancouver Island zum Vorschein gekommen.

»Wie weit ist Cape Flattery denn von hier entfernt?«

»Luftlinie vielleicht vierzig oder fünfzig Meilen«, schätzte Freeland. »Warum?«

Garner riss ein Stück von einer Papierserviette ab und schrieb das Datum darauf, an dem Caitlin Fulton vermutlich mit verseuchten Schalentieren in Berührung gekommen war. Dann schrieb er die jeweiligen Daten, an denen Mark Junckers, Peter und Burgess und Liam Coles Boot dem Erreger ausgesetzt waren, auf drei weitere Fetzen und legte sie auf Diana Island, Nitinat River und Cape Flattery.

»Wirklich hübsch, Will«, nickte Freeland. »Jetzt wollen Sie wohl mit Origami auf mich Eindruck machen?«

Nun stellte Garner auf dem Rest der Serviette ein paar gekritzelte Berechnungen an und verglich die Daten auf den einzelnen Fetzen mit den Entfernungsangaben auf der Karte. »Das ist unmöglich«, sagte er, nachdem er mit Hilfe eines abgeknickten Strohhalms, den er wie einen Zirkel einsetzte, ein paar Entfernungen abgemessen hatte. »Ich verstehe gar nicht, wie ich das übersehen konnte. Nun, nein, das stimmt nicht, ich habe es übersehen, weil es unmöglich ist.« Er blickte zu Freeland auf. »Das ist jetzt das zweite Mal in diesem Monat, dass ich das gesagt habe; vorher habe ich das noch nie gesagt.«

»Was faseln Sie da?«, wollte Freeland wissen.

»Basierend auf dem, was wir an den Nitinat-Proben und

nicht an den Diana-Proben festgestellt haben, war ich davon ausgegangen, dass jede Blüte sich in nördlicher Richtung bewegen würde.«

»Richtig. Mit der Oberflächenströmung.«

»Passiv, planktonisch, genau«, sagte Garner. »Aber sehen Sie sich doch die Daten an«, eiferte er sich dann und deutete auf die Papierfetzen, mit denen er die Karte markiert hatte. »Mark hat seine Entdeckung fünf Tage *bevor* die Taucher getötet wurden gemacht und drei Tage *nachdem* man das Fulton-Mädchen ins Krankenhaus eingeliefert hat. Und dieses Boot taucht jetzt fünf Tage *nach* den Tauchern und vierzig Meilen südlich davon vor Flattery auf.«

»Und das bedeutet? Mehrfache Blüten?«

»Möglich, aber unwahrscheinlich.«

»Was dann?«

»Bei Diana ist nichts mehr im Wasser und ich gehe jede Wette ein, dass wir bei Nitinat auch nichts finden werden«, erklärte Garner. »Wenn Sie sich diese Punkte ansehen und die Distanz zwischen ihnen durch die Zeit zwischen den einzelnen Vorkommnissen – zwischen den Opfern – teilen, bekommen Sie eine fast konstante Geschwindigkeit von drei Knoten und eine stetige Fortbewegung von Norden nach Süden. Eine einzige Blüte, die sich mit drei Knoten gegen die Strömung fortbewegt.« Garner hätte gern die *Sato Maru* am Anfang dieser Zeitlinie hinzugefügt. Er wollte glauben, dass diese Blüte irgendwie mit der »Abiotischen Stasis« in Verbindung stand, die sie entdeckt hatten, und wollte zumindest den Anschein eines Hinweises darauf, dass sie ihren Ursprung in den Gewässern östlich von *Papa* genommen hatte. Aber er kannte weder die Position des Frachters zu dem Zeitpunkt, als dieser seinen Ballast ausgesetzt hatte, noch in welchem Maße der durchziehende Sturm möglicherweise den Teppich auf dem Kurs zum Ufer beschleunigt hatte. Um zu berechnen, wie schnell die Blüte sich über das offene Meer bewegt hatte, brauchte er zusätzliche Informationen.

Freeland starrte ihn wie benommen an. »*Gegen* die Strömung? Aber wie?«

»Das weiß ich nicht; wie ich schon sagte, eigentlich sollte das unmöglich sein. Und hoffentlich ist es das auch.« Er griff über den Tisch und räumte den Bereich im südlichen Teil der Karte frei. »Weil sie nämlich, wenn sie sich weiter mit diesem Tempo und auf diesem Kurs fortbewegt, geradewegs auf die Meerenge von Juan de Fuca zusteuert. Hierher.«

Garners Fingerspitze glitt über die Karte und kam an einem Punkt auf halbem Wege zwischen den Städten Vancouver und Seattle zum Stillstand. »Und von hier aus kann sie sich von der Strömung entweder nach Norden oder nach Süden tragen lassen.«

»Und welche Richtung wird sie einschlagen?«, fragte Freeland.

»Das dürfen Sie sich aussuchen«, erklärte Garner. »Eine Million Menschen im Norden, zwei Millionen im Süden. Und ein anderes Ziel gibt es nicht.«

16

24. August
48° 41' Nördl. Breite, 125° Westl. Länge
Südwest-Küste, Vancouver Island

Carol und Ellie kehrten früh am nächsten Morgen aus Victoria zurück. Sie waren alle begierig darauf, die neue Expedition zu beginnen, aber die Proben, die sie aus dem Büro des Gerichtsmediziners mitgebracht hatten, übten eine mindestens ähnliche Faszination aus. Garner teilte die verschiedenen Zellen auf Petrischalen auf und gliederte sie schließlich in, wie es aussah, elf unterschiedliche Lebensstadien derselben bizarren neuen Spezies *Pfiesteria junckersii*.

»Zeigt sie Charles«, schlug Garner vor. »Er wird dann bis Mittag eine Arbeit darüber veröffentlichen.«

Bei näherer Untersuchung der reiferen Lebensphasen schien die Mikrobe geradezu dazu auserkoren, Unheil zu stiften. Ebenso wie ihre Artgenossen in der Gattung *Pfiesteria* besaß diese Spezies einen ungewöhnlich langen Stiel, ein trichterförmiges Rohr zur Nahrungsaufnahme, das in die Zellen eines Wirts eingeführt werden konnte. Winzige Organellen an der Spitze des Stiels dienten dazu, eine zersetzende Flüssigkeit in den Wirt zu übertragen und damit seine Zellen aufzulösen. Wie die meisten Dinoflagellaten besaß sie ein Paar Flagellae, peitschenähnliche Fortsätze, die zum Schwimmen und zur Fortbewegung benutzt wurden. Bezeichnenderweise enthielt der einzellige Körper des Organismus auch große Vakuolen, Hohlräume, die zur Speicherung konsumierter Nahrung und als Produktionsstätten für eine ganze Batterie schädlicher Verteidigungsmittel dienten. Er schien auch über eine Statozyste zu verfügen, eine Organelle, die der Mikrobe zur Ortsbestimmung und Orientierung diente – etwa vergleichbar dem menschlichen Innenohr –, was bei Plankton außergewöhnlich selten war. Fast jede von ihnen untersuchte Probe enthielt auch Spuren einer klaren, schleimigen Substanz, die anscheinend als eine Art Bindemittel zwischen den Zellen diente. Garner erinnerte das an das klebrige Netz einer Spinne. Möglicherweise diente es auch dazu, Beute zu sammeln und individuelle Zellen zu einer Art Kolonie zusammenzufügen. Der elektrolytische Gehalt der Substanz erlaubte sogar eine Art primitiver interzellularer Kommunikation.

»Nicht einmal Hitler hätte sich etwas so Gemeines ausdenken können«, meinte Garner. »Es ähnelt zwar den anderen *Pfiesteria*-Spezies, die ich gesehen habe, ist aber ein wesentlich weiter entwickelter Räuber. Im Einzelnen sind das bloß geringfügige Veränderungen in der Morphologie, winzige Mutationen, könnte man sagen. Aber in Kolonieform könnte das Ganze wesentlich tödlicher als bloß die Summe seiner Teile sein.«

Ebenso wie die von ihnen entdeckten Zysten schienen die reifen *Pfiesteria*-Zellen, die Carol und Ellie aus Victoria mitgebracht hatten, tot oder zumindest im Ruhezustand zu sein. Sie nahmen einige Zellen und versuchten, das Stützmedium mit Sauerstoff zu versetzen und durch Rühren in Bewegung zu bringen, ja sogar einen schwachen Strom hindurchzuschicken. Aber nichts davon schien das Monstrum zum Leben erwecken zu können.

Dann setzten sie die Probe einer leichten Erwärmung aus. Die Zysten ertrugen fünf Grad Celsius, dann zehn, dann fünfzehn. Bei zwanzig Grad zeigten die ruhenden Zysten

Anzeichen der Wiedererweckung. Bei fünfundzwanzig und schließlich dreißig Grad konnte man sehen, wie die neu belebten Zellen das Wasser aufwühlten. Vor den Augen der Wissenschaftler platzten die winzigen Panzerschalen entlang ihrer sechseckigen Platten oder Theca auf. Während sie sich mit zunehmendem Maße, je höher die Temperatur stieg, von der Kultur ernährten, entwickelten die Zellen haarähnliche Ciliae und wuchsen zu einer amoeboiden Form, die hundert Mal größer als die vegetative Zyste war.

Siebenunddreißig Grad. Menschliche Körpertemperatur.

Die von Garner und Ellie gesteuerte *Albatross* und die *Pinniped* mit Carol und Freeland an Bord verließen Bamfield und segelten an der äußeren Küste von Vancouver Island entlang. Alle fünf Seemeilen machten sie Halt, um Betty einzusetzen. Auf der ersten Etappe ihrer Reise bis Nitinat Inlet, wo die Abalone-Taucher den Tod gefunden hatten, entdeckten sie nichts. Die beiden Boote legten dort zum Übernachten an, und die Wissenschaftler verglichen die Erkenntnisse aus den im Feld mitgenommenen Proben mit den Berichten des Gerichtslabors. Am Morgen legten Garner und Freeland dann ihre Taucherausrüstung an und sammelten bei ein paar Tauchgängen in der Nähe der Wasseroberfläche Wasser- und Sedimentproben. Obwohl die Proben voller Nährstoffe aus dem Flusslauf waren, enthielt das so gewonnene Material doch nichts Ungewöhnliches, ganz wie Garner es erwartet hatte. Wenn *Pfiesteria* diesen Ort besucht hatte, war sie inzwischen weitergezogen.

Sie setzten die Reise nach Süden in Richtung Cape Flattery fort und nahmen dabei immer wieder den Plankton-Sammler in Betrieb. Zuerst unregelmäßig, aber dann mit steigender Frequenz, setzte der Datenstrom von Betty plötzlich aus. Jeder Hinweis auf organische Materie, sei es in Partikelform oder als Lösung, sackte fast auf null ab. Freeland meinte, das häufig benutzte Gerät würde jetzt wohl allmählich Alterserscheinungen zeigen oder habe vielleicht einen Kurzschluss. Aber als Garner sich die Einsatzorte ansah, fiel ihm auf, dass die Aussetzer nach einem bestimmten Schema verliefen, das deutlicher erkennbar wurde, als er die einzelnen Punkte auf der Karte markierte. Sie schienen es mit einer unregelmäßigen, trichterförmigen Zone zu tun zu haben, in der es fast kein Leben gab – wieder eine theoretisch unmögliche »Abiotische Stasis«. Obwohl Ellie und Freeland sich die Proben fast genauso schnell vornahmen, wie Betty sie lieferte, gab es doch keinerlei Spuren von *Pfiesteria* in irgendeiner ihrer unterschiedlichen Lebensstadien.

Garner beschloss, der »Abiotischen Stasis« nach Süden zu folgen, und drehte jedes Mal neunzig Grad in die Strömung, wenn die von Betty eingehenden Daten wieder ein normales Niveau erreichten. Auf diese Weise konnten die beiden Boote die »Kielwelle« des Phänomens verfolgen, indem sie ihm nach »Witterung« folgten, so wie eine Bakterie Nahrung findet oder ein Hai einer Blutspur folgt.

»Wenn wir tatsächlich hier durch die Kielwelle der Blüte segeln, ohne abgedichtete Schutzanzüge zu tragen«, überlegte Ellie, »dann verstehe ich nicht, weshalb wir nicht dieselben Auswirkungen wie die anderen verspüren?«

»Ich glaube, das hängt davon ab, in welchem Maße man der Wirkung ausgesetzt ist und wie stark die Konzentration der Dinozellen selbst ist«, sagte Garner. »Der Maat auf der *Sato Maru* hat sich von der Kolonie ferngehalten, die sich im Laderaum des Schiffes entwickelte, aber die anderen waren da nicht so glücklich. Außerdem hatte er eine wesentlich größere Körpermasse, was vermutlich auch den einen der beiden Taucher eine Zeit lang geschützt hat.«

»Dann hatten die Toxine, bis die Zellen zu Liam Cole

gelangten, eine wesentlich tödlichere Konzentration erreicht«, folgerte Ellie.

»Richtig, aber wir dürfen nicht übersehen, dass das kein Virus ist, das alles, was es berührt, dauerhaft kontaminiert«, erklärte Garner. »Vielmehr handelt es sich um eine in Bewegung befindliche räuberische Masse toxischer Zellen mit temporären örtlichen Auswirkungen. Je näher wir an sie herankommen – oder es an uns –, desto tödlicher werden die Symptome sein.«

»Was sind dann diese ›Löcher‹ im Ozean?«

»Das ist ihre Visitenkarte. Die Überreste, die zurückbleiben, nachdem die Kolonie ihre Nahrung aufgenommen hat und die nach ein paar Tagen in sich zusammenbrechen. Das Loch bei *Papa* hat sich schließlich geschlossen, ebenso wie das bei Diana Island und am Nitinat River. Im Augenblick verfolgen wir nur seinen Schatten, aber das ist besser als gar nichts.«

Wie als Antwort auf Garners Bemerkung war im Funkgerät des *Albatross* ein Knistern zu hören. Carol rief sie von der *Pinniped*. Sie forderte Garner auf, an Backbord nach vorne zu sehen.

Mit seinem Feldstecher konnte Garner die *Pinniped* sehen und dahinter den Bereich, auf den Carol mit heftigen Armbewegungen zeigte. Garner entdeckte eine flache, gerundete Erhebung im Wasser. Und dann eine zweite und schließlich eine dritte. Insgesamt zählte er acht Objekte, obwohl dort möglicherweise noch mehr untergetaucht im Wasser waren.

Es war eine Herde Killerwale, *Orcinus orca*, die reglos im Wasser trieben.

Als Garner das sah, wies er Carol und Freeland an, sofort die Trockenanzüge anzulegen, um sich zu schützen, während er und Ellie dasselbe taten. Augenblicke später zischte ihr

Atem durch die Regulatoren ihrer Gesichtsmasken. Inzwischen waren die beiden Boote in eine blutige Strömung eingedrungen, die von den Walen ausging und die auf kurze Zeit die weißen Schiffsrümpfe besudelte, ehe sie wieder weggespült wurde.

»Der hier hat noch Herzschlag!«, schrie Carol und setzte sofort ihre Mikrofonphalanx ein. Sie hoffte, einige der niederfrequenten Geräusche aufzeichnen zu können, die durch die Stimmbänder des Tieres dröhnten, und sah sich Augenblicke später auch für ihre Mühe belohnt. Es war unrealistisch, auf irgendwelche Kommunikation mit dem Wal zu hoffen, aber vielleicht würde es möglich sein, die aufgezeichneten Laute zu interpretieren.

Zwanzig Minuten später setzte der Herzschlag des Wals aus und alle hörbaren Vibrationen endeten.

Mit Hilfe von Betty verschafften sie sich schnell Klarheit darüber, dass sämtliche Zellen, die sich etwa einmal in der von ihnen durchfahrenen Zone befunden hatten, weitergezogen waren, aber das fast völlige Fehlen von Nährstoffen und Plankton war immer noch auffällig. Die ersten Meereslebewesen, die zurückkehrten, waren Vögel, dann ein paar Fische, aber alle hielten sichtlich Distanz zu den toten Walen.

Diesmal war Garner der Erste, der seine Gesichtsmaske abnahm und die Luft prüfte. Er gab die Nachricht von ihrer Entdeckung über Funk an die Küstenwache weiter, die versprach, einen Kutter zu schicken und die staatliche Naturschutzbehörde zu verständigen. Die anderen waren zu müde, um sich zu bewegen. Sie streiften ihre Schutzanzüge ab und saßen in einer kleinen Gruppe auf dem Deck der *Pinniped*. Sie versuchten, in kleinen Schlucken warmen Tee zu trinken, während sie auf die sie umgebende Szenerie des Todes hinausblickten.

Ellie sah auf das Wasser, wo jetzt die ersten Aasfresser eingetroffen waren. »Ich dachte immer, dieses Zeug wäre nur für Säuger tödlich – Menschen und Seelöwen, und jetzt auch Wale –, aber Sie haben gesagt, dass es auch Haie tötet, und Haie sind Fische.«

»Krankheitserreger können manchmal von einer Tierart zur anderen überspringen«, meinte Freeland. »Sie verschaffen sich Abwechslung, indem sie sich ebenso von Fischen wie von Säugern ernähren. Vielleicht müssen sie das – je größer sie werden, desto hungriger werden sie.«

»Aber auf die Fische, die jetzt hier sind, scheinen sie keine Wirkung zu haben.«

»Diese Fische sind Kaltblütler«, erklärte Garner. »Ein Weißer Hai ist das auch, aber er besitzt die Fähigkeit, einen Teil seiner Stoffwechselwärme zu speichern und damit seine Körpertemperatur ein paar Grad über der seiner Umgebung zu halten. Auf mikroskopischem Niveau tötet der Dinoflagellat wahrscheinlich alles, was ihm unterkommt. Aber alles, was Flossen und ein Gehirn hat, wird ihm aus dem Wege gehen, und zwar so schnell es kann. Als Kolonie, nehme ich an, sucht der Teppich Quellen von warmem Blut. Das würde sowohl die Reaktion erklären, die wir im Labor gesehen haben, wie auch den Grund dafür liefern, dass die Kolonie sich fortbewegt.«

Carol fröstelte trotz der warmen Sonne. Die beiden Boote stellten ihre Suche ein und gingen vor Anker, dicht vor einer Insel aus Fleisch, die in der Mitte eines Lochs im Ozean dahintrieb.

Der Boots- und Schifffahrtsverkehr in diesem Bereich der Wasserstraße war spärlich und unregelmäßig; falls jemand die beiden Boote in der Nähe der toten Wale entdeckte, näherte er sich ihnen jedenfalls nicht. Die relative Isoliertheit der *Pinniped* und der *Albatross* ließ daher das plötzliche direkte Herannahen eines großen weißen Schiffes umso beängstigender wirken. Zuerst dachte Ellie, es wäre der Kutter der Küstenwache, aber dafür war das Schiff zu groß und zeigte auch nicht die charakteristische rote Strichmarkierung am Rumpf. Garner erkannte, dass es sich bei dem Schiff um einen umgebauten Minensucher handelte – mit knapp zweihundert Fuß Länge und vielleicht achthundert Tonnen war es der *Exeter* vergleichbar –, und dann bemerkte er die vertraute Farbe des auf dem Achterdeck festgezurrten Helikopters.

»Das ist die *Kaiku*«, rief Carol erregt. »Bobs Flaggschiff. Nach der Versenkung der *Rainbow Warrior* von Greenpeace ist die *Kaiku* das wohl bekannteste Schiff im Kampf gegen den kommerziellen Walfang geworden.«

»Da müssen Sie sehr stolz sein«, meinte Freeland ausdruckslos.

Garner besah sich die herannahende riesige *Kaiku* mit gemischten Gefühlen. Bob Nolan hatte sich offenbar dazu durchgerungen, ihre Expedition persönlich zu unterstützen. Nolan war freilich nicht dafür bekannt, solche Gesten anonym zu machen, weshalb Garner sich schon mal innerlich auf den Publicity-Rummel einstellte, zu dem es mit Sicherheit kommen würde.

Jetzt erschien Bob Nolan selbst auf dem Vorderdeck der *Kaiku*. Er ging auf den Bug zu, ein strahlendes Lächeln der Zuversicht im Gesicht, die Arme hoch über dem Kopf ausgestreckt zu einer übertriebenen Umarmung auf Distanz.

»Saubere Arbeit, Leute«, schrie Nolan, als das Schiff nahe genug herangekommen war. Er hob in einer sportlichen, fast beleidigenden Geste die Daumen. »Danke, dass Sie die Festung bis zum Eintreffen der Kavallerie gehalten haben.«

»Anscheinend glaubt er das tatsächlich«, meinte Ellie an Garner gewandt.

»Darauf dürfen Sie wetten«, erwiderte Garner. »Aber George Custer war auch bei der Kavallerie.«

»Problem gelöst, nehme ich an.« Freeland zuckte die Achseln. »Her mit dem Champagner, dann bereite ich schon mal die Konfettiparade vor.«

»Hallo!« Carol, die zur *Kaiku* hinüberrief, war über das Eintreffen des Schiffes zu erregt oder vielleicht auch das Wesen ihres Mannes zu sehr gewöhnt, um seine Überheblichkeit zu registrieren. Sie winkte heftig zurück und erwiderte Nolans Megawatt-Lächeln. »Gerade rechtzeitig.«

»Das sollte man diesen Walen hier klar machen«, murmelte Ellie.

Carol hatte die Bemerkung gehört, fuhr herum und sah sie böse an. »Fangen Sie ja nicht so an.« Dann wanderte ihr Blick zu Garner und Freeland. »Ist es nicht das, worauf wir gewartet haben? Etwas Hilfe?«

»Es ist nicht die Hilfe, es ist die aufgebla – «, setzte Freeland an.

»Dann sollten wir den Schwung und die Kraft der Nolan Group nutzen und sehen, was wir aus diesem Schlamassel machen können«, beendete Carol ihren Satz.

»Schaden kann es nicht«, räumte Garner ein und sah dann erneut zu dem mächtigen, ein wenig pompösen Rumpf der *Kaiku* hinüber und fügte halblaut hinzu, »zumindest nicht sehr.«

Nolan war ihnen dabei behilflich, an Bord zu klettern, und führte dann Carol, Garner, Ellie und Freeland durch sein Schiff, während sie ihn kurz mit der Situation vertraut machten. Die *Kaiku* war zwar nicht mehr taufrisch, dafür aber beeindruckend gut ausgestattet. Neben dem Hubschrauberlandeplatz (der ebenso wie der Bug des Schiffes in fünfzehn

Fuß hohen goldenen Lettern den Namen NOLAN trug) und einer kleinen Armada von Beibooten verfügte das Schiff auch über Auslegerkrane, mit denen man alles, angefangen bei Wasserflaschen bis hin zu Tauchbooten, zu Wasser bringen konnte. Garner bemerkte die Bullaugen, die man unter der Wasserlinie in den mächtigen Rumpf geschnitten hatte und die eine kontinuierliche Unterwasserbeobachtung ermöglichten. Kurz gesagt, die *Kaiku* war das perfekte Schiff, um den *Pfiesteria*-Teppich zu verfolgen; das perfekte Schiff für so gut wie alles, eine beträchtliche Steigerung gegenüber der *Calypso* der Cousteau Society, dem Schiff, das hier gleichsam Modell gestanden hatte.

Die geräumige Messe des Schiffes war, wie Nolan das voller Stolz formulierte, in einen »Lageraum« für diese ganz spezielle Expedition umgerüstet worden. In den Regalen lag ein komplettes Sortiment Seekarten für den Bereich von Clayoquot Sound bis Puget Sound. GPS, Landsat und eine ganze Batterie von Funktelefonen und Faxgeräten auf Funkbasis stellten die Verbindung zwischen Schiff und Festland sicher. Nolan hatte sogar von der NEPCC mehrere Behälter mit Probeexemplaren erworben, die jetzt sicher in neu installierten, begehbaren Kühlschränken untergebracht waren.

Carol blieb stehen und bewunderte ein Regal, in dem zwei Dutzend Racal-Isolieranzüge mit Kapuze, Stiefeln, Handschuhen und kompletter Atmungs- und Kommunikationsanlage hingen. Die Anzüge selbst waren für den Einmalgebrauch bestimmt, und für den Fall, dass der Vorrat nicht reichen sollte, hatte Nolan noch mehrere Kisten mit Tyvek Bodysuits und dicken Gummi-Gasmasken mitgebracht. »Die hätten wir auf Diana Island brauchen können«, sagte Carol. »Liebster, du denkst wirklich an alles.«

»Nicht an alles«, wandte Freeland ein. »Wo ist der Kühlschrank mit dem Bier?«

Nolan trat wortlos vor einen Kühlschrank aus rostfreiem Stahl an der gegenüberliegenden Wand und öffnete die Tür, so dass man einen reichlichen Vorrat der verschiedensten Sorten Bier sehen konnte.

»Ich dachte, auf Forschungsschiffen der USA wäre jede Art von Alkohol verboten«, meinte Freeland.

»Auf Forschungsschiffen der *Regierung*«, korrigierte ihn Nolan. »Dieses Schiff hier befindet sich in Privatbesitz.«

»Nun, dann würde ich gern ganz privat ein Bier haben«, grinste Freeland.

»Ich kenne jemanden auf der *Exeter*, dem dieser Einsatz hier Spaß machen würde«, sagte Garner, während Nolan seine überhebliche Führung fortsetzte. Auf den Decks unter ihnen bereitete sich eine kleine Armee von Labortechnikern – die meisten wirkten nicht viel älter als Studenten im ersten Semester – darauf vor, die Wale zu untersuchen. Carol und Ellie gingen schnell zu ihnen, um ihre Arbeit zu überwachen.

»Willkommen in der modernsten Bio-Kontrollanlage der Welt«, prahlte Nolan. »Ich habe das gesamte Lüftungssystem des Schiffes mit HEPA-Filtern ausgestattet«, sagte er. HEPA – hoch effizient Partikel absorbierende – Filter wurden routinemäßig in gefährlichen biologischen Anlagen eingesetzt, um auch die kleinsten Viruspartikel auszufiltern. »Die Bullaugen auf den ersten drei Decks sind versiegelt, und im Schiffsinneren herrscht positiver Luftdruck, um sicher zu stellen, dass die gute Luft drinnen und die schlechte draußen bleibt. Außerdem habe ich über den Hauptluken Polyäthylenbahnen angebracht und sie mit UV-Beleuchtung und genug Bleiche gekoppelt, dass dem Weißen Riesen der blanke Neid kommen würde. Wenn wir jemanden dekontaminieren müssen, dann ist das zwar nicht so wirksam wie eine Formaldehyddusche, aber bei einer so kurzfristigen Meldung darf man nicht zu wählerisch sein.« Nolan blinzelte Freeland zu, als ob ihm klar wäre, dass er gerade Freelands Improvisationsrekord übertroffen und den Mann damit bestimmt geärgert hatte. »Wir erfüllen damit Eindämmungsstufe drei für biologische Anlagen.«

»Ich bin beeindruckt, das muss ich zugeben«, sagte Garner.

»Als ich erfuhr, was hier draußen vor sich geht, konnte ich einfach nicht nein sagen«, erklärte Nolan.

»Aber Carol hat doch gesagt, dass Sie abgelehnt haben«, wunderte sich Freeland und warf ihm einen herausfordernden Blick zu. »Sogar mehrere Male. Wieso der Meinungsumschwung?«

»David Fulton, der Architekt aus Seattle, hat mich engagiert. Er kam zu mir und hat mir erzählt, was mit seinem kleinen Mädchen passiert ist, das hat mir fast das Herz gebrochen.« Garner war verblüfft, mit welch selbstverständlicher Leichtigkeit Nolan von der Rolle des großzügigen Gastgebers auf dramatische Aufrichtigkeit umschalten konnte.

»Ein Architekt hat genug Geld für das alles?«

»Ich sagte *engagiert*«, korrigierte Nolan. »Nicht bezahlt. Wir arbeiten sozusagen auf Erfolgsbasis, so wie Rechtsanwälte in Schadenersatzprozessen. Wir vertreten die Rechte der Opfer.« Jetzt wechselte er erneut die Rolle, war plötzlich Bob Nolan, das Anwaltsgenie. »Mindestens ein Kind ist gestorben und dann ist Howard Belkin – ein großartiger Mann, ein hervorragender Produzent, haben Sie je Arbeiten von ihm gesehen? – vermutlich von dem selben Ding umgebracht worden. Allem Anschein nach fangen Mr. Belkins Erben und seine Versicherungsgesellschaften bereits an, in Wut zu geraten, und seine Nachlassverwalter sind bereit, uns gut dafür zu entschädigen, wenn wir Klarheit in die Umstände seines tragischen Todes bringen.«

»Ah, da haben wir den Köder«, meinte Freeland.

Nolan schlüpfte jetzt wieder in seine dramatische Rolle. »Der einzige Köder, wie Sie das nennen, ist die Erforschung eines Erregers, dem Jung und Alt ohne Unterschied zum Opfer fallen.«

»Darüber wissen wir bis jetzt noch überhaupt nichts«, warnte Garner.

»Natürlich nicht, Garner«, räumte Nolan ein. »Aber so werde ich es für die Reporter hinstellen.«

»Reporter?«, fragte Freeland.

»Selbstverständlich. Belkin Entertainment will eine Sendung darüber machen, ich habe ihnen meine Unterstützung zugesagt. Die haben sogar schon eine Dokumentarfilmcrew eingesetzt, die uns folgen soll. Auf der *Kaiku* gibt es im Augenblick mehr Kameras als auf einem Touristenbus. Die Filmcrew hätte eigentlich schon hier sein sollen, aber ich habe vorher von meinen PR-Leuten eine Pressekonferenz mit David Fulton und zwei der Witwen Howard Belkins angesetzt. Anschließend bringen meine Leute auf einer Nolan Barkasse jeden, der sich näher dafür interessiert, zum Lunch hierher.« Er strahlte und zeigte dabei zwei Reihen perfekter weißer Zähne, als ob die Kameras bereits liefen.

»Sind Sie sicher, dass es klug ist, damit an die Öffentlichkeit zu gehen? Ich kann wirklich keinen Sinn dahinter entdecken, jetzt eine Hysterie auszulösen, solange wir die Gefahr nicht besser identifizieren können«, gab Garner zu bedenken.

»Mit Hysterie ist dieses Schiff bezahlt worden! Und das Bier, das Sie da in der Hand haben«, sagte Nolan und zeigte erneut sein Lächeln, das so etwas wie sein Markenzeichen geworden war. »Was Sie *nicht* sehen, Garner, ist, dass niemand sich darum *schert*, wenn in Kanada ein paar Fischer ums Leben kommen. Und wenn dort oben noch ein paar

Touristen gestorben sind, nun, dann ist das natürlich schlimm. Man muss das dann eben dem Wasser zuschreiben und das Ganze vor Gericht regeln. Aber in dem Augenblick, in dem das kleine Biest den neunundvierzigsten Breitengrad überquert hat, ist es in US-Gewässer eingedrungen. Und damit ist das jetzt eine territoriale Bedrohung. Etwas, das Kinder und alte Leute umbringt. Und es bringt unsere warmen pelzbedeckten Freunde, die Meeressäuger, um. Und von dem Augenblick an ist es mehr als nur *schade*. In dem Augenblick wird es zu einem Medienereignis, oder ich will nicht Bob Nolan heißen, mein Freund.«

»Die gute Nachricht ist, dass wir keinen Mist gebaut haben.« Garner telefonierte über Funk mit Zubov auf der *Exeter* und benutzte dazu die Anlage der *Kaiku*. »Ich habe meine Berechnungen überprüft. Wenn wir einmal davon ausgehen, dass du Medusa nicht fallen gelassen oder ihr einen Tritt versetzt hast, dann funktioniert sie wahrscheinlich einwandfrei. Tatsächlich ist Medusa sogar die einzig verlässliche Datenquelle, über die wir verfügen.«

»Wie erklärst du dir dann diese lange Reihe von Nullen auf dem Registrierstreifen für organische Daten?«, wollte Zubov wissen.

»Das weiß ich noch nicht genau, aber wir bekommen hier das Gleiche – diese abiotischen Stasen. Sie dauern ein oder zwei Tage an und brechen dann in sich zusammen.«

»Was ist das? Anoxie? Sauerstoffmangel wegen zu hohen Nährstoffgehalts?«

»Negativ. Es scheint auf eine Art Schleim auf Kohlenstoffbasis zurückzugehen, der von einer Spezies von Dinoflagellaten produziert wird, die bis jetzt noch niemand zu Gesicht bekommen hat – uns bis zur Stunde eingeschlossen.«

»Was meinst du damit?«

»Wir tappen immer noch im Dunkeln und versuchen Anhaltspunkte für Größe und Standort des Teppichs zu bekommen. Bis jetzt hatten wir nur reine Glückstreffer und es besteht natürlich die Möglichkeit, dass der Dino selbst durch ein Übermaß an Nährstoffen gefördert wird. Wir haben Betty eingesetzt, um die toten Punkte zu finden, die seine Spur säumen, aber das Auflösungsvermögen von Betty ist bei weitem nicht so gut wie das von Medusa.«

»Und was ist die schlechte Nachricht?«, war Zubovs von Störgeräuschen überlagerte Stimme zu hören. »Ich frage das ja ungern.«

»Die schlechte Nachricht ist, dass dieses Ding riesengroß und sehr gefährlich ist. Wir haben hier draußen einen gewaltigen toxischen Teppich, der anscheinend auch durch stärkere Wellenbewegungen nicht verschoben wird. Soweit wir seine Bahn bisher verfolgen konnten, scheint er sich direkt in Richtung auf die Meerenge von Juan de Fuca zuzubewegen. Wir nehmen an, dass der Teppich die höheren Wassertemperaturen in seichten Gewässern mag. Und den Geschmack von warmem Blut.«

»Du großer Gott. Woher kommt er denn?«

»Ob du es glaubst oder nicht, ich denke, er hat seinen Anfang im Bauch der *Maru* genommen und ist aufgeblüht, als er im Barkley Sound das Festland erreicht hat.«

»Du meinst, er hat *uns* kontaminiert?«

»Nein, in dem Punkt scheint uns diese schleimige Substanz zu Hilfe zu kommen. Ich glaube, sie verbindet die Zellen der Blüte zu einer Art von Kolonie. Wenn der Teppich sich bewegt, bewegt sich *alles*, und das ist vielleicht zumindest teilweise dafür verantwortlich, dass er sich mit so unglaublicher Geschwindigkeit gegen die Strömung bewegen kann.«

»Aber du glaubst, dass die Inkubation im Frachter stattgefunden hat? Unten, im Laderaum, wo ich war?«

Garner überlegte. »Wenn das der Fall ist, dann hat die Crew des Frachters dem Maat das Leben gerettet, als die ihn draußen angekettet haben; der Luftzug hat vermutlich ausgereicht, um ihn am Leben zu halten. Der Rest der Crew starb vermutlich langsam an den Toxinen, die sich zunächst im Schiff konzentrierten, bis sie aus der Bilge ausgespült wurden.«

»Der Bilge!«, sagte Zubov. »Dort unten war ich auch.«

»Serg, ich glaube, als wir dort eintrafen, war es schon lange weg, falls es überhaupt je dort war.«

»Bist du da sicher?« Die Stimme des Hünen klang jetzt bei weitem nicht mehr so fest und selbstbewusst wie zu Anfang des Gesprächs.

»Glaube mir, wenn du mit diesem Ding in Berührung gekommen wärst, würdest du diese Frage jetzt nicht mehr stellen«, sagte Garner. »Es tötet unglaublich schnell, greift den Blutstrom und das Nervensystem an und verwandelt sie in eine klebrige Masse. Im Vergleich dazu ist selbst Ebola nicht viel mehr als ein Heuschnupfen. Und außerdem mag es Blubber.«

»Was du da sagst, klingt ja nicht gerade beruhigend«, meinte Zubov.

»Dann sage Robertson, dass wir hier eine kritische Situation haben und ich Medusa brauche. Die *Exeter* könnte ich auch brauchen, aber wenn ich euch nicht kriegen kann, muss ich eben die *Kaiku* benutzen.«

»Die *was*?«

»Nolans Schiff. Ich habe dir doch gesagt, dass der Zirkus hier immer größer wird. Aber wir haben reichlich Bier.«

Garner wartete, während Zubov sich auf der *Exeter* mit Captain Robertson besprach. Dann kam er zurück und teilte Garner mit, dass aus Südwest eine kräftige Sturmfront im Anzug sei.

»Die gute Nachricht daran ist«, fuhr Zubov fort, »dass wir mit diesem Sturm im Rücken früher nach Hause kommen werden.«

»Und die schlechte Nachricht?«, erkundigte sich Garner vorsichtig. Er wollte nichts mehr von Sturmtätigkeit hören. Wenn seine Hypothese zutraf, dann war ein weiterer Sturm dafür verantwortlich gewesen, dass die unerfahrene Crew der *Sato Maru* ihren Ballast abgelassen und damit die *Pfiesteria* aus ihrem Inkubator ins Meer gespült hatte. Der gleiche Sturm hatte anschließend den Teppich ans Ufer getrieben, wo ihn zuerst Caitlin Fulton und dann Mark Junckers entdeckt hatten.

»Die schlechte Nachricht ist, dass dein Teppich, falls dieser Sturm wirklich so ausgedehnt ist, wie er auf dem Radarschirm aussieht, nur halb so lang brauchen wird, um die Innenstadt von Seattle zu erreichen.«

17

25. August
48° 25' Nördl. Breite, 124° 39' Westl. Länge
Fort der Neah Bay, Washington

Sie waren wie Astronauten, die eine blutüberströmte Landschaft auf einem fremden Planeten erforschten.

Carol stellte einen kleinen Trupp Techniker zusammen und fuhr dann mit einem Zodiac-Boot mitten in die Herde toter Killerwale hinein. An der Oberfläche waren mindestens ein Dutzend Kadaver verteilt und jeder Einzelne wurde sorgfältig von den mit orangeroten Schutzanzügen von der *Kaiku* bekleideten Wissenschaftlern untersucht. In den Helmen der Anzüge waren Funkgeräte eingebaut, die ihnen die Verbindung mit der *Kaiku* ermöglichten, aber die Mitglieder des Teams konnten miteinander durch ihre Plexiglasgesichtsschutzschilder kommunizieren. Die erstaunlich leichten Anzüge schränkten ihre Bewegungsfreiheit ziemlich ein, und sich über die Schwimmer der Zodiac zu beugen und Sektionen vorzunehmen, war gar nicht leicht.

Carol war inzwischen mit den Schäden, die die *Pfiesteria*-Kolonie anrichten konnte, recht gut vertraut, aber das galt nicht für ihre Helfer, die Mühe hatten, ihr Entsetzen über den Anblick der einstmals so majestätischen Tiere zu verbergen, die jetzt in einem Teppich aus Blut dahintrieben. Carol hatte schon früher mit einigen Technikern aus der Nolan Group zusammengearbeitet, hauptsächlich Studenten der oberen Semester, Mitte Zwanzig, die sonst eingesetzt wurden, wenn es galt, Ölteppiche zu beseitigen, oder wenn es zu einem größeren Fischsterben gekommen war. Aber dies hier überstieg ihre Vorstellungskraft erheblich, und deshalb gingen die jungen Leute recht zögerlich daran, die nötigen Blut- und Gewebeproben zu entnehmen. Carol musste sie mehrmals aus einer Art Trancezustand herausreißen und sie auffordern, sich wieder an die Arbeit zu machen. Einige von ihnen wirkten in ihren überdimensionierten Anzügen beinahe wie Kinder; ihre Nervosität war deutlich an dem unregelmäßigen Zischen ihrer Atemgeräte zu erkennen.

»Weitermachen, Leute«, drängte Carol sie. »Ich weiß, das ist ein ziemlich widerliches Geschäft. Und eine Riesenaufgabe auch. Aber es ist auch nicht schlimmer als die Finnwale, die wir damals vor den Aleuten aus diesem russischen Treibnetz herausgeschnitten haben.« Der Vergleich war stark übertrieben, aber sie hoffte, damit die Konzentration ihrer Truppen zu sichern. Die Wale im Aleutengebiet hatten sich in einem mehr als sechs Meilen langen Treibnetz verfangen, das sich selbständig gemacht hatte. Die Tiere hatten sich nicht mehr daraus befreien können und das Netz hatte ihnen tief ins Fleisch geschnitten, bis sie schließlich erstickt waren, aber es hatte sie immerhin nicht *verflüssigt*. Die Wale, mit denen sie jetzt zu tun hatten, waren von dem, was ihnen den Tod gebracht hatte, buchstäblich von innen nach außen gekehrt worden, zudem war die Zahl der Opfer wesentlich größer.

Obwohl sie mehrere Stunden dazu brauchen würden, sämtliche mikroskopischen Daten aufzunehmen, hatte Carol bereits bei einer oberflächlichen Untersuchung der Kadaver erkannt, dass die Wale fast identische Wunden aufwiesen. Abgesehen von ein paar Narben rings um Maul und Blasloch waren die Köpfe der Tiere intakt, zumindest äußerlich. Hinter den Rückenflossen dagegen war ihr Verdauungstrakt von einer hochgradig ätzenden Substanz zersprengt worden – den fettlöslichen Toxinen der mutierten *Pfiesteria*. Lungen, Magen und Eingeweide waren nicht mehr zu identifizieren, riesige Blubberbrocken waren völlig vom Skelett abgelöst. Hinter der Rückenflosse war praktisch nur noch die Wirbelsäule und die Schwanzflosse übrig. Das Wasser ringsum war mit schwärzlich grauen Ambrafäden durchsetzt. Man nahm allgemein an, dass Ambra die Gedärme des Wals vor den Klauen, Schnäbeln und Knochen sowie sonstigen harten Teilen der Beute, die er verschluckte, schützte. Größeren Beutetieren wie Tintenfischen, Haien, Tunfischen oder Meeresvögeln. Die mikroskopisch kleinen Dinoflagellaten waren als Räuber, nicht als Beute durch das mächtige Maul des Wals aufgenommen und verschluckt worden, ehe der Wirt auch nur ihre Anwesenheit wahrgenommen hatte.

Da diese Spezies der *Pfiesteria* an warmem Blut Geschmack gefunden hatte, gedieh sie in den Gedärmen der Wale natürlich prächtig. Carol erinnerte sich daran, wie der Organismus im Labor reagiert hatte, als man seine Umgebung auf die Körpertemperatur von Säugetieren erhöht hatte, wie sich seine verschiedenen Lebensstadien in hohem Tempo entwickelt und ihre Stiele ausgestreckt hatten, um sich voll Fressgier über jede verfügbare Oberfläche herzumachen. Sie malte sich aus, wie Hunderte Millionen jener Zellen sich im Körper eines warmblütigen Wals nach draußen durch die Körperwände fraßen. Das Skelett einschließlich der Flossen würde einem solchen Angriff größeren Widerstand entgegensetzen, weil es sich dabei um vergleichsweise stärkeres Gewebe handelte, das bei weitem nicht so durchblutet war.

Garner hatte Recht. Die Hinweise, die in den frischen Wunden dieser Tiere zu erkennen waren, lieferten ein klares Bild. *Pfiesteria junckersii* dürstete nach warmem Blut. Meeressäuger und Menschen waren dafür die ergiebigste

Quelle. Die kleinen halbkreisförmigen Wunden, die Mark auf Diana Island gefunden hatte, waren hässlich genug, aber diese letzte Gruppe von Opfern war etwas ausgesetzt gewesen, dessen Zerstörungskraft ein Vielfaches davon betragen hatte. Die Zellen des Killers wurden mit jeder Bewegung entweder tödlicher oder zahlreicher. Oder beides.

Das Team musste schnell arbeiten. Nicht weil das forensische Material durch Aasfresser hätte beeinträchtigt werden können – ebenso wie das bei den Seelöwen der Fall gewesen war, gab es auch hier in der Umgebung der Kadaver keinerlei Meereslebewesen –, sondern weil die Leichen so zerfetzt waren, dass sie sich, wenn man sie nicht sicherte, mit Wasser vollsaugen und binnen weniger Stunden auf den Meeresgrund sinken würden. Die herannahende Sturmfront drohte jetzt alles, was sich in der Meerenge befand, direkt landeinwärts zu treiben. Carol versuchte, nicht an die Folgen zu denken, falls die in so offensichtlich hoher Konzentration vorhandenen *Pfiesteria*-Neurotoxine aufgewirbelt und vom Wind über menschlichen Siedlungsgebieten verteilt wurden. Die Forscher mussten den Teppich lokalisieren, ehe der Sturm einsetzte, sonst würde die Kolonie auseinander gerissen und über Dutzende möglicher Zielregionen an Land verteilt werden.

Carols Partner hielt sie an der Hüfte fest, als sie sich über den Rand des Zodiac beugte und mit Hilfe eines großen an eine Sense erinnernden Seziermessers ein Stück von dem letzten Wal absäbelte. Als sie an der Gewebeprobe zerrte, bäumte sich der Kadaver des Wals auf und wälzte sich in den Wellen herum, drohte sie über Bord zu zerren. Ein paar Mal blickte sie auf das mit einer schmierigen, blutigen Schicht bedeckte Wasser hinunter, das nur wenige Zoll unter ihr schwappte. War die Kolonie immer noch da? Würde sie, wenn der dünne Anzug sie nicht schützte, die chemischen

Ausdünstungen von *Pfiesteria* einatmen? Die Wale konnten ebenso gut fünfzig Meilen von diesem Punkt entfernt auf den Teppich gestoßen sein oder sie alle schwammen jetzt unmittelbar über einer blühenden, sich vermehrenden und alles in sich hineinfressenden Kolonie.

※ ※ ※

An Bord der *Kaiku* versammelten sich Garner, Freeland und Nolan auf der Brücke und versuchten sich darüber klar zu werden, an welcher Stelle der Meerenge sich der Teppich im Augenblick mit der größten Wahrscheinlichkeit befinden mochte. Ellie stand ein Stück abseits und sah zu, wie die drei Männer auf der Karte eine Anzahl von Positionen markierten.

Zubovs letzter Wetterbericht war alles andere als ermutigend gewesen. Garner trug die letzten Koordinaten der *Exeter* auf der Karte ein und versuchte den Zeitpunkt ihres Eintreffens abzuschätzen. Das Schiff sollte binnen vierundzwanzig Stunden in die Meerenge einlaufen und die Sturmfront keine zwölf Stunden später eintreffen.

»Wir nehmen an, dass der Teppich sich mit stetigen drei Knoten gegen die Strömung an der Küste entlang bewegt hat«, sagte Garner. »Betty hat das durch Vermessen seines Schattens bestätigt, aber als wir das offene Wasser erreicht haben, ist uns die Spur verloren gegangen. Dass wir die Wale hier draußen gefunden haben, hat uns zwar geholfen, aber wir wissen nicht, in welche Richtung sich der Teppich anschließend bewegt hat. Bei Erreichen der Mündung der Meerenge hätte er von der Gezeitenströmung landeinwärts geschoben werden müssen.« Er deutete ostwärts auf das Ende der Juan de Fuca Straße, wo diese sich gabelte, nach

Norden in die Straße von Georgia und nach Süden in den Puget Sound.

»Würde ihn das nicht in frischere Gewässer bringen?«, fragte Nolan. Er wusste, dass der Ausfluss des Fraser River einen erheblichen Einfluss auf die örtliche Ozeanographie hatte und sich meilenweit in die Meerenge von Juan de Fuca hinaus erstreckte und somit das Fischereiverhalten stark beeinflusste. »Ich dachte immer, die meisten Dinos würden einen starken Abfall in der Salinität nicht vertragen.«

»Das ist richtig«, erklärte Garner. »Aber die meisten Dinos mögen die Turbulenzen offener Küsten nicht und können nicht aktiv gegen den Strom schwimmen. Nach dem, was wir über dieses Biest wissen, wird es mit allem fertig, was ihm die Wasser- und Witterungsverhältnisse hier abverlangen.«

»Die Fischer sehen das alles immer noch recht gelassen«, meinte Ellie, »weil es keinen Einfluss auf ihre Fischbestände hat. Wenn dieses Ding so viel Unheil anrichtet, wie kommt es dann, dass es nicht mehr Fische tötet? Weshalb hat es sich anderer Nahrung zugewandt?«

»Es mag ja sein, dass der Teppich schwimmen gelernt hat«, sagte Garner, »aber soweit uns bekannt ist, beschränkt er sich immer noch auf die Oberfläche. Ebenso wie Säugetiere und Menschen in dem Sinne, dass wir Luft zum Atmen brauchen. Fische dagegen schwimmen die meiste Zeit unter der Oberfläche, wo die Zellen vielleicht nicht so konzentriert auftreten.«

»Es scheint in seinem Verhalten stark einem Ölteppich zu ähneln«, meinte Nolan. »Meeressäugetiere und Vögel sind am schlimmsten betroffen, weil sie auf der Oberfläche leben. Als Nächstes kommen das Phytoplankton, das stirbt, wenn es kein Licht bekommt, und die Bewohner des Meeresgrundes, wo der Teppich auf Land trifft. Wenn es nicht ein wirklich aufgelöster Kohlenwasserstoff ist, können Fische sich den schlimmsten Auswirkungen entziehen.«

»Wenn der Teppich so weit gekommen ist, wissen wir, dass er die Mündung der Meerenge überquert hat.« Garner zog eine Linie entlang dem Südrand der Straße von Juan de Fuca und der Nordküste der Olympic-Halbinsel. »Nach den Messungen von Betty würde ich sagen, dass er sich anschließend entlang der Küste bewegt. Das Wasser ist vergleichsweise seicht, es wird also wärmer und stehender sein. Dort gibt es auch eine ganze Menge kleiner Fischerdörfer. Ich denke, wir sollten denen sagen, dass sie bis auf weiteres ihre Marinas schließen sollten. Außerdem müssen wir die Schifffahrt davor warnen, dass sie das Zeug möglicherweise mit ihrem Ballast aufnehmen könnten.«

»Jetzt mal langsam«, warnte Nolan. »Wir sollten die Hafenbehörden nicht grundlos nervös machen. Wir sind gerade durch diese Zone gefahren und haben nichts gesehen.«

»Woher wussten Sie denn, wonach Sie hätten Ausschau halten müssen?«, fragte Ellie.

»Das wussten wir nicht«, gab Nolan zu. »Aber wir haben auf der ganzen Strecke einen Seiten-Sonarscan durchgeführt.«

»Was ist das?«, fragte Ellie.

»Eine Art von Sonar, die einen kegelförmigen Impuls beiderseits der Fahrtstrecke vom Schiff aussendet«, sagte Nolan, sichtlich erfreut darüber, dass er sich leisten konnte, die *Kaiku* mit so teurem Gerät auszustatten. »Die reflektierten Impulse liefern uns ein Bild des Meeresgrundes in kleinen Scheibchen. Anschließend setzt ein Computer die Scheiben zusammen und errechnet daraus eine Landkarte des Meeresgrundes.«

»Aber der Teppich bewegt sich nicht am Meeresgrund«, wandte Ellie ein.

»Das stimmt, aber wo auch immer er ist, er wird eine gewisse Dichte haben. Die Scanneraufzeichnung liefert routinemäßig Reflexbilder von Fischrudeln, Zooplankton, ja sogar von internen Meereswellen und Thermoklinen. Eben alles, das eine Dichteveränderung in der Wassersäule zeigt.«

Garner war noch nicht überzeugt. »Wir haben keine Ahnung, wie groß der Umfang dieses Teppichs wirklich ist, aber ich gehe jede Wette ein, dass er den größten Teil seiner Energie von der Sonne bekommt. Sie sollten nicht vergessen, dass er teilweise pflanzlicher Natur ist.«

»Und was bedeutet das?«, wollte Ellie wissen.

»Das bedeutet, dass er sich nicht nur an der Oberfläche befindet, sondern sich wahrscheinlich so dünn wie möglich ausgebreitet hat. Er wird versuchen seine Größe zu maximieren, damit seine Zellen atmen können und weil eine große Oberfläche ihm eine größere Stabilität gegen die Einwirkung der Wellen verschafft. Nach allem, was uns bekannt ist, könnte der Teppich sich in den oberen sechs Zoll der Wassersäule konzentrieren und über mehrere Quadratmeilen verteilt sein. Wenn das zutrifft, könnte ihn selbst das beste Sonargerät nicht von der Oberfläche selbst unterscheiden.«

»Ich behaupte immer noch, dass wir etwas gesehen hätten«, erklärte Nolan trotzig. »Wir haben während des größten Teils der Fahrt auch einen Oberflächenscan-Radar gefahren.«

»Dort draußen gibt es eine Menge Wasser, Bob. Vielleicht zu viel, als dass man versuchen könnte, einen Geist in die Ecke zu treiben. Ich glaube nicht, dass selbst parallele Probenentnahmen durch Medusa und Betty uns rechtzeitig Daten liefern könnten. Es nimmt einfach zu viel Zeit in Anspruch, die Geräte immer wieder einzusetzen.«

»Wo sollen wir also mit der Suche beginnen?«, fragte Ellie.

»Nach meinem Modell zuerst am südlichen Ufer«, erklärte Garner.

»Ihre Modelle haben sich schon einmal als falsch erwiesen«, meinte Nolan. »Ich glaube, die sind hier nicht mehr willkommen.«

Garner sah ihn geradewegs an. »Ich *hoffe*, dass ich mich täusche, Bob«, antwortete er. »Ich hoffe, dieses Ding hat sich hier hübsch vollgefressen und zieht jetzt weiter hinaus aufs Meer. Aber wenn wir weniger als vierundzwanzig Stunden Zeit haben, um Präventivmaßnahmen vorzubereiten, dann denke ich, sollten wir uns die am dichtesten besiedelten Küstenbereiche zuerst ansehen. Wenn ich Unrecht habe, arbeiten wir uns dann allmählich nach Norden. Sie können die Suchraster festlegen, wie Sie wollen, solange wir nur nicht den Teppich über dem Schelf verlieren.«

»Dem Schelf?«, erkundigte sich Ellie.

»Diese Küste stellt fast ausschließlich ein überflutetes Fjordsystem dar. Tiefe Täler, die vor Jahrtausenden von Gletschern geschaffen und dann vom Meer überflutet worden sind. Deshalb gibt es auch an den Stränden so wenig Sand; er hätte keinen Untergrund, auf dem er liegen bleiben könnte.« Garner tippte auf der Karte auf die Stelle zwischen Victoria auf Vancouver Island und Sequim Bay in Washington State. »Genau an dieser Stelle ist der Fuß des Fjordes, der das Ende von Puget Sound markiert. Der Schelf.«

»Warum ist dieser Schelf denn so wichtig?«, wollte sie wissen.

»Weil er verhindert, dass tieferes Wasser in den Fjord ein- oder aus ihm herausströmt. Alles, was innerhalb des Schelfs hängen bleibt, lagert sich schließlich ab. Nur das Wasser an der Oberfläche wird mit dem Wasser des Ozeans draußen ausgetauscht«, erklärte Garner.

»Im Idealfall müssten wir dieses Ding sozusagen einsäumen, ehe es den Schelf erreicht. Sonst würde es sich im Inneren der Meeresstraße fangen«, fügte Nolan hinzu. »Auf dem Meeresgrund geht es dort ziemlich kompliziert zu. Das ist ein regelrechtes Labyrinth, es lässt sich nicht vorhersagen, wo die Strömungen den Teppich hintragen könnten.«

»Oder wohin er sich selbst bewegen könnte?«, meinte Ellie in fragendem Tonfall.

»Das schlimmste Szenario ist, wenn es über den Schelf kommt und irgendwo aufgestautes Wasser findet«, sagte Garner. »In dem Fall bewegen es die Strömungen überhaupt nicht. Dann lassen sich die Zellen nieder und bilden auf dem Meeresgrund so etwas wie Saatbeete.«

»Ist sein Ruhezustand denn nicht etwas Gutes?«, fragte Ellie.

»Nicht wenn wir versuchen, ihm nachhaltig Einhalt zu gebieten«, sagte Garner. »Die Zysten mancher Dino-Spezies können zehn oder zwanzig Jahre im Ruhezustand verweilen. Kein Mensch weiß, wann sie wieder zurückkommen.«

Ellie schüttelte bedrückt den Kopf. »Wo fangen wir also an? Wenn der Teppich vom Sonar nicht erfasst werden kann, wie suchen wir dann danach?«

Freeland, der hinter ihnen an einer Konsole stand, fing an, leise vor sich hin zu pfeifen. Sie erkannten die Melodie alle: »Glühwürmchen, Glühwürmchen...«

»Aber natürlich!«, rief Ellie aus. »Biolumineszenz! Dinoflagellaten leuchten, wenn die Wellen sich über ihnen bewegen. Kaltes Licht, das durch ihren Stoffwechsel produziert wird. Ich erinnere mich daran, wie mein Vater mir das erklärt hat, als ich es als Kind zum ersten Mal sah.«

»Das einzige Problem ist, dass *Pfiesteria* nicht bioluminesziert«, sagte Garner.

»Und Zellophan gilt nicht als undurchsichtig«, sagte Freeland. »Es sei denn, man hat genügend Schichten davon.

Wenn der Teppich so groß ist, wie wir annehmen, sollten wir ihn durch die Veränderung der Wasserfärbung verfolgen können.«

»Dann brauchen wir also ein Flugzeug? Einen Hubschrauber?«, fragte Ellie.

»Den Hubschrauber haben wir«, meinte Nolan. »Die nächste Flut ist morgen kurz vor Tagesanbruch. Wenn es etwas zu sehen gibt, wäre das der beste Zeitpunkt.« Er merkte, dass Garner das Gesicht verzog. »O ja, stimmt«, sagte er. »Sie fliegen nicht gern, oder, Brock?«

»Die beste Ansicht würde uns ein Satellitenbild liefern«, sagte Garner, ohne auf den Seitenhieb einzugehen. »Aber bei der augenblicklichen Bewölkung würden wir Infrarot brauchen.« Er sah Nolan an. »Wie gut sind denn Ihre Beziehungen zur NASA?«, fragte er nicht ganz ernst gemeint.

»Komisch, dass Sie das fragen«, sagte Nolan und bedeutete Garner und den anderen mit einer Handbewegung, dass sie ihm nach unten folgen sollten.

Sie traten durch eine Luke in die ehemalige Offiziersmesse, die in ein schwimmendes Telekommunikationsstudio umgebaut worden war. Auf einer langen Reihe von Bildschirmen konnte man mehrere Nachrichtensendungen sehen, angefangen bei CNN bis zum Wetterkanal. Auf einem weiteren Bildschirm konnte man die Arbeiten des Teams mitverfolgen, das draußen mit den Walkadavern beschäftigt war.

»Ist ja sehr beeindruckend, aber kriegen Sie auch Kabelfernsehen rein?«, fragte Freeland.

»Nein«, sagte Nolan mit einem Gesichtsausdruck, als habe er soeben beschlossen, es der Liste hinzuzufügen. Er legte ein paar Schalter um, worauf sich die Wetterkarten auf dem Bildschirm veränderten. »Und so wie es aussieht, ist die Verbindung zum Wettersatelliten gerade gestört.«

Die Kamera war auf Carols Gruppe im Wasser gerichtet

und Ellie hatte einige Mühe, sich den Aufnahmewinkel vorzustellen. Allem Anschein nach befand sich die Kamera nicht auf der *Kaiku*.

»Direkte Videoübertragung von dem Dokumentarteam«, erklärte Nolan. »Belkins Studio hat mir die exklusiven Übertragungsrechte für alles Material zugesagt, das wir mitbringen.«

Garner beeindruckte es, wie schnell Nolan und die *Kaiku* mitten im Geschehen Position bezogen hatten. Der Mann hatte ganz offensichtlich seine Hausaufgaben gemacht. Er vermittelte den Eindruck, alles unter Kontrolle zu haben, zumindest was die Anordnung seiner Spielsachen anging. Gefährlich war nur, dachte Garner, dass Nolan bei weitem nicht so gut wie sie über das Wesen des *Pfiesteria*-Teppichs informiert war und bis jetzt nicht gerade erpicht darauf schien, sich von ihnen beraten zu lassen.

Ein weiterer Bildschirm zeigte Darryl Sweeny, der gerade ein Mikrofon an seinem Revers befestigte und in die grellen Scheinwerfer einer Kamera blickte. Der jüngere Mann wirkte immer noch sehr nervös, fühlte sich aber ganz offenkundig vor den Medien eher zu Hause als bei der Aufgabe, Forscher aus dem Nordpazifik ans Festland zu befördern. Sweeny schien sich darauf vorzubereiten, zu einem ganzen Rudel von Reportern zu sprechen, die sich irgendwo auf einem Landungssteg versammelt hatten, den Garner im Augenblick nicht lokalisieren konnte.

»Wo ist das?«

»Neah Bay«, meinte Nolan mit einer Kopfbewegung zum Ufer hinüber.

In dem Augenblick schwenkte die Kamera, so dass man den Hai von dem vom Unglück heimgesuchten Charterboot sehen konnte. Seine zerfetzten Überreste hingen wie eine groteske Trophäe an einem Flaschenzug, oder so, als ob der

Fisch selbst irgendwie für die augenblickliche Situation verantwortlich wäre.

»Das ist eine Live-Übertragung«, sagte Nolan. »Sobald die Pressekonferenz angelaufen ist, schalten wir uns über Telefon zu.«

»Es war also wirklich Ihr Ernst, damit an die Öffentlichkeit zu gehen.«

»Garner, das ist bereits an der Öffentlichkeit. Belkins Financiers haben durchgedreht, als sie es erfahren haben. Die wollen wissen, was passiert ist. Und wenn sie das nicht erfahren können, wollen sie zumindest Sehbeteiligung. Und David Fulton will halb British Columbia verklagen, Dr. Bridges hier eingeschlossen.«

Die Kamera schwenkte zu David Fulton am Rednerpult hinüber. »Lauter«, forderte Garner den Techniker auf.

David Fulton wirkte blass und mitgenommen, ganz das Bild eines Vaters, der die letzten zwei Wochen den unerklärlichen Tod seines Kindes beklagt hatte. Darryl Sweeny stand dicht hinter ihm, halb Kindermädchen, halb juristischer und halb Imageberater.

»Ich bin nicht als Experte hier. Ich bin kein Wissenschaftler«, las Fulton von seiner vorbereiteten Erklärung ab. »Ich bin als einfacher Soldat hier. Als Bote. Meine Tochter Caitlin war ein frühes Opfer eines bizarren ökologischen Alptraums, der uns, wie ich befürchte, erst allmählich in seiner ganzen Tragweite bewusst wird.« Er deutete auf den Haikadaver. »Das hier ist ein Hinweis darauf, was diese unbekannte Bedrohung an einem der raubgierigsten Tiere auf der ganzen Welt anrichten kann. Und das ist es, was in unseren Ozeanen abläuft – sei es nun Umweltverschmutzung, miserables Management oder weiß Gott was sonst. Man hat mir gesagt, meine Tochter sei von einem toxischen Schalentiergift getötet worden. An den Folgen eines toxischen Dinoflagellaten, einer Spezies, die unter dem Namen *Pfiesteria* bekannt...«

Garner beugte sich vor. »Für jemanden, der kein Wissenschaftler ist, kennt er sich ja in der Terminologie recht gut aus«, meinte er mit einem durchbohrenden Blick auf Nolan. »Sie haben ihn gut präpariert.«

Nolans Ausdruck blieb unverändert, betrübt und melancholisch. »Er ist der Vater eines Opfers, Garner. Er braucht eine Antwort auf seine Fragen, um sein Leid verarbeiten zu können. Ich habe ihm nur weitergegeben, was Carol mir über Ihre eigene Diagnose gesagt hat.«

»Aber, wir wissen nicht –«

»Richtig«, fiel Nolan ihm ins Wort. »Wir wissen nicht. Wir haben diesen großen amorphen, *frei herumlaufenden* Killer irgendwo hier draußen. Ein großes Fragezeichen – etwas besser definiert als ganz zu Anfang, aber immer noch ein Fragezeichen. Aber wenn wir wollen, dass diese Story sich verkauft, wenn wir wollen, dass diese Kameras sie zur Kenntnis nehmen, dann müssen wir ihnen ein Bild von dem Schurken liefern. Wir brauchen so etwas wie einen mikroskopischen Darth Vader, damit die Medien sich ein Bild machen, Fachleute wie Sie und Carol befragen und diesem verdammten Vampir ein Gesicht geben können, damit wir die Scheinwerfer darauf richten können. Ohne das könnten wir ebenso gut kleine grüne Männchen verhökern.«

Auf dem Monitor war Darryl Sweeny ans Rednerpult zurückgekehrt und beantwortete jetzt Fragen der Reporter.

»Wollen Sie sagen, dass irgendwo dort draußen ein Frachter ist, auf dem derselbe Organismus herumgeschleppt wird? Die Herkunft dieser *Pfiesteria*-Blüte?«, fragte ein Reporter.

»Keineswegs«, versicherte ihm Sweeny. »Die Nolan Group hat ein Ermittlerteam auf den Frachter geschickt, den wir für den Ausgangspunkt des ganzen Ausbruchs halten.

Wir haben uns verpflichtet, den Namen des Schiffes und seiner Eigner nicht bekannt zu geben, aber dort ist jetzt alles in Ordnung.«

So weit stimmte alles, dachte Garner. Zubov und die Techniker der *Exeter* hatten bestätigt, dass die *Sato Maru* nichts enthielt, was dem Dinoflagellaten auch nur entfernt ähnelte. Diese Untersuchung hatte stattgefunden, ehe sie die Mikrobe positiv identifiziert hatten, aber Nolans Team hatte ihnen anschließend einen vorläufigen Bericht über alle im Bilgenwasser des Frachters gefundenen Organismen von einiger Bedeutung durchgefaxt. Abgesehen von erhöhtem Bakterien-, Kupfer- und Kohlenwasserstoffaufkommen gab es keinerlei Anzeichen von irgendetwas Ungewöhnlichem.

»...sobald wir die exakte Position des Teppichs kennen, wird die Nolan Group die entsprechenden Maßnahmen koordinieren, um ihn unschädlich zu machen«, schloss Sweeny.

»Herrgott«, sagte Freeland. »Mit was, glauben Sie eigentlich, dass wir es hier zu tun haben? Jagdsaison für das Ungeheuer von Loch Ness? Jetzt wird jeder Spinner mit einem Ruderboot hinausfahren und nach diesem Ding suchen.«

»Je mehr, desto besser«, grinste Nolan. »Je mehr Augen danach suchen, desto bekannter wird dies alles.«

»Und desto mehr Leute riskieren ihren Tod«, wandte Garner mit strenger Miene ein.

»Und umso wichtiger wird unser Katastrophenteam während der Krise wirken«, sagte Nolan.

Garner versuchte es mit einer anderen Taktik. »Sweeny hat gesagt, wir würden ihn ›unschädlich machen‹, sobald wir ihn einmal gefunden haben. Wie haben ›wir‹ vor, das zu tun?«

»Schwimmbäume«, sagte Nolan. »Im Augenblick sind vier Dutzend Eindämmungsschwimmer für Ölteppiche hierher unterwegs.«

»Sie wollen vor einem Sturm Schwimmbäume ausbringen?«, wunderte sich Freeland. *Mehr Geld als Verstand*, sagte der Blick, den er Garner zuwarf. *Und das merken Sie erst jetzt?*, war Garners ebenso wortlose Antwort.

»Saunders hat Recht«, sagte Garner. »Schwimmbäume eignen sich dazu, an der Oberfläche ausgetretene Schadstoffe einzudämmen, aber nur bei ruhiger See.«

»Wir setzten Mason-Bäume ein«, erklärte Nolan. »In der Nordsee gebaut und erprobt. Dieselbe Art, wie wir sie am Prince William Sound benutzt haben.«

Nolan bezog sich damit auf den Beitrag, den seine Gruppe beim Säubern von elf Millionen Gallonen Rohöl geleistet hatte, als die *Exxon Valdez* 1989 auf Grund gelaufen war. Nolan hatte die Publicity dazu benutzt, seine Firma im globalen Maßstab bekannt zu machen, und ihren Einsatz am Ende so verkauft, als wäre das »ihr Einsatz« gewesen und nicht die koordinierte Arbeit von rund zwei Dutzend Firmen und Auftragnehmern aus sechs Ländern. Im Gegensatz zu jenen anderen Unternehmen, denen man den Vorwurf gemacht hatte, zu langsam vorzugehen, hatte die Nolan Group ihre Schecks zur Bank gebracht und sich sofort auf das nächste publicityträchtige Vorhaben gestürzt. Garner wurde bewusst, dass Nolan für das Spektakel, das sich hier rings um sie herum entwickelte, ähnliche Pläne hatte.

Das Fernsehbild zeigte jetzt eine Standaufnahme von Carol mit unterlegtem Computertext, der sie identifizierte. Das Bild zeigte sie irgendwo vor der Küste von Hawaii mit ihren geliebten Buckelwalen im Hintergrund und einem breiten Grinsen auf ihrem gebräunten Gesicht.

»Natürlich sind wir sehr um die Tiere besorgt, die hier den Tod gefunden haben«, kommentierte Carols Stimme aus dem Off. »In den letzten zehn Jahren haben Virusinfektionen an Meeressäugern in erheblichem Maße zugenommen. 1988 wurden von einem Virus in der Ostsee mehr als achtzehntausend Seehunde getötet. Ein ähnlicher Virus – ein *Morbillivirus*, ähnlich den Viren, die Staupe oder Masern verursachen – war für den Tod von Hunderten von Delphinen verantwortlich. In Schildkrötenpopulationen werden mit zunehmender Häufigkeit Tumore festgestellt und Blüten toxischer Mikroben wie *Pfiesteria* treten mit geradezu beängstigender Regelmäßigkeit in Erscheinung. Viele dieser Ausbrüche können mit erhöhten Konzentrationen von Nährstoffen und Schadstoffen in Verbindung gebracht werden, die direkt in unsere Küstengewässer gepumpt werden. Der wirtschaftliche Schaden liegt möglicherweise unter der Wahrnehmungsgrenze. Aber der kumulative Schaden wächst jedes Jahr...«

»Sie könnte auf dieselben Gesundheitsauswirkungen auf Fischer, Surfer und Kinder hinweisen«, sagte Ellie.

»Das bringt keine Sehbeteiligungszahlen«, spottete Freeland. »Surfer sind nicht so nett wie gemeine Seehunde.«

»Das ist Ihre Meinung«, murmelte Ellie.

»Das da ist ja nicht einmal live«, sagte Garner und deutete mit einer Kopfbewegung auf den Monitor. »Carol ist doch mit den Technikern noch draußen.«

Nolan nickte. »Das haben wir heute Morgen aufgezeichnet, für den Fall, dass es irgendwelche Fragen aus dem Sektor Meeressäuger geben sollte.«

»Den ›Sektor Meeressäuger‹?«, fragte Garner. »Gibt es eigentlich irgendjemand, der für Sie keine demographische Kennzahl bedeutet?«

Der Techniker auf der *Kaiku* fuhr auf seinem Sessel herum und nahm sich die Kopfhörer ab. »Für Sie bereit in fünf Sekunden, Bob. Vier... drei... zwei...« Er nickte und deutete auf ein kleines Tischmikrofon auf der Konsole. Nolan legte den Sprechknopf mit einer geübten Handbewegung um.

»Mr. Fulton, hier spricht Bob Nolan, live aus der Juan de Fuca Strait an Bord der *Kaiku*, meinem Forschungsflaggschiff. Mein aufrichtiges Mitgefühl gilt Ihnen, Ihrer Frau und Ihrer Familie. Sie haben einen schrecklichen Verlust erlitten, aber er wird nicht vergebens sein. Wir sind im Augenblick dabei, eine, wie wir vermuten, transitorische Blüte des Dinoflagellaten *Pfiesteria* aufzuspüren, die erste ihrer Art im pazifischen Nordwesten. Als vorderste Verteidigungslinie bei dieser Tragödie stehen uns einige der besten Experten der ganzen Welt zur Verfügung, um uns zu unterstützen, und ich versichere Ihnen, dass wir dieser potenziellen ökologischen Katastrophe ein Ende...«

Nolans Stimme wurde über einem zweiten Stehbild, einer offenbar vorbereiteten PR-Aufnahme übertragen, das voll Zuversicht vom Deck eines Schiffs der Nolan Group lächelte.

»Erst gestern«, fuhr Nolan fort, »habe ich mit Gouverneur Denning gesprochen. Er hat sich verpflichtet, der Lösung dieses Problems jede mögliche Unterstützung seiner Regierung zuteil werden zu lassen und alle im vollen Umfang zu entschädigen, die in Folge dieses unglücklichen Naturphänomens einen Schaden erlitten haben. Wir sind dabei, ein System aufzubauen, um diese Gefahr einzudämmen, und darüber hinaus sind entsprechende Alternativmaßnahmen geplant. Gouverneur Denning und ich werden uns außerdem, falls sich das als nötig erweisen sollte, an den Präsidenten wenden und um seine Unterstützung bitten.«

»Erstaunlich«, murmelte Freeland halblaut. »Eine absolut und hundertprozentig inhaltsfreie Erklärung.«

Garner und Ellie konnten nur zusehen, wie der Bildschirm auf Stichwort des Technikers eine Montage des Treffens von Bob Nolan mit Denning sowie Archivaufnahmen anderer Staatsoberhäupter und einiger Hollywood-Prominenter zeigte, die für ihre Unterstützung des Umweltgedankens bekannt waren. Im Hintergrund spielte dazu leise Musik und Garner erkannte, dass es sich um ein Stück aus dem oberen Bereich der Charts handelte. Die Montage endete mit einem Bild von Nolan und Carol in Gesellschaftskleidung bei einer Wohltätigkeitsveranstaltung, wobei er den Arm selbstbewusst um ihre Hüften gelegt hatte.

Wie er so die beeindruckende improvisierte Fernsehproduktion der Nolan Group sah, fühlte Garner sich unwillkürlich an seine eigenen erfolglosen Bemühungen 1991 erinnert. Nolan übertraf Garner ohne jede Mühe auf dessen eigenem Terrain und lieferte zugleich locker den Beweis für einen von Freelands Lieblingssätzen: *Wenn man es den Massen überlässt, ist es immer wichtiger, das Maul möglichst voll zu nehmen als Hirn zu haben.*

»Sie können ganz sicher sein«, näherte sich Nolan dem Ende seiner Predigt. »Die Nolan Group hat jetzt den Fall übernommen. Hier draußen gibt es einen neuen Killer und den werden wir unschädlich machen, ehe er weiteren Schaden anrichtet. Wie Sie jetzt wissen, hat meine eigene Frau ihren Bruder an diese Gefahr verloren. Trotz der tiefen Trauer, die uns darüber erfasst hat – oder vielleicht gerade deswegen –, bemühen wir uns mit noch nie da gewesenem Einsatz darum, diesen Killer aufzuspüren. Und deshalb sage ich den Fultons, den Witwen Howard Belkins, Ihrer Familie und der meinen dies – meine Freunde, Sie haben alle meine ganz persönliche Garantie.«

18

26. August
48° 25' Nördl. Breite, 124° 31' Westl. Länge
Juan de Fuca Straße

Während Garner und Freeland darauf warteten, dass die Morgendämmerung einsetzte, brachten sie alles Gerät, das sie brauchten, auf die *Kaiku*. Ellie, die zu unruhig war, um Schlaf zu finden, holte sich in der Kombüse etwas zu essen und marschierte anschließend über sämtliche Decks des Forschungsschiffes. Immer wieder blieb sie stehen, um sich mit Mannschaftsmitgliedern zu unterhalten, die für die Wache nach Mitternacht eingeteilt waren. Einer der Männer bot ihr an, ihr die Observationskuppel unter der Wasserlinie des Schiffes zu zeigen, von wo aus sie die Wale aus der Nähe beobachten konnte, aber Ellie hatte schon genug von den blutigen Kadavern gesehen, die entlang der Schiffswand angebunden waren. Sie hatte genug vom Tod gesehen, es reichte ihr.

Von der Brücke aus konnte sie über die in bläuliches Mondlicht gehüllte Meerenge blicken, ein viel zu ruhig und friedlich wirkendes Bild, als dass man sich die tödliche Gefahr hätte vorstellen können, die sie umgab. Ein weiteres Forschungsschiff der Nolan Group hatte sich am Tag zuvor zu ihnen gesellt und Darryl Sweeny mitgebracht. Später waren dann ganze Bootsladungen von Angehörigen der Küstenwache und des Innenministeriums herausgekommen, um sich die Walkadaver anzusehen. Eigenartigerweise hatte das Militär keine zusätzliche Unterstützung geleistet. Die

Forschungsteams, die eng mit Carol zusammenarbeiteten, konnten keine weiteren Spuren von aktiven *Pfiesteria* feststellen, daher hatten sie grünes Licht bekommen, ihre Schutzanzüge abzulegen. Das Phantom war wieder einmal verschwunden.

Weiter draußen, jenseits ihrer von allem losgelösten, frei dahin treibenden Insel im Ozean, konnte Ellie die Lichter der großen Frachter erkennen, die in die Häfen von Puget Sound und Georgia Strait strebten oder diese verließen. Die gewaltigen Rümpfe der Schiffe ließen die Yachten und Fischerboote, die mit ihnen die Wasserstraße teilten und den größeren Schiffen respektvoll die Vorfahrt einräumten, zwergenhaft erscheinen. In dieser Meeres-Rush-Hour machten alle einander in einer Art von Verbrüderung Platz, die den Neid derer verdient hätte, die sich auf den überfüllten Straßen an Land drängten. Ellie überlegte, ob wohl jemand von ihnen schon von der *Pfiesteria*-Gefahr gehört hatte oder sich in Anbetracht ihrer vom Geld diktierten Hektik wohl darum scherte. Dann fiel ihr Garners Bericht über die *Sato Maru* und das Charterboot mit dessen toten Passagieren und der verschwundenen Crew ein und sie fragte sich, ob vielleicht unter jenen fernen Lichtern auch das eine oder andere Geisterschiff seine Bahn zog. Der Gedanke jagte ihr ein Frösteln über den Rücken, weshalb sie lieber nach drinnen zurückkehrte.

In dem »Fernsehraum« waren jetzt auf den meisten Monitoren Wetterbilder zu sehen. Die Sturmfront mit ihren wirbelnden weißen Wolkenarmen schien ihrer augenblicklichen Position schon bedrohlich nahe. Zwar hatte sich bisher nur der Wind etwas verstärkt und sie hatten ein paar verstreute Regenschauer abbekommen, aber Ellie wusste, dass ihnen das Schlimmste noch bevorstand.

»Mein Gott«, sagte sie zu dem Techniker. »Das sieht nach einem Hurrikan aus.«

»Das ist es im Augenblick auch, wenn man nach der Windgeschwindigkeit geht. Fünfundsechzig Knoten«, meinte der Mann. »Aber die NOAA rechnet damit, dass er sich in den nächsten paar Stunden etwas abschwächt.«

»Ich hatte bisher geglaubt, das Wasser wäre zu kalt, als dass es so weit im Norden einen Hurrikan geben könnte«, sagte Ellie. »Ich meine, ich habe noch nie von einem gehört.«

»Und ich bin sicher, dass der Sturm noch nie von Ihren kleinen Dinoflagellaten gehört hat«, sagte der Techniker. »Aber so wie es aussieht, wird der Herrgott uns in den nächsten zwölf Stunden alle zusammen in einen Topf werfen.«

Die Unbekümmertheit des jungen Technikers machte Ellie zu schaffen. »Haben Sie je gesehen, was ein solcher Sturm anrichten kann? Ich meine mit eigenen Augen?« Sie ahnte, was er antworten würde.

»Nein, Ma'am«, sagte er. »Und ich bin auch diesmal nicht scharf darauf. Nicht mit eigenen Augen.«

Ellie ging durch die schmalen Korridore zwischen den Kabinen der schlafenden Techniker und Matrosen und fragte sich, wo sie nur die Ruhe hernahmen, um zu schlafen, wenn man bedachte, wie dringend es war, den Teppich zu finden. Sie trat durch eine Luke in das Hauptforschungslabor, das ebenso beeindruckend wie der Rest des ganzen Schiffes ausgestattet war. Carol Harmon hatte ihre Geräte auf einer der Laborbänke aufgebaut und die kleineren Teile mit Isolierband gesichert. Sie hatte sich das Haar zu einem Pferdeschwanz zusammengebunden und sich leichte Kopfhörer übergestülpt. Als Ellie näher trat, sah sie, dass Carol auf dem Monitor mit einer Wellenform arbeitete. Sie lauschte ihren Walen.

Carol zuckte zusammen, als sie Ellie bemerkte, und lachte dann nervös.

»Tut mir Leid, wenn ich störe«, sagte Ellie, nicht ganz ernst gemeint. Sie brauchte einfach jemanden, mit dem sie reden konnte.

»Ich höre mir gerade die Aufzeichnung an, die ich von dem einen noch lebenden Orca gemacht hatte«, sagte Carol, wobei sie das Kopfhörerkabel herauszog und die Aufzeichnung über die Lautsprecher des Computers abspielte. Das Geräusch klang schwach und verzerrt. »Ich kann die Vokalisationen nicht so leicht definieren«, sagte sie. »Wahrscheinlich war ihre Kehle bereits stark verletzt und die Lungen mit Flüssigkeit gefüllt. Sie ist buchstäblich in ihrem eigenen Blut ertrunken.«

Ellie konnte vage erkennen, was Carol meinte. Im Vergleich zu den anderen Wellenbildern wirkte die Aufzeichnung des verletzten Wals verschwommen und erinnerte an eine schlechte Fotokopie. »Können Sie feststellen, was sie gesagt hat?«, fragte Ellie.

»Das ist schwierig«, gab Carol zu. »Selbst bei einem gesunden Exemplar muss man aufpassen, dass man das, was es vielleicht kommuniziert, nicht durch die eigene Erwartung verfälscht. Das ist wohl auch der entscheidende Grund, weshalb diese Forschungsarbeiten noch keine große Akzeptanz gefunden haben. Man ist ständig der Versuchung ausgesetzt, undeutliche Passagen mit anthropozentrischen Vorstellungen zu überinterpretieren. Selbst das Wort *kommunizieren* impliziert bereits, dass die Tiere daran interessiert sein könnten, sich uns zu erklären.«

»Als ob sie sagen wollte, dass sie verletzt ist, oder ihren Schmerz beschreiben will«, meinte Ellie.

»Genau, aber das ist natürlich Unsinn. Was ich bis jetzt feststellen konnte, ist, dass sie ihre Jungen gerufen und sie beruhigt hat und versucht, sie aus dem Teppich herauszulotsen.«

Ellie spürte, wie ihr Tränen in die Augen traten. »Das hätte ich auch erwartet«, sagte sie. »Und das ist nicht nur eine Projektion Ihrer eigenen mütterlichen Instinkte?«

»Diese Teile der Wellenform stimmen beinahe exakt mit anderen Killerwalen überein, von denen ich Aufnahmen gemacht habe, während sie angegriffen wurden. Das ist natürlich keine unfehlbare Vermutung, aber immerhin eine wissenschaftlich fundierte. Ich kann zumindest eine achtundneunzigprozentige Übereinstimmung über alle Frequenzen hinweg feststellen.«

»Und was werden Sie jetzt, wo Sie das identifiziert haben, damit machen?«, wollte Ellie wissen.

»Dafür ist es noch zu früh«, erklärte Carol mit einem Achselzucken. »Aber wenn das eine Warnung ist oder ein Hinweis, der Gefahr auszuweichen, dann könnten wir das immerhin vor dem Teppich aussenden.«

»Sie meinen, um andere Wale oder Seehunde abzuschrecken, die durch diese Zone schwimmen könnten?«

»Richtig. Immer angenommen, dass wir einen Unterwasserlautsprecher aufbauen und es senden können.«

»Und vorausgesetzt, dass wir den Teppich finden«, sagte Ellie. »Das ist eine noble Geste. Nur schade, dass es hier nicht mehr Leute gibt, denen es etwas bedeutet, Warnungen auszusenden.«

Ellie bezog sich damit auf Bob Nolans gleichgültige Einstellung hinsichtlich irgendwelcher Benachrichtigungen an die umliegenden Küstengemeinden, das wusste Carol. »Bob macht mal wieder eine seiner heißgeliebten Gratwanderungen«, sagte sie. »Er möchte das höchstmögliche Interesse für die Story wach halten, das Gefahrenelement hochspielen und dann der ganzen Welt zeigen, wie er selbst als der große Retter auftritt. Gegen sein übliches Honorar.«

»*Kann* er denn als der große Retter auftreten?«, fragte Ellie. »Weiß er denn überhaupt, womit er es zu tun hat?«

»Weiß das irgendeiner von uns?«, fragte Carol zurück.

»Ich glaube, einige von uns wissen mehr, als sie sagen«, erklärte Ellie. »Ich kann immer noch nicht ganz glauben, dass ein in der Natur auftretender Organismus zu so etwas imstande ist. Ich meine, so aussehen, sich so vermehren oder so töten.«

»Ich hatte Sie bisher für zu sensibel gehalten, um an irgendwelche Verschwörungstheorien zu glauben, Ellie«, meinte Carol.

»Keine Verschwörung«, korrigierte sie Ellie. »Bloß bösartiges menschliches Handeln. Jemand mit den Kenntnissen und der Erfahrung von Charles könnte leicht den Versuch unternehmen, einen Organismus wie diesen zu züchten. Vielleicht könnte so jemand es sogar schaffen, daraus eine unglaublich tödliche Waffe zu erzeugen.«

Carols Gesichtsausdruck ließ erkennen, dass sie Ellies Idee nicht ernst nahm. Die Vorstellung, dass man Dinoflagellaten zu einer Waffe umformen oder dass Charles Harmon von so etwas Kenntnis haben könnte, schien ihr gleichermaßen absurd.

Carols erzwungene Ignoranz gegenüber diesem Thema beunruhigte Ellie nicht ganz so wie die Unerfahrenheit des Großteils der Mannschaft oder der Egoismus ihres Anführers, aber sie schien ihr nicht weit davon entfernt. »Aber wo bleibt denn Charles' väterlicher Rat zu einem Zeitpunkt, wo wir ihn dringend brauchen könnten?«

»Sie kennen meinen Vater nicht«, sagte Carol und verdrehte die Augen. »Wo auch immer dieses Ding herkam, Bob führt jetzt das Kommando«, sagte sie. »Ich erwarte von niemandem, dass er seine Methoden schätzt, aber wie man auch zu Bob steht, er ist jedenfalls brillant. Es hat einige Mühe gekostet, ihn zu überzeugen, aber jetzt, wo er beschlossen hat, all seine Kräfte einzusetzen, bin ich sicher, dass er besser als irgendein anderer imstande ist, diesem Schlamassel ein Ende zu bereiten.«

»Mir brauchen Sie mit diesen PR-Sprüchen nicht zu kommen«, sagte Ellie. »Sie waren heute nicht dabei, als er systematisch Brocks und Saunders Vorschläge abgeblockt hat und dann vor die Fernsehkamera getreten ist und allen gesagt hat, sie sollten ganz ruhig bleiben. ›Kein Problem, Leute. Ach was, zum Teufel, bringt eure Kinder und setzt sie in die vorderste Reihe.‹«

Carols Züge verfinsterten sich, ihre Stimme klang kühl. »Wenn ich mich recht entsinne, wollten Sie doch, dass die Öffentlichkeit die Sache ernst nimmt. Das haben Sie doch bei der Anhörung gesagt.«

»Was ernst nimmt? Bob sagt denen doch nicht, was wir wissen oder zu wissen glauben. Er bereitet sie nicht auf das Schlimmste vor. Das alles ist eine harmlose Gespenstergeschichte, die ihm Einschaltquoten verschaffen soll, und solange er das Sagen hat, können die echten Fachleute nicht das tun, worauf sie sich verstehen. Er schnappt sich einfach Bruchstücke von dem, was andere Leute wissen – in dem Fall Brock – und verhökert es vor laufender Kamera zu seinem eigenen Nutzen, ganz gleich, was für Konsequenzen das auch haben mag.«

Ein bitteres Lächeln spielte um Carols Lippen. Die Zuneigung, die Ellie ganz offensichtlich für Garner empfand, ärgerte sie. Die Botschaft war klar, also brauchte sie bloß hinzuzufügen: »Brock ist ein erwachsener Mann, Ellie. Er ist durchaus fähig, sich durchzusetzen. Wenn er das Gefühl hätte, dass jemand anderer ihn behindert, würde er sich schon wehren. Ich weiß das – ich habe das an ihm schon erlebt.«

Als Garner an Deck eintraf, drehten sich die Rotorblätter des Hubschraubers bereits. Nolan selbst saß auf dem Pilotensitz,

Freeland und Darryl Sweeny hatten sich hinten links und rechts von Gerätebehältern niedergelassen, die einen Teil der Sitzbank einnahmen. Ebenso wie Garner trugen alle orangerote Racal-Schutzanzüge. Solange sie nichts entdeckt hatten, war es nicht nötig, den Kopfteil des Anzugs überzustreifen und abzudichten, was nur die Batterien ihrer Atemgeräte unnötig in Anspruch nehmen würde.

Als Garner sich dem Hubschrauberlandeplatz näherte, trat Ellie aus dem Schatten heraus. Der Wind der Rotorblätter peitschte ihr das Haar ums Gesicht. Garner entging nicht, wie müde und abgespannt sie aussah.

»Ich wollte Ihnen viel Glück wünschen«, sagte sie.

»Ich nehme an, Sie haben nicht geschlafen«, sagte Garner.

»Hat das irgendjemand?«, fragte sie mit einem müden Lächeln. »Das ist wohl eine Berufskrankheit. Aber ich bin das gewöhnt.«

Sie wirkte plötzlich verletzbar, zerbrechlich. Garner legte die Arme um sie und drückte sie an sich. »Die *Exeter* sollte in zwei Stunden hier eintreffen. Jetzt kommt *wirklich* die Kavallerie. Vielleicht sogar mit ein paar Technikern, die mehr von ihrem Geschäft verstehen, als bloß vor der Kamera gut auszusehen.« Er deutete zu Sweeny und Nolan hinüber. »Wir sollten kurz nach Sonnenaufgang zurück sein, hoffe ich.«

»Brock...«, setzte sie an.

»Machen Sie sich keine Sorgen«, redete er ihr zu und sah ihr dabei in die Augen. Einen Moment lang hatte er das Gefühl, sich in ihnen zu verlieren. »Bis Mittag haben wir dieses Ding im Griff.«

»Versprochen?«

»Mhm. Versprochen.« Er lächelte.

Das hoffe ich, sagte ihr Ausdruck. Sie sah Garner zu, wie er sich umdrehte, sich bückte und in den Hubschrauber kletterte. Gleich darauf hob die Maschine ab, stieg in den schwarzen Himmel und war schnell verschwunden, bloß das Blinken ihrer Positionslichter war noch eine Weile zu sehen.

Ellie drehte sich um und blickte über das Meer hinaus. Irgendwann im Laufe der Nacht hatte sich ein weiteres Nolan-Schiff – eines mit flachen Aufbauten, das wie ein Leichter aussah – längsseits der *Kaiku* postiert. Auf seinem Deck waren ein paar große Container aufgestapelt, die irgendwie an Getreidebehälter erinnerten. Sie schienen überhaupt nicht zu all dem anderen Gerät zu passen, das sie gesehen hatte, und wirkten doch vertraut auf sie. Wo hatte sie solche Behälter schon einmal gesehen?

Wasserbehälter. Große, selbsttätig schließende Behälter, wie sie Flugzeuge benutzten, die man zum Löschen von Waldbränden ausschickte. Was in aller Welt mochte Nolan damit vorhaben?

»Einen Augenblick lang dachte ich schon, Sie hätten kalte Füße bekommen«, meinte Nolan an Garner gewandt, nachdem sie gestartet waren. Seine Stimme klang ein wenig tadelnd. »Keine Sorge, ich halte die Kiste für Sie schon gerade.« Der Hubschrauber war viel kleiner als der, mit dem man ihn vom Deck der *Maru* abgeholt hatte, und hatte eine dementsprechend geringere Reichweite. Obwohl der Laderaum größtenteils leer war und man alles überflüssige Zubehör entfernt hatte, war für die vier Männer kaum genug Platz.

»Lassen Sie die beiden Türen dort hinten offen«, wies Nolan Sweeny an. »Weit offen. Falls wir auf irgendwelche Aerosole oder schlechte Luft stoßen sollten, möchte ich nicht, dass sich das in der Kabine sammelt. Wir haben unsere Anzüge, aber ich denke, frische Luft ist immer noch unser bester Schutz.«

Kaum dass die Maschine abgehoben hatte, spürte Garner, wie sich der nur allzu vertraute Eisklumpen in seiner Magengrube bildete. Von der Sekunde an, als die schmalen Kufen des Hubschraubers sich vom Deck gelöst hatten, breitete sich ein Gefühl des Unbehagens in ihm aus. Er war dafür dankbar, dass die pechschwarze Nacht draußen vor den Fenstern das Gefühl zu fliegen etwas abschwächte, zumindest für eine Weile, aber dafür erinnerten ihn der Lärm und die aufgewirbelte Luft, die durch die offenen Kabinentüren hereinwehte, ständig daran, wo sie sich befanden. Die geringe Größe der Maschine und das Fehlen eines Horizonts, auf den er sich konzentrieren konnte, steigerten nur noch die Wahrscheinlichkeit, dass er bald die Orientierung verlieren würde.

Nolans schadenfrohe Sorge um Garners Höhenangst war ganz offensichtlich darauf abgestimmt, ihn unruhig zu machen. Er wollte Garner aus dem Gleichgewicht bringen, damit dieser seine Kreise nicht störte. Aber Garner war sehr wohl bewusst, dass der gesunde Menschenverstand sich schnell und entscheidend gegen Nolans Publicity-Tricks durchsetzen musste, sobald sie den Teppich gefunden und das Ausmaß der Gefahr erkannt hatten. Er konnte nur hoffen, dass es dann nicht schon zu spät war.

Weit unter ihnen konnte man jetzt sehen, wie die kleine Ansammlung von Booten zurückfiel. Die Walherde war jetzt in ein eisiges weißes Licht gehüllt und einige der Schiffe erwachten zum Leben, als dort die Morgenwache begann. Sobald die Sonne aufgegangen war, war damit zu rechnen, dass die Armada von privaten Booten und Helikoptern der verschiedenen Mediengesellschaften wieder zurückkehrten und vielleicht sogar das Schicksal herausforderten, indem sie sich noch näher heranschoben. Und Nolans Filmcrew würde natürlich bereitstehen, um jeden noch so entsetzlichen Augenblick festzuhalten.

In ihrer größten Ausdehnung war die Straße von Juan de Fuca hundert Meilen lang und fünfundzwanzig Meilen breit und dies bei einer durchschnittlichen Tiefe von mehr als zweihundert Fuß. Das war einfach zu viel Wasser, um in hinreichendem Maße mit Betty, Medusa oder einem sonstigen Gerät Proben zu entnehmen. Ohne ein ordentliches Radarbild des Gebiets gab es für sie nur wenig, was sie tun konnten, außer natürlich nach Anomalien an der Meeresoberfläche Ausschau zu halten.

»Wonach suchen wir denn wieder?«, fragte Sweeny. »Phosphoreszenz im Wasser?«

»Biolumineszenz«, sagte Garner.

»Was ist da der Unterschied?«

»Phosphoreszenz kommt von der Absorption von Wärme. Biolumineszenz kommt von einer chemischen Reaktion innerhalb des Organismus. Wärme wird dafür weder benötigt noch erzeugt, deshalb nennt man es auch ›kaltes Licht‹.«

»Was auch immer«, sagte Sweeny hörbar unbeeindruckt.

»Halten Sie einfach Ausschau nach kurzen Lichtblitzen im Wasser, auf Wellenfronten oder im Kielwasser von Schiffen«, sagte Freeland.

»Wie kurz?«

»Etwa eine Zehntelsekunde.« Freeland grinste, als Sweeny die Augen verdrehte. »Sie dürfen eben nicht blinzeln.«

Sie überquerten die Meerenge dreimal, ehe die Sonne zwischen den Wolkenfetzen im Osten aufging, fanden aber nichts. Das Hereinströmen der Flut über die Blüte hätte das flackernde Licht erzeugen sollen, aber entweder fluoreszierten diese Zellen nicht natürlich oder der Helikopter hatte noch nicht die richtige Stelle im richtigen Winkel überflogen. Während die Sonne höher stieg, würden sie anfangen, nach Oberflächenverfärbungen oder einem Abflachen der vom Wind erzeugten Wellen Ausschau zu halten, das durch die

Veränderung der Oberflächenspannung des Meeres durch den Teppich verursacht wurde.

Als sie wieder Kurs nach Norden nahmen, zeigte Sweeny auf zwei große Schiffe, die sich der *Kaiku* näherten, jedes mit einer langen Kette in leuchtendem Orange gehaltener Schwimmbäume dahinter. »Der Rest trifft heute Nachmittag ein«, sagte Sweeny. »Falls nötig, haben wir bis zu zehn Meilen davon zur Verfügung.«

Die Gerätebehälter auf dem Rücksitz des Hubschraubers enthielten mehrere Daten übertragende Strömungsmesser – umgebaute Transponder –, die man einschalten und im Teppich treiben lassen konnte. Außerdem hatten sie ein paar Kanister fluoreszierender grüner Farbe mitgebracht, ähnlich dem Stoff, den Marineflieger benutzten, um bei einem Absturz auf dem Meer ihren Standort zu kennzeichnen. Die Transponder würden im Verein mit dem Farbstoff dafür sorgen, dass der Teppich wenigstens teilweise sichtbar blieb, bis es der Crew gelungen war, ihn mit den Schwimmbäumen einzudämmen. Selbst bei dem herrschenden schwachen Wellengang schienen die Schwimmbäume geradezu lächerlich unwirksam. Wellen spülten mühelos über sie hinweg, und die Verbindungen zwischen den einzelnen Gliedern der Kette wirkten zerbrechlich. Ihre erste und einzige Verteidigungslinie war wenig mehr als das, was ihr Name besagte – eine Linie.

Als das erste Licht der Morgendämmerung über das Meer fiel, konnten sie die *Kaiku* und ihre Begleitschiffe in weiter Ferne erkennen. Trotz ihrer beachtlichen Größe und ihrer massiven Bauweise wirkten die Schiffe vor der gewaltigen Fläche des pazifischen Ozeans im Westen wie zerbrechliches Spielzeug. Eine dicke schwarze Wand aus Sturmwolken kroch drohend auf die Küste zu.

»Sie haben gestern, als Sie auf Sendung waren, erstmals

etwas von ›gewissen Alternativplänen‹ erwähnt«, sagte Garner in sein Headset und sah dabei zu Nolan hinüber. »Woran hatten Sie da gedacht?«

»Wenn Schwimmbäume seine erste Idee sind, dann mag ich gar nicht daran denken, was er sonst noch im Ärmel hat«, sagte Freeland vom hinteren Sitz aus. Er und Sweeny sahen jetzt mit starken Ferngläsern zu beiden Seiten nach unten.

»Sie haben gesagt, die Zellen würden von warmem Blut angezogen. Ich vermute, dass sie von warmem Wasser in gleicher Weise angezogen werden, vielleicht sogar einer konzentrierten Wärmequelle, so wie etwa dem Ausfluss einer Heizanlage.«

»Oder einem Wal.«

»Genau. Aber jedenfalls sucht die Kolonie Wärme, die durch das Wasser geleitet wird. Und deshalb haben wir auf dem Weg zur Neah Bay eine Reihe fixierter CTDs abgesetzt.« CTDs – Messgeräte für Leitfähigkeit, Temperatur und Tiefe – wurden dazu benutzt, den Zustand des Wassers in bestimmten Zonen zu definieren. Sowohl Medusa wie auch Betty waren mit ähnlichen Geräten ausgestattet, führten sie allerdings bei der Probenaufnahme mit sich. Fixierte CTDs zeichneten den Zustand des Meeres an einem definierten Punkt auf. »Wir haben in den letzten vierundzwanzig Stunden die wärmsten Thermoklinen in der ganzen Straße neu berechnet. Wir erwarten, dass der Teppich sich dorthin bewegt.«

»Und?«, bohrte Freeland.

»Und unsere Daten stimmen mit dem Modell überein, das Brock vorgeschlagen hat«, gab Nolan zu. »Unser erster Alternativplan besteht deshalb darin, den Teppich unter Einsatz von getauchten Hot Decks von den bewohnten Gebieten wegzulocken – einer künstlichen Thermokline.«

Garner war mit dieser Technik nur vage vertraut. Man zog

dabei bis zu fünfzig Fuß lange, abgetauchte Plattformen hinter einem Schiff her, mit dem Ziel, die Rumpfplatten von Eisbrechern und anderen zwischen Eisschollen gefangenen Schiffen zu erwärmen. Sie konnten das den Schiffsrumpf umgebende Wasser schnell erhitzen und verhindern, dass Metallteile zu brüchig wurden oder der Probenaufnahme dienende Geräte einfroren. Diese Heizplattformen befanden sich noch im Versuchsstadium und wurden nur selten benutzt, nicht zuletzt deshalb, weil der Energiebedarf für einen länger dauernden Einsatz viel zu groß war. Außerdem waren die Auswirkungen auf pflanzliches und tierisches Leben vernichtend, da es binnen Sekunden förmlich gekocht wurde. Nolan hatte allem Anschein nach aus dem Fiasko nach der *Exxon Valdez*-Katastrophe nur wenig gelernt. Dort hatte die Nolan Group erstmalig eine neue Methode eingesetzt, bei der die von dem Ölteppich befallene Küste mit Heißwasserstrahlen aus Hochdruckschläuchen sozusagen abgeschrubbt wurde. Was sie als schnelles, wirksames Reinigungssystem angepriesen hatten, hatte am Ende mehr Organismen umgebracht als das ausgelaufene Öl.

Der Hubschrauber überflog gerade ein weiteres Schiff, das auf die *Kaiku* zustrebte. Sein offenes Deck war bis zum Rand mit etwas angefüllt, was wie violette Kristalle aussah. Man konnte nicht erkennen, um was für Material es sich handelte, weil es mit dicken Polyäthylenplanen abgedeckt war.

»Alternativplan Nummer zwei«, erklärte Nolan. »Kaliumpermanganat in Industriequalität.«

»Wozu zum Teufel soll das denn taugen?«, wollte Freeland wissen.

»Das Temperaturprofil des Ozeans sagt uns nur, wohin sich der Teppich bewegt. Aber wenn er warm ist, weshalb dann den Ort wechseln? Er sucht doch nicht Wärme, um *Nahrung aufzunehmen*, er sucht Wärme, um *sich zu vermeh-*

ren. Er könnte also dort bleiben, wo er ist, und die Nahrung aus dem durchfließenden Wasser herausfiltern. All die Stellen, wo man ihn gefunden hat, haben einen hohen Kupfergehalt im Wasser gemeinsam.«

Garner pflichtete dem bei. Zubov hatte erwähnt, dass das Bilgenwasser der *Sato Maru* mit Spurenmetallen verunreinigt war, und sowohl in der Bucht von Nitinat als auch auf Diana Island hatten sie erhöhten Kupferanteil festgestellt. Unter normalen Umständen hätte jegliche nennenswerte Zunahme von biologisch verfügbarem Kupfer gewöhnliche Dinoflagellaten getötet, aber dieses Biest fuhr fort, alle konventionellen Definitionen über den Haufen zu werfen.

»Das ist richtig. Das Wasser hier unter uns hat ebenfalls einen ausnehmend hohen Kupfergehalt, was an einer Vielzahl von Faktoren liegt. Sie können mich ja ein altes Weichei nennen, aber ich glaube einfach nicht, dass dieses Biest sich von Walen ernähren möchte – oder von Menschen. Das ist viel zu ineffizient. Es kann sich von Pflanzenmaterial ernähren und vom Sonnenlicht. Warum tut es das also nicht?«

Garners Verstand arbeitete auf Hochtouren, hatte Nolans komplizierte Logik weit hinter sich gelassen. »Normalerweise würde die *Pfiesteria* sich von niedrigem Pflanzenmaterial ernähren. Phytoplankton, Bakterien und Kryptomonaden.«

»Aber wenn der Kupfergehalt des Wassers zu hoch ist, ...«

»Seine natürliche Nahrungsquelle ist wahrscheinlich erschöpft.«

»... und lässt ihm nur die Wahl, sich einen exotischeren Geschmack zuzulegen oder zu sterben.«

»Das Kupfer würde auch das Aufkommen der natürlichen Feinde eines Dino behindern: Rädertierchen und Ciliaten«, gab Garner zu bedenken. Und ohne natürliche Feinde würde die Dinoflagellatenpopulation praktisch unbehindert wachsen können.

»Aber wenn wir rings um den Teppich Kaliumpermanganat ins Wasser kippen können«, sagte Nolan, »bindet das das überschüssige Kupfer und die niedrigen Nahrungsquellen kehren zurück. Außerdem stellen sich auch wieder Ciliaten und Rädertierchen ein. Wir haben das bereits im Labor erprobt.«

»Ich kann einfach nicht glauben, dass Sie das ernsthaft in Erwägung ziehen«, meinte Garner besorgt. »Das hier ist doch keine gottverdammte Petrischale. Haben Sie denn die leiseste Ahnung, was für Auswirkungen es hier draußen haben wird, wenn Sie in großem Umfang Kaliumpermanganat ins Meer kippen? Haben Sie sich das überlegt? Was ist mit einem tödlichen Ansteigen der pH-Werte? Was Sie hier vorhaben, könnte das ganze Ökosystem kippen.«

»Die staatlichen Behörden werden dem nie zustimmen«, pflichtete Freeland Garner bei. »Das ist zu riskant.«

»Die Zustimmung der staatlichen Behörden brauche ich nicht«, brüstete sich Nolan. »Seit heute Morgen ist die Sache eine Etage höher angesiedelt. Ich habe heute Morgen ein Konferenzgespräch mit dem Weißen Haus geführt. Nach meiner Schilderung der Lage hat der Präsident persönlich zugestimmt, dass wir, wenn es sich als nötig erweisen sollte, das Kaliumpermanganat ins Meer kippen.« Nolan drehte sich auf seinem Sitz herum und fixierte Freeland. »Haben Sie das mitgekriegt? *Der Präsident persönlich.*«

»Mir war nicht bewusst, dass der Präsident in seiner Eigenschaft als Oberbefehlshaber der Streitkräfte die Nolan Group in seinen Lageraum geholt hat«, sagte Freeland.

»Das tut er aber«, prahlte Nolan. »Er ist jetzt Teil *unseres* Lageraums und weiß das auch.«

Garner war immer noch damit beschäftigt, Nolans Plan zu durchdenken. »Selbst wenn das Kaliumpermanganat auf den Teppich wirkt, wie lange glauben Sie dann, dass es dauert, bis die Ciliatenpopulation zurückkehrt? Das System reagiert in einem Zeitraum von Monaten, nicht von Minuten. Und bis es so weit ist, könnten wir eine Unmenge neuer Probleme geschaffen haben.«

Nolan hob die Hand. »Ich habe über die möglichen Konsequenzen nachgedacht«, sagte er. »Ich habe auch überlegt, welche Konsequenzen entstehen könnten, wenn wir *nichts* tun. Und damit ist die Debatte beendet. Ich sage, dass wir es tun, der Präsident sagt, dass wir es tun, und wir wären alle höchst erfreut, wenn Sie das auch sagen würden, Mr. Garner.«

Garner entschied sich dafür, nichts zu sagen.

»Und stellen Sie sich doch vor, wie das im *Fernsehen* wirken wird«, fuhr Nolan fort, der diesen Augenblick sichtlich genoss. »Eine Flotte von Bell Hueys, die ganze Wolken violetten Hustensirup auf diese Erkältungskrankheit herunterregnen lassen. *Apocalypse Now* mit Hustensaft und psychedelischen Effekten. Grandios.«

»Sie wollten ja wissen, was er noch im Ärmel hat«, sagte Garner zu Freeland gewandt.

»Tut mir Leid, dass ich gefragt habe«, nickte der.

»Extreme Maßnahmen für extreme Zeiten«, verkündete Nolan. »Zuerst müssen wir den Teppich finden und ihn stellen. Und sobald wir ihn gefunden haben, sorgen wir dafür, dass wir ihn nicht wieder verlieren.«

»Dort«, sagte Freeland. Das klang so überzeugt, dass alle sich umdrehten und die Hälse zu der Stelle hin reckten, auf die er zeigte.

Jetzt konnten sie es alle sehen, eine Viertelmeile von ihnen entfernt und sich fast eine Meile vor der Küste erstreckend: eine plötzliche Veränderung in der Meeresoberfläche. Die kleinen, vom Wind erzeugten Wellen – Katzenpfoten, wie die

Seeleute sie manchmal nannten – hörten plötzlich auf, machten einer glatten, irgendwie schmierig wirkenden Fläche Platz. Die Unterbrechung dehnte sich meilenweit aus, lag aber wie durch ein Wunder außerhalb der vom Schiffsverkehr benutzten Stellen. Sie gingen näher heran und konnten jetzt erkennen, dass der Teppich *tatsächlich* biolumineszierte, ein schwaches Glitzern, das von den Wellen erzeugt wurde, die jede einzelne Zelle stimulierten. Dann sahen sie den feinen, seidigen Schleim, der dicht unter der Wasserfläche schwebte, das Bindemittel, das den Teppich zusammenhielt. Es sah aus, als wäre dicht unter der Wasserfläche eine riesige hauchdünne Wolke ausgespannt worden. Viel leichter zu sehen waren sporadisch über die Fläche verteilte Baumstämme, die eine krankhaft bräunliche Farbe angenommen hatten, so wie die Wälder auf Diana Island. Die *Pfiesteria*-Toxine wiesen ganz offensichtlich noch eine konzentrierte Aerosol-Komponente auf.

»Video, Darryl, Video!«, schrie Nolan. »Nehmen Sie das auf?« Sweeny hatte bereits eine schwere, professionell aussehende Kamera an der Schulter.

»Anzüge abdichten«, sagte Garner. Er, Freeland und Sweeny dichteten ihre Schutzanzüge ab und schalteten die Atemgeräte ein. Nolans Hände blieben am Steuer, der Helm hing ihm im Nacken.

»Ihren Helm, Bob«, forderte Garner ihn auf.

»Gleich«, sagte Nolan. »Darryl, eine Aufnahme von diesem Zeug dort unten, über meine Schulter hinweg. Und dass man ja sieht, dass ich am Steuer sitze.«

Nolan zog den Hubschrauber auf zweihundert Fuß in die Tiefe. Während Sweeny Nolans Anweisung nachkam, zog Freeland die Seitentür ganz auf, rutschte aus seinem Sitz und fing an, in den Gerätschaften herumzuwühlen.

»Anschnallen«, sagte Garner. »Sicherheitsleinen.« Freeland zog sein Geschirr herum und gab Sweeny ein Zeichen, worauf dieser sich am Hubschraubergestell anband und das dann auch für Freeland tat.

Sie arbeiteten schnell; Garner kniete zwischen den beiden Pilotensitzen und reichte den Männern links und rechts hinter ihm die Farbkanister. Dann beugten Freeland und Sweeny sich beiderseits aus dem Hubschrauber, aktivierten die Kanister und ließen sie in den Teppich unter ihnen fallen.

Garner sah zu, wie die ersten paar Kanister unten auftrafen, sofort aufplatzten und ihren fluoreszierenden grünen Inhalt verspritzten. Normalerweise wäre der Farbstoff passiv vom Punkt seines Auftreffens weggeschwommen, wie ein Kopf mit einem langen gewundenen Schwanz. Hier hingegen wurde der Farbstoff sofort von dem Teppich aufgefressen. Der Farbstoff wurde von den Zellen aufgenommen – aus ihrer Flughöhe unsichtbar – und durch den schleimigen Film weitergegeben. In Minutenschnelle hatte sich der Inhalt eines jeden Kanisters über eine Viertelmeile oder mehr verteilt.

»Herrgott«, sagte Garner und schüttelte sich, als er in die Tiefe blickte. »Das ist zu einem einzigen, gigantischen Organismus zusammengewachsen. Eine einzige koloniale Lebensform.« Er hatte die ganze Zeit mit einem riesigen Morast von Zellen gerechnet, individuellen Zellen, jede einzelne von dem Zusammenwirken von Wind und Wellen bewegt. Was er jetzt sah, war eine einzige, gigantische Kreatur, ein teppichähnliches Monstrum, das sich über mehrere Quadratmeilen ausdehnte. Das da unter ihnen warf sämtliche Regeln über das Leben im Meer und über die Fähigkeiten des Lebens auf der Erde um. Und in dem ganzen Schrecken erregenden Ausmaß, das man davon ableiten konnte, auch die Regeln über die Fähigkeiten des Todes.

»Das Wasser hier ist für große Schiffe zu seicht«, sagte Nolan, dem Garners atemloses Entsetzen offenbar entgangen war. »Deshalb haben wir es nicht mit den Sensoren erfassen können, aber viel hat nicht gefehlt.«

Garner sah auf den noch wachsenden fluoreszierenden Teppich hinunter, der sich die Küste entlangbewegte. Er war fünf Meilen von den nächst gelegenen Ortschaften auf der Olympic Peninsula entfernt. Wenn er weiter nach Osten zog, hatten sie nur noch zwei Stunden Zeit, ihn einzufangen.

Während Nolan den Hubschrauber über die Mitte des Teppichs hinweg manövrierte, fuhren die anderen Männer fort, den harmlosen Farbstoff in Kanister zu laden und abzuwerfen. Die grüne Verfärbung breitete sich unter ihnen immer weiter aus, unabhängig von jeder Bewegung von Wind und Wellen.

»Mir gefällt gar nicht, wie das aussieht, Bob«, sagte Garner. »Wir sind unmittelbar darüber. Setzen Sie Ihre Kapuze auf, wenigstens bis wir wissen, wie ausgedehnt das Aerosol ist.« Wieder ignorierte Nolan seinen Rat.

Sweeny arbeitete erneut mit der Kamera. »Das ist verblüffend. Das Allerletzte. Das haut einen um.«

»An die Arbeit, Darryl!«, schrie Freeland. »Um Bilder zu machen, haben Sie später noch genug Zeit.«

Sweeny setzte die Kamera ab und kletterte nach vorn, zog ein Messer heraus und schlitzte die Verpackung der Transponder auf. In seiner übertriebenen Hast – eine Reaktion auf Freelands Zurechtweisung – rutschte die Klinge ab und schlitzte Freelands Schutzanzug am Unterarm auf. Im Gegensatz zu ihren Kapuzen standen ihre Anzüge nicht unter Druck. Die umgebende Luft konnte also schnell durch den Riss eindringen.

Freeland stieß eine Verwünschung über Sweenys Ungeschick aus und suchte nach einer Rolle Isolierband. Garner half ihm dabei, den Anzug abzudichten, aber der angerichtete Schaden beunruhigte sie beide. Das Isolierband war nur eine improvisierte Dichtung, und andere Anzüge hatten sie nicht.

Garner richtete sich auf und ging nach hinten, um Freeland behilflich zu sein. Plötzlich sackte der Hubschrauber durch und rüttelte Passagiere und Gerät durcheinander. Der erste Transponder prallte gegen den Türrahmen und fiel, noch nicht aktiviert, über Bord.

»Aufpassen!«, herrschte Garner Nolan an, als der Hubschrauber erneut durchsackte.

»Das bin nicht ich«, verteidigte sich Nolan. Die Angst, die man in seiner Stimme mitschwingen hörte, bestätigte, dass sich die plötzlichen Bewegungen des Hubschraubers seiner Kontrolle entzogen. Er hustete ein paar Mal, und seine eigenen Bewegungen wirkten plötzlich langsamer, ruckartig. Tränen quollen ihm aus den gereizten Augen. Als Garner dies bemerkte, packte er selbst Nolans Kapuze und stülpte sie ihm über den Kragen. Er betätigte mit dem Daumen das Gebläse und spürte das Zischen gereinigter Luft, die die Kapuze füllte.

Nolans Hände hielten immer noch das Steuer des Helikopters umfasst. Die Maschine schien sich zu stabilisieren, dann hörten sie, wie das Motorengeräusch sich veränderte, angestrengter klang. Eine metallisch klingende Automatenstimme tönte aus dem Armaturenbrett. »*Sackflug... Sackflug... Sackflug...*«

»Nolan, lassen Sie das!«, rief Garner. Falls Nolan das tat, um ihn aus der Fassung zu bringen, war ihm das gelungen. Garner spürte, wie sein Magen revoltierte, ein dumpfes Pochen im Schädel, das das Geräusch der Rotoren übertönte. Garner konnte Freeland dicht vor sich sehen, der sich an den Türrahmen klammerte und den nächsten Transponder aktivierte, lud und abwarf. Hinter ihm fummelte Sweeny immer noch mit der Videokamera herum und versuchte, in der plötzlich eingetretenen Turbulenz sein Gleichgewicht zu halten.

»*Sackflug... Sackflug... Sackflug...*«

Nolans Augen flogen über das Arsenal von Warnlichtern, die plötzlich auf dem Armaturenbrett des Hubschraubers aufleuchteten. Eines zog seine besondere Aufmerksamkeit auf sich: LOW OX.

»Der Luftdruck ist zu gering«, rief er den drei anderen zu. »Der Motor kriegt nicht genug Luft. Werfen Sie ab, was noch geht. Wir müssen hier raus!«

Wenn Nolan mehr Gas gab, riskierte er damit, den Motor ganz abzuwürgen. Als er daher versuchte, seitlich auszuweichen, versetzten die Heckrotoren das hintere Ende des Hubschraubers in eine heftige Kreiselbewegung. Die Männer hinten wurden hin und her geschleudert. Je mehr Nolan sich bemühte, den Steuerknüppel in seine Gewalt zu bekommen, desto bockiger schien der Hubschrauber zu werden.

Hinten aktivierten Freeland und Garner den letzten der Transponder. Garner kämpfte gegen den Nebel an, der ihn einhüllte, und spürte, wie ein Schwindelgefühl ihm jegliche Sicht nahm, während der Helikopter wie wild hin und her tanzte.

Wieder bäumte die Maschine sich auf, schleuderte Garner und Sweeny unsanft zu Boden und Freeland zur offenen Tür hinaus. Durch die heftige Vibration rings um ihn sah Garner, wie Freelands Sicherheitsleine sich straffte und dann anfing sich zu lösen. *Sweeny hat sie nicht ordentlich befestigt!*, schrie etwas in Garner durch seine zunehmende Blindheit hinaus. Garner warf sich quer durch die Kabine und versuchte mit der einen Hand Freeland zu packen und mit der anderen das Ende der Sicherheitsleine festzuhalten. Zwei Meter unter dem Hubschrauber pendelte Freeland wild an der Leine hin und her und versuchte sich irgendwo festzuhalten.

Genau in dem Augenblick, als Garners Hand sich um sie schloss, löste sich die Leine aus ihrem Ring. Das ganze Gewicht Freelands krachte durch seine Schultern. »Festhalten, William!«, brüllte Freeland.

»Helfen Sie mir!«, schrie Garner Sweeny an.

Sweeny wurde ebenfalls hin und her geworfen. Er ließ die Kamera fallen, taumelte über die verstreuten Gerätebehälter und griff nach Garner.

Der Hubschrauber zog im steilen Winkel nach oben. *Er steigt auf. Nolan versucht zu steigen, aus dem Aerosol heraus, damit der Motor wieder rund läuft*, dachte Garner. Er fragte sich, wie viel Höhe sie verloren haben mochten, und stemmte sich gegen den bevorstehenden Absturz.

Dann sah er es. Das Isolierband über dem Riss in Freelands Schutzanzug hatte sich gelöst. Die Haut an seinem Unterarm war deutlich zu sehen, und als Freeland jetzt mit der Leine kämpfte, öffnete sich der Riss noch weiter. Garner konnte die Panik in den Augen seines Freundes sehen, als sie beide die Öffnung bemerkten. Die Panik schlug in Entsetzen um, als die freiliegende Haut in Folge des auf sie einwirkenden toxischen Aerosols anfing Blasen zu ziehen und sich abzulösen.

Der Hubschrauber drehte sich in die andere Richtung zurück und Sweeny landete schwer auf Garner. Beide Männer packten die Sicherheitsleine und fingen an, Freeland in die Höhe zu ziehen. Dann ein weiterer Ruck und die klobige Kamera hüpfte an Garners Gesicht vorbei. Sie purzelte aus dem Hubschrauber und krachte gegen das Gesichtsschild von Freelands Anzug, zerschmetterte die Plexiglasscheibe, ehe sie in den Teppich unter ihnen plumpste.

Einen Augenblick lang hatte es den Anschein, dass der Hubschrauber sich stabilisiert hatte. Nolans Versuch, aus der Aerosolwolke herauszusteigen, schien zu glücken. Dann breiteten sich die Blasen, die Garner an Freelands Arm gesehen hatte, mit unglaublicher Geschwindigkeit über das Gesicht seines Freundes aus, verliehen ihm eine zornig rote Farbe und mischten sich mit dem Blut, das aus seiner eingeschlagenen Nase strömte. Freeland fing zu schreien an, krallte nach der sich abschälenden Haut und entzog sich in seiner Agonie Garners Griff.

»*Ich hab ihn! Ich hab ihn!*«, konnte Garner Sweeny schreien hören. Garner sah, wie Sweenys Hand die Freelands einen qualvoll kurzen Augenblick lang packte. Garners Augen bohrten sich in die Freelands, wollten seinen Freund zwingen, nur noch ein paar Sekunden auszuhalten. Dann löste sich Freelands Griff an der Leine, als sich die Muskeln seiner Hand und seines Armes auflösten und in dem leckgeschlagenen Anzug zerrissen. Der Rest seines Körpers kippte nach hinten, fiel dreihundert Fuß tief in den Teppich darunter und das Heulen des Motors verschluckte seinen Schrei.

Die Kolonie schloss sich schnell über der Stelle, wo Freeland ins Wasser gefallen war. Sein Körper, oder was davon übrig geblieben war, kehrte nie an die Oberfläche zurück.

19

26. August
48° 21' Nördl. Breite, 124° 22' Westl. Länge
Juan de Fuca Straße

Der Hubschrauber der Nolan Group zog sich an die Peripherie der tödlichen Aerosolwolke zurück und kreiste noch zwanzig Minuten, in denen die Männer nach irgendwelchen Spuren Freelands suchten. An die Stelle von Garners Höhenangst war jetzt die quälende, sorgenvolle Angst um seinen Freund getreten, und je länger er die Oberfläche des Teppichs studierte, umso unruhiger wurde er. Die fluoreszierende grüne Farbe hatte sich unter ihnen ausgebreitet und die frei schwimmenden Transponder tanzten in dem grünen Feld auf und ab, hielten sich aber innerhalb der schleimigen Grenzen des Teppichs. Sie fanden nichts, nicht einmal einen winzigen Fetzen von Freelands orangerotem Racal-Anzug. Als der Treibstoff schließlich schon gefährlich knapp zu werden begann, kehrte Nolan widerstrebend zur *Kaiku* zurück.

Auf dem Rückflug war Sweenys Gesicht fahl und blass, seine Augen glasig. Seine Hände klammerten sich abwesend um die Sitzlehne. Er wirkte wie ein gescholtenes Kind auf einem misslungenen Familienausflug. Nolan hustete ständig unter seiner Gesichtsmaske und sein Gesicht sah gerötet aus, aber viel mehr beunruhigte Garner sein für ihn so untypisches Schweigen. Er fragte sich, ob er den Tod Freelands und den Beinahe-Absturz des Hubschraubers vielleicht als eine Art Wink des Schicksals empfunden hatte. Endlich hatten sie die

Größe und die latente Bösartigkeit des Teppichs aus erster Hand zu sehen bekommen. Sie hatten die verbrannten Bäume entlang der nichts ahnenden Küste gesehen. Und das Geschehen, dessen Zeugen sie gerade geworden waren, schien ihnen immer noch unbegreiflich.

Und dann all die Menschen, die dem Teppich schon zum Opfer gefallen waren. Vierundzwanzig waren es bis jetzt und dazu Dutzende von Meeressäugern. Wie viele mehr würden sie noch im Kielwasser des Teppichs entdecken und wie viele warteten jetzt ohne den geringsten Argwohn auf seiner Bahn? Dies würde keine routinemäßige Säuberungsoperation werden. Eine risikolose Lösung würde es wohl kaum geben. Trotz seiner Publicitysucht war Nolan nicht der Mann, der seine Entscheidungen von Gefühlen leiten ließ. Garner fragte sich, ob es hinter Nolans überzogen selbstbewusstem Auftreten vielleicht einen »Alternativplan« gab, den Rückzug anzutreten, solange die Mission noch profitabel war, so wie er das im Prince William Sound getan hatte. Und bei Kuwait. Und im Golf von Mexiko.

Als sie sich dem Schiff näherten, konnte Garner am Horizont die Silhouette der *Exeter* erkennen, die vor Cape Flattery in die Meerenge einfuhr. Das vertraute Bild wirkte beruhigend auf ihn, aber nach den Ereignissen des Morgens fragte Garner sich, ob selbst sie wirklich etwas würde ausrichten können. Er konnte jetzt an nichts anderes denken als daran, Medusa möglichst schnell ins Wasser zu bringen. Robertson, McRee und Zubov würden sich mit ganzer Kraft der Aufgabe widmen, die vor ihnen lag. Und welche Mittel auch immer sie einsetzten, sie würden weitere Leben – das Leben weiterer Freunde – der Gnade des Teppichs aussetzen.

Garner wurde über sein Headset mit McRee auf der Brücke der *Exeter* verbunden und lieferte diesem schnell eine zusammenfassende Darstellung der Lage. Für einen ausführlichen Bericht oder dafür, die *Exeter* und ihre Crew angemessen zu Hause willkommen zu heißen, war keine Zeit. Nolan bestätigte, dass er im Rahmen seiner Eindämmungsoperation die Kosten für den Einsatz der *Exeter* übernehmen würde, worauf Garner sofort die nötigen Maßnahmen einleitete.

»Alles bereit, Boss«, meldete Zubov. Sein betont fröhlicher Tonfall verriet Garner, dass er selbst die Besorgnis in seiner Stimme nicht hatte verbergen können.

»Nicht solange die *Exeter* nicht geschützt ist«, widersprach Garner. »Wir schicken euch ein paar Schutzanzüge rüber.« Um Medusa ordnungsgemäß absetzen zu können, würde die *Exeter* den Teppich in nächster Nähe passieren, wenn nicht gar durch ihn hindurch fahren müssen. »Ich möchte, dass niemand, der in die Nähe von diesem Ding kommt, ungeschützt ist – Bioschutzanzüge und HEPA-Filter«, fuhr Garner fort. »Schickt alle Mannschaftsmitglieder, die nicht unbedingt benötigt werden, zur *Kaiku* herüber. Dann können sie zumindest Nolans Technikern dabei helfen, in dem Schlamassel hinter uns ein wenig Ordnung zu schaffen. Und von dort aus können wir sie mit den Beibooten an Land bringen.«

»Wo steckt denn die gottverdammte Navy?«, fragte Zubov und sprach damit aus, was auch Garner störte. »Die müssen für so was doch viel besser ausgerüstet sein.«

»Aus der Sicht der Militärs ist dieses Ding hier immer noch ein natürliches Phänomen und keine Katastrophe oder feindliche Bedrohung«, erklärte Garner. »CBDCOM oder USAMRIID sollten ebenfalls hier sein. Und die CDC. Aber bis vor einer Stunde konnten wir nicht einmal mit Sicherheit bestätigen, dass wir es mit einem natürlichen Wirkstoff zu tun haben. Wir haben einen Arzt bei uns und Nolans Leute haben, seit diese Geschichte angefangen hat, telefonischen Kontakt mit der Navy, der CDC und der CBDCOM. Im

Augenblick sieht es so aus, als hätten wir vom Weißen Haus die Zustimmung, jeden, den wir brauchen, hierher zu beordern.«

»Zum Teufel mit denen«, schimpfte Zubov. »Bis die mobilisiert sind, wird diese Geschichte hier ohnehin vorbei sein. Das sollte sie zumindest.«

Garner zwängte sich aus seinem Sitzgurt, zog sich den Helm herunter und schwang sich aus dem Hubschrauber, ehe dieser ganz auf dem Deck der *Kaiku* gelandet war. Er schälte sich aus dem Oberteil seines Schutzanzugs und genoss die frische Seeluft auf der schweißnassen Haut. Hinter ihm löste sich Darryl Sweeny aus seiner Trance und lehnte sich aus der hinteren Tür des Hubschraubers. »Hey, Garner –«, rief er. »Garner, kommen Sie zurück.«

Garner fuhr herum und setzte zu einer Antwort an. Dann sah er Freelands inzwischen sinnlose Sicherheitsleine, die Sweeny immer noch fest in der Hand hielt, und die Wut kochte in ihm über. Er warf sich auf Sweeny und riss den Kleineren mühelos aufs Deck.

»Was zum Teufel haben Sie sich dort draußen eigentlich eingebildet, was Sie machen?«, schrie Garner, wobei er Sweeny das Knie gegen die Brust drückte und ihm so jede Bewegungsmöglichkeit nahm. »Da stand das Leben eines Mannes auf dem Spiel und Sie mussten davon Bilder machen, Sie kleiner Scheißer!«

Sweeny versuchte sich unter Garners Knie herauszuwinden, versuchte zu antworten, dabei beschlugen seine Brillengläser. »Ich – ich habe doch bloß gemacht, was Bob gesagt hat –«

»Das ist Ihr erster Fehler«, sagte Garner. »Auf ihn hören heißt, dass noch mehr Leute ums Leben kommen.«

Nolan war inzwischen ebenfalls ausgestiegen und versuchte, Garner von Sweeny wegzuziehen. »Er hat Recht, Brock.

Ich habe ihm gesagt, dass er das Video aufnehmen soll«, erklärte Nolan. »Wenn Sie jemand die Schuld geben wollen, dann mir.«

Garner ließ Sweeny los und nahm sich Nolan vor. Sein rechter Haken kam schnell und massiv. Seine Faust krachte Nolan unter das Auge, riss ihn herum und ließ ihn stöhnend zu Boden gehen.

»Dann gebe ich eben Ihnen die Schuld«, sagte Garner. Er ließ die beiden Männer auf dem Deck vor dem Hubschrauber liegen und stürmte auf den Laderaum der *Kaiku* zu.

Am Fuß der Treppe vom Achterdeck stand der Regisseur von Nolans Filmteam, ein hagerer, nervös wirkender Mann, der seit seinem Eintreffen am vergangenen Abend ständig seekrank gewesen war. Der Mann stand mit aufgerissenem Mund da und kratzte sich, verblüfft über das, was er gerade gesehen hatte, den Bart.

»Wow!«, machte er.

»Schade, dass Sie das nicht auf den Film bekommen haben«, zischte Garner und schob ihn beiseite.

Im weiteren Verlauf des Vormittags kamen die Filmleute und ein paar Reporter aus ihren Kabinen, schlenderten auf der *Kaiku* herum und machten Film- und Tonaufnahmen. Hie und da äußerte Nolan konkrete Wünsche zu bestimmten Einstellungen und lieferte dann jeweils ein paar erklärende Worte dazu. Der Regisseur beklagte sich darüber, dass Nolans blaues Auge später beim Schnitt »Probleme mit der Continuity« schaffen würde. Die ganze Augenpartie, inzwischen angeschwollen und dunkelblau angelaufen, war mit Theaterschminke etwas hergerichtet worden, was es nicht weniger auffällig machte.

Nolan teilte Sweeny dazu ein, ihre Erkenntnisse den Medien weiterzugeben und darüber hinaus über die Küstenwache ein Ratgeberbulletin zu verbreiten. Bald darauf wurde der Funkraum der *Kaiku* mit Anrufen überflutet, die detailliertere Informationen verlangten. Sweeny beantwortete die meisten Fragen kompetent und wimmelte die anderen mit langatmigen, aber bewusst vagen Antworten ab. Nachrichtenhelikopter von zwei örtlichen Stationen und ein dritter von CNN erfüllten die Luft über ihnen mit ständigem Knattern. Für den Augenblick blieben die Wale der Mittelpunkt der Aufmerksamkeit, allein schon deshalb, weil nur Nolan und Garner den exakten Standort des Teppichs kannten. Sobald Nolans Medienapparat voll angelaufen war, würde die nächste Aufgabe – nämlich die notwendigen Fakten zu liefern, um gemäß der ausgegebenen Warnungen handeln zu können – Garner zufallen.

Als die Filmcrew sich in die Tiefen des Schiffes verzogen hatte, um Carol zu interviewen, bugsierte Nolan Garner in eine Nische.

»Hübsches Make-up, Bob«, sagte Garner. »Das bringt Ihre Backenknochen gut zur Geltung.«

»Ich möchte, dass Sie von meinem Schiff verschwinden, Garner«, sagte Nolan eisig. »Machen Sie, dass Sie auf die *Exeter* kommen und leiten Sie Ihren Einsatz von dort.«

»Warum? Damit Sie weniger Mühe haben, dieses kleine Zirkuszelt hier abzubauen und zu verschwinden, solange Ihr Vorschuss noch schwarze Zahlen liefert?«

»Wenn Sie sich noch einmal in meiner Nähe oder der meiner Leute blicken lassen, haben Sie eine Anzeige wegen Körperverletzung am Hals.«

Jetzt, da er Nolan ganz aus der Nähe sah, fiel ihm auf, dass seine Gesichtsmuskeln leicht zuckten, wenn er erregt war. Das hatte er bisher noch nie an ihm bemerkt.

»Wirklich? Und was ist mit Sweeny?«, fragte Garner. »Saunders ist seinetwegen tot. Dafür, wie Sie mit diesem

Hubschrauber umgegangen sind, könnte ich Ihnen ebenso leicht einen Mordversuch anhängen.«

Nolan zog seine Windjacke auseinander, so dass man eine Pistole in einem dicken Lederhalfter sehen konnte. »Jetzt bringen Sie mich bloß nicht in Versuchung«, zischte er. Dann machte er kehrt und stelzte den Korridor hinunter.

»Ihr Regisseur lässt Sie jetzt wohl Dirty Harry spielen, was, Bob?«, rief Garner ihm nach.

Nolan drehte sich um. »Treiben Sie es nicht auf die Spitze, Garner. Das ist mein Ernst. Sie können meinetwegen mein Geld ausgeben, aber lassen Sie sich verdammt noch mal nicht in meiner Nähe blicken.«

Die *Exeter* fügte sich problemlos in die Operation ein. Ein Dutzend Leute – darunter Zubov, McRee und Robertson – blieben an Bord, der Rest der Mannschaft und des wissenschaftlichen Teams wurden zur *Kaiku* gebracht. Ellie fuhr mit Garner auf der Barkasse hinüber, die die Bioschutzanzüge lieferte.

»Sind Sie bereit?«, fragte Garner sie.

»Wozu bereit?«

»Sie müssen den Leuten klarmachen, was ihnen bevorsteht«, sagte Garner. »Sie sind jetzt unser leitender medizinischer Offizier.«

Ellie wurde blass. »Das soll wohl ein Witz sein. Ich bin doch alles andere als eine Expertin. Alles, was ich über *Pfiesteria* weiß, habe ich aus diesen Büchern, die Sie mir gegeben haben.«

»Das stimmt nicht«, widersprach Garner. »Sie haben sie auch im Labor gesehen.«

»Und was ist mit der CDC? Und USAMRIID? Die haben doch die nötige Qualifikation.«

»Erstens haben Sie dieselbe Qualifikation wie wir anderen

auch: Sie sind *hier*«, erklärte Garner. »Zweitens haben Sie aus nächster Nähe gesehen, wozu dieses Ding fähig ist, und das kann niemand von USAMRIID oder der CDC von sich behaupten. Und zum Dritten sind diese Leute meine Freunde. Die haben Anspruch auf die beste Unterstützung, die sie kriegen können.«

Die Crew der Exeter hatte sich in der Offiziersmesse versammelt und wartete mit ungeteilter Aufmerksamkeit auf das, was Brock Garner und Ellie Bridges ihnen zu sagen hatten. Ellie war nie weniger darauf vorbereitet gewesen, ein improvisiertes Seminar über Gesundheitsfragen zu halten, trotzdem gelang es ihr, ihre Nervosität zu unterdrücken und Garners Beispiel zu folgen. Ihre Zuhörer sahen so aus, als müssten sie erst noch davon überzeugt werden, dass das augenblickliche Problem wichtig genug war, um es nicht einfach zu ignorieren und ein paar Meilen weiter in den Heimathafen zu fahren.

»Weniger als zwei Meilen von hier entfernt gibt es eine riesige toxische Planktonblüte«, begann Garner. »Wir nehmen an, dass die Spezies oder der Spezieskomplex, um den es geht, der Gattung *Pfiesteria* angehört. Das ist ein ziemlich ekelhafter, widerstandsfähiger Bursche, den man gewöhnlich in stehenden Gewässern an Flussmündungen findet. Wie er hierher gekommen ist, weiß bis jetzt noch niemand, aber jedenfalls ist er zu unserem Problem geworden. Ich habe ihn mir heute Morgen angesehen. Es handelt sich um einen Teppich von etwa acht Quadratmeilen, der von einer ziemlich dauerhaft wirkenden schleimigen Aufschwemmung zusammengehalten wird. Wir haben den Teppich mit fluoreszierendem grünen Farbstoff und Transpondern markiert, man wird ihn also leichter verfolgen können, zumindest bis es Nacht geworden ist. Außerdem steht damit ein toxisches Aerosol in Verbindung. Das Aerosol ist *nicht* markiert, Sie müssen deshalb immer Bioschutzanzüge tragen, wenn Sie in die Nähe des Teppichs kommen. Falls Sie in damit durchsetztes Wasser geraten, sollten Sie darum beten, dass Ihr Anzug völlig dicht ist. Ansonsten ist das Zeug nicht ansteckend und infiziert auch keine anorganischen Oberflächen. Wenn Sie glauben, dass Sie zu nahe herangekommen sind, dann sind Sie es wahrscheinlich auch. In dem Fall sollten Sie schleunigst den Rückzug antreten und sich neu gruppieren.«

»Wie bei einem Brand auf einer Bohrinsel«, meinte einer der Männer, der meist die Winsch bediente.

»Genau«, nickte Garner. »Nur dass das hier noch außer Kontrolle ist und weiter wächst. Es ist in Bewegung und hat Kurs auf Puget Sound genommen. Die Bioanzüge sind unser einziger Schutz, wenn wir in dem Teppich oder windabwärts davon arbeiten, also tragen Sie die Anzüge auch und melden Sie Symptome aller Art Dr. Bridges.« Garner hatte Ellie von den neurologischen Symptomen berichtet, die er an Nolan festgestellt hatte. Ellie hatte Nolan aufgefordert, sich untersuchen zu lassen, aber der hatte abgelehnt. Nolan wollte ganz offensichtlich vermeiden, dass etwas von seiner Ungeschicklichkeit in dem Hubschrauber an die Öffentlichkeit gelangte. »Es bedarf wahrscheinlich keiner besonderen Erwähnung, dass der ganze Einsatz stark von den Elementen abhängig ist«, schloss Garner. »Wir sind Wind und Wellen ausgeliefert und insbesondere dem Orkan, der heute Nacht hier durchkommen wird.«

Anschließend schilderte Ellie der Crew kurz, was sie in der Notaufnahme ihrer Klinik erlebt hatte, und beschrieb die Auswirkungen des Teppichs auf den menschlichen Organismus, so wie sie sie bis jetzt begriffen. »Aller Wahrscheinlichkeit nach ist der Teppich in der Bilge des Frachterwracks, das Sie entdeckt haben ›geboren‹ worden. Wir wissen nicht, wie er ursprünglich dort hinkam, aber die Umstände haben offenbar das Gedeihen der *Pfiesteria* begünstigt. Die Mitglieder der Crew sind wahrscheinlich entweder an Atmungsstillstand oder an Spuren des Toxins des Dinoflagellaten in ihrer Ernährung gestorben. Paralytische Muschel- oder Fischvergiftung.«

Das stand mit dem in Einklang, was Garner, Zubov und McRee beobachtet hatten. Der einzige Überlebende hatte das Essen an Bord gemieden und für gute Durchlüftung seiner Kabine gesorgt.

»Der Teppich ist ins Meer abgelassen und von einer Sturmfront ans Ufer getrieben worden und hat dabei vermutlich an Kraft und Ausdehnung zugenommen«, fügte Garner hinzu. »Das Aerosol hat wahrscheinlich Caitlin Fulton und Mark Junckers getötet und dazu ein paar Morgen Küstenwald zerstört, aber der Teppich selbst war bereits weitergezogen, als wir die toten Seelöwen oder die Wale fanden.«

»Die Abalone-Diebe von Nitinat hatten kein solches Glück«, sagte Ellie. »Sie sind wahrscheinlich mitten durch die Blüte geschwommen und sofort getötet worden. Der kleine Junge ist an dem Aerosol gestorben, während sein Großvater allem Anschein nach nur einer wesentlich geringeren Dosis ausgesetzt war. Vielleicht auch gar keiner, falls der Teppich bereits weitergezogen war.«

»Und er bewegt sich völlig selbständig«, fügte Garner hinzu. »Dieses Ding hat aufgehört, planktonisch zu sein. Das schleimige Zeug, das ihn zusammenhält, hat ihm allem Anschein nach die Möglichkeit verliehen, sich selbsttätig zu bewegen.«

»Wollen Sie damit sagen, dass dieses Ding *denken* kann?«, wollte Robertson wissen.

»In gewisser Weise ja«, sinnierte Garner. »Aber ich baue immer noch darauf, dass wir ihm in dem Punkt ein wenig überlegen sind.«

»Es gibt mindestens vier Möglichkeiten, sich den Toxinen auszusetzen«, erklärte Ellie. »Direkter Hautkontakt, Einatmen oder Schlucken oder zufällige Übertragung durch offene Wunden.«

»Was sind die Symptome?«, erkundigte sich McRee.

»Zuerst ein Brennen in Augen und Lungen«, erklärte Ellie. »Die Nase fängt an zu laufen, dann setzt Schwindel ein, Lähmung, heftige Stimmungsschwankungen, Kopfschmerzen, erhöhter Blutdruck und vermutlich Verlust des Kurzzeitgedächtnisses. So macht sich das Neurotoxin in dem Aerosol ans Werk.«

»Das klingt so, wie wenn McRee sich ans Werk macht«, witzelte Zubov; seine Kollegen von der Crew schmunzelten.

»Und da ich annehme, dass keiner der strammen Burschen hier noch gestillt wird«, fuhr Ellie fort, »werde ich keine Zeit damit vergeuden, über mögliche Verseuchung von Muttermilch zu sprechen. Falls jemand von Ihnen Hepatitis, eine Nierenkrankheit, Diabetes, HIV, eine Leberkrankheit oder ein sonst wie geschwächtes Immunsystem haben sollte, sollte er nicht an vorderster Front tätig sein. Wir können uns keine zusätzlichen Gesundheitsrisiken leisten.«

»Leberkrankheit?«, lachte McRee. »Jetzt haben Sie gerade neunzig Prozent dieser Säufer hier eliminiert.«

»Die genauen Eigenschaften des Toxins kennen wir nicht, weil wir es bis jetzt nicht isolieren konnten«, sagte Garner. »Präzedenzfälle helfen uns ganz offensichtlich nicht weiter und die von den *Pfiesteria*-Zellen erzeugten Toxine werden sich je nach Wassertemperatur, der Stärke der Sonneneinstrahlung, der Zellkonzentration und dem Nahrungsaufkommen unterschiedlich verhalten.«

»Der Kontakt mit den Zellen selbst ist, soweit uns bekannt, absolut tödlich«, erklärte Ellie. »Die Zellen ernähren sich von warmem Blut und lösen die Haut mit einem starken fettlöslichen Toxin auf, das so wirksam ist wie Schwefelsäure. Nach den von uns untersuchten Gewebeproben zu schließen, ist es imstande, einen ganzen Wal innerhalb weniger Tage völlig aufzulösen.«

»Mein Gott«, erregte sich der unverwüstliche McRee. »Dann könnte es Sergej in weniger als einem *Monat* auffressen!« Wieder Gelächter. Die Crew hörte jedes Wort; die Witzeleien halfen, ihre Nerven zu beruhigen. Garners und Ellies Vortrag hatte ihnen das gegeben, was sie brauchten: ein Ziel. Nach einer kurzen Orientierung im Gebrauch der Racal- und Tyvek-Schutzanzüge, kehrte die Crew wieder auf ihre Stationen zurück und bereitete sich auf einen weiteren Arbeitstag vor.

»Na sehen Sie, Sie haben das doch prima gemacht«, lobte Garner Ellie.

Sie kaute auf ihrer Unterlippe. »Wenn Sie mich das nächste Mal für etwas einteilen, würde ich das gern etwas früher wissen.«

Garner schob Ellie die Haare aus dem Gesicht und küsste sie.

»Ellie, ich habe Sie gerade eingeteilt.«

Garners Berührung ließ Ellies Verspanntheit auf wundersame Weise abklingen. »Danke«, hauchte sie.

※ ※ ※

Garners nächstes Ziel war die Brücke der *Exeter*. Die Crew stellte Funkverbindung mit den am Morgen ausgebrachten Transpondern her und schaffte damit die Voraussetzung dafür, dass das GPS seinen Datenstrom über die Position des Teppichs übermitteln konnte. Zwei der Geräte waren ausgefallen – darunter auch das eine, das noch unaktiviert aus dem

Hubschrauber gefallen war –, aber die restlichen fünf funktionierten allem Anschein nach. Obwohl die Geräte ihre Standorte genau meldeten, ließ sich bisher noch nicht feststellen, ob sie innerhalb der Zellmasse geblieben waren.

Als Nächstes musste die Schleppfahrt von Medusa durch den Teppich vorbereitet werden. Die *Exeter* würde sich so nahe wie möglich vor dem Wind an den Teppich heranarbeiten und Medusa seitlich absetzen müssen. Sobald der Sammler aktiviert war, konnten sie damit beginnen, Datenmaterial über den Zustand im Inneren des Teppichs zu sammeln. Die mit Hilfe von Medusa gewonnenen Daten über die Wasserbewegung, die Messwerte der Strömungsmesser sowie die atmosphärischen Daten des Dopplerradars würden ihnen ermöglichen, ein Prognoseprofil des Teppichs zu errechnen.

»Ich möchte zusätzlich Schwimmer-Dummies hineinwerfen«, sagte Garner. »Wenn dieser Schleim so dick ist, wie er aussieht, dann sehen wir ihn umso besser, je mehr Treibgut wir dazutun.«

»Und was ist mit dem Farbstoff?«, wollte Robertson wissen.

»Ich mache mir Sorgen, dass er sich auflöst«, meinte Garner. »Wir haben bei weitem nicht genug davon eingebracht, um den Teppich eindeutig zu markieren, und was wir eingebracht haben, hat sich sofort ausgebreitet. Sobald die Farbe zu verbleichen beginnt, werden wir Mühe haben, etwas zu erkennen.«

»Wir könnten ja das Kaliumpermanganat einsetzen«, meinte Zubov und deutete mit einer Kopfbewegung zu dem Boot der Nolan Group in einer Viertelmeile Entfernung hinüber.

»Ich versuche das nur ungern, aber möglicherweise bleibt uns keine andere Wahl«, räumte Garner ein. »Das Permanganat wird den Bereich markieren, und wenn Nolan Recht hat, vielleicht sogar Einfluss auf den Teppich haben.«Er nahm Funkverbindung mit der *Kaiku* auf und traf eine entsprechende Vereinbarung. Die Wasserkübel wurden mit dem kristallisierten Kaliumpermanganat gefüllt, und zwei S-61N Helikopter der Küstenwache wurden in Einsatzbereitschaft versetzt, um beim Ausbringen der Chemikalie behilflich zu sein. Ebenso wie die *Exeter* würden auch die Hubschrauber sich dem Teppich gegen den Wind nähern müssen. Sie würden den Teppich in abwechselnden Flugeinsätzen mit dem Pulver bombardieren, ganz ähnlich einem Wasserbombeneinsatz bei Waldbränden. Die Kaliumpermanganat-Lösung würde hoffentlich genügend Kupfer im Wasser binden, um den Teppich in seiner Bewegung zu behindern und ihn von der Nahrungsaufnahme abzuhalten. Jede Zunahme des pH-Werts, und wäre sie auch noch so gering, würde zuallererst auf die *Pfiesteria*-Zellen einwirken.

Garner ging in Gedanken die Liste des ihnen zur Verfügung stehenden Geräts durch. Das Hot Deck würde nichts bringen. Sie würden es durch den Teppich schleppen müssen und die von ihm ausstrahlende Wärme würde – nach allem, was sie über die Kolonie bisher wussten – nicht nur die Zellen anziehen, sondern sogar in Ruhezustand befindliche Zysten »wecken«. Die Möglichkeiten der Mannschaft, Oberflächenproben zu entnehmen, wurde durch die Kapazität der Winschen auf der *Exeter* und der *Kaiku* beschränkt. Hubschrauber, die den Teppich überflogen und dem Aerosol zu nahe kamen, könnten »ersticken«, so wie das bei Nolans Hubschrauberlast der Fall gewesen war. Obwohl Flugzeuge für ihre Arbeit nur selten Nutzen brachten, wäre doch eine Radarkarte für den Einsatz nützlich. Unglücklicherweise waren aber sämtliche örtlichen Einheiten der NOAA für die Überwachung des Sturms eingesetzt. Die Unterwasser-Oberstationskuppel der *Kaiku* einzusetzen, würde zwar einiges bringen, aber dafür zu viele Mitglieder der Crew den Einwirkungen des Teppichs aussetzen. Die *Exeter* war jetzt das Arbeitsschiff der Expedition, daher würde Garners Team sämtliche verfügbaren Bioschutzanzüge brauchen. Garner verwünschte Nolan erneut dafür, dass er in seiner Planung so kurzsichtig gewesen war. Gerät und Material für eine schnelle, provisorische Reparatur des Ökosystems, aber kaum ein Gedanke daran, dass es nötig werden könnte, Menschenleben zu retten.

»Wo befindet sich die Sturmfront?«, fragte Garner den Wetteroffizier der *Exeter*.

»Fünfzig Meilen, rückt näher«, sagte die Frau.

»Wird sie langsamer?«

»Nein, sie bewegt sich gleichmäßig. Wir haben zwölf Stunden Zeit, um die Luken dicht zu machen.«

In zwölf Stunden würde es wieder Nacht werden.

»Scheinwerfer«, sagte Garner. »Wenn wir dieses Ding schon in der Dunkelheit hüten müssen, dann möchte ich wenigstens, dass es so hell beleuchtet ist, wie das Wrigley Baseball Stadion. Mal sehen, ob sich diese Fernsehteams irgendwie nützlich machen können.«

Zubov stieß einen geringschätzigen Lacher aus. »Muss 'ne feine Sache sein, wenn man Taschen hat, die mehr fassen als das eigene Gewissen.«

»Aber ja doch«, sagte Garner. »Hast du nicht gehört, dass Nolan und ich jetzt dicke Freunde sind.« Er zwinkerte Zubov zu. »Wir tun alles für die Kinder.«

»Solange das nur auch die Kinder von Mama und Papa McRee einschließt«, meinte McRee.

Nolan ging mit der Kameracrew auf Erkundung und lud sie auf eine Barkasse, um ein paar Weitwinkelaufnahmen der Operation zu machen. Während der nächsten Stunde überwachte Carol das Loslösen der Walkadaver von der *Kaiku*, worauf das Schiff auf einen Kurs gebracht wurde, der den des Teppichs schneiden würde.

Als sie Fahrt aufgenommen hatten, kehrte Nolan in seine Kabine zurück und kam dort in dem Augenblick an, als Carol die Dusche verließ.

»Ich habe der Verlockung meines Betts widerstanden und mich stattdessen für eine erfrischende Dusche entschieden. Herrgott, bin ich müde«, sagte sie und frottierte sich dabei das Haar.

»Es wird die Mühe wert sein«, versprach ihr Nolan. »Wir haben in den letzten vierundzwanzig Stunden genügend Presse bekommen, um uns Verträge für die nächsten fünf Jahre zu sichern.«

»Und es ist noch lange nicht vorbei«, meinte Carol. Als ihr Mann darauf nichts sagte, blieb sie stehen und sah ihn an. »Bob? Wir sind doch noch nicht fertig, oder?«

»Ich weiß nicht«, sagte Nolan. »Die *Exeter* ist hier; zwei Landungsschiffe von der Navy sind von Everett aus hierher als Geleitschutz unterwegs. Vielleicht ist der Zeitpunkt gekommen, wo wieder die staatlichen Stellen für die Kosten dieses kleinen Abenteuers aufkommen sollten.«

»Was meinst du damit, *wieder* die staatlichen Stellen?«

»Das ist jetzt nicht wichtig, Carol.«

»Bob, bitte sag es mir. Ich hatte bis jetzt keine Zeit, mit dir darüber zu reden, aber irgendwie passt es nicht recht zu dir, dass du dich aus reiner Gutmütigkeit für David Fultons Sache einsetzt. Und für die von Howard Belkin. Ich bin froh, dass du hier bist, aber ich würde gern wissen, *warum* du hier bist. Wer bezahlt diesen Einsatz wirklich?«

»Das ist *nicht wichtig*«, wiederholte Nolan. »Deren Geld hat dieselbe Farbe. Und genauso viele Pennies auf den Dollar.«

»Bob, es könnten immer noch *Menschen sterben*«, sagte Carol ungläubig. »Und zwar eine *Menge* Menschen.« Sie griff nach seinen Händen und stellte fest, dass die Finger ihres Mannes zitterten.

»Dann ist es vielleicht besser, wenn die Verantwortung dafür jemandem wie Garner zufällt. Er kann sich das eher leisten als ich.«

»Hier geht es nicht um Geld und auch nicht um Ruf und Ehre. Hier geht es um Pflicht.«

»Tatsächlich?«, meinte Nolan. »Ist Pflicht das, was dein Vater im Sinn hatte, als er dieses Ding geschaffen hat?«

Carol schüttelte den Kopf. »Was redest du da? Was für ein ›Ding‹?«

»Die mutierte *Pfiesteria*. Die Kolonie. Glaubst du, Charles hat an die Flora und die Fauna von Puget Sound gedacht, als er sich bereit erklärt hat, sie zu züchten? Meinst du nicht, dass er weiß, dass das hier als Militärübung besser laufen würde?«

Carol starrte ihn verständnislos und wie benommen an.

»Warum glaubst du denn, dass die Navy sich so auffällig zurückhält?«, fragte Nolan. »Die wissen genau, womit wir es hier zu tun haben; schließlich haben sie es ja finanziert. Charles war der Mann, den sie aufgefordert haben, es zu erschaffen, und mit dem Geld dafür hat er sich sein Blockhaus gebaut. Wahrscheinlich hat er auch deine Collegeausbildung damit bezahlt.«

»*Es hat meinen Bruder umgebracht* –«, setzte Carol an und verstummte dann. Wenn Charles die ganze Zeit über diese *Pfiesteria* Bescheid gewusst, sie gar selbst in seinem Labor geschaffen hatte – würde das dann nicht erklären, weshalb er seine Existenz so vehement in Abrede stellte? Würde er sich vor die Öffentlichkeit hinstellen und Lügen über Mark verbreiten, um damit seine eigene Forschungstätigkeit zu vertuschen? Die Vorstellung, dass sie es fertigbrachte, ihm so etwas auch nur zuzutrauen, hinterließ ein eisiges Gefühl in ihrer Magengrube. Möglicherweise würde sie nie die Wahrheit erfahren. Sie sank langsam und wie benommen auf das Bett. Ganz oben, hoch über der Welle heißer Wut, die in ihr emporschlug, war der Gedanke – die noch so entfernte Möglichkeit –, dass Ellies naive Andeutungen hinsichtlich Charles' verborgener »Erfahrung« vielleicht zutrafen, während seine eigene Tochter völlig blind geblieben war. Wie kam diese naseweise junge Ärztin zu so viel Menschenkenntnis? Und was scherte es eigentlich Carol, ausgerechnet in diesem Augenblick, was Ellie dachte?

»Wenn die diesen Organismus als eine Art Waffe künstlich erzeugt haben, warum setzen sie ihn dann *hier* ein?«, fragte sie. »Oder war es ein Unfall?«

»Es wäre nicht das erste Mal.«

»Aber die wissen doch bestimmt auch, wie man ihm Einhalt gebietet«, sagte sie, unfähig, ihren Mann anzusehen, während ihr tausend unausgesprochene Überlegungen durch den Kopf gingen. »Ein Gegenmittel, irgendein Wirkstoff?«

»Deshalb das Kaliumpermanganat«, erklärte Nolan. »Und das Hot Deck. Was glaubst du denn, wie ich so kurzfristig hier auftauchen konnte?«

»Die werden also wirken?«

Nolan studierte das Gesicht seiner Frau. »Bis heute Morgen hatte ich das gehofft. Jetzt müsste ich wohl sagen, dass Garner das einzig ernst zu nehmende Gegenmittel hat, das uns zur Verfügung steht.«

»Wenn die nicht weiterwissen, warum versuchen sie es dann nicht mit etwas anderem? Warum ist Brock dort draußen ganz auf sich allein gestellt?« Dass irgendeine Regierungsstelle es zulassen könnte, Maßnahmen gegen eine von

Menschenhand hergestellte Bedrohung zu unterlassen, bloß um jede Beteiligung leugnen zu können, war alles andere als unwahrscheinlich, aber das machte den Gedanken um nichts weniger verwerflich. Dass ihr eigener Mann ihr diese Information bis zu diesem Augenblick vorenthalten hatte, war entsetzlich.

»Wenn du Bescheid gewusst hast, wie konntest du es dann so weit kommen lassen?«, fragte sie Nolan ungläubig. Der Mann, der da vor ihr stand und sie wortlos anstarrte, war für sie in diesem Augenblick ein Fremder geworden.

Auf der *Exeter* koordinierten Garner und Robertson zusammen mit den Kapitänen der Nolan-Schiffe die Positionierung der Schwimmbäume. Die Leichter würden das Eintreffen der *Exeter* und der *Kaiku* abwarten, anschließend würde jedes Schiff eine Kette von Bäumen nehmen und sie um die Lee-Seite des Teppichs zusammenziehen. Anschließend mussten sie den schwimmenden Morast gegen den Sturm stabilisieren.

»Hatten Sie an eine bestimmte Position gedacht?«, fragte McRee. »Wo soll der Treffpunkt sein?«

Garner warf einen Blick auf die letzten Aufstellungen, die man ihm vorgelegt hatte. »Wir haben nicht einmal mehr drei Stunden Zeit, bis der Teppich Juniper Bay erreicht«, sagte er. »Wir müssen ihm also westlich davon den Weg abschneiden, ehe er auf menschlich bewohnte Küstenbereiche stößt.« Garner teilte das den Schleppschiffen mit. »Sie werden binnen zwanzig Minuten in Reichweite sein. Nolan hat dafür gesorgt, dass sie über Bioschutzanzüge verfügen.«

Robertson teilte dem Steuermann der *Exeter* Kurs und Geschwindigkeit mit. »Drei Stunden – das lässt uns nicht viel Zeit«, meinte er dann. »Besonders, wenn wir vorher noch Ihr Rattennest absetzen und dann den Ausleger neu positionieren müssen, um die Schwimmbäume aufzunehmen.«

Garner überlegte. Die Daten, die Medusa über die *Pfiesteria*-Kolonie liefern würde, waren für jeden künftigen Plan zur Beseitigung dieser Bedrohung von entscheidender Bedeutung. »Die *Kaiku* soll die erste Kette von Bäumen nehmen und damit den Teppich abbremsen, während wir mit der Medusa einen Probengang fahren. Wenn wir haben, was wir brauchen, kann die *Exeter* umschalten und die zweite Kette übernehmen und damit die Eindämmung abschließen.«

McRee kratzte sich am Kopf. »Verdammt noch mal, Brock, das hier ist nicht *Schwanensee*. Sie wissen ganz genau, wie viel Platz die Auslegervorrichtung für Medusa auf Deck braucht. Und dass das verdammt knapp wird, wenn wir die Winsch in so kurzer Zeit umrüsten sollen, selbst wenn nichts schief geht.«

»Es wird nichts schief gehen.«

»Mit dem Scheißding geht *immer* etwas schief«, widersprach McRee.

»Aber nicht heute«, erklärte Garner bestimmt. »Die uns zugedachte Katastrophe hatten wir schon heute Morgen.« Er dachte an Sweenys Ungeschick und seinen letzten Blick auf Freeland, als dieser in die Tiefe gestürzt war. »Noch mehr davon können wir uns nicht leisten.«

Hinter ihnen studierte Zubov die eingehenden Daten. »Wo genau wollen wir dieses Ding denn fangen?«, fragte er.

»Westlich von Juniper Bay«, wiederholte Garner.

»Nein, *wo* wir es fangen werden«, verdeutlichte Zubov seine Frage. »An der Küste, in flachem Wasser, wo Sie es gefunden haben?«

»Keines unserer Schiffe kann in so geringer Tiefe manövrieren«, erklärte Robertson. »Wir müssten die Bäume um den Küstenrand schleppen und sie dazu benutzen, den Teppich am Ufer festzuhalten, so wie eine Art Strandnetz.«

»Wenn wir ihn dort festhalten, wird das an der Küste noch mehr Schaden anrichten«, wandte Garner ein. »Ganz zu schweigen von der Gefahr, dass das Aerosol landeinwärts getrieben wird.«

»Und wenn der Teppich in tieferem Wasser wäre?«, meinte Zubov.

»Das wäre sicherer, klar«, räumte Garner ein.

»Aber nicht für uns«, sagte Robertson. »Wenn wir das auf dem offenen Meer tun, bleiben wir dem Sturm voll ausgesetzt. Wenn wir die Bäume abwerfen und verduften, wird der Teppich dort draußen wie ein Korken herumgeschleudert.«

»Die Überlegung ist recht müßig«, meinte Garner. »In der Zeit, die uns zur Verfügung steht, können wir den Teppich unmöglich vom Ufer wegziehen. Das würde erhebliche Küstenschutzmaßnahmen voraussetzen.«

»Deshalb habe ich gefragt«, sagte Zubov und tippte auf den Bildschirm. »Sehen Sie sich das an.«

Die vier Männer blickten auf die Zahlenkolonnen, die über die computergenerierte Karte huschten. Diesen Daten nach zu schließen, bewegte die Kolonie sich aus völlig freien Stücken auf tieferes Wasser zu.

»Kann das stimmen?«, fragte McRee.

»Wenn es stimmt, ist das heute die erste gute Nachricht«, strahlte Garner.

20

26. August
48° 9' 50" Nördl. Breite, 124° 50' Westl. Länge
Juniper Bay, Washington

Am 26. August kam der Tod in die Stadt Juniper Bay, Washington.

Unter den Frühaufstehern – dazu gehörte der größte Teil der von der Fischerei lebenden Einwohnerschaft – hörten oder bemerkten nur wenige den Hubschrauber der Nolan Group, der im Tiefflug die Küste und anschließend mehrere Male die Meerenge überquerte, wobei er immer näher kam. Niemand von ihnen sah, wie die Insassen des Hubschraubers ihre Geräte zur Probenentnahme ins Wasser warfen, niemand beobachtete den Beinahe-Absturz des Hubschraubers oder den Tod von Saunders Freeland.

Für die zusammengewürfelte Gruppe aus ortsansässigen Wand- und Schlagnetzfischern, die gegen vier Uhr früh von ihren Fischgründen zurückkehrten, sah die vom Wetter ziemlich mitgenommene Marina auch nicht anders aus als an den meisten anderen Vormittagen. Die Fischer kehrten rechtzeitig zum Frühstück nach Hause zurück, vertäuten ihre Boote und schlenderten auf steinigen Fußwegen nach Hause. Nach einer heißen Dusche, einer ordentlichen Portion Rühr- oder Spiegelei und einem kurzen Gespräch mit ihrer Familie pflegten sie ins Bett zu fallen und den größten Teil des meist heißen Tages zu verschlafen. Eine lange, aber in keiner Weise bemerkenswerte Nacht.

Im Gegensatz dazu war die Hitze in diesem Jahr durchaus bemerkenswert. Die Temperatur stieg bereits kurz nach Sonnenaufgang an und blieb den ganzen Tag über unbehaglich hoch. Obwohl der ständige Sonnenschein an der gewöhnlich regnerischen Küste willkommen war, konnte man nicht einmal damit rechnen, dass eine Meeresbrise die spätsommerliche Hitze erträglich machte. So tat es gut, dass die Wetterfrösche im Fernsehen mit dem herannahenden Sturm wenigstens kurzzeitige Erleichterung versprachen. Als Reaktion darauf hatten die Männer besonders hart und lang gearbeitet, um ihren Fang einzubringen, härter und länger, als sie sich seit geraumer Zeit erinnern konnten. Wenn der Sturm wirklich so heftig sein würde, wie das vorhergesagt war, würden die starken Regenfälle und der Wind den Meeresboden aufwühlen und die Fischschwärme auseinander oder in die Tiefe treiben, und das würde mindestens eine Woche lang negative Auswirkungen auf den Fang haben. Und dann stand das lange Wochenende bevor, an dem viele der Männer den Wünschen ihrer Familien nachkommen und zu Hause bleiben, vielleicht im Haus arbeiten oder die Netze für die bevorstehende Herbstsaison vorbereiten würden.

Für diejenigen unter den Fischern, die noch am späten Vormittag auf den Beinen waren, war die kurze Nachricht über eine mögliche Red Tide nicht sonderlich interessant. Toxische Planktonblüten konnten drastische Auswirkungen auf den Muschelfang haben, aber die meisten Fischer von Juniper Bay verdienten sich ihren Lebensunterhalt mit Flossenfischen. Ebenso wie die Hitzewelle waren auch solche Warnungen unvermeidlich und hatten keine lange Dauer. Diejenigen unter ihnen, die etwas über Planktonblüten wussten, nahmen an, dass der Sturm die stabilen Wasserverhältnisse entlang der Küste aufbrechen würde und dass damit die Gefahr vorüber sein würde. Das war alles Teil der natürlichen Gezeiten in der Natur. Sie gingen zurück an ihre Arbeit oder schliefen oder dachten – eingedenk der armseligen Trefferquote der Wetterfrösche in der Vergangenheit – darüber nach, wo sie in der kommenden Nacht fischen würden.

So kam es, dass am Morgen des 26. August Juniper Bay die ersten Symptome des herannahenden Teppichs zu verspüren bekam. Sein unsichtbares Aerosol schlich sich lautlos mit einem sanften, aber nachhaltigen Sommerwind aus dem Norden in die Ortschaft.

Zu den ersten Betroffenen zählten die Kinder, die in dem kleinen Park über der seichten Bucht spielten. Beim Herumklettern und Schaukeln auf dem alten, von der Seeluft angerosteten Spielgerät verspürten einige Kinder Augenreizungen, und ein paar von ihnen lief die Nase. Ihre Mütter schrieben diese Symptome irgendwelchen Sommerallergien zu, vielleicht auch dem dichten Buschwerk, das den Park umgab. Einige wenige von ihnen holten sich in der nahe gelegenen Apotheke Rat und Medikamente, während die Mehrzahl Taschentücher verteilte und sich damit begnügte, die Kleinen zu trösten. Sie gingen mit den Kindern nach Hause zum Mittagessen und empfahlen ihnen, die nächsten Stunden mit ihren Malbüchern oder Nintendospielen zu verbringen, und wandten sich selbst ihren täglichen Haushaltspflichten oder den nachmittäglichen Seifenopern zu. Sie konnten nicht ahnen, wie krank ihre Kinder bis zum Abendessen sein würden. Die Eltern von Juniper Bay würden bald ebenso schlecht darauf vorbereitet sein, wie David und Karen Fulton es gewesen waren, dass ihre Kinder die nächsten vierundzwanzig Stunden nicht überleben würden.

Für die alten Leute im Seniorenheim Miromar begann der 26. August wie jeder andere Sommertag, warm, stickig und unbehaglich, aber immerhin war es ein neuer Tag. Im spärlichen Schatten im Freien sitzend, verspürten viele der Heimbewohner Augenreizungen und Stirnhöhlenschmerzen und schoben es der Hitze zu. Diejenigen von ihnen, die sich in den bescheidenen Gartenanlagen des Miromar betätigten, führten ihre plötzlichen Atemschwierigkeiten einfach auf die Überanstrengung zurück. Andere bekamen Magenreizungen und Verdauungsprobleme, die sich schnell zu heftiger Übelkeit und Erbrechen steigerten. Während über die unter Personalnot leidende Anstalt plötzlich geradezu eine Epidemie seltsamer, scheinbar nicht miteinander in Verbindung stehender Unpässlichkeiten hereinbrach, starben bereits die ersten ihrer Schützlinge. Was auch immer es sein mochte, am Ende waren die Pfleger und Hilfskräfte denselben Symptomen gegenüber auch nicht immun. Die wenigen Ärzte der Ortschaft sahen sich schnell einer Fülle von Hautreizungen und Atemproblemen, verschwommener Sicht und unkontrollierbarem Zittern gegenüber.

Entlang der Hauptstraße schien sich beinahe jeder über Nacht dieselben grippeähnlichen Symptome zugezogen zu haben. Einige gaben dem Pollenflug die Schuld. Andere, die auch Leibschmerzen hatten, dachten, es würde sich um eine Art Ruhr oder vielleicht um Bakterien in der örtlichen Wasserversorgung wegen mangelnder Frischwasserzufuhr handeln. Am frühen Nachmittag waren Fosters Apotheke die Mittel gegen Durchfall und Magenschmerzen ausgegangen, und die Hälfte der im Einzelhandel tätigen Bewohner der Stadt war krank nach Hause gegangen.

Auf der Euclid Street entdeckte man einen Arbeiter der Pac Bell Telefongesellschaft, der an einer Telefonstange hing. Er hatte offenbar einen Schlaganfall erlitten und war während der Reparaturarbeiten an einem Transformator abgestürzt. Ein Stück abgeschnittenes Telefonkabel hatte sich um ein Bein des Mannes geschlungen, so dass er mit dem Kopf nach unten achtzehn Fuß über dem Dach seines Transporters hing.

Auf der Mercer Road wurde eine schwangere Frau hinter dem Steuer ihres Wagens ohnmächtig. Das Fahrzeug rollte vier Häuserblocks weit den Hügel hinunter, ehe es gegen eine Mauer prallte. Die Frau blieb ein paar Minuten hinter dem Steuer eingequetscht, bis jemand es bemerkte, während die Hupe klagend wie eine Luftschutzsirene durch die Ortschaft tönte. Ihre Sorge um das Befinden ihres ungeborenen Kindes wurde schnell durch panikartige Angst hinsichtlich ihres eigenen Zustands verdrängt. Heftige Kopfschmerzen und Kälteschauer würden binnen zwei Tagen ihr Leben fordern.

Eine vom örtlichen Pfadfinderinnentrupp unterstützte Blutspendeaktion des Roten Kreuzes an der Highschool der Ortschaft kam durch die plötzliche heftige Reaktion eines der Spender praktisch zum Stillstand. Der schon etwas ältere Mann fing plötzlich auf seiner Liege an, unkontrollierbar zu zittern, und Blut und Speichel rannen ihm aus Mund und Nase. Die Schwestern konnten den um sich schlagenden Mann zwar bändigen, bis die Krämpfe nachließen, aber er starb, ehe die Ambulanz eintraf.

Am schlimmsten betroffen waren diejenigen, die den Tag in der Nähe des Wassers verbracht hatten. Nur Minuten nachdem sie mit dem Wasser der Bucht in Berührung gekommen waren, hatte sich bei einer ganzen Anzahl der Hafenarbeiter ein schmerzhafter Hautausschlag gebildet. Um die Mittagszeit war ein schleimiger Husten dazugekommen, als ihre Lungen sich mit Flüssigkeit, Blut und Eiter gefüllt hatten. Auf dem Wasser starben Außenbordmotoren völlig unmotiviert ab, so dass mehrere Charterboote im seichten Küstengewässer trieben, das eine seltsame, grünliche Farbe angenommen hatte und einen bitteren widerlichen Gestank verströmte. Einige der Bootsinsassen stellten fest, dass der seltsame Zustand nachließ, sobald sie ein wenig weiter in die Meerenge hineingefahren waren. Andere fand man auf dem

Wasser treibend, oder sie wurden Stunden nach dem Sturm an Land geschwemmt; Passagiere und Mannschaft waren von der säurehaltigen Luft erstickt.

Binnen sechs Stunden nach der ersten Berührung mit dem Aerosol verspürten achtzig Prozent der Bewohner von Juniper Bay Symptome, die denen ähnelten, die beim Kontakt mit Nervengas auftraten. Bäume und Sträucher warfen die Blätter ab, als wäre innerhalb weniger Stunden der Herbst eingezogen. In zahlreichen Küchen und Schnellimbissen der Ortschaft gerann die Milch im Behälter und Lebensmittel verdarben.

Binnen zwölf Stunden sollte die Hälfte der Ortschaft tot oder mit Hubschraubern in nahe gelegene Krankenhäuser gebracht sein. Einige sollten im Schlaf sterben, ohne je wahrzunehmen, was ihnen das Leben genommen hatte. Andere sollten entsetzt zusehen, wie ihr von Geschwüren überzogenes Fleisch an den Knochen zu verfaulen anfing, während das Toxin ihre Atemwege lähmte, so dass ihre Abwehr immer schwächer wurde. Die meisten von ihnen sollten mit offenen Augen sterben, im Gesicht die unausgesprochene Frage, auf die sie keine Antwort bekommen würden: Was hat das verursacht?

Binnen achtzehn Stunden sollte jeder einzelne, der in Juniper Bay noch überlebte, sich in Reichweite eines Radios aufhalten und gebannt den neuesten Nachrichten über das Wetter und die Eindämmungsoperationen in der Meerenge lauschen.

In der schmalen Untiefe entlang des Südrandes der Juan de Fuca Strait hatte die Kolonie die zur Verfügung stehenden Nahrungsbestände erschöpft. Die Flut hatte sie am Morgen hierher getragen, aber der Meeresgrund war hart und zerklüftet. Die nur noch geringe Flora und Fauna lieferte kaum

Nahrung, erst recht nicht die von dem toxischen Aerosol des Teppichs hingerafften Opfer. Der mit Unrat durchsetzte Schlamm rings um die Marina versprach einiges, aber der Geruch nach Kohlenwasserstoffen und auf Zinn basierender Schiffslacke war bedrückend und unerträglich. Am schlimmsten war, dass das Wasser aufgewühlt und schlammig war und daher das Eindringen der Sonnenstrahlen behinderte. Die Konzentration des im Wasser gelösten Sauerstoffs war zu gering, als dass die Zellen ihn hätten nutzen können. In dem Maße, wie die Fläche der Kolonie sich ausgedehnt hatte, waren auch ihre Energiebedürfnisse und ihr Hunger gewachsen. Klagende elektrische Impulse flackerten durch ihr dünnes Netz aus Nerven, das der die Kolonie umhüllende Schleim lieferte.

Die Gezeiten setzten mit der ersten Ebbe des Tages ein und die Kolonie nutzte den Schwung, um sich vom Ufer zu lösen. Sie trieb passiv auf der Oberfläche dahin, als der Wasserspiegel langsam fiel, und streckte sich dann tieferem Wasser entgegen. Zuerst ließ sie den jetzt wieder vorhandenen frischen Sauerstoff durch ihre gewaltige Masse sickern. Dann fing sie an, Meeresplankton aus dem sonnenbeschienenen Wasser des offenen Kanals durchzufiltern.

Innerhalb von Stunden hatte der Verfall der Kolonie aufgehört. Ihre Zysten begannen wieder zum Leben zu erwachen, ihr Wachstumszyklus war wiederhergestellt.

In den Lagervakuolen und Statozysten jeder einzelnen Zelle konnte die Kolonie spüren, dass der Luftdruck schnell absank. Der auflandige Wind aus dem Westen nahm zu, die Wolkendecke wurde dichter. Auch die Lichtverhältnisse änderten sich und der heftiger gewordene Wellenschlag zog und zerrte und drohte die Kolonie aufzulösen. Treibgut, das der Teppich in sich aufgenommen hatte, schwappte auf und ab, reizte die Zellen der Kolonie und widersetzte sich der

Bewegung durch das Wasser. Doch der Unrat roch nach warmem Blut, was Anlass genug zur Nahrungsaufnahme war. Die Kolonie konzentrierte ihre Verdauung auf die Hindernisse, so wie ein in die Falle gegangenes Tier an dem nagt, was seine Bewegung beeinträchtigt.

Bald sollte nichts mehr seine Bewegung behindern.

21

26. August
48° 10' Nördl. Breite, 123° 52' Westl. Länge
Fort Juniper Bay, Washington

Die Fernsehkameras würden in wenigen Augenblicken auf Sendung gehen, inzwischen lächelte Bob Nolan nicht mehr. Tatsächlich war er in aller Stille und für ihn selbst überraschend völlig aus dem Konzept geraten. Die Schweißtropfen auf seiner Stirn spiegelten sich im grellen Scheinwerferlicht und die Spannung in seinem Gesicht ließ eine Ader auf seiner gebräunten Stirn anschwellen. Er blinzelte ständig und immer häufiger stellte sich das leichte Zucken seiner Gesichtsmuskeln ein. Das erste Bulletin über die Quarantäne, die über Juniper Bay verhängt worden war, hatte er vor nicht einmal zehn Minuten ausgehändigt bekommen; aber seinem Gefühl nach hätte ebenso gut bereits ein Monat vergangen sein können. Zum Glück herrschte an Bord der *Kaiku* derartige Hektik, dass ein Teil der Aufmerksamkeit von ihm abgelenkt wurde.

»Wie konnte das passieren?«, motzte er Garner über Funk an. »Warum haben wir nicht rechtzeitig gewarnt?«

»Das wissen Sie genauso gut wie ich«, erwiderte Garner. »Wir haben bloß eine Hand voll Transponder in dem Teppich und auch nicht viel mehr Farbe und beide konzentrieren sich vermutlich auf den dichtesten Bereich. Wir haben bis jetzt noch nicht die leiseste Ahnung, wie weit sich die Kolonie ausgedünnt hat.«

»Verdammt noch mal, Sie haben doch gesagt, dass wir zwei Stunden hätten!«

»Ja, das habe ich, aber wir haben nicht die geringste Vorstellung davon, wie schnell sich das Aerosol ausbreitet«, sagte Garner. »Es ist wesentlich diffuser und wird überhaupt nicht von den Transpondern oder den CTDs registriert. Womit wir es hier zu tun haben, ist nicht ausschließlich ein ozeanographisches Problem.«

»Was Sie nicht sagen!«

»Bob, wir tun hier alles Menschenmögliche.«

»*Dann tun Sie es schneller*!«

»Halten Sie einfach die Wölfe bei Stimmung, während wir uns an die Arbeit machen. *Exeter* Ende.«

Nolan stieß eine Verwünschung aus und überflog wohl zum zehnten Mal in ebenso vielen Minuten das Bulletin der CBDCOM. Volle drei Viertel der Bevölkerung der Ortschaft waren »einer Art Nervenwirkstoff« ausgesetzt gewesen. Die Hälfte dieser Menschen befanden sich bereits im kritischen Zustand, ohne dass bisher irgendwelche näheren Erkenntnisse über diesen »Wirkstoff« vorlagen. Drei Dutzend Menschen und zehn Tiere waren als tot bestätigt. Die Symptome deuteten zwar auf biologische Aktivität, aber was auch immer die plötzliche Krankheit verursacht haben mochte, ließ sich inzwischen nicht mehr in der Bay feststellen. Da Nolan die Leitung der Eindämmungsoperation an sich gezogen hatte, musste er jetzt für diese schreckliche und unerwartete Folge von Ereignissen eine Erklärung liefern. Wenn sein Team die Lage so perfekt im Griff hatte, wie hatte dann so etwas passieren können?

»Zwei Minuten, Bob«, rief einer der Sendetechniker.

Nolan blickte von dem Bulletin auf; die Panik stand ihm deutlich ins Gesicht geschrieben. Auf der anderen Seite des »War Room« nahm nur Carol seinen Gesichtsausdruck wahr und zeigte ihrerseits alles andere als Mitgefühl. »Ich versuche jetzt seit einer Stunde, mit Daddy Funkkontakt zu bekommen«, sagte sie. »Keine Antwort. Bob, was geht hier vor?«

»Keine Sorge«, beschwichtigte Nolan. »Alles unter Kontrolle.«

»*Was* ist unter Kontrolle? Willst du mir sagen, dass das, was in Juniper Bay passiert ist, Teil irgendeiner großartigen Maßnahmenplanung war? Hockt die Navy vielleicht dort draußen und wartet ab, was mit uns passiert, damit sie diesen Dreck das nächste Mal vor der Küste Chinas oder Nordkoreas auskippen können?«

»Was in Juniper Bay passiert ist, ist einzig und allein Garners Schuld. Es ist sein Modell.«

»Und deine blöden Geheimnisse, die ihn davon abhalten, es einzusetzen.«

»*Wir waren zu spät dran*!«, zischte Nolan und stockte dann. »Eine Stunde zu spät.«

»Ich habe dir *eine Woche* Zeit gelassen, hierher zu kommen«, erwiderte Carol mit eisiger Stimme. »Aber du musstest ja um mehr Geld pokern. Mehr *Dramatik*. Gratuliere, du hast es geschafft.«

»Eine Minute, Bob«, erinnerte ihn der Techniker. Eine Frau trat neben Nolan, um ihm den Schweiß vom Gesicht zu tupfen und frisches Make-up an seinem geschwollenen Auge aufzulegen.

»Wir werden uns an Garners Plan halten«, sagte Nolan. »Mehr gibt es da nicht zu sagen. Wir haben keine andere Wahl. Aber wenn das schief geht, dann ist es seine Schuld und nicht meine. Ist das klar?«

Carol blieb stumm und starrte ihren Mann nur feindselig an.

»Ma'am? Sie stehen im Bild«, beklagte sich der Kameramann.

»Du Feigling«, sagte Carol zu Nolan.

»Ich bin schon mit schlimmeren Schimpfworten bedacht worden.« Ein schmieriges Grinsen huschte über sein Gesicht. »Und du auch.«

»Zehn Sekunden, Bob ...«

»Honey? Die Kamera?« Nolan scheuchte sie mit einer Handbewegung weg.

Carol machte auf dem Absatz kehrt und stürmte hinaus.

»Verdammt! Wenn du Bescheid gewusst hast, warum hast du dann nicht schon früher etwas gesagt?«, brüllte Carol in der Enge des Funkraums der *Kaiku*, was den Funker dazu veranlasste, die kleine Kabine zu verlassen und sich Kaffee zu holen, jetzt da Charles Harmon endlich von seiner Tochter erreicht worden war.

»Ich weiß darüber auch nicht mehr als du, Liebes«, erklärte Harmon mit ruhiger Stimme. »Garner hat die Identifizierung durchgeführt und seine Beurteilung scheint ausreichend.« Die Hartnäckigkeit seiner Tochter mochte ihn vielleicht dazu veranlasst haben, endlich ihren Anruf anzunehmen, aber offensichtlich war er nicht in der Stimmung, sich auf eine Diskussion über Einzelheiten einzulassen. Zumindest nicht über Funk.

»Wieso glaube ich das eigentlich nicht?«, ereiferte sich Carol. »Warum neige ich dazu, eher Bob als dem Wort meines eigenen Vaters zu glauben?« Sie wiederholte die Andeutungen, die Nolan bezüglich Harmons Arbeit gemacht hatte, und wollte wissen, ob sie zutrafen. »Ich würde sagen, es kommt daher, weil du seit Marks Tod ein so gefühlloser, sturer Mistkerl warst, aber du würdest mir wahrscheinlich auch da widersprechen.«

»Bitte, lass Mark aus dem Spiel«, erwiderte Harmon leise.

Ihre Erwähnung Marks schien Harmons Starre zum ersten Mal etwas aufzuweichen. Ihr Vater war in diesem Moment gar nicht stur, erkannte Carol; er wusste *wirklich* nicht, was er sagen sollte. Das schloss nicht aus, dass er etwas über diesen Organismus wusste, es besagte nur, dass er nicht wusste, wie er es ausdrücken sollte.

»Mir war nicht klar, dass ihr über das hinaus, was wir in dem Labor gesehen haben, eine positive Identifizierung habt«, fuhr Harmon fort, »die haben in den Nachrichten gesagt –«

»Vergiss mal die ›positive Identifizierung‹«, sagte Carol wütend. »Weißt du oder weißt du nicht, wo dieser Dino herkommt?«

»Nein, ich weiß es nicht«, sagte Harmon. Und das war die Wahrheit.

»Warum sollte Bob mich dann anlügen?«, wunderte sich Carol. »Warum sollte er andeuten, dass diese *Pfiesteria* eine Art von Waffe wäre, die du –«

»Carol«, fiel Harmon ihr plötzlich ins Wort. »Wenn du jetzt nicht über eine gesicherte Militärfrequenz sprichst, solltest du nicht von Dingen sprechen, die du nur gehört hast, und du solltest nicht irgendwelche Vorwürfe in die Welt setzen.«

Harmons Worte klangen so eigenartig, dass Carol unwillkürlich überlegte, ob da noch eine unausgesprochene Botschaft war. *Wenn du jetzt nicht über eine gesicherte Militärfrequenz sprichst, solltest du nicht von Dingen sprechen, die du nur gehört hast, und du solltest nicht irgendwelche Vorwürfe in die Welt setzen.* Weshalb machte Harmon eine solche Andeutung, wenn er nicht wusste, dass irgendwie militärische Stellen eingeschaltet waren? Die Medien hatten mit keinem Ton etwas von einer Zusammenarbeit zwischen Nolan und dem Militär erwähnt, weshalb also eine solche Andeutung ihres Vaters? Aber, was auch immer dahinter stecken mochte, der Hinweis, dass möglicherweise jemand den Funkverkehr der *Kaiku* abhörte, war eine deutliche Warnung.

Carol atmete tief durch und fing noch einmal an: »Daddy, gleicht diese Spezies irgendetwas, was du schon einmal gesehen hast?«

»Ja, das tut sie«, erklärte Harmon. »Sie gleicht mehreren Spezies, mit denen ich mich schon beschäftigt habe. Ganz besonders *Pfiesteria*.«

Wieder eine versteckte Botschaft. *Er* hatte mit *Pfiesteria* gearbeitet. Er hatte *Pfiesteria junckersii* schon früher zu sehen bekommen, hatte sie aber in diesem Punkt belogen. Sie musste wieder an die Versammlung in der Feuerwehrstation denken und wie ihr Vater immer ungehaltener geworden war, je mehr Hinweise es auf eine exotische Ausblühung von *Pfiesteria* gegeben hatte, und wie er schließlich diese Vorstellung als völlig lächerlich abgetan hatte. Harmon und Bouchard waren beide angestrengt bemüht gewesen, sich abzusichern, aber aus völlig unterschiedlichen Gründen.

Carol schwieg ein paar Augenblicke lang und bemühte sich, das ganze Ausmaß der Täuschung ihres Vaters zu verarbeiten. Gleichzeitig bewunderte sie seinen Mut, dass er dies jetzt – wenn auch nur mit versteckten Formulierungen – ihr gegenüber zugab.

»Daddy, was können wir dagegen tun?«, fragte sie. »Gibt es irgendetwas, womit wir dieser Katastrophe ein Ende bereiten können?«

Harmons Antwort ließ eine ganze Weile auf sich warten. »Ich weiß es nicht«, sagte er. Und das war die Wahrheit, das wusste sie, die unverblümte und direkte Wahrheit. Ihr Vater, allwissend und so etwas wie ein Halbgott, wenn es um Fragen der Meereskrankheitserreger ging, gab zu, dass er *es nicht wusste*.

Und dann hörte Carol von ihrem Vater Worte, die noch unerwarteter kamen. Worte, die ihr eindeutig klarmachten, wie groß die Gefahr war, in der sie sich jetzt befanden, und die ihre Furcht noch weiter schürten.

»Carol, ich habe dich sehr lieb«, sagte Harmon mit kaum hörbarer Stimme. »Ich bin sehr stolz auf das, was du und Brock dort draußen tut.«

»Ich dich auch, Daddy«, sagte sie, ein wenig verblüfft darüber, wie locker und natürlich sie diese Worte nach all der Zeit herausbrachte.

»Tu, was du kannst«, sagte Harmon. »Aber wenn das nicht genug ist, dann ... bitte ... dann komm einfach gesund und wohlbehalten nach Hause.«

In seinem Haus auf Helby Island schaltete Charles Harmon sein Mobiltelefon aus und spürte, wie die feuchte Kälte, die den ganzen Raum erfüllte, ihm im gleichen Augenblick bis in die Knochen drang.

Er war wieder einsam.

Er hatte wieder keinen Scotch mehr.

Und ihm waren zum ersten Mal die Antworten ausgegangen. Er schlurfte durch das Blockhaus und überlegte, ob er die Forschungsstation anrufen und darum bitten sollte, dass man ihm ein Wassertaxi schickte. Bouchard hatte Scotch, und wenn Bouchard nicht da war, war die Bibliothek immer geöffnet. Harmon hatte schon die Hälfte des Weges zum Telefon zurückgelegt, ehe er sich gestand, dass er in Wirklichkeit nirgends hin wollte. Seine Tochter war in großer Gefahr und kämpfte darum, ein Unrecht gutzumachen, das zwanzig Jahre zurück lag. Kämpfte gegen ein Ungeheuer, das einmal unbesiegbar gewesen war und das sich allem Anschein nach vorgenommen hatte, die Familie Harmon bis hin zu ihrem letzten stolzen Angehörigen heimzusuchen.

Harmon ging ins Wohnzimmer und griff nach der Fernbedienung für seinen Fernseher. Er brauchte gar nicht erst die ganze Vielzahl von Satellitenkanälen abzusuchen, um CNN zu finden – der Sender war bereits eingestellt. Er war eingestellt geblieben, seit Carol, Garner, Ellie und Freeland Bamfield verlassen hatten. Im Augenblick kamen mindestens einmal pro Stunde neue Nachrichten über die Entwicklung der Lage im Süden. Bob Nolan zelebrierte mit ungewöhnlicher Effizienz seinen üblichen Zirkus und zwanzig Millionen Amerikaner saßen gebannt vor den Bildschirmen, ließen das Spektakel auf sich einwirken und fragten sich, alle paar Minuten von der Unheil verkündenden Stimme von James Earl Jones dazu angeregt, was dort draußen wirklich vor sich ging.

Harmon allein wusste genau, was sie da sahen, aber auch er konnte ihre Fragen nicht beantworten. Das Monstrum hatte einen Namen, aber es gab keine Lösung.

Er ließ sich in seinen Lehnstuhl sinken und konzentrierte sich ganz auf den Fernseher. Wieder dauerte es nur Minuten, bis die Live-Berichterstattung über das Geschehen in Juniper Bay auf dem Bildschirm auftauchte. Mit Ausnahme der Stimme von James Earl Jones konnte Harmon kaum hören, was gesagt wurde, deshalb drehte er sein Hörgerät lauter. Wie üblich verstärkte das alberne Ding nicht nur die Lautstärke des Fernsehers, sondern auch das Ticken der Pendeluhr in seinem Arbeitszimmer und den Schlag der Wellen unten am Strand.

Diese verstärkte Kakophonie reichte aus, um einen in den Wahnsinn zu treiben.

Was zum Teufel, sie reichte aus, um fast alles an den Rand der Selbstvernichtung zu treiben...

Die *Kaiku* war das erste Schiff, das die Kette von Schwimmbäumen erreichte. Während der Schlepper das vordere Ende der Kette festhielt, übernahm die *Kaiku* jetzt das hintere Ende und zog eine fünf Meilen lange Reihe von Schwimmkörpern nach Norden und dann in einem weiten Bogen um die küstenwärts gerichtete Seite des Teppichs herum nach Westen. Es begann zu regnen und mit zunehmendem Wind verstärkte sich der Wellengang. Wäre die Viskosität des Teppichs nicht gewesen – die gegenseitige Anziehung zwischen den Zellen –, dann hätten leicht Teile des Teppichs über die Barriere schwappen können.

Auf der *Exeter* bereiteten Garner und Zubov Medusa zum Einsatz vor. Die *Exeter* war jetzt weniger als eine Seemeile vom letzten gemeldeten Standort des Teppichs entfernt. Die auflandigen Winde und Flutströmungen kamen ihrer nächsten Aufgabe ideal entgegen: Sie mussten genug Leine absetzen, um Medusa stromabwärts von der *Exeter* durch den Teppich ziehen zu können.

Während die beiden Männer auf dem Achterdeck des Schiffes damit beschäftigt waren, kreiste ein Hubschrauber einer Nachrichtenredaktion über ihnen und ging jetzt tiefer, damit der Reporter das Geschehen an Bord der *Exeter* besser sehen konnte. Garner blickte böse nach oben und winkte die Zeitungsleute mit beiden Armen weg. Der Pilot des Hubschraubers winkte zurück, ließ sich aber nicht verscheuchen.

»Blödmann«, sagte Garner. »Sagt denen im Funkraum, sie sollen ihn anweisen, hier zu verschwinden.« Die Erinnerung an den Sturz Freelands aus dem »erstickten« Hubschrauber nagte immer noch an seiner Konzentration und machte ihn wütend. Jetzt war zu allem Überfluss auch noch diese Katastrophe in Juniper Bay passiert, weil sie den Teppich zu spät ausgemacht hatten. Wie viele weitere Menschen würden wohl noch sterben müssen, weil sie *zu verdammt langsam vorankamen*?

»Schneller, schneller, schneller!«, herrschte Garner den Mann an der Winsch an.

»Fertig«, bestätigte Zubov. »Alle Anzeigen klar.«

Augenblicke später wurde Garners Sammler von dem Ausleger ins Wasser gelassen und auf eine Viertelmeile Distanz gebracht. Langsam schob sich der Draht, an dem Medusa hing, nach Steuerbord, als die Kugel in den Teppich eindrang.

Garner rannte ins Labor zurück und sah sich die Datenreihen an, die von Medusa hereinkamen. Er registrierte und interpretierte die Zahlenreihen auf dem Bildschirm fast ebenso schnell, wie sie dort erschienen, überflog sie nicht nur, sondern berechnete im Geiste fast jede Zahl neu, während er sie las.

Medusa hatte offenbar einen guten Tag. Binnen weniger Minuten strömten jede Menge Informationen über Dichte und Zusammensetzung des Teppichs in die Datenbänke der *Exeter*. Eine Reihe von Monitoren, die im Labor aufgebaut waren, zeigten Echtzeitaufnahmen der Planktonzusammensetzung der Kolonie. Garner konnte bereits mehrere *Pfiesteria*-Lebensstadien identifizieren; die Computer der Medusa würden diese Bilder mit digitalisierten Mikrographien vergleichen und dann anfangen, die Altersstruktur der Kolonie zu berechnen. Sobald dieser Vorgang abgeschlossen war, würde Garner alle Daten herunterladen und sie den von der NOAA gelieferten atmosphärischen und hydrographischen Informationen einfügen. Das Modell würde komplett sein. Seine Kristallkugel würde die perfekte Form haben, aber um daraus praktische Erkenntnisse zu ziehen, würde es Wochen der Datenanalyse brauchen.

Der Sturm würde sie in weniger als zwei Stunden erreichen, das war *einfach zu knapp*. Sie mussten in dieser Phase alle ihnen zur Verfügung stehenden Ressourcen voll und ganz auf die Eindämmung des Teppichs konzentrieren. Aber wenn Nolans Vorhaben mit den Schwimmbäumen scheiterte, würden sie vielleicht nie mehr eine Chance bekommen, Proben der Kolonie zu entnehmen und daraus Erkenntnisse über ihre Schwächen zu gewinnen.

Die Sprechanlage auf seiner Laborbank summte. »Brock, du solltest besser mal hier rauskommen«, sagte Zubov. »Du wirst mir das nicht glauben.«

Garner rannte zum Achterdeck zurück und fand Zubov an der Reling, wo er nach vorn blickte. Garner folgte dem Blick seines Freundes und sah die Quelle von Zubovs Ungehaltenheit. Ein kleines Grüppchen Fischerboote kam geradewegs auf die *Exeter* zugetänzelt. Wie vorher die *Sato Maru* schienen sie den Kurs der *Exeter* und den von ihr abgesetzten Sammler überhaupt nicht zur Kenntnis zu nehmen.

Garner riss Zubov das Funkgerät weg und rief die Brücke an: »McRee? Wer zum Teufel ist das?«

»'n paar Fischer aus Dungeness und Juniper Bay, sagen die«, antwortete McRee. »Sie nennen sich die Retter der Küste.«

»Was wollen sie?«

»Die haben gesagt, sie wollen mit dem Mann reden, der hier das Sagen hat.«

»Der Herrgott hat zu tun und ich nehme zur Zeit keine Anrufe für ihn entgegen«, sagte Garner.

»Die haben gesagt, dass sie mit dir reden wollen«, erklärte Zubov. »Und dass sie ein Geschenk für dich haben.«

Garner war zu der Plattform auf Wellenhöhe hinuntergeklettert, um sich dort mit dem Boot an der Spitze, einem kleinen Schleppnetzfänger, der in Dungeness registriert war, zu treffen. Der Mann, der sich dort über die Bootswand seines Schiffes mit Garner unterhielt, war nicht der Kapitän des

Bootes, sondern stellte sich als John Jakes vor. Jakes hatte ein kantiges, tief gebräuntes Gesicht und einen graumelierten Bürstenhaarschnitt. Ebenso wie die restliche Crew des Bootes trug Jakes bis zu den Hüften reichende Stiefel, einen schweren Mantel aus Ölzeug, eine Gasmaske aus Militärbeständen sowie einen improvisierten Bioschutzanzug.

»Diese Männer haben heute Morgen in Juniper Bay Familienangehörige und Freunde verloren«, erklärte Jakes. »Was hier geschieht, geht weit über die Gesundheit ihrer Fischgründe hinaus, Garner. Die Männer haben die Warnungen der Küstenwache gehört und melden sich freiwillig, um hier draußen zu bleiben und zu helfen. Diese Männer wollen Rache.«

Garner schüttelte den Kopf. »Kommt nicht in Frage. Wir können hier draußen kein Rudel Vigilanten gebrauchen. Wir haben schon genug Menschen wegen Unvernunft verloren.

»Jetzt sagen Sie mir bloß nicht, dass Sie nicht noch ein paar Leinen und Netze brauchen könnten, um diese Schwimmbäume zu sichern«, widersprach Jakes. »Diese Männer hier schaffen das, wenn Sie ihnen sagen, was sie machen müssen.«

Garner überlegte kurz. »Also gut. Aber Sie garantieren mir dafür, dass Ihre Männer sich aufs Wort an meine Anweisungen halten, ist das klar?«

»Sonnenklar«, sagte Jakes. »Und um mich für Ihr Entgegenkommen erkenntlich zu zeigen, wollte ich Ihnen das hier geben.« Er klappte einen kleinen Metallbehälter auf und entnahm ihm einen Laptop. Als Jakes ihm den Computer herüberreichte, stellte Garner fest, dass der Mann keine Handschuhe trug. Seine Hände zeigten keine Schwielen, die Nägel waren gepflegt. Wer auch immer Jakes sein mochte, ein Fischer war er nicht. Garner ließ den Blick über die anderen

Boote schweifen und sah, dass die anderen alle eher Jakes ähnelten als Leuten, wie man sie hier normalerweise auf Fischerbooten zu sehen bekam. Ein paar von ihnen trugen sogar CBW-Anzüge.

Eine verdeckte Operation? Militärisches Personal, das sich vor den Hubschraubern der Medien versteckte, indem es sich als Fischer verkleidete? Aber weshalb?

»Was ist das?«, fragte Garner und musterte Jakes mit neu erwachtem Argwohn.

»Sind Sie mit Polygon vertraut?«, fragte Jakes.

Das war er in der Tat. Bei Polygon handelte es sich um ein militärisches Software-Programm, das das Verhalten chemischer Wirkstoffe nach deren Verteilung interpretieren sollte. Diese Software versetzte Einheiten im Feld in die Lage, mit Hilfe meteorologischer Daten abzuschätzen, in welchem Maße ihre Umgebung Angriffen mit chemischen oder biologischen Waffen ausgesetzt war. Garner hatte eine frühe Version der Software in Newport eingesetzt, um das Verhalten von Ölteppichen vorherzusagen, und einen Teil seiner Unterprogramme bei Betty benutzt.

»Neueste Version«, erklärte Jakes. »Und geladen mit den allerletzten NOAA-Daten über diese Sturmfront, Populationsdaten und den Messwerten Ihrer Transponder. Je nach dem, was Ihr Sammler in dem Teppich entdeckt, sollten wir auf die Weise genau definieren können, wie weit der Wirkungsbereich reicht.«

»Wer ist *wir*?«, fragte Garner. »Für wen arbeiten Sie, Jakes?«

Jakes tippte auf seine Armbanduhr. »Wir vergeuden Zeit, Commander Garner. Sie haben jetzt alles in der Hand, was Sie brauchen, um dafür zu sorgen, dass dieser widerliche Zustand nicht noch widerlicher wird.« Er deutete mit einer Kopfbewegung auf die kleine Flotte von Fischerbooten hinter sich. »Diese Männer verlassen sich auf Sie. Wir alle tun das. Wir erwarten Ihre Anweisungen.«

Dass Jakes ihn als »Commander«, angesprochen hatte – seinem Rang (genauer genommen Lieutenant Commander) bei seinem Ausscheiden aus der Marineabwehr –, machte Garner zu schaffen. In den akademischen Kreisen, in denen er sich heute bewegte, wusste vermutlich niemand von seiner früheren militärischen Karriere und Nolan hätte ohne Garners ausdrückliche Zustimmung so etwas sicherlich nicht an die Medien weitergegeben. Nolan setzte alles daran, diese Operation als eine rein private Aktion darzustellen; der Einsatz militärischer Ressourcen musste ihm ein Gräuel sein. Dass Jakes von Garners Erfahrung mit dem Polygon-Programm wusste – und selbst dazu Zugang hatte –, war für ihn ein eindeutiger Beweis, dass der Mann mit der militärischen Abwehr in Verbindung stand. Aber mit welchem Zweig?

Garner trug Jakes Laptop in das Labor der *Exeter* und lenkte den Datenstrom von Medusa auf den Plotter. Dann spürte er Ellie in der Krankenstation des Schiffes auf und machte sie mit den wichtigsten Einzelheiten des Software-Programms vertraut.

»Wenn Sie irgendwelche Daten über Zellkonzentration in den Opfern bekommen oder wenn jemand plötzlich krank wird, dann veranlassen Sie bitte, dass jemand die Information hier eingibt.« Garner ließ die Finger über die Tastatur des Laptop tanzen und fuhr dann fort: »Bei jedem einzelnen Datenpaket wird die Software eine Analyse ablaufen lassen und die von uns festgestellten Toxine mit allen in ihren Speichern enthaltenen Toxinen vergleichen.«

Geschützte Daten, dachte Garner, als das Modell zu arbeiten begann. *Was auch immer durch diesen Computer läuft, kann man jetzt als Eigentum der Regierung betrachten.* Aber *mit welchem Geheimdienst haben wir es zu tun, und was bezwecken die?*

»Sagen Sie Nolan, er soll so lange stillsitzen, dass ich ihm in den Hals sehen kann, dann fange ich damit an«, erklärte Ellie.

»Sie glauben, dass er sich in dem Hubschrauber etwas zugezogen hat?«, fragte Garner.

»Im Hubschrauber und auf den Beibooten und jedes Mal, wenn er vor dem Hintergrund des Teppichs seine Kapuze herunterzieht, damit man ihn bei seinen Live-Shots vor dem richtigen Hintergrund sieht«, nickte Ellie.

»Hat Carol mit ihm gesprochen?«, wollte Garner wissen. Carol war vermutlich die Einzige unter ihnen, auf die Nolan möglicherweise hörte.

»Ja, das hat sie, aber er spielt immer noch den großen Helden«, sagte Ellie. »Und dann seine heftigen Stimmungsumschwünge, ich beobachte seine Symptome und kann nur hoffen, dass er sich nicht stark angesteckt hat – sonst würde er schließlich nicht mehr herumlaufen.«

Für den Augenblick überwog der Nutzen, Polygon einsetzen zu können, alle Nachteile. Während die Atmosphäredaten von NOAA, den Transpondern im Teppich und von Medusa zusammengetragen wurden, baute sich auf dem Bildschirm des Laptop das Profil des Teppichs auf. Es erschien als dreidimensionales Gebilde in einem Gitter, das den Ozean darstellen sollte, und wechselte ständig gemäß den Zahlenwerten, die die Kolonie definierten, seine Form. Zahlenkolonnen über die geschätzte Masse des Teppichs, seine Dimensionen und sein Wachstum zogen in langen Reihen über das Datenfenster des Bildschirms.

Garner hielt das Programm an und erstellte mit dem Compiler ein paar Prognosen. Jakes hatte Zensusdaten für Puget Sound eingegeben und mit Hilfe dieser Information konnte

Garner Schätzwerte hinsichtlich der Ansteckung von Menschen ermitteln.

17 000 EXPONIERT, 3 400 TODESFÄLLE lautete die Schätzung auf der Basis des augenblicklichen Zustandes und einer ungeschützten Bevölkerung. Wenn man eine auch nur mäßig erfolgreiche Evakuierung unterstellte, würden die Werte um beinahe achtzig Prozent zurückgehen.

Garner änderte die Variablen und setzte diesmal den schlimmstmöglichen Fall an – dass nämlich der Teppich über den Schelf in den Puget Sound eindrang und die Kolonie durch den bevorstehenden Sturm im vollen Ausmaß über die darauf nicht vorbereitete Einwohnerschaft verteilt wurde. Anschließend gab er noch Korrekturen für die Auswirkungen von Regenfällen und ein Verwittern des Teppichs selbst ein.

562 000 EXPONIERT; 332 200 TODESFÄLLE lautete die Prognose diesmal.

»Du großer Gott«, sagte Ellie leise.

»Da haben wir's«, sagte Garner. »Unsere Aufgabe ist es jetzt, dafür zu sorgen, dass diese Zahl auf null kommt.« Er stellte das Programm, basierend auf den gegenwärtigen Daten, auf Echtzeitprognosen ein und kehrte zurück an Deck.

Aber wie, dachte Ellie, jetzt wieder allein.

Inzwischen hatte es ernsthaft zu regnen begonnen. Die Scheinwerfereinheiten von einer Größe, wie sie üblicherweise in Sportstadien eingesetzt wurden, ließen zwar von der starken Bewölkung und der anbrechenden Nacht nichts merken, aber das Team würde noch wesentlich mehr Licht brauchen. Im Osten hatten Hubschrauber der Küstenwache und Hueys vom Marinecorps ihre Bombeneinsätze mit dem kristallisierten Kaliumpermanganat begonnen und kippten die damit beladenen Behälter über den frei liegenden Rändern des Teppichs ab. Als der violette Stoff sich mit der grünen Farbe mischte, traten Form und Ausmaß des Teppichs deutlicher zu Tage. Garner hatte versucht, die Wirkung der Lösung auf das Verhalten des Teppichs mit einzukalkulieren, aber dann hatte er dafür keine Zeit mehr erübrigen können. Jakes hätte bei all seiner Großzügigkeit auch noch einen Programmierer mitschicken sollen, der die Software nach Bedarf adaptieren konnte, dachte er.

Garner fand Ellie neben Zubov stehend, der Anweisungen in ein Megaphon brüllte und die kleineren Boote um die *Exeter* herumdirigierte, während der Ausleger umgerüstet wurde, um die zweite Kette Schwimmbäume aufzunehmen.

»Ich möchte, dass Sie jetzt auf die *Kaiku* zurückkehren«, sagte Garner zu Ellie. »Wenn hier draußen etwas passiert, ist es dort am sichersten.«

»Weshalb können wir nicht *alle* an einem sicheren Ort sein?«, wandte Ellie ein. »Brock, ich komme damit schon klar. Lassen Sie mich hier bleiben.«

»Die *Kaiku* wird unser Feldkrankenhaus sein und dort braucht man einen Arzt«, sagte Garner. »Ich möchte, dass Sie dort sind, falls sich die Lage hier verschlimmert. Wir versuchen derweil, genau das zu verhindern. Und vergessen Sie nicht, alle Daten, die Sie bekommen, für den Polygon-Plotter durchzugeben. Wenn das hier vorbei ist, holen wir Sie.«

Ellie hörte sich zwar jede einzelne von Garners Anweisungen an, konzentrierte sich dabei aber mehr auf den Mann, der ihr gegenüberstand. Ein paar lange Augenblicke studierte sie seine scharfen grauen Augen und die kleine weiße Narbe über seiner Augenbraue. Sie prägte sich das Gesicht ein und glaubte fest daran, dass er meinte, was er sagte. Falls er doch etwas anderes glaubte, so war ihm das nicht anzumerken.

»Viel Glück«, sagte sie.

»Na ja, alles muss schließlich einmal anfangen, denke ich.«

Ellie zögerte kurz und presste dann schnell ihren Mund auf seinen, ein warmer, eindringlicher Kuss. »Bitte sei vorsichtig«, flüsterte sie, als sie sich von ihm löste und in das Beiboot stieg.

Garner blickte Ellie nach, als sie im dichten Regen verschwand. *Wenn das hier vorbei ist, hole ich dich,* wiederholte er, ohne es laut auszusprechen, und benutzte dabei in Gedanken unbewusst das vertraute Du. *Das schwöre ich.*

Als er auf die Brücke zurückkehrte, kam ihm dort der Funker der *Exeter* entgegen. »Fax für Sie, Sir.«

»Behalten Sie's«, sagte Garner. »Im Augenblick haben wir hier keine Zeit für weitere Reporterfragen. Die erfahren noch rechtzeitig, was hier geschieht, und zwar zur gleichen Zeit wie wir alle.«

»Es ist von Dr. Charles Harmon«, sagte der Funker. »Streng vertraulich, nur für Sie.«

Garner nahm das Fax in Empfang. Die beiden ersten Seiten enthielten eine Reihe von Skizzen. Zwar hatte deren Genauigkeit durch die Funkübertragung etwas gelitten, aber man konnte deutlich Zellen von *Pfiesteria junckersii* erkennen. Die meisten Skizzen schienen die Struktur und die Position der Gleichgewicht suchenden Statozysten hervorzuheben, aber die Blätter enthielten keinerlei Text. Auf dem letzten Blatt stand eine seltsam schlichte Botschaft in Harmons zittriger Schrift, mit der er ihnen bei ihrer Expedition Glück wünschte. Zudem enthielt das Blatt noch eine Folge von Funkdaten, um mit Admiral Lockwood von der U. S. Navy Kontakt aufzunehmen.

SIE WERDEN WISSEN, WANN UND WIE SIE DAS BENUTZEN MÜSSEN, endete das Fax.

»Nun, vielen Dank, Obi-Wan Kenobi«, murmelte Garner. »Ich werde mich um dieses Rätsel kümmern, sobald wir diesen Sturm überlebt haben.« Er faltete die drei Blätter zusammen und stopfte sie sich in die Tasche.

22

27. August
48° 10' Nördl. Breite, 123° 28' Westl. Länge
Auf See vor Port Angeles, Washington

Ellie stand vor dem Ruderhaus der *Kaiku*, beide Hände um einen warmen Kaffeebecher gelegt, und gestand sich ein, dass sie sich nie so weit von ihrem Element entfernt gefühlt hatte. Sie blickte zu den Sturmwolken hinauf, die sich hinter ihnen auftürmten, und ließ dann den Blick über den verlassenen Hubschrauberlandeplatz zu der Ansammlung von Schiffen wandern, die sie umgaben.

Die *Kaiku* hatte im Moment ein Ende der Kette von Schwimmbäumen im Schlepptau, die zum Einfangen des Teppichs aneinandergereiht worden waren. Für den Augenblick hatte man die Schleppe aus Schwimmbäumen in einem weiten, nach rechts zu offenen Halbmond herumgezogen. Die grell orangefarbenen Gebilde ragten ein gutes Stück über die Wasserfläche hinaus und Ellie hatte zugesehen, wie die Arbeiter an jedem der Schwimmer einen mit Gewichten beschwerten Vorhang befestigt hatten, der den Teppich bis auf fünfzehn Fuß Tiefe an der weiteren Ausdehnung hinderte. Die *Exeter* hatte das andere Ende der Schleppe übernommen. In wenigen Minuten würden die beiden Schiffe anfangen, die beiden Enden der Kette zusammenzuführen, und damit die Gefahr in einer riesigen, beinahe acht Quadratmeilen umfassenden dickwandigen Tasche einschließen.

Würde das ausreichen? Nolan versicherte allen, die es hören wollten, dass die Schwimmbäume die besten waren, die man je hergestellt hatte, aber Ellie zumindest schien die Lösung, zu der sie sich am Ende zur Eindämmung des Teppichs entschlossen hatten, hoffnungslos unzureichend und naiv. Carol, und vor ihr Freeland, hatten gesagt, dass man solche Schwimmbäume am besten an geschützten Küstenbereichen einsetzte. Garner hatte darauf hingewiesen, dass seichtes Wasser genau das war, wo man den Teppich *nicht* hinbringen dürfte. Dann kam die Nachricht von dem herannahenden Sturm und plötzlich war es wichtiger, den Teppich in der Falle festzuhalten, die sie ihm gestellt hatten, und wäre es auch nur auf beschränkte Zeit. Alle Überlegungen, wie man ihm nachhaltig den Garaus machen konnte, mussten dahinter zurücktreten.

An der Außenseite der Schwimmbäume, zwischen der *Kaiku* und der *Exeter*, hatte sich so ziemlich die gesamte Fischer- und Schlepperflotte aus Juniper Bay und Dungeness versammelt. Niemand hatte die Fischer aufgefordert zu kommen – die Küstenwache hatte sogar mit allem Nachdruck davon abgeraten –, aber sie kamen trotzdem. Die vom Wetter gegerbten Männer schlüpften in die grellen Bioschutzanzüge aus den Beständen der Nolan Group oder verließen sich auf eigene, massivere Anzüge, holten sich bei Garner ihre logistischen Anweisungen ab und machten sich dann daran, die Schwimmbäume zu sichern. Sie wollten nur ihre Fischgründe und damit ihren Lebensunterhalt schützen und der Anblick von Honest Bob Nolans farbenprächtigem Lasso reichte aus, um sie zu schnellem Handeln anzustacheln.

Das riesige schwimmende Gebilde, über das kreuz und quer Leinen und Drähte gespannt waren, erinnerte an ein Bild aus *Gullivers Reisen*. Nur dass dieser Riese keine definierte feste Gestalt hatte. Dieser Riese war ein flüchtiger

Geist. Sobald die Schwimmbäume ihren Würgegriff um den Teppich schlossen und damit seine Oberfläche zusammendrückten, würde er ganz bestimmt nur in sich selbst zusammenbrechen und weiter in die Tiefe ausweichen, um so das an der Oberfläche verlorene Volumen auszugleichen. Selbst unter idealen Bedingungen konnten die Schwimmbäume auf offenem Wasser nicht endlos halten. Und bei all ihrer Erfahrung und der Tollkühnheit, mit der sie an die Eindämmungsmaßnahmen herangingen, wollte doch niemand die Verantwortung für das eigentliche Saubermachen übernehmen. Niemand kannte ein Rezept, um eine so große Wassermenge von der Oberfläche »abzuschlürfen«, oder das Wasser an der Oberfläche abzufiltern und zu sichern. Um den ganzen Teppich aufzunehmen, würde es einen Öltanker brauchen, und selbst wenn die zu einer dicken, schleimigen Masse zusammengewachsenen Zellen die Filter nicht einfach verstopften, wie sollte man den Tanker später jemals wieder säubern?

In der Zwischenzeit hatten sie es irgendwie geschafft, einen gewaltigen biologischen Reaktor mitten auf offener See einzudämmen. Ehe jetzt jemand den Versuch unternehmen konnte, ihn zu entschärfen, mussten sie ihn einfach mit aller Kraft festhalten und warten, ob, wo und wann der Sturm zuschlug.

Die dichte Regenwand, die die Sturmfront vor sich hertrieb, half zumindest mit, die Aerosolkonzentration niedrig zu halten. Nolans »Luftstreitkräfte« flogen unter der niedrig hängenden Wolkendecke und fuhren fort, ihre Ladungen an Kaliumpermanganat über der immer kleiner werdenden Öffnung zwischen den Schwimmbäumen abzuwerfen. Selbst aus dieser Entfernung konnte Ellie sehen, dass der Teppich aufgehört hatte sich zu bewegen – dass er aufgehört hatte, wie eine Art drohende, bösartige Wolke über die Wellen auf das Festland zuzukriechen – und darüber war sie ehrlich erleichtert.

Einen winzigen Augenblick lang wallte so etwas wie hippokratische Leidenschaft in ihr auf, sie spürte, wie sie wütend wurde. Wie kam es eigentlich, dass alle Argumente, die Umwelt zu schützen, so völlig wirkungslos verpufften, wenn es um Profite ging oder einfach menschliche Nachlässigkeit am Werk war? Weshalb fielen alle Entscheidungen immer zu Gunsten der menschlichen Bequemlichkeit aus, wenn es um die verantwortungsvolle Erhaltung der Umwelt ging? Sie erinnerte sich an die Anhörung in Bamfield und Dr. Harmons dümmliches Geschwafel von wegen »Die beste Lösung für Umweltverschmutzung ist das Zeug aufzulösen«, und biss die Zähne zusammen. Sollte er das doch den Leuten in Prince William Sound oder an der Küste von Jersey oder am Golf von Mexiko sagen! Sollte er doch den Surfern in Nordkalifornien erklären, dass die schmerzhaften Ausschläge, die sie aus dem Wasser mitbrachten, eine geeignete »Lösung« für Umweltverschmutzung waren.

Und hatte all das überhaupt noch etwas zu bedeuten? War ihre idealistische Einstellung zur Bewahrung der natürlichen Umwelt hier nicht in gleicher Weise unpassend? Ganz gleich, ob diese Gefahr jetzt von der Natur ausging oder von Menschenhand geschaffen war, Ellie konnte sich jedenfalls nichts vorstellen, von dem mehr Zerstörungskraft ausging als von dem Teppich da vor ihnen. Und wenn man sich das einmal eingestanden hatte, wie lange würde es dann wohl noch dauern, bis den Bombern dieses magische violette Zeug ausging? Wie lange noch, bis der Wind sich so verstärkte, dass er diese zerbrechlich aussehenden Schwimmbäume in alle Richtungen davonblies? Und was dann?

Die schieren Ausmaße der Szenerie vor ihren Augen reichten aus, um ihr Angst zu machen. Die Folgen, falls jemand eine unsinnige Entscheidung traf, konnten einem das Blut in den Adern gefrieren lassen.

Ich werde hier gebraucht, machte sie sich klar. Das war die typische überhebliche Verblendung eines jeden Arztes, ganz gleich wie die Dinge standen und wie viel auch dagegen sprach. Wenn man sie hier überhaupt gebraucht hatte, dann nur um einige Mitglieder der Eindämmungscrews oberflächlich zu versorgen oder um einen kurzen Vortrag zu halten, mit welchen Folgen man zu rechnen hatte, wenn man mit *Pfiesteria* in Verbindung kam. Es gab einige kleinere Atemprobleme und Hautreizungen bei Fischern, die zu dicht an die Sperrzone herangekommen waren. Den gebrochenen Finger eines Deckarbeiters, der ein Gewicht hatte fallen lassen. Ein paar Prellungen und Hautabschürfungen bei Landratten der Nolan Group, die es nicht gewöhnt waren, sich bei Seegang auf den Planken eines Schiffes zu bewegen. Nachdem Ellie gehört hatte, was in Juniper Bay passiert war, hatte sie verlangt, sofort auf das Festland versetzt zu werden, aber zu dem Zeitpunkt hatte sich bereits ein Notteam von USAMRIID eingeschaltet. Bei all ihrer »Erfahrung« mit diesem Killer und seinen Auswirkungen und ihrer emotionalen Nähe zu seinen Opfern war sie für die Militärs doch nicht mehr als eine weitere Kleinstadt-Ärztin. Eine ohne Sicherheitsfreigabe und deshalb lediglich lästig. In Anbetracht des Blutbades, auf das sie sich eingestellt hatte, war die Wirklichkeit für sie weniger belastend gewesen als die langweiligste Schicht in der Notaufnahme. Und deshalb schwankte sie jetzt zwischen den gleichermaßen lächerlichen Alternativen von Furcht und Pflicht hin und her. *Ich will hier weg. Ich sollte jetzt im Krankenhaus sein und darum kämpfen, meine Lizenz zu behalten. Das Krankenhaus braucht mich nicht; das haben die klar und deutlich gesagt. Man braucht mich auf der* Kaiku.

Ein paar Beiboote der *Kaiku* und der *Exeter* fuhren zwischen den Fischerbooten herum. Ellie sah ein Schlauchboot, das dicht neben dem Bug der *Kaiku* auf den Wellen tanzte. Jemand stand im Bug und erteilte durch ein Megaphon Anweisungen. Garner. Der widerstrebende Feldmarschall, der seine Truppen gegen die verheerendste Naturkatastrophe ins Feld führte, die diese Region je erlebt hatte.

Ellie wurde bewusst, dass Garner, während viele von den anderen in ihren klobigen Weltraumanzügen lächerlich, ja geradezu komisch wirkten, immer noch gut aussah und mit seinen knappen, abgezirkelten Bewegungen beeindruckte. Er hatte diese surreal wirkende Situation ohne sichtbare Anstrengung im Griff. Das Ausmaß dieses Schreckens zog ihn nicht in seinen Bann; wohl schon allein deshalb schienen die anderen seine Führungsrolle als selbstverständlich hinzunehmen. Ellie musste ihn unwillkürlich bewundern. Nein, es war nicht nur Bewunderung. Wie sie ihn jetzt so beobachtete, konnte sie sich ebenso gut eingestehen, dass sie im Begriff war, sich in ihn zu verlieben.

Das ist es also, *wofür Männer da sind*. Sie lächelte.

Als ob er ihre Gedanken gelesen hätte, blickte Garner plötzlich zur *Kaiku* empor. Als er sie dort stehen sah, winkte er ihr zu, ins Innere zurückzukehren. »Wir sind da noch nicht durch«, hallte sein milder Tadel durch das Megaphon. Ellie nickte, kam seiner Aufforderung nach und verfolgte das Geschehen vom Inneren der Brücke aus.

Vor ihnen, keine fünfzig Meilen entfernt, war Garners augenblicklicher Heimatstützpunkt – Friday Harbor und die San Juan Inseln. Die vom Wind gepeitschten Klippen erinnerten sie an die Westküste von Irland, wo sie einmal kurz nach ihrem Universitätsabschluss Urlaub gemacht hatte. Die Erinnerungen an jene Reise schienen jetzt – ähnlich dem Krankenhaus, ihrer armseligen Wohnung, dem Honda und so vielem aus ihrem Leben vor der vergangenen Woche – jemand anderem zu gehören.

Ellie wusste, dass diese Inseln Schauplatz eines der letzten bemerkenswerten Waffengänge zwischen den Vereinigten Staaten und England gewesen waren. 1859 hatte es ein Gefecht zwischen amerikanischen und britischen Soldaten wegen des versehentlichen »Mordes« an einem Schwein gegeben, das in seiner schweinischen Unbefangenheit die etablierten Territorialgrenzen nicht anerkannt hatte. Der San Juan-Konflikt oder »Der Schweinekrieg«, wie er in die Geschichte eingegangen war, hatte beinahe zwölf Jahre lang die landschaftlich schöne, aber militärisch belanglose Landschaft von San Juan Island zertrampelt. Wenn man nicht Denkmäler für jenes Ereignis gebaut hätte, die heute noch standen, wäre die ganze Schlacht vermutlich schon längst als absurder Witz in Vergessenheit geraten.

Vielleicht lag es nur an ihrer kanadischen Betrachtungsweise, aber ihr kam es vor, als würde sich die Geschichte – der Schweinekrieg und der Krieg von 1812 zusammengenommen – in dieser Meeresregion hier wiederholen. Diesmal hatten die Fischer in ihren winzigen Booten die Rolle der Revolutionäre übernommen und kämpften darum, ihr Land zu bewahren. Diesmal war der tyrannische Eindringling Mutter Natur selbst und Bob Nolan mochte man als das Unheil stiftende Schwein ansehen. Diesmal blieb das amerikanische Militär, auch wenn es seine ganze Stärke zur Schau stellte, auf Distanz und stand über den Dingen. Die beiden großen Schiffe der Navy hielten ihre Position fünf Meilen von den Schwimmbäumen entfernt. Beobachteten. Stumm. Warteten darauf, dass die anderen, die Freiheitskämpfer, sich abmühten und scheiterten. Wenn das stimmte, was Garner über das Militär und seine Interessen behauptet hatte, dass es sich nämlich bei dem Teppich um eine Art biologische Waffe handelte, dann waren sie alle Teil eines tödlichen Menschenexperiments, das hier vor den Kameras der nationalen Mediengesellschaften ablief.

Grabenkrieg, dachte Ellie und blickte auf die kleine Flotte von Booten hinunter, die sich an den äußeren Rändern der schwimmenden Barriere bewegten. *Sie sehen aus wie Soldaten, die auf einem verseuchten Schlachtfeld ihre Schützengräben errichten.*

Ellies Hand tastete nach der klammen Fensterscheibe. Hinter sich hörte sie, wie der Funker der *Kaiku* die letzten Wetterwarnungen durchgab, und sie fragte sich, wie exakt solche Vorhersagen jemals sein konnten.

Die Dunkelheit setzte viel zu schnell ein.

* * *

Die Eindämmung des Teppichs setzte sich im Verlauf der nächsten Stunde in fieberhaftem Tempo fort. Von zwei Booten aus zusammenarbeitend, umkreisten Garner und Zubov ständig den Teppich und riefen den Besatzungen der Fischerboote und den sich um den äußeren Rand der Schwimmbäume drängenden Fahrzeugen der Nolan Group ihre Anweisungen zu.

Garner wollte den Teppich so fest wie möglich sichern, wobei die Leinen und Stützen für die Schwimmbäume vorzugsweise an der *Kaiku* und der *Exeter* festgemacht waren. Die größten Schiffe würden beiderseits des Eindämmungsfeldes vor Anker gehen und direkt in den Wind gerichtet sein. Sobald der Teppich auf diese Weise gesichert war, konnten sie die kleineren Boote in den Schutz der Küste abziehen lassen. Am späten Nachmittag waren die Wellen für die kleinsten Boote, die Zodiacs und die Schlauchboote, bereits gefährlich hoch geworden, und bald würde man auch die schweren Beiboote an ihren Mutterschiffen vertäuen müssen. Als Garner sah, wie Nolan seine Filmcrew in eines der Beiboote der *Kaiku* verlud und Kurs auf den immer kräftiger werdenden Wellengang rings um die Schwimmbäume nehmen ließ, wurde er wütend, weil Nolan sich damit über alle von ihm ausgegebenen Sicherheitsvorschriften hinwegsetzte. Wenn Nolans Leute sie bei ihrer Arbeit mit den Schwimmbäumen nicht unterstützten, war ihre Anwesenheit auf dem Wasser eher eine Belastung als eine Hilfe.

Garner rief Nolan auf seinem Boot an und fragte ihn, was sie vorhatten. Nolan erklärte beiläufig, dass er ein paar Nahaufnahmen des Teppichs beim Herannahen des Sturms brauche und dass niemand aus dem Filmteam genügend mit Booten vertraut war, um das selbst zu machen.

Garner schüttelte den Kopf. »Das ist zu gefährlich. Kehren Sie um.«

»Was ist denn?«, ereiferte sich Nolan. »Glauben Sie, dass ich nicht mehr mit einem Boot umgehen kann?«

»Allerdings. Und wenn diese Fischer sehen, dass Sie zum Filmen hier rauskommen, kriege ich die nie dazu, dass sie hier abziehen.«

»Keine Sorge«, sagte Nolan. »Außerdem habe ich alle bezüglich einer Haftung Verzichtserklärungen unterschreiben lassen.«

»Die Filmleute oder die Fischer?«, fragte Garner.

»Alle. Sie sind alle Privatleute.«

»Schön zu wissen, dass Sie ihre Prioritäten hier nicht durcheinander bringen«, meinte Garner sarkastisch.

Garner hatte die *Kaiku* vor einer Weile über Funk angerufen und Nolan nach John Jakes befragt. Nolan hatte behauptet, nichts über Jakes zu wissen, und Garners Hinweis auf die verdächtig aussehenden »Fischer« auf den Booten als »paranoid« bezeichnet.

»Die Leute hier oben sind ein zähes Volk«, hatte Nolan gesagt. »Erinnern Sie sich noch daran, wie die sich nach der Mount Helens-Geschichte wieder aufgerappelt haben?«

»Wenn dieser Sturm den Teppich auseinanderreißt, dann ist St. Helens im Vergleich dazu nicht viel mehr als ein Knallbonbon«, hatte Garner darauf geantwortet.

»Diese Männer sind hier draußen, weil sie nichts mehr zu verlieren haben«, war Nolans Antwort gewesen. »Ich kann mir kein loyaleres Team wünschen.«

Und kein gefährlicheres, dachte Garner bitter.

Dass sie alle das Schlimmste erwarteten, machte das Eintreffen des Sturms nicht weniger beängstigend. Wind und Regen hatten sich schon den ganzen Tag über gesteigert und seit einiger Zeit schob sich aus dem Westen für alle unübersehbar eine Unheil verkündende schware Wolkenmauer heran. Fast ständig konnte man von weit oben das Rollen des Donners hören und immer wieder zuckten Blitze herunter. Die Vorhersagen waren richtig: Der Sturm fegte direkt die Juan de Fuca Straße herauf und drohte die ganze Eindämmungsoperation mitzureißen.

Einige der »Retter«-Boote blieben an Ort und Stelle und rollten und stampften in den hohen Wellen zwischen den größeren Schiffen, sorgten dafür, dass die Schwimmbäume nicht weggeblasen wurden, und wichen dem Teppich aus, der innerhalb der Bäume brodelte. Viele der Scheinwerferanordnungen fielen aus, je schlimmer das Wetter wurde, so dass der ganze Bereich in ein gespenstisches Zwielicht getaucht wurde.

Garner und Zubov kehrten mit ihren Beibooten zur *Exeter* zurück und wurden von den Wellen mehrere Male gegen den Rumpf des größeren Schiffes geworfen, ehe die Boote endgültig gesichert werden konnten. Von Kopf bis Fuß durchnässt und schwer atmend, schlug Garner Zubov auf die Schulter, als sie leicht schwankend auf der Bootsplattform standen.

»Gute Arbeit«, sagte er.

»Ich hasse den Regen«, sagte Zubov mit gerötetem und schweißüberströmtem Gesicht. »Ich habe wirklich das Gefühl, dass wir dauernd im Regen arbeiten, findest du nicht?«

»Jetzt können wir nichts mehr machen. Zumindest nicht, bis der Sturm vorbei ist.«

»Rechnest du denn damit?«, fragte Zubov. »Ich hab schon dran gedacht, Tiere in Paaren einzusammeln und an den Bau einer Arche zu gehen. Wenn dieser Wind noch kräftiger wird, dann wird er deinen Arsch bis zurück nach Iowa blasen.«

»Im Augenblick wäre mir ein Maisfeld durchaus willkommen.«

Die beiden Männer drehten sich um, um ins Innere der *Exeter* zu gehen, aber da fiel Garner etwas ins Auge. Ein einzelnes Beiboot, das in den Wellen hinter der *Kaiku* herumgewirbelt wurde.

Nolan und sein Filmteam. Wieder Nolan, und natürlich ohne seinen Racal-Helm. So nahe, wie er am Rand des Teppichs war, hatte er es nur dem heftigen Wind und dem herunterpeitschenden Regen zu verdanken, dass er noch am Leben war.

Im Heulen des Winds war nicht zu erkennen, ob das Boot Motorprobleme hatte, aber es war ganz offensichtlich außer Kontrolle geraten und auf dem besten Wege, den Kampf gegen die Elemente zu verlieren. Der flache Rumpf legte sich in die eine Richtung und dann wieder in die andere, ohne dass es seinem Ziel näher kam. Die Lichter des kleinen Bootes verschwanden hinter einer mächtigen Woge, tauchten dann wieder auf, um erneut im nächsten Wellental zu verschwinden.

Eine wilde Böe fegte zwischen den beiden Booten durch und ließ die Schwimmbäume an ihrer Verankerung zerren. Nolans Boot wurde von der *Kaiku* weggedrängt und gegen die Kette von Schwimmbäumen geworfen. Im strömenden Regen sah Garner, wie eine einzelne Gestalt aus dem geschlossenen Boot fiel. Zwei der anderen Passagiere streckten die Arme nach ihrem Kollegen aus.

»Mann über Bord!«, schrie Garner, was Zubov ruckartig zum Handeln veranlasste. Sie lösten schnell eines der Beiboote aus seiner Vertäuung und entfernten sich damit von der *Exeter*.

Das Beiboot durchschnitt eine hohe Welle, als es herunterkrachte, und hob sich dann gleich wieder, als es sich auf die *Kaiku* zubewegte. Garner konnte sehen, dass die im Boot zurückgebliebenen Gestalten ihre Kapuzen trugen, was bedeutete, dass Nolan derjenige war, der ins Meer gefallen war. Es bedeutete auch, dass die im Boot Verbliebenen nicht die geringste Erfahrung darin hatten, ihn wieder an Bord zu holen.

»Das ist verrückt!«, schrie Zubov. »Lass den dämlichen Mistkerl doch ersaufen.« Da die nächste Welle das Beiboot fast zum Kentern brachte, wussten sie, dass sie bald alle über Bord gehen konnten.

Sie brauchten eine Ewigkeit, um die *Kaiku* zu erreichen und anschließend einen Bogen um das größere Schiff zu schlagen. Die drei Gestalten auf dem Beiboot versuchten immer noch, der vierten Gestalt, die im Wasser auf und ab tanzte und im Tumult der Wellen immer schneller hochstieg und wieder herunterfiel, eine Leine zuzuwerfen. Die Leine schlang sich um eine der Gestalten im Boot, und dann war er – oder sie – plötzlich ebenfalls im Wasser. Garner spähte durch die Plexiglasscheibe in der Kapuze der zweiten Gestalt und erkannte, dass es sich um den Regisseur des Filmteams handelte. Sekunden später hob sich das Beiboot hoch über seinem Kopf und er verschwand in dem Mahlstrom.

Als Garner noch näher kam, konnte er Nolans Hände im Wasser um sich schlagen und nach der Leine greifen sehen, die er ihm hingeworfen hatte. Alle waren so auf Nolan konzentriert, dass niemand das zweite Boot steuerte, und so rutschte es nach rückwärts weg und krachte gegen die Schwimmbäume. Als die nächste Welle kam, kippte das Boot um und die beiden verbliebenen Passagiere wurden über die Schwimmbäume hinweg in den Teppich geschleudert.

Garner warf einen Rettungsring ins Wasser, platzierte ihn perfekt dicht hinter Nolan, mit der Leine zwischen seinen beiden herumfuchtelnden Armen. Als Garner Nolan hereinzog, konnte er sehen, wie Meerwasser über den offenen Kragen von Nolans Bioschutzanzug strömte. Dass der Anzug sich mit Wasser füllte, war teilweise schuld daran, dass Nolan nicht schwimmen oder manövrieren konnte. Die andere Ursache war seine Panik.

Die nächste Welle trieb das Boot auf Nolan zu, einen qualvollen Augenblick lang dachte Garner schon, dass sie ihn unter dem Kiel des Bootes verlieren würden. Die beiden Boote waren sich jetzt gefährlich nahe gekommen und konnten jeden Augenblick aneinanderkrachen und Nolan zwischen sich zerquetschen.

»Festhalten!«, schrie Garner und streckte die Arme über die Bootswand. Das Boot senkte sich und hätte Garner beinahe ins Wasser geschleudert, aber Zubov hielt ihn fest.

Wenn Serg mich hält, wer steuert uns dann?, dachte Garner. Eine einzige kräftige Welle würde ausreichen, um sie über den Schwimmbaum und in die Kolonie hineinzukippen. Und wenn man bedachte, dass Nolans Anzug offen war – *wird denn etwas von ihm übrig sein, das wir retten können?*

Als die nächste Welle kam, senkte sich das Boot und Nolan wurde in die Höhe gehoben. Das reichte aus, um ihn ins Boot zu hieven.

»Wir schaffen es nie zurück zur *Exeter*«, rief Garner Zubov zu. »Bring uns zur *Kaiku*.«

Die nächste Welle traf das Boot mittig am Bug und schleuderte es hoch in die Luft. Garner verlor den Boden unter den Füßen und fiel mit dem Kopf auf etwas Hartes, Metallisches.

Dann war um ihn nur noch Schwärze...

23

27. August
48° 15' Nördl. Breite, 122° 42' Westl. Länge
Whidbey Island Naval Air Station

Die P-3 Orion hob von der Startbahn des Marinestützpunkts Whidbey Island ab und bog nach Westen, direkt in den herannahenden Sturm hinein. Angetrieben von vier Allison Turboprop-Motoren und mit dreifach verstärkten Tragflächen ausgestattet, strebte die Maschine mit wilder Entschlossenheit der Aufgabe entgegen, die man ihrer Mannschaft gestellt hatte.

Die fliegende Wetterstation nahm die zweite von drei beinahe rund um die Uhr eingesetzten Wachen wahr, die von Whidbey ausgeschickt worden waren, um den schweren Sturm zu beobachten, der sich über dem Nordost-Pazifik dem Festland näherte. Die Aufgabe der neunköpfigen Crew und der vier Meteorologen an Bord bestand darin, bis zu zehn Stunden lang Atmosphäredaten aus dem Inneren des Sturms aus verschiedenen Höhen bis herunter auf zweihundert Fuß zu sammeln, die auf unmittelbarem Wege an die NOAA-Computer in Washington D. C. übermittelt wurden. Die Computer sollten diese Daten mit einer Folge von numerischen Vorhersage- und Auswertungsmodellen abgleichen, um auf die Weise nicht nur den wahrscheinlichsten Punkt für die Landberührung des Sturms, sondern auch sein Zerstörungspotential zu ermitteln.

Die Erwärmung der Oberflächengewässer im pazifischen

Nordosten hatte zu einer neuer Definition der »erwarteten«, Meeres-Wettermuster geführt. Die verheerendsten Meeresstürme entwickelten sich über wärmerem Wasser – gewöhnlich mit Oberflächentemperaturen von 21° Celsius oder darüber –, die dazu führen konnten, dass gewaltige Mengen an Feuchtigkeit und Energie in die obere Atmosphäre emporgezogen wurden. Die schlimmsten derartigen Stürme waren imstande, an einem einzigen Tag bis zu einem Fuß Regen zu liefern, eine um zwanzig Fuß höhere Brandung zu erzeugen oder Winde von einer Geschwindigkeit von neunzig Meilen in der Stunde vor sich her zu jagen. Als sie eine Stunde unterwegs waren, fing die wissenschaftliche Crew bereits an, den Sturm als einen der schlimmsten aller Zeiten zu betrachten.

Der einzige Zivilpassagier an Bord, ein Reporter vom *Seattle Post-Intelligencer*, schnallte sich von seinem Sitz los und tastete sich vorsichtig nach vorn. Beiderseits des schmalen Korridors ächzten und stöhnten breite Metallregale mit wissenschaftlichem Gerät, als er sich auf die Wetterstation der Maschine zu bewegte. Er war als Junge in Texas aufgewachsen und hatte früh gelernt, Stürme zu fürchten. Doch mit der Zeit hatte er gelernt sie zu akzeptieren. Längst hatte er vergessen, wie er sich als Kind im Keller seiner Tante zusammengekuschelt hatte, wenn die Tornados kamen; die beiden letzten Stunden jedoch hatten diese Ängste wieder in ihm aufleben lassen.

Zwischen zwei mächtigen Computerkonsolen kauernd brüteten zwei der Meteorologen über einer großen Satellitenkarte, die sie über einer niedrigen Arbeitsplatte ausgebreitet hatten. Im Gegensatz zu den von einem Satelliten gelieferten Informationen bekam man, wenn man durch den Sturm flog, eine dreidimensionale Animation der Sturmwolken, die der Front Form und Gestalt verlieh. Die barometrischen

Instrumente – in einer rot-weiß gestreiften Antenne untergebracht, die wie der Zahn eines Narwals aus der Nase der Orion ragte – fühlten den wilden Atem des Sturms. Die elektronischen Dropsonden, die durch eine Öffnung im Flugzeugboden abgesetzt wurden, registrierten die heftigen Ausschläge in der Stimmung des Sturms und meldeten sie mit klinischer Objektivität. Indem sie den Sturm auf diese Weise quantifizierten – seine Proportionen beschrieben und sozusagen ein Persönlichkeitsprofil erstellten –, erfüllten die Wissenschaftler die Schnappschüsse des Satelliten mit Leben und machten aus dem Sturm ein lebendes Monstrum.

Zwischen dem Ablesen der Instrumente erklärten die Meteorologen dem Journalisten, wie das Wetterpeilsystem der Orion funktionierte. Sie zeigten ihm auf den Monitorschirmen die von der Orion generierten Daten und wo diese Daten heruntergeladen und mit mobilen an Wetterballons und auf Forschungsschiffen wie der *Exeter* verankerten Doppler-Radarsystemen in Küstennähe verglichen wurden. Im Zusammenwirken würden die Komponenten des Systems dazu benutzt werden, eine Prognose für die nächsten zwölf Stunden zu errechnen. Die ersten dieser Prognosen würden mit den Frühnachrichten gesendet werden, ehe die Orion nach Whidbey zurückgekehrt war.

»Wie groß ist das Gebiet, das wir mit den Instrumenten abscannen?«, fragte der Reporter und deutete auf die Radaranzeigen.

»Im Augenblick achthundert Quadratmeilen, aber wir könnten es noch erweitern«, bemerkte einer der Meteorologen.

»Und ein wie großer Teil dieses Areals wird von dem Sturm bedeckt?«

»Alles.« Die Wissenschaftler sahen, wie der Reporter reagierte, und grinsten einander zu. »Das entspricht der Strecke von Houston nach El Paso, ohne die außen liegenden Stürme zu berühren, für die wir im Augenblick keine Zeit haben.«

»Wir können das Verhalten eines Sturms nur in beschränktem Maße vorhersagen«, fügte der zweite Meteorologe hinzu. »Wir folgen seiner Hauptrichtung – wir müssen uns gewöhnlich auf die Front konzentrieren und den Rest dem Zufall überlassen.«

»Und wohin bewegt sich das Hauptsystem? Wo wird es auftreffen?«

»Um diese Jahreszeit kommen die Stürme gewöhnlich aus dem Südosten und verlieren an Stärke, wenn sie sich nach Norden bewegen, über kühleres Wasser. Manchmal kommt einer aus dem Nordosten und sorgt dafür, dass es auf Vancouver Island richtig nass wird, aber die meisten verlieren ihren Biss, ehe sie das Festland erreichen. Ich sage bewusst *normalerweise* – dieses Jahr war es fast wie ein Roulettespiel.«

»Niemand hat gesagt, dass wir für Genauigkeit bezahlt werden«, schmunzelte der zweite Meteorologe.

»Aber ich«, meinte der Reporter. »Wie steht's also mit diesem Sturm?«

»Im Augenblick hat diese Sturmfront Stärke zehn auf der zwölfteiligen Beaufort-Skala, in der Nomenklatur der Seeleute ist das ein schwerer Sturm. Das bedeutet Winde von sechzig Meilen in der Stunde. Zwar noch nicht einmal ein Hurrikan der Kategorie eins auf der Saffir-Simpson-Skala, aber dicht davor. Sobald der Sturm sich ans Festland herantastet, wird er etwas langsamer werden, aber keine Sorge, er wird noch unangenehm genug sein.«

»Und *wo* wird das sein?«, wiederholte der Reporter seine Frage und versuchte, das, was er über die Beaufort-Skala gehört hatte, auf seinen Block zu kritzeln, während das ganze Flugzeug hüpfte und tanzte.

»Der hier hat Kurs auf Juan de Fuca genommen. Wir

haben bereits Warnungen für die Schifffahrt ausgegeben. Alles, was kleiner ist als ein Flugzeugträger, sollte in Deckung gehen.«

Schnell in den Keller, erinnerte sich der Reporter erneut an seine Kindheit. *Such dir ein sicheres Versteck und zieh den Kopf ein.*

Die Orion bäumte sich gegen den kräftigen Gegenwind auf. Der Reporter trat einen Schritt weiter nach vorn, spürte, wie ein Zittern durch seine Knie ging, als das Beben des ganzen Rumpfes sich auf ihn übertrug, und schob den Kopf durch die Cockpitluke. Er spürte im Magen die Überreste des bitteren Kaffees, den er während der Einsatzbesprechung zu sich genommen hatte, und kämpfte, erschwert durch seine stehende Haltung, gegen sein Schwindelgefühl an. Es würde ihm nicht die geringste Mühe bereiten, sich hier über das ganze Cockpit zu übergeben. Aber die Navy-Crew legte ihm gegenüber ohnehin schon genug von dem höflichen Widerwillen an den Tag, den Besucher bei ihnen gewöhnlich auslösten. Und außerdem kotzte ein richtiger Texas-Junge nicht in aller Öffentlichkeit.

»Wie sieht's denn aus?«, fragte er den Piloten und musste schreien, um sich bei dem Lärm dort Gehör zu verschaffen.

»Nass«, brüllte der Pilot zurück.

»Na ja, wir brauchten ja nicht in dieser Scheiße herumzukutschieren, wenn der Kongress sein Versprechen gehalten und der NOAA die Mittel gestrichen hätte«, brummelte der Copilot.

»Und wenn er das getan hätte, wären wir arbeitslos und könnten zweimal die Woche mit dem Airbus Charterflüge nach Reno kutschieren«, konterte der Pilot.

»›Es ist kein Job, sondern ein Abenteuer‹, richtig?«, fragte der Reporter.

»Wenn das ein Abenteuer ist, würde ich lieber den gottverdammten Airbus fliegen«, meinte der Copilot. Der Reporter hatte das Gefühl, dass auch er ein wenig weiß geworden war.

»Lassen Sie sich von dem nichts vormachen«, sagte der Pilot. »Frank ist auch nicht anders als wir alle. Sie wissen ja: Alle reden vom Wetter, aber –«

»– aber wer schlau ist, bleibt im Bett und holt sich seine Information aus dem Wetterbericht«, fiel ihm der Copilot ins Wort. Er deutete mit dem Daumen nach hinten ins Flugzeug. »Schauen Sie sich doch die Eierköpfe dort hinten an. Jeder von denen hat irgendeinen Doktortitel. Und ich? Ich war zwei Jahre auf dem College und habe mir meine Pilotenlizenz beim Militär geholt. Larry hier auch. Der Rest der Crew hat kaum die Highschool geschafft. Und jetzt sitzen wir alle zusammen auf derselben klapprigen Achterbahn. Jetzt denken Sie mal nach. Wenn wir gleich alle zusammen absaufen, was haben die dann von ihrer ganzen Ausbildung?«

»Ich glaube, von der Titanic hat man das auch gesagt«, meinte der Reporter. »Nur dass bei denen die Klassengesellschaft noch auf dem Einkommen basierte.«

»Guter Vergleich«, nickte der Copilot. »Aber keine Sorge. Niemand nennt diese Kiste hier ›unsinkbar‹.« Er hieb mit der Faust gegen die Cockpitwand. »Nee – wir *wissen*, dass die absaufen würde wie ein Scheißziegelstein!«

»Wie Scheiße von der Schaufel«, pflichtete der Pilot ihm bei.

Wieder erfasste ein heftiger Windstoß die Orion. Irgendein schwerer Gegenstand kippte hinten um, und sie konnten einen der Wissenschaftler fluchen hören. Am Armaturenbrett war auf der grün leuchtenden Radarkonsole ein zweihundert Meilen breiter Streifen sintflutartiger Regenfälle zu erkennen, den ein mit sechzig Knoten wehender Wind vor sich her trieb – heftige Sturmstärke auf der Beaufort Windskala. Der Lichtpunkt, der die Orion darstellte, hatte gerade erst angefangen, die ersten Ausläufer der Front zu erreichen, und doch ächzte und klagte der Rumpf der Maschine um sie herum, als wäre das Flugzeug im Begriff, in Aluminiumfolie zu zerfallen. Der Reporter hatte gesehen, wie unmittelbar vor dem Start ein kleines Bataillon Mechaniker über Leitwerk und Tragflächen der Maschine ausgeschwärmt war und sich vergewissert hatte, dass alle freiliegenden Schrauben und Nieten fest waren. Nach diesem einen Flug würden sie alle erneut überprüft werden müssen, ehe die Orion den nächsten Flug antreten durfte.

»Die Jungs hinten haben gesagt, das sei bloß ein heftiger Sturm«, meinte der Reporter.

»Sonst nichts?«, grinste der Pilot. »Wie wär's dann, wenn Sie 'ne Weile fahren würden?« Der Reporter lehnte dankend ab.

»Keine Sorge«, beruhigte der Pilot den Reporter, während er mit den Kontrollen kämpfte. »Bevor es besser wird, wird es noch schlimmer, aber es wird besser werden. Das tut es immer.« In dem Augenblick ging ein erneutes Zittern durch die Orion und der Pilot machte plötzlich den Eindruck, als wäre er sich bezüglich seiner Prophezeiung gar nicht mehr so sicher.

Das Summen der Sprechanlage ertönte, dann folgten Anweisungen, weiter ins Auge des Sturms hinein zu fliegen. Diesmal brauchten die Piloten gar nicht zu protestieren, das übernahm der alternde Rumpf der Orion.

»Diese Dinger müssen ganz auf Haltbarkeit gebaut sein«, sagte der Reporter.

»Vierzig Jahre, unter normalen Bedingungen«, erklärte der Pilot.

»Und Sie nennen das normale Bedingungen?«

»Nee. Und weil diese Mühlen solcher Belastung ausgesetzt

sind«, erläuterte der Pilot, »empfiehlt der Hersteller, sie nach etwa dreitausend Sturmstunden außer Dienst zu stellen. Also haben wir die erste Kiste, die wir gekauft haben, nach dreitausend in Pension geschickt. Die zweite haben die Mechaniker fünftausend Stunden zusammengehalten, dann ist eine Flügelstrebe gerissen. Die hier ist unsere dritte, aber wir haben kein Geld, um Ersatz zu kaufen.«

»Wie viele Stunden?«

»Zehntausend. Praktisch noch Jungfrau – die beiden anderen Orions haben über zwölf auf dem Buckel.« Der Pilot blinzelte dem Copiloten zu. »Das hat man von Budgetkürzungen. Schreiben Sie das ruhig in Ihrem Artikel.«

Wieder bäumte die Orion sich auf. Der Reporter verlor das Gleichgewicht und stieß sich den Kopf an, als er sich am Lukenrahmen festhielt. Er versuchte, die statistischen Zahlen, die ihm der Pilot gerade vorgetragen hatte, nicht zur Kenntnis zu nehmen. »Haben Sie beide je etwas Vergleichbares erlebt? Sieht wirklich ziemlich ekelhaft aus.«

Die Hände des Piloten klammerten sich fester um den zitternden Steuerknüppel. Seine Augen huschten zum Radarschirm hinüber und er hatte zunehmend Mühe, seine wachsenden Zweifel zu verbergen.

»Nein, Mister, *ekelhaft* sieht der Stationskommandant aus, der mir den Befehl gegeben hat, meinen Arsch in diese Kiste zu setzen und in diesen Sturm hineinzufliegen«, sagte er. »Dieser Sturm kommt mir eher wie der beschissene *Weltuntergang* vor.«

24

28. August
48° 11' Nördl. Breite, 123° 25' Westl. Länge
Auf dem Meer vor Port Angeles, Washington

Eine Schiffskoje. An Bord der *Kaiku*. Ellies Hand, die ihn berührte.

Allmählich nahm die Welt um ihn herum wieder erkennbare Formen an. »Was ist passiert?«, murmelte Garner. Schon die paar Worte schienen seinen Schädel fast platzen zu lassen. Er konnte den Sturm draußen noch wüten hören, aber anscheinend schwächte er sich ab.

»Sie haben einen ganz schönen Rempler abbekommen«, sagte Ellie, die ihm immer noch eine kalte Kompresse gegen den Kopf drückte. »Sie haben sich den Kopf an einem Anker angeschlagen. Sie waren fast zwanzig Minuten weg.«

Garner kam es vor, als ob Stunden vergangen wären. Dann stellte er fest, dass sein Haar vom Regen noch nass war und die Kälte noch tief in seinen Knochen saß. Man hatte ihm den Schutzanzug abgestreift und er roch merklich nach Chlorbleiche.

»Die Filmcrew ist tot«, berichtete Ellie. »Alle drei sind in dem Teppich verschwunden und nicht wieder aufgetaucht.«

»Was ist mit Nolan?«

»Der liegt in der Kabine nebenan«, sagte Ellie. »Carol ist bei ihm. Seine Haut ist ziemlich mitgenommen, aber es breitet sich nicht aus. Der Regen und das Meerwasser haben das

Toxin etwas verdünnt und wir haben ihn mit einer leichten Bikarbonatlösung stabilisiert. Sie haben ihm das Leben gerettet, Brock.«

»Wieder einmal ein Beispiel dafür, wie ungerecht das Schicksal ist. Drei unschuldige Leute tot, aber der ewig grinsende Bob Nolan kommt durch.«

»Schsch. Er ist bei weitem noch nicht über den Berg. Aber er ist der erste Überlebende, den wir verzeichnen können.«

»Das verdanken wir Ihrer guten Arbeit, Frau Doktor«, sagte Garner.

»Und die wird noch ständig besser«, sagte sie, dabei schoben sich ihre Mundwinkel ein wenig nach oben. Im Gegensatz zu vielen ihrer anderen Patienten hatte Garner seinen Kontakt mit der Kolonie überlebt. Seine Augen waren inzwischen offen und er konnte ihr sogar zulächeln. Dafür musste es einen Grund geben.

»Und Serg?«

»Der ist mit den anderen auf der Brücke. Ohne jede Hilfe hat er Sie, Bob und das Boot zurück an Bord geschleppt. Und dabei natürlich die ganze Zeit geflucht.«

»Weil er gewusst hat, dass Sie Bier an Bord haben. Haben die Schwimmbäume gehalten?«, fragte Garner. Er setzte sich vorsichtig auf. Der Wind würde den Teppich weiter landeinwärts treiben und der Regen – *der Regen!* – das Wasser an der Oberfläche verdünnen. Wenn diese Spezies sich so verhielt wie *Pfiesteria* in Flussmündungen, würde sie im brackigen Wasser *gedeihen*.

»Das weiß ich nicht. Bewegen Sie sich nicht so viel«, wies Ellie ihn an. »Sie müssen sich ausruhen.«

»Später.«

»Nein, *jetzt*.«

Sie hörten, wie irgendein schwerer Gegenstand an Deck losgerissen wurde und mit großem Getöse gegen die Aufbauten der *Kaiku* donnerte. »Später«, murmelte Garner noch einmal. Er wälzte sich aus seiner Koje und schickte sich an, zur Brücke hinaufzuklettern. Ellie folgte ihm. Wieder ein Krachen, und dann fiel auf dem ganzen Schiff der elektrische Strom aus.

Garner sah Ellie in der Dunkelheit an und lauschte. Draußen konnten sie den Wind immer noch hören, aber das Prasseln des Regens schien nachgelassen zu haben. Der Sturm war vorübergezogen; jetzt mussten sie nach oben und sich ein Bild von dem Schaden machen, den er hinterlassen hatte.

Die Lichter auf der Brücke der *Kaiku* flackerten einmal, dann ein zweites Mal auf und strahlten dann wieder hell, als die Generatoren das Schiff wieder mit Strom versorgten. Dem Bild nach zu schließen, das das Deck unter ihnen bot, war noch nicht die komplette Schiffsbeleuchtung wiederhergestellt. Trotz seiner Tonnage schwankte das große Schiff weiterhin und fühlte sich in den Ausläufern des Sturms noch recht unbehaglich.

Garner, Zubov und Sweeny, die sich auf der Brücke versammelt hatten, hielten sich irgendwie fest und sahen einander an, um nach einer Lösung zu suchen.

Zubov ließ den Verschluss einer Dose Bier knacken und durchbrach damit das angespannte Schweigen.

»Die Schwimmbäume sind aufgebrochen«, meldete Garner, der ihre Umgebung mit seinem Nachtglas absuchte. »Und was wir dahinter gefangen hatten, ist lange weg.«

»Sie meinen, es schwimmt *frei herum*«, brach es aus Sweeny heraus und sein Gesicht wurde bleich. »Was tun wir jetzt? Wenn es frei herumschwimmt, könnte es ja überall sein. Überall! Es könnte sich *meilenweit* ausgebreitet haben. Wir müssen hier weg!«

»*Hier* ist die einzige Stelle, von der wir wissen, dass es dort *nicht ist*«, erklärte Zubov seelenruhig.

»Zunächst begutachten wir den Schaden«, sagte Garner. »Nehmen wir uns der Opfer an, die wir finden können.« Er griff nach dem Funkgerät und gab den »Rettern der Küste« durch, dass die *Kaiku* allen, die daran Bedarf hatten, Verbandsmaterial und Arzneimittel zur Verfügung stellen konnte. Die meisten Kapitäne verzichteten auf das Hilfsangebot und zogen es vor, die Suche nach über Bord gegangenen Mannschaftsmitgliedern fortzusetzen.

»Die Küstenwache kann sich um sie kümmern«, meinte Sweeny. »Warum verschwenden wir damit unsere Zeit?«

»Die Küstenwache hat nicht genug Platz«, erwiderte Garner geduldig. »Die müssen hierher kommen, bis wir sie ans Festland fliegen können.«

»Oh, nein, kommt nicht in Frage«, wehrte Sweeny ab. »Wer dort draußen noch am Leben ist, ist durch den Teppich gespült worden. Wir bringen niemanden an Bord der *Kaiku*, bei dem Ansteckungsgefahr besteht. Schickt sie auf die *Exeter*.«

»Die *Exeter* verfügt nicht über ausreichende ärztliche Einrichtungen –«

»Wenn dieser Teppich sie erwischt hat, sind sie ohnehin tot«, ließ Sweeny sich nicht beirren. »Die wissen es bloß noch nicht.«

Zubov setzte zu einer Antwort an, verstummte dann aber. Er wusste, dass Nolans arroganter kleiner Aufpasser wahrscheinlich Recht hatte.

»Die sollten hierher kommen«, ließ sich Carols Stimme von der Eingangsluke her vernehmen. Alle drehten sich zu ihr um, als sie jetzt aus der Krankenstation heraufkam. Ihr Gesicht war aschfahl, aber in ihren Augen loderte der Abscheu vor Sweenys Verhalten. »Es ist nur recht und billig, dass sie hierher kommen. Das sind wir ihnen schuldig.«

»Carol«, setzte Sweeny an, der schon wieder begann, Oberwasser zu bekommen. »Wir wissen ja Ihre Geste zu schätzen, aber –«

»Wen meinen Sie mit *wir*, Sie kleiner Scheißer?«, herrschte Carol ihn an. »Das ist Bobs Boot, und solange er die Befehle nicht erteilen kann, werde ich es tun!«

Sweeny schob sich die Brille zurecht und musterte sie selbstgefällig. »Wenn Bob etwas zustößt – was ja bedauerlicherweise der Fall ist –, bin tatsächlich *ich* derjenige, der ein Vetorecht für den Ressourceneinsatz hat. Wenn Ihnen das nicht passt, können Sie sich ja beim Vorstand der Gruppe beschweren. Im Augenblick habe ich das Kommando über die *Kaiku*, und wenn die Situation sich hier weiter verschlechtert, werde ich nicht zögern, das Schiff nach Everett zurückzubeordern.«

»Dann benutzen wir eben die *Exeter*«, erklärte Carol trotzig.

»Tatsächlich hat die Nolan Group auch Befehlsgewalt über die *Exeter*, da ja wir im Augenblick für die Kosten ihres Einsatzes aufkommen«, erklärte Sweeny.

Carol stand da und funkelte Sweeny an, war aber zu wütend, um etwas sagen zu können. Zubov versuchte ihr beruhigend die Hand auf den Arm zu legen, aber Carol schob sie mit einem Achselzucken weg.

Garner blickte durch das vom Regen beschlagene Fenster hinaus. Zwischen ihnen und der *Exeter* konnte man ein halbes Dutzend Fischerboote sehen, deren Maschinen Mühe hatten, sie in Bewegung zu halten, während die Boote gegen die zerbrochenen Schwimmbäume ankämpften. Er konnte auf zwei der Boote Männer in Bewegung sehen, einige weitere wurden gerade aus dem Wasser gezogen oder kletterten selbst an Bord. Wenn der Regen jetzt Garners Sicht behinderte, hatte er wahrscheinlich auch den Männern das Leben gerettet; die meisten von ihnen trugen zwar Handschuhe und Gasmasken, aber nur wenige hatten mehr als Tyvek-Schutzanzüge und Ponchos.

Die Lichter der beiden Navy-Schiffe waren in der Ferne kaum zu erkennen.

»Ich brauche sofort einen sicheren Kanal«, sagte Garner zum Funker der *Kaiku*.

»Mister, ich bin nicht einmal sicher, ob wir noch eine Antenne haben, seit –«

»Ich brauche *jetzt* einen Kanal!«, brauste Garner auf. Der Maat warf Sweeny, dessen Körpergröße sich in den letzten paar Minuten messbar gesteigert zu haben schien, einen nervösen Blick zu.

Sweeny ließ ihn mit einer Handbewegung gewähren, worauf der Maat die Brücke zur Funkbude der *Kaiku* durchschaltete. »Das Letzte, was ich in dieser Situation brauche, ist eine Meuterei«, murmelte Sweeny und wandte sich wieder dem Kartentisch zu.

Garner griff nach dem Headset, das ihm gereicht wurde, und gab dem Funker aus dem Gedächtnis die Telefonnummer der Marinestation von Whidbey Island durch. Gleich darauf wurde das Gespräch über Everett und dann auf eine DARPANet-Leitung durchgeschaltet. Garner zog Charles Harmons Fax aus der Tasche und las einem zweiten Operator die Nummern vor, die auf dem dritten Blatt ganz unten standen. Garner hörte ein Klicken, als die Verbindung hergestellt und am anderen Ende der Hörer abgenommen wurde.

»Lockwood.« Die sich meldende Stimme klang ruhig, aber fest. Trotz der späten Stunde deutete nichts darauf hin, dass Garner den Mann aus dem Schlaf gerissen hatte. Man hatte seinen Anruf erwartet.

»Admiral, hier spricht Brock Garner.«

Einen Augenblick lang blieb die Leitung stumm. Das war nicht Überraschung oder Unsicherheit, sondern ein abgezirkeltes Zögern, um präzise den nächsten Schritt zu bestimmen.

»Commander Garner«, sagte der Admiral schließlich. »Wenn Sie diese Nummer anrufen, vermute ich, stecken wir alle ziemlich in der Tinte.«

25

28. August
48° 10' Nördl. Breite, 123° 20' Westl. Länge
Juan de Fuca Straße

»Ich gehe davon aus, dass unser kleines Problem wieder auf dem Kriegspfad ist.« Adam Lockwoods geschäftsmäßiger Tonfall konnte einem fast ebenso auf die Nerven gehen wie Sweenys theatralische Feigheit. Aber am meisten beunruhigte Garner, dass Charles Harmon offenbar von Anfang an gewusst hatte, dass es schließlich zu diesem Kontakt kommen musste.

»Admiral, was zum Teufel läuft hier ab?«, fragte Garner mit betont gemessener Stimme. »Was meinen Sie mit ›unser *kleines* Problem‹? Wenn Sie darüber informiert sind, womit wir es hier zu tun haben, wo bleibt dann *unsere* militärische Unterstützung?«

»Die haben Sie doch bereits, Commander Garner«, erwiderte Lockwood. »Commander Jakes hat mit Ihnen Kontakt aufgenommen.«

»Ja, aber weshalb diese schlecht getarnte Operation?«

»Weil wir keine andere Wahl hatten, Garner. Das hier ist ein höchst unglücklicher Vorfall, einer, bei dem wir ein offenes Eingreifen nicht rechtfertigen können. Aber Jakes kann Ihnen dort draußen sehr viel nützen. Er berät das CBDCOM auf oberstem Niveau und hat eine ganze Anzahl kombinierter militärischer Einsätze mitgemacht, bei denen es um Bereitschaft für BW-Abwehr ging. Ich nehme an, Sie sind damit vertraut.«

Er nahm richtig an. In den fünfziger und sechziger Jahren, auf dem Höhepunkt des Kalten Krieges, hatte die U. S. Army mehr als zweihundertdreißig »Bereitschaftsübungen« durchgeführt, um sich auf diese Weise eine Vorstellung machen zu können, wie groß die potentielle Gefährdung der amerikanischen Städte durch biologische Kampfstoffe war. Das Militär hatte dabei relativ harmlose Bakterien wie *Bacillus subtilis* und *Serratia marcescens* eingesetzt und damit systematisch Untergrundbahnen und Taxis in New York und Washington D. C. verseucht. Anschließend hatten sie Untersuchungen darüber angestellt, wie schnell sich die Bakterien unter der Wohnbevölkerung ausgebreitet hatten. In ähnlicher Weise waren staatliche Fernstraßen, öffentliche Strände, Flughäfen und Busstationen in Virginia, Florida, Pennsylvania, Kalifornien und Hawaii für solche Verbreitungstests benutzt worden. Es hatte auch noch wesentlich dramatischere Einsätze gegeben, so hatten beispielsweise Minenräumfahrzeuge der Marine San Francisco mit *Bacillus globigii* besprüht und U.S. Bomber hatten sich die nichts ahnende kanadische Stadt Winnipeg zum Ziel genommen. Wie zur Krönung des Ganzen hatte das Chemical Corps der Army sogar die Klimaanlage des Pentagon verseucht.

»Ich nehme an, dass Sie mich damit aufmuntern wollen«, sagte Garner und erinnerte sich an einige seiner eigenen Militäreinsätze gegen Feinde, die inzwischen auf keiner Landkarte mehr verzeichnet waren. »Aber Jakes ist zu jung, um solche Erfahrungen zu haben«, fügte er dann hinzu. »Er kann in den sechziger Jahren doch erst ein Kind gewesen sein.«

»Wer hat denn etwas von den sechziger Jahren gesagt?«, widersprach Lockwood. Sein Tonfall blieb kühl und geschäftsmäßig und ließ erkennen, dass er nicht die geringste Neigung verspürte, seine Äußerung näher zu erläutern.

»Weshalb schalten Sie sich dann jetzt ein?«, fragte Garner.

»Weil es so aussieht, als ob wir keine andere Wahl mehr hätten.«

»Wenn Jakes für uns wirklich so wertvoll sein soll, dann hätte ich eigentlich von ihm etwas mehr als einen Laptop erwartet«, meinte Garner.

»Das sollen Sie haben. Was immer Sie brauchen.«

»Admiral, was *weiß* das Militär über dieses Ding dort draußen?«

»Zu diesem Zeitpunkt wesentlich weniger als Sie«, erwiderte Lockwood. »Deshalb hat Charles Harmon auch Sie als denjenigen benannt, der dort das Sagen haben soll. Bis jetzt neige ich dazu, mich dieser Meinung anzuschließen.«

Garner griff erneut nach dem Fax und studierte die Skizzen von *Pfiesteria* und die detaillierte Darstellung der sensorischen Organellen der Zellen. »Harmon hat mir ein Fax geschickt, aber er ist nicht gerade für seine klare Ausdrucksweise bekannt.« *Wie kommt es, dass die beiden sich kennen?*, fragte sich Garner. Harmon hatte keinen Militärdienst absolviert, und das Militär interessierte sich ganz sicherlich nicht für Planktonblüten. Es sei denn...

»Wollen Sie etwa sagen, dass wir es hier mit einer biologischen Waffe zu tun haben?«, fragte Garner. »Einem Experiment? Handelt es sich um ein Naturphänomen oder eine Bedrohung durch eine ausländische Macht?«

»Keins von beiden«, erklärte Lockwood. »Es handelt sich weder um ein Experiment, noch ist es natürlicher Herkunft. Es kommt auch nicht aus dem Ausland, aber es erscheint uns allen verdammt gefährlich.«

»Es ist nicht natürlicher Herkunft?«, fragte Garner. »Sie wollen sagen, diese Spezies der *Pfiesteria* ist *künstlich hergestellt* worden? Wie kommt es dann, dass wir überhaupt nichts davon wissen?«

»Es gibt eine ganze Menge Dinge, von denen Sie bisher

nichts wissen«, erklärte Lockwood. »Das sollte Ihnen eigentlich klar sein.«

»Das klingt ja nicht gerade beruhigend.«

»Mit Beschwichtigungen richten wir gegen dieses Schlamassel, in dem wir uns im Augenblick befinden, auch nicht viel aus«, gab Lockwood zu bedenken. »Wie sieht Ihre letzte Polygon-Prognose aus?«

»Daten unzureichend«, antwortete Garner. Das war die Antwort, die er jetzt seit einiger Zeit von dem Computersystem bekam. In Wahrheit hatte er sich seit dem Sturm nicht mehr um den Laptop gekümmert, aber für ihn war klar, dass jede Aussage, die er dort vorfinden würde, derzeit nur beschränkt anwendbar sein würde. »Dieser Sturm könnte den Teppich auf wenigstens einem Dutzend unterschiedlicher Vektoren verstreut haben und hat wahrscheinlich die Hälfte unserer Transponder aus dem Wasser geworfen. Außerdem brauchen wir aktualisierte meteorologische Daten.«

»Mit anderen Worten, Sie befinden sich im Blindflug«, fasste Lockwood das Gehörte zusammen.

»Mit anderen Worten«, pflichtete Garner ihm bei. »Könnten wir ein paar NOAA-Flugzeuge bekommen?«

»Wird erledigt«, versprach Lockwood. »Ich veranlasse, dass die Station Whidbey Ihnen eine Orion zuteilt, und sorge dafür, dass die gewonnenen Daten an Koordinaten Ihrer Wahl weitergeleitet werden.«

»Je früher, desto besser«, erklärte Garner. »Mit Luftaufnahmen können wir den Teppich am schnellsten wieder ausfindig machen.«

»Geht in Ordnung«, bestätigte Lockwood. »Außerdem werden wir Ihnen ein paar Leute schicken, die Ihnen beim Einsammeln dieser Schwimmbäume behilflich sein können. Auf die Weise können Sie Ihre Leute dafür einsetzen, weiter

Jagd auf dieses Ding zu machen. Was hat Harmon denn vorgeschlagen?«

»Nichts. Bloß eine Reihe morphologischer Skizzen, ohne jede Erklärung.« *Rätselhaft* wäre noch ein zu schwacher Begriff für das Manko an Harmons Nachricht. Ebenso wie Jakes das hinsichtlich des Polygon-Programms unterstellt hatte, schienen auch die Skizzen davon auszugehen, dass Garner ausreichend über die Vorgeschichte informiert war, um sie richtig zu interpretieren.

Und dann dämmerte ihm plötzlich die Logik, die hinter Harmons Fax steckte.

»Bioakustik«, sagte er. »Harmon muss der Meinung sein, dass die Statozysten dieser *Pfiesteria* – die Organellen, die sozusagen für den Gleichgewichtssinn zuständig sind – auch ihre Achillesferse sind. Offenbar meint er, wir können sie töten oder zumindest betäuben, indem wir sie mit Schallwellen bombardieren. Wir haben versuchsweise hochfrequente Geräusche eingesetzt, um zum Problem gewordene Konzentrationen von Schalentieren, wie zum Beispiel die Zebramuscheln in den Großen Seen, zu vernichten. Damit kann man sie zwar töten, aber die Schalen bleiben bei dieser Methode natürlich zurück. Und dann haben wir festgestellt, dass wir *nieder*frequente Schwingungen einsetzen und damit das Verhalten der Organismen beeinflussen können.«

»So etwas wie einen ATOC-Sender?«, fragte Lockwood.

»Genau.«

Das ATOC-Projekt – eines der vom Militär so geliebten Kürzel für Acoustic Thermography of Ocean Climate –, das gemeinsam von der University of California und dem Verteidigungsministerium mit einem Budget von vierzig Millionen Dollar betrieben wurde, befasste sich mit dem Einsatz von niederfrequentem aktivem Sonar, um spezifische Wassereigenschaften zu bestimmen. Da der Schall sich in wärmerem

Wasser proportional schneller ausbreitet, ermöglichte die Auswertung der so gewonnenen Sonardaten unter anderem sehr genaue Temperaturmessungen zwischen dem Ausstrahlungsort und einer Reihe von Lauschstationen.

Aus seiner eigenen Tätigkeit bei der Marineabwehr war Garner bekannt, dass die meisten Ozeane der Welt schon in den ersten Jahren des Kalten Krieges seit der Implementierung des mit sechzehn Milliarden Dollar ausgestatteten SOSUS-Programms mit hoch empfindlichen Hydrophonen abgehört wurden. Die dafür eingerichteten Militäranlagen in Bangor, Bainbridge Island, Whidbey Island, Puget Sound und Juan de Fuca Strait waren ein wichtiger Teil dieses Netzes. Hydrophone, die man früher einmal dazu benutzt hatte, nach sowjetischen Unterseebooten zu lauschen, wurden jetzt routinemäßig in der wissenschaftlichen Forschung eingesetzt, unter anderem, um Untersee-Erdbeben und Walvokalisationen zu belauschen. Häufig wurden Forscher über solche natürlichen Phänomene bereits informiert, während diese noch stattfanden, was die Reaktionszeit der Wissenschaftler, die sich auf die Weise schnell an den Ort des Geschehens begeben konnten, wesentlich erhöhte und damit auch den Wert der gewonnenen Erkenntnisse steigerte. Für ihre derzeitigen Zwecke würde die ATOC-Einheit nicht einmal eine Lauschphalanx benötigen – lediglich einen Sender, der eine Frequenz abstrahlte, die für die *Pfiesteria*-Kolonie anziehend, abstoßend oder irgendwie beunruhigend war.

»Wenn ATOC die Lösung ist«, sagte Garner, »wo bekommen wir dann schnell eine Transponder-Phalanx her?« Garner war während seiner Stationierung in Newport in die ersten Entwicklungsarbeiten von ATOC eingeschaltet gewesen. Die einzigen ihm bekannten Anlagen waren in Hawaii und Baja California stationiert. »Und wie schnell können wir sie hierher bekommen?«

»In etwa zehn Minuten«, versprach Lockwood. »Sehen Sie zum Fenster hinaus.«

In der Ferne hatten die beiden LSDs der Navy die Anker gelichtet und nahmen jetzt Kurs auf sie.

Die Entstellungen in Nolans Gesicht und an seinem Ober- und Unterkörper waren erheblich. Der Reißverschluss seines Schutzanzugs war offen gewesen, als er aus dem Boot gefallen war, deshalb hatte der Anzug sich schnell mit Seewasser und niedrigen Konzentrationen von *Pfiesteria*-Zellen gefüllt. Überall, wo der Schleim Nolans Haut berührt hatte, hatten sich als Reaktion auf das Toxin schmerzhafte, rote Entzündungen gebildet. Nur Sekunden nach der Berührung hatten die Zellen große nässende Wunden erzeugt, so dass sein ganzer Körper, mit Ausnahme der Arme und Beine, aussah wie ein einziger Bluterguss. Die Kapillaren in seinen Augen und der Nase waren aufgeplatzt, so dass sich darunter grellrote Ansammlungen von sauerstoffreichem Blut gebildet hatten. Nolan war bei Bewusstsein und konnte im Liegen Wasser zu sich nehmen, wenn auch nur sporadisch. Gelegentlich wurde seine Sprache undeutlich oder er fing zu stottern an, als er Carol und Ellie berichtete, was dort draußen im Sturm geschehen war.

Für den beiläufigen Beobachter musste die Veränderung, die sich an dem stets sportlich gebräunten Bob Nolan vollzogen hatte, entsetzlich wirken. Aber für die Leute in der improvisierten Krankenstation an Bord der *Kaiku* war Nolan der Erste, der eine direkte Berührung mit dem Teppich überlebt hatte. Das allein schon war Anlass zu bescheidener Freude. Ellie nahm an, dass der starke Regen und das demzufolge erheblich verdünnte Meerwasser die Auswirkungen der fettlöslichen Toxine stark reduziert hatte. Der Großteil des Schadens beschränkte sich auf die oberen Hautschichten.

Zwar würde Nolan wohl nie das Bild der drei Filmemacher vergessen, die er an die Kolonie verloren hatte, ansonsten würde er aber völlig wiederhergestellt werden.

Ellie und Carol säuberten Nolans Verletzungen gründlich und behandelten sie dann mit einer Heilsalbe. Während Ellie sich den anderen beim Sturm Verletzten zuwandte, studierte Carol das Gesicht ihres Mannes, das in dem gedämpften Licht, das durch das Bullauge eindrang, bleich und wächsern wirkte.

»Es tut mir Leid«, sagte sie. »Es tut mir schrecklich Leid.«

»Was tut dir Leid?« Er tätschelte ihre Hand. Seine Worte klangen undeutlich, seine Stimme war heiser.

»Diese ganze Geschichte hat dich viel zu viel gekostet. Uns alle hat sie zu viel gekostet. Allmählich glaube ich, dass du Recht gehabt hast, als du das alles der Navy überlassen wolltest. Wahrscheinlich haben die ja diese *Pfiesteria*-Züchtung in die Welt gesetzt.«

»Nein, das war die Idee des Verteidigungsministeriums«, sagte Nolan. »Vielleicht war es auch das Außenministerium. Wie auch immer, jetzt ist es ein wenig zu spät, einfach unser Geld zu nehmen und Leine zu ziehen.«

»Ich wäre schon damit zufrieden, wenn wir hier alle lebend rauskämen. Alle.« Sie lehnte den Kopf an seine Schulter. »Ich kann es noch gar nicht glauben, dass ich dich beinahe verloren hätte.«

»Wie schlimm ist es denn?«, fragte Nolan und deutete dabei auf sein verunstaltetes Gesicht. Er versuchte sich aufzusetzen und nach einem Spiegel auf dem Nachttisch zu greifen.

»Noch nicht«, sagte Carol und versuchte ihn mit sanfter Gewalt davon abzuhalten.

Nolan nahm den Spiegel und sah sein neues Abbild zum ersten Mal. Seine Augen wurden feucht, aber nur einen Moment lang. Dann waren seine Tränen gleich wieder verschwunden und an ihre Stelle trat ein Ausdruck der Entschlossenheit, wie Carol ihn noch selten an ihrem Mann gesehen hatte. Plötzlich kam noch etwas anderes dazu – eine Aufwallung von Wut. Gefährlich.

Nolan wälzte sich zur Seite und zuckte vor Schmerz zusammen, als das offene Fleisch das Betttuch berührte. Er griff nach seinen Kleidern, hielt dann aber inne. »Wo ist meine Pistole?«, wollte er wissen.

»In der Schublade«, sagte Carol, bemüht, ihn zu beruhigen. »Dort ist sie sicher. Du brauchst sie jetzt nicht.«

»Doch, ich brauche sie«, sagte Nolan, stand auf und fing an sich anzuziehen.

John Jakes begleitete Garner und Zubov in einem Beiboot der Navy zur LSD *Albany* hinüber. Die ATOC-Sender waren nebeneinander auf dem Deck aufgereiht, alle mit dicken Plastikschutzhauben versehen.

Zubov pfiff leise durch die Zähne. »Oh, *Mann*. Carol wird *begeistert* sein.« Als er Jakes verblüfften Blick bemerkte, fügte er hinzu: »Sie mag Wale. Diese Sender tun das nicht.«

»Wird einige Mühe kosten, sie davon zu überzeugen, dass das unsere einzige Möglichkeit ist«, pflichtete Garner ihm bei.

Selbst unter den dicken Plastikhauben wirkten die ATOC-Sender irgendwie bedrohlich. Sie hatten eine Kantenlänge von etwa einem Meter zwanzig und waren in einem verstärkten mit nicht reflektierender Farbe lackiertem Gehäuse untergebracht. Die Sender wurden gewöhnlich im Schlepptau von Schiffen eingesetzt. Deshalb waren sie völlig wasserdicht und besaßen eine eigene Energieversorgung. Bei voller Leistung konnte der Sonarkegel einen Puls von zweihundertzwanzig Dezibel erzeugen, das war lauter, als wenn man unmittelbar neben einem Düsentriebwerk stand. Während das Motorengeräusch selbst eines Frachters von bescheidener Größe unter Wasser bis zu fünfzig Meilen weit trug, konnte man ATOC-Sendungen über ganze Ozeane hinweg hören. Diese Technik konnte für eine Vielzahl von Anwendungen eingesetzt werden, angefangen bei Modellversuchen für die Strömungen im Ozean bis hin zu transozeanischen Kommunikationssystemen. Die Militärs hatten nicht übersehen, dass man die ATOC-Technologie auch dazu benutzen konnte, hochempfindliche Geräte zum Aufspüren »stiller« Unterseeboote zu entwickeln oder um Angreifer zu desorientieren – indem man ihre Elektronik »betäubte«, während verschlüsselte alliierte Übermittlungssysteme davon nicht beeinflusst wurden.

Umweltschützer – darunter besonders lautstark Carol Harmon – erregten sich über solche Spekulationen und wiesen auf die potentiellen Schädigungen der Meeressäuger hin. Ein Teilbereich des Forschungsprogramms hatte sich speziell mit den Auswirkungen derartiger Schallbombardements auf Wale befasst. Einige Wale waren imstande, pulsierte oder »Lähmungs«-Vokalisationen auszusenden – zweihundert Dezibel oder mehr konzentrierten Schalls –, um ihre Beute zu desorientieren, aber man verfügte bis jetzt noch nicht über eindeutige Erkenntnisse hinsichtlich der Auswirkungen eines massiven Schallbombardements auf die Wale selbst. Die Naturschützer hatten Alarm geschlagen, Interessengruppen waren empört und argumentierten, ATOC-Sendungen könnten manche Spezies betäuben oder sogar töten. Zumindest könnte es zu nachteiligen Auswirkungen auf die Kommunikation und das Migrationsverhalten der Wale kommen. Daraufhin hatte eine heftige Lobbyisten-Aktivität eingesetzt, um detaillierte Aussagen über den Umwelteinfluss zu bekommen, ehe die umstrittene Forschungstätigkeit fortgesetzt wurde.

»Ich warte immer noch auf Gegenvorschläge«, sagte Jakes.

»Nicht auf dieser Wache«, wehrte Garner ab. »Der Sturm hat unsere einzige Chance weggeblasen, noch eine Weile auf unserem Wissen sitzen zu bleiben und darüber nachzudenken, wie man das Ding aus sicherer Distanz neutralisieren kann.«

Unter Einsatz der Küstenwache fuhr die Navy fort, als Wetterbulletins getarnte Warnungen an kleinere Schiffe zu verbreiten. Sie hofften, damit den Schiffsverkehr auf der Westseite der Admiralty Bucht zu reduzieren. Dann berief Sweeny für den Nachmittag eine weitere Pressekonferenz ein, um die »Management-Strategie« für den Teppich zu besprechen. Doch all diese recht kläglichen Versuche zur Desinformation wurden im Großen und Ganzen durch den strahlenden Sonnenschein zunichte gemacht, der nach dem Sturm aufkam und unzählige Boote ins Wasser lockte, deren Besitzer das wahrscheinlich letzte Wochenende des Sommers genießen wollten.

Binnen einer halben Stunde kamen die ersten Daten von der Orion der NOAA. Der Teppich befand sich fünf Meilen nordwestlich von Port Townsend, und das bedeutete, dass zumindest Teile davon über den Landsockel in den inneren Bereich der Meerenge eingedrungen waren und der Rest bald folgen würde. Der schmale Meeresarm von Admiralty Inlet bot dem Teppich einen natürlichen Zugang in den Puget Sound. Obwohl der Küstenverlauf über die ganze Strecke recht zerrissen und unregelmäßig war, gab es keine weiteren natürlichen Hindernisse für die Kolonie, sich Bremerton und Seattle zu nähern.

Den Doppler-Radar-Bildern, die zur *Albany* zurückgeschickt wurden, konnte Garner entnehmen, dass der sintflutartige Regen den Teppich in signifikantem Maße verteilt und die Farbe verdünnt hatte, aber zum Glück war die Kolonie intakt geblieben. Die Permanganatlösung diente, falls sie je wirksam gewesen war, jetzt allenfalls als eine Art Sekundärmarkierung für die Position der *Pfiesteria*-Zellen.

Darüber hinaus sah der Teppich jetzt wesentlich größer aus als zu der Zeit, als er durch die Schwimmbäume eingedämmt gewesen war. Lag dies lediglich daran, dass sich die Substanz verdünnt hatte, oder war die Kolonie immer noch im Wachstum begriffen? Ohne zusätzliche Informationen über die Zellen der Kolonie konnte Garner diese Frage nicht eindeutig beantworten. Es war geradezu eine Ironie des Schicksals, dass sie den Teppich so lange würden am Leben erhalten müssen, bis sie ganz sicher sein konnten, was im Inneren des Organismus vor sich ging. Sie konnten es sich nicht leisten, dass der Teppich sich weiter verteilte oder anfing zu sterben und dabei schlafende Zellen im Sediment der inneren Meerenge ablagerte. Nach augenblicklichem Kenntnisstand hatten sie keine andere Wahl, als die ATOC-Phalanx dazu zu benutzen, den Teppich in eine isolierte kleine Bucht zu bugsieren. Sobald sie ihn dann dort eingedämmt und stabilisiert hatten, konnten sie sich Gedanken darüber machen, wie man die Kolonie am besten töten konnte.

Irgendwie.

Ein zweites Polygon-System auf dem LSD hatte damit begonnen, das Datenmodell neu aufzubauen und das Verteilungspotential des Teppichs abzuschätzen. Die neu entwickelte Bildschirmdarstellung zeigte jetzt sowohl die neuesten ozeanographischen und atmosphärischen Daten als auch eine zweidimensionale Darstellung des Teppichs. Garner gab der Technikerin, die das Polygon betreute, eine Reihe von Parametern und sah dann zu, wie sie das Szenario in das System eingab.

??? EXPONIERT ??? TODESFÄLLE (UNBESTÄTIGTE VARIABLE), kam die Antwort.

Garner gab eine weitere Folge von Parametern vor, dann eine dritte, jedes Mal mit demselben Ergebnis.

UNZUREICHENDE DATEN ÜBER KONTAMINANT (UNBESTÄTIGTE VARIABLE).

»Was machen wir jetzt?«, fragte Zubov. »Wollen wir Medusa nass machen?«

»Ja«, nickte Garner. »Und dazu setzen wir Betty von der *Kaiku* aus ein. Wir sollten versuchen, mit den Sammlern so viele Daten wie möglich über die Zellkonzentration und deren Reaktion zu bekommen.« Zubov hatte bereits Funkkontakt zur *Exeter* hergestellt, ehe Garner zu Ende gesprochen hatte.

Der wandte sich jetzt Jakes zu. »Können Sie je einen ATOC-Sender für jedes der beiden LSDs zum Einsatz bereit halten?« Jakes gab die Anweisung an die Steuerleute der beiden Navy-Schiffe weiter. »Wir fahren in weitem Bogen um die *Exeter* und die *Kaiku* herum und probieren ein paar Testläufe. Wir müssen eine Frequenz finden, die wir dazu benutzen können, den weiteren Fortschritt der Kolonie zu stoppen oder zumindest ihren Weg zu bestimmen.«

»Wollen Sie wieder die Schwimmbäume einsetzen?«, erkundigte sich Jakes.

»Soweit sie nicht durch den Sturm unbrauchbar gemacht worden sind«, sagte Garner. »Ich möchte diesen Teppich einfach irgendwo in eine geschützte Bucht schieben und dann sehen, wie es weitergeht.«

»Da gibt es einiges zu schieben«, sagte Jakes.

»Dann sollten wir eben zwei zusätzliche Transmitter bereit halten, nur für den Fall.«

»Für den Fall?«, wiederholte Jakes fragend.

»Für den Fall, dass das wirklich funktioniert.«

Jakes gab die Anweisung an die beiden LSDs weiter, während Garner sich wieder dem Kartentisch zuwandte. Sein Verstand arbeitete auf Hochtouren, versuchte vorwegzunehmen, was die Kurven des Polygon und die zweidimensionalen Karten vor ihm zeigten. Er malte sich das Becken aus, in das der Teppich eingedrungen war, seine Konturen und mögliche Sackgassen, ganz so wie ein Alpinskiläufer sich auf eine Abfahrt vorbereitet. Falls die ATOC-Phalanx wirklich dazu eingesetzt werden konnte, den Teppich zu steuern – und davon musste er erst noch überzeugt werden –, wo war dann der beste Ansatzpunkt?

Garner musste sich jeglicher Vermutungen hinsichtlich des Verhaltens der Kolonie, seiner Schwimmfähigkeit oder der Fähigkeit zu Kursänderungen enthalten, bis seine Sammler ihn in die Lage versetzt hatten, fundierte Überlegungen anzustellen. Basierend auf den bis jetzt bekannten Variablen musste man davon ausgehen, dass die Kolonie ein anorganischer Kontaminant war, der über den Festlandsockel nach Admiralty Inlet eingedrungen war – eine riskante Annahme, jedoch eine, die unter den vorliegenden Umständen notwendig war. Garner überprüfte die letzten CTD-Daten sowie Strömungs- und Windbedingungen noch einmal und verglich sie anschließend mit den bathymetrischen Konturen, die er sich sozusagen vor seinem inneren Auge aufgebaut hatte.

Hinter Dungeness und Kulakala Point war die erste kleine Bucht die Sequim Bay, die den Vorteil hatte, dass sie durch die schmale Landzunge von Kiapot Spit fast völlig von der Meerenge abgegrenzt war. Die nächste größere Bucht an der Küste war Discovery Bay, aber die Untiefen der Dallas Bank versperrten den direkten Zugang und würden möglicherweise sogar die Kolonie nach Osten abdrängen. Das bedeutete, dass der Teppich mit größter Wahrscheinlichkeit um die Quimper Peninsula und Port Townsend herumgetragen werden würde. Kilisut Harbor bot eine weitere Fangmöglichkeit, aber dazu war das Gebiet zu dicht besiedelt; Admiralty Bay lag mitten im Operationsgebiet der Navy vor Whidbey Island. Der Teppich würde also nach Süden abgelenkt werden müssen, nach Admiralty Inlet hinein, und das würde ihn in den Puget Sound und beinahe auf geradem Kurs nach Seattle führen.

Nur dem Wind, der Strömung und ihrem eigenen Schwung folgend, hätte die »geistlose« Kolonie keine dichter besiedelte Route wählen können.

Im nächsten Augenblick hatte Garner die beste – und letzte – Position berechnet, um den Teppich entlang dieser beunruhigenden, aber höchst wahrscheinlichen Route, aufzuhalten und abzulenken. Er warf einen Blick auf die Karte, setzte den Finger darauf und lächelte grimmig über das Resultat.

Der Abfangpunkt würde ungefähr bei 48° nördlicher Breite, 125° 35' westlicher Länge, vor der Mutiny Bay an der Westküste von Whidbey Island liegen.

Die nächste Ortschaft würde auf der anderen Seite der Insel liegen, Freeland, Washington.

Die *Exeter* und die *Kaiku* wurden schnell von den Trossen befreit, die sie mit den Schwimmbäumen verbanden. Zum großen Verdruss des Bootsmanns der *Kaiku*, eines Mannes namens Byrnes, leitete Zubov diese Maßnahme vom Achterdeck der *Exeter* aus und brüllte Anweisungen in das Mikrofon seines Headsets. Bald lichteten die Schiffe ihre Sturmanker und gingen auf Ostkurs.

Garner kehrte zur *Kaiku* zurück, wo er Nolan, Carol und Ellie über sein Gespräch mit Admiral Lockwood informierte, während sie nach Port Townsend unterwegs waren. Nolan hörte sich alles ungewöhnlich stumm an und rieb die ganze Zeit Salbe in seine Wunden.

»Bist du *wahnsinnig*?«, ereiferte sich Carol. »Du weißt ganz genau, dass ich vier Jahre gegen den Einsatz von ATOC in Hawaii Stimmung gemacht habe. Das ist zu gefährlich.«

»Gefährlicher als dieser Teppich?«, fragte Garner. »Gefährlicher, als ganze Waggonladungen Permanganat in ein offenes Ökosystem zu kippen?«

»Das macht es nicht besser«, sagte Carol.

»Wir haben keine andere Wahl mehr!«, stöhnte Garner, dem man die Niedergeschlagenheit ansah. »Charles meint, wir könnten dieses Ding mit Schallimpulsen beeinflussen, und ich denke, er muss es wohl wissen.«

»Und was weißt *du* über seine Arbeit?«, fragte Carol. Sie stand immer noch unter dem Schock dessen, was Nolan ihr anvertraut hatte.

»Nichts«, gab Garner zu. »Aber du hast mir gerade meinen Verdacht bestätigt, dass er daran beteiligt war, dieses Ding entwickelt zu haben. Und ich weiß auch, dass er es uns sagen würde, wenn er wüsste, wie man ihm Einhalt gebieten kann. Er würde uns dann ganz bestimmt nicht bloß einen Plan zur Hebung eines versteckten Schatzes schicken.«

»Dann sollten wir uns auf das konzentrieren, was wir wissen«, empfahl Ellie.

»Garner hat Recht, Carol«, gab Nolan zu. »Sofern es dort draußen noch irgendwelche Wale gibt, steht denen dasselbe Schicksal wie den anderen bevor, wenn wir diesen Versuch nicht machen.«

Carol knirschte mit den Zähnen. »Aber *begreifst* du denn nicht? Dieser Teppich richtet schon genug Schaden an, ohne dass wir die ganze Situation noch zehnmal schlimmer machen. Mit zweihundert Dezibel –«

»*Bis zu zweihundert Dezibel*«, korrigierte Garner sie. »Wir fangen hier nicht mit Superlativen an. Ich hatte vor, mit fünfzig Dezibel anzufangen und dann mit der Frequenz zu experimentieren, bis wir eine Reaktion sehen.«

»Brock, wie klingen diese Sonarpulse?«, wollte Ellie wissen.

»Wie sie klingen?«, wiederholte Garner die Frage. »Wie Sie wollen.« Er zuckte die Achseln. »Das Entscheidende ist die Frequenz. Darauf kann man jeden Laut modulieren...«

Ellie sah Carol an. »Wissen Sie, worauf ich hinaus möchte? Ihre Wellenformen.«

Carol überlegte. »Sie meinen, die Wellenform des verletzten Wals aussenden, um andere zu warnen?«

»Wenn die Frequenz passt, warum nicht?«

»Die Frequenz wird nicht passen«, überlegte Carol, »aber das hat keinen Einfluss auf den Inhalt der Vokalisationen.«

»Das braucht es auch nicht«, meinte Garner. »Die Geräusche selbst sollten eine verdammt gute Luftschutzsirene abgeben.«

»Aber wenn wir als Schallquelle einsetzen können, was wir wollen...«, sagte Ellie.

»Ich will es gern versuchen«, nickte Carol. »Brock?«

Garner musterte den neuesten Polygon-Ausdruck. »Dieser Ort eignet sich ebenso gut wie jeder andere, um einen Anfang zu machen«, sagte er.

»Es ist immer noch eine Einbahnlösung«, meinte Nolan. »Wir schieben den Teppich in eine Richtung, indem wir ihn von anderen Richtungen aus abstoßen.«

»Das hat Jakes auch gesagt«, pflichtete Garner ihm bei. »Wir haben das Potential, eine ganze Menge abzustoßen, aber mir wäre wesentlich wohler, wenn es etwas gäbe, womit wir den Teppich auf der anderen Seite *anlocken* könnten.«

»Und was willst du als Köder einsetzen?«, fragte Carol.

»Einen Wal«, erklärte Garner. »Ich denke, wir sollten einen Wal bauen.«

26

29. August
48° 11' Nördl. Breite, 123° 08' Westl. Länge
Vor Dungeness, Washington

WIE BAUT MAN EINEN WAL, schrieb Garner auf die Tafel im Lageraum der *Kaiku*. Darunter machte er ein großes Fragezeichen und fing dann an, Zubov und Sweeny stichwortartig zu erklären, was er vorhatte.

»Die dargelegte Thermokline ist von dem Sturm aufgerissen worden«, begann er. »Jegliche dort vorhandene thermale Schichtung ist dahin. Falls die Kolonie immer noch auf der Suche nach Wärme ist, könnte sie daher kurzzeitig desorientiert sein.«

»Man könnte die ATOC-Transmitter einsetzen, um das Temperaturprofil zu aktualisieren«, schlug Zubov vor.

»Richtig, oder, wenn wir genug Zeit hätten, auch die CTDs. Aber dann müsste man die Hydrophone für den Empfang kalibrieren. Selbst wenn Jakes das könnte, wäre das Temperaturgefälle nicht sehr groß, und wir wissen immer noch nicht, in welche *Richtung* der Teppich der Wärme folgen würde, besonders wenn er aufgewühlt worden ist«, sagte Garner. »Ich würde den Biestern lieber etwas Unwiderstehliches anbieten, das die Richtung nicht dem Zufall überlässt.«

»Das Hot Deck?«, meinte Sweeny.

»Ja, als Anfang zumindest«, nickte Garner. »Wir schleppen das Hot Deck – das in Größe und Temperatur einem Wal entspricht – langsam durch die Kolonie und benutzen es dazu, die Zellen anzuziehen und zu konzentrieren. Wenn es heiß genug ist, können wir vielleicht alle Zellen dazu veranlassen, ihr Zystenstadium aufzugeben und damit die Wahrscheinlichkeit verringern, dass sie sich am Meeresboden niederlassen. Anschließend setzen wir einen nach vorn gerichteten ATOC-Transmitter ein und strahlen davon Carols Wellenform ab. Die Vokalisation könnte als Anziehungsmittel für die Zellen wirken und hoffentlich für irgendwelche anderen Wale auf dem Weg des Teppichs als Abschreckung. Wenn dann die Zellen sich auf das Signal zubewegen, machen wir hochauflösende Bilder von ihnen und setzen dazu Betty und Medusa ein. Sollte das sonst nichts bringen, können wir die Daten zumindest dazu benutzen, das Modell zu korrigieren.«

»Wie in aller Welt willst du denn diesen ganzen Klumpatsch gleichzeitig einsetzen?«, wunderte sich Zubov.

»Sechs Schiffe«, erklärte Garner. »Die *Kaiku* fährt mit dem Hot Deck und dem Transmitter voran. Wir folgen ihr mit zwei Tauchbooten mit Betty und nehmen Umgebungsdaten auf. Medusa kann von der *Exeter* aus eingesetzt werden, wo ja schon alles auf sie vorbereitet ist. Die LSDs der Navy übernehmen die Nachhut mit einer ATOC-Phalanx, die die Kolonie abstoßen soll.

»So wie man Schafe treibt«, nickte Zubov, dem Garners Gedanke allmählich einleuchtete. »Milliarden und Abermilliarden winzig kleiner Schafe.«

»Serg, du warst *viel zu lange* auf See«, grinste Garner. »Aber ich hoffe, dass wir den Teppich mit dieser Methode an die Küste locken, wobei wir ja unterwegs die eine oder andere Anpassung vornehmen können. Und dann, wenn uns der Tiefgang nicht mehr ausreicht, lösen wir das Hot Deck von der Leine und ziehen die *Kaiku* zurück. Hoffentlich ist der

Schwung des Teppichs dann groß genug, um ihn weiter an Land zu ziehen.«

»Um in irgendeiner abgelegenen Zone zu landen, nehme ich an«, meinte Sweeny.

Garner wies auf die Karte. »Hier. Port Gamble.«

Zubov lachte. »Na klasse, prima Name. Hafen des Glücksspiels.«

»Das ist eine kleine, abgeschiedene Bucht«, erklärte Garner. »Und wahrscheinlich unsere letzte Chance, ehe der Teppich Puget Sound erreicht.«

Zubov studierte die Karte und war sichtlich noch nicht überzeugt. »Herrgott, der Zugang zu dieser Bucht ist ja verdammt eng. Das ist, als wollte man einen Cadillac durch eine Telefonzelle fahren.«

»Wenn jemand das kann, dann du«, redete Garner ihm zu. »Und dabei könntest du unterwegs noch einen Vierteldollar aus dem Münzschlitz holen.«

»Dahinter liegt Reservationsland der Indianer«, gab Sweeny zu bedenken.

»Das stimmt, aber das bedeutet auch, dass es weniger dicht besiedelt und ein gutes Stück vom Festland entfernt ist«, konterte Garner. »Die perfekte Falle.«

»Und was ist mit den Medien und diesen Hütern der Küste oder wie auch immer die sich nennen?«, fragte Sweeny.

»Sie können über Funk mit denen Verbindung aufnehmen und ihnen sagen, wir seien ihnen sehr dankbar, aber jetzt sollten sie verschwinden«, erklärte Garner. »Sagen Sie denen, die sollen verduften und Jakes soll auf sie das Feuer eröffnen, wenn sie nicht darauf hören.« Garner sah zu, wie Sweeny etwas auf seinen Block kritzelte. »Darryl, das mit dem Schießen war ein Witz«, fügte er dann hinzu.

»Was ist mit dem Aerosol?«, fragte Zubov.

»Für heute Abend sind weitere Schauer vorhergesagt«,

erklärte Garner. »Wenn die Wetterfrösche sich getäuscht haben, dann kippen wir einfach eimerweise Wasser in die Bucht, so wie wir das mit dem Permanganat gemacht haben.«

»Einfach, aber elegant«, feixte Zubov und verschränkte die Arme vor der Brust.

»Findest du?«, fragte Garner.

Zubov verzog das Gesicht. »Ganz bestimmt nicht. Sicher, elegant ist es. Vielleicht funktioniert es sogar. Aber was du vorgeschlagen hast, ist verdammt kompliziert, Brock. Um all die Winschen zu betreiben, bräuchtest du so viele Arme wie der Gott Wischnu.«

»Das kannst ja du übernehmen«, ermunterte ihn Garner. »Du kannst den Einsatz von oben aus koordinieren, und wir gehen nach unten.«

»In zwei Tauchbooten, wie du gesagt hast«, brummte Zubov. »Und wo willst du die herbekommen? Die Navy hat hier draußen keine Klein-U-Boote.«

»Nolan hat welche im Laderaum«, erklärte Garner.

»Sie haben *zwei* Mini-U-Boote?«, fragte Zubov Sweeny.

»Ja, die *Cyprid* und die *Zoea*«, nickte Sweeny. »Identisch ausgerüstet und speziell von Nautile in Frankreich für die *Kaiku* gebaut.«

»Ja, diese U-Boote von der Stange, die es bei uns gibt, sind manchmal keinen Schuss Pulver wert«, meinte Zubov und schüttelte den Kopf. »Und dieses Ding hier hat von allem, was man sich vorstellen kann, immer zwei Stück. Die reinste Arche Noah, bloß ohne den Gestank.«

Garner nahm mit Jakes an Bord der *Albany* Verbindung auf und gab ihm seinen Plan für den bevorstehenden Einsatz durch. Sie fingen mit dem Hot Deck an und brachten es auf einen von Nolans Leichtern unmittelbar hinter der *Kaiku*.

Sobald die *Kaiku* die beiden Tauchboote zu Wasser gebracht hatte, würde das Hot Deck an der Winsch der *Kaiku* befestigt und das mit natürlichem Auftrieb versehene Heizgebilde zu Wasser gelassen werden. Jakes veranlasste, dass ein Hubschrauber der Navy einen ATOC-Transmitter von der LSD *Columbus* herüberbrachte, den sie schnell mittschiffs an der Steuerbordwinsch der *Kaiku* ankoppelten. Das Gerät wurde auf einer absenkbaren Plattform, die von Seeleuten als »die Ketten« bezeichnet wurde, seitlich am Schiff in Position gebracht und seine Elektronik auf das Telekommunikationsstudio der *Kaiku* geschaltet, wo eine beliebige Zahl kontrollierter Signale ausgewählt und abgestrahlt werden konnte.

Jakes würde den Einsatz aller ATOC-Einheiten von der Albany aus kontrollieren und dafür sorgen, dass sein Schiff und die *Columbus* im Norden des Teppichs auf Position blieben. Die ATOC-Einheiten würden, beginnend mit einem vorprogrammierten Bereich von Frequenzen, den Teppich in Zwei-Minuten-Abständen abtasten. Zubov erklärte sich einverstanden, mit dem Marinehubschrauber zur *Exeter* zurückzufliegen, um dort den Einsatz von Medusa zu überwachen, aber erst nachdem er mitgeholfen hatte, nacheinander die beiden Tauchboote der *Kaiku* von dem einzigen dafür geeigneten Ausleger des Schiffes zu Wasser zu bringen.

Sweeny ließ den Hauptladeraum vom Achterdeck der *Kaiku* aus öffnen. Er kletterte mit Garner und Zubov in das Heck der *Kaiku*, um sich dort die Tauchboote anzusehen. Zubov strich fast liebkosend über den glatten Rumpf der *Cyprid*. »Keramik«, sagte er voll unverkennbarer Bewunderung für die offenkundige Qualitätsarbeit. »Klasse. Noch stärker als die meisten Titaniumrümpfe, die die Navy entwickelt hat – wenn man sich so etwas leisten kann.«

»Bob besteht darauf, nur das Beste zu kaufen«, sagte er,

»und ein Reserveexemplar von gleicher Qualität.« Er zeigte auf die *Zoea* im Hangar daneben.

»Sie brauchen einen zweiten Piloten«, gab Zubov zu bedenken. »Keiner der Jungs auf diesem Schlepper weiß, wie man diese Dinger fliegt.«

»Sie verstehen noch viel weniger von dem, was wir hier machen«, erklärte Garner. »Ich brauche dich hier oben, damit du von der *Exeter* aus den Laden in Gang hältst.«

»Und was wirst du dann machen?«, wollte Zubov wissen.

»Jemanden klonen, der kompetent ist?«

Freeland, dachte Garner. *Dieser ganze Plan hätte Freelands Kopf entspringen können, und Saunders Freeland ist genau derjenige, den wir jetzt brauchen.*

»Ich werde das machen«, tönte Nolans Stimme vom Laufgang zu ihnen herunter. Sie drehten sich um und blickten zu Nolan hinauf, dessen Gesicht von seinem Kontakt mit der Kolonie noch schrecklich verunstaltet war. Er trug seinen Schutzanzug, hatte aber wieder die Kapuze nach hinten geklappt und die Handschuhe in die Taschen am Knie des Anzugs gestopft. Garner glaubte, dass sie noch weit genug von dem Teppich entfernt waren, also machte das wahrscheinlich nicht viel aus. Allerdings war das Zittern von Nolans Händen inzwischen deutlich sichtbar; Garner wollte ihm gerade Vorwürfe machen, dass er so wenig auf seine eigene Sicherheit achtete, kam dann aber für sich zu dem Schluss, dass sie jetzt wirklich nicht die Zeit hatten, wieder aufeinander loszugehen.

Carol stand neben Nolan und fühlte sich in dieser Konfrontation sichtlich unwohl, ganz zu schweigen von der Tatsache, dass sie nicht damit einverstanden war, dass ihr Mann überhaupt das Bett verlassen hatte.

»Carol und ich übernehmen die *Zoea*«, fuhr Nolan fort. »Garner, Sie und Darryl können die *Cyprid* nehmen.«

»Ich glaube nicht, dass ich Darryl brauche. Ich meine, als –«, fing Garner an.

»Als Anstandsdame?«, fiel Nolan ihm ins Wort.

»– Ballast, wollte ich sagen.«

»Das ist Gerät der Nolan Group«, erklärte Nolan. »Ich will auf jedem U-Boot jemanden haben, dem ich vertrauen kann. Hier stehen immer noch mein Ansehen und mein Geld auf dem Spiel.« Die letzten paar Worte kamen zwar undeutlich, aber immer noch verständlich heraus.

»Sehen Sie sich doch selbst an«, meinte Garner. »Ihre Haut *trieft* ja förmlich. Sie können ja kaum gerade stehen. Machen Sie sich denn gar keine Sorgen?«

»Carol kann mir helfen«, erklärte Nolan. »Und Sie wissen ganz genau, dass Sie sonst keine Piloten haben, die Sie einsetzen können. Ende der Debatte.« Seine Hand wanderte zu seiner Pistolentasche, eine Erinnerung, wenn nicht gar eine direkte Drohung.

»Aye, aye, Captain Bligh«, nickte Zubov. »Ist ja immer noch Ihr Sandkasten. Lassen Sie mich bloß dabei helfen, diese Babys ohne Kratzer zu Wasser zu bringen.«

Garner nahm in Nolans Blick dieselbe Entschlossenheit wahr, die schon Carol bemerkt hatte. Bob Nolan, der *Kommandant*, war zurückgekehrt. *Das hier ist ihm über den Kopf gewachsen und das weiß er auch*, dachte Garner. Er kämpft darum, diese unkontrollierbare Situation wieder in den Griff zu bekommen, und dabei werden noch mehr von uns ins Gras beißen.

* * *

Am frühen Nachmittag hatte der zusammengewürfelte Konvoi Dungeness passiert. Wie geplant hatte die *Kaiku* mit ihrem ATOC-Transmitter die Spitze übernommen, die beiden einsatzbereiten Tauchboote und der Leichter mit dem Hot Deck fuhren dicht dahinter. Dann kam die *Exeter* mit Medusa an der Hauptwinsch. Die *Albany* und die *Columbus*, ebenfalls mit einsatzbereiten ATOC-Geräten, bildeten die Nachhut.

Als Garner ihre Position auf der Karte eintrug, sah er, dass der Teppich inzwischen restlos über den Sockel in das Fjord-System eingedrungen war. Wie auch immer sie es anstellen würden, die Kolonie zu isolieren und zu zerstören, es durfte kein Stück von ihr übrig bleiben. Wenn irgendwelche Fragmente als ruhende oder halb ruhende Zysten in die Tiefen des Puget Sound sanken, würde die Kolonie auf Jahre wenn nicht Jahrzehnte eine potentielle Gefahr für die ganze Umgebung darstellen.

Nachdem sie eine Weile die letzten Bilder betrachtet hatten, die ihnen von der Orion übermittelt worden waren, stellten sie bald visuellen Kontakt mit dem Teppich her. Die Farbe war weiter ausgebleicht, so dass die Umrisse des Teppichs nur noch einen vagen und undeutlichen, aber immer noch erkennbaren Kontrast zu den Wellen bildeten. Nolan nahm eine Teilevakuierung der *Kaiku* vor und schickte alle nicht unmittelbar benötigen Mitglieder der Crew und des wissenschaftlichen Personals auf die LSDs oder aufs Festland. Lediglich eine Rumpfmannschaft an Seeleuten und Deckhelfern blieb an Bord, um die Geräte zu bedienen. McRee hielt es auf der *Exeter* genauso, wo Ellie dazu abgestellt war, die Ausgabe von Bioschutzanzügen und Atemgeräten zu überwachen.

Innerhalb weniger Minuten war das Deck der *Kaiku* so etwas wie ein Umschlagplatz für Kabel, Stromleitungen und Gerät zur Probenentnahme geworden. Zubov koordinierte den Einsatz des Hauptauslegers und brüllte seine Kommandos von der Reling aus, wenn er nicht gerade auf einem

Bootsmannsstuhl dicht über den Wellen hing und – zumindest in Garners Augen – wie Santa Claus bei der Fahrt durch einen unsichtbaren Kamin wirkte.

Als Erstes kam der ATOC-Transmitter der *Kaiku* zum Einsatz und wurde auf eine Tiefe von zehn Meter oder eine Atmosphäre abgesenkt. Ein Verbindungskabel zur *Zoea* würde Carol in die Lage versetzen, den Output des Transmitters von ihrem Laptop aus in gewissem Umfang zu kontrollieren, aber dieses Verbindungskabel würde andererseits die Manövrierfähigkeit der *Zoea* beeinträchtigen. Jakes würde das letzte Wort für den Einsatz des Transmitters haben.

Anschließend wurde die *Cyprid* vom Heck der *Kaiku* zu Wasser gebracht. Als das Boot in der Dünung hinter dem Schiff schaukelte, reckte sich Garner aus der offenen Einstiegluke der *Cyprid*, während Zubov in seinem Bootsmannsstuhl hing und Betty schnell zwischen den beiden Tauchbooten ankoppelte und ihre Sammler und Kameras aktivierte. Ebenso wie zwischen Carol und der ATOC-Einheit gab es auch zwischen Betty und Garner in der *Cyprid* keine Verbindung.

»Für jemanden, der mitten in der Luft baumelt, arbeitest du ganz schön schnell«, grinste Garner und verschraubte die letzten Schließbolzen.

»Ich schätze, das liegt daran, dass ich es eben gewöhnt bin, meinen Arsch in einer Schlinge zu tragen«, brummelte Zubov.

Als Garner schließlich die Luke der *Cyprid* zuzog, um zu Sweeny nach unten zu klettern, hielt Zubov ihn auf. »Viel Glück dort unten«, sagte er.

»Von jetzt an hat das nichts mehr mit Glück zu tun«, sagte Garner und zeigte Zubov dann seine emporgereckten Daumen, ehe dieser den Lukendeckel des Tauchbootes zuklappte.

Über ihnen schwang bereits die *Zoea* am Ausleger. Carol bestätigte, dass die Verbindung zur ATOC-Einheit stand, dann folgte Nolan Garner, der bereits den Schatten des Hecks verlassen hatte. Das Hot Deck wurde in Position gebracht, an der Hauptwinsch der *Kaiku* befestigt und langsam ins Wasser hinuntergelassen. Byrnes, der Bootsmann der *Kaiku*, hatte bereits auf mehreren Eisbrechern in der kanadischen Arktis gearbeitet und war daher mit dem Gerät vertraut, so dass dieses bald eine ziemlich dünne Wasserschicht auf 32° Celsius erwärmte.

Nachdem sichergestellt war, dass alle an Bord Zurückgebliebenen mit Schutzanzügen ausgestattet waren, setzte die reduzierte Brückenmannschaft der *Kaiku* einen Kurs, der mitten durch den Teppich führte. Zubov überprüfte ein letztes Mal das Einsatzprotokoll und stieg dann in den Hubschrauber. Als er sich auf dem für ihn viel zu kleinen Sitz niederließ, spürte er seine Erschöpfung. Er brauchte jetzt dringend ein Bett, ein Bier und eine Brünette und war so müde, dass ihm selbst die Reihenfolge ziemlich gleichgültig gewesen wäre. Aus der Luft konnte er die Zone warmen Wassers rings um das Hot Deck und die beiden Tauchboote sehen, die brav dahinter herzogen und Betty in die Mitte genommen hatten.

In weniger als zwei Stunden war Garners künstlicher »Wal« Wirklichkeit geworden.

Garner, du überqualifizierter Mistkerl, das könnte tatsächlich klappen, sagte Zubov bei sich. Als dann die *Exeter* schnell näher kam, wandten seine Gedanken sich wieder vertrauteren Gebieten zu: der komplizierten Folge von Schritten, derer es bedurfte, um Medusa zum Einsatz zu bringen.

※ ※ ※

»Wie ist die Tiefe hier?«, fragte Sweeny, als Garner die *Cyprid* in weitem Bogen am Ende der Führungsleine von Betty herumzog. Das Schaukeln und das Klatschen der Wellen gegen die Schiffswand hatte inzwischen aufgehört, nur noch das gurgelnde Pfeifen der Antriebsaggregate vermittelte ihnen das Gefühl, dass das winzige U-Boot sich bewegte.

»Hundertneunzig, vielleicht zweihundert Fuß«, antwortete Garner. »Wir sind innerhalb des Sockels, in einer Art Niemandsland.«

Sweeny hatte bis jetzt erst ein Mal in einem Tauchboot gesessen, und das war in einem Vergnügungspark gewesen. Im Cockpit der *Cyprid* war es unbequem und stickig, die Luft schmeckte abgestanden und als ob sie aus Flaschen käme. Er sah zu einem der kleinen Bullaugen nach draußen in das düstere Zwielicht der Tiefe. Die Sonneneinstrahlung hörte keine fünfzig Fuß unter ihnen auf, aber Sweeny konnte noch Reihen flacher Hügel unter dem Meer erkennen. Auf der rechten Seite, ein gutes Stück von ihnen entfernt, stieg der Meeresboden steil an und bildete den Sockel. Sweeny konnte jetzt mit eigenen Augen sehen, was Garner mit der Bemerkung gemeint hatte, dass sich Dinge in dem abgesunkenen Fjord-System fangen könnten, und der Gedanke, dass die *Cyprid* sich gerade der Liste potentieller Kandidaten angeschlossen hatte, erfüllte ihn mit Unbehagen.

»Haben Sie schon einmal eines von diesen Dingern gefahren?«, fragte er.

»Geflogen«, korrigierte ihn Garner. »Wir fliegen jetzt. Und um Ihre Frage zu beantworten, ja, ein- oder zweimal.«

Sweeny kam seine Frage jetzt schon überflüssig vor. Nicht nur dass Garner das U-Boot mit großem Geschick bediente, sondern da lag noch dieser Ausdruck großer Gelassenheit auf seinem Gesicht und ließ erkennen, dass er sich unter

Wasser, ganz anders als im Hubschrauber, völlig zu Hause und wohl fühlte.

»Erinnern Sie mich daran, dass ich mich bei Bob bedanke, wenn wir zurückkommen.« Sweeny starrte auf die gekrümmte Cockpitwand und erinnerte sich dankbar an Zubovs Bemerkung über die Stärke des Keramikrumpfes.

»*Cyprid*, hier spricht die *Zoea*«, kam Nolans Stimme über das Headset. »Setze Kurs auf Eins-Fünnef-Null.«

»Roger, *Zoea*, schließe mich an«, sprach Garner ins Mikrofon und fügte dann mit einem schiefen Lächeln für Sweeny hinzu: »*Fünnef*? Du liebe Güte, jetzt macht er auf Profi.«

Plötzlich weiteten sich Sweenys Augen und er wies auf ein kleines Rinnsal an der Cockpitwand. »Scheiße! Wir sind leck!«

»Das ist Kondenswasser«, beruhigte ihn Garner und fügte, als er Sweenys zweifelnden Blick bemerkte, hinzu: »Das ist kein Leck; das ist unser eigener Atem. Kosten Sie. Das ist Süßwasser, nicht Salzwasser.«

»Wie können Sie da so sicher sein?«, fragte Sweeny. »Ich meine, sobald wir uns im Inneren des Teppichs befinden, wer sagt uns da, dass das Zeug nicht die Dichtungen auflöst oder so etwas?«

»Weil ›Bob nur das Beste kauft‹, haben Sie das vergessen?«, grinste Garner.

»Und wie verhindern wir das – das Kondenswasser?«

»Hören Sie einfach auf zu atmen«, lachte Garner. »Wenn wir ein Leck kriegen, würden Sie das merken. Auf Tauchtiefe – sagen wir fünfhundert Meter – wäre das kein Rinnsal, sondern ein Wasserstrahl, der stark genug ist, um Sie in Stücke zu reißen.«

»Ehrlich?«

»Darryl, *ganz ruhig bleiben*«, sagte Garner. »Wir werden

nicht tief genug gehen, um irgendwelche Auswirkungen vom Druck zu spüren. Die Oberfläche ist acht Fuß über Ihrem Kopf.«

»Ich mache mir auch mehr Sorgen um den Grund.«

»Ganz wie Sie wollen. Ich gönne mir jetzt eine Minute, um mich daran zu erinnern, warum ich Biologe geworden bin«, meinte Garner und deutete mit einer Kopfbewegung nach vorn durchs Fenster. »Wir treten in den Teppich ein.«

Durch das Hauptbullauge der *Cyprid* bekam Garner jetzt die lebende Kolonie zum ersten Mal aus der Nähe zu sehen. Die Zellen, die sich im Kielwasser der *Kaiku* zusammengedrängt hatten, gaben eine schwache Lumineszenz ab, wenn sie vom Glas abprallten. Das dicke, schleimige Sekret, das Garner im Labor entdeckt hatte, beherrschte jetzt sein ganzes Sichtfeld: es wirbelte munter um einzelne Individuen herum, die viel zu klein waren, um sichtbar zu sein, und doch ein verblüffendes interzellulares Kommunikationssystem darstellten. Garner hatte sein halbes Leben dem Studium des Meeres gewidmet – und den größten Teil der letzten sechs Jahre ausschließlich dem Plankton –, und dennoch glich das hier nichts, was er je gesehen hatte.

Kein in der Fachliteratur beschriebener Dinoflagellat, *Pfiesteria* eingeschlossen, produzierte nach Kenntnis der Fachwelt in so reichlichem Ausmaß Sekrete, geschweige denn, dass er sich zielorientiert fortbewegte oder im Zellverbund kommunizierte. Auch wenn billige Monsterfilme versuchten, dem Zuschauer Derartiges einzureden, war es für einen Organismus sehr aufwendig, flüssige Sekrete oder Schleim zu produzieren. Selbst im Salzwasser würde der Verlust von so viel Feuchtigkeit aus der intrazellularen Flüssigkeit eine viel zu große Belastung des Metabolismus darstellen, als dass auch noch so viel Nahrungsaufnahme das ausgleichen könnte. Das Kupferniveau, das diese Spezies ertragen konnte, die Dauerhaftigkeit seiner Zellen, ihre exponentiale Vermehrung und die Ausweitung innerhalb des Ökosystems waren ebenfalls für jede natürlich vorkommende Spezies beinahe unglaublich.

Und doch umgab es sie, umhüllte die *Cyprid*, die *Zoea* und die *Kaiku* und arbeitete sich geradewegs auf den Puget Sound zu, als wollte es den kollektiven Unglauben dieser menschlichen »Experten« verspotten. Wenn es je einen Organismus gegeben hatte, der unverändert als biologische Massenzerstörungswaffe oder zumindest als Grundlage zur Entwicklung einer solchen eingesetzt werden konnte, dann sahen sie sich dem jetzt gegenüber. Sicherlich hatte dieser Killer als ein Verwandter oder eine Subspezies von *Pfiesteria* angefangen; die Ähnlichkeiten waren viel zu ausgeprägt, um das einfach abzutun. Vielleicht war es früher einmal ein in der Natur vorkommender Organismus gewesen, aber irgendeine bizarre Abweichung in seinem Aufbau – ob nun von Menschenhand herbeigeführt oder zufällig entstanden – hatte diesen eleganten, Kolonien bildenden Alptraum erzeugt. Was auch immer dieser Teppich geworden war, er kam einem fremden Organismus, einem Alien, einer fremdartigen *Intelligenz* näher als irgendetwas, was Garner je zu Gesicht bekommen hatte. Während er ihm jetzt Auge in Auge gegenüberstand, musste er einräumen, es war –

»Schön«, sagte er wie in Trance. »Absolut schön.«

Treibgut und Nekton aller Art, die der Teppich auf seinen Reisen in sich aufgenommen hatte, wurden inzwischen im Schleim als eine Folge sich ständig recycelnder Konvektionszellen in Umlauf gehalten. Zysten, tote Zellen und anorganische Abfälle wurden alle von dem Teppich verarbeitet, während dieser sich bewegte, sich ernährte, wuchs und sich regenerierte und dabei gegen den Gezeitenstrom schwamm. Garner konnte sich beinahe das Geräusch der Zellen vorstellen, die über den Rumpf ihres Bootes zogen – zahllose Trillionen harter in einen Zellulosemantel gehüllter Kapseln, die sich wie ein einziger Organismus gemeinsam bewegten. Mit dem einzigen Existenzziel, sich zu ernähren, zu vermehren und zu überleben. Garner hatte schon manches Mal Ehrfurcht vor einem großen Konstruktionsplan der Natur empfunden, aber sich vorzustellen, dass Menschen die Hand im Spiel gehabt hatten, eine Kreatur wie diese zu schaffen, schien ihm nur umso bemerkenswerter. Er hob die Hand und legte die Finger an das kalte Glas des Bullauges. Die Kolonie, so tödlich und doch so schön, wirbelte und floss nicht einmal einen Zoll breit von ihm entfernt.

Zubovs Stimme, die über das Headset hereinkam, riss Garner aus seiner Trance. »Wie sieht's denn dort unten aus, Leute?«

»Ich gebe das ungern zu«, sagte Garner, »aber dieses Ding aus der Nähe zu sehen, ist wirklich grandios.«

»Wir sind jetzt bereit, den ersten Puls mit dem Vorwärtstransmitter abzusetzen«, ließ sich Carol von der *Zoea* vernehmen. Jakes bestätigte, dass die *Albany* und die *Columbus* ebenfalls bereit waren. »Setze erste Wellenform mit fünfzig Dezibel, Null-Komma-Neun-Fünf Kilohertz«, sagte Carol. »Beginne jetzt.«

»Brauchen wir Ohrenstöpsel oder so etwas?«, fragte Sweeny Garner.

»Nein«, antwortete der. Und fügte dann hinzu: »Ich hab ja immer gesagt, dass ich einen Aufpasser brauche.«

Im Inneren der *Cyprid* konnten Garner und Sweeny den Puls als ein dünnes, zirpendes Geräusch hören. Obwohl sie wussten, dass es von der *Kaiku* kam, war da keinerlei Orientierung. Einen Augenblick später kam die Antwort von den LSDs.

Zürp-Zürp.

»Serg?«, sprach Garner in sein Mikrofon. »Reaktion?«

»Negativ«, antwortete Zubov. »Kameras zeigen keine Änderung in der Orientierung. Versucht es weiter.«

Mit einer systematischen Folge von Sendeimpulsen arbeiteten sich Carol und Jakes' Leute durch eine Serie von Frequenzen. Carol passte die Frequenz ihrer Wellenform an und sandte sie dann durch den ATOC-Transmitter in einer Frequenzkaskade aus, während Jakes und Zubov auf Dezibelniveau experimentierten. Bei Null-Komma-Fünf Kilohertz forderte Zubov Carol auf, die Frequenz zu halten, und wies dann Jakes an, das Dezibelniveau zu steigern.

»Ich glaube, wir haben da etwas«, sagte Zubov. »Medusa zeigt auf zwei, nein auf vier Kameras Vorwärtsbewegung in Richtung der vorderen Transmitter.« Jakes steigerte die Sendeenergie und strahlte erneut Carols Wellenform ab. »Ja! Ich glaube, jetzt haben wir die kleinen Biester auf uns aufmerksam gemacht. So lassen!«

In der *Cyprid* konnten Garner und Sweeny Carols erfreuten Ausruf hören und dann, wie sie erregt mit Nolan redete, oder besser gesagt auf Nolan einredete. Nolans Antworten kamen über die Headsets gedämpft und zu undeutlich herein, als dass sie sie hätten verstehen können.

»Bob?«, fragte Garner. »Alles in Ordnung bei Ihnen?«, Nolan nuschelte etwas Unverständliches. »Wie war das?«, fragte Garner erneut, lauschte, runzelte die Stirn.

»Ich hab gesagt, alles *okay*, Sie Wichser«, brüllte Nolans Stimme plötzlich über das Headset. »Tun Sie Ihre Arbeit und halten Sie gefälligst das *Maul*!« Der Ausbruch wirkte selbst für Nolan unnatürlich massiv.

»Ruhig Blut, Bob«, sagte Garner. »Die kleinen Biester sind hier unten nicht die einzigen mit empfindlichen Ohren.«

»Ist das zu fassen?«, hörte er Zubov zu jemandem auf der *Exeter* sagen, laut genug, dass alle es hören konnten, die in den Kommandokanal eingeschaltet waren. »Im Radio passt die Zensur auf, wenn einer zu dick aufträgt, aber so was muss man sich anhören!«

Nachdem sie zwanzig Minuten lang alle möglichen Kombinationen von Frequenzen und Dezibelwerten ausprobiert hatten, ließ sich Zubovs Stimme erneut vernehmen. »Hey! Diese letzte Frequenz noch mal.«

»Die anziehende oder die abstoßende?«, bat Jakes um Klarheit.

»Die abstoßende«, erklärte Zubov. Die *Albany* und die *Columbus* kamen der Anweisung nach. »Ja! Das hat sie erwischt.«

»Was ist, Serg?«, wollte Garner wissen.

»Die Zellen im Durchfluss von Medusa haben gerade einen Satz gemacht – das glaubst du nicht!«, eiferte sich Zubov. »Das erinnert mich an ein Rudel Fische oder Kalmars, die man mit einem Lichtblitz erschreckt hat. Die sind alle gleichzeitig zurückgezuckt.«

»Dann haben wir jetzt auch auf der anderen Seite ihre Aufmerksamkeit«, freute sich Garner. »John, versuchen Sie es noch mal, lauter.«

Im nächsten Augenblick erzeugte die ATOC-Phalanx dasselbe Geräusch, jetzt auch im Innern der *Cyprid* hörbar lauter. Garner gab die letzten Werte von Betty durch und Zubov verglich sie mit denselben Parametern von Medusa.

»Eindeutig abstoßend«, bestätigte Zubov.

»Du musst's schließlich wissen. Ich hab ja miterlebt, wie du auf Frauen wirkst«, sagte Garner.

»Das nehme ich dir jetzt übel«, murmelte Zubov. »Da haben wir es wieder. Zurückzucken auf allen Kameras.«

Über sein Headset konnte Garner hören, wie jemand von der ATOC-Crew einen Jubelruf ausstieß. Sie wussten jetzt, wie sie mit dem ATOC-System eine schiebende Wirkung erzeugen konnten. Garner forderte die LSD-Crews auf, den abstoßenden Tonwert auf höherer Frequenz abzusetzen und alle Abweichungen in der Reaktion des Teppichs zu melden.

»Schieben«, sagte Garner. »Schiebt dieses verdammte Ding so gut ihr könnt und zieht es mit Carols Wellenform am vorderen Transmitter an.«

»Alles klar, Leute«, sagte Zubov. »Wir befinden uns jetzt neunzehn Seemeilen Nord-Nord-West von Port Gamble, Tiefe Eins-Drei-Null Fuß und steigen.« McRee schaltete sich ein, um ein paar Kurskorrekturen an die Brückencrew der *Kaiku* durchzugeben, dann fuhr Zubov fort: »Carol, lassen Sie die Frequenz an Ihrem Zugsignal so, wie sie ist. Ich habe eine Herde Wale im Sonar, und was auch immer Sie da machen, hat sie davon abgehalten, näher zu kommen. Bob, ein wenig näher an das Hot Deck ran und halten Sie sich bereit zum Auftauchen. Und dann sollten wir alle zusehen, dass wir schleunigst hier rauskommen, ehe wir auf Grund laufen.«

»Wir brauchen mehr Zeit«, wandte Garner ein. »Betty ist nicht so schnell wie Medusa und auch nicht so genau. Wenn wir die Datenquellen aus dem Inneren des Teppichs nicht synchronisieren können, beeinflusst das die Polygon-Werte. Dann verlieren wir unsere Schätzung hinsichtlich der Struktur der Kolonie.«

»Jetzt bitte noch mal zum Mitschreiben«, forderte Zubov ihn auf.

»Dann stimmt das Modell nicht mehr«, erläuterte Garner.

»Scheiß auf das *Modell*. Wenn wir Port Gamble schaffen, brauchst du es ja nicht.«

»Und wenn wir es nicht schaffen, dann liefert uns das Modell den einzigen Evakuierungsplan für die Hälfte der Bevölkerung von Seattle«, widersprach Garner.

»Wenn du jetzt nicht ganz schnell auf die Bremse trittst, kommt ohnehin jede Warnung zu spät«, meinte Zubov.

»Bob? Was meinen Sie?«, fuhr Jakes dazwischen. Dann wurde seine Stimme von heftigen Störgeräuschen überlagert. »Verdammt!«, sagte er zu jemandem auf der *Albany*. »Ich hab Ihnen gesagt, dass Sie dafür sorgen sollen, dass diese gottverdammten Medienhubschrauber hier verduften und aus unserer Leitung gehen.«

»Bob?«, rief Zubov. »Hey, Bob?«

Von der *Zoea* kam keine Antwort. Nolans plötzlicher Ausbruch war das Letzte, was sie von dem Tauchboot gehört hatten. Garner gab sich alle Mühe, etwas wahrzunehmen, aber das Zischeln des Funksystems war alles, was kalt und unheimlich an seine Ohren drang.

»Carol?«, sagte er. »Bob? *Zoea*, bitte kommen, können Sie uns hören?«

Plötzlich ging ein heftiges Zittern durch die *Cyprid*. Es ließ Garner in seinem Sitz hochfahren und Sweeny mit dem Kopf gegen das Schott prallen. »Was zum Teufel!«, setzte Garner an. Das Tauchboot drehte sich plötzlich um einhundertachtzig Grad und schlang die Leine von Betty um seine Heckflosse.

»Was ist denn los?«, wollte Zubov wissen.

»Wir haben uns in Bettys Leine verheddert«, sagte Garner, der mit dem Steuer kämpfte.

»Wo ist Nolans Boot?«, wollte Jakes wissen.

»Es war gerade noch da«, antwortete Garner, der das Boot inzwischen wieder unter Kontrolle hatte. Er reckte den Kopf, um zum Fenster hinauszusehen, wo noch vor Sekunden die Umrisse der *Zoea* zu sehen gewesen waren.

Dann sah er das Boot. Die Leinen, die sich um die Tiefenruder der *Cyprid* geschlungen hatten, waren Teil des Tauwerks, das eigentlich an der *Zoea* hätte befestigt sein müssen. Wo vorher das andere Tauchboot gewesen war, war jetzt nur noch leerer Raum.

Jetzt hallte von unter ihm aus der Kapsel plötzlich Sweenys Stimme herauf: »Da sind sie!«

Garner rutschte aus seinem Sitz, um selbst nachzusehen, entdeckte aber nur die undeutlichen Umrisse der *Zoea* unter ihnen, mit dem Bauch nach oben sank sie in hoher Geschwindigkeit in die Tiefe.

»Boot in Not! Boot in Not!«, schrie Garner. »Sämtliche Verbindungsseile gerissen. Die sinken direkt unter uns.«

»Können Sie helfen?«, fragte Jakes.

Garner saß bereits wieder hinter dem Steuer und schaltete die Antriebsaggregate abwechselnd auf vor und zurück, um sich aus den abgerissenen Leinen zu lösen. »Negativ«, antwortete er dann. »Wir hängen fest.« Er stieß eine Verwünschung aus und versuchte ein paar Manöver, um sich aus dem Leinengewirr zu befreien.

»Alle Maschinen stopp!«, rief Zubov der Brückencrew der *Kaiku* zu. Wieder ging ein Zittern durch die *Cyprid*, die sich nicht von den Leinen lösen konnte.

»*Albany* an *Zoea*, können Sie uns hören?«, rief Jakes.

Doch von dem anderen Tauchboot, das inzwischen ihrer Sicht entschwunden war, kam keine Antwort.

Jetzt war zum ersten Mal Sweenys Stimme in der Leitung zu hören, schrill und verängstigt fragte er nach Einzelheiten. Zubov fiel ihm ins Wort und forderte ihn auf, den Mund zu halten. Alle lauschten wieder angestrengt.

Nur Stille.

»*Zoea*, hier ist die *Exeter*«, sagte Zubov erneut. »*Zoea*, bitte kommen.« In Garners Cockpit klang die Stimme seines Freundes fern und metallisch. Carol und Nolan waren ihren Blicken entschwunden, fielen in die tiefe, blaue Leere unter ihnen.

»*Zoea*, hier ist die *Exeter*. Können Sie uns hören...?«

27

29. August
48° 09' Nördl. Breite, 122° 44' Westl. Länge
Vor Port Townsend, Washington

Neunzig Fuß unter der Meeresoberfläche kämpfte Carol darum, bei Bewusstsein zu bleiben, während die *Zoea* steuerlos dem Meeresgrund entgegentaumelte. Sie versuchte instinktiv, die Vorgänge der letzten paar Minuten noch einmal an sich vorüberziehen zu lassen, um zu begreifen, was geschehen war.

Zunächst war der Flug gut gelaufen. Bob wusste, wie mit der *Zoea* umzugehen war – tatsächlich hatte er das Tauchboot ja nach seinen genauen Spezifikationen bauen lassen. Er hielt die *Zoea* auf Mittelkurs zwischen der *Kaiku* und der *Cyprid*, wo sie sicher in dem von Garner entwickelten Tauwerk hing. Während Carol damit beschäftigt war, mit der ATOC-Einheit ein Signal zu entwickeln, das den Teppich anzog, hielt Bob das Schiff auf Parallelkurs zu dem anderen Tauchboot, so dass Bettys Aufnahmeöffnungen für die Probenentnahme senkrecht zur Strömung standen, während die *Zoea* nach vorn durch den Teppich zog. Carol hatte nur mit halbem Ohr auf ihr Headset geachtet, so auch auf die Klage ihres Mannes, dass der Schleim der Kolonie die Antriebspumpen verstopfen und überhitzen könnte, und sich vorwiegend auf den Bildschirm konzentriert, der vor ihr angebracht war.

Carol hatte gehört, wie Zubov das Abstoßsignal identifiziert und Jakes sie aufgefordert hatte, zu warten. Die *Zoea* war verstummt, während sie dem Informationsaustausch zwischen der *Cyprid*, der *Exeter* und der *Albany* gelauscht hatten.

Und dann war plötzlich und ohne jede Warnung etwas schrecklich schief gegangen. Gerade noch hatte Carol auf den Bildschirm gesehen und ihre letzte Frequenzmodulation überprüft, als das Tauchboot auf einmal außer Kontrolle geriet. Sie hatte Bobs erschreckten Ausruf gehört, sich nach ihm umgedreht, gesehen, wie seine Hände fieberhaft über die Kontrollen huschten und sein Gesicht aschfahl wurde. Den Bruchteil einer Sekunde lang dachte sie, er habe einen Anfall – weiterer neurologischer Zerfall – infolge des Kontakts mit den *Pfiesteria*-Zellen. Nur dass er so aussah, als würde er vor etwas zurückschrecken.

Und dann sah sie auch, was ihr Mann gesehen hatte.

Vor dem vorderen Ausblickfenster, in einem der Arbeitsarme des Tauchboots verheddert, hing etwas, das nur die Leiche von Saunders Freeland sein konnte.

Freelands orangeroter Schutzanzug war zerfetzt. Nach drei Tagen mitten in dem Teppich war das wenige Fleisch, das nicht schon ganz von seinen Knochen abgefallen war, blutig aufgedunsen. Gewebefetzen trieben lautlos in der Strömung, waren aus allen Öffnungen in dem zerfetzten Schutzanzug gedrungen, der auf die Weise wie eine obszöne Karikatur einer Unterwasservogelscheuche aussah.

Nolan stieß einen erneuten Schrei aus, fuhrwerkte hektisch an seinen Schalthebeln herum und versuchte das Tauchboot von dem Schreckensgebilde draußen zu lösen. Seine Bewegungen wirkten angestrengt und irgendwie linkisch, wie er die beiden Kontrollknüppel in ihren Gummibettungen vor und zurück riss. Auf Carol machte das Ganze den Eindruck, als müsse ihr Mann sich ebenso anstrengen, die eigenen

Gliedmaßen unter Kontrolle zu bekommen, wie das Boot. Sein Gesicht verzerrte sich und seine Augen blinzelten heftig, um den Schweiß loszuwerden, der ihm über die Stirn rann.

Das Geräusch der Antriebsaggregate veränderte sich, klang jetzt angestrengt.

»Dieser gottverdammte Schleim!«, sagte Nolan. »Der überhitzt die Aggregate.« Ob das wirklich der Fall war, wusste Carol nicht. Garner hatte keinerlei Probleme mit der *Cyprid* gemeldet, aber der hatte natürlich auch keinen Wutanfall im Cockpit.

»Bob, *beruhige dich*«, redete Carol ihm zu. Sie drückte den Sprechknopf an ihrem Headset und versuchte Jakes oder Garner zu erreichen. Doch das Gerät reagierte nicht. Dann sah sie, was das Problem war: Bob hatte in seiner Hektik das Kabel für ihr Headset aus der Steckdose gerissen.

Sie beugte sich in dem kreiselnden Boot nach vorn und griff nach dem Kabel, das zwischen Nolans Füßen lag. Sie hatte es beinahe erreicht, als Nolan seine Pistole zog.

»*Bleib, wo du bist*!«, herrschte er sie an. Seine Stimme dröhnte in der engen Kapsel. Sein ganzer Oberkörper war jetzt von ständigen Zuckungen erfasst. »*Bleib, wo du bist. Alles hier ist unter Kontrolle, verstanden?*«

»Bob, ich versuche doch nur, dir zu *helfen*«, sagte Carol. »Du musst dich beruhigen –«

»*Halt den Mund, halt den Mund, halt den Mund*!«, brüllte Nolan und hieb mit dem Knauf der Waffe wie wild gegen das Bullauge. Tränen traten ihm in die Augen, als sein Krampf sich verstärkte. Die Wunden in seinem Gesicht hatten zu nässen begonnen. Für einen Moment hatte er den Schubhebel für das rechte Aggregat völlig vergessen und auf Volllast geschoben, was die *Zoea* in einem engen Radius kreisen ließ. Das am Rumpf befestigte Tauwerk protestierte laut in seinen

Klampen und riss das Boot in entgegengesetzter Richtung zurück. »*Halt den Mund. Ich weiß, was ich tue ...*«

»Hör auf, Bob!«, schrie Carol, bemüht das Gleichgewicht zu halten. »Hör jetzt sofort auf!«

Als Nolan Carols Stimme hörte, fuhr er zu ihr herum und hörte auf, auf das Glas einzuschlagen. Seine Augen flackerten, blickten wilder, als Carol das je für möglich gehalten hätte. Dann hob Nolan die Waffe und richtete sie auf sie; ihr Lauf zitterte keinen halben Meter von ihrem Gesicht entfernt.

»*Siehst du denn nicht, dass wir hier draußen alle verrecken?*«, brüllte Nolan sie an. »*Wir verrecken hier und du bist schuld daran!*« Selbst in seiner Wut klang seine Stimme lallend und angestrengt.

Das Boot bäumte sich weiter gegen die Taue auf und setzte sein unkontrolliertes Kreiseln fort, dabei schleuderte es Carol und einige nicht festgezurrte Geräte auf den Boden. In erschreckendem Gegensatz dazu blieb der Lauf der Waffe unverwandt auf sie gerichtet.

Immer noch zitternd, den Blick auf Carol gerichtet, aber ohne sie zu *sehen*, spannte Nolan den Hahn.

Carol kroch an die Wand der kleinen Kapsel. Nolan kauerte vor dem einzigen Ausgang der Kapsel; hinter ihm war der Teppich und mit ihm der sichere Tod. Einen endlosen Augenblick lang erfüllte die Waffe und der plötzliche Wutausbruch, den sie gerade erlebt hatte, ihr ganzes Bewusstsein. Sie konnte sich nicht einmal dazu überwinden, ihren Mann anzusehen.

»*Weg da!*«, hörte sie ihn sagen. »*Verdammt noch mal, weg von mir!*« Dann wurde ihr bewusst, dass das nicht ihr, sondern Freelands Leiche galt oder der Kolonie oder beiden.

Sie hörte, wie ein paar Mal etwas Metallisches gegen den

Rumpf krachte, und dann ein Geräusch, das sie in Panik versetzte: das Pilotenfenster zersplitterte, ein scharfes *Penng*!, als das mit Lexan verklebte Glas barst und aus seinem Stahlrahmen flog.

Dann Wasser. Unmengen Wasser. Es füllte die Kapsel rings um sie.

Carol blickte auf und sah das Meer durch das zerbrochene Bullauge hereinschießen. Eine massive Eisenstange – ein Teil der Halterung, der sie mit Betty verband – war durch das Hauptfenster des außer Kontrolle geratenen Tauchboots gerammt worden.

Carol gab sich alle Mühe, das, was sie hier sah, zu registrieren. Das Tauchboot war geradewegs auf das Gestell gestoßen und hatte damit die Eisenstange durch das Bullauge gedrückt. Die Stange schob sich von der Schwungkraft des Bootes getrieben weiter und bohrte sich durch die Brust ihres Mannes. Jetzt hatte die Stange Nolan durchstoßen und nagelte ihn an den Pilotensitz, während seine Beine reflexartig zuckten, als könnte er sich damit verteidigen. Er fing zu schreien an, aber das säurehaltige Wasser, das über ihn strömte und sein Fleisch verschlang, erstickte das Geräusch.

Carols regloser Schock schlug in blankes Entsetzen um. Ihr Mann war tot, der Rumpf aufgerissen und die *Zoea* war dabei, sich mit Wasser zu füllen.

Carol nahm einen beißenden Geruch wahr. Zuerst dachte sie, das sei das toxische Aerosol der *Pfiesteria*-Zellen, aber dann wurde ihr bewusst, dass es die Batterien der *Zoea* waren. Die Elektronik des Tauchbootes brannte aus und gleich darauf gab das Armaturenbrett den Geist auf, so dass sie sich in fast völliger Dunkelheit befand. Sie tastete an ihrem Hals nach der Kapuze ihres wasserdichten Schutzanzuges und zog sie sich schnell über, sah in ungläubigem Schrecken durch die dünne Gesichtsplatte zu, wie die Kapsel sich mit Wasser füllte. Als so das Gewicht des Bootes zunahm, wurde die Eisenstange nach unten gezogen. Mit einem lauten metallischen Scharren löste sich das Gestänge von dem zerbrochenen Bullauge und das Boot kam frei. Nolan wurde aus dem Pilotensessel gehoben und schwebte frei im Wasser; wo einmal seine Brust gewesen war, war jetzt eine einzige breiige Masse.

Unterdessen füllte sich das Boot rings um Carol weiter mit Wasser. *Welche Last mag das Verbindungskabel tragen?*, fragte sie sich. *Werden die uns trotzdem noch herausziehen können?* Dann wurde ihr bewusst, dass die *Zoea* dabei war zu sinken. Das Boot hatte sich von dem Gestänge und den Verbindungskabeln gelöst und taumelte nun sich überschlagend in Richtung Meeresgrund. Carol wurde auf den Boden des jetzt von völliger Dunkelheit erfüllten Bootes gepresst und versuchte, sich an seine Konstruktion zu erinnern, ertastete seine Einrichtung. Sie wusste, dass die beiden Tauchboote der *Kaiku* für den Notfall mit Sauerstoffflaschen und Schwimmwesten mit Peileinheiten ausgestattet waren. Sie erinnerte sich daran, wie lächerlich klein die Luftflaschen waren – noch winziger als eine Kinder-Thermosflasche – und fragte sich, wie etwas so Winziges das Überleben sichern sollte. Die *Zoea* war für Tauchtiefen über dreitausend Meter gebaut, wo Schwimmwesten kaum noch Sinn hatten, aber sie wusste – oder täuschte sie sich da? –, dass das Boot nicht mehr als dreißig Meter von der Oberfläche entfernt sein konnte. Das Boot sank weiter, näherte sich mit jeder Sekunde, die sie sich Zeit ließ, dem Meeresgrund.

Du musst hier raus!, befahl Carol sich selbst und riss die kleinen Staubehälter einen nach dem anderen auf und tastete darin herum, bis sie das gefunden hatte, was sie suchte. Sie schraubte die Flasche an dem Ansatzstutzen ihres Helms an und öffnete das Ventil, regulierte ihre Atmung, bis sie zumindest einen Teil ihrer Fassung zurückgewonnen hatte. Die saubere Flaschenluft, die sie jetzt einatmete, brauchte nicht durch die HEPA-Filter zu passieren, würde aber nicht lang vorhalten.

Notauftauchen. Atem herauspressen! Beeil dich!

Carol schnappte sich die zwei weiteren Flaschen und stopfte sie sich in den Gürtel ihres Anzugs. Dann klappte sie den Pilotensitz hoch und holte eine Schwimmweste aus dem Stauraum darunter. Sie mühte sich ab, die Schwimmweste über ihren Schutzanzug zu streifen, und band schließlich die Gurte um Brust und Arme, ohne die leiseste Ahnung, ob die Weste richtig saß. Was sie wirklich brauchte, war das kleine Peilgerät, das im Schulterbereich der Weste eingenäht war und automatisch aktiviert werden würde, sobald sie die Wasseroberfläche erreicht hatte.

Sie tastete sich zu der Luke im oberen Teil des Rumpfes vor. Da das Boot sich ganz mit Wasser gefüllt hatte, hatte sich der Druck beiderseits der Luke ausgeglichen. Daher sollte es keine große Mühe bereiten, sie aufzuklappen. Als sie die Sicherungsschrauben löste, stieß etwas Großes sie von hinten an.

Der leblose Körper ihres Mannes.

Carol erinnerte sich an den Ausdruck von Wahnsinn und Entsetzen in seinem Gesicht, ehe die Energie ausgefallen war. Die Wut in seinem Blick und die blutigen Hautfetzen, die sich langsam auflösten. Dieses schreckliche Bild ihres Mannes würde sie ihr restliches Leben mit sich herumtragen.

Nimm ihn. Du musst ihn mitnehmen. Niemand hat es verdient, dass man ihn hier unten lässt.

Sie überlegte, ob sie sich noch einmal umdrehen und einen letzten Blick auf ihn werfen sollte, einen letzten Versuch machen, ihn aus der *Zoea* zu ziehen, aber sie wusste, dass sie damit nur ihr eigenes Überleben aufs Spiel setzte. Sie musste hier weg.

Sie griff mit beiden Händen in die offene Luke und zog sich nach vorn. Etwas packte sie, hielt sie zurück. Ein Schrei erstickte in Carols Kehle. *Er packt mich,* dachte sie. Bob lebt noch und versucht mich zu ertränken! Sie stieß sich verzweifelt mit den Beinen ab, zwängte sich durch den engen Turm der *Zoea*. Dann wurde ihr bewusst, dass das nur das Atemgerät auf ihrem Rücken war, das sich im Turm verhakt hatte und sie behinderte.

Durch das Bullauge konnte sie Freelands zerfetzten Racal-Anzug sehen, der immer noch an der Außenseite des Bootes hing. Der Teppich war ein schwimmender Friedhof, der vermutlich all die unverdauten Überreste seiner sämtlichen Opfer mit sich trug, dachte Carol. Und er war dort draußen, wartete jetzt auf sie. Sobald sie der Gefängniszelle des Tauchboots entkommen war, würde sie zwischen zwei Richtungen wählen müssen – dem freien Fall zum Meeresgrund oder einem kontrollierten Sprint an die Oberfläche, bei dem sie wahrscheinlich mitten in dem Teppich auftauchen würde.

Los! Los, los! Ihr Körper schrie protestierend auf, als die *Zoea* in ihrem nach unten gerichteten Taumel erneut umkippte.

Mit einem letzten kräftigen Stoß warf sie sich durch die offene Luke. Als ihre Beine die Öffnung hinter sich ließen, war sie plötzlich in dem pechschwarzen Wasser allein, völlig ohne Orientierung und immer noch vom Taumeln des Tauchbootes benommen. Aus der Enge der Kapsel befreit war der Schutzanzug plump und schwerfällig und behinderte sie in der Bewegung, lieferte ihr aber wenigstens eine dünne Barriere, die sie vor ihrer Umgebung schützte. Ihr Anzug war gegen das Wasser abgedichtet, aber weder isoliert noch stand er unter Druck. Kaltes Wasser presste die dünne Schicht erwärmter Luft gegen ihre Haut und ließ sie bald erstarren.

Sie hatte nur wenige Minuten Zeit, ehe sie von der Unterkühlung völlig gelähmt wurde.

Wie tief bin ich?, fragte sie sich und dann, mit aufkommender Panik, *o mein Gott, in welche Richtung geht es nach oben?* Sie mühte sich ab, bei Bewusstsein zu bleiben, und fing an zu schwimmen, hoffte, dass ihr Richtungssinn sich einstellen würde. *Weiter schwimmen, weiter schwimmen*, redete sie in einem zornigen Mantra auf sich selbst ein. Die Luft in dem Reservetank begann bereits dünner zu werden, deshalb drehte sie den Regler etwas zurück. Je tiefer sie sich befand, desto komprimierter würde die Luft werden und umso schneller würde sie ihr ausgehen. Sie nippte an ihrem bescheidenen Vorrat, versuchte zu sparen, obwohl ihre schmerzenden Muskeln und Gelenke dagegen protestierten.

Wenn sie sich dann der Oberfläche näherte, würde sie mit dem umgekehrten Problem zu kämpfen haben. Die Luft in der Flasche, in ihrer Schwimmweste und in ihrem Körper würde sich ausdehnen, ihr zusätzlichen Auftrieb liefern, aber auch versuchen, die Gefäße zu sprengen, die sie enthielten, einschließlich ihres Magens, ihrer Lunge und ihrer Kehle. Sie nahm nicht an, dass sie lange genug in der Tiefe gewesen war, um sich wegen der Taucherkrankheit sorgen zu müssen – dem Eintreten von Stickstoffblasen in den Blutstrom, zu dem es bei Druckverminderung kommen würde –, aber sie würde kontinuierlich ausatmen müssen, um das angewachsene Luftvolumen aus sich heraus zu pressen und um dessen Ausdehnung in ihrer Lunge entgegenzuwirken.

Atem herauspressen! Langsam und gleichmäßig. Nicht den Atem anhalten ...

Während Carols Augen sich langsam an die düstere Umgebung anpassten und sie spürte, wie auch ihr Kopf wieder klarer wurde, nahm sie von oben eine Sonneneinstrahlung zur Kenntnis. Wie weit noch hinauf? War die Kolonie immer noch über ihr? Wie weit würde sie in seitlicher Richtung schwimmen müssen?

Und war das eigentlich wichtig? Es gab ja kein anderes Ziel für sie als die Meeresoberfläche.

Carol wechselte die nächste Flasche aus und ließ die komprimierte Luft unter Wasser wie aus einem Tauchregler ausströmen. Dann entdeckte sie den Peilsender an ihrer Schwimmweste und schwamm weiter nach oben.

Garner pumpte den Ballast der *Cyprid* aus und lenkte das kleine Schiff an die Oberfläche. Während er in seinen Schutzanzug schlüpfte und die Luke öffnete, hatte die Deckmannschaft der *Kaiku* eine Leine bereit gemacht und warf sie ihm jetzt zu. Für den Augenblick war das Tauchboot an der Oberfläche gestrandet. Am Ausleger hing immer noch das Hot Deck und das zerbrochene Gestänge von Betty hatte sich um die Heckflossen der *Cyprid* geschlungen.

Als Garner auf das vom Meer überspülte Deck der *Cyprid* kletterte, sah er, dass an dem Ausleger auf dem Achterdeck etwas nicht stimmte. Er schien auf der einen Seite irgendwie verbogen. Der Bootsmann der *Kaiku* bestätigte ihm das schnell, während Garner und Sweeny aufs Achterdeck kletterten.

»Als das Gestänge abgerissen ist, war hier oben der Teufel los«, sagte Byrnes, dessen Atem schwer unter seiner Racal-Kapuze ging. »Die Winsch hat sich verklemmt und die drei Kabel sind durcheinander.«

»Jemand verletzt?«, fragte Garner.

»Und ob«, sagte Byrnes zitternd. »Eines der Kabel ist gerissen und hat einem meiner Leute den Kopf abgerissen.«

Das traf Garner wie ein Schlag in die Magengrube. Was war da so plötzlich schief gegangen? Hatte die Unerfahrenheit oder die Panik der Crew Carol und Nolan das Leben gekostet? Garner nahm über Funk Verbindung mit der *Exeter* auf und bat Zubov, zur *Kaiku* zurückzukommen und ihnen behilflich zu sein.

»Ich komme schon mit meinem eigenen Schiff klar«, sagte Byrnes indigniert. Er war immer noch verstimmt darüber, dass Zubov vorher einfach das Kommando an sich gerissen hatte.

»Das sieht man«, meinte Garner sarkastisch. »Aber ich brauche jemanden, der mit dem Rest dieses Schlamassels hier klarkommt.«

Ein Blick auf das Deck der *Kaiku* ließ erkennen, dass »Schlamassel« eine starke Untertreibung war. Der Ausleger war hoffnungslos beschädigt und hing schief ins Wasser herunter. Die *Cyprid* war im Wasser gestrandet, die *Zoea* verloren, und es gab keine Möglichkeit, das Hot Deck abzukoppeln. An der Schiffswand erinnerten Blutspritzer an das Crewmitglied, dem das Kabel den Kopf abgerissen hatte. Aber was Garner noch mehr erschreckte, war die völlige Transparenz, die ihrer aller Leben angenommen hatte. Angefangen mit den Männern an Bord der *Sato Maru*, in Barkley Sound, in Nitinat und jetzt in der Juan de Fuca Strait fuhr der Tod fort, sich ein Opfer nach dem anderen zu greifen. Eine weitere anonyme Leiche trug wenig dazu bei, ihre hoffnungslose Lage so oder so zu verändern.

Garner eilte ins Hauptlabor und sah sich die neueste Polygon-Projektion an. Die Vorderkante des Teppichs befand sich jetzt eine Viertelmeile hinter der *Kaiku*. Sie folgte dem Hot Deck und wich den ATOC-Einheiten der LSDs aus. Port Gamble war noch mehr als drei Meilen entfernt und sie hatten das vordere Signal der *Kaiku* verloren. Von jetzt an konnte ein beliebiges Zusammentreffen verschiedener Variablen bewirken, dass der Teppich sich von den nachdrängenden

ATOCs entfernte. Garner tippte das hypothetische Szenario ein, dass der Teppich Gamble Point verfehlen würde, und gab anschließend die letzten Daten, die Medusa über die Kolonie geliefert hatte, ein.

35 000 EXPONIERT, 178 230 TODESFÄLLE schätzte das Polygon.

Mit finsterer Miene schaltete Garner den Laptop ab.

»Funktioniert die Software?«, fragte einer der Techniker von der *Kaiku*.

»Hoffentlich nicht«, sagte Garner und eilte zum Achterdeck zurück.

Minuten später traf Zubov mit dem Beiboot der *Exeter* ein. »Etwas Neues über die *Zoea*?«, fragte er.

Garner schüttelte den Kopf. »Nichts. Jakes versucht, ein SEAL-Team der Marine zusammenzutrommeln, die nach ihnen tauchen können. Wenn man davon ausgeht, dass wir gerade erst den Oberflächenkontakt mit ihnen verloren haben, sollten sie noch sechs Stunden Energie und Sauerstoff haben.«

»Ich kann mir nicht vorstellen, dass die noch *irgendwelchen* Sauerstoff übrig haben«, wandte Sweeny ein.

»Was soll das heißen?«, fragte Garner.

»Als die *Zoea* unterging, habe ich eine ganze Menge Luftblasen gesehen«, erklärte Sweeny. »Es sah so aus, als hätten die ihre ganze Luft verloren, alle auf einmal.«

»Sie meinen eine Implosion?«

Ehe Garner auf die neue Katastrophenmeldung reagieren konnte, flog einer der allgegenwärtigen Fernsehhubschrauber im Tiefflug über die *Kaiku*. Garner konnte einen Kameramann sehen, der seine Kamera auf sie gerichtet hatte.

»Ich dachte, Jakes hätte den Medienleuten gesagt, dass sie hier verschwinden sollen«, schimpfte Garner.

»Als ob man damit etwas ausrichten könnte«, beklagte

sich Zubov. »Nolan hat seinen Wunsch erfüllt bekommen. Dieses Ding ist jetzt in den Schlagzeilen.«

»Bis ihre Motoren ersticken, wie das bei Nolan der Fall war«, meinte Garner bitter.

»Im Augenblick haben die die beste Aussicht. Vielleicht können wir die zusätzlichen Augen einsetzen, um den Teppich zu verfolgen«, schlug Zubov vor.

»Dann würden die wenigstens mal was Nützliches tun«, nickte Garner. »Aber die sollen sich mindestens hundert Meter außerhalb der Aerosolzone und in vierhundert Fuß Höhe halten. Genauere Daten können wir ihnen erst geben, bis wir die Konzentration von diesem Ding kennen und nicht wissen, wie es sich verhält. Der Himmel allein weiß, wie sie so lange überlebt haben.«

Sweeny hatte den Wortwechsel mit angehört und stellte jetzt seine Inspektion des Decks der *Kaiku* ein. »Diese Operation ist vorbei, Garner«, sagte er, ohne das Zittern in seiner Stimme ganz unterdrücken zu können. »Vorausgesetzt, dass wir meinen Boss je finden werden, kann ich Ihnen versichern, dass die Nolan Group ihre Teilnahme an dieser Operation komplett einstellen wird. Das schließt die *Kaiku* und die *Exeter* ein –«

Garner drehte sich zu Sweeny herum. Sein Gesichtsausdruck reichte aus, um Sweeny zusammenzucken zu lassen. »Nicht jetzt, Darryl«, sagte Garner. »Nicht jetzt.«

»Wir empfangen ein Schwimmwesten-Peilsignal von der *Zoea*«, rief Zubov.

Garner fuhr herum. »Wie viele?«

»Bloß eins.«

»Besser als gar keins«, meinte Garner. »Da müssen wir hin.«

Zubov musterte das Gesicht seines Freundes. »Brock, das ist nur ein Peilsignal, das heißt noch nicht, dass es Überlebende gibt.«

»Ein Überlebender fehlt uns schon lange, wir sollten schleunigst das Terrassenlicht einschalten.«

Wärme.

Als das Wasser rings um sie herum anfing heller zu werden, verspürte Carol eine seltsame Wärme. Sie erkannte, dass das nicht etwa darauf zurückzuführen war, dass das Sonnenlicht durch die Wasseroberfläche drang, sondern viel mehr die Folge einer ungewöhnlich ausgeprägten Thermokline war. Dann erinnerte sie sich an das Hot Deck und wusste, dass die Rettung nahe war.

Sie hatte keine Ahnung, wo sie sich befand, ob die *Kaiku* Meilen entfernt war oder ob sie mitten in der Kolonie auftauchen und sterben würde, sobald sie versuchte, einzuatmen. Ihre Glieder schmerzten von der Überanstrengung und sie fühlte sich wie benommen. Sie kam sich vor wie eine Qualle, dünn und durchscheinend, die in den Strömen des Meeres trieb, ohne Kraft, die eigene Richtung zu bestimmen. Nur hinauf. Hinauf zum Licht, an die Oberfläche...

Zuerst wurden ihre Arme, dann ihr Kopf vom Sonnenlicht beschienen, das bereits nach Westen abwanderte. Während sie in den Wellen auf und ab getragen wurde, entdeckte sie Teile der Küste und dann in der Nähe ein Schiff, das sie aber nicht erkannte. Die schief angelegte Schwimmweste ließ sie in seltsam verdrehter Haltung hin und her schaukeln. Als sie sich die Gurte zurechtzog, setzte das automatische Zirpen des Peilsenders ein.

Erschöpft trieb Carol im Wasser und kämpfte gegen die Bewusstlosigkeit an. Das Wasser rings um sie schien von Schleim frei zu sein, weshalb sie vermutete, dass sie auf der Windseite des Teppichs heraufgekommen war. Bald sah sie ein Beiboot der Navy, das sich ihr in den Wellen näherte. Für den Augenblick war sie also sicher, aber ihre Erschöpfung vermittelte ihr den Eindruck, als könnte allein sie ausreichen, um sie wieder auf den Meeresgrund zu ziehen, wenn sie auch nur eine Sekunde lang aufhörte, Wasser zu treten. Die Luft aus der an ihrem Regler befestigten Flasche schmeckte abgestanden und kalt. Wahrscheinlich war der Vorrat schon lange aufgebraucht; vermutlich atmete sie die in ihrem Helm enthaltene Luft.

Treiben, treiben ... eine einzelne Zelle, gefangen auf einem Meer aus Wasser und am Grunde eines Meeres aus Luft.

Ein kräftiges Paar Arme schlang sich um ihre Brust – *o mein Gott, Bob!* – und zog sie aus dem Wasser. Sie wurde auf die Landeplattform eines kleineren Boots abgesetzt, dem Navy Beiboot, das sie gesehen hatte. Sie nahm um sie herum ein paar gedämpfte Stimmen wahr und spürte Hände, die an den Verschlüssen ihres Schutzanzugs hantierten.

Dann wurde ihr kleiner Kokon geöffnet und die warme Augustluft strömte herein und begrüßte ihre abgekühlte Haut. Der Mund eines Mannes schloss sich über ihrem, füllte sie mit Wärme. Sein Atem drang in sie ein, weitete ihre Lungen aus und verschaffte ihren taub gewordenen Gliedmaßen wieder Gefühl. Am Rande des Bewusstseins schwankend wurde ihr bewusst, dass sie den Geruch erkannte, der von der Haut des Mannes ausging.

Brock. Wieder hatte er es irgendwie geschafft, da zu sein und sie aufzufangen.

28

30. August
47° 57' Nördl. Breite, 122° 37' Westl. Länge
Vor Port Ludlow, Washington

Am Sonntagabend zu einer Zeit, in der die Menschen gewöhnlich ihr Abendessen einzunehmen pflegten, unterbrach die Bürgermeisterin von Seattle sämtliche lokalen Fernseh- und Radiosendungen, darunter auch die Reportage des Baseballspiels zwischen den Mariners und den White Sox. Nach dem schlimmsten Sturm der Saison, den der Wetterkanal ziemlich genau in dem Augenblick von »Orkan« auf »beinahe Orkanstärke« heruntergestuft hatte – nachdem er in knapp zwei Stunden vier Zoll Regen über der Stadt ausgeschüttet hatte und dann nach Osten zu den Cascades weitergezogen war –, fing die eigentliche Gefahr für ihre Stadt erst an, Gestalt anzunehmen.

Die Nachrichten, die zuerst von Juniper Bay und anschließend von Port Townsend eingegangen waren, hatten auf die Bürgermeisterin offenkundig Eindruck gemacht. Man konnte das ihrer Stimme anmerken, als sie die vorbereiteten Erklärungen der Küstenwache und des örtlichen Direktors von USAMRIID verlas. Nach diesen Statements, die jetzt von der US Navy und einem Sprecher der Nolan Group bestätigt worden waren, befand sich eine toxische Planktonblüte, die sie gründlich beobachtet hatten, gefährlich nahe bei der Stadt und stellte eine potentielle Gefahr für die Küstenregionen von Puget Sound und Elliott Bay dar. Man musste mit der Möglichkeit rechnen, dass innerhalb der nächsten Stunden über dem küstennahen Bereich der Stadt ein Neurotoxin auftauchen würde, das ebenso tödlich war wie Wirkstoffe aus der chemischen Kriegsführung.

Anschließend verlas die Bürgermeisterin eine Liste möglicher Symptome, mit denen zu rechnen war, wenn es zur Berührung mit den Aerosolschadstoffen des Teppichs kam: starke Speichelabsonderung, tränende Augen, Schleimfluss aus der Nase, ein Brennen in Nase, Mund oder Augen, starke Kopfschmerzen, Ohnmachtsanfälle, Übelkeit, Durchfall oder Darmkrämpfe, Blasen auf der Haut, Blindheit, Zittern oder andere neurologische Störungen. *Mein Gott, was bleibt da eigentlich noch übrig?*, dachte die Bürgermeisterin, als sie das Bulletin beiseite legte und berichtete, welche Pläne die Stadt für den Katastrophenfall vorbereitet hatte. Die Planung basierte auf einer Liste von Empfehlungen, die vor beinahe zehn Jahren von William Garner ausgesprochen worden waren, demselben Wissenschaftler, der augenblicklich die Sicherheitsmaßnahmen leitete. Was 1991 und 1992 von vielen Vertretern der Öffentlichkeit als Vergeudung staatlicher Mittel verspottet worden war (die Bürgermeisterin selbst hatte es zu einem Wahlkampfthema gemacht und als Beispiel für die Leichtgläubigkeit und das paranoide Verhalten ihres Amtsvorgängers gebrandmarkt), stellte jetzt die einzige Sammlung von Hinweisen für die Behandlung von Kranken und Verletzten dar. Bedauerlicherweise waren die von Garner damals entworfenen Richtlinien dazu bestimmt gewesen, sich mit einer langsamen, fast nicht wahrnehmbaren Verseuchung der Schalentiere der Region auseinanderzusetzen und Behandlungsempfehlungen für potentielle Opfer zu liefern. Nichts konnte sie auf den toxischen Zyklon vorbereiten, der jetzt heranzog, geschweige denn auf die Verwüstungen, die er mitzubringen drohte.

Der Katastrophendienst der Sendeanstalten würde alle zehn Minuten aktualisierte Wind- und Gezeiteninformationen der NOAA liefern. Der gesamte nicht lebenswichtige Schifffahrtsverkehr würde während der nächsten vierundzwanzig Stunden stark eingeschränkt werden, wobei die Behörden sich vorbehielten, den Verkehr ganz einzustellen, bis die Gefahr völlig gebannt war. Für die Hafenviertel und die Innenstadt erging eine Evakuierungsanweisung auf eine Tiefe von zehn Straßen von der Hafenregion aufwärts, eine Vorsichtsmaßnahme, die später auf zwanzig Straßenblocks ausgedehnt wurde. Den Bewohnern von Edmonds bis Vashon Island wurde empfohlen, in ihren Häusern zu bleiben und Fenster und Lüftungsöffnungen zu schließen, mit Wasser zu sparen (dabei einen reichlichen Vorrat als Trinkwasser und für Hautspülungen im Falle einer Ansteckung anzulegen), sämtliche Nahrungsmittel in geschlossenen Behältern aufzubewahren und ständig ein Radio- oder Fernsehgerät eingeschaltet zu lassen, um die weiteren Sendungen des Katastrophendienstes empfangen zu können.

Als die Bürgermeisterin ihren Vortrag beendet hatte, prasselten von der Pressegalerie die Fragen auf sie herunter. Die meisten wurden taktvollerweise an ihren Polizeichef oder den Katastrophenkoordinator der Stadt weitergegeben. Was die restlichen Fragen anging, so gelang es der Bürgermeisterin, ihre zuversichtliche Miene zu bewahren, die ihr bei den letzten beiden Wahlen so sehr zustatten gekommen war, innerlich freilich fühlte sie sich, als müsse sie jeden Augenblick zusammenbrechen. In Wahrheit hatte sie nicht die geringste Ahnung, was die bevorstehende Katastrophe ihrer Stadt bringen würde, ob sie angemessen vorbereitet sein würden, selbst in dem unwahrscheinlichen Fall, dass rechtzeitig eine Warnung erging.

Wie kann man die augenblickliche Pfiesteria-Bedrohung mit beispielsweise Anthrax oder Dioxin vergleichen?
Gibt es irgendwelche Hinweise, dass die örtliche Industrie einen Beitrag zu dem Problem geliefert hat?
Mit welchen Auswirkungen auf die Fischbestände ist zu rechnen?
Trifft die Behauptung zu, dass das Aerosol besonders nachteilige Auswirkungen auf Kinder und ältere Leute hat?
Welche Vorsichtsmaßnahmen sind für den Fall getroffen, dass der Teppich den Hafen von Seattle erreicht und sich dort festsetzt?

Die Fragen betäubten die Bürgermeisterin, ließen ihr perfektes Lächeln zu einer Maske erstarren. Sie konnte spüren, wie in den Straßen ihrer Stadt eine Welle der Panik aufstieg, und sie verfügte über nichts, um diese Ängste zu beruhigen. Im ganzen Land gab es kein Stadtoberhaupt, das je einer solchen Situation ausgesetzt gewesen war, und sie hatte eine panische Angst davor, dass sie die Erste werden würde. Sie dachte an den kleinen Konvoi von Schiffen, der jetzt ständig im nationalen und im örtlichen Fernsehen gezeigt wurde, und betete, dass die tapferen Seelen dort draußen – Garner irgendwo dazwischen – wussten, was zu tun war.

Im ganzen pazifischen Nordwesten gab es kaum ein Auge, das nicht irgendwo an einem Fernseher hing, weshalb der Wettlauf um die neuesten Nachrichten über das Vorankommen des Teppichs geradezu mörderisch war. Drei Fernsehketten sandten Helikopter aus, um über das Geschehen zu berichten, während Dutzende von Reportern in noch fabrikneuen CBW-Schutzanzügen der Army und Militärgasmasken über Port Townsend hereinbrachen. Luftbilder der *Kaiku* und der *Exeter* füllten die Bildschirme, dazwischen konnte man immer wieder Mutmaßungen über Bob Nolans Tod auf hoher See und Liveaufnahmen von verschiedenen Punkten über der Juan de Fuca Strait und Admiralty Inlet sehen. Die Navy hatte das ganze Gebiet inoffiziell unter Quarantäne gestellt, aber da sie jetzt vorwiegend damit beschäftigt war, die *Zoea* zu finden und den Teppich nach Garners Anweisungen eingepfercht zu halten, gab es praktisch keine wirksamen Barrikaden, um die Öffentlichkeit fern zu halten.

Im Telekommunikationsstudio der *Kaiku* sah sich Garner die Sendungen bei abgeschaltetem Ton an. An dem von Spekulationen und Mutmaßungen erfüllten Geschnatter der Reporter völlig uninteressiert, studierte er das Bildmaterial, um gelegentlich einen Blick auf den Teppich erhaschen zu können. Soweit er bis jetzt feststellen konnte, gelang es den ATOC-Einheiten, den Teppich auf Kurs nach Port Gamble zu halten, und das Hot Deck lockte die Kolonie immer noch entlang seiner künstlichen Thermokline nach vorn.

Soeben trat Sweeny hinter ihm ins Studio. »Das ist unglaublich«, sagte er zu Garner gewandt. »Niemand kann so viel PR *kaufen*. Zum Teufel mit der offiziellen Quarantäne. Die sollen das ruhig alles auf Band aufnehmen.«

Das Kamerabild von einem speziellen Helikopter war wesentlich näher am Teppich als die anderen. Die Kamera zog jetzt gerade südlich der *Kaiku* dicht über dem Wasser dahin. Garner konnte das Knattern seiner Rotoren näher kommen hören und trat nach draußen, um zuzusehen. Zubov war bereits da und hielt sich schützend die Hand über die Augen. Ein Bell Jetranger, auf dessen Rumpf in Großbuchstaben CHANNEL 4 NEWS zu lesen stand, drehte etwas zur Seite ab, um dem Kameramann in der offenen Tür einen besseren Blick auf die *Kaiku* zu verschaffen.

»Wo zum Teufel steckt Jakes nur die ganze Zeit?«, schimpfte Zubov. »Er ist doch hier draußen unser offizieller Sheriff.«

»Der koordiniert die Suche nach der *Zoea*«, erwiderte Garner. »Im Augenblick ist es wahrscheinlich am besten, wenn die Kameras auf uns gerichtet sind.«

»Wie sollen wir denn gegen *das da* konkurrieren?«, fragte Zubov. »Etwa, indem wir denen ein paar Titten zeigen?«

Ein zweiter Helikopter einer Fernsehgesellschaft, diesmal von CHANNEL 7, ein McDonnell Douglas 500 mit seiner unverkennbaren Stromlinienform, schloss sich dem Jetranger an, offenbar dadurch ermutigt, dass niemand seinen Konkurrenten daran hinderte, die Vierhundert-Fuß-Grenze zu unterschreiten. Die nächsten paar Minuten umschwirrten die beiden Hubschrauber die *Kaiku*, um die besten Einstellungen der beschädigten Winsch und der im Kielwasser der *Kaiku* tänzelnden *Cyprid* zu bekommen.

Hinter ihnen wurde ein klobiger Sikorsky S-61N Hubschrauber zwischen die *Albany* und die *Exeter* geschickt. Ein Team von fünf SEALS wurde aus der hinteren Kabine des schwerfällig wirkenden Militärhubschraubers unmittelbar über dem letzten bekannten Standort der *Zoea* abgesetzt. Wie auf Kommando verließen die beiden Fernsehhelikopter die *Kaiku* und bezogen direkt über der Stelle, wo die Sikorsky arbeitete, Position.

»Dort oben wird's jetzt eng«, meinte Garner.

»Die fliegen viel zu dicht«, sagte Zubov.

»Ich weiß. Sag Jakes, er soll sie verscheuchen. *Und zwar schnell!* Das hätte uns gerade noch gefehlt, dass die in das Aerosol geraten.«

»Nein, ich meine zu dicht *beieinander* –«, fing Zubov an.

Kaum dass die Worte über seine Lippen waren, kippte der erste der beiden Helikopter, der Jetranger, plötzlich zur Seite ab und fing an, sich um die eigene Achse zu drehen. Entweder hatte der Pilot etwas von dem Aerosol abbekommen oder sein Motor war erstickt, wie bei Nolans Helikopter.

Während der zweite Fernsehhelikopter schnell den Rückzug antrat, geriet der Jetranger ins Trudeln und stürzte fast hundert Fuß in die Tiefe, direkt auf den Hauptrotor der Sikorsky. Die beiden Hubschrauber explodierten in einem gewaltigen Feuerball, der die Oberfläche des Teppichs mit Splittern, Rotorblättern und anderen Wrackteilen übersäte. Das größte Wrackteil fiel genau an der Stelle ins Wasser, wo die Taucher abgesetzt worden waren, worauf sich eine Welle von brennendem Treibstoff über den Teppich ausbreitete, die gleich darauf von den Wellen ausgelöscht wurde.

Der Hubschrauber von CHANNEL 7 reagierte auf die Kollision, als hinge er an einem Gummiband. Gerade hatte er sich noch vor der vernichtenden Kollision zurückgezogen; im nächsten Augenblick war er wieder da, um das unerwartete Spektakel aus der Nähe zu sehen. Noch immer regneten Wrackteile herunter, einschließlich eines abgerissenen Rotorblatts der Sikorsky. Das Wrackteil wirbelte durch die Luft und krachte dann gegen das Cockpit des übrig gebliebenen dritten Hubschraubers, der noch einen Augenblick in der Luft schwebte und dann ebenfalls explodierte und ins Meer stürzte.

Im nächsten Augenblick konnte man hektischen Funkverkehr zwischen der *Albany*, der *Columbus* und der *Exeter* hören, als in aller Eile Rettungsteams zusammengestellt und ausgeschickt wurden, die zwischen den brennenden Wrackteilen nach Überlebenden suchen sollten.

An Bord der *Kaiku* hatte sich lähmendes Schweigen ausgebreitet.

In der unter Druck stehenden Krankenstation der *Kaiku* hörte sich Ellie Carols Bericht über das Geschehen an Bord der *Zoea* an und untersuchte sie dann gemeinsam mit einem Marinearzt, der auf Taucherkrankheit spezialisiert war. Als die Ärzte Carol schließlich erlaubten, die Krankenstation der *Kaiku* zu verlassen, allerdings mit der strengen Auflage, sich sofort zu ihrer Koje zu begeben, war es bereits dunkel.

Ellie füllte eine Thermosflasche mit Kaffee, zog sich einen frischen Schutzanzug über und ging Garner suchen. Dabei arbeitete sie sich von den im Lagezentrum versammelten Militärs und Mitarbeitern der NOAA und der Nolan Group nach vorn zum Bug durch. Sie öffnete eine kleine Luke und kletterte über eine Leiter die vier Decks zum Unterwasserobservatorium der *Kaiku* hinunter.

Dort fand sie Garner, der durch die großen Bullaugen den Teppich beobachtete. Als er sie eintreten hörte, blickte er auf und lächelte Ellie zu. »Schsch«, machte er. »Ich versuche mich zu verstecken.«

»Carol meinte, dass ich dich hier finden könnte«, sagte Ellie. »Es gibt ein paar Leute, die dich besser kennen, als du das vielleicht zugeben willst.«

»Und die anderen?«

»Wir anderen könnten uns in dich verlieben, wenn du kein solcher Angeber wärst.« Sie schlang die Arme um Garner und küsste ihn. Und dann noch einmal. »Außerdem habe ich dich vermisst«, sagte sie. Sie setzte sich neben ihn und schenkte zwei Tassen Kaffee ein. »Ich dachte, das könnte dir gut tun.« Die Überdruckzelle des Schiffes schloss auch den Beobachtungsraum ein, deshalb konnte Ellie gefahrlos Helm und Handschuhe abnehmen. Sie zog den Reißverschluss ihres Schutzanzugs auf und streifte ihn bis zur Hüfte ab. Die klimatisierte Luft fühlte sich an dem ärmellosen T-Shirt, das sie darunter trug, kühl und beruhigend an.

Garner nahm den Kaffee in Empfang und wandte sich wieder den Sichtfenstern zu. Im Laufe der letzten Stunde hatte die *Kaiku* wieder ihre Position inmitten des Teppichs eingenommen und die Zellen bis auf vier Meilen an Port Gamble

Bay herangelockt. Vor ihnen ragte jetzt die Felswand von Foulweather Bluff auf und bot ihnen die Möglichkeit, den Teppich nach Osten in den Puget Sound abzulenken, anstatt nach Süden in das nördliche Ende des Hood Canal. Im Inneren des Hood Canals warnten die Seekarten vor lokalen magnetischen Störungen, die Kompassabweichungen um bis zu zwei Grad auslösen konnten, wenn sie versuchten, den Teppich in die Untiefe der Port Gamble Bay zu bugsieren. Dieselbe Störung könnte theoretisch die Kolonie auch von den ATOCs, die sie anzogen, ablenken.

Vom Observatorium aus hatten Garner und Ellie einen fast ungehinderten Blick auf den Meeresgrund und den Schiffskiel. Die Unterwasserscheinwerfer der *Kaiku* waren auf den allmählich ansteigenden Meeresgrund gerichtet und ließen dort eine Folge niedriger Kiesbänke und Felsschutt erkennen. Mittschiffs konnte man den ATOC-Transmitter an seinen Ketten baumeln sehen. Er strahlte immer noch hörbar die letzte Wellenform ab, die Carol von ihrem Computer aus eingegeben hatte. Hinter dem Heck schwebte das Hot Deck im Wasser, zwar von der beschädigten Winsch in eine Schräglage gebracht, aber immer noch imstande, eine hohe Zellkonzentration anzuziehen. Über ihnen dehnte sich die Kolonie in alle Richtungen aus, so weit ihr Auge reichte. Der flache Wellengang der Ebbe zog über die Oberfläche und ließ Wellen von Biolumineszenz wie Miniaturblitze durch die Kolonie zucken.

»Ich erinnere mich noch, wie ich das erste Mal in einer dieser Observationskuppeln war«, meinte Garner. »Das war auf der *Calypso*, dem Schiff von Jacques Cousteau. Er ließ den Kapitän eine Herde Delfine mit zehn oder fünfzehn Knoten über das freie Meer verfolgen, und wir haben sie genau aus dieser Perspektive dabei beobachtet, wie sie in der Bugwelle des Schiffes ihre Sprünge machten. Bis heute konnte ich mir keinen schöneren Anblick vorstellen.«

»*Mich* hätte das sicherlich beeindruckt«, gab Ellie zu und schlang wieder die Arme um ihn. »Diese ganze Operation hier wird immer beeindruckender.« In Garners Armen fing Ellie plötzlich zu weinen an, teils aus Angst und teils aus diesem kurzzeitigen Gefühl des Friedens und der Sicherheit heraus. Sie erinnerte sich an die Gefühle, die sie in ihrer letzten Schicht im Krankenhaus überwältigt hatten, und wischte sich stumm die Tränen aus den Augen.

Lass es ein Ende haben, bitte, Schluss mit dem Sterben. Ich möchte nur diesen Augenblick noch ein wenig genießen.

»Sag mir, dass das jetzt alles ist«, bettelte Ellie und deutete mit einer leichten Kopfbewegung zum Fenster. »Sag mir, dass niemand jemals wieder so etwas sehen wird.«

Doch das konnte er nicht. Draußen liebkoste die Kolonie das Glas, spielte damit, zirkulierte zwischen wärmerem und kälterem Wasser in selbst erzeugten thermalen Zellen, einzelnen Kapseln, die pausenlos von einem vergänglichen, aber tödlichen Lebensstadium in ein anderes übergingen. Die ATOC-Wellen waren für die Zellen unangenehm gewesen, töteten sie aber nicht. Nach den letzten Aufnahmen der Kameras und der begleitenden Analyse von Medusa wusste Garner, dass sie es inzwischen mit einer Population zu tun hatten, die fast ausschließlich aus erwachsenen Individuen bestand. Das Hot Deck hatte auf die Fortpflanzung der *Pfiesteria*-Zellen wie ein Katalysator gewirkt und dazu geführt, dass fast alle im Ruhezustand befindlichen Zysten ins nächste Stadium übergegangen waren. Wenn sie die langsame Erwärmung fortsetzten, würde das diesen Prozess nur beschleunigen, und bei langsamer Abkühlung würde es zu mehr Zysten kommen.

»Als Charles Harmon diese Spezies erzeugt hat«, sagte Garner, »hat er nur an einem Entwurf herumgedoktert, den es schon seit Jahrtausenden auf der Erde gegeben hat. Es gibt eine Stelle im Buch Exodus – der Blutplage –, wo der Herr sagt: ›*Mit dem Stab in meiner Hand werde ich das Wasser des Nils schlagen, und es wird in Blut verwandelt werden. Die Fische im Nil werden sterben, und der Fluss wird schwinden; die Ägypter werden sein Wasser nicht trinken können.*‹ Wer sagt denn, dass das nicht ein Augenzeugenbericht über eine Red Tide war? Und *Pfiesteria* hält sich wahrscheinlich schon seit Äonen im Golfstrom auf. Erst in letzter Zeit hat sie Schlagzeilen gemacht und jetzt ist es vielleicht zu spät. Auf der ganzen Welt haben sich toxische Planktonblüten bis zu einem Punkt gesteigert, wo die Menschen keine andere Wahl mehr haben, als Vorsorgemaßnahmen zu treffen.«

»Du besitzt wirklich die Gabe, einen zu beruhigen«, sagte Ellie.

»Das gehört mit zu meinem Job«, sagte Garner. »Ich habe gerade darüber nachgedacht, was du über die Rettung des Planeten gesagt hast – einem Planeten für Menschen –, und ob wir überhaupt von Anbeginn an dazu bestimmt waren, auf diesem Planeten den Hauswirt zu spielen.«

»Nach all der Dummheit, die ich in den letzten paar Tagen miterlebt habe, ist mir fast danach, ihn den Mikroben zu überlassen; sollen sie ihn doch zurückhaben«, sagte Ellie. »Eigentlich gibt es kein vernünftiges Argument für den Menschen.«

»Harmon hat lediglich das natürlich vorhandene Potential beschleunigt, als er seine biologische Waffe gebaut hat«, sagte Garner. »Eine Waffe, die man leicht züchten und billig produzieren und reproduzieren kann, mit der Fähigkeit, die ganze Wirtschaft einer Nation zu zerstören, die auf Nahrung aus dem Meer angewiesen ist. Aber er hat sein Ziel nicht erreicht.«

»Das klingt ja, als fändest du dieses Monstrum noch nicht tödlich genug «, sagte Ellie.

»Oh, tödlich genug ist es schon – jetzt«, widersprach Garner. »Es tötet schneller und wirksamer als jedes Gift und jede chemische Waffe, die ich je gesehen habe. Was da draußen auf der anderen Seite dieses Fensters so wunderschön wächst, besitzt die Fähigkeit, mehr Menschen zu töten als eine Atombombe, mit dem strategischen Vorteil, dass dabei alle anorganischen Strukturen intakt bleiben. Es tötet und zieht weiter. Kannst du dir ausmalen, was wäre, wenn jemand diese Kräfte als Waffe zähmen könnte? Eine Hungersnot erzeugen. Etwas davon einem faschistischen Diktator in die Zahnpasta mischen. Das Aerosol über einer Großstadt versprühen. Es bei einem Fußballspiel in die Klimaanlage injizieren und sechzigtausend Menschen töten, ohne dass dabei die Kartoffelchips herunterfallen. Eine nahezu perfekte biologische Waffe. Aber das ist nur die Hälfte ihres Potentials.«

»Und der Rest?«, fragte Ellie.

»Ich glaube, Charles wusste, dass er scheitern würde«, sagte Garner. »Heutzutage kann man das Rezept für eine biologische Waffe in jeder öffentlichen Bibliothek finden. Jeder kann sich das Material im Versandhandel auf einen Universitätscampus schicken lassen. Warum sollte also das Militär in toxische Dinoflagellaten investieren? Charles muss gewusst haben, dass es unmöglich ist, im offenen Meer die für die Herstellung eines so tödlichen Neurotoxins erforderliche Zellkonzentration herbeizuführen. Ich glaube, sein einziges Interesse bestand darin, für sich und seine Familie Geld zu verdienen. Er hat die Forschungsmittel des Militärs so lange eingesetzt, wie er das mit seinem Gewissen in Einklang bringen konnte. Ich vermute, er war froh, als sein Experiment gescheitert ist, und hat anschließend das Geld dazu benutzt, in Frieden seinen eigenen intellektuellen Interessen nachzugehen.«

»Die Zysten haben wahrscheinlich jahrzehntelang hier

draußen gewartet«, meinte Ellie. »Darauf gewartet, dass es zur richtigen Kombination von Voraussetzungen kam.«

»Jedenfalls wissen wir, dass diese *Pfiesteria* nicht dazu entwickelt worden ist, Meeressäuger zu töten. Aber deren Wärme macht sie zu ihrem Opfer. Die Zellen hören keine Vokalisationen, sie hören *Wärme*. Ihre Statozysten sind sensitiv genug, um akustisch Temperatur aufzuspüren. Harmon hat angefangen, eine Zelle zu entwickeln, die dazu imstande war, ein hoch wirksames Toxin zu erzeugen, und dabei, ohne sich dessen bewusst zu sein, das biologische Äquivalent von ATOC entwickelt.«

»Willst du damit sagen, dass diese Zellen wie winzige Hydrophone funktionieren können?«

»Ja, aber sie sind um ein Vielfaches sensitiver für niedrige Frequenzen«, sagte Garner. »Das haben die Kameras von Medusa gezeigt. Glaub mir, wenn Lockwood wüsste, was Serg und ich in den Messwerten gefunden haben, hätte er es nicht so eilig, diesem Zeug den Garaus zu machen. Mit ein klein wenig zusätzlichem Entwicklungsaufwand hätten die ein Lausch- und Kommunikationsnetz, das sich selbst regeneriert und praktisch unangreifbar ist. Ich glaube, dass Charles dies ganz genau weiß und es sozusagen vor den falschen Ohren geheim halten will. Er möchte, dass wir dafür sorgen, dass dieses widerwärtige Experiment sanft, aber ein für alle Mal in der Nacht verschwindet.«

»Was also werden wir tun?«

»Das Einzige, was wir tun *können*«, sagte Garner. »Die Kolonie vernichten, ehe noch jemand stirbt. Ehe jemand anderer zwei und zwei zusammenzählt und den Versuch macht, den Teppich als so etwas wie ›angewandte Technologie‹ zu benutzen.«

»Die Frage ist immer noch dieselbe«, sagte Ellie. »Wie töten wir es.«

Garners Schweigen war für Ellie kaum zu ertragen. Seine Augen verengten sich, studierten die nur wenige Zoll entfernte Kolonie. Er weigerte sich, etwas Beruhigendes zu sagen, nur um sie zu beschwichtigen. Seine Wahrheitsliebe war ungebrochen.

Und dafür liebte sie ihn.

Ellie strich mit den Fingern über Garners Gesicht, nahm seine Züge durstig in sich auf. Sie strich an Garners kantigem Kinn entlang, über seine leicht gebogene Nase und schließlich über die kleine weiße Narbe auf seiner Stirn, die wie ein liegendes S aussah.

»Und wo hast du dir das geholt?«, fragte sie und deutete dabei auf die Narbe. »Das wollte ich dich schon lange fragen.«

»Ein kleines Andenken an meine Zeit bei der Navy.«

»Eine alte Kriegsverletzung?«, sagte sie in einem Tonfall, als stünde sie am Bett eines Patienten. »Kriegsnarben von hoher See?«

»Landurlaub«, korrigierte sie Garner. »Ho Chi Minh City. Ein betrunkener australischer Matrose hat mich mit einer zerbrochenen Bierflasche erwischt. Er hatte es auf mein Auge abgesehen, aber ich konnte mich rechtzeitig ducken.«

»Okay, und wer hat angefangen, Commander Garner?«, fragte Ellie streng.

»Keiner von uns. Oder beide«, meinte Garner. »So wie ich mich daran erinnere, wollte ich die Tugend einer widerstrebenden jungen Frau verteidigen und das hat dem Aussie nicht gepasst.«

»Aber du hast es trotzdem getan und die junge Maid gerettet, oder?«, fragte sie und sah Garner dabei tief in die Augen.

»Ja«, nickte Garner.

»Weil sich das einfach so gehört hat, oder?«

»Ja.«

»Und hat sie dir je dafür gedankt, diese Maid?«

»Ja, das hat sie«, meinte Garner und lächelte verschmitzt. »Aber wie sich dabei herausgestellt hat, war sie gar nicht so tugendhaft.«

»Was du nicht sagst«, flüsterte Ellie, deren Mund jetzt ganz dicht bei seinem war. »Und was macht es schon, wenn man nicht ganz so tugendhaft ist?« Sie küsste ihn voll auf den Mund. »So etwa?«

Garner schob sich näher an sie heran und erwiderte ihren Kuss. »Nein, es war eigentlich eher so«, hauchte er und küsste sie wieder. »Und so. Und so.« Seine Demonstration dauerte an.

»Oh, was für eine Schlampe«, kicherte Ellie.

»Ja, schlimm«, pflichtete Garner ihr bei und erforschte jetzt Ellies frei liegende Haut. »Ich kann kaum glauben, dass ich mich für sie dieser Flasche ausgesetzt habe.« Er zog Ellie das T-Shirt aus und ließ seine hungrigen Lippen über ihre Brüste wandern. »Jemand wie *Sie*, Dr. Bridges, das wäre etwas ganz anderes. Das wäre mindestens einen Sechserpack wert.«

In der Enge der Beobachtungskuppel stieg Ellie aus ihrem Anzug und streifte Garner den seinen von den breiten Schultern. Sie fanden einander, tauschten ihre Wärme, entspannten sich selbst und gegenseitig.

Drängten sich aneinander, verdrängten ihre Ängste.

Teilten diesen winzigen Augenblick miteinander.

Zur Vollendung.

Dann lagen sie in der abgeschiedenen Stille der Observationskuppel. Garner schlang den Arm um Ellie und zog sie zu sich heran, dann fielen ihm vor Erschöpfung die Augen zu.

Ellie presste sich an ihn, fühlte seine Wärme, genoss das Gefühl der Nähe und dass der enge Raum plötzlich gar nicht mehr so eng schien. Sie strich mit dem Finger über die Narbe an Garners Stirn und fand es immer noch unglaublich, wie dieser Mann all die dramatischen Abenteuer, die er ohne Zweifel hinter sich hatte, überlebt und nur diesen einen Kratzer zurückbehalten hatte – und der stammte aus der absurdesten Begegnung von allen. Diese winzige, weiße Hautfalte war nicht viel länger als ein halber Zoll. Sie sah nicht anders aus als das Narbengewebe von Muttermalen, Warzen und Keratosen, die sie als Praktikantin in Doc Melnyks Hautklinik per Kryotherapie entfernt hatte. Das war vielleicht der Grund, weshalb ihr dieser kleine Makel überhaupt aufgefallen war; sie hatte schließlich Hunderte davon gesehen. Sobald man mit einem Tupfer oder einer Sprühpistole flüssigen Stickstoff aufbrachte, fielen diese Wucherungen einfach ab, an der Epidermis abgefroren, und hinterließen nichts als eine flache weiße Narbe –

Plötzlich zuckte Ellie zusammen, schlagartig aus ihren Träumen gerissen. Garner setzte sich neben ihr auf.

»Ich weiß, ich weiß«, sagte er. »Es war ja wunderschön, aber wir müssen noch die Welt retten.«

Ellie konnte kaum an sich halten. Die Worte platzten förmlich aus ihr heraus: »Was ist mit Kryolyse?«, fragte sie. »Was, wenn wir die Zellen mit flüssigem Stickstoff aufbrechen würden?«

Jetzt klingst du schon wie Nolan, wollte Garner schon sagen, als ihm bewusst wurde, wie bedeutsam Ellies Worte waren.

»Wir können nicht die ganze Bucht kochen«, argumentierte sie. »Und selbst wenn wir das könnten, allmählich, mit dem Hot Deck, würde das die Zellen ja nur zur Vermehrung veranlassen. Sie *mögen Wärme.*«

»Und das Aerosol würde sich ausdehnen«, sagte Garner. »Aber wenn wir sie mit flüssigem Stickstoff einfrieren...«

Sein Verstand arbeitete fieberhaft, ordnete, sortierte. »Plötzliche Abkühlung, gefolgt von explosiver Erwärmung. Und ich meine wirklich explosiv.«

Garner nahm Ellie in die Arme und küsste sie erneut. »Dr. Bridges, mir gefällt, wie dein Verstand funktioniert«, sagte er und zog sich wieder an.

»Ich möchte gern meinen Job behalten«, erwiderte sie, schlüpfte wieder in ihren Anzug und folgte ihm schnell über die Leiter nach oben.

Als Garner das Hauptlabor erreichte, wäre er fast mit Zubov zusammengestoßen, der aus der entgegengesetzten Richtung kam.

»Acht Tote«, sagte Zubov. »Zwei in der Sikorsky und je drei weitere in den beiden Fernsehhubschraubern.«

»Was ist mit den SEALS?«, wollte Garner wissen.

»Es ist wie ein Wunder, aber von denen ist keiner verletzt. Die gute Nachricht ist, dass Jakes inzwischen die *Zoea* entdeckt hat. Die müssten das U-Boot innerhalb einer Stunde geborgen haben.«

»Ausgezeichnet«, sagte Garner. »Wenn auch nur die geringste Chance besteht, dass die *Zoea* sich mit Wasser aus dem Teppich gefüllt hat, als sie hinter dem Sockel in die Tiefe sank, dann dürfen wir sie nicht dort unten lassen, wo die *Pfiesteria*-Zysten von den Strömungen auf dem Meeresgrund verteilt werden könnten.«

»Was sollen die denn mit dem Boot machen?«, erkundigte sich Zubov.

»Für den Augenblick einfach hinten an der *Kaiku* anhängen.«

»Dieses Schiff sieht allmählich aus wie eine Amulettsammlung«, sagte Zubov und sah dann, wie Garners Brauen sich leicht amüsiert und fragend in die Höhe schoben. »Was ist?

Ich weiß, was Amulette sind. Meine kleine Schwester hat immer welche getragen.«

»Bis wir etwas Brauchbares gefunden haben, müssen wir sämtliche Stücke von diesem Ding zusammenhalten«, erklärte Garner.

Er fand Sweeny im Lageraum der *Kaiku*, wo dieser nachdenklich die letzte Polygon-Projektion musterte.

»Wo hat Nolan das ganze Permanganat herbekommen?«, fragte ihn Garner.

»Von Olympic Scientific Supply in Bremerton«, antwortete Sweeny. »Warum?«

»Nehmen Sie mit denen Kontakt auf und fragen Sie, ob wir etwas flüssigen Stickstoff bekommen können«, forderte Garner ihn auf.

»Wie viel ist ›etwas‹?«, fragte Sweeny.

Garner tippte ein paar Werte ein. Flüssiger Stickstoff hatte eine extrem niedrige Wärmekapazität; die von Meerwasser dagegen war vergleichsweise hoch. Glücklicherweise würden sie nur so viel brauchen, dass sie den Teppich mit einer dünnen Schicht überziehen konnten.

»Rund gerechnet sollten zehntausend Gallons reichen«, sagte er schließlich.

Sweeny wurde bleich. »Das schaffen wir nie – ich meine, einen Leichter beladen und rechtzeitig hierher bringen.«

»Wahrscheinlich nicht«, nickte Garner. »Und selbst wenn wir es schaffen, könnten wir den Leichter vermutlich nicht in die Bucht bugsieren.« Er nahm Funkverbindung mit der *Albany* auf, gab seine Anforderung an Jakes weiter und fügte hinzu, dass er genügend Hubschrauberunterstützung brauchte, um den flüssigen Stickstoff direkt auf das Deck der *Kaiku* zu schaffen.

»Viel verlangen Sie ja nicht, was Garner?«, brummelte Jakes.

»Sie haben mir angeboten, dass ich alles kriege, was ich brauche«, sagte Garner.

»Ja, das habe ich. Aber langsam ist der Schrank leer«, sagte Jakes. »Sonst noch etwas?«

»Ja. Wir brauchen etwas, um damit die *Kaiku* zu versenken.«

»Also *das* haben wir«, versprach Jakes.

In einem gepflegten Bungalow nördlich von Bangor, Washington, schrillte die Klingel eines Telefons durch die mitternächtliche Stille. Donald Porter stöhnte, wälzte sich im Bett zur Seite und nahm den Hörer ab. Er nuschelte *Hallo* und lauschte der Stimme am anderen Ende der Leitung.

»Für dich«, sagte er dann, stieß seine Frau an und reichte ihr das Telefon. Mitternächtliche Anrufe waren in ihrem Haus keine Seltenheit – genau genommen gab es sie sogar viel zu häufig –, aber in der ersten Nacht eines dreitägigen Kurzurlaubs war die Störung besonders lästig.

Margaret Porter hörte sich die Anweisungen des Anrufers an, runzelte die Stirn und bat darum, sie zu wiederholen. In seiner zwölfjährigen Ehe hatte Donald Porter noch nie gehört, dass seine Frau sich irgendeine Anweisung hatte wiederholen lassen, das allein reichte aus, um ihn dazu zu veranlassen, sich besorgt aufzurichten. Er knipste die Nachttischlampe an und wartete gespannt, bis seine Frau das Gespräch beendet hatte.

»Was ist denn, Baby?«, fragte er, als sie ihm das Telefon zurückreichte. »Gegen wen wirst du denn heute in den Krieg ziehen?«

»Wenn ich dir das sagen würde, würdest du es mir nicht glauben«, antwortete sie.

»Versuch's doch.«

Sie wiederholte das Gespräch, so gut sie konnte, und beobachtete die Reaktion ihres Mannes. »Ich hab's dir ja gesagt«, sagte sie dann, kroch aus dem Bett und trat unter die Dusche.

Eine halbe Stunde später traf Captain Margaret Porter am Haupttor des Komplexes ein, in dem die U.S. Navy Submarine Group (SUBGRU) 9 untergebracht war. Ihr vertrauter blauer Suburban wurde durch das Haupttor gewinkt, und sie parkte auf dem ihr zugeteilten Platz am Fuße des dritten Piers. Eine Planke am Ende des Stegs führte sie auf das Deck der SSN-638, einem von etwa zwei Dutzend Atomunterseebooten der Sturgeon-Klasse in der Flotte der U.S. Navy. Im Verlauf der letzten fünf Jahre hatte Margaret Porter, die erste farbige Unterseebootkommandantin der Navy, jeden Quadratzoll des Bootes mit seiner Länge von 292 Fuß, einer Wasserverdrängung von 4 250 Tonnen, seinem gerundeten Rumpf und der hohen, schneidig wirkenden Schwanzflosse kennen und bewundern gelernt.

Ihr Dienstfahrzeug.

Victor Bennett, seit vier Jahren Porters XO, erwartete sie am Fuß des Kommandoturms, salutierte und reichte ihr einen Ausdruck der Anweisungen, die Porter bereits telefonisch entgegengenommen hatte. Bennett schien ebenso unsicher auf die Anweisungen zu reagieren, wie dies vorher schon Porters Mann getan hatte.

»Ist das ernst gemeint?«, fragte Bennett Porter, als sie, ohne langsamer zu werden, im Vorübergehen den Befehl von ihm entgegennahm.

»Mir scheint das einfach genug«, sagte Porter. »Wir fahren in den Sund hinaus, torpedieren und versenken ein gestrandetes Zivilschiff und entzünden einen toxischen Teppich unbekannter Herkunft.«

Bennett schüttelte den Kopf. »Und warum das Ganze?«

»Sehen Sie keine Nachrichten?«, Porter schien überrascht.

»Doch«, sagte Bennett. »Aber warum *wir*? Die Army hat für so was doch bestimmt bessere Waffen«, argumentierte er. »Brandbomben, Napalm...« Er fing an, ein ganzes Arsenal tödlicher Waffensysteme aufzuzählen und mit denen im Bauch der SSN-638 zu vergleichen. »Zum Teufel, aus dieser Distanz könnten wir ein paar Tomahawks auf das Ziel absetzen, ohne auch nur unser Dock zu verlassen.«

»*Tarnung*«, sagte Porter. »Vielleicht möchten die, dass wir getarnt vorgehen, wie das nur ein Unterseeboot kann.«

»Tarnung«, wiederholte Bennett.

»Die Frage ›warum‹ steht uns gar nicht zu, höchstens ›warum *nicht*?‹«, witzelte Porter. »Vielleicht möchte derjenige, der diese kleine Veranstaltung angesagt hat, etwas Unauffälligeres als Napalm oder Raketen«, überlegte sie dann. »Etwas, das ein wenig leiser und präziser wirkt.« Sie zwinkerte Bennett zu. »Oder vielleicht wissen die auch nur, welchen Spaß es uns beiden macht, Dinge in die Luft zu jagen.«

Sie begann den Turm hochzuklettern. »Kommen Sie«, sagte sie mit einem müden Grinsen. »Erledigen wir den Job, und anschließend leisten wir uns einen Big Mac.«

Weniger als eine Stunde später legte die SSN-638 ab und strebte in gleichmäßigem Tempo von zehn Knoten auf ihr Zielgebiet zu. Obwohl das Unterseeboot fast so lang wie ein Fußballplatz war, hatte es nicht einmal dreißig Fuß Tiefgang. Die Bathymetrie, die sie erwartete, würde ihm kaum Schwierigkeiten bereiten, was man für die größeren Schiffe der Los Angeles Klasse nicht sagen konnte. Die See war ruhig, als sie fast lautlos aus dem Nordende des Hood Canal fuhr, dann nach Nordosten, vorbei an Point Hannon zu ihrer Zielposition am Südende von Admiralty Inlet.

Die Crew würde ihren Zielort selbst ohne Koordinaten erreicht haben, indem sie einfach bloß der Unterwasserkakophonie der ATOC-Transmitter folgte, die die *Albany* und die *Columbus* erzeugten. Über die offenkundige akustische Indiskretion amüsiert, übertrugen die Sonarleute des Unterseeboots die Geräusche über das Lautsprechersystem, so dass die ganze Crew sie hören konnte.

»Ist das denn zu glauben?«, fragte Bennett Porter. »Und ich hatte immer geglaubt, Country-Musik wäre schon furchtbarer Lärm...«, murmelte sie.

Als sie auf die vorgeschriebene Distanz gegangen waren, nahm Porter mit der *Albany* und deren provisorischem Kommandanten John Jakes Verbindung auf. Jakes machte sie schnell mit der Lage vertraut und schaltete sie dann zu Brock Garner auf der *Kaiku*, dem ihr zugewiesenen Ziel, durch.

»Guten Morgen, Commander Garner«, begrüßte ihn Porter. »Hier spricht Captain Margaret Porter von der SSN-638.«

Über Funk konnte sie Garner lachen hören. »Wie ich sehe, gibt es immer noch Leute mit Humor«, sagte er.

»Ist mir etwas Komisches entgangen?«, wunderte sich Porter. In ihrer kometenhaften dreißigjährigen Laufbahn hatte sie oft mit Gelächter zu tun gehabt.

»Das war einfach eine sehr lange Nacht für uns«, meinte Garner. »Und deshalb finde ich es beruhigend, dass man uns die 638 schickt.«

Porter sollte erst später begreifen, welche Ironie darin lag, dass man ausgerechnet ihr Schiff für die vorliegende Aufgabe ausgewählt hatte. Wie Garner wusste, hieß die SSN-638 *Whale* – also noch ein Wal.

29

31. August
47° 52' Nördl. Breite, 122° 38' Westl. Länge
Vor Port Gamble, Washington

»Wie sieht's aus?«, fragte Jakes Garner von der *Albany* aus. Porter hörte auf der *Whale* ebenso zu wie Robertson und McRee auf der *Exeter* und der Kapitän der *Columbus*.

Garner gab die Informationen weiter, die er von Kapitän und Bootsmann der *Kaiku* bekommen hatte. »Der Ausleger ist im Eimer und nicht mehr einsetzbar«, begann er. »Das Hot Deck hängt noch daran – es funktioniert, fängt aber an, unsere Energieversorgung zu überlasten, deshalb werden wir es im Laufe der nächsten Stunde völlig abschalten müssen. Die Aufhängung von Betty hat sich teilweise im Ruder verheddert. Das beeinträchtigt unsere Manövrierfähigkeit etwas, aber solange wir noch im Teppich stecken, können wir niemanden hinunterschicken, um den Schaden zu beheben.«

»Was ist mit der *Cyprid*?«, wollte Jakes wissen.

»Die werden wir so bald wie möglich abkoppeln«, sagte Garner. »Eines von Ihren Schiffen kann das Boot ja provisorisch übernehmen. Ich möchte mit dem Hochziehen des ATOC-Transmitters so lange wie möglich warten. Das Gleiche gilt für Betty. Ich sehe immer noch eine Chance, uns die Kolonie vorzunehmen, sobald das Hot Deck abgeschaltet ist.«

»Dann ist also der wichtigste Faktor unseres Manövers

außer Gefecht oder zumindest stark beeinträchtigt«, bestätigte Jakes. »Was schlagen Sie vor?«

»Sobald der Stickstoff hier eintrifft, werden wir die Behälter hinten auf der *Kaiku* aufbauen. Dann müssen wir sie zur Sprengung verdrahten, damit so viel wie möglich von der Flüssigkeit gleichzeitig freigegeben wird.«

»Vakuumbehälter mit Schnellverschlüssen finden wir ganz bestimmt nicht«, sagte Jakes. Flüssiger Stickstoff wurde wegen seiner physikalischen und thermischen Eigenschaften typischerweise in speziellen Vakuumbehältern gelagert, die ähnlich wie eine Thermosflasche gebaut und mit kegelförmigen Öffnungen an der Oberseite versehen waren, die ganz spezielle Deckel hatten.

»Die werden wir nicht brauchen«, erklärte Garner. »Serg und ich müssen ohne großen Zeitaufwand etwas improvisieren, womit wir die Vakuumbehälter zum Aufplatzen bringen. Sobald das erledigt ist, möchte ich die *Kaiku* auf geraden Kurs in die Bucht setzen und den Stickstoff über Bord kippen. Allen gleichzeitig, wenn das möglich ist – je schneller, umso besser.«

»Sie werden die *Kaiku* nie wieder dort herausbekommen«, erklärte Jakes. »Nicht bei der geringen Tiefe, mit nur einem halben Ruder und mit dem ganzen Mist, der an den diversen Plattformen hängt. Haben Sie das Sweeny schon gesagt?« Bis jetzt hatte Garner nur Jakes und Zubov in seinen Plan eingeweiht, die *Kaiku* zu opfern, um auf diese Weise den Teppich zu vernichten.

»Was er nicht weiß, macht uns nicht heiß«, erwiderte Garner. »Ich denke, wenn wir die *Kaiku* so weit wie möglich in der Bucht auf Grund setzen, wird uns der Küstenverlauf als natürliche Eindämmung für den Teppich behilflich sein. Das Hot Deck wird die Kolonie weiterhin, auch in der Untiefe, anziehen, während die Wasserbomber dafür sorgen, dass die

Bäume benetzt sind, so dass das Aerosol sich nicht ausbreiten kann.«

»Ich habe bereits die Evakuierung der Nordhälfte der Insel und von Port Gamble, Point Julia, Little Boston, Lofall, Kingston und der Reservationsgebiete angeordnet«, erklärte Jakes. »Es gab natürlich, wie erwartet, eine ganze Menge Einsprüche und auch ein paar Leute, die sich weigern, aber innerhalb der nächsten Stunde sollten wir für sie eine Pufferzone von zwei Meilen geschaffen haben.«

»Sobald der Teppich eingedämmt ist und sich um die *Kaiku* konzentriert«, warf Porter ein, »ist das der Zeitpunkt, wo Sie die Stickstofftanks sprengen wollen?«

»Richtig«, bestätigte Garner. »Der flüssige Stickstoff wird die Zellen der Kolonie binden und sie gefrieren lassen. Sobald das geschehen ist, kann die *Whale* jederzeit auf die *Kaiku* feuern. Die Explosion wird die Kolonie hoffentlich entzünden und auf die Weise die Zellen zerreißen oder verbrennen, ehe sie Zysten bilden können.«

»Sie haben zu viele Filme gesehen, Garner«, erwiderte Porter. »Sie können die *Kaiku* torpedieren, aber das ist kein Munitionsschiff. Das ist ein umgebautes Minenräumboot mit verdammt dickem Rumpf.«

»Ich nehme an, Sie haben noch nie gesehen, wie flüssiger Stickstoff ins Kochen kommt, wenn er verdunstet«, wandte Garner ein.

»Das ist thermische Expansion«, korrigierte ihn Porter, »nicht die Brandkraft, die Sie brauchen werden.«

»Was schlagen Sie vor?«

»Zusätzlichen Treibstoff«, erklärte Porter. »Wenn Sie eine Explosion haben wollen, die stark genug ist, um diese Bucht in Brand zu stecken, müssen wir mehr Treibstoff auf die *Kaiku* bringen.«

»Das Deck ist bereits völlig vollgestellt«, meinte Robertson von der *Exeter*. »Wenn Sie vorhaben, zuerst die Stickstofftanks zur Detonation zu bringen, kann man dann nicht damit rechnen, dass gleichzeitig auch der Treibstoff explodiert?«

»Ich schlage vor, wir lagern den Treibstoff im Laderaum achtern«, meinte Jakes. »Auf die Weise ist die Gefahr nicht so groß, dass es zu einer Explosion kommt, wenn Sie auf Grund laufen. Wesentlich geringer offen gestanden nicht, aber zumindest fordern Sie nicht das Schicksal heraus.«

»Gute Idee«, stimmte Garner ihm zu. »Wir können den zusätzlichen Treibstoff im Hangar der Tauchboote unterbringen und anschließend die Ladeklappen schließen und den Stickstoff auf dem Achterdeck aufbauen.«

»Eine schwimmende Bombe«, sinnierte Porter. »Und wer fliegt diesen Kamikazeeinsatz?«

»Wir werden mit einem Minimum an Mannschaft auskommen«, erklärte Garner.

»Sozusagen«, warf Zubov dazwischen.

»Serg und ich kümmern uns um die Koordination auf Deck, und außerdem nehmen wir eine Brückencrew aus drei Personen – Kapitän, Maat, Steuermann«, fuhr Garner fort. »Sobald wir auf Grund gelaufen sind, kann ein Hubschrauber die Crew abholen und die Wasserbomber können ihre Einsätze beginnen. Serg und ich werden als Letzte von Bord gehen, unmittelbar bevor wir die Tanks sprengen.«

»Mumm haben Sie, Garner, das muss man Ihnen lassen«, sagte Porter beeindruckt.

»Und wir alle bauen darauf, dass die Würfel richtig fallen. Bei einem einzigen Wurf«, fügte Jakes hinzu. »Bauen Sie bloß keinen Mist.«

»Vielen Dank für das Vertrauensvotum«, sagte Garner.

Als er abschaltete, merkte er, wie Zubov ihn von der Seite musterte. *Er hat Recht – bau keinen Mist.*

»Guter Plan, Brock«, sagte Zubov laut. »Schlicht, aber elegant.«

»Unter keinen Umständen«, ereiferte sich Sweeny, seine Oberlippe zitterte dabei. »Ich glaube, Sie sind alle nicht ganz bei Trost.« Er fuhr sich mit den Fingern durch seinen roten Bürstenschnitt, und man konnte sehen, dass ihm die Schweißtropfen auf der Stirn standen.

Carol und Sweeny hatten sich im Lagerraum zu Garner, Zubov und der Brückencrew gesellt. Obwohl Sweeny entschieden dagegen war, das Schiff sozusagen als Zielscheibe zu benutzen, war Carol mit dem Plan einverstanden. Garner vermutete, dass das, was sie auf der *Zoea* durchgemacht hatte, ihre Einstellung stark verändert hatte.

»Brock hat Recht«, meinte sie. »Was von unserem ›Wal‹ übrig geblieben ist, hat unsere Decksaufbauten ziemlich mitgenommen. Die *Kaiku* nützt uns in diesem Zustand nichts – wir können sie nicht richtig einsetzen und nicht bewegen, ohne dabei wichtiges Gerät wie Betty oder das Hot Deck zu verlieren.«

»Haben Sie eine Ahnung, was dieses Schiff *wert* ist?«, fragte Sweeny.

»Im Vergleich zu wie vielen Menschenleben?«, konterte Carol. »Bob hat sein Leben dafür gegeben, Brocks Plan zu unterstützen. Ich denke, wir sind es ihm schuldig, dass wir diese Geschichte sauber zu Ende bringen.«

Sie lügt, dachte Garner, der die ganze Zeit Carols Gesichtsausdruck studiert hatte. *Sie spielt für Sweeny die Rolle der Witwe, aber innerlich will sie alles versenken, wofür Nolan einmal gestanden hat, sein Flaggschiff ist da nur der Anfang.* Sweeny wandte sich der Crew der *Kaiku* zu. »Was halten Sie denn davon?«, fragte er.

»Das haben Sie zu entscheiden«, erklärte der Kapitän.

»Geben Sie uns die Koordinaten, die Sie wollen, und wir bringen sie hin – auf eine Sandbank dort draußen oder zu Ihrem Liegeplatz in Everett.«

»Selbst wenn Sie dann keinen Job mehr haben?«, bohrte Sweeny. Der Steuermann und der erste Maat blickten auf ihre Schuhspitzen und gaben keine Antwort.

»Nolan hat eine ganze Menge anderer Schiffe«, sagte der Kapitän. »Ich denke, dass ich auf einem davon schon ein Zuhause finden werde, ganz besonders, wo ich ja schließlich, was auch immer ich in den nächsten zwei Stunden tue, Befehle befolge.«

»Sie können das Schiff so oder so abschreiben«, gab Garner zu bedenken. »Wir werden Jakes' Männer herüberholen, damit sie alles abreißen, was nicht niet- und nagelfest ist, und es auf der *Columbus* oder der *Exeter* verstauen. Sagen Sie mir bloß nicht, dass die Versicherung nicht dafür bezahlen wird. Verdammt noch mal, am Ende weisen Sie vielleicht sogar noch einen Profit aus und Ihr Vorstand wird Sie loben.«

Sweeny kaute stumm auf seiner Unterlippe, während sein Blick zwischen Garner, Carol und Zubov hin und herwanderte. »Ich mag das nicht«, sagte er. »Ich mag es nicht, wenn ich unter Druck gesetzt werde.«

»Dann entscheiden Sie sich einfach, verdammt noch mal!«, explodierte Zubov und trat drohend einen Schritt auf Sweeny zu. »Wir haben keine Zeit für diesen Blödsinn.«

»Okay«, schnaufte Sweeny. »Tun Sie es. Aber ich komme mit, um alles zu überwachen, was Sie tun.«

»Wir würden nicht einmal im Traum daran denken, irgendwo ohne unseren Aufpasser hinzugehen«, sagte Garner.

Zubov folgte Sweeny nach draußen und fing an, gemeinsam mit diesem die Geräte und anderes Material zu kennzeichnen, das von dem Schiff geborgen werden sollte. Der

Kapitän der *Kaiku* bat die *Exeter* und die *Albany* über Funk, die Position der Schiffe zu koordinieren. Sobald der zusätzliche Treibstoff und die Stickstoffbehälter geladen waren, würden Garner, Zubov, Sweeny und die Brückencrew die *Kaiku* in die Bucht steuern. Anschließend würde die *Exeter* Medusa im Teppich absetzen, um sich vergewissern zu können, dass die Zellen erwartungsgemäß reagierten. Sobald – und falls – der flüssige Stickstoff sein Werk an der Kolonie verrichtet hatte, würde die *Whale* die Anweisung bekommen, das Feuer auf die *Kaiku* zu eröffnen.

Garner verfolgte den Funkverkehr mit gespannter Aufmerksamkeit und setzte gelegentlich Korrekturen an, wenn er Änderungen am Angriffsplan vornahm. Als er den Eindruck hatte, dass alles in der richtigen Richtung im Gang war, atmete er tief durch und fuhr sich mit den Fingern durchs Haar. Er schickte sich an, den Lagerraum zu verlassen, und sah, dass nur Carol zurückgeblieben war und ihn stumm von einem Stuhl vor dem Polygon-Plotter aus beobachtete.

»Diese Projektion hier hat ein entscheidendes Manko«, sagte sie und deutete dabei auf den Computer. »Sie bezieht nicht mit ein, welche Auswirkungen es hat, dass Commander William Garner die Katastrophe abwendet.«

»Das liegt daran, dass diese Software auf höchste Präzision getrimmt ist«, sagte Garner. »Ich hingegen improvisiere ständig.«

»Nun, dann hätte Walt Disney deine Phantasie haben sollen«, lächelte sie gequält.

»Walt Disney ist tot«, meinte Garner. »Der Rest ist Mickey Mouse.«

»Dein Vater wäre stolz auf dich«, sagte sie. »Was, zum Teufel, *mein* Vater wäre stolz auf dich.«

»Wir haben es noch nicht geschafft«, warnte Garner. »Jedenfalls möchte ich, dass du dich jetzt von einem Beiboot zur *Columbus* hinüberbringen lässt, oder zumindest zur *Exeter*. Warte dort, bis alles vorbei ist.«

Carol hatte nicht mehr die Kraft zu widersprechen, wollte es vielleicht auch gar nicht. Stumm musterte sie einen Augenblick lang Garners Gesicht und sandte ihm dabei diese Botschaft. Sie konnte nicht länger an Bord der *Kaiku* bleiben.
»Viel Glück«, sagte sie.

»Ja«, nickte Garner mit einem müden Lächeln. »Davon hatte ich in letzter Zeit eine ganze Menge.«

Die erste Maschine einer ganzen Staffel Bell UH-1 Huey Hubschrauber mit dem flüssigen Stickstoff traf kurz vor drei Uhr morgens ein. Innerhalb einer Stunde hatten die Hubschrauber auf dem Achterdeck der *Kaiku* einhundert Isolierbehälter mit je hundert Gallons abgesetzt und unter Regie Zubovs in zwei gleich großen Stapeln beiderseits des Kiels aufgetürmt. Das Gewicht der Behälter und die im Heckladeraum verstauten zusätzlichen Fässer mit Treibstoff drückten das Heck der *Kaiku* tief ins Wasser. Der Rumpf ächzte protestierend, fand aber allmählich ein neues Gleichgewicht.

»Wird der veränderte Tiefgang stören?«, fragte Garner den Kapitän.

»Nee«, meinte der. »Der Tiefgang am Bug beträgt nur zehn Fuß und die Tiefe macht ziemlich konstant vier oder fünf Faden aus. Wir sollten dicht vor diesem Steg am Fuß der Bucht parken können. Auf die Weise haben wir beinahe eine Viertelmeile Küstenlinie rings um uns herum, wo bloß Bäume stehen.«

»Wie ist unsere Höchstgeschwindigkeit?«, wollte Garner wissen.

»Im jetzigen Zustand vielleicht neun Knoten«, schätzte der Kapitän.

»Sie haben eineinhalb Meilen Anlauf«, erklärte Garner. »Schaffen Sie das?«

»Ja. Wir kriegen sie auf Höchstgeschwindigkeit. Das gibt ein Wrack!«

»Diese Dinger haben doch Airbags, oder?«, witzelte Garner und ging dann nach achtern zu Zubov.

Jeder Hubschrauber, der seine Ladung Isolierbehälter auf der *Kaiku* abgesetzt hatte, kehrte zu dem Leichter der Nolan Group zurück, um dort Wasserbehälter aufzunehmen. Die Behälter wurden durch die Meerenge gezogen, bis an die Grenze der Nutzlast der Hueys mit Meerwasser beladen und in die Bucht geflogen. Die Hubschrauber stiegen hoch über die Baumgrenze, kippten nacheinander ihre Ladung ab und errichteten damit einen mächtigen Schutzwall aus Wasser, um das von dem Teppich ausgehende Aerosol zu verdünnen und einzudämmen. Die Hueys galten als die verlässlichsten Arbeitspferde im Arsenal der Streitkräfte, waren aber als Wasserbomber natürlich nicht so wirksam wie die wuchtigen Martin Mars »Flugboote«, die von den Holzgesellschaften eingesetzt wurden. Wasserbomber konnten bis zu 7 200 Gallonen Wasser bei einem einzigen Durchflug abwerfen – zwanzigmal mehr als die Behälter, die Nolan zur Verfügung gestellt hatte –, waren aber bei weitem nicht so manövrierfähig wie die Helikopter. Außerdem waren augenblicklich sämtliche Mars, die sich in Reichweite von Puget Sound befanden, zur Bekämpfung von Waldbränden in den Cascade Bergen eingesetzt.

Als die fünfte Ladung Wasser im Laufe einer Viertelstunde dicht vor der Reling der *Kaiku* ins Wasser klatschte, blickte Zubov, der damit beschäftigt war, die Stickstoffbehälter zu verdrahten, von seiner Arbeit auf.

»Warum müssen wir eigentlich ständig im Regen arbeiten?«, beklagte er sich, als er Garner entdeckte. »Ich *hasse* Regen. Ehrlich.«

Garner sah zu, wie Zubov Drähte aneinanderspleißte und an jedem Behälter eine kleine Sprengkapsel anbrachte, die Jakes ihnen von der *Albany* herübergeschickt hatte. Die Navy war offenbar erneut davon ausgegangen, dass die Crew der *Exeter* ihr Gerät mit wenig oder gar keinen Anweisungen bedienen konnte. »Bist du auch sicher, dass du das richtig machst?«, fragte Garner. »Ich will dir ja nicht zu nahe treten, aber bis jetzt hast du dich nicht gerade als Meister in der Kunst des Verdrahtens erwiesen.«

»Kinderspiel«, wehrte Zubov ab. »Das ist auch nicht komplizierter als Kerzen am Weihnachtsbaum anbringen. Jakes hat gesagt, seine vierjährige Tochter könnte das.«

Sobald Zubov alle Behälter mit Sprengkapseln versehen hatte, gab Garner der *Kaiku* freie Fahrt zur Küste. Über ihnen fuhren die Hubschrauber fort, am Nordrand der Bucht Meerwasser über die Bäume zu kippen, während die ATOC-Transmitter auf der *Albany* und der *Columbus* den Teppich mit neuer Intensität anzuschieben begannen. Von der *Exeter* aus bestätigte McRee, dass die einzelnen Zellen der Kolonie immer noch vor dem Signal zurückwichen und sich geradewegs auf die Bucht zubewegten.

Der Kapitän der *Kaiku* schaffte es, sein Schiff in weniger als einer Meile auf Höchstgeschwindigkeit zu bringen. Unterdessen kämpfte der Steuermann mit dem Ruder und der Vielzahl von Geräten, die an dem Schiff hingen, um sie auf Kurs zu halten.

»Kann ich irgendetwas tun?«, fragte Sweeny den Maat.

»Sehen Sie auf dieses Ding da und rufen Sie die Zahlen aus, die Sie dort sehen«, sagte der Maat und zeigte ihm den Tiefenmesser des Schiffes. »Nehmen Sie die Sprechanlage, damit Sie die dort hinten auch hören können.«

»Neun-Fünneff Fuß... Neun-Drei...«, begann Sweeny. »Ist's so richtig?«

»Sie brauchen nicht Fünneff zu sagen«, erklärte der Maat. »Das ist hier nicht *Die Brücke am Kwai*.«

»Neun-Eins... Neun-Null... Acht-Acht Fuß...«, sagte Sweeny.

»Gut«, lobte der Maat. »Sie können aufhören zu zählen, wenn da Null steht.«

Auf dem Achterdeck fanden Garner und Zubov eine sichere Position in der Nähe der Aufbauten und »schnallten« sich mit zolldickem Tau als einer Art improvisiertem Sitzgurt an.

»Brock, was genau mit diesem Ding passieren wird, wenn es auf Grund läuft, *wissen* wir doch nicht, oder?«, fragte Zubov. Begleitet vom schweren Poltern der Dieselmotoren der *Kaiku*, die auf Höchsttouren liefen, und dem metallischen Dröhnen der zwei Stapel von Stickstoffbehältern, zog die Küstenlinie an ihnen vorbei.

»Nein, das wissen wir nicht«, gab Garner zu. »Die Rumpfplatten sind zwar recht massiv, aber davon abgesehen sind wir eine ziemlich hoch entzündliche Belagerungsramme.«

»Das habe ich mir gedacht«, nickte Zubov.

»Sechs-Zwo... Fünf-Fünf Fuß... Fünf-Zwo...«, tönte Sweenys ängstlich klingende, schrille Stimme von der Brücke.

Die *Kaiku* schob sich gerade durch das nicht einmal dreihundert Meter breite und zwanzig Fuß tiefe Nadelöhr, das die Einfahrt zu der Bucht von Port Gamble bildete.

»Null-Fünf-Fünf Meilen bis zum Aufsetzen«, fügte der Maat hinzu.

»Aber die Wahrscheinlichkeit, dass du dich verschätzt hast, ist ziemlich gering... oder?«, fing Zubov wieder an.

»Wenn ich dich nicht besser kennen würde, dann würde ich jetzt sagen, du fängst an nervös zu werden«, antwortete Garner.

»Nervös? Nee.«

»Scheißangst?«, fragte Garner.

»Ja, das stimmt eher«, gab Zubov zu. »Ich musste daran denken, was meine Großmutter immer über Himmel und Hölle gesagt hat. Wenn du je die Wahl zwischen den beiden bekommst, dann nimm dir den Himmel wegen der Aussicht und die Hölle wegen der Gesellschaft, die du dort hast.«

»Vierzig Fuß... Drei-Acht...«, meldete Sweeny.

»Und wofür würdest du dich entscheiden?«, wollte Garner wissen.

»Dreißig...«

»Stoppen Maschinen. Festhalten«, hallte die Stimme des Kapitäns über die Sprechanlage.

»Serg?«

Das Dröhnen der Schiffsmotoren verstummte und plötzlich war nur noch das laute Klatschen des Wassers am Rumpf zu hören.

»Ich sage: Scheiß auf die Aussicht«, entschied sich Zubov.

Das schrille Kreischen zerreißenden Metalls zerfetzte die nächtliche Stille, als der Schiffsrumpf gegen den Felssockel der Insel prallte. Die *Kaiku* traf exakt an der vorbestimmten Stelle auf das Felsriff. Die Männer konnten hören, wie Geräte, zurückgebliebene Laborgläser und Teile der Wandverkleidung auf den Decks unter ihnen losgerissen und nach vorn geschleudert wurden, was durch das ganze Schiff widerhallte. Die *Kaiku* schob den Bug nach oben, rutschte auf dem frei liegenden Kiel etwas zur Seite, glitt dann wieder ein Stück zurück und kam mit dem im spitzen Winkel in die Bucht ragenden Heck schließlich zum Stillstand. Die Observationskuppel war jetzt völlig aus dem Wasser und auf die Bäume am Ufer gerichtet. Dieser letzte Ruck ließ die losgerissenen Stücke unten im Schiffsinneren wieder in Richtung Heck krachen, ein Regen von Unrat und Abfall, der ein paar Sekunden dauerte.

Dann herrschte wieder Stille.

Zubov ließ die in seinen Lungen angestaute Luft laut aus sich heraus. »Ich habe gelogen. Ich ziehe doch die Aussicht vor.«

»Es ist noch nicht vorbei«, warnte Garner. »Jetzt kommt das Hot Deck. Halt dich fest.«

Sekunden später schmetterte das Hot Deck, das von dem verbogenen Ausleger mitgeschleppt worden war, wie ein gigantisches, außer Kontrolle geratenes Surfbrett gegen das Heck der *Kaiku*. Die Vorderseite des Hot Decks bäumte sich unter der Wucht des Aufpralls auf und hob sich aus dem Wasser. Einen Augenblick lang schien das Hot Deck auf dem Hinterende balancierend zu zögern, dann kippte es um und krachte neben dem Schiff ins Wasser.

Ehe die Kielwelle der *Kaiku* ganz vorbeigeschwappt war, traf der erste der beiden Sikorsky Hubschrauber der Küstenwache ein, um die Männer vom Schiff abzuholen. Sie hörten gerade die letzte Meldung der *Exeter*, die die Daten von Medusa bestätigte, dass der Teppich ganz in die Bucht hineingezogen worden war.

»Lasst uns hier verschwinden«, entschied Garner. »Alles bereit zum Sprengen der Tanks.«

Die Sprengvorrichtung, die Jakes ihnen geliefert hatte, war funkgesteuert und so geschaltet, dass die Ladungen an den einzelnen Behältern aus der Ferne gezündet werden konnten. Die Brückencrew schaltete den Strom für die Dieselaggregate und das Hot Deck ab, worauf Garner sie anwies, in die Sikorsky zu steigen. »Sie auch«, sagte er zu Sweeny.

»Nein, kommt nicht in Frage«, sagte Sweeny. »Ich verlasse das Schiff erst mit Ihnen.«

»Du liebe Güte«, meinte Zubov. »Haben Sie Angst, dass wir einen Aschenbecher stehlen?«

»Überprüfe noch einmal alle Verbindungen an den Sprengkapseln«, sagte Garner und Zubov kam der Aufforderung nach. Garner und Sweeny eilten noch einmal durch den ganzen Rumpf des Schiffes und traten dann wieder auf dem Achterdeck neben Zubov. Der zweite Hubschrauber der Küstenwache war jetzt eingetroffen und ließ ein Tragegeschirr auf das Schiff hinunter. Zubov und Sweeny schnallten sich an und wurden gemeinsam in die Höhe gezogen; Garner folgte ihnen und verließ damit als Letzter das Deck.

»Okay«, schrie Zubov, als Garner die Kabine des Hubschraubers betrat. »Dann wollen wir dieses gottverdammte Ding ein für alle Mal in den Schlaf schicken.«

Auf Garners Kommando griff Zubov nach dem Fernschalter für die Sprengkapseln. Mit einem teuflisch wirkenden, befriedigten Grinsen drückte er den Knopf.

Nichts geschah.

»*Scheiße*!«, fluchte Zubov und drückte den Knopf noch ein paar Mal. Er und Garner sahen zur Tür des Hubschraubers hinaus. Die Behälter standen ordentlich übereinander gestapelt und sichtlich unbeeindruckt auf dem Deck.

»Vielleicht sollten wir Jakes vierjährige Tochter rufen«, sagte Garner mit einem finsteren Blick auf Zubov.

»Wir müssen noch einmal hinunter«, erklärte Sweeny dem Piloten.

»Keine Zeit«, widersprach Garner. »Wir dürfen nicht riskieren, dass es zu einer verzögerten Explosion kommt.« Er zog an dem Draht, der zur Winsch der Sikorsky führte und der noch an seinem Geschirr befestigt war. »Lassen Sie mich hinunter«, sagte er zu dem Mann, der die Winsch bediente.

»Das ist zu gefährlich«, wandte Zubov ein. »Die Dinger könnten jeden Augenblick hochgehen.«

»Oder auch nicht«, wandte Garner ein. »Und sobald das Hot Deck abkühlt, hält nichts mehr diesen Teppich hier fest.« Garner trat in die Türöffnung des Hubschraubers, der durch die Gewichtsverlagerung ins Schwanken geriet, und spürte das vertraute, eisige Gefühl im Magen.

»Ist schon okay«, sagte er mit einem verkniffenen Grinsen an Zubov gewandt. »Ich *liebe* so etwas.«

Der Mann an der Winsch ließ Garner schnell auf das Achterdeck der *Kaiku* hinunter. Aus fast zweihundert Fuß Höhe fand Zubov, dass sein Freund im Vergleich zu dem Schiff und den beiden Behälterstapeln unglaublich klein wirkte. Garner baumelte wie eine sehr ungraziöse Spinne am Ende der Leine und drehte sich langsam im Kreis, als das Kabel ihn seinem Ziel entgegenschweben ließ.

Zwanzig Fuß über dem Deck blieb die Winsch plötzlich stehen. Zubov fuhr erschreckt herum und sah, dass der Draht am Ende seiner Spule angelangt war.

»Ist das alles, was Sie haben?«, herrschte er den Mann an.

»Das ist gestückelt«, antwortete der. »Niemand hat uns gesagt, dass wir mehr Draht brauchen würden.«

»Man braucht *immer* mehr Draht!«, erregte sich Zubov. »Tiefer!«, rief er dem Piloten zu und machte eine entsprechende Handbewegung. »Wir müssen ihn weiter nach unten bringen.«

Der Pilot kam der Aufforderung nach und ließ den Hubschrauber etwas nach rechts absinken. Da leichter Gegenwind aufgekommen war, erwies sich das als zu starke Korrektur. Einen Augenblick lang, in dem ihm der Herzschlag stockte, sah Zubov zu, wie Garner vom Brückenhaus der *Kaiku* abprallte und dann über den Teppich hinausschwang.

Als er wieder zurückschwebte, streckte er beide Hände aus und krallte sich am Rand der Hubschrauberlandeplatte des Schiffes fest.

»Jetzt ganz ruhig halten«, wies Zubov den Piloten an, ohne den Blick von Garner zu wenden.

»Ich versuche es, Sir«, sagte der Pilot. Wieder schwankte der Hubschrauber und zog Garners Geschirr ruckartig nach oben, während dieser versuchte, sich an dem Schiff festzuhalten.

»Dann geben Sie sich gefälligst Mühe«, schrie Zubov den Mann an. »Sie reißen ihn ja in Stücke. Lassen Sie ihm ein wenig Leine.«

»Wenn ich noch mehr Leine lasse, setzen wir ihm dieses Ding auf den Kopf«, widersprach der Pilot.

Darauf ließ er den Hubschrauber noch einmal ein Stück absinken, diesmal weit genug, um Garner Kontakt zum Deck zu verschaffen. Er glitt über die schräge Fläche auf den Behälterstapel zu und fing an, die Drahtverbindungen zu überprüfen und dabei ein paar Verschlüsse der Behälter zu öffnen.

»Unsere Zeit wird knapp, Sir«, ließ der Pilot Zubov wissen.

Komm schon, komm schon, redete Zubov Garner stumm zu. Hinter Garner breitete sich jetzt ein dampfender Strom aus flüssigem Stickstoff über dem Deck aus. Bei minus 160° Celsius kochte das verflüssigte Gas bereits, als es auf die Deckplatten traf und ins Wasser tröpfelte.

Plötzlich leuchtete auf dem Schaltkasten, den Zubov in der Hand hielt, ein grünes Lämpchen auf. Garner hatte den Kurzschluss gefunden und den Sprengmechanismus aktiviert. Ehe Zubov diese Tatsache ganz registrieren konnte, sah er, wie die erste Reihe von Kühlbehältern explodierte. Die Gewalt der Detonation reichte aus, um eine partielle Kettenreaktion auszulösen.

»*Lauf!*«, brüllte Zubov zu Garner hinunter, obwohl ihm bewusst war, wie sinnlos das war. Selbst wenn Garner ihn bei dem Lärm, den der Hubschrauber erzeugte, und dem Zischen des Stickstoffs hören konnte, hätte er nirgends hinrennen können.

Auf dem Deck unter ihm wirbelte Garner herum und rannte von dem kleinen Stapel Kühlbehälter weg, denen eine Flut klarer, sich sofort in Dampf verwandelnder Flüssigkeit entquoll. Als die erste Detonation den Stapel auseinander riss, hatte Garner keine andere Wahl, als sich über Bord zu werfen, hinaus in den freien Raum, der Kolonie entgegen...

... und dann wieder zurück und weg von der *Kaiku*, als die an seinem Geschirr befestigte Leine sich straffte.

Zubov wollte gerade Anweisung erteilen, Garner vom Schiff wegzuziehen, als der durch Winken bedeutete, ihn wieder hinunterzulassen, zurück aufs Deck. Der Pilot kam der Anweisung widerstrebend nach.

»Was zum Teufel hat er jetzt vor?«, fragte der Mann an der Winsch.

»Er versucht ins Labor zurückzuklettern«, sagte Zubov. Als der dicke Nebel unter ihnen aufriss, konnte er den Grund dafür erkennen. »Bei der Detonation ist nur die Hälfte der Behälter aufgerissen.«

Garner krabbelte an dem schräg stehenden Deck der *Kaiku* wieder nach oben und kletterte durch die Tür des Hauptlabors. Als die Last aus den backbordseitig aufgestapelten Stickstoffbehältern ins Wasser floss, wälzte sich die *Kaiku* auf ihrem auf Grund gelaufenen Kiel nach Steuerbord. Die Lukentür klappte auf das Seil herunter, an dem Garner hing, versetzte den Hubschrauber ins Schaukeln und ließ das Getriebe der Winsch aufjaulen. Auf der anderen Seite der Kabine krachte Sweeny gegen die offene Tür und wurde nach draußen geschleudert. Als Zubov und der Mann an der

Winsch herumwirbelten, entschwand Sweeny ihren Augen und das Dröhnen der Rotoren übertönte seinen Schrei, als er in die Tiefe stürzte. Vor ihren Augen prallte Sweenys um sich schlagender Körper auf die Reling der *Kaiku* und blieb dort einen Augenblick lang hängen, ehe er ins Wasser kippte.

»Verdammt«, fluchte der Pilot und versuchte, seine Maschine unter Kontrolle zu halten. »Was ist denn dort hinten los?«

Augenblicke später tauchte Garner wieder auf. Er hielt etwas in der Hand, das Zubov als einen improvisierten Molotov Cocktail erkannte.

Garner winkte zu dem Hubschrauber hinauf, dass man ihn wieder hochziehen solle. Der Mann trat an die Winsch und drückte den Schalter, um das Kabel einzuziehen. Die Spindel drehte sich einige Male und verhakte sich dann plötzlich. Obwohl das Kabel jetzt beinahe straff gespannt war, blieb Garner auf dem Deck der *Kaiku*.

»Die Winsch ist kaputt«, schrie Zubov. »Sehen Sie, dass wir hier wegkommen. Beeilung!«

Als der Hubschrauber höher stieg, wurde Garner das Geschirr gegen die Brust gedrückt und es zog ihn rückwärts in die Höhe, weg von dem Schiff. Zubov sah, wie Garners Arm in die Höhe ging und er den Molotov Cocktail auf die übrig gebliebenen Behälter schleuderte. Als Garner am Brückenhaus der *Kaiku* vorbeigezogen wurde, explodierte die handgemachte Bombe und versetzte Garner am Ende des Kabels in Schwingung. Garner hielt sich die Hände über den Kopf und wandte sich von der plötzlich emporzuckenden Flamme ab, die ihn und seinen feuerfesten Anzug einhüllte. Während der Hubschrauber höher stieg, blickten seine Insassen staunend auf das Schauspiel hinab, das unter ihnen ablief.

Eine zweite Lawine aus flüssigem Stickstoff strömte ins

Wasser und ließ erneut eine Wolke aus kochendem Dampf aufsteigen. Als die schneidende Kälte des Stickstoffs die Oberfläche der Kolonie erreichte, verteilten die *Pfiesteria*-Zellen sie durch ihr Netzwerk aus Schleim und zogen sie durch Kapillarwirkung durch die ganze Kolonie, so wie sie es auch schon mit dem Farbstoff getan hatten. Binnen Sekunden war die ganze Oberfläche der Bucht mit einer gespenstisch wirkenden weißen Eisdecke überzogen, die vom Ufer ausgehend um die *Kaiku* herum vorbei an dem Hot Deck über die ganze Länge der Bucht reichte. An dem der See zugewandten Rand des Teppichs hörte die Verfärbung plötzlich auf.

»Es hat funktioniert!«, triumphierte Zubov. »Halleluja!«, brüllte er den Mann an der Winsch an. Dann zog er mit letzten Kräften, Hand über Hand, die letzten hundert Fuß Kabel ein, bis er Garner schließlich in den Hubschrauber gezerrt hatte.

»Ich hasse das Fliegen«, sagte Garner und brach keuchend auf dem Boden der Kabine zusammen.

In dieser halb ausgestreckten Lage spürte Garner plötzlich, wie der Hubschrauber seitlich abzukippen begann, ganz so wie vor ein paar Tagen, als Nolan am Steuer gesessen hatte. Er schüttelte den Kopf, um das Schwindelgefühl los zu werden. »Die Luft unter uns zieht sich zusammen«, begann er. »Wir werden –«

»*Abschmieren!*«, sagte der Pilot, während der Hubschrauber in Kreiselbewegung geriet. »Festhalten dort hinten.«

»Höher!«, schrie Garner, aber seine Stimme war zu heiser und zu schwach, als dass er sich bei dem gequälten Heulen der Rotorblätter hätte Gehör verschaffen können. Er schloss die Augen und biss die Zähne zusammen, als der Hubschrauber kreiselte, zitternd versuchte, Höhe zu gewinnen, und dann wieder in Richtung Bucht absackte. Garner rutschte aus der Leine heraus und rollte über den Boden auf die offene Tür zu, ehe er sich am Sockel der Winsch festhalten konnte.

Der Hubschrauber war immer noch außer Kontrolle...

Und fiel... und fiel... und –

Fing sich.

Das Motorengeräusch begann wieder normal zu klingen. Garner spürte, wie sich die Schwerkraft wieder einstellte, und schlug die Augen auf.

»Ich sag ja... ich hasse es zu fliegen«, ächzte er.

Von der anderen Seite der Kabine grinste Zubov zu ihm herüber. »Verdammte Scheiße, wir haben's geschafft!«

Garner sah sich verwirrt um. »Wo ist Sweeny?«, fragte er und verstummte dann, als er Zubov nach unten deuten sah. Weit unter ihnen, dicht hinter dem Rumpf der *Kaiku*, in die Oberfläche der Kolonie eingefroren, konnten sie die blutigen Überreste von Sweenys Schutzanzug sehen.

»Knoten binden«, sagte Garner, der langsam wieder zu Atem kam. »Der arme Teufel hätte lernen müssen, wie man Knoten bindet.«

»Captain Porter für Sie in der Leitung«, sagte der Mann an der Winsch.

Garner nahm das Headset entgegen, das der Pilot ihm reichte. »Die Bühne ist frei für Sie, Captain Porter. Sehen Sie zu, dass Sie sie ordentlich beleuchten...«

30

31. August
47° 50' Nördl. Breite, 122° 34' 30" Westl. Länge
Port Gamble Bay, Washington

Das Bild, das sich ihnen durch die Fenster des Hubschraubers der Küstenwache bot, war wie ein surrealistisches Gemälde.

Die *Kaiku* hielt den Bug nach oben gereckt, während ihr Steuerbordheck so weit unter Wasser lag, dass auch noch der Sockel des Hauptauslegers bedeckt war. Ein schmieriger schwarzer Teppich aus auslaufendem Treibstoff besudelte die urtümlich weiße Oberfläche der Bucht hinter dem Schiff und umgab die Überreste von Sweenys gefriergetrockneter Leiche.

»Jemand sollte ihn wirklich dort rausholen, ehe das Feuerwerk anfängt«, meinte Zubov.

»Jemand hätte auch Freeland rausholen sollen«, sagte Garner. Seine Augen blickten wie gebannt auf die Bucht hinunter. *Kommen Sie schon, Porter. Worauf warten Sie noch?*

»Bestätige Zielerfassung der *Kaiku* und Feuer frei, Captain«, hallte Jakes Stimme über das Radio. Porter bestätigte den Zustand der Waffensysteme der *Whale*.

»Zielerfassung bestätigt«, schloss sie.

»Kommandoturm, Waffen«, ließ sich eine zweite Stimme vernehmen, die des Waffenoffiziers der *Whale*. »Torpedorohre eins und zwei geflutet. Torpedos geladen und scharf.« Auch diese Meldung wurde über das Kommunikationssystem zwischen den Schiffen weitergeleitet.

»Waffen, Kommandoturm«, erklang jetzt Porters Stimme. »Feuern auf mein Kommando.«

Komm schon, komm schon...

»Rohr eins, Feuer«, sagte Porter.

»Fisch ist draußen«, bestätigte die *Albany*. »Der erste Torpedo ist im Wasser. Kurs Eins-Sieben-Sieben.«

»Rohr zwei abfeuern«, befahl Porter.

»Zweiter Torpedo ist im Wasser«, bestätigte die *Albany*. »Kurs Eins-Sieben-Fünf.«

Von ihrem Aussichtspunkt über dem östlichen Rand der Bucht konnten weder Garner noch Zubov die *Whale* geschweige denn ihre Torpedos sehen. Als das Funkgerät verstummte, kam ihnen das Warten endlos vor. Garner wusste, dass der Torpedo so eingestellt sein würde, dass er mindestens tausend Meter für das Scharfmachen seiner Ladung Zeit hatte. Wenn er mit seiner Spitzengeschwindigkeit von fünfzig Knoten beschleunigte, würde es beinahe noch eine Minute dauern, bis der Torpedo die *Kaiku* erreichte.

»Nähert sich«, bestätigte die *Whale*. »Siebenhundert Meter.«

»Siebenhundert«, bestätigte die *Albany*.

»Da!«, rief der Pilot des Helikopters und deutete nach Norden.

Der erste Torpedo traf den Rand der Kolonie und fegte hindurch, bahnte sich in der gefrorenen Masse eine Fahrrinne. Vom Hubschrauber aus konnte man deutlich sehen, wie der Torpedo dahinzog und dann dahinter auch der zweite. Splitter des kristallisierten Wassers wurden unten abgerissen und in die Luft geschleudert, während sich zwei Furchen durch die erstarrte Kolonie fraßen.

»So, jetzt wird's ernst...«, sagte Zubov.

Sekunden später traf der erste Torpedo die *Kaiku* direkt

am Heck. Er fetzte die Metallplatten auf, explodierte und entzündete mit einem Schlag das Treibstofflager im Rumpf.

Die Explosion hüllte die ganze Bucht in grelles Licht. Ein riesiger Feuerball schoss aus dem Hinterteil der *Kaiku*. Dann traf der zweite Torpedo sein Ziel, bohrte sich in die Sandbank; die Explosion warf die *Kaiku* ein Stück in die Höhe und ließ sie auf die gefrorene Kolonie herunterkrachen. Der Rest des Treibstoffs entzündete sich mit einem lauten *Wuuummm* und jagte Flammenzungen über die Kolonie hinweg. Die Luft selbst knisterte zornig, als der Ammoniak des Aerosols weggebrannt wurde. Eine dritte und letzte Explosion zerriss die *Kaiku* völlig, schälte die Rumpfwände ab und jagte Trümmer in den Himmel.

Die Explosion wogte durch die gefrorene Masse, hüllte das Zellengebilde zunächst ein und vernichtete es dann. Einen Augenblick lang sah es so aus, als würde die ganze Oberfläche der Bucht von der Gewalt des Feuersturms hochgehoben und dann in mikroskopische Kristalle zersplittert werden, als bestünde sie aus Glas. Flammen schossen von der Bucht in die Höhe, als ein riesiger Feuerball durch die verbliebene Aerosolwolke raste und Ammoniak und metabolische Toxine verschlang. Über eine Fläche von beinahe zwei Quadratmeilen knisterte und krachte die Luft und von der Meeresoberfläche zuckten Flammen nach oben, als wären es Blitze.

In weniger als dreißig Sekunden war der Feuersturm vorübergezogen, hatte allen Treibstoff verzehrt und sich selbst ausgelöscht. Wie erhofft und geplant, war kein einziger der mit Wasser durchtränkten Bäume am Ufer in Brand geraten.

.Garner nahm sofort Funkkontakt mit der *Exeter* auf. »Wie sehen die Messwerte aus?«, wollte er wissen.

Nach einer kurzen Pause antwortete ihm Carol: »Großartig«, sagte sie. »Dort unten ist ein gewaltiges Durcheinander, aber ich kann *keinerlei* Restfluss erkennen.«

Garner kündigte an, dass sie sofort zur *Exeter* zurückkehren würden, um sich die Messwerte selbst anzusehen, anschließend könne man damit beginnen, die Bucht zu säubern. Er schaltete ab und ließ sich gegen die Kabinenwand sinken.

»*Ganz ruhig jetzt*«, meinte Zubov schmunzelnd. »Wir haben gewonnen.«

»Yeah«, meinte Garner und gestattete sich ein Lächeln. »Wir haben gewonnen. Und die Biester verloren.«

»Mann, du solltest dein Gesicht sehen.« Zubov grinste. Hinter der Plexiglasplatte seines Anzugs rannen Garner Schweißströme über das Gesicht und an der Stirn und den Wangen waren die ersten Anzeichen von Blutergüssen zu erkennen, Andenken an seinen letzten Abstecher auf die *Kaiku*. »Du siehst aus, als wärst du im Krieg gewesen.«

»Das sind wir alle. Sehen wir zu, dass wir hier rauskommen«, forderte Garner den Piloten auf und schlug mit der Faust gegen die Kabinenwand, um anzudeuten, dass er es eilig hatte.

»Wohin?«, wollte der Pilot wissen.

»Bloß *runter*«, sagte Garner. »Irgendwo auf die Erde. Irgendwo reicht mir schon.«

* * *

Wie Margaret Porter versprochen hatte, brachte sie die *Whale* sofort wieder zum Stützpunkt zurück und war rechtzeitig zum Frühstück wieder in Bangor. Als der Morgen dämmerte, schickte Garner eine kleine Armee von Technikern in die Bucht, die sich vergewissern sollten, ob der Teppich auch tatsächlich zerstört war. Eines der Erkundungsteams nach dem anderen meldete, dass keine Spur von den *Pfiesteria*-Zellen mehr festzustellen war. Die Berichte von Medusa zeigten im Plankton keines der Lebensstadien der Dinoflagellaten und auch in Kernproben aus dem Sediment der Bucht waren keine Zysten festzustellen.

»Sieg?«, fragte Zubov, als er mit Garner auf einem der Beiboote der Navy stand.

Garner zog den Reißverschluss an der Kapuze seines Schutzanzuges auf. Rings um ihn hielten mehrere der von ihm eingesetzten Techniker in ihrer jeweiligen Tätigkeit inne und beobachteten ihn.

Garner zog sich die Kapuze herunter und atmete tief ein und aus, trank die frische Luft.

Sie schmeckte gut.

Er lächelte.

Die Mitglieder des Säuberungsteams rings um ihn zogen einer nach dem anderen ihre Schutzanzüge aus und schöpften aus der belebend frischen Luft neue Kräfte. Ein paar von ihnen stießen sogar laute Jubelschreie aus und warfen ihre Kapuzen oder Handschuhe in die Luft, wie ausgelassene Highschool-Absolventen ihre Barette bei der Abschlussfeier. Dann sahen sie zu Garner hinüber, entdeckten sein breites Grinsen und begannen zu applaudieren. Der Applaus steigerte sich zuerst langsam, wurde aber immer heftiger, bis er schließlich die ganze Bucht erfüllte.

»Sieg«, bestätigte Garner und blinzelte dabei Zubov zu. »Und es regnet nicht mal.«

Auch die weitere Suche am Nachmittag erbrachte keine Spuren des Teppichs, abgesehen von verbrannten Fragmenten der aufgerissenen *Pfiesteria*-Zellen. Als dann Ufer, Sediment und Wasser der Bucht mit Medusa, Betty und einem Dutzend konventionellerer Sammler untersucht wurden, wurde auf einer großen Karte auf der Brücke der *Columbus* ein Rasterquadrat nach dem anderen markiert. Obwohl die komplette umwelttechnische Säuberung der Bucht noch ein paar Wochen in Anspruch nehmen würde, hoben die Navy und USAMRIID binnen Stunden die Einstufung als Katastrophengebiet auf. Der erste Tag des September hatte inzwischen angefangen, und wie es sich für Labor Day gehörte, nahm Jakes Funkkontakt mit den übrigen Schiffen auf und gab den Mannschaften den Rest des Tages frei, sobald die jeweiligen Berichte vorlagen. Nirgends wurde diese Nachricht willkommener aufgenommen als auf der *Exeter*, wo die zurückgebliebene Crew schon fast ihren ganzen Urlaub verbraucht hatte.

Zubov sammelte den Rest seiner persönlichen Gerätschaften ein und schickte sich an, zur *Exeter* zurückzukehren. Als er auf der Landeplattform der *Columbus* auf das Eintreffen des Navy-Bootes wartete, traten Garner, Carol und Ellie zu ihm. Carol schlang die Arme um den Hünen und gab ihm einen Kuss auf die Wange. »Danke, Sergej«, sagte sie. »Das Gerücht stimmt wirklich: Sie sind der Beste.«

Zubov wollte das Kompliment schon mit einem Achselzucken abtun, überlegte es sich dann aber anders. »Ja«, lächelte er. »Der bin ich tatsächlich.«

»Vielen Dank für die Überstunden«, fügte Garner hinzu und schüttelte Zubov die Hand. »Und jetzt geh nach Hause und leg dich schlafen.«

»Schlafen wird wohl keiner von uns, bis du dein missratenes Kind ein für alle Mal von unserem Deck entfernt hast«, lachte Zubov und hieb Garner dabei mit seiner mächtigen Pranke auf die Schulter.

»Ich schicke morgen FedEx vorbei, damit sie's abholen«, versprach Garner.

»Gut. Auf die Weise können McRee und ich das Ding heute Abend bei unserer Party noch als Piñata verwenden.«

»Vergiss nur nicht, mir alle Stücke aufzuheben. Ich muss noch eine Doktorarbeit fertigschreiben.« Garner betastete vorsichtig die Blutergüsse in seinem Gesicht. »Heute vielleicht nicht, aber ein andermal.«

Als Zubov in das Boot stieg, rief Garner ihm nach: »Hey!«

»Was ist denn?«

»Ich würde auch die Aussicht nehmen.«

»Du hast wirklich nur Unfug im Kopf«, rief Zubov zurück und entschwand dann Garners Blicken, als das Boot mit Kurs auf die *Exeter* um das Heck der *Columbus* herumfuhr.

Jakes kehrte von der Brücke zurück und trat neben sie auf die Landeplattform. »Ich habe gerade mit Admiral Lockwood telefoniert«, sagte er. »Und mein Hintern ist noch dran.«

»Daraus schließe ich, dass er zufrieden ist?«, fragte Garner.

»Jedenfalls habe ich meinen Job noch«, brummte Jakes. »Aber das habe ich eigentlich auch erwartet. Was Sie betrifft, so glaube ich, dass Lockwood das Bild seiner Frau auf seinem Schreibtisch gegen das Ihre austauschen wird. Außerdem möchte er, dass ich Sie dazu überrede, zur Marineabwehr zurückzukehren. Ich bin sicher, dass wir einen passenden Posten für Sie finden könnten.«

»Vielen Dank, aber danke nein, John«, wehrte Garner ab. »Ich bin heutzutage eher so etwas wie ein Freiberufler.«

»Wie wär's dann mit Beratertätigkeit?«

»Wenn die letzten zwei Tage Ihrer Vorstellung von ›Beratertätigkeit‹ entsprechen, dann dürfte meine Honorarvorstellung gerade etwas angestiegen sein.«

»Nennen Sie sie mir doch«, drängte Jakes. »Was Sie wollen.«

»Kaffee«, sagte Garner. »Eine gute Tasse Kaffee. Glauben Sie, dass man irgendwo in Seattle so etwas bekommt?«

»Die eine oder andere, würde ich sagen«, schmunzelte Jakes.

»Und mein Boot«, fügte Garner hinzu. »Ich habe die *Albatross* seit dem Sturm nicht mehr gesehen.«

»Ist bereits erledigt.« Jakes deutete mit einer Kopfbewegung nach Westen.

Die *Albatross* und die *Pinniped* segelten gerade auf Parallelkurs an Point Hannon vorbei, jedes der Boote von einem von Jakes' Leuten gesteuert.

»Saubere Arbeit«, nickte Garner.

»Danke ebenfalls«, erwiderte Jakes, holte eine Karte heraus und reichte sie Garner. »Hier ist meine Telefonnummer. Sagen Sie mir Bescheid, wann ich Sie zu dieser Tasse Kaffee einladen kann.« Als das Beiboot von der *Exeter* zurückkam, verabschiedete sich Jakes und kehrte zur *Albany* zurück.

Wenige Augenblicke später gingen die *Albatross* und die *Pinniped* an der *Columbus* längsseits. Garner, Ellie und Carol vertäuten gemeinsam die Boote aneinander und luden dann die Überreste ihrer persönlichen Habseligkeiten auf die beiden Segelboote.

»Ich glaube, die haben den Sturm besser überstanden als alle anderen«, stellte Garner fest.

»Oder wir«, pflichtete Ellie ihm bei.

»Ich schätze, größer ist nicht immer besser«, sagte Carol und blinzelte Garner dabei zu. »Zumindest wenn es um Boote geht.«

»Du klingst ja wie meine Exfrau«, spottete Garner.

»Und du zeigst eine verblüffende Ähnlichkeit mit meinem ersten Mann«, sagte sie und umarmte ihn. Sie drückte das Gesicht einen Augenblick lang mit geschlossenen Augen an seine Brust. »Danke«, sagte sie. »Danke, dass du gekommen bist. Danke für alles.«

»Gern geschehen. Brauchst bloß anzurufen.«

Carol wischte sich über die Augen und lächelte. »Nun, für mich ist's jetzt wohl Zeit zu gehen.« Sie hatte ihre Sachen auf der *Pinniped* verladen, während Ellie und Garner ihre in der *Albatross* verstaut hatten.

»Wo geht's denn hin?«, fragte Ellie.

»Das weiß ich nicht«, meinte Carol und zuckte die Achseln. »An viele Orte, hoffe ich. Meine erste Station wird Helby Island sein. Daddy und ich haben einiges aufzuholen. Ich werde mir genau erzählen lassen, was er mit dieser Geschichte zu tun hatte, selbst wenn das meine ganze Geduld und seinen ganzen Whiskey kostet. Und dann kann ich mich um den Papierkram kümmern, der mir jetzt nach all dem bevorsteht.«

»Das scheint mir eine gute Idee«, nickte Garner. »Sag mir, was dabei herausgekommen ist, sobald du einmal Zeit dafür hast.«

Sie umarmten sich noch einmal und verabschiedeten sich. Garner löste die Leinen der *Pinniped* und warf sie Carol hinüber. Sie setzte sich ihre Sonnenbrille auf, winkte den beiden zu und nahm Kurs aufs offene Meer.

Garner und Ellie standen allein auf der Landeplattform neben der *Albatross*. Über ihnen kreiste ein Möwenpaar verspielt um den Mast der *Columbus* und ging dann im Tiefflug aufs Wasser herunter, um nach Nahrung zu suchen.

»Geister«, sinnierte Garner und beobachtete die beiden Vögel eine Weile. »Die Seefahrer haben früher geglaubt, dass Möwen die Geister toter Seeleute tragen, eine Eskorte von Seevögeln galt damals als Vorzeichen für das, was kommen würde.«

»Gut oder schlecht?«, wollte Ellie wissen.

»Ich denke, das hing davon ab, was schließlich kam«, sagte Garner. Während er diese Worte aussprach, schien ihm die Aussicht auf eine unsichere Zukunft weniger erschreckend als noch vor ein paar Wochen. Der Zufall konnte manchmal sehr reizvoll sein.

Die Vögel, die inzwischen bereits eine halbe Meile entfernt waren, stiegen in den westlichen Himmel auf, wo die Sonne gerade hinter dicken Wolken unterging. Das verblassende Licht und der zurückgebliebene Dunst von dem morgendlichen Feuer in Port Gamble Bay tauchte den Himmel allmählich in atemberaubendes Rot.

»Ist der Himmel rot am Morgen, dann bringt das dem Seemann Sorgen«, murmelte Garner und spürte, wie seine Gedanken plötzlich in die Vergangenheit zurückeilten, zu Mark Junckers.

»Roter Himmel am Abend, für den Seemann erquickend und labend«, erwiderte Ellie und gab Garner einen Kuss. Sie legte die Arme um seine Hüften und zog ihn sanft auf die Zukunft zu.

»Sieht ganz so aus, als wären wir die Letzten, die die Party verlassen«, sagte Garner, während er mit einem schiefen Lächeln in die Gegenwart zurückkehrte. »Kann ich dich irgendwohin mitnehmen? Zurück in Ihr Krankenhaus vielleicht, Dr. Bridges?«

Ellie überlegte kurz und legte den Kopf dabei etwas zur Seite, wie um anzudeuten, dass sie ja beide die Antwort kannten. »Nein, das glaube ich nicht, Commander Garner«, sagte sie. »Ich glaube vielmehr, dass das Krankenhaus ein offizielles Kündigungsschreiben von mir bekommen wird, zwei Wochen rückdatiert.«

»Und was wird dann aus dir?«, fragte Garner.

»Dann bin ich wurzel- und rastlos«, sagte sie. »Von dem starken Wunsch erfüllt, die San Juan Islands zu sehen. Ich habe gehört, dass die Eingeborenen dort sehr freundlich sind.«

»Tatsächlich?«, gab Garner sich nachdenklich. »Dann solltest du dich vielleicht vergewissern, ob diese Gerüchte auch stimmen.«

Er schlang die Arme um sie und zog sie an sich. Als ihre Lippen sich schließlich voneinander lösten, lächelte Ellie und atmete langsam aus. »*Wow*. Wie lautete die Projektion *dafür*, Commander Garner?«

»Zwei angesteckt, null Todesfälle.«

»Ansteckungschance hundert Prozent«, fügte sie hinzu. »Zumindest für menschlichen Verzehr geeignet.«

Garners Lippen lieferten erneut den Beweis dafür.

Als dann der Tag ins Zwielicht verblasste, banden sie die *Albatross* los und nahmen Kurs nach Norden, folgten den Möwen nach Hause.

Epilog

7. September
48° 47' 50" Nördl. Breite,
125° 13' Westl. Länge
Pacific Rim National Park, British Columbia

Der schwarze Austernfänger *Haematopus bachmani* war in den felsigen Gebirgsausläufern, die die Küsten des Pacific Rim National Park bewachten, weit verbreitet. Kleiner und durch sein Aussehen leicht von Krähen oder Raben zu unterscheiden, hatten die schwarzen Federn des Vogels einen stumpferen, matteren Glanz. Sein Schnabel war dünn, aber kräftig, eine effektive Konstruktion, die mit ihrer auffälligen Orangefärbung eine subtile Arroganz an den Tag legte. Ihrem Namen gemäß ernährten sich Austernfänger vorzugsweise von den Schalentieren und der spärlichen Vegetation in den oberen Bereichen der zwischen den Gezeitengrenzen liegenden Zone. Typischerweise fand man die Vögel in Schwärmen von mehreren Dutzend, dadurch bedingt, dass die größere Zahl von Augenpaaren sich besser dafür eignete, in dem rauen, stetigem Wechsel unterworfenen Terrain, das die Vögel regelmäßig besuchten, potentielle Futterplätze zu finden. Am Ende des Sommers war ihr Bestand allerdings deutlich zurückgegangen, ohne dass es dafür einen erkennbaren Grund gab. Obwohl das nur wenigen Besuchern des Gebiets auffiel, konnte man häufig einzelne Vögel oder kleine Grüppchen sehen, die sich in der Gegend des Barkley Sound aufhielten und dort dicht über dem Wasser und nahe am Ufer flogen, um damit die Chance zu erhöhen, etwas Fressbares zu finden.

Ein einzelner weiblicher Austernfänger glitt aus dem schiefergrauen Septemberhimmel herunter und ließ sich auf einer kleinen Felsbank ein Stück außerhalb der Reichweite der darunter gegen das Ufer krachenden Wellen nieder. Das Tier war voll ausgewachsen und hatte eine Flügelspanne von nicht einmal vierzig Zentimetern und wog jämmerliche dreihundert Gramm. Sie war unterernährt und für einen Zeitpunkt so spät im Jahr außergewöhnlich dünn. Ihre Futtergründe hatten schon seit wenigen Wochen kaum mehr interessante Nahrung geboten, obwohl die Konkurrenz durch andere Vögel zurückgegangen war.

Es war spät in der Saison. Obwohl das Wasser für die Jahreszeit ungewöhnlich warm geblieben war, hatte sich die Luft spürbar abgekühlt. Sie konnte den bevorstehenden Jahreszeitenwechsel in ihrem dünnen, hohlen Skelett spüren und auch in der Art und Weise, wie die kleinen Verdauungssteine in ihrem Muskelmagen aneinander mahlten und darauf warteten, Nahrung zu bekommen.

Sie watete zögernd in einen kleinen Tümpel hoch oben am Ufer, schnitt mit dem Schnabel ein paar Stück Seetang ab, trank dann aus dem Wasser und sog dabei ein paar Dutzend mikroskopischer Krebstiere in ihren Magen. Die Exoskelette der winzigen *Tigriopus* Ruderfüßler waren reich an fettigen Säuren, die ihr Energie liefern und helfen würden, sich gegen die Kälte zu isolieren. Das Wasser in dem Tümpel schmeckte abgestanden und brannte in ihrer Kehle, aber die festliche, rötliche Farbe der winzigen Krustentiere machte ihre magere Mahlzeit irgendwie zu einem ästhetischen Genuss.

Es war offenkundig, dass es unter ihren Verwandten Frühaufsteher gab, die dafür bereits ihren Lohn weggetragen hatten, aber für so wenig Nahrung schien es dennoch zu früh im Herbst zu sein. Das Wetter war zwar kühler, aber ganz sicher nicht tödlich. Und doch fand sie, als sie ein wenig weiter herumstöberte, nur enttäuschend wenig Leben in diesen Tümpeln. Die Vegetation war spärlich und das Küstenplankton fast verschwunden. Die wenigen Schalentiere, die noch zurückgeblieben waren, schmeckten bitter und faulig; das war ihr auch schon an anderen Stellen an dieser Küste aufgefallen. Vielleicht war es Zeit, weiterzuziehen, dem Rest ihres kleiner gewordenen Schwarms auf der Suche nach wärmeren Klimazonen und reichlicherer Nahrung zu folgen. Ohne diese beiden Annehmlichkeiten konnte sie jedenfalls sicherlich nicht in dieser Gegend bleiben.

Ein Nerz hastete von seinem Ruheplatz im nahegelegenen Wald zu den Felsen herunter; seine feuchten braunen Augen fixierten den Austernfänger. Sie hob den Kopf, beobachtete den Nerz argwöhnisch und schickte sich an, die Flucht anzutreten. Sie rechnete damit, dass der Nerz infolge der zahlreichen Chancen, die Zeltplätze von Touristen während des Sommers auszuplündern, besonders vorwitzig sein würde. Normalerweise würde der geschmeidige kleine Nager nicht zögern, sie anzugreifen – der hier wirkte auch hungrig –, aber er hielt vorsichtig Distanz. Vielleicht war er zu träge geworden, um Jagd auf seine Nahrung zu machen. Jetzt umkreiste sie der Nerz und schnüffelte und kehrte ein paar Augenblicke später sichtlich verstört in den schützenden Wald zurück. Anscheinend passte ihm etwas im Wasser nicht.

Die Strände rochen nicht mehr so kräftig nach den Besuchern, die in den Sommermonaten in den Park kamen, aber das Land war auch noch nicht zu seinem natürlichen, maritimen Duft zurückgekehrt. Diesmal war der Geruch vielmehr ausgesprochen unangenehm. Er hing dem Vogel auf widerwärtige Weise in der Nase, insbesondere seit er sich in dem Tümpel niedergelassen hatte.

Obwohl der Vogel das natürlich nicht wissen konnte, lag der Felsvorsprung, auf dem sie nach Nahrung suchte, dicht neben der isoliert liegenden Schlammbank, wo David Fultons Töchter Caitlin und Lindsay vor nicht einmal einem Monat ihren Eimer mit Muscheln gefüllt hatten. (Obwohl nur Caitlin sich dazu hatte hinreißen lassen, knietief in das zähflüssige, matschige Sediment hinauszuwaten.) Wenngleich diese Küstenpartie in der Nähe einiger populärer Campingplätze lag und Zugang zum Meer bot, war dieser Bereich doch relativ isoliert und praktisch ungestört. Das Leben konnte sich hier ganz nach eigenem Gutdünken entwickeln und fand auf diese Weise geradezu unvermeidbar Möglichkeiten, sich anzupassen und zu überleben.

Eine Krabbe, nicht größer als ein Vierteldollarstück, huschte im seichten Wasser an den Füßen des Austernfängers vorbei, machte einen halbherzigen Versuch, sich den Eindringling zu schnappen, was allerdings kaum die Mühe wert war. Beinahe die Hälfte des Rückenschilds der Krabbe war weggefressen, so dass das darunterliegende Gewebe mit einer seltsam halbmondförmigen Wunde frei lag. Etwas indigniert, aber nichtsdestoweniger heißhungrig, fuhr der Vogel fort, den Schnabel ins Wasser zu tauchen, um dort nach irgendetwas zu suchen, das einigen Nährwert hatte.

Obwohl er das noch nicht wahrnehmen konnte, enthielt der Tümpel, in dem sie Nahrung suchte, ein dichtes Saatbeet von Dinoflagellatenzysten.

Die Spezies hieß *Pfiesteria junckersii,* während einige andere sie »Charge 9« nannten.

Die mikroskopischen Zellen schwammen passiv zwischen ihr Federkleid und zwischen die Schwimmhäute ihrer Füße, ohne sich durch die spärliche Ansammlung von Milben, hartnäckigen Parasiten und eingetrocknetem Zooplankton, das dort hing, beeindrucken zu lassen. Von der Körpertemperatur des Vogels und dem verlockenden Aroma seines Blutes ferngehalten, ruhten die *Pfiesteria*-Zellen und würden vielleicht auch auf unbestimmte Zeit in diesem Zustand verharren. Sich an ihrem bequemerweise vorbeigekommenem Trägervogel festhaltend, in der Luft trocken gehalten und keinen Reizen ausgesetzt, würden die Zellen von dem Vogel überallhin mitgenommen werden, wo dieser hinflog. In warmem Gewässer mit der Aussicht auf hinreichend Nährstoffe neu mit Flüssigkeit versorgt, würden sie aufs neue ihren vegetativen Fortpflanzungszyklus beginnen.

Wenn ihr argloser Wirt sich dafür entschied, in der Nähe zu bleiben oder dem Befall zu schnell erlag, würde die Kolonie mühelos Ersatz finden. Der unauffällige Küstenstreifen lag auf der Wanderroute von mindestens zwei Dutzend Vogelarten in einem Korridor, der sich von den Aleuten bis zur Halbinsel von Baja California erstreckte.

Solange die Zellen im Ruhezustand verweilten, würde der Vogel von der Infektion nichts bemerken. Aber nach einiger Zeit würden die schwach acidischen Membranen der Zysten ihn reizen, und er würde versuchen, sie aus seinem Federkleid zu entfernen. Sobald sie in seinen Verdauungstrakt gelangt waren, würden die dort herrschenden Bedingungen die Genesis einer neuen Kolonie auf geradezu ideale Weise fördern. Die Zysten in seinem Bauch würden sein Blut riechen und seine Wärme spüren. Binnen Stunden würden sie aus ihrem winterschlafähnlichen Zustand erwachen und zu fressen beginnen. Innerhalb weniger Tage würde der Vogel tot sein, die Hälfte seines Fleisches aufgefressen, der Rest zur Unkenntlichkeit verblutet.

In Anbetracht der Jahreszeit würde er seinen Winterflug bald beginnen. Er würde diese vergleichsweise isolierte Zuflucht verlassen und nach Süden fliegen.

Über Seattle.

Dann über Portland.

Dann über die ganze Küste von Kalifornien hinweg.

Er würde Hunderte von Meilen von diesem Ort entfernt sein, bis die *Pfiesteria*-Zellen schließlich zuschlugen. Während die Kolonie wartete, würde ihr entgegenkommender Wirt zahllose Küstengewässer erforschen. Der Austernfänger würde häufig im warmen Wasser von Küstentümpeln baden, dort alle mögliche Nahrung aufnehmen und immer dann, wenn es nötig war, ausruhen, ohne etwa nahe gelegene menschliche Ansiedlungen zur Kenntnis zu nehmen.

Er würde von den ihm zur Verfügung stehenden Ressourcen leben, abhängig vom Glück, der Erfahrung und den Fähigkeiten der Nahrungsaufnahme, die er sich in seinem Leben erworben hatte.

In Mäßigung überleben, so wie die Natur das typischerweise tut.

Überleben, aber nur, bis der Räuber, den er mit sich trug, aufs Neue erwachte.

Glossar

Abiotische Stasis	Ein fiktives »Loch im Ozean«; konkret das permanente oder semipermanente Fehlen jeglicher organischen Substanz oder Aktivität. In der Realität bezeichnet man diesen Zustand auch manchmal als »Tote Zonen«.
Abwallen	Abwärts gerichtete Bewegung einer Wassermasse, die durch Dichtezuwachs oder ein »Aufhäufen« von Wasser darüber entsteht.
Aerosol	Feste oder flüssige in der Atmosphäre verteilte Schwebestoffe. In der Natur treten Aerosole als Meersalz, Sedimentpartikel oder Nebel auf.
Albany	Neben der *Columbus* eines der beiden Navy LSDs (siehe dort) der Whidbey-Island-Klasse, die zur militärischen Unterstützung der Eindämmungsoperation eingesetzt sind
Albatross	Brock Garners bewohnbares Segelboot, ein »Zwilling« der *Pinniped*. Das einmastige Fiberglasboot ist fünfunddreißig Fuß lang.
Algen	Einzellige, Kolonien bildende Wasserpflanzen, die vermittels Chloroplasten Lichtenergie in chemische Energie umwandeln (Photosynthese). Obwohl Algen häufig als »primitive Pflanzen« betrachtet werden, besitzen sie kein Ge-

	fäßgewebe, keine Blätter und kein eigenes Wurzelsystem.
Algenblüte	Schnelles oder ungewöhnlich dichtes Wachstum von Algen, das gewöhnlich auf hohes Nährstoffvorkommen zurückzuführen ist.
Ambra	Dickes, wachsähnliches Schutzsekret im Verdauungstrakt von Walen. Zahnwale, wie beispielsweise der Spermwal, verfügen über ein hohes Maß an Ambra, das vermutlich dazu dient, die Darmwände vor harten oder scharfkantigen Gegenständen zu schützen, die mit der Nahrung aufgenommen werden.
Amplifikation (Bio-Amplifikation)	Exponentielles Wachstum oder Reproduktion eines biologischen oder chemischen Wirkstoffes, entweder in einem Wirtskörper (wie beispielsweise einem Virus) oder in einem Ökosystem (wie Schadstoffe).
Anhydrobiosis	Leben oder in ausgesetztem Zustand befindliches Leben, dem das Wasser fehlt. Organismen, die periodischer Dürre oder Austrocknung ausgesetzt sind, nutzen die Fähigkeit, in einem solchen Animationszustand kürzere Perioden überleben zu können. Die Anhydrobiose beschränkt sich gewöhnlich auf einfache mikroskopische Organismen mit geringem Körpervolumen.
ATOC	Acoustic Thermography of Ocean Climate (Akustische Thermografie des Ozeanklimas) – Methode zur Erforschung feiner Veränderungen der Meerestemperatur. Dazu werden im Niederfrequenzbereich abstrahlende Transmitter eingesetzt, die auch transozeanische Kommunikation ermöglichen.

Aufwallen	Aufwärtsbewegung einer Wassermenge, gewöhnlich infolge des Auseinanderfließens des darüber befindlichen Wassers.
Betty	Brock Garners fiktiver Prototyp für den Sammler Medusa.
CBDCOM	Chemical and Biological Defense Command (Chemisches und Biologisches Verteidigungskommando), das führende Forschungs- und Entwicklungszentrum der US Army für die chemische und biologische Verteidigungstechnik mit Hauptquartier auf dem Forschungsgelände von Aberdeen, Maryland.
CDC	Centers for Disease Control and Prevention – Zentren für Seuchenkontrolle und Bekämpfung mit Zentrale in Atlanta, Georgia. Ziviles Gegenstück zu USAMRIID (siehe dort).
Ciliate	Protozoenstamm mit einem doppelten Zellkern sowie fadenförmigen Auswüchsen (Cilia-Geißeln), vermittels derer sie sich während eines Teils ihres Lebenszyklus fortbewegen.
Columbus	Neben der *Albany* eines der beiden Navy-LSDs (siehe dort) der Whidbey Island-Klasse, die für die militärische Unterstützung der Eindämmungsoperation eingesetzt sind.
CTD	Abkürzung für Conductivity, Temperature and Depth (Leitfähigkeit, Temperatur und Tiefe). Damit soll die Methode oder das Gerät zur Stichprobenerhebung bezeichnet werden, womit diese Parameter aufgezeichnet werden.
DARPAN-Net	Defense Advanced Research Project Agency Network – spezielles Netzwerk, vergleichbar dem Internet, für militärische Forschungsprojekte.

Cyprid	Neben der *Zoea* eines der beiden Tauchboote an Bord der *Kaiku*. Benannt nach der frühen Lebensphase einer Entenmuschel (die in dieser Phase als »Cypris« bezeichnet wird).
Dinoflagellaten	Eine von mehr als zweitausend nachgewiesenen Spezies von Mikroorganismen mit einer aus Zellulose bestehenden Körperschale und zwei peitschen- oder geißelähnlichen Flagellen, die der Fortbewegung und der Steuerung dienen. Diese Flagellen ermöglichen manchen Dinoflagellaten, sich in ihrem frei beweglichen Planktonstadium mit einer Geschwindigkeit von bis zu einem Meter pro Stunde zu bewegen. Der Zelldurchmesser beträgt im Erwachsenen-Zustand normalerweise bis zu 0,2 Millimeter. Außerdem durchlaufen Dinoflagellaten eine ruhende Zystenphase, während der sie aus dem Plankton ins Sediment absinken. Als Angehörige des Unterreiches Protozoa besitzen viele dieser Spezies sowohl pflanzliche als auch tierische Charakteristika und ernähren sich entweder durch Photosynthese oder durch das Fressen anderer Organismen. Die meisten Dinoflagellaten produzieren Toxine als Abfallprodukt ihres Stoffwechsels oder auch als chemisches Abwehrmittel. Populationen von Dinoflagellaten können sich durch sexuelle oder asexuelle Reproduktion alle vierundzwanzig Stunden verdoppeln. Sie bevorzugen eine warme stabile Umwelt und kapseln sich häufig ein, wenn sie Turbulenzen oder extremen Temperaturen ausgesetzt sind.

DMSO	Eine farblose hygroskopische Flüssigkeit, die aus Lignin gewonnen und als Industrielösungsmittel eingesetzt wird.
DoD	Abkürzung für das United States Department of Defense (Verteidigungsministerium der USA).
Dropsonde	Ein Instrument zum Messen der Atmosphärebedingungen unter Einbeziehung von Höhe, Wind, Feuchtigkeit und Temperatur. Dropsonden werden von Flugzeugen aus eingesetzt; »Rawinsonden« werden mit Ballons in die obere Atmosphäre getragen.
El Niño	Eine messbare Veränderung in der Zirkulation des Oberflächenwassers im Meer; von den Spaniern wegen seines Auftretens um die Weihnachtszeit buchstäblich als »Christkind« bezeichnet. El Niño wird von der West-Ost-Strömung warmen Oberflächenwassers im Pazifik nach einem Abschwächen der Passatwinde hervorgerufen. Besonders starke El Niños können die durchschnittliche Temperatur an der Meeresoberfläche um bis zu zwölf Grad Celsius erhöhen. Hinweise für das in regelmäßigen Abständen von drei bis sieben Jahren auftretende Phänomen sind seit Ende des 19. Jahrhunderts registriert. Im Einzelfall dauert ein solches Phänomen nur achtzehn Monate, aber die globalen Vor- und Nachwirkungen können diesen Zeitraum auf bis zu drei Jahre verlängern.
Exeter	Fiktives Forschungsschiff der USA, das für das JGOFS (siehe dort)-Programm und andere ozeanographische Aufgaben eingesetzt wird.

Freischwebende Zelle	Zelle, die sich vermittels Geißeln oder Wimpern bewegen kann.
GPS	Global Positioning System (Globales Positionierungssystem). Navigationshilfe, die ein Netz von Satelliten dazu benutzt, um den Standort eines Empfängers mit höchster Präzision zu bestimmen.
HEPA	High-Efficiency Particle Absorbing (hoch effizient Partikel absorbierend). Eigenschaft von Filtern, wie sie in Bio-Schutzanzügen und zur Eindämmung in hoch gefährlichen biologischen Forschungsinstituten eingesetzt werden.
Hot Deck	Ein fiktives Gerät, das dazu benutzt wird, große Wassermengen oder die Rumpfplatten im Polareis festsitzender Schiffe zu erhitzen.
JGOFS	Joint Global Ocean Flux Study (Gemeinsame Studie der globalen Meeresströmungen). Internationales Forschungsprogramm für das Studium der zyklischen Bewegungen organischer und anorganischer Meeresbestandteile.
Kaiku	Ein fiktives umgebautes Minensuch- und Räumschiff der Hunt-Klasse. Forschungsflaggschiff der Nolan Gruppe.
Kolonie	Allgemeine Bezeichnung für das Zusammenwachsen von *Pfiesteria junckersii* (»Charge 9«) -Zellen sowohl über als auch unter der Meeresoberfläche. Die schleimige Sekretion der Kolonie, die eine interzelluläre Kommunikation erlaubt, ist ein Produkt der dichterischen Freiheit des Autors (derartige Sekrete sind weder für diese Dinoflagellaten noch für die meisten anderen Planktongattungen typisch).

LSD	NATO-Standardbegriff; Abkürzung für Landing Ship, Dock (Landungsschiff, Dock). Ein Mehrzweckfahrzeug und Truppentransporter von etwa 600 Fuß Länge und einer Wasserverdrängung von 15 000 Tonnen.
Medusa	Das von Brock Garner entwickelte halb fiktive Gerät zur Plankton-Probenentnahme (»Sammler«). Während Medusa *sämtliche* typischen wissenschaftlichen Aspekte der Planktonpopulationen durch Probenentnahme untersucht, wird nach dem augenblicklichen Stand der Entwicklung die Messung der verschiedenen Parameter von einer Vielzahl von Instrumenten vorgenommen.
Mesozoe	Ein mehrzelliger Organismus.
Mikrobe	Ein mikroskopischer Organismus.
NEPCC	North East Pacific Culture Collection – Nordostpazifische Kulturensammlung, Department der University of British Columbia mit Sitz in Vancouver. Eine der besten Sammlungen von Meeresphytoplankton und Mikroben auf der ganzen Welt.
NOAA	National Oceanic and Atmospheric Administration (Nationale Meeres- und Atmosphäreverwaltung). Regierungsbehörde mit Zuständigkeit für die Erforschung der Meere, der Atmosphäre und der globalen Wechselwirkungen zwischen den beiden Medien. Sitz der Behörde ist Washington, D. C.
NSF	National Science Foundation (Nationale Wissenschaftsstiftung). Regierungsbehörde, die für die Finanzierung der wissenschaftlichen Forschung und Ausbildung, vorzugsweise auf

	Hochschulen und Universitäten, zuständig ist. Sitz des Instituts ist Arlington, Virginia.
Organelle	Ein funktioneller Bestandteil einer Zelle.
Papa	Kartographische Bezeichnung für die Probenentnahmestation P24 der JGOFS (siehe dort) mit dem Standort 50° 0 Minuten nördlicher Breite; 145° 0 Minuten westlicher Länge.
Pathogen	Ein Krankheiten erzeugender Wirkstoff, wie zum Beispiel ein Parasit.
Pfiesteria	Klassifizierung eines erstmals um 1990 beschriebenen Dinoflagellaten, der in den Golfstromgewässern des Atlantik entdeckt wurde. *Pfiesteria* bevorzugt warmes, leicht salzhaltiges Wasser und ist mit saisonalem Fischsterben in Flussmündungen mit hoher Nährstoffkonzentration in den Atlantik-Küstenstaaten der USA in Verbindung gebracht worden. *Pfiesteria* ernährt sich von anderen Algen und bedient sich gelegentlich ihrer Chloroplaste zur Photosynthese. Der Beschreibung nach durchläuft der Organismus bis zu vierundzwanzig separate Lebensstadien und erzeugt mindestens zwei Toxine, die offensiv und nicht etwa nur passiv zur Abschreckung eingesetzt werden. Eines davon, ein wasserlösliches Neurotoxin, wird dazu benutzt, Beuteorganismen zu lähmen, während ein zweites fettlösliches Toxin Geschwüre erzeugt und damit Gewebe zerstört. *Pfiesteria piscida* (= *piscimortua*) ist eine real existierende Spezies; *Pfiesteria pacifica* und *Pfiesteria junckersii* (alias »Charge 9«) sind fiktiver Natur.
Phytoplankton	Pflanzenplankton

Pinniped   Mark Junckers Segelboot, ein Zwillingsexemplar der *Albatross*. Nach einer Untergruppe von Meerestieren, zu denen die Seehunde und die Seelöwen gehören, benannt (Schwimmfüßer).

Plankton   Im klassischen Sinne ist *Plankton* ein kollektiver Gattungsbegriff für jegliches lebende oder nicht lebende Material, das passiv im Wasser treibend vorgefunden wird. Heute bezeichnet man als *Plankton* im Allgemeinen nur lebende, passiv im Wasser schwimmende Stoffe. Diatomeen, Dinoflagellaten, Ruderfüßer und Quallen sind die wesentlichen Bestandteile des Plankton. Per Definition wird das Plankton durch die Einwirkung von Wind und Wellen bewegt; Organismen, die groß genug sind, um sich dieser Bewegung aktiv zu widersetzen (also beispielsweise Fische oder Wale), werden als »Nekton« bezeichnet, während nicht lebende organische Stoffe heute als »Tripton« (von »Detritus«, englisch für Schutt/Abfall) bezeichnet werden. Das Plankton kann darüber hinaus nach Zellgröße, Gattungszugehörigkeit und Vorkommen in der Wassersäule definiert werden.

Polygon   Teilfiktive, militärische Computersoftware zur Berechnung und Vorhersage/Vorausberechnung des *fallout* chemischer und biologischer Waffen.

Racal   Markenbezeichnung eines für Eindämmungsmaßnahmen entwickelten »Weltraumanzugs«, der aus einem Ganzkörperanzug und einem luftdichten Helm besteht. HEPA(siehe dort)-gefil-

	terte Luft wird aus einem tragbaren batteriebetriebenen Atemgerät, das auch als »*Blower*« bezeichnet wird, in den Helm geblasen.
Sato Maru	Fiktiver japanischer Trampfrachter, auf dem sich der *Pfiesteria*-Teppich ursprünglich entwickelt hat. Ein Frachter von neunhundert Fuß Länge und einer Wasserverdrängung von dreißigtausend Tonnen für den allgemeinen Einsatz.
SOSUS	Sound Surveillance System (Geräuschüberwachungssystem). Eine von der NATO sanktionierte Anordnung passiver Lauschgeräte zum Anpeilen sowjetischer Unterseeboote.
SSN	NATO-Bezeichnung für Submarine Attack Nuclear (Nukleares Angriffsunterseeboot).
Teppich	Die über die Wasseroberfläche ausgebreitete *Pfiesteria*-Kolonie ist imstande, auf dem Wege der Photosynthese ihre eigene Nahrung zu erzeugen; deshalb versucht sie, sich so dünn wie möglich über die Meeresoberfläche auszubreiten, um auf diese Weise die Zahl der der Sonneneinstrahlung ausgesetzten Zellen zu maximieren.
Thermokline	Sprungschicht in Gewässern, welche die (leichte) Wasserschicht an der Oberfläche von der (schwereren) Wasserschicht darunter trennt und die Durchmischung der beiden Schichten weitgehend verhindert.
Tiefgang	Erforderliche Wassertiefe, um einem Wasserfahrzeug das Schwimmen zu ermöglichen; die maximale Tiefe des Rumpfes unter der Wasserlinie.
Tote Zone	Eine Meeresregion ohne jegliches Leben. Ob-

	wohl Tote Zonen extrem groß sein können, sind sie gewöhnlich nur kurzzeitiger Natur. Viele Tote Zonen resultieren aus Sauerstoffmangel im Wasser infolge von Überernährung und ungewöhnlich starker Mikrobenatmung.
Tyvek	Staub- und wasserresistentes Material, das in manchen Bioschutzanzügen eingesetzt wird. Tyvek ist ein Produkt der DuPont Company.
USAMRIID	United States Army Medical Research Institute for Infectious Diseases (Forschungsinstitut der U. S. Army für infektiöse Krankheiten). USAMRIID hat seinen Standort in Fort Detrick in Frederick, Maryland und ist das militärische Gegenstück zum CDC (siehe dort).
Virus	Submikroskopische, in einen Proteinmantel gehüllte Wirkstoffe, die aus einer Nukleinsäure (DNS oder RNS) bestehen. Viren veranlassen die Wirtszelle typischerweise dazu, andere Viruspartikel hervorzubringen, und vermehren sich, bis sich eine Krankheit manifestiert. Viren selbst sind normalerweise unter intensiver Hitze oder Einwirkung von UV-Licht instabil und benötigen zur Vermehrung gewöhnlich einen Wirt.
Sammler	Gerät zur Probenentnahme (siehe *Betty* und *Medusa*).
Whale	Das nukleare Angriffs-Unterseeboot der U. S. Navy SSN-638.
Zalophus	Seelöwengattung, der der kalifornische Seelöwe angehört.
Zodiac:	Schlauchboot unterschiedlicher Größe, das aus einem am Bug zusammengefügten Schwimmer-Paar und einem flachen Schiffskörper besteht. Auch der Hersteller solcher Boote.

Zoea   Neben der *Cyprid* eines der beiden Tauchboote an Bord der *Kaiku*, nach dem Larvenstadium eines Krebses benannt.

Zyste   Der ruhende oder überwinternde Lebenszustand eines Dinoflagellaten. Außerdem wird mit Zyste jeder flüssigkeitsgefüllte Beutel bezeichnet.

Eine Forschungsstation irgendwo im blendend weißen Nichts der Antarktis. Es sollte ein Routine-Tauchgang werden. Doch das Team aus US-Wissenschaftlern macht eine unglaubliche Entdeckung: Tief unten, mitten in einer Schicht aus über 100 Millionen Jahre altem Eis, liegt ein riesiges Objekt aus Metall. Ein Raumschiff?
Aber dann gibt es plötzlich Probleme. Das Letzte, was die Kameraden in der Ice Station von ihren Männern hören, sind hilflose Schreie.
Ein Elitetrupp der US-Marines unter der Führung des charismatischen Lieutenants Shane Schofield wird entsandt, um den rätselhaften Vorgang aufzuklären. Ein verschworener Haufen, knallhart und furchtlos. Ihrem Lieutenant würden sie bis in die Hölle folgen. Und genau dorthin wird er sie führen.

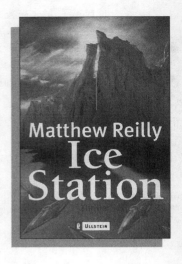

Matthew Reilly

Ice Station
Thriller
Deutsche Erstausgabe

»Bitte anschnallen und Gurt gut festziehen – was hier kommt, ist Action, Action und noch mal Action!«
Daily Telegraph

Econ | ULLSTEIN | List